TOM ROB SMITH

Kind 44

GOLDMANN
Lesen erleben

Tom Rob Smith

Kind 44

Thriller

Aus dem Englischen
von Armin Gontermann

GOLDMANN

FSC
www.fsc.org
MIX
Papier aus verantwortungsvollen Quellen
FSC® C014496

Verlagsgruppe Random House FSC-DEU-0100
Das FSC®-zertifizierte Papier *München Super* für dieses Buch
liefert Arctic Paper Mochenwangen GmbH.

Einmalige Sonderausgabe Mai 2012
Wilhelm Goldmann Verlag, München,
in der Verlagsgruppe Random House GmbH

Umschlaggestaltung: UNO Werbeagentur, München
Umschlagmotiv: FinePic®, München
Gestaltung der Umschlaginnenseiten: UNO Werbeagentur, München
Motiv der Umschlaginnenseiten:
Alex Majoli/Magnum Photos/Agentur Focus
Umschlagherstellung: Klaus Voigt, München
Umschlagdruck und Veredelung: RMO Druck, München
Druck und Einband: GGP Media GmbH, Pößneck
Printed in Germany
ISBN 978-3-442-47807-1

www.goldmann-verlag.de

meinen Eltern

Sowjetunion, Ukraine

Das Dorf Tscherwoj

25. Januar 1933

Da Maria beschlossen hatte zu sterben, würde ihre Katze sich allein durchschlagen müssen. Maria hatte sich schon viel länger um sie gekümmert, als vernünftig war. Längst waren die Mäuse im Dorf von den Dorfbewohnern gefangen und vertilgt worden. Einige Zeit später verschwanden auch die Katzen und Hunde. Alle, außer einer Katze, dieser hier, die Maria versteckt gehalten hatte. Warum hatte sie sie behalten? Weil sie etwas war, wofür man leben konnte, was man beschützen und lieben konnte – etwas, für das es sich lohnte zu überleben. Sie hatte sich geschworen, die Katze bis zu dem Tag zu füttern, an dem sie selbst nichts mehr zu essen hatte. Dieser Tag war heute. Maria hatte schon ihre Lederstiefel in dünne Streifen geschnitten und sie mit Brennnesseln und Rübsamen aufgekocht. Sie hatte nach Regenwürmern gegraben und Rinde gegessen. Heute Morgen hatte sie im fiebrigen Delirium ein Bein ihres Küchenstuhls angenagt und gekaut und gekaut, bis ihr Splitter das Zahnfleisch blutig gestochen hatten. Die Katze hatte das gesehen und sich unter dem Bett versteckt; sie weigerte sich, wieder darunter hervorzukommen, auch als Maria sich hingekniet, sie beim Namen gerufen und gelockt hatte. In diesem Moment hatte Maria beschlossen zu sterben. Es gab nichts zu essen, und nicht mal mehr eine Katze konnte man liebhaben.

Sie wartete bis zum Einbruch der Dämmerung, bis sie sie freiließ. Sie rechnete sich aus, dass die Katze im Schutz der Dunkelheit bessere Chancen hätte, ungesehen den Wald zu erreichen. Wenn irgendwer im Dorf sie sah, würde man sie jagen. Obwohl Maria selbst dem Tod so nah war, brachte der Gedanke, dass man ihre Katze töten könnte, sie aus der Fassung. Sie beruhigte sich damit, dass die Katze das Überraschungselement auf ihrer Seite hätte. In einer Gemeinschaft, wo erwachsene Männer Erdklumpen kauten in der Hoffnung auf Ameisen oder Insektenlarven, wo die Kinder Pferdedung zerpflückten in der Hoffnung auf unverdaute Getreidekörner und wo Frauen sich um den Besitz von Knochen prügelten, würde mit Sicherheit niemand glauben, dass noch eine Katze am Leben sein konnte.

* * *

Pavel traute seinen Augen nicht. Es war tapsig, dürr, hatte grüne Augen und ein schwarz geflecktes Fell. Eindeutig eine Katze. Er war gerade dabei, Feuerholz zu sammeln, als er sah, wie sie aus Maria Antonownas Haus und über die schneebedeckte Straße in Richtung Wald schoss. Pavel hielt den Atem an und schaute rasch um sich. Niemand sonst hatte sie entdeckt. Keiner war zu sehen, kein Licht brannte in den Fenstern. Aus kaum der Hälfte der Schornsteine stiegen dünne Rauchschwaden auf, die einzigen Lebenszeichen. Es war, als hätte der heftige Schneefall das Dorf erstickt, alle Anzeichen von Leben ausgelöscht. Der meiste Schnee lag unberührt da, es gab kaum Fußspuren und kein einziger Pfad war freigeschaufelt worden. Die Tage waren so still wie die Nächte. Niemand stand zur Arbeit auf. Keiner seiner Freunde spielte, alle blieben zu Hause. Dort lag die Familie eng aneinandergeschmiegt im Bett, die Augen eingesunken und die Haut in schlaffen Falten. Erwachsene sahen mittlerweile wie Kinder aus und Kinder wie Erwachsene. Die meisten hatten es aufgegeben, überhaupt noch nach Essbarem zu suchen. Unter solchen Umständen war das Auftauchen einer Katze schlichtweg ein Wunder – die Wiederentdeckung einer längst ausgestorben geglaubten Kreatur.

Pavel schloss die Augen und versuchte sich an das letzte Mal zu erinnern, dass er Fleisch gegessen hatte. Als er die Augen wieder öffnete, sabberte er, wie ein Rinnsal rann ihm die Spucke übers Kinn. Er wischte sie mit dem Handrücken ab. Aufgeregt ließ er den Stapel Äste fallen und rannte nach Hause. Diese unglaubliche Neuigkeit musste er unbedingt seiner Mutter Oksana erzählen.

***

In eine Wolldecke gehüllt saß Oksana da und starrte zu Boden. Sie verharrte vollkommen still und sparte Kraft, während sie zu überlegen versuchte, wie sie ihre Familie durch den Winter bringen sollte, Gedanken, die sie zu jeder wachen Stunde und in jedem angstvollen Traum verfolgten. Sie war eine der wenigen, die noch nicht aufgegeben hatten. Sie würde nie aufgeben. Nicht, solange es ihre Söhne gab. Aber Entschlossenheit allein reichte nicht, sie musste auch vorsichtig sein. Überflüssige Anstrengung bedeutete Erschöpfung, und Erschöpfung bedeutete unweigerlich den Tod. Vor ein paar Monaten hatte sich Nikolai Iwanowitsch, ein Nachbar und Freund, in seiner Verzweiflung aufgemacht, die staatliche Kornkammer zu plündern. Er war nicht zurückgekehrt. Am nächsten Morgen hatten Nikolais Frau und Oksana sich auf die Suche nach ihm gemacht. Sie hatten seine Leiche am Straßenrand gefunden, den Bauch aufgedunsen von rohem Getreide, das der Verzweifelte kurz vor dem Tod in sich hineingestopft hatte. Nichts hatte es gebracht, außer dass er auf dem Heimweg verhungert war, auf dem Rücken im Schnee ausgestreckt, als sei er hochschwanger. Eine zum Skelett abgemagerte Leiche mit einem gewölbten, aufgeblähten Bauch. Seine Frau hatte geweint, während Oksana die übriggebliebenen Getreidekörner aus seinen Taschen geholt und zwischen ihnen beiden aufgeteilt hatte. Bei ihrer Rückkehr hatte Nikolais Frau es allen erzählt, aber sie wurde nicht etwa bedauert, sondern beneidet. Alles, woran die Leute denken konnten, waren die paar Handvoll kostbaren Getreides, die sie nun besaß. Wie konnte man nur so dämlich sein? Sie hatte sie beide in Gefahr gebracht.

Oksanas Gedanken wurden durch das Getrappel rennender Füße unterbrochen. Niemand rannte, außer es gab wichtige Neuigkeiten. Ängstlich stand sie auf. Pavel kam ins Zimmer gestürzt und verkündete: »Mutter, ich habe eine Katze gesehen!«

Oksana machte einen Schritt auf ihn zu und umklammerte die Hände ihres Sohnes. Sie musste sich vergewissern, dass er sich nichts einbildete. Der Hunger konnte einen zum Narren halten. Aber in seinem Gesicht zeigte sich kein Anzeichen von Delirium. Die Augen waren scharf, der Ausdruck ernst. Pavel war erst zehn Jahre alt und doch schon ein Mann. Die Umstände erforderten, dass er seine Kindheit überspringen musste. Sein Vater war höchstwahrscheinlich tot. Und wenn er nicht wirklich tot war, dann zumindest für sie. Er hatte sich nach Kiew aufgemacht in der Hoffnung, etwas Essbares heimzubringen. Zurückgekehrt war er nicht, und Pavel hatte schnell verstanden, dass sein Vater auch nicht mehr wiederkommen würde. Man hatte es ihm weder beibringen noch ihn trösten müssen. Jetzt war Oksana auf ihren Sohn ebenso sehr angewiesen wie er auf sie. Sie waren Partner, und Pavel hatte mit lauter Stimme geschworen, dass ihm gelingen werde, woran sein Vater gescheitert war: Er werde dafür sorgen, dass die Familie am Leben blieb.

Oksana berührte die Wange ihres Sohnes. »Könntest du sie fangen?«

Er lächelte stolz. »Wenn ich einen Knochen hätte.«

Der Teich war zugefroren, und Oksana wühlte im Schnee auf der Suche nach einem Stein. Aus Sorge, dass der Lärm Aufmerksamkeit erregen würde, wickelte sie den Stein in ihren Schal, um das Geräusch abzudämpfen, während sie ein kleines Loch ins Eis schlug. Sie legte den Stein weg und machte sich auf das schwarze, eiskalte Wasser gefasst. Als sie hineingriff, stockte ihr der Atem. In ein paar Sekunden würde ihr Arm taub werden, also beeilte sie sich. Ihre Hand erreichte den Grund, aber sie fühlte nur Schlamm. Wo war sie nur? Mit wachsender Panik lehnte Oksana sich vor, tauchte den ganzen Arm ein, tastete links und rechts, während sie schon das Gefühl in der Hand verlor. Ihre Finger strichen über Glas. Erleichtert umfasste Oksana die Flasche und zog sie heraus. Ihre Haut hatte sich dunkelblau verfärbt, so als hätte man sie verprügelt. Egal, sie hatte gefunden, wonach sie gesucht hatte: eine mit Teer versiegelte Flasche. Oksana wischte den Schlamm ab und besah sich den Inhalt. Es war eine Ansammlung kleiner Knochen.

Als sie ins Haus zurückkehrte, stellte sie fest, dass Pavel in ihrer Abwesenheit das Feuer geschürt hatte. Oksana erwärmte über den Flammen das Siegel, der Teer tropfte in dicken, klebrigen Klecksen in die Glut. Während sie warteten, bemerkte Pavel ihre blau angelaufene Haut und rieb ihren Arm, um die Durchblutung anzuregen. Der gute Junge! Als der Teer abgeschmolzen war, drehte Oksana die Flasche um und schüttelte sie. Mehrere Knochen sammelten sich im Hals. Oksana pulte ein paar heraus und hielt sie ihrem Sohn hin. Pavel musterte sie aufmerksam, kratzte an ihrer Oberfläche und schnüffelte an jedem einzelnen. Schließlich wählte er einen aus und wollte schon loslaufen, als sie ihn zurückhielt.

»Nimm deinen Bruder mit.«

Pavel hielt das für einen Fehler. Sein jüngerer Bruder war ungeschickt und langsam. Und außerdem war das seine Katze. Er hatte sie gesehen, und er würde sie auch fangen. Der Triumph gehörte ihm. Doch seine Mutter drückte ihm einen zweiten Knochen in die Hand: »Nimm Andrej mit.«

* * *

Andrej war fast acht Jahre alt, und er liebte seinen Bruder sehr. Er ging selten nach draußen, sondern verbrachte die meiste Zeit im Hinterzimmer, wo sie alle drei schliefen. Dort spielte er mit einem Kartenspiel. Die Karten waren aus Papier, das zu Rechtecken geschnitten und dann zusammengeklebt worden war. Sein Vater hatte es gebastelt, als Abschiedsgeschenk, bevor er sich auf den Weg nach Kiew gemacht hatte. Andrej wartete immer noch darauf, dass er wieder nach Hause kam. Wann immer er seinen Vater vermisste, und das war oft, legte er die Karten auf dem Fußboden aus und sortierte sie nach Farben und Zahlen. Er war sich sicher, wenn er erst das ganze Spiel schaffte, dann würde sein Vater zurückkommen. Hatte er ihm nicht genau aus diesem Grund die Karten gegeben, bevor er aufgebrochen war? Natürlich hätte Andrej lieber mit seinem Bruder gespielt, aber Pavel hatte keine Zeit mehr für so was. Er war die ganze Zeit damit beschäftigt, der Mutter zu helfen, und spielte höchstens mal am Abend, bevor sie zu Bett gingen.

Pavel kam ins Zimmer. Andrej lächelte, weil er hoffte, dass sein Bruder Lust auf eine Runde hätte, aber der bückte sich nur und schob die Karten zusammen. »Räum die weg. Wir gehen raus. Wo sind deine *Laptys*?«

Für Andrej war diese Frage ein Befehl. Gehorsam kroch er unters Bett und holte seine *Laptys* hervor: zwei aus einem Traktorreifen herausgeschnittene Gummistreifen und ein Bündel Lappen, die mit Schnur zusammengebunden wurden und so ein Paar behelfsmäßiger Stiefel abgaben. Pavel half ihm, sie fest zuzubinden, und erklärte ihm, dass sie heute Abend vielleicht Fleisch essen konnten, wenn Andrej nur genau das tat, was Pavel ihm sagte.

»Kommt Papa wieder?«

»Der kommt nicht mehr wieder.«

»Ist er vermisst?«

»Ja, er ist vermisst.«

»Und von wem kommt dann das Fleisch?«

»Das fangen wir uns selbst.«

Andrej wusste, dass sein Bruder ein geschickter Jäger war. Er hatte mehr Ratten gefangen als jeder andere Junge im Dorf. Und es war das erste Mal, dass er Andrej erlaubte, ihn auf eine solch wichtige Mission zu begleiten.

Draußen im Schnee passte er ganz besonders auf, dass er nicht hinfiel. Andrej stolperte und strauchelte oft, weil er die Welt nur als Schemen wahrnahm. Das Einzige, was er klar erkennen konnte, waren Sachen, die er sich ganz nah vors Gesicht hielt. Wenn andere in der Ferne etwas ausmachen konnten, wo er selbst nur irgendetwas Verschwommenes sah, dann schrieb er das ihrer Intelligenz oder Erfahrung oder einer anderen Fertigkeit zu, die er erst noch erlernen musste. Aber heute Abend würde er nicht hinfallen und sich nicht zum Narren machen. Er würde dafür sorgen, dass sein Bruder stolz auf ihn war. Das war ihm noch wichtiger als die Aussicht auf Fleisch.

Am Waldrand blieb Pavel stehen und bückte sich, um die Katzenspuren im Schnee zu untersuchen. Andrej fand diese Fähigkeit, Spuren zu finden, enorm. Ehrfürchtig kauerte auch er sich hin und beobachtete, wie sein Bruder einen der Pfotenabdrucke berührte. Er selbst hatte vom Spurenlesen und Jagen überhaupt keine Ahnung. »Ist die Katze hier vorbeigelaufen?«

Pavel nickte und spähte in den Wald. »Die Spuren sind nicht besonders tief.«

Dem Vorbild seines Bruders folgend, umkreiste Andrej mit dem Finger den Pfotenabdruck und fragte: »Und was bedeutet das?«

»Die Katze ist nicht schwer, das heißt, wenig zu essen für uns. Aber wenn sie Hunger hat, ist es auch wahrscheinlicher, dass sie den Köder annimmt.«

Andrej versuchte diese Information zu verarbeiten, aber seine Gedanken schweiften schon wieder ab. »Bruder, wenn du eine Spielkarte wärst, welche Karte wolltest du sein? As oder König?«

Pavel seufzte auf, und Andrej, den die Missbilligung seines Bruders verletzte, merkte, wie ihm die Tränen kamen.

»Wenn ich dir antworte, versprichst du mir dann, nicht mehr zu reden?«

»Versprochen.«

»Wir werden diese Katze nämlich nicht fangen, wenn du quasselst und sie verscheuchst.«

»Ich verspreche, dass ich den Mund halte.«

»Ich wäre ein Bube. Der mit dem Schwert. Also, du hast es versprochen – kein Wort mehr.«

Andrej nickte. Pavel stand auf. Sie betraten den Wald.

Sie waren lange gelaufen, Andrej kam es vor wie viele Stunden, obwohl sein Zeitgefühl nicht genauer war als sein Sehvermögen. Im Mondlicht und bei der hellen Schneedecke schien sein Bruder keine Schwierigkeiten zu haben, den Spuren zu folgen, die immer tiefer in den Wald hineinführten, weiter, als Andrej je gekommen war. Oft musste er in Laufschritt verfallen, um hinterherzukommen. Die Beine taten ihm weh, der Bauch tat ihm weh, ihm war kalt, und Hunger hatte er auch. Zu Hause gab es vielleicht nichts zu essen, aber da schmerzten einem wenigstens nicht die Füße. Die Schnur, die die Fußlappen und die Gummistreifen zusammenhielt, hatte sich gelockert, und er spürte, wie sich Schnee unter seine Fußsohlen schob. Er traute sich nicht, seinen Bruder zu bitten, stehen zu bleiben und sie wieder fest zu binden. Andrej hatte es versprochen – keinen Mucks. Bald würde der Schnee schmelzen, die Lappen würden nass und seine Füße taub werden. Um auf andere Gedanken zu kommen, knickte er einen Zweig von einem jungen Baum ab und kaute die Rinde, bis er sie zu einer groben Paste zermahlen hatte, die sich auf den Zähnen und der Zunge pelzig anfühlte. Pavel hatte ihm erzählt, dass Rindenpampe das Hungergefühl stoppte. Er glaubte ihm, es war vernünftig, daran zu glauben.

Plötzlich machte Pavel ihm ein Zeichen anzuhalten. Andrej blieb wie angewurzelt stehen. Seine Zähne hatten sich von den Rindenbröckchen braun gefärbt. Pavel kauerte sich hin. Andrej machte es ihm nach und suchte den Wald ab nach dem, was auch immer sein Bruder entdeckt haben mochte. Er blinzelte und versuchte, die Bäume deutlicher zu sehen.

Pavel starrte die Katze an, und die Katze schien ihn mit ihren kleinen, grünen Augen ebenfalls anzustarren. Was ging in ihr vor? Warum rannte sie nicht weg? Vielleicht hatte sie noch nicht gelernt, vor Menschen Angst zu haben, weil sie in Marias Haus versteckt gewesen war. Pavel zog sein Messer hervor, schnitt sich in die Fingerspitze und schmierte Blut auf den Hühnerknochen, den seine Mutter ihm gegeben hatte. Dasselbe machte er mit Andrejs Köder, einem zertrümmerten Rattenschädel. Er nahm dazu sein eigenes Blut, weil er Andrej nicht traute. Der würde womöglich aufjaulen und die Katze verscheuchen. Wortlos trennten sich die beiden und entfernten sich in entgegengesetzte Richtungen. Pavel hatte seinem Bruder schon zu Hause genaue Anweisungen gegeben. Als sie sich ein Stück voneinander entfernt hatten, legten sie zu beiden Seiten der Katze die Knochen in den Schnee. Pavel linste zu seinem Bruder hinüber, um sicherzugehen, dass der nichts verbockte.

Andrej machte genau, was man ihm gesagt hatte. Er zog das Stück Schnur aus seiner Tasche, deren Ende Pavel schon zu einer Schlinge geknotet hatte. Andrej musste die jetzt nur noch um den Rattenschädel herumlegen. Nachdem er das erledigt hatte, trat er so weit zurück, wie es das Seil zuließ, dann legte er sich auf den Bauch und drückte dabei den knirschenden Schnee zusammen. Er lag da und wartete. Erst jetzt, auf dem Boden, bemerkte er, dass er seinen Köder kaum erkennen konnte. Alles war verschwommen. Plötzlich bekam Andrej es mit der Angst zu tun und hoffte inständig, dass die Katze sich seinem Bruder zuwenden würde. Der würde keinen Fehler machen. Er würde sie fangen, und dann konnten sie heimgehen und essen. Vor Nervosität und Kälte fingen ihm die Hände zu zittern an. Er versuchte, sie ruhig zu halten. Er sah etwas. Ein undeutlicher schwarzer Fleck kam auf ihn zu.

Andrejs Atem fing an, den Schnee vor seinem Gesicht zu schmelzen. Tropfen kalten Wassers rannen auf ihn zu und krochen ihm in die Kleider. Er wollte, dass die Katze in die andere Richtung lief, auf die Falle seines Bruders zu, aber als der schwarze Fleck immer näher und näher kam, gab es nichts mehr daran zu deuteln, dass die Katze sich ihn ausgesucht hatte. Klar, wenn er die Katze fing, dann würde Pavel ihn lieben und mit ihm Karten spielen und nie mehr böse auf ihn sein. Die Vorstellung gefiel ihm, und seine Laune verwandelte sich von Grauen in Jagdfieber. Jawohl, er würde derjenige sein, der die Katze fing. Er würde sie töten. Er würde es seinem Bruder zeigen. Was hatte der noch mal gesagt? Er hatte ihn davor gewarnt, die Schlinge zu früh zuzuziehen. Wenn die Katze verschreckt wurde, war alles verloren. Aus diesem Grund und weil er nicht ganz genau sagen konnte, wo die Katze stand, beschloss Andrej zu warten, nur um sicherzugehen. Fast konnte er das schwarze Fell und die vier Beine ausmachen. Andrej würde noch ein kleines bisschen warten, noch ein kleines bisschen ... da hörte er seinen Bruder fauchen: »Jetzt!«

Andrej geriet in Panik. Diesen Tonfall kannte er zur Genüge. Er bedeutete, dass er etwas falsch gemacht hatte. Er blinzelte angestrengt und erkannte, dass die Katze mitten über der Falle stand. Er zog an der Schnur, aber zu spät, das Tier war schon weggesprungen. Die Schlinge hatte sie nicht erwischt. Trotzdem zog Andrej die Schnur zu sich heran, in der erbärmlichen Hoffnung, dass an ihrem Ende vielleicht doch eine Katze wäre. Als die leere Schlinge in seiner Hand ankam, spürte er, wie sich sein Gesicht vor Scham rötete. Wutentbrannt wollte er schon aufspringen und dieses verdammte Biest jagen, es einfangen und erwürgen, ihm den Schädel einschlagen. Aber Andrej rührte sich nicht. Er sah, dass sein Bruder flach auf die Erde gepresst liegen geblieben war. Und Andrej, der gelernt hatte, immer dem Beispiel seines Bruders zu folgen, machte genau dasselbe. Er blinzelte und kniff die Augen zusammen, bis er sah, dass die Katze auf die Falle seines Bruders zuschlich.

Pavels Ärger über seinen nichtsnutzigen kleinen Bruder war angesichts der unvorsichtigen Katze dem Jagdfieber gewichen. Erwartungsvoll spannten sich seine Rückenmuskeln an. Ganz offensichtlich hatte die Katze Blut geleckt, und der Hunger war stärker als die Vorsicht. Er wartete, bis sie mitten im Lauf stehen blieb, eine Pfote halb in der Luft, und ihn geradeheraus anstarrte. Pavel hielt den Atem an. Seine Finger umklammerten die Schnur, er wartete, im Geiste lockte er die Katze. *Bitte, bitte, bitte!*

Die Katze machte einen Satz, riss das Maul auf und schnappte sich den Knochen. Genau im richtigen Moment straffte Pavel die Schnur. Die Schlinge schloss sich um ihre Pfote, das Vorderbein war gefangen. Pavel sprang auf, zerrte und zog die Schlinge noch enger. Die Katze versuchte abzuhauen, aber die Schnur hielt sie fest. Ein Gekreisch erfüllte den Wald, als würde eine viel größere Kreatur um ihr Leben kämpfen. Die Katze warf sich im Schnee hin und her, krümmte sich und schnappte nach der Schnur. Pavel fürchtete, der Knoten könnte reißen, das Seil war dünn und zerschlissen. Als er versuchte, ihr näher zu kommen, nahm die Katze Reißaus und blieb außerhalb seiner Reichweite. Er schrie seinen Bruder an: »Mach sie tot!«

Andrej hatte sich nicht mehr gerührt, weil er nicht noch einen Fehler machen wollte. Aber jetzt bekam er klare Anweisungen. Er sprang auf, machte einen Satz nach vorn, stolperte prompt und fiel kopfüber hin. Als er seine Nase aus dem Schnee hob, sah er vor sich die Katze, wie sie fauchte und spuckte und sich wand. Wenn die Schnur riss, wäre sie frei und sein Bruder würde ihn auf ewig hassen. Pavel schrie, seine Stimme überschlug sich vor Verzweiflung: »Mach sie tot! Mach sie tot! Mach sie tot!«

Andrej rappelte sich hoch, und ohne eigentlich zu wissen, was er da machte, sprang er vor und warf sich über den zappelnden Katzenleib. Vielleicht hoffte er, der Aufprall würde sie töten. Aber jetzt lag er auf dem Tier und konnte fühlen, dass die Katze lebte, sich unter seinem Bauch wand und in den Getreidesäcken verkrallte, die man für ihn zu einer Jacke zusammengenäht hatte. Andrej hielt sich flach auf der Katze, damit sie nicht entkommen konnte, und sah sich mit flehentlichem Blick nach Pavel um, damit der die Sache übernahm: »Das Biest lebt noch!«

Pavel kam angelaufen, ließ sich auf die Knie fallen und schob seinen Arm unter den Körper seines jüngeren Bruders, um sogleich Bekanntschaft mit dem zuschnappenden Maul der Katze zu machen. Er wurde gebissen und riss die Hand heraus. Ohne auf seinen blutenden Finger zu achten, kroch er zur anderen Seite und schob seine Hand wieder hinein. Diesmal erwischte er den Schwanz. Langsam krabbelten seine Finger den Rücken der Katze hinauf. Gegen diesen Angriffspunkt konnte das Tier sich nicht wehren.

Andrej rührte sich nicht, fühlte aber, wie unter ihm der Kampf tobte, fühlte, wie die Hand seines Bruders sich dem Kopf der Katze näherte, immer näher und näher kam. Die Katze spürte, dass es um ihr Leben ging, und sie fing an, auf alles einzubeißen, die Jacke, den Schnee, rasend vor Wut und Angst. Andrej konnte das Getümmel in seinem Bauch fühlen. Dem Beispiel seines Bruders folgend, brüllte er: »Mach sie tot! Mach sie tot! Mach sie tot!«

Pavel brach der Katze das Genick. Einige Augenblicke lang rührten sie sich beide nicht, lagen nur reglos da und atmeten schwer. Pavel legte seinen Kopf auf Andrejs Rücken, eine Hand umklammerte immer noch den Hals der Katze. Schließlich zog er seine Hände unter seinem Bruder hervor und stand auf. Andrej blieb im Schnee liegen, er wagte nicht sich zu rühren.

»Du kannst jetzt aufstehen.«

Er konnte jetzt aufstehen. Er konnte sich neben seinen Bruder stellen, mit stolzgeschwellter Brust. Er hatte ihn nicht enttäuscht. Hatte nicht versagt. Er streckte den Arm aus, nahm die Hand seines Bruders und stand auf. Ohne ihn hätte Pavel die Katze nicht fangen können. Die Schnur wäre gerissen. Die Katze wäre abgehauen. Andrej lächelte, und dann lachte er und klatschte in die Hände und drehte sich tanzend im Kreis. Er war so glücklich wie noch nie in seinem ganzen Leben. Sie beide waren Partner. Pavel umarmte ihn, und dann besahen sie sich ihre Trophäe: eine abgemagerte, tote, in den Schnee gedrückte Katze.

Die Vorsicht gebot, dass sie ihre Beute unbeobachtet ins Dorf zurückschafften. Für so einen Fang würden die Leute sich prügeln, sogar töten, und vielleicht hatte das Gekreisch der Katze ja jemanden alarmiert. Pavel wollte nichts dem Zufall überlassen. Einen Sack oder eine Tasche, worin sie die Katze hätten verstecken können, hatten sie nicht dabei, also mussten sie improvisieren. Pavel beschloss, dass sie sie unter einem Stapel Äste verstecken würden. Wenn sie dann auf dem Nachhauseweg jemandem begegneten, würde es so aussehen, als hätten sie Feuerholz gesammelt, und keiner würde sich wundern. Er hob die Katze aus dem Schnee: »Ich trage sie unter einem Stapel Äste, damit keiner sie sieht. Aber wenn wir tatsächlich Feuerholz sammeln würden, dann hättest du auch welches auf dem Arm.«

Andrej war beeindruckt, sein Bruder dachte einfach an alles. Darauf wäre er nie gekommen. Er machte sich daran, Holz aufzulesen. Die Erde war schneebedeckt, und das machte es schwierig, irgendwelche losen Äste zu finden. Er musste den Schnee mit bloßen Händen durchpflügen. Nach jedem Versuch rieb er die Handflächen aneinander und hauchte hinein. Mittlerweile lief ihm der Rotz aus der Nase und sammelte sich auf seiner Oberlippe, aber das machte ihm nichts aus, nicht heute Abend, nicht nach diesem Triumph. Andrej fing an, ein Lied zu summen, das sein Vater immer gesungen hatte, und grub die Finger wieder in den Schnee.

Weil auch Pavel Schwierigkeiten hatte, Äste zu finden, hatte er sich von seinem jüngeren Bruder getrennt. In einiger Entfernung sah er einen umgestürzten Baum, dessen Äste nach allen Seiten abstanden. Er eilte darauf zu und legte die Katze in den Schnee, damit er beide Hände frei hatte, um totes Holz von dem Stamm zu brechen. Hier gab es reichlich, mehr als genug für sie beide, und Pavel schaute sich nach Andrej um. Er wollte ihn schon rufen, aber dann blieb ihm das Wort im Halse stecken. Er hatte ein Geräusch gehört. Ruckartig drehte er sich um. Der Wald war dicht und finster. Pavel schloss die Augen und konzentrierte sich auf das Geräusch. Es hörte sich irgendwie gleichmäßig an. *Knirsch, knirsch, knirsch.* Das war Schnee. Es wurde schneller und lauter. Ein eisiger Schreck jagte durch Pavels Körper, und er riss die Augen wieder auf. Da drüben im Dunkeln bewegte sich was. Ein Mann, er rannte. Er hatte einen dicken Knüppel in der Hand. Mit langen Sätzen kam er direkt auf Pavel zu. Bestimmt hatte er gehört, wie sie die Katze getötet hatten, und jetzt wollte er ihnen ihre Beute abspenstig machen. Aber nicht mit Pavel. Er würde nicht zulassen, dass ihre Mutter hungerte. Er würde nicht so ein Versager sein wie sein Vater. Mit den Füßen schaufelte er Schnee über die Katze und versuchte, sie zu verstecken.

»Wir sammeln …« Pavel verstummte, als der Mann zwischen den Bäumen hervorgeprescht kam und seinen Prügel hob. Erst jetzt, als er das hagere Gesicht des Mannes und seinen irren Blick sah, wurde Pavel klar, dass der Mann gar nicht hinter der Katze her war. Er war hinter ihm her.

Pavel riss den Mund auf, und schon im nächsten Moment sauste der schwere Ast herab, das Ende traf ihn mitten auf dem Kopf. Pavel spürte nichts, er merkte nur, dass er nicht mehr stand, sondern auf den Knien war. Mit zur Seite geneigtem Kopf schielte er nach oben, Blut lief ihm in die Augen, aber er sah noch, wie der Mann zum zweiten Mal ausholte.

* * *

Andrej hörte auf zu summen. Hatte ihn da eben sein Bruder gerufen? Besonders viele Äste hatte er nicht gefunden, bestimmt nicht genügend für ihren Plan. Andrej wollte nicht ausgeschimpft werden, nicht nachdem er sich so gut geschlagen hatte. Er zog die Hände aus dem Schnee und stand auf. Dann spähte er blinzelnd in den Wald. Selbst die nächststehenden Bäume konnte er nur als verschwommene Schatten erkennen. »Pavel?«

Keine Antwort. Andrej rief noch einmal. Sollte das etwa ein Spiel sein? Nein, sein Bruder machte keine Spielchen, jedenfalls nicht mehr. Andrej ging in die Richtung, wo er seinen Bruder zum letzten Mal gesehen hatte, aber er konnte nichts entdecken. So ein Mist. Irgendwas stimmte da nicht. Andrej rief noch mal, diesmal lauter. Warum gab sein Bruder keine Antwort? Mit dem rauen Jackenärmel wischte er sich die Nase ab. Vielleicht war das ja eine Prüfung. Was würde sein Bruder in so einer Situation machen? Er würde den Spuren im Schnee folgen. Andrej ließ seine Äste fallen und ging auf die Knie. Auf allen vieren suchte er die Erde ab. Er fand seine eigenen Fußspuren wieder und folgte ihnen bis zu dem Punkt, wo er sich von seinem Bruder getrennt hatte. Stolz auf sich selbst folgte er nun der Spur seines Bruders. Wenn er sich hinstellte, konnte er die Fußstapfen nicht erkennen, also kauerte er sich wieder hin, die Nase nur um Armeslänge vom Schnee entfernt. Dann machte er weiter, wie ein Hund, der einer Witterung folgt.

Er kam an einem umgefallenen Baum an. Überall lagen Äste herum, und überall waren Stiefelabdrücke, manche tief und groß. Der Schnee war rot. Andrej nahm eine Handvoll und drückte sie zwischen den Fingern zusammen. Dann drückte er noch fester und sah, wie der Schnee zu Blut wurde.

»Pavel!« Er hörte erst auf zu schreien, als ihm der Hals wehtat und er keine Stimme mehr hatte. Jetzt wimmerte er nur noch. Er wollte seinem Bruder sagen, dass er seinen Anteil von der Katze gerne haben konnte. Wenn er nur zurückkam. Aber es half nichts. Sein Bruder hatte ihn im Stich gelassen. Er war ganz allein.

* * *

Hinter den Ziegelsteinen ihres Ofens hatte Oksana einen kleinen Sack mit zermahlenen Getreidehalmen, Gänsefuß und zerstoßenen Kartoffelschalen versteckt. Bei Kontrollen hatte sie immer ein kleines Feuer brennen, damit die Eintreiber ja nicht hinter die Flammen guckten. Sie misstrauten ihr. Warum war sie noch gesund, wenn alle anderen krank waren? Als sei es ein Verbrechen, am Leben zu sein. Aber etwas zu essen fanden sie in ihrem Haus nie und konnten sie nicht bezichtigen, eine *Kulakin* zu sein, die sich an anderen bereicherte. Anstatt sie also auf der Stelle zu exekutieren, ließen sie sie langsam krepieren. Oksana hatte schon gelernt, dass es nichts half, sich gegen diese Leute aufzulehnen. Vor einigen Jahren hatte sie im Dorf den Widerstand organisiert, nachdem bekannt gegeben worden war, dass Parteifunktionäre auf dem Weg zu ihnen waren, um die Kirchenglocke einzukassieren. Sie wollten sie einschmelzen. Oksana und vier andere Frauen hatten sich im Glockenturm eingeschlossen, unablässig geläutet und versucht zu verhindern, dass man die Glocke mitnahm. Oksana hatte geschrien, dass die Glocke Gott gehörte. Leicht hätte sie an diesem Tag erschossen werden können, aber der zuständige Eintreiber hatte beschlossen, die Frauen zu verschonen. Nachdem man die Tür aufgebrochen hatte, hatte er erklärt, sein einziger Befehl laute, die Glocke abzuholen, und Oksana belehrt, Metall sei wichtig für die industrielle Revolution ihres Landes. Als Antwort hatte sie vor ihm ausgespuckt. Als der Staat dann auch noch angefangen hatte, den Dorfbewohnern die Lebensmittel wegzunehmen mit dem Argument, sie gehörten dem Land und nicht ihnen, hatte Oksana ihre Lektion bereits gelernt. Statt Stärke zu zeigen, täuschte sie nun Gehorsam vor und hielt ihren Widerstand geheim.

Heute würde die Familie sich den Bauch vollschlagen. Oksana schmolz Schneeklumpen, brachte die Flüssigkeit zum Kochen und dickte sie mit zerriebenen Getreidehalmen ein. Dann gab sie die letzten Knochen aus der Flasche hinzu, die sie, sobald sie ausgekocht waren, zermahlen würde. Jetzt bloß nicht voreilig werden, schließlich hatte Pavel es noch nicht geschafft. Aber er würde es schaffen, sie wusste es einfach. Gott hatte ihr ein schweres Los auferlegt, aber er hatte ihr auch einen Sohn an die Seite gestellt. Trotzdem nahm sie sich für den Fall, dass Pavel die Katze doch nicht fing, selbst das Versprechen ab, nicht böse auf ihn zu sein. Der Wald war schließlich groß, und außerdem war Zorn ohnehin nur verschwendete Kraft. Während Oksana sich noch innerlich auf eine mögliche Enttäuschung vorzubereiten versuchte, schwindelte es ihr schon bei der Aussicht auf Borschtsch mit Fleisch und Kartoffeln.

Andrej stand in der Tür. Das Gesicht zerkratzt, die Jacke voller Schnee. Rotz und Blut liefen ihm aus der Nase. Seine Fußlappen hatten sich vollkommen aufgewickelt, sodass die Zehen hervorlugten. Oksana eilte zu ihm. »Wo ist dein Bruder?«

»Er hat mich allein gelassen.« Andrej fing an zu heulen. Er wusste nicht, wo sein Bruder steckte. Verstand nicht, was passiert war. Konnte es nicht erklären. Er wusste, seine Mutter würde ihn verabscheuen. Er wusste, sie würde ihm die Schuld geben, obwohl er alles richtig gemacht hatte. Schließlich war es sein Bruder, der ihn im Stich gelassen hatte.

Oksana rang nach Luft. Sie schob Andrej beiseite, eilte aus dem Haus und spähte in den Wald. Von Pavel keine Spur. Vielleicht war er gestürzt und hatte sich verletzt. Vielleicht brauchte er Hilfe. Sie lief wieder hinein. Sie musste unbedingt wissen, was los war. Da sah sie Andrej mit einem Holzlöffel im Mund neben dem Borschtsch stehen. Auf frischer Tat ertappt, glotzte er seine Mutter einfältig an, wobei ihm ein Rinnsal Suppe aus dem Mund lief. Oksana war außer sich vor Wut, auf ihren toten Mann, auf ihren verschwundenen Sohn – sie sprang vor, warf Andrej zu Boden und stieß ihm den Holzlöffel in den Rachen. »Wenn ich den Löffel raushole, dann sagst du mir, was passiert ist, verstanden?«

Kaum aber hatte sie den Löffel wieder herausgezogen, konnte er nur noch husten. Wutentbrannt trieb sie ihm den Löffel wieder in den Rachen. »Du nutzloser, dämlicher Tölpel. Wo ist mein Sohn? Wo ist er?«

Sie zog den Löffel wieder heraus, aber er plärrte nur und würgte und brachte nichts heraus. Flennte nur weiter und hustete. Da schlug sie auf ihn ein, trommelte ihm mit den Händen gegen den schmalen Brustkorb. Erst als der Borschtsch überzukochen drohte, ließ sie von ihm ab, sprang auf und schob die Suppe vom Feuer.

Andrej lag am Boden und wimmerte. Als Oksana ihn so daliegen sah, verrauchte ihr Zorn. Er war doch noch so klein. Und er hatte seinen Bruder so lieb. Oksana beugte sich zu ihm hinab, hob ihn auf und setzte ihn auf einen Stuhl. Sie legte ihm ihre Decke um und goss ihm eine Schale Suppe ein, eine ordentliche Portion, mehr, als er je zuvor bekommen hatte. Sie versuchte, ihn zu füttern, aber er machte den Mund nicht auf. Er schmollte. Also reichte sie ihm den Löffel. Er hörte auf zu weinen und begann zu essen, verschlang den ganzen Borschtsch. Sie machte die Schale wieder voll und ermahnte ihn, langsam zu essen. Er ignorierte sie und vertilgte auch noch die zweite Schale. Ganz leise fragte sie ihn, was passiert sei, und hörte ihm zu, wie er von dem Blut im Schnee erzählte, von den herumliegenden Ästen, dem Verschwinden von Pavel und den tiefen Stiefelabdrücken.

Oksana schloss die Augen. »Dein Bruder ist tot. Jemand hat ihn geraubt, damit er ihn aufessen kann. Verstehst du das? Genauso, wie ihr die Katze gejagt habt, hat jemand anderes euch gejagt. Verstehst du das?«

Andrej glotzte stumm die Tränen seiner Mutter an. Ehrlich gesagt verstand er gar nichts. Er sah ihr hinterher, wie sie aufstand und nach draußen ging. Als er ihre Stimme hörte, lief er zur Tür.

Oksana kniete im Schnee und starrte den Mond an. »Bitte, Gott, gib mir meinen Sohn wieder.«

Nur Gott konnte ihn ihr jetzt noch zurückbringen. Das war doch nicht zu viel verlangt. Hatte Gott ein so kurzes Gedächtnis? Sie hatte ihr Leben riskiert, um seine Glocke zu retten, und alles, was sie dafür wollte, war ihr Sohn, der einzige Sinn in ihrem Leben.

Ein paar Nachbarn ließen sich an den Türen blicken. Sie stierten Oksana an und hörten ihr Wehklagen. Aber an solchen Kummer war man hier gewöhnt, und lange gafften die Nachbarn nicht.

Zwanzig Jahre danach

Moskau

11. Februar 1953

Der Schneeball klatschte Jora gegen den Hinterkopf. Der Schnee flog ihm nur so um die Ohren. Irgendwo hinter sich konnte er seinen kleinen Bruder lachen hören. Lauthals. Stolz auf sich, stolz auf seinen Wurf, auch wenn er nur Dusel gehabt hatte, ein Zufallstreffer. Jora wischte sich den Schnee aus dem Kragen seiner Jacke, aber ein paar Brocken waren ihm schon den Rücken hinuntergekrochen. Während sie an seiner Haut hinabglitten, schmolzen sie und verwandelten sich in dünne Rinnsale eiskalten Wassers. Jora zog sich das Hemd aus der Hose, schob die Hand so weit er konnte nach oben und angelte nach dem Eis.

Arkadi konnte es nicht fassen, dass sein Bruder da so selbstvergessen mit seinem Hemd beschäftigt war, anstatt auf seinen Gegner aufzupassen. Bedächtig ballte er neuen Schnee zusammen, eine Handvoll nach der anderen. Wenn man sie zu groß machte, taugten sie nichts. Zu schwer zu werfen, zu langsam in der Luft, deshalb konnte man ihnen zu leicht ausweichen. Das war lange Zeit sein Fehler gewesen, dass er sie zu groß machte. Statt dass sie einen größeren Aufprall erzeugten, konnte man sie leicht aus der Luft schlagen, oft genug lösten sie sich auch von ganz alleine auf und fielen auseinander. Kamen gar nicht erst bei seinem Bruder an. Er und Jora machten oft Schneeballschlachten. Manchmal waren auch andere Kinder dabei, aber meistens waren sie nur zu zweit. Die Schlacht fing immer ganz gemächlich an und wurde dann mit jedem Wurf verbissener. Arkadi verlor immer, weil sein Bruder die Bälle einfach schneller und fester warf. Am Ende war es immer dasselbe Lied: Arkadi kapitulierte enttäuscht, wurde sauer oder fing sogar an zu heulen und stürmte davon. Er fand es zum Kotzen, dass er immer der Verlierer war, und genauso zum Kotzen fand er es, dass er sich so darüber ärgerte. Überhaupt spielte er nur deshalb immer wieder mit, weil er sich sicher war, dass es diesmal anders sein, dass er diesmal gewinnen würde. Und heute war der Tag gekommen. Das war seine Chance. Langsam schlich er sich näher heran, aber nicht zu nah. Er wollte, dass der Wurf auch zählte. Aus nächster Nähe galt es nicht.

Jora sah ihn kommen. Ein weißer Klecks, der in der Luft einen Bogen beschrieb, nicht zu groß, nicht zu klein. Mit den Händen auf dem Rücken konnte er gar nichts machen. Sein kleiner Bruder lernte schnell, das musste man ihm lassen.

Der Schneeball traf ihn voll auf der Nasenspitze, zerplatzte, Schnee geriet ihm in die Augen, die Nase, den Mund. Jora stolperte rückwärts, das ganze Gesicht weiß überzuckert. Das war ein perfekter Wurf gewesen – und das Spielende. Sein kleiner Bruder hatte ihn besiegt, ein Knirps von nicht mal fünf Jahren. Erst jetzt, wo Jora zum ersten Mal verloren hatte, merkte er, wie viel es ihm bedeutete zu gewinnen. Sein Bruder lachte wieder, veranstaltete ein Riesenspektakel, als wäre ein Schneeball in die Fresse das Lustigste auf der Welt. Wenigstens hatte er selbst sich nie so hämisch gefreut wie Arkadi jetzt. Nie hatte er so laut gelacht und sich dermaßen an seinen Siegen geweidet. Sein kleiner Bruder war ein schlechter Verlierer und ein noch schlechterer Gewinner. Der brauchte eine Lektion, musste ein bisschen zurechtgestutzt werden. Einmal hatte er gewonnen, das war alles. Ein einziger glücklicher, unbedeutender Sieg, ein Mal von hundert – ach was, von tausend Malen. Und jetzt tat Arkadi irgendwie so, als seien sie quitt, oder schlimmer noch, als sei er der Bessere. Jora kauerte sich hin, buddelte mit den

Händen im Schnee, bis hinunter auf die Eiskruste, und scharrte eine Handvoll gefrorener Erde, Kiesel und Steinchen zusammen.

Als er sah, dass sein älterer Bruder sich noch einen Schneeball zurechtmachte, wirbelte Arkadi herum und rannte los. Jetzt kam also die Rache: ein sorgfältig präpariertes Geschoss, und sein Bruder würde so fest werfen, wie er nur konnte. Aber er, Arkadi, würde sich nicht als Zielscheibe hergeben. Wenn er weglief, war er in Sicherheit. Jeder Schneeball, egal wie gut er gemacht und wie genau er geworfen wurde, konnte nur eine bestimmte Strecke fliegen, bevor er die Form verlor und auseinanderfiel. Und selbst wenn sie trafen, waren sie ab einer bestimmten Entfernung harmlos. Lohnte sich gar nicht, sie überhaupt noch zu werfen. Wenn er wegrannte, war das Spiel zu Ende und er hatte einen Vorsprung. Er wollte nicht, dass ihm der Sieg genommen würde, weil sein Bruder noch eine Serie schnell nacheinander geworfener Treffer landete. Nein: Abhauen und sich zum Sieger erklären. Das Spiel jetzt beenden. Dann konnte er das Gefühl mindestens bis morgen auskosten, wo er vermutlich wieder verlieren würde. Aber das war morgen. Heute war der Tag des Triumphs.

Er hörte, wie sein Bruder seinen Namen rief. In vollem Lauf wandte er sich um und lächelte, eigentlich grinste er, weil er sich sicher war, außer Schussweite zu sein.

Es traf ihn ins Gesicht wie eine Faust. Sein Kopf wurde nach hinten geschleudert, er hob vom Boden ab und hing eine Sekunde lang regelrecht in der Luft. Dann berührten seine Füße wieder den Boden, die Beine knickten ihm weg, und er platschte, weil er zu benommen war, um wenigstens die Hände auszustrecken, ungebremst in den Schnee. Einen Moment lang blieb er einfach so liegen und kapierte nicht, was passiert war. Er hatte Dreck, Kiesel, Spucke und Blut im Mund. Mit einem behandschuhten Finger tastete er vorsichtig zwischen seine Lippen. Seine Zähne fühlten sich rau an, als hätte man ihn gezwungen, Sand zu fressen. Da war eine Lücke. Ein Zahn war ausgeschlagen. Arkadi fing an zu heulen, spuckte in den Schnee und durchkämmte die Schweinerei nach seinem fehlenden Zahn. Irgendwie war es das Einzige, woran er jetzt denken konnte, das Einzige, was ihm wichtig war. Er musste seinen Zahn wiederfinden. Wo war sein Zahn? Aber er konnte ihn nicht finden, nicht in diesem weißen Schnee. Der Zahn war weg. Und es war nicht mal der Schmerz (obwohl es ganz schön weh tat), es war die Wut, der Zorn über diese Gemeinheit. Durfte er nicht ein einziges Mal gewinnen? Er hatte doch fair gewonnen. Konnte sein Bruder ihm das nicht gönnen? Nicht mal einen einzigen Sieg?

Jora rannte zu seinem Bruder. Kaum hatte der Klumpen aus Erde, Sand und Kieseln sich aus seiner Hand gelöst, hatte er seine Entscheidung schon bereut. Er hatte den Namen seines Bruders geschrien, damit der sich duckte und dem Ball auswich. Stattdessen hatte sein Bruder sich umgedreht und einen Volltreffer abgekriegt. Statt dass Jora ihm geholfen hatte, sah sein Warnruf jetzt aus wie eine ganz besonders heimtückische Finte. Als er näher kam, sah er Blut auf dem Schnee, und ihm wurde übel. Das war er gewesen. Ihre Schneeballschlachten machten ihm mehr Spaß als die meisten anderen Sachen, und jetzt hatte er sie in etwas Schreckliches verwandelt. Warum hatte er seinen Bruder nicht gewinnen lassen können? Morgen hätte er doch wieder gewonnen, und übermorgen und Tag um Tag darauf auch. Jora schämte sich.

Er ließ sich in den Schnee fallen und legte seinem kleinen Bruder die Hand auf die Schulter. Arkadi schüttelte sie ab und starrte ihn mit roten, tränennassen Augen und blutverschmiertem Mund an. Er sah aus wie eine wilde Bestie. Sagte keinen Ton. Sein Gesicht war wutverzerrt. Etwas unsicher rappelte er sich auf. »Arkadi?«

Statt einer Antwort riss Arkadi nur den Mund auf und schrie auf wie ein Tier. Alles, was Jora sehen konnte, war eine verdreckte Zahnreihe. Dann machte Arkadi kehrt und rannte weg.

»Arkadi! Warte!«

Aber Arkadi wartete nicht, blieb nicht stehen, wollte die Entschuldigung seines Bruders nicht hören. Er rannte, so schnell er konnte, und tastete dabei mit der Zunge nach der frischen Lücke in seinen Vorderzähnen. Er fand sie, befühlte mit der Zungenspitze den Gaumen und hoffte, dass er seinen Bruder nie mehr wiedersehen müsste.

14. Februar

Angestrengt blickte Leo zum Apartmentblock Nr. 18 hoch. Ein niedriger Betonklotz. Es war später Nachmittag und schon dunkel. Er hatte einen kompletten Arbeitstag mit etwas vergeudet, das ebenso unangenehm wie unwichtig war. Laut einem Milizbericht über besondere Vorkommnisse hatte man einen vier Jahre und zehn Monate alten Jungen tot auf den Bahngleisen gefunden. Der Junge hatte abends auf den Bahngleisen gespielt und war von einem Reisezug erfasst worden, dessen Räder ihn zerstückelt hatten. Der Lokführer des Neun-Uhr-Zuges nach Chabarowsk hatte beim ersten Halt durchgegeben, dass er nach dem Verlassen des Jaroslawer Bahnhofs einen flüchtigen Blick auf jemanden oder etwas auf den Gleisen erhascht habe. Ob tatsächlich sein Zug den Jungen erfasst hatte, war noch nicht erwiesen. Vielleicht wollte der Fahrer nicht zugeben, dass er das Kind überfahren hatte. Aber das musste man nicht vertiefen – ein tragischer Unfall, da stellte sich die Frage nach dem Schuldigen nicht.

Normalerweise hätte man die Sache schon zu den Akten gelegt. Und normalerweise wäre Leo Stepanowitsch Demidow, ein Mitarbeiter des Staatssicherheitsdienstes MGB, mit einem solchen Vorfall nie befasst worden. Was konnte er hier schon ausrichten? Der Verlust eines Sohnes brach einer Familie und den Verwandten das Herz. Aber auf staatlicher Ebene spielte so etwas, offen gesagt, keine Rolle. Unvorsichtige Kinder waren nun wirklich keine Angelegenheit für die Staatssicherheit – außer sie hatten eine unvorsichtige Zunge. Diese spezielle Situation allerdings hatte sich unversehens verkompliziert. Die Trauer der Eltern hatte seltsame Formen angenommen. Offensichtlich konnten sie nicht hinnehmen, dass ihr Sohn – Leo las noch einmal im Bericht nach und prägte sich den Namen Arkadi Fjodorowitsch Andrejew ein – selbst an seinem Tod schuld war. Sie hatten herumerzählt, ihr Sohn sei ermordet worden. Von wem? Keine Ahnung. Warum? Keine Ahnung. Wie konnte so etwas überhaupt möglich sein? Auch keine Ahnung. Doch selbst ohne irgendwelche logischen oder plausiblen Argumente hatten sie die Macht des Mitgefühls auf ihrer Seite, und es war nicht auszuschließen, dass sie andere Leichtgläubige überzeugten: Nachbarn, Freunde und auch Fremde – wer immer ihnen zuhörte.

Es machte die Sache nicht besser, dass Fjodor Andrejew, der Vater des Jungen, selbst ein niederer Beamter des MGB und, wie der Zufall es wollte, einer von Leos Untergebenen war. Abgesehen von der Tatsache, dass er es hätte besser wissen müssen, berief er sich zur Untermauerung seiner unhaltbaren Ansicht auch noch auf sein Expertenwissen und brachte so den MGB in Misskredit. Er war zu weit gegangen, hatte zugelassen, dass seine Gefühle die Oberhand über sein Urteilsvermögen gewannen. Ohne die mildernden Umstände hätte Leos Aufgabe leicht darin bestehen können, den Mann zu verhaften. Die ganze Sache war verfahren, und Leo war gezwungen worden, sich vorübergehend von einem echten und heiklen Einsatz abziehen zu lassen, um die Angelegenheit ins Reine zu bringen.

Leo war nicht besonders erpicht auf die bevorstehende Konfrontation, also nahm er sich beim Erklimmen der Treppenstufen Zeit und sann darüber nach, wie er ausgerechnet in einem solchen Beruf hatte landen können – bei der Überwachung anderer Leute. Es war nie seine Absicht gewesen, in den Staatssicherheitsdienst einzutreten. Diese Laufbahn hatte sich aus seinem Militärdienst ergeben. Während des Großen Vaterländischen Krieges hatte man ihn einem Sonderkommando namens OMSBON zugeteilt, einer unabhängigen, Sonderoperationen vorbehaltenen Panzergrenadierbrigade. Das dritte und vierte Bataillon dieser Division hatte man aus dem Zentralinstitut für Körperkultur rekrutiert, wo Leo Student gewesen war. Diese Elite der Athletischsten und Gesündesten unter ihnen wurde ausgewählt und in ein Trainingslager in Mitischtschi nördlich von Moskau geschickt, wo man sie in Nahkampf, Waffenkunde, Fallschirmsprüngen aus niedriger Höhe und dem Umgang mit Sprengstoff unterrichtete. Das Lager gehörte zum NKWD, wie der Geheimdienst geheißen hatte, bevor die Staatssicherheitsabteilung zum MGB wurde. Die Bataillone waren nicht dem Militär, sondern unmittelbar dem NKWD unterstellt, und die Natur ihrer Missionen spiegelte dies auch wider. Sie wurden hinter feindliche Linien geschickt, wo sie die Infrastruktur zerstörten, spionierten, Feinde ermordeten – verdeckt operierende Nahkampfspezialisten.

Leo hatte die Unabhängigkeit bei seinen Operationen genossen, obwohl er diese Empfindung lieber für sich behielt. Die Tatsache oder vielleicht auch nur Illusion, sein Schicksal in den eigenen Händen zu halten, hatte ihm gefallen. Er war regelrecht aufgeblüht – mit dem Ergebnis, dass man ihm den Suworow-

Orden zweiter Klasse verliehen hatte. Seine Besonnenheit, seine militärischen Erfolge, sein gutes Aussehen und vor allem sein unbedingter und aufrichtiger Glaube an sein Land hatten dazu geführt, dass er buchstäblich zum Plakatmotiv für die russische Befreiung der von Deutschland okkupierten Gebiete geworden war. Man hatte ihn mit einem bunt zusammengewürfelten Haufen Soldaten aus verschiedenen Divisionen fotografiert, wie sie rings um das brennende Wrack eines deutschen Panzers standen, die Gewehre hochgereckt, mit Siegermiene und toten Feinden zu ihren Füßen, während von den schwelenden Dörfern im Hintergrund Rauch aufstieg. Tod und Zerstörung und triumphierendes Lächeln, und Leo mit seinem ebenmäßigen Gebiss und den breiten Schultern hatten sie ganz nach vorne geschoben. Eine Woche später hatte die ›Prawda‹ das Foto auf der Titelseite abgedruckt, und danach hatten vollkommen Fremde, Soldaten ebenso wie Zivilisten, seine Hand schütteln und ihn umarmen wollen. Leo, ein Symbol des Sieges.

Nach dem Krieg war Leo dann von der OMSBON zum eigentlichen NKWD versetzt worden. Es schien ein ganz logischer Schritt zu sein, und Leo hatte ihn nie in Zweifel gezogen. Seine Vorgesetzten hatten seinen Werdegang vorgezeichnet, und er war mit hoch erhobenem Haupt marschiert. Sein Land hätte alles von ihm verlangen können, er wäre zu allem bereit gewesen. Er hätte sogar die Gulags bei Kolyma in der arktischen Tundra kommandiert, wenn man es ihm befohlen hätte. Sein einziger Ehrgeiz war es, seinem Land zu dienen. Einem Land, das den Faschismus bezwungen hatte, in dem Bildung und das Gesundheitswesen umsonst waren, das die Rechte der Arbeiter in der ganzen Welt verkündete, das seinem Vater, einem Fließbandarbeiter in einer Munitionsfabrik, einen Lohn zahlte, der so hoch wie der eines voll ausgebildeten Arztes war. Obwohl seine eigene Tätigkeit im Staatssicherheitsdienst oft unerquicklich war, sah er deren Notwendigkeit vollkommen ein. Die Notwendigkeit, die Revolution vor ihren aus- und inländischen Feinden zu beschützen, vor Leuten, die sie unterminieren und in den Untergang treiben wollten. Dafür würde Leo notfalls sein Leben opfern. Und auch das Leben anderer.

Heute Abend aber spielten weder sein Heldenmut noch seine militärische Ausbildung irgendeine Rolle. Hier ging es um einen Kollegen, einen Freund, einen gramgebeugten Vater. Trotzdem blieb es eine MGB-Operation, und der trauernde Vater war das Ziel. Leo musste behutsam vorgehen. Er durfte sich nicht von denselben Gefühlen beherrschen lassen, die Fjodor irreleiteten. Diese Hysterie brachte eine unbescholtene Familie in Gefahr. Wenn man die Dinge einfach laufen ließ, würde dieses haltlose Mordgeschwätz wuchern wie Unkraut, sich unter den Leuten ausbreiten und sie verunsichern, bis sie womöglich einen der Grundpfeiler der neuen Gesellschaft hinterfragten:

ES GIBT KEINE KRIMINALITÄT.

Nur wenige glaubten hundertprozentig daran. Es gab Schönheitsfehler. Die Gesellschaft befand sich im Übergang, sie war noch nicht perfekt. Eigentlich wurde es von jedem Bürger erwartet, aber als Beamter des MGB war es selbstverständlich Leos Pflicht gewesen, die Werke Lenins zu lesen. Er wusste daher, dass gesellschaftliche Exzesse – also Verbrechen – in dem Maße verdorren würden, wie Armut und Not verschwanden. Da waren sie noch nicht ganz angekommen. Es wurde gestohlen, und Streitereien unter Betrunkenen endeten öfter gewalttätig. Und es gab die *Urki*, die Verbrecherbanden. Umso wichtiger war es, dass die Leute daran glaubten, dass sie sich zu einem besseren Gemeinwesen hin entwickelten. Wenn hier das Gerücht von Mord aufkam, dann war das ein gewaltiger Rückschlag.

Sein Vorgesetzter und Mentor, Generalmajor Janusz Alexejewitsch Kuzmin, hatte Leo von den Gerichtsverfahren des Jahres 1937 erzählt, über deren Angeklagte Stalin folgendes Urteil gefällt hatte:

SIE HABEN DEN GLAUBEN VERLOREN.

Feinde der Partei waren nicht nur Saboteure und Spione, sondern auch jene, die am rechten Weg der Partei zweifelten. Nach dieser Regel war Fjodor, sein Freund und Kollege, tatsächlich ein Feind.

Leos Aufgabe war es, haltlose Spekulationen im Keim zu ersticken und diese Leute vom Abgrund wegzuführen. Mordgerüchte hatten ja durchaus auch eine dramatische Komponente, die manchen Wirrköpfen bestimmt Vergnügen bereitete. Wenn es nicht anders ging, würde er sehr deutlich werden. Der Junge hatte einen Fehler begangen und dafür mit dem Leben bezahlt. Es wäre doch überflüssig, wenn noch jemand unter seiner Unvorsichtigkeit zu leiden hätte. Vielleicht war das ein bisschen dick aufgetragen, so weit musste er hoffentlich nicht gehen. Das konnte man auch taktvoller lösen. Diese Leute hatten die Fassung verloren – mehr nicht. Man musste Geduld mit ihnen haben. Sie konnten keinen klaren Gedanken fassen. Er würde also die Fakten auf den Tisch legen. Drohen würde er ihnen nicht, jedenfalls nicht sofort. Er war gekommen, um ihnen zu helfen. Um den Glauben wiederherzustellen.

Leo klopfte, und Andrejew öffnete die Tür. Leo neigte den Kopf. »Mein tiefstes Beileid.«

Fjodor trat zurück und ließ Leo eintreten.

Alle Stühle waren besetzt. Das Zimmer war so bevölkert, als ob man eine Dorfversammlung einberufen hätte. Da waren Alte, Kinder – offenbar hatte sich die ganze Familie versammelt. In einer solch traurigen Atmosphäre konnte man sich leicht vorstellen, wie sich die Gefühle hochschaukelten. Zweifellos hatten sie einander in dem Glauben bestärkt, dass irgendeine geheimnisvolle Macht für den Tod ihres kleinen Jungen verantwortlich war. Vielleicht war es so einfacher, mit dem Verlust fertig zu werden. Vielleicht fühlten sie sich schuldig, weil sie dem Kind nicht beigebracht hatten, sich von den Gleisen fernzuhalten. Einige Gesichter der Umsitzenden kannte Leo. Fjodors Freunde von der Arbeit, denen es plötzlich unangenehm war, hier gesehen zu werden. Sie wussten nicht, was sie machen sollten, vermieden Augenkontakt, und eigentlich wären sie gern gegangen, konnten aber nicht. Leo wandte sich an Fjodor. »Vielleicht wäre es einfacher, wenn wir allein reden könnten.«

»Bitte, Leo, das ist meine Familie. Sie möchte hören, was du zu sagen hast.«

Verstohlen blickte Leo sich um. Etwa zwanzig Augenpaare waren auf ihn gerichtet. Sie wussten schon, was er sagen würde, und das machte ihn in ihren Augen nicht sympathischer. Sie waren wütend, dass ihr Kleiner gestorben war, und so drückten sie ihren Zorn aus. Leo würde einfach hinnehmen müssen, dass all ihre Wut sich auf ihn richtete.

»Ich kann mir nichts Schlimmeres vorstellen als den Verlust eines Kindes. Ich war schon dein Kollege und Freund, als du und deine Frau die Geburt eures Sohnes gefeiert habt. Ich kann mich noch daran erinnern, wie ich euch gratuliert habe. Ich bin selbst erschüttert, jetzt hier stehen und euch mein Beileid aussprechen zu müssen.«

Na gut, vielleicht ein bisschen steif, aber wenigstens ehrlich gemeint. Die Antwort war Schweigen. Sorgsam legte Leo sich seine nächsten Worte zurecht. »Ich habe den Schmerz, ein Kind zu verlieren, selbst noch nicht erfahren. Ich weiß nicht, wie ich dann reagieren würde. Vielleicht bräuchte ich auch jemanden, den ich dafür verantwortlich machen könnte, den ich hassen könnte. Aber mit klarem Kopf kann ich euch versichern, dass es keinen Zweifel über die Ursache für Arkadis Tod gibt. Ich habe den Bericht bei mir, und wenn ihr wollt, kann ich ihn euch dalassen. Darüber hinaus hat man mich geschickt, damit ich euch alle Fragen beantworte, die ihr vielleicht habt.«

»Arkadi ist ermordet worden, und wir wollen, dass du uns bei der Untersuchung hilfst. Und wenn du dich nicht selbst darum kümmerst, möchten wir, dass der MGB Druck auf die Staatsanwaltschaft ausübt, dass ein Ermittlungsverfahren eröffnet wird.«

Leo nickte und bemühte sich weiter um einen versöhnlichen Ton. Die Unterredung hatte den denkbar schlechtesten Anfang genommen. Der Vater war untröstlich, die ganze Situation feindselig. Er verlangte tatsächlich die Eröffnung eines *Uglownoje delo*, eines Ermittlungsverfahrens, ohne das die Miliz den Fall nicht untersuchen würde. Mit anderen Worten, er verlangte das Unmögliche. Leo starrte die Arbeitskollegen an. Anders als die Unerfahrenen merkten sie, dass das Wort Mord auf jeden hier im Raum ein schlechtes Licht warf.

»Arkadi ist von einem vorbeifahrenden Zug erfasst worden. Sein Tod war ein Unfall, ein schrecklicher Unfall.«

»Und warum war er dann nackt? Warum war sein Mund mit irgendeinem Dreck vollgestopft?«

Leo versuchte abzuschätzen, was er gerade gehört hatte. Der Junge war nackt gewesen? Seit wann das denn? Er schlug den Bericht auf. *Der Junge wurde bekleidet aufgefunden.*

Jetzt, wo er den Satz zum zweiten Mal las, kam es ihm schon komisch vor, dass so etwas explizit in einem Bericht erwähnt wurde. Aber da stand es: Der Junge war angezogen gewesen. Leo überflog das Dokument weiter. *Da er mitgeschleift wurde, befand sich Erde in seinem Mund.*

Leo klappte den Bericht zu. Der ganze Raum wartete. »Euer Junge wurde vollständig bekleidet aufgefunden. Es ist wahr, dass er Erde im Mund hatte. Aber er wurde immerhin von einem Zug mitgeschleift, da ist etwas Erde im Mund nichts Ungewöhnliches.«

Eine alte Frau stand auf. Die Jahre mochten sie gebeugt haben, aber ihre Augen waren noch ganz wach. »Wir haben etwas anderes gehört.«

»Das ist bedauerlich, aber ihr seid falsch informiert.«

Die Frau ließ sich nicht beirren. Offensichtlich war sie die treibende Kraft hinter diesen Spekulationen.

»Der Mann, der die Leiche gefunden hat, Taras Kuprin, war auf der Suche nach Feuerholz. Er wohnt zwei Straßen weiter. Er hat uns erzählt, dass Arkadi nackt war. Splitterfasernackt, verstehen Sie? Ein Zusammenprall mit einem Zug zieht einem Jungen nicht die Sachen aus.«

»Dieser Kuprin hat die Leiche in der Tat gefunden. Seine Aussage ist in der Akte. Er behauptet, dass die Leiche auf den Gleisen vollständig bekleidet war. Daran lässt er keinen Zweifel. Hier stehen seine Worte schwarz auf weiß.«

»Und warum hat er uns dann etwas anderes erzählt?«

»Ich weiß es nicht. Vielleicht war er durcheinander. Aber ich habe die Unterschrift des Mannes unter seiner Aussage, und diese Aussage ist Teil der Akte. Ich bezweifle, dass er, wenn man ihn jetzt fragen würde, etwas anderes zu Protokoll geben würde.«

»Hast du seine Leiche gesehen?«

Mit der Frage hatte Leo nicht gerechnet. »Ich bin nicht mit der Untersuchung betraut. Das ist nicht meine Aufgabe. Aber selbst wenn ich es wäre, da gibt es nichts zu untersuchen. Es ist ein schrecklicher Unfall. Ich bin gekommen, um mit euch zu sprechen, diese Dinge zu klären, die unnötig verkompliziert worden sind. Wenn ihr wollt, kann ich euch den gesamten Bericht laut vorlesen.«

Die Alte meldete sich wieder zu Wort. »Dieser Bericht ist eine Lüge.«

Alle zuckten zusammen. Leo gab keine Antwort und zwang sich dazu, die Ruhe zu bewahren. Diese Leute mussten kapieren, dass es hier keine Kompromisse gab. Sie mussten einlenken und einsehen, dass ihr kleiner Junge eines unglücklichen Todes gestorben war. Er wollte ihnen doch nur helfen. In Erwartung, dass er der Frau widersprechen würde, wandte sich Leo an Fjodor.

Fjodor machte einen Schritt auf ihn zu. »Leo, wir haben neue Hinweise. Hinweise, die erst heute ans Licht gekommen sind. Eine Frau, die in einer Wohnung wohnt, von der aus man auf die Gleise sehen kann, hat Arkadi mit einem Mann gesehen. Mehr wissen wir nicht. Sie ist keine Freundin von uns, und wir sind ihr noch nie begegnet. Aber sie hatte von dem Mord gehört …«

»Fjodor!«

»Sie hatte von dem Tod meines Sohnes gehört. Und wenn es stimmt, was wir gehört haben, dann kann sie diesen Mann beschreiben. Sie wäre in der Lage, ihn wiederzuerkennen.«

»Wo ist diese Frau?«

»Wir warten schon die ganze Zeit auf sie.«

»Sie kommt hierher? Ich würde gern hören, was sie zu sagen hat.«

Man bot Leo einen Stuhl an, doch er wischte das Angebot mit einer Handbewegung beiseite. Er stand lieber.

Keiner sagte etwas, alle warteten nur auf das Klopfen an der Tür. Mittlerweile bedauerte Leo es, dass er das Angebot mit dem Stuhl nicht angenommen hatte. Es war schon fast eine Stunde vergangen, in der keiner einen Mucks von sich gegeben hatte.

Endlich hörte man ein leises Klopfen an der Tür. Fjodor machte auf und führte die Frau herein. Sie mochte um die dreißig sein und hatte ein freundliches Gesicht, und als sie all die Leute sah, weiteten sich ihre Augen vor Nervosität. Fjodor versuchte sie zu beruhigen. »Das sind nur Freunde und Familienangehörige. Sie brauchen keine Angst zu haben.«

Aber sie hörte gar nicht zu, sondern starrte nur Leo an.

»Ich heiße Leo Stepanowitsch. Ich bin Beamter des MGB. Ich bin für diese Angelegenheit hier zuständig. Wie heißen Sie?« Leo zog seinen Notizblock hervor und schlug eine leere Seite auf.

Die Frau gab keine Antwort. Er warf ihr einen schiefen Blick zu, aber sie sagte immer noch nichts. Leo wollte schon seine Frage wiederholen, als sie endlich den Mund aufmachte. »Galina Schaporina.«

Ein flüsterndes Stimmchen.

»Und was haben Sie gesehen?«

»Ich habe gesehen ...« Sie blickte sich im Zimmer um, dann zu Boden und verfiel wieder in Schweigen.

Fjodor gab ihr ein Stichwort, seine Stimme klang angespannt. »Sie haben doch einen Mann gesehen, oder?«

»Ja, einen Mann.«

Fjodor stand direkt neben ihr und hatte sie mit seinem Blick durchbohrt, jetzt seufzte er vor Erleichterung.

Die Frau fuhr fort. »Na ja, ein Mann also. Vielleicht ein Arbeiter, er war auf den Schienen. Ich hab ihn durchs Fenster gesehen. Es war schon dunkel.«

Leo tippte mit dem Federhalter auf seinen Notizblock. »Haben Sie einen kleinen Jungen bei ihm gesehen?«

»Nein, da war kein Junge.«

Fjodor fiel die Kinnlade herunter. Hastig sprach er auf die Frau ein: »Aber wir haben gehört, Sie hätten einen Mann gesehen, der meinen kleinen Jungen an der Hand hatte.«

»Nein, nein, da war kein Junge. Er hatte eine Tasche in der Hand, ich glaube, es war eine Werkzeugtasche. Ja, das muss es gewesen sein. Er hat auf den Schienen gearbeitet, hat vielleicht was repariert. Ich hab nicht viel mitgekriegt, nur einen flüchtigen Blick, mehr nicht. Ich weiß gar nicht, warum ich hier bin. Aber es tut mir sehr leid, dass Ihr Sohn tot ist.«

Leo klappte seinen Notizblock zu. »Ich danke Ihnen.«

»Wird es noch eine Befragung geben?«

Bevor Leo antworten konnte, umklammerte Fjodor den Arm der Frau.

»Aber Sie haben doch einen Mann gesehen!«

Die Frau entwand sich seinem Griff. Sie sah sich im Zimmer um, sah all die Blicke, die auf sie gerichtet waren. Dann wandte sie sich Leo zu. »Müssen Sie noch mal bei mir zu Hause vorbeikommen?«

»Nein, Sie können gehen.«

Die Frau eilte zur Wohnungstür und vermied dabei jeden Augenkontakt. Noch bevor sie dort angekommen war, rief die Alte ihr zu: »So schnell kriegst du es mit der Angst zu tun?«

Fjodor ging zu ihr hin. »Setz dich bitte.«

Weder entrüstet noch besänftigt antwortete sie: »Arkadi war dein Sohn.«

»Ich weiß.«

Leo konnte Fjodors Augen nicht sehen. Er fragte sich, was die beiden da im Geheimen miteinander ausmachten. Immerhin setzte sie sich hin. Galina Schaporina war währenddessen durch die Tür gehuscht.

Leo war erleichtert, das Fjodor interveniert hatte. Er hoffte, dass die Sache nun eine Wende nahm. Wenn man ihnen erst ungeschminkt die Auswirkungen ihrer Theorie klarmachte – immerhin hatten sie die Miliz der Lüge bezichtigt –, dann würden sie davor zurückschrecken und die Wahrheit akzeptieren. Fjodor stellte sich wieder neben Leo. »Vergib ihr. Sie ist sehr aufgeregt.«

»Deshalb bin ich doch da. Damit wir in diesen vier Wänden über die Sache reden können. Was nicht sein darf, ist, dass es noch weiter Gerede gibt, wenn ich diesen Raum verlassen habe. Wenn jemand euch fragt, was mit eurem Sohn geschehen ist, dürft ihr nicht behaupten, dass er ermordet wurde. Und nicht etwa, weil ich es euch befehle, sondern weil es nicht wahr ist.«

»Wir verstehen.«

»Fjodor, ich möchte, dass du dir morgen einen Tag frei nimmst. Das ist bereits genehmigt. Wenn es sonst noch etwas gibt, was ich für dich tun kann ...«

»Nein, gar nichts.«

An der Wohnungstür schüttelte Fjodor Leo die Hand. »Wir sind alle schrecklich erregt. Bitte vergib uns diese Gefühlsausbrüche.«

»Wir lassen das unter den Tisch fallen. Aber wie gesagt, jetzt muss Schluss sein.«

Fjodors Gesicht spannte sich an. Er nickte. Als ob ihm die Worte bitter aufstoßen würden, presste er sie heraus: »Der Tod meines Sohnes war ein schrecklicher Unfall.«

Leo stieg die Treppen hinunter und atmete einmal tief durch. Die Atmosphäre da oben war zum Schneiden gewesen. Er war froh, dass er damit fertig und die Sache aus der Welt war. Fjodor war ein guter Mann. Zwar hegte er ganz offensichtlich noch seine Zweifel, aber das lag an der Trauer, die immer noch auf ihm lastete. Wenn er sich erst einmal mit dem Tod seines Sohnes abgefunden hatte, würde er auch die Wahrheit leichter hinnehmen können.

Leo blieb stehen. Hinter sich hörte er ein Geräusch. Er wandte sich um. Da stand ein Junge, höchstens sechs oder sieben Jahre alt. »Verzeihen Sie bitte, Genosse. Ich bin Jora Andrejew, Arkadis älterer Bruder. Kann ich mit Ihnen reden?«

»Natürlich.«

»Es ist alles meine Schuld.«

»Was ist deine Schuld?«

»Dass mein Bruder tot ist. Ich habe einen Schneeball nach ihm geworfen. Da waren ganz viele Steine und Dreck und Sand drin. Arkadi hat sich verletzt, ich habe ihn am Kopf getroffen. Dann ist er weggerannt. Vielleicht ist ihm von dem Schneeball schwindlig geworden, vielleicht konnte er deshalb den Zug nicht sehen. Der Dreck, den sie in seinem Mund gefunden haben. Da bin ich dran schuld. Ich habe ihn damit beworfen.«

»Der Tod deines Bruders war ein Unfall. Du brauchst gar kein schlechtes Gewissen zu haben. Aber es ist gut, dass du mir die Wahrheit gesagt hast. Jetzt geh wieder zu deinen Eltern.«

»Das mit dem Schneeball voller Dreck und Schlamm und Steinen habe ich ihnen nicht erzählt.«

»Vielleicht müssen sie das auch gar nicht erfahen.«

»Die wären so wütend auf mich. Weil es das letzte Mal war, dass ich ihn gesehen habe. Meistens haben wir friedlich miteinander gespielt. Und wir hätten uns auch wieder vertragen und wären wieder Freunde gewesen. Ganz bestimmt. Aber jetzt kann ich es nicht mehr gutmachen und nicht sagen, dass es mir leid tut.«

Leo hörte sich die Beichte des Kleinen an. Er wollte, dass man ihm verzieh. Der Junge hatte angefangen zu weinen. Verlegen tätschelte Leo ihm den Kopf und murmelte, so als sänge er ein Schlaflied: »Kei-ner konn-te was da-für.«

Das Dorf Kimow

160 Kilometer nördlich von Moskau

Am selben Tag

Seit drei Tagen hatte Anatoli Brodsky nicht geschlafen. Er war so müde, dass selbst die einfachsten Verrichtungen ihm Konzentration abverlangten. Das Scheunentor vor ihm war verschlossen. Er wusste, er würde es aufbrechen müssen, aber trotzdem kam ihm der Gedanke weit hergeholt vor. Er hatte einfach nicht die Kraft. Es hatte angefangen zu schneien. Anatoli schaute in den nächtlichen Himmel. Seine Gedanken schweiften ab, und als er endlich wieder wusste, wo er war und was er zu tun hatte, sammelte sich schon der Schnee auf seinem Gesicht. Er leckte sich die Flocken von den Lippen, und ihm wurde klar, dass er, wenn er dort nicht hineinkam, sterben würde. Er nahm sich zusammen und trat gegen die Tür. Die Scharniere klapperten, aber das Tor blieb zu. Er trat noch einmal zu. Holz splitterte. Das Geräusch ermutigte ihn, er sammelte seine letzten Kräfte für einen dritten Fußtritt, diesmal gegen das Schloss. Das Holz brach, und das Tor schwang auf. Anatoli stand im Eingang, seine Augen gewöhnten sich an das Dämmerlicht. Auf einer Seite der Scheune standen in einem Verschlag zwei Kühe, auf der anderen lagen Werkzeuge und Stroh. Er breitete ein paar grobe Säcke auf dem gefrorenen Lehmboden aus, knöpfte den Mantel zu und legte sich hin. Dann kreuzte er die Arme vor der Brust und schloss die Augen.

* * *

Von seinem Schlafzimmerfenster aus konnte Michail Zinowjew sehen, dass das Scheunentor offen stand. Es schwang im Wind hin und her, und Schnee wirbelte in die Scheune. Er wandte sich um. Seine Frau lag im Bett und schlief. Er beschloss, sie nicht zu stören, zog sich leise den Mantel und die Fellstiefel über und ging hinaus.

Der Wind war stärker geworden, fegte lockeren Schnee vom Boden auf und peitschte ihn Michail ins Gesicht. Er hob die Hand und beschirmte die Augen. Während er sich der Scheune näherte, linste er durch seine Finger und sah, dass das Schloss aufgebrochen und das Tor eingetreten worden war. Er spähte hinein, und nachdem seine Augen sich an die Dunkelheit des Raumes gewöhnt hatten, erkannte er die Umrisse eines Mannes, der im Stroh auf dem Boden lag. Ohne zu wissen, was er eigentlich tun sollte, betrat Michail die Scheune, griff nach einer Mistgabel und näherte sich der schlafenden Gestalt. Er hielt die Zinken stoßbereit über den Bauch des Mannes.

Anatoli öffnete die Augen und sah, nur Zentimeter vor seinem Gesicht, auf schneebedeckte Fellstiefel. Er rollte sich auf den Rücken und blickte zu dem Mann hoch, der über ihm aufragte. Direkt über seinem Bauch befanden sich die Zinken einer Mistgabel, sie zitterten. Keiner der beiden rührte sich. Ihr Atem verwandelte sich vor den Gesichtern in einen Nebel, der hervorkam und wieder verschwand. Anatoli versuchte nicht, nach der Mistgabel zu greifen. Er versuchte auch nicht, sich vom Fleck zu rühren.

So verharrten sie wie eingefroren, bis Michail ein Schamgefühl überkam. Er sog durch die Zähne die Luft ein, als hätte eine unsichtbare Kraft ihm einen Hieb in den Magen versetzt, ließ die Mistgabel achtlos zu Boden fallen und sank auf die Knie. »Bitte vergib mir.«

Anatoli setzte sich auf. Das Adrenalin hatte ihn hellwach gemacht, aber sein Körper schmerzte. Wie lange hatte er geschlafen? Nicht lange. Nicht lange genug. Seine Stimme war heiser, die Kehle trocken. »Das verstehe ich schon. Ich hätte nicht herkommen sollen. Ich hätte dich nicht um Hilfe bitten sollen. Du musst an deine Familie denken. Ich habe dich in Gefahr gebracht. Ich bin es, der dich um Verzeihung bitten sollte.«

Michail schüttelte den Kopf. »Ich hatte Angst. Ich bin in Panik geraten. Verzeih mir.«

Anatoli warf einen Blick hinaus in die Dunkelheit und den Schnee. Jetzt konnte er nicht weg. Das würde er nicht überleben. Natürlich konnte er sich keinen Schlaf erlauben, aber trotzdem brauchte er ein Dach über dem Kopf. Michail wartete auf eine Antwort, auf Vergebung.

»Da gibt es nichts zu verzeihen. Dich trifft keine Schuld. Ich hätte vielleicht dasselbe gemacht.«

»Aber du bist mein Freund.«

»Ich bin immer noch dein Freund, und ich werde auch immer dein Freund bleiben. Hör mir zu. Ich will, dass du alles vergisst, was heute Abend passiert ist. Vergiss, dass ich je hier war. Vergiss, dass ich dich um Hilfe gebeten habe. Behalt uns in Erinnerung, wie wir früher waren. Behalt uns als beste Freunde in Erinnerung. Tu es für mich, und ich tue dasselbe auch für dich. Sobald es hell wird, bin ich weg. Versprochen. Du wirst aufwachen und dein Leben ganz normal weiterleben. Ich versichere dir, niemand wird jemals erfahren, dass ich hier war.«

Michail ließ den Kopf sinken. Er weinte. Bis zu diesem Abend hatte er geglaubt, dass er alles für seinen Freund tun würde. Das war Selbstbetrug gewesen. Loyalität, Kühnheit, Freundschaft – all das hatte sich als brüchig erwiesen. Bei der ersten Belastungsprobe war es zerbröckelt.

Als Anatoli an diesem Abend überraschend auftauchte, war Michail verständlicherweise ein wenig überrumpelt gewesen.

Anatoli war ohne Vorankündigung in sein Dorf gekommen, das 160 Kilometer nördlich von Moskau lag. Trotzdem hatte man ihn freundlich empfangen, ihm zu essen und zu trinken gegeben und ein Bett bereitet. Als seine Gastgeber dann erfahren hatten, dass er nach Norden unterwegs war, zur finnischen Grenze, da begriffen sie plötzlich den Grund für sein plötzliches Auftauchen. Dass er von der Staatssicherheitspolizei, dem MGB, gesucht wurde, erwähnte er mit keinem Wort. Er musste es auch gar nicht, das war ihnen schon so klar. Er war ein Flüchtling. Sobald ihnen das bewusst wurde, war es mit dem freundlichen Empfang vorbei. Auf Beihilfe zur Flucht stand die Todesstrafe. Anatoli wusste das, aber er hatte gehofft, dass sein Freund das Risiko auf sich nehmen würde. Er hatte sogar gehofft, dass Michail ihn nach Norden begleiten würde. Nach zwei Leuten suchte der MGB nicht, und außerdem hatte Michail bis hoch nach Leningrad in jeder Stadt Bekannte, einschließlich Twer und Gorki. Es war natürlich viel verlangt, aber schließlich hatte Anatoli Michail einmal das Leben gerettet. Zwar hatte er nie das Gefühl gehabt, als stünde der andere damit in seiner Schuld, aber nur deshalb, weil es ihm nie in den Sinn gekommen war, diese Schuld eines Tages einfordern zu müssen.

Im Verlauf ihrer Unterredung war schnell klar geworden, dass Michail nicht bereit war, ein derartiges Risiko auf sich zu nehmen. Besser gesagt, er wollte überhaupt kein Risiko auf sich nehmen. Des Öfteren hatte seine Frau das Gespräch unterbrochen, weil sie mit ihrem Mann unter vier Augen reden wollte. Und bei jeder Unterbrechung hatte sie Anatoli mit unverhohlenem Abscheu angefunkelt. Er sah ja ein, dass man unter den gegebenen Umständen stets wachsam und vorsichtig sein musste, und es war nicht zu leugnen, dass er die Familie seines Freundes in Gefahr brachte, eine Familie, die er liebte. Also schraubte er seine Erwartungen drastisch zurück und erklärte Michail, er wolle lediglich eine Nacht in ihrer Scheune schlafen. Morgen früh wäre er verschwunden. Er würde sich querfeldein zum nächsten Bahnhof durchschlagen, demselben, an dem er auch angekommen war. Außerdem hatte er vorgeschlagen, das Schloss der Scheune aufzubrechen. Falls er dann unerwarteterweise doch geschnappt wurde, konnten sie unwissend tun und behaupten, dass jemand eingedrungen sei. Er hatte gehofft, diese Vorkehrungen würden seine Gastgeber beruhigen.

Anatoli konnte es nicht ertragen, seinen Freund weinen zu sehen. Er rückte näher heran. »Es gibt nichts, wofür du dich schuldig fühlen musst. Wir versuchen doch alle nur zu überleben.«

Michail hörte auf zu weinen. Er wischte sich die Tränen ab und sah auf. Die beiden Freunde wussten, dass sie sich jetzt zum letzten Mal in ihrem Leben sahen, und sie umarmten sich.

Michail löste sich aus der Umarmung. »Du bist ein besserer Mensch als ich.«

Michail stand auf, verließ die Scheune und schloss sorgsam das Tor, indem er mit den Füßen etwas Schnee herbeischarrte, um sie festzukeilen. Dann wandte er sich vom Wind ab und trottete zum Haus. Hätte er Anatoli umgebracht und ihn als Eindringling angezeigt, dann hätte das die Sicherheit seiner Familie gewährleistet. Jetzt musste er auf sein Glück hoffen. Und beten. Er hatte sich nie für einen Feigling gehalten, und im Krieg, als es nur um sein eigenes Leben gegangen war, hatte er sich auch nie wie einer verhalten. Einige Männer hatten ihn sogar mutig genannt. Aber jetzt, mit einer Familie, war er ängstlich geworden. Er konnte sich nun Schlimmeres vorstellen als seinen eigenen Tod.

Als er im Haus angekommen war, zog er Stiefel und Mantel aus und ging ins Schlafzimmer. Er öffnete die Tür und schrak zurück, am Fenster stand eine Gestalt. Seine Frau war wach und starrte hinaus. Als sie ihn hereinkommen hörte, drehte sie sich um. Ihr schmaler Körperbau verriet nicht, was sie alles heben und schleppen und umpflügen konnte, zwölf Stunden am Tag. Sie hielt die Familie zusammen. Es scherte sie nicht, dass Anatoli ihrem Mann einmal das Leben gerettet hatte. Ihre gemeinsame Vergangenheit, ihre Freundschaft oder irgendwelche Vorstellungen von Loyalität oder Dank waren ihr egal. Das war doch alles abstrakt. Anatoli war eine Bedrohung für ihre Sicherheit. Das war real. Sie wollte, dass er verschwand, so weit weg von ihrer Familie wie möglich. Gerade jetzt, in diesem Moment, hasste sie ihn, diesen guten, anständigen Freund, den sie einst so gemocht und mehr als jeden anderen als Gast geschätzt hatte.

Michail küsste seine Frau. Ihre Wange war kalt. Er nahm ihre Hand. Sie musterte ihn und sah, dass er geweint hatte. »Was hast du da draußen gemacht?«

Michail verstand ihre Unruhe. Sie hoffte, dass er das Unvermeidliche getan hatte. Sie hoffte, dass er die Familie an erste Stelle gesetzt und den Mann umgebracht hatte. Es wäre das einzig Richtige. »Er hat das Scheunentor offen gelassen. Jeder hätte das sehen können. Ich habe es zugemacht.«

Er spürte, wie der Griff seiner Frau erlahmte, spürte ihre Enttäuschung. Sie hielt ihn für einen Schwächling, und sie hatte recht. Er besaß weder die Kraft, seinen Freund umzubringen, noch die Kraft, ihm zu helfen. Er rang nach ein paar tröstenden Worten. »Du brauchst dir keine Sorgen zu machen. Niemand weiß, dass er hier ist.«

Moskau

Am selben Tag

Der Tisch war zertrümmert, das Bett auf den Kopf gestellt, die Matratze aufgeschlitzt, die Kissen waren zerpflückt und die Dielen herausgerissen, aber bislang hatte Anatoli Brodskys Wohnung nichts über seinen möglichen Verbleib preisgegeben. Leo Demidow kauerte sich hin und untersuchte den Kamin. Ganze Stapel Papier waren verbrannt worden, in dünnen Schichten lag die Asche da, wo Schriftstücke aufeinandergepackt und angezündet worden waren. Mit der Mündung seiner Waffe durchwühlte er sie in der Hoffnung, ein paar Fetzen zu finden, die das Feuer nicht zerstört hatte. Die Asche fiel in sich zusammen, alles war durch und durch verkohlt. Der Verräter war entkommen, und das war Leos Schuld. Er hatte bei diesem Mann, einem Fremden, den Grundsatz »Im Zweifel für den Angeklagten« angewandt. Nur Anfänger machten so einen Fehler.

BESSER, ZEHN UNSCHULDIGE LEIDEN, ALS EIN SPION ENTKOMMT.

Er hatte eine eiserne Grundregel ihrer Arbeit missachtet: dass man zunächst immer einmal von der Schuld des Betreffenden ausging.

Leo übernahm zwar die Verantwortung, aber er fragte sich doch, ob Brodsky wohl auch entkommen wäre, wenn er selbst nicht den ganzen Tag damit vergeudet hätte, sich um den Unfalltod dieses kleinen Jungen zu kümmern. Sich mit den Verwandten zu treffen, hitzköpfige Gerüchte auszumerzen – so was war doch keine Aufgabe für einen hochrangigen MGB-Offizier. Anstatt höchstpersönlich eine Überwachungsoperation zu leiten, hatte er sich an einen Nebenkriegsschauplatz abschieben lassen, damit er etwas wieder hinbog, was doch eigentlich nur eine Privatangelegenheit war. Niemals hätte er sich darauf einlassen dürfen. Er hatte die Bedrohung, die von diesem Brodsky ausging, nicht ernst genug genommen – seine erste grobe Fehleinschätzung, seit er in die Staatssicherheit eingetreten war. Ihm war klar, dass man als Offizier kaum die Gelegenheit erhielt, sich einen weiteren Irrtum zu leisten.

Er hatte dem Fall keine große Bedeutung beigemessen. Brodsky war zwar ein gebildeter Mann, beherrschte leidlich die englische Sprache und hatte regelmäßig mit Ausländern zu tun. Das war Grund genug für erhöhte Wachsamkeit, aber Leo hatte zu bedenken gegeben, dass der Mann immerhin ein angesehener Tierarzt war, in einer Stadt, in der es nur wenige ausgebildete Tierärzte gab. Zu irgendjemandem mussten die ausländischen Diplomaten ihre Katzen und Hunde ja bringen. Außerdem hatte der Mann als Feldarzt in der Roten Armee gedient. Seine Biographie war einwandfrei. Die Militärakten besagten, dass er sich freiwillig gemeldet hatte. Und obwohl er eigentlich kein ausgebildeter Arzt war und sich eher mit verletzten Tieren auskannte, hatte er in mehreren Feldlazaretten gearbeitet und war zweimal belobigt worden. Es gab zwar keine genauen Zahlen, aber Leo schätzte, dass der Verdächtige Hunderten das Leben gerettet hatte.

Generalmajor Kuzmin hatte den Grund für das Zögern seines Schützlings schnell erraten. Leo hatte in seiner Zeit beim Militär selbst zahlreiche Verwundungen davongetragen, die die Feldärzte behandelt hatten, und irgendeine hehre Vorstellung von Kriegskameradschaft blockierte ihn ganz offensichtlich. Kuzmin erinnerte ihn daran, dass solche Gefühlsduseleien einen blind für die Wahrheit machen konnten. Denen, die einem am vertrauenswürdigsten vorkommen, muss man erst recht misstrauen. Leo erkannte die Anspielung auf Stalins berühmtes Sprichwort:

VERTRAUEN IST GUT, KONTROLLE IST BESSER.

Wenn man unter sich war, machten die Leute daraus:

KONTROLLIERE DIE, DENEN DU VERTRAUST.

Wenigstens korrespondierte die Tatsache, dass alle gleichermaßen unter die Lupe genommen wurden, ob man ihnen nun vertraute oder nicht, mit dem Prinzip, dass alle Menschen gleich waren.

Die Aufgabe eines Ermittlers war es, an der Unschuld zu kratzen, bis die Schuld offengelegt war. Wenn man keine Schuld entdeckte, dann hatte man womöglich nicht lange genug gekratzt. Im Fall Brodsky war die Frage nicht, ob ausländische Diplomaten ihn aufsuchten, weil er Tierarzt war, sondern ob der Verdächtige Tierarzt geworden war, damit ausländische Diplomaten sich offen mit ihm treffen konnten. Warum eröffnete er seine Praxis wenige hundert Meter von der amerikanischen Botschaft entfernt? Und warum schafften sich, kurz nachdem er die Praxis aufgemacht hatte, mehrere Angehörige der amerikanischen Botschaft Haustiere an? Und wie kam es schließlich, dass Haustieren von ausländischen Diplomaten offenbar öfter etwas fehlte als dem Haustier eines Durchschnittsbürgers? Kuzmin hatte freimütig eingestanden, dass die Sache einer gewissen Komik nicht entbehrte, aber genau das entwaffnend Komische daran hatte ihn stutzig werden lassen. Die Harmlosigkeit des Ganzen wirkte wie eine perfekte Tarnung. Als ob sich jemand über den MGB lustig machen wollte. Und es gab kaum ein ernsteres Verbrechen als das.

Nachdem er über den Fall nachgedacht und die Überlegungen seines Mentors zur Kenntnis genommen hatte, traf Leo die Entscheidung, den Mann nicht auf offener Straße zu verhaften, sondern ihn zu beschatten. Denn wenn dieser Bürger als Spion operierte, war das eine Gelegenheit herauszufinden, mit wem er zusammengearbeitet hatte, und alle auf einen Streich festzunehmen. Und obwohl er es nicht zugab, fühlte er sich unwohl bei dem Gedanken, den Mann ohne weitere Beweise zu kassieren. Natürlich hatte er solche Zweifel schon sein ganzes Berufsleben über ausgehalten. Bei vielen seiner Verhafteten war Leo lediglich Name, Adresse sowie die Tatsache bekannt gewesen, dass dem Betreffenden irgendwo irgendjemand misstraute. Aber jetzt war er kein Lakai mehr, der nur die Befehle anderer ausführte, und so beschloss er, seine Autorität zu nutzen, um ein paar Dinge anders zu halten. Schließlich war er ein Ermittler, also wollte er auch ermitteln. Nie zweifelte er daran, dass er Anatoli Brodsky letztendlich festnehmen würde, aber vorher wollte er einfach Beweise, irgendein Anzeichen von Schuld, das nicht auf bloßen Mutmaßungen gründete. Mit anderen Worten, er wollte ein reines Gewissen haben, wenn er ihn sich schnappte.

Leo hatte bei der Überwachungsaktion die Tagesschicht übernommen und den Verdächtigen von morgens acht bis abends acht beschattet. Drei Tage lang war ihm nichts Ungewöhnliches aufgefallen. Der Verdächtige arbeitete, kehrte zum Mittagessen ein und ging nach Hause. Kurz, er schien ein braver Bürger zu sein. Vielleicht war es dieser Anschein der Harmlosigkeit gewesen, von dem Leo sich hatte einlullen lassen. Als Kuzmin ihn heute Morgen zornig beiseite gezogen, ihn über die Vorgänge um Fjodor Andrejew unterrichtet und ihm befohlen hatte, die Sache sofort in Ordnung zu bringen, hatte er nicht protestiert.

Anstatt dem Generalmajor klarzumachen, dass es ja wohl erheblich Wichtigeres gab, hatte er klein beigegeben. Wie lächerlich das alles im Rückblick wirkte. Wie deprimierend, dass er mit Angehörigen parliert und Kinder gehätschelt hatte, während der Verdächtige, dieser Verräter, flüchtete und Leo dastehen ließ wie einen Schwachkopf. Der mit der Beobachtung betraute Agent hatte sich idiotischerweise nichts bei der Tatsache gedacht, dass die Tierarztpraxis den ganzen Tag lang keinen einzigen Patienten gehabt hatte. Erst bei Einbruch der Dämmerung hatte er Verdacht geschöpft und mit der Absicht, sich als Kunde auszugeben, die Praxis betreten. Das Büro war leer gewesen. Ein rückwärtiges Fenster war aufgestemmt worden. Der Verdächtige konnte jederzeit geflohen sein, vermutlich aber schon morgens, kurz nach seiner Ankunft.

Brodsky ist weg. Als Leo diese Worte gehört hatte, war ihm schlecht geworden. Sofort hatte er mit Generalmajor Kuzmin in dessen Wohnung eine Krisensitzung abgehalten. Jetzt hatte Leo zwar den ersehnten Beweis, aber keinen Verdächtigen mehr. Zu seiner Überraschung hatte sein Mentor eher einen erfreuten Eindruck gemacht. Das Verhalten des Verräters bestätigte seine Theorie: Ihr Geschäft bestand aus Misstrauen. Wenn eine Anschuldigung auch nur ein Prozent Wahrheit enthielt, war es besser, die gesamte Anschuldigung für wahr zu halten, als sie fallenzulassen. Leo erhielt den Auftrag, den Verräter um jeden Preis zu fassen. Er sollte nicht ruhen noch rasten, nichts anderes tun, bis dieser Mann in ihrem Gewahrsam war, wo er, wie Kuzmin selbstgefällig hinzugefügt hatte, schon seit drei Tagen hätte sein sollen.

Leo rieb sich die Augen. Er fühlte einen Knoten im Magen. Bestenfalls stand er als naiv da, schlimmstenfalls als inkompetent. Er hatte seinen Gegner unterschätzt, und in einem untypischen Wutanfall wollte er dem schon umgeworfenen Tisch auch noch einen Tritt verpassen, hielt sich aber zurück. Er hatte gelernt, seine Gefühle zu verbergen. Ein junger Beamter eilte ins Zimmer, vermutlich wollte er seine Hilfsbereitschaft, seinen Eifer demonstrieren. Mit einer Handbewegung scheuchte Leo ihn weg. Er wollte allein sein. Er nahm sich einen Moment Zeit, um sich zu beruhigen, starrte aus dem Fenster auf den Schnee, der nun auf die Stadt fiel. Was war schiefgelaufen? Offenbar hatte der Verdächtige die Agenten bemerkt, die ihn beschatteten, und daraufhin seine Flucht geplant. Da er Dokumente verbrannt hatte, wollte er damit ganz offensichtlich Material vernichten, das entweder auf seine Spionagetätigkeit oder auf seinen Zielort hinwies. Leo war sich sicher, dass Brodsky einen Fluchtplan hatte, eine Möglichkeit, außer Landes zu kommen. Er musste irgendein Teilchen dieses Plans finden.

Die Nachbarn waren ein Rentnerehepaar in den Siebzigern, das bei ihrem verheirateten Sohn, dessen Frau und den zwei Kindern wohnte. Sechs Familienmitglieder in zwei Zimmern, kein ungewöhnlicher Schnitt. Gegenwärtig saßen alle sechs nebeneinander in der Küche, hinter ihnen war ein junger Beamter postiert, der sie einschüchtern sollte. Sie wussten, dass sie alle in das Vergehen eines anderen mit hineingezogen worden waren. Leo konnte es sehen. Auch ihre Angst konnte er sehen. Er wischte diese irrelevanten Gedanken beiseite – schließlich hatte er sich schon genug Sentimentalitäten geleistet – und trat an den Tisch.

»Anatoli Brodsky ist ein Verräter. Wenn ihr ihm in irgendeiner Weise helft, und sei es nur, indem ihr Dinge verschweigt, dann werdet ihr wie Mittäter behandelt. Es liegt nun bei euch, eure Loyalität zum Staat zu beweisen. Es ist nicht an uns, eure Schuld zu beweisen. Die setzen wir für den Moment voraus.«

Der Älteste, der Großvater und zweifellos ein Überlebenskünstler, beeilte sich, ihnen alles zu sagen, was er wusste. Indem er Leos Wortwahl aufgriff, gab er an, der Verräter sei an diesem Morgen ein wenig früher zur Arbeit gegangen, aber mit demselben Köfferchen, im selben Mantel und Hut. Der Alte wollte nicht unkooperativ erscheinen, deshalb trug er allerlei Annahmen und Meinungen vor, wo der Verräter stecken könnte, aber Leo merkte, dass das nur verzweifelte Mutmaßungen waren. Zum Abschluss erklärte der Großvater, wie wenig alle in der Familie Brodsky als Nachbarn hätten leiden können und wie sehr sie ihm misstraut hätten. Und übrigens sei die Einzige, die ihn gemocht habe, Zina Morosowa, die Dame unter ihnen.

Zina Morosowa war in den Fünfzigern und zitterte wie ein Kind, was sie erfolglos durch Rauchen zu verbergen suchte. Als Leo hereinkam, stand sie neben der billigen Reproduktion eines berühmten Stalin-Porträts – glatte Haut, weise Augen, den Füllfederhalter in der Hand –, das augenfällig über dem Kamin hing. Vielleicht dachte sie, das könne sie schützen. Leo gab sich nicht die Mühe, sich vorzustellen oder seinen Ausweis zu zeigen, sondern machte, um sie zu verunsichern, sofort Druck. »Wie kommt es, dass Sie so gut mit Anatoli Brodsky befreundet sind, wo jeder andere in diesem Haus ihm aus dem Weg ging und misstraute?«

Zina war überrumpelt. Ihre ganze Besonnenheit war wie weggeblasen von der Wut über so eine Lüge. »Jedermann in diesem Haus hat Anatoli gemocht. Er war ein guter Mann.«

»Brodsky ist ein Spion. Und Sie nennen ihn gut? Ist Verrat vielleicht eine Tugend?«

Zina, die ihren Fehler zu spät bemerkt hatte, versuchte ihre Worte abzuschwächen. »Ich habe nur gemeint, dass er immer sehr darauf geachtet hat, Lärm zu vermeiden. Er war höflich.«

Hingestotterte, irrelevante Einlassungen. Leo ignorierte sie. Er holte einen Notizblock hervor und protokollierte ihre unbedachten Worte in großen, fetten Buchstaben. ER WAR EIN GUTER MANN.

Er malte es deutlich auf, damit sie genau erkennen konnte, was er schrieb. Die Abschreibung der nächsten fünfzehn Jahre ihres Lebens. Diese wenigen Worte waren mehr als genug, um sie als Kollaborateurin zu verurteilen. Als politische Gefangene würde sie für sehr lange Zeit verurteilt werden. Mit über 50 hatte sie kaum eine Chance, den Gulag zu überleben. Keine dieser Drohungen musste er laut aussprechen. Das pfiffen die Spatzen von den Dächern.

Zina trat den Rückzug in eine Zimmerecke an, drückte ihre Zigarette aus, bereute es sofort und zündete sich eine neue an. »Ich weiß nicht, wo Anatoli hin ist, aber ich weiß, dass er keine Familie hat. Seine Frau ist im Krieg umgekommen. Sein Sohn ist an Tuberkulose gestorben. Besuch hatte er fast nie. Soweit ich es mitbekommen habe, hatte er nur wenige Freunde …«

Sie hielt inne. Anatoli war ihr Freund gewesen. Viele Nächte hatten sie miteinander verbracht, hatten zusammen gegessen und getrunken. Es hatte eine Zeit gegeben, wo sie hoffte, er würde sich vielleicht in sie verlieben, aber er hatte kein Interesse gezeigt. Er war nie über den Verlust seiner Frau hinweggekommen. Versonnen blickte sie Leo an.

Der ließ sich davon nicht beeindrucken. »Ich will wissen, wo er ist. Seine tote Frau und sein toter Sohn sind mir schnurz. Seine Lebensgeschichte interessiert mich nicht, es sei denn, sie hat damit zu tun, wo er sich gerade befindet.«

Ihr Leben stand auf dem Spiel – und es gab nur einen Weg zu überleben. Aber konnte sie einen Mann verraten, den sie liebte? Zu ihrer eigenen Überraschung fiel die Entscheidung schneller, als sie vermutet hatte. »Anatoli blieb immer für sich. Allerdings erhielt er Briefe und schrieb auch welche. Gelegentlich hat er sie mir anvertraut, damit ich sie zur Post bringe. Der einzige regelmäßige Briefwechsel war mit jemandem in einem Dorf namens Kimow. Es liegt irgendwo nördlich von hier, glaube ich. Er hat mal erwähnt, dass er da einen Freund hat. An den Namen des Freundes kann ich mich nicht mehr erinnern. Das ist die Wahrheit. Es ist alles, was ich weiß.«

Vor Scham brachte sie die Worte kaum hervor. Äußerlichen Gefühlsbezeugungen war zwar niemals wirklich zu trauen, aber Leos Instinkt sagte ihm, dass sie gerade einen Verrat beging. Er riss den belastenden Bogen von seinem Notizblock und reichte ihn ihr. Sie nahm ihn als Blutgeld an. In ihren Augen sah er den Abscheu. Er ließ es nicht an sich heran.

Der Name des Bauerndorfes nördlich von Moskau war eine dürftige Spur. Wenn Brodsky wirklich als Spion arbeitete, war es wahrscheinlicher, dass er von den Leuten versteckt wurde, für die er tätig war. Seit langem war der MGB davon überzeugt, dass es ein Netz sicherer Häuser gab, die vom Ausland unterhalten wurden. Die Idee, dass ein aus dem Ausland unterstützter Verräter sich bei einem persönlichen Bekannten verbarg, einem Kolchosbauern, passte überhaupt nicht in das Bild eines professionellen Spions. Und trotzdem war Leo sich sicher, dass er diese Spur verfolgen sollte. Er wischte die Ungereimtheiten beiseite. Sein Auftrag war, diesen Mann zu fassen. Außerdem war es der einzige Hinweis, den er hatte. Seine Unentschlossenheit war ihn schon teuer genug zu stehen gekommen.

Er eilte zum draußen geparkten Lastwagen und las sich noch einmal den Fallbericht durch, auf der Suche nach einem Hinweis, der auf das Dorf Kimow deutete. Wassili Iljitsch Nikitin, der zweite Befehlshabende, unterbrach ihn. Er war 35 Jahre alt, also etwa fünf Jahre älter als Leo, und einst einer der vielversprechendsten Offiziere im MGB gewesen. Rücksichtslos und ehrgeizig. Seine einzige Loyalität galt dem MGB. Insgeheim vermutete Leo, dass es sich dabei weniger um Patriotismus als vielmehr um Eigeninteresse handelte. Schon in seiner Anfangszeit als Ermittler hatte Wassili seine Hingabe dadurch unter Beweis gestellt, dass er seinen einzigen Bruder wegen antistalinistischer Bemerkungen denunziert hatte. Offenbar hatte der Bruder sich auf Stalins Kosten einen Scherz erlaubt. Er hatte an dem Tag seinen Geburtstag gefeiert und war betrunken gewesen. Wassili hatte einen Bericht verfasst, und den Bruder hatte man zu zwanzig Jahren Arbeitslager verurteilt. Die Verhaftung war so lange zu Wassilis Vorteil gewesen, bis der Bruder drei Jahre später ausgebrochen war und dabei mehrere Wachen und den Lagerarzt umgebracht hatte. Er war nie gefasst worden, und die Schmach hing Wassili an. Hätte er nicht fieberhaft die Suche nach dem Flüchtigen unterstützt, hätte es ihn möglicherweise ganz die Karriere gekostet. So aber hatte er weitermachen dürfen, allerdings erheblich gestutzt. Da er keine weiteren Brüder hatte, die er denunzieren konnte, war Leo sich sicher, dass sein Stellvertreter auf der Suche nach anderen Möglichkeiten war, um sich wieder einzuschmeicheln.

Gerade hatte Wassili die Durchsuchung der Tierarztpraxis beendet und war offenkundig mit sich zufrieden. Er reichte Leo einen zerknitterten Brief, den er, wie er berichtete, eingeklemmt hinter dem Schreibtisch des Verräters gefunden hatte. Während sämtliche anderen Briefe genau wie die in der Wohnung verbrannt worden waren, hatte der Verdächtige diesen in der Eile übersehen. Leo las ihn. Der Brief stammte von einem Freund, der ihn wissen ließ, dass er jederzeit bei ihm wohnen könne. Die Adresse war teilweise verschmiert, aber der Name der Stadt war deutlich zu lesen: Kiew. Leo faltete den Brief zusammen und reichte ihn seinem Stellvertreter. »Das hat Brodsky selbst geschrieben. Kein Freund. Er wollte, dass wir ihn finden. Er ist nicht auf dem Weg nach Kiew.«

Der Brief war in aller Eile geschrieben worden. Die Handschrift war uneinheitlich und nur schlecht verstellt. Der Inhalt war lachhaft und lediglich dazu da, den Leser davon zu überzeugen, dass der Verfasser ein Freund war, an den Brodsky sich in der Stunde der Not wenden konnte. Die Adresse war mit Absicht verschmiert worden, um eine schnelle Identifizierung des echten Adressinhabers zu verhinden, und damit ein Beweis, dass der Brief eine Fälschung war. Und sein Fundort – hinter den Schreibtisch gerutscht – roch ebenfalls nach einer Inszenierung.

Wassili verwahrte sich dagegen, dass der Brief nicht echt sein könnte. »Es wäre nachlässig, die Kiew-Spur nicht gewissenhaft zu prüfen.«

Leo war sich zwar sicher, dass der Brief eine Fälschung war. Aber vielleicht war es ja gar nicht so dumm, Wassili als Vorsichtsmaßnahme nach Kiew zu schicken. So wappnete er sich gegen jedwede Anschuldigungen, Beweise unterdrückt zu haben. Er verwarf den Gedanken wieder. Es spielte gar keine Rolle, wie er die Ermittlungen durchführte. Wenn es ihm nicht gelang, den Verdächtigen zu finden, war seine Karriere am Ende.

Leo wandte seine Aufmerksamkeit wieder dem Bericht zu. Nach Aktenlage war Brodsky mit einem Mann namens Michail Swjatoslawitsch Zinowjew befreundet. Diesen hatte man wegen schwerer Erfrierungen aus der Roten Armee entlassen. Er war schon dem Tode nah gewesen, als man ihm mehrere Zehen amputiert und ihn danach wieder hochgepäppelt hatte. Die Operation hatte Brodsky durchgeführt. Leo fuhr mit dem Finger über das Dokument und suchte nach der aktuellen Adresse. *Kimow*. Er wandte sich zu seinen Männern um und registrierte Wassilis mürrischen Gesichtsausdruck. »Wir rücken aus.«

30 Kilometer nördlich von Moskau

15. Februar

Die Straßen aus Moskau heraus waren mit vereistem Matsch bedeckt, und obwohl die Reifen des Lasters Schneeketten hatten, waren sie kaum über 25 Kilometer pro Stunde hinausgekommen. Wind und Schnee fegten mit solcher Heftigkeit um sie herum, als hätten sie ein persönliches Interesse daran, dass Leo sein Ziel nicht erreichte. Die am Dach der Fahrerkabine befestigten Scheibenwischer hatten Mühe, wenigstens ein winziges Fleckchen des Fensters freizuhalten. Bei einer Sichtweite von weniger als zehn Metern kämpfte sich der Laster vor. Und es war nur Leos schiere Verzweiflung, die ihn unter derartigen Bedingungen eine solche Fahrt wagen ließ.

Leo hockte vornübergebeugt neben Wassili und dem Fahrer, auf dem Schoß hatte er verschiedene Karten ausgebreitet. Alle drei trugen sie Mäntel und Handschuhe, als befänden sie sich im Freien. Die Fahrerkabine mit ihrem eisernen Dach und Boden wurde nur vor der Restwärme des ratternden Motors angeheizt, aber wenigstens hielt sie das Wetter ab. Seine neun bis an die Zähne bewaffneten Agenten im Heck reisten weniger luxuriös. Die ZiS-151-Laster hatten nur eine Plane, durch die kalte Luft und sogar Schnee eindrang. Nachdem man festgestellt hatte, dass die Temperaturen dort hinten bis auf minus 30 Grad fallen konnten, war das Heck aller ZiS-151 mit Holzöfen ausgestattet worden, die man auf der Ladefläche verschraubt hatte. Doch dieses Scheingerät wärmte nur die, die so nah saßen, dass sie es beinahe berührten, was die Männer dazu zwang, sich zusammenzukauern und regelmäßig zu rotieren. Leo hatte oft genug selbst dahinten gesessen. Alle zehn Minuten waren die beiden jeweils am nächsten Sitzenden langsam, aber beharrlich von ihrem Platz verdrängt und in die kälteste Ecke ganz am Ende der Sitzbänke verbannt worden, während die restliche Mannschaft nachrückte.

Zum ersten Mal spürte Leo bei seiner Mannschaft inneren Widerstand. Die Gründe waren aber nicht die widrigen Umstände oder der Schlafmangel. Daran waren die Männer gewöhnt. Nein, dahinter steckte etwas anderes. Vielleicht die Tatsache, dass man die Mission hätte vermeiden können. Vielleicht glaubten sie nicht an die Kimow-Spur. Auch früher hatte er seine Männer schon um ihr Vertrauen gebeten, und sie hatten es ihm geschenkt. Heute Abend spürte er eine unterschwellige Feindseligkeit, einen Widerstand. Außer von Wassili war er das nicht gewohnt. Er schob den Gedanken beiseite. Seine Beliebtheit war im Moment sein geringstes Problem.

Wenn seine Theorie stimmte, wenn der Verdächtige in Kimow war, dann hielt Leo es für wahrscheinlich, dass er sich beim ersten Tageslicht auf den Weg machen würde, entweder allein oder mit Hilfe seines Freundes. Leo setzte darauf, dass sie das Dorf rechtzeitig erreichten, aber es blieb ein Risiko. Er hatte sich dagegen entschieden, die in Sagorsk stationierte örtliche Miliz in Marsch zu setzen, weil sie seiner Ansicht nach unprofessionell, undiszipliniert und schlecht ausgebildet war. Selbst den örtlichen MGB-Divisionen konnte man bei so einer Operation nicht trauen. Da Brodsky schon wusste, dass man ihn suchte, würde er sich kaum ergeben. Vielleicht würde er auf Leben und Tod kämpfen. Aber man musste ihn lebend fassen. Sein Geständnis war von allergrößter Bedeutsamkeit. Außerdem hatte seine Flucht Leo beschämt, und er war entschlossen, ihm das heimzuzahlen. Er würde ihn höchstpersönlich verhaften. Es ging hier nicht nur um

Stolz und die Tatsache, dass seine Karriere von dem Erfolg der Aktion abhing. Die Konsequenzen würden tiefgreifender sein. Wenn Leo in einem solch wichtigen Spionagefall versagte, würde man ihm vielleicht vorwerfen, er habe die Ermittlungen bewusst sabotiert. Wenn er den Verdächtigen nicht wieder einfing, würde er nur noch tiefer in die Sache hineingezogen werden. Man würde seine Loyalität in Frage stellen.

Kontrolliere die, denen du vertraust. Niemand war von dieser Regel ausgenommen. Nicht einmal die, die sie durchsetzten.

Wenn Brodsky nicht in Kimow war, wenn Leo sich geirrt hatte, dann wäre Wassili der erste, der detailliert aussagen würde, dass sein Vorgesetzter der vielversprechenden Kiew-Spur keinerlei Beachtung geschenkt hatte. Und andere im Direktorat würden ihn, sobald sie seine Schwäche witterten, einkreisen wie Raubtiere ein verwundetes Wild und ihn aller Wahrscheinlichkeit nach als schlechte Führungskraft denunzieren, während Wassili sich als Leos logischer Nachfolger ins Spiel brachte. In der Hierarchie der Staatssicherheit konnte sich ein Schicksal über Nacht wenden. Für beide Männer hing viel davon ab, wo dieser Verräter steckte.

Leo blickte verstohlen zu seinem Stellvertreter hinüber, einem ebenso gut aussehenden wie abstoßenden Mann, so als wäre sein schöner Anblick auf seinen durch und durch verdorbenen Kern aufgetragen worden, ein Heldengesicht mit dem Herzen eines Henkers. Nur feine Risse waren in der hübschen Fassade sichtbar, ein Anflug von Hohn in den Mundwinkeln, der, wenn man ihn kannte, die dunklen Gedanken unter dem schönen Schein verriet. Vielleicht spürte Wassili, dass er beobachtet wurde, denn er wandte sich um und lächelte Leo an, ein zweideutiges Lächeln. Etwas vergnügte ihn. Leo wusste sofort, dass etwas nicht stimmte.

Er inspizierte die Karte. Mit seinen weniger als 1 000 Einwohnern war Kimow auf der sowjetischen Landkarte nur ein

Staubkorn. Er hatte den Fahrer schon vorgewarnt, dass er nicht mit Straßenschildern rechnen konnte. Selbst bei nur fünfzehn Stundenkilometern konnte das Dorf an einem vorbeiziehen, während man gerade schaltete. Und als Leo jetzt die Finger über die Straßenlinien gleiten ließ, beschlich ihn der Verdacht, dass sie ihre Abzweigung verpasst hatten. Sie hätten schon längst westwärts fahren sollen, waren aber immer noch in Richtung Norden unterwegs. Da es praktisch unmöglich war, sich an der umliegenden Landschaft zu orientieren, versuchte er auszurechnen, bei welchem Kilometer sie waren. Viel zu weit nördlich. Der Fahrer war übers Ziel hinausgeschossen.

»Umdrehen!«

Leo registrierte, dass der Befehl weder den Fahrer noch Wassili sonderlich zu überraschen schien. Der Fahrer grummelte: »Aber wir haben keine Abzweigung gesehen.«

»Wir haben sie verpasst. Halt an!«

Vorsichtig bremste der Fahrer ab. In kurzen Abständen trat er auf die Bremse, um zu vermeiden, dass sie auf dem Eis ins Rutschen kamen. Langsam kam der Wagen zum Stehen, Leo sprang heraus und fing an, den Fahrer in diesem Schneesturm bei seiner Wende einzuweisen. Der ZiS-151 war fast so breit wie die Straße. Bei der Hälfte der Kehre, als der Laster im rechten Winkel zur Straße stand, ignorierte der Fahrer offensichtlich Leos Handzeichen und setzte zu weit und zu schnell zurück. Leo rannte nach vorn und hämmerte gegen die Tür, aber es war schon zu spät. Eines der Hinterräder kam von der Straße ab und hing nutzlos herumwirbelnd in einer Schneewehe. Leos Wut wurde abgemildert durch das wachsende Misstrauen, das er gegen den Fahrer hegte. Der Mann legte gerade ein kaum vorstellbares Maß an Inkompetenz an den Tag. Den Laster und auch den Fahrer hatte Wassili besorgt. Leo öffnete die Fahrertür und brüllte gegen den Wind an: »Raus!«

Der Fahrer kletterte heraus. Mittlerweile waren auch die Beamten vom Heck heruntergesprungen, um die Situation zu begutachten. Alle starrten Leo mit kaum verhohlener Missbilligung an. Waren sie verärgert über die Verzögerung, über die ganze Mission oder gar wütend auf ihn als Kommandanten? Leo kam nicht dahinter. Er beorderte einen der anderen Männer, sich ans Rad zu stellen, während die restliche Mannschaft einschließlich Wassilis den Laster aus dem Schnee schob. Das Rad wirbelte und spritzte ihnen dreckigen Schneematsch auf die Uniform. Endlich griff die Schneekette auf dem Asphalt und der Laster machte einen Satz nach vorne. Leo befahl dem in Ungnade gefallenen Fahrer, sich nach hinten zu setzen. Eigentlich reichte so ein Fehler aus für eine Anzeige und eine Verurteilung, die ihn in den Gulag brachte. Wassili musste dem Fahrer Straffreiheit zugesichert haben, eine Garantie, die allerdings nur dann etwas wert war, wenn Leo versagte. Er fragte sich, wie viele aus der Mannschaft wohl noch eher auf seinen Misserfolg als seinen Erfolg gesetzt hatten. Offenbar war er in seiner eigenen Einheit isoliert und auf sich allein gestellt. Leo übernahm das Steuer. Er würde selbst fahren, selbst den Weg finden. Er würde sie dort schon hinbringen. Trauen konnte er niemandem. Wassili stieg neben ihm ein und entschied sich klugerweise, den Mund zu halten. Leo legte den Gang ein.

Als sie schließlich auf der richtigen Straße nach Westen waren und sich Kimow näherten, hatte der Sturm sich gelegt. Eine schwache Wintersonne stieg langsam auf. Leo war erschöpft. Die Fahrerei durch den Schnee hatte ihn ausgelaugt. Seine Arme und Schultern waren steif, die Augenlider schwer. Sie kamen durch bäuerliches Kernland – nur Felder und Wälder. Als sie in ein sanftes Tal hineinfuhren, sahen sie Kimow. Eine Ansammlung geduckter Häuser, manche an der Straße gelegen, andere zurückgesetzt, alle mit viereckigem Grundriss und hohen

Giebeldächern, ein Anblick, an dem sich seit 100 Jahren nichts geändert hatte. Das war das alte Russland: um Ziehbrunnen und uralte Mythen herumgebaute Ansiedlungen, wo die Gesundheit des Viehs noch vom Wohlwollen des *Dworowoi* abhing, des Hofgeists. Wo Eltern ihren Kindern erzählten, dass die Geister sie mitnehmen und in Rinde verwandeln würden, wenn sie nicht brav waren. Die Eltern hatten als Kinder dieselben Geschichten gehört und waren ihnen nie entwachsen. Monatelang bestickten sie Kleider, nur um sie den Waldnymphen, den *Rusalki*, darzubieten, die sich angeblich von den Bäumen schwangen und, wenn ihnen danach war, einen Menschen zu Tode kitzeln konnten. Leo war in der Stadt aufgewachsen und konnte mit diesem ländlichen Aberglauben nichts anfangen. Erstaunlich, dass es der ideologischen Revolution ihres Landes so wenig gelungen war, diese primitive Folklore zu verscheuchen.

Leo hielt den Laster am ersten Bauernhaus an. Aus seiner Jackentasche kramte er eine Glasphiole mit kleinen, gezackten, schmutzig-weißen Kristallen hervor. Reine Meta-Amphetamine, ein Aufputschmittel, das sich bei den Nazis großer Beliebtheit erfreut hatte. Leo hatte es während seines Einsatzes an der Ostfront kennengelernt, als die Rote Armee die Invasoren zurückgedrängt und sich nicht nur Kriegsgefangene zu eigen gemacht hatte, sondern auch einige ihrer Gewohnheiten. Es gab Operationen, bei denen Leo sich keine Ruhepausen leisten konnte. So wie diese. Leo hatte das Mittel auch nach dem Krieg regelmäßig eingenommen, immer wenn eine heikle Operation sich die ganze Nacht über hinzog. Mittlerweile bekam er es von den Ärzten des MGB verschrieben. Wenn es hart auf hart ging, war der Nutzen des Medikaments nicht hoch genug einzuschätzen, allerdings um den Preis eines völligen Zusammenbruchs etwa vierundzwanzig Stunden später. Einer totalen Erschöpfung, der man nur entgegenwirken konnte, indem man mehr einnahm oder zwölf Stunden am Stück schlief. Mittlerweile hatten sich Nebenwirkungen eingestellt. Er verlor allmählich an Gewicht, und seine Gesichtszüge waren hagerer geworden. Sein Gedächtnis ließ nach, kleine Details und Namen fielen ihm nicht mehr ein, die Bilder vergangener Fälle und Verhaftungen gerieten ihm im Geiste durcheinander oder verschwammen, und mittlerweile musste er sich Merkzettel schreiben. Es war unmöglich zu entscheiden, ob durch die Drogen sein Verfolgungswahn zugenommen hatte oder nicht, denn schließlich war Paranoia ein entscheidender Vorteil, eine Tugend, die man sich antrainieren und kultivieren musste. Wenn sie durch die Meta-Amphetamine verstärkt wurde, umso besser.

Er schüttete sich etwas davon in die Hand, noch etwas, wie war noch gleich die richtige Dosierung? Besser zu viel als zu wenig. Zufrieden spülte er das Mittel mit dem Inhalt seiner Feldflasche hinunter. Der Wodka brannte ihm in der Kehle, überdeckte aber nicht den beißenden chemischen Geschmack, der ihm Brechreiz verursachte. Leo wartete, bis das Gefühl nachließ, und suchte die Umgebung ab. Alles lag unter einer frischen Schneedecke. Das gefiel ihm. Außerhalb von Kimow selbst gab es nur wenige Stellen, wo man sich verstecken konnte. Ein Mann war meilenweit sichtbar und seine Spur leicht zu verfolgen.

Er hatte keinen Schimmer, welcher der Höfe Michail Zinowjew gehörte. Das Überraschungsmoment konnte man angesichts eines auf der Straße abgestellten Militärlasters ohnehin vergessen, also sprang Leo heraus, zog seine Pistole und näherte sich dem nächststehenden Haus. Obwohl die Amphetamine noch nicht angefangen hatten zu wirken, fühlte er sich schon wacher, konzentrierter, weil sein Gehirn bereits auf die unweigerliche narkotische Woge wartete. Er trat auf die Veranda und überprüfte seine Waffe.

Noch bevor er geklopft hatte, erschien eine ältere Frau mit

lederner Haut in der Tür. Sie trug ein blau gemustertes Kleid mit weißen Ärmeln und um den Kopf einen bestickten Schal. Leo gefiel ihr nicht, und seine Waffe, seine Uniform und sein Militärlaster genauso wenig. Sie war vollkommen furchtlos und unternahm keine Anstrengungen, die Zornesfalten auf ihrer Stirn zu verbergen.

»Ich suche Michail Swjatoslawitsch. Ist das hier sein Hof? Wo steckt er?«

Als spräche Leo in einer Fremdsprache, legte sie den Kopf schief, gab aber keine Antwort. Das war jetzt schon das zweite Mal in 24 Stunden, dass eine Alte ihm die Stirn bot und ihn offen ihre Verachtung spüren ließ. Etwas war an diesen Frauen, das sie unberührbar machte. Seine Autorität bedeutete ihr nicht mehr als irgendwelchem Meeresgetier auf dem Grund des Ozeans. Zum Glück löste sich das Patt auf, als der Sohn, ein kräftig gebauter Mann mit nervösem Blick, aus dem Haus geeilt kam. »Sie müssen entschuldigen. Sie ist alt. Was kann ich für Sie tun?«

Schon wieder entschuldigte sich ein Sohn für seine Mutter.

»Michail Swjatoslawitsch. Ich suche ihn. Wo ist er? Welcher Hof gehört ihm?«

Als er endlich begriff, dass Leo ihn gar nicht verhaften wollte, dass seine Familie wenigstens heute noch sicher war, war der Sohn überaus erleichtert. Eifrig deutete er auf den Hof seines Freundes.

Leo kehrte zum Laster zurück, wo sich seine Männer bereits versammelt hatten. Er teilte die Mannschaft in drei Gruppen auf. Sie würden sich dem Haus aus verschiedenen Richtungen nähern, eine Gruppe von vorn, eine von hinten, die dritte würde zur Scheune vorstoßen und sie einkreisen. Jeder der Männer war mit einer speziell für den MGB entwickelten 9-Millimeter-Automatikpistole Marke APS Stechlin bewaffnet. Außerdem trug jeweils ein Mann pro Gruppe eine AK-47-Maschinenpistole. Falls es dazu kam, waren sie auf eine offene Schlacht vorbereitet.

»Wir müssen den Verräter lebend fassen. Wir brauchen sein Geständnis. Im Zweifelsfall, egal welchem, wird nicht geschossen.« In aller Ausdrücklichkeit wiederholte Leo seinen Befehl gegenüber der von Wassili angeführten Gruppe. Anatoli Brodsky zu töten war nun Befehlsverweigerung und würde bestraft werden. Gegenüber dem Leben des Verdächtigen war ihre eigene Sicherheit zweitrangig.

Als Reaktion darauf übernahm Wassili die AK-47 seiner Gruppe. »Nur um sicherzugehen.«

In dem Bemühen, Wassili möglichst wenig Gelegenheit zu geben, dass er die Operation sabotierte, beschloss Leo, ihn den unwichtigsten Bereich absichern zu lassen. »Deine Gruppe durchsucht die Scheune.«

Wassili ging los. Leo hielt ihn am Arm zurück. »Wir fassen ihn lebend!«

Auf halbem Weg zum Haus verteilten sich die elf Männer in drei ungleich starke Gruppen und rückten in drei verschiedenen Richtungen weiter vor. Ein paar Nachbarn linsten verstohlen durch die Fenster und verschwanden dann wieder im Innern ihrer Häuser. 30 Schritt vor der Tür blieb Leo stehen, damit seine Leute in Position gehen konnten. Wassilis Gruppe kreiste die Scheune ein, während die dritte Gruppe die Rückseite des Hauses erreichte. Alle warteten auf Leos Signal. Hier draußen gab es kein Lebenszeichen. Aus dem Schornstein entwich ein dünnes Rauchwölkchen. Vor den Fenstern hingen zerlumpte Fetzen, die einen Blick ins Innere verwehrten. Außer dem Klicken der Entsicherungshebel herrschte vollkommene Stille. Plötzlich kam ein kleines Mädchen aus einem kleinen, rechteckigen Schuppen – dem Plumpsklo, das etwas abseits vom Haupthaus stand. Sie summte vor sich hin, der Schnee trug die Melodie weiter. Die drei Leo am nächsten stehenden Beamten wirbelten herum und legten auf sie an. Das kleine Mädchen erstarrte vor Angst. Leo hob die Hände. »Nicht schießen!«

Er hielt den Atem an und hoffte, kein Maschinengewehrfeuer zu hören. Stille. Keiner rührte sich. Und dann fing das kleine Mädchen an zu laufen, rannte so schnell es konnte auf das Haus zu und schrie nach seiner Mutter.

Leo spürte die erste Woge des Amphetamins. Augenblicklich war seine Müdigkeit wie weggeblasen. Er sprang vor, die Männer kreisten das Haus ein wie eine Schlinge, die sich um einen Hals legt. Das kleine Mädchen riss die Vordertür auf und stolperte hinein. Leo war nur Sekunden hinter ihr, stemmte sich mit der Schulter gegen die Tür, hob seine Pistole und stürmte ins Haus. Er fand sich in einer kleinen, warmen Küche wieder, die von Frühstücksduft erfüllt war. Vor einem kleinen offenen Herd standen zwei Mädchen, das ältere vielleicht zehn und das andere vier Jahre alt. Ihre Mutter, eine zähe, hart wirkende Frau, die aussah, als könne sie Kugeln schlucken und wieder ausspucken, hatte sich schützend vor sie gestellt und hielt jeder eine Hand vor die Brust. Aus dem Schlafzimmer kam ein Mann um die vierzig hinzu. Leo wandte sich an ihn. »Michail Swjatoslawitsch?«

»Ja?«

»Mein Name ist Leo Stepanowitsch Demidow, ich bin Offizier des MGB. Anatoli Tarasowitsch Brodsky ist ein Spion. Er wird gesucht. Er soll verhört werden. Sagen Sie mir, wo er ist.«

»Anatoli?«

»Ihr Freund. Wo ist er? Und lügen Sie nicht.«

»Anatoli wohnt in Moskau. Er ist Tierarzt. Ich habe ihn seit Jahren nicht mehr gesehen.«

»Wenn Sie mir sagen, wo er ist, will ich vergessen, dass er überhaupt hierhergekommen ist. Ihnen und Ihrer Familie wird dann nichts geschehen.«

Michails Frau warf ihrem Mann einen schnellen Blick zu. Das Angebot war verlockend. Leo überkam ein grenzenloses Gefühl der Erleichterung. Er hatte richtig vermutet. Der Verräter war hier. Ohne eine Antwort abzuwarten, bedeutete Leo seinen Männern, das Haus zu durchsuchen.

* * *

Mit erhobener Waffe, den Finger am Abzug, betrat Wassili die Scheune. Er näherte sich einem Haufen Stroh, dem einzigen Ort, wo man sich verstecken konnte. Nacheinander feuerte er einige kurze Salven ab. Strohbüschel stoben hoch und die Mündung der Maschinenpistole rauchte. Hinter ihm schnaubten die Kühe, drängten sich zusammen und scharrten mit den Hufen. Aber Blut kam nicht herausgelaufen. Hier war niemand, sie verschwendeten nur ihre Zeit. Er ging nach draußen, schulterte die Maschinenpistole und zündete sich eine Zigarette an.

Alarmiert von den Schüssen kam Leo aus dem Haus gelaufen. Wassili rief ihm zu: »Hier ist niemand.«

Vollgepumpt mit chemischer Energie, die Zähne fest zusammengepresst, hetzte Leo zur Scheune.

Wütend, dass man ihn ignorierte, warf Wassili die brennende Zigarette in den Schnee und sah zu, wie sie sich bis zum Boden durchfraß.

»Da drin ist er nicht, es sei denn, er hat sich als Kuh verkleidet. Vielleicht solltest du sie erschießen, nur für den Fall.«

Nach Gelächter heischend blickte Wassili sich um, und seine Männer taten ihm den Gefallen. Aber er ließ sich nichts vormachen. Er wusste, dass keiner das besonders lustig gefunden hatte. Umso besser, denn wenn sie trotzdem lachten, bedeutete es, dass sich das Kräfteverhältnis allmählich verschob. Ihre Ergebenheit gegenüber Leo schwand. Vielleicht lag es an der anstrengenden

Fahrt. Vielleicht auch an Leos Entscheidung, Brodsky weiter frei herumlaufen zu lassen, wo man ihn doch besser verhaftet hätte. Aber Wassili fragte sich, ob es auch etwas mit Fjodor und dem Tod des kleinen Jungen zu tun hatte. Leo war losgeschickt worden, um die Sache zu bereinigen. Viele der Männer waren Freunde von Fjodor. Wenn es da einen Groll gab, konnte man sich den zunutze machen und manipulieren.

Leo bückte sich und untersuchte die Spuren im Schnee. Da waren frische Stiefelabdrücke. Einige stammten von seinen Leuten, aber unter ihnen befand sich eine Spur, die von der Scheune in Richtung Felder führte. Er stand auf und betrat die Scheune. Wassili rief ihm hinterher: »Ich habe sie schon durchsucht.«

Leo ignorierte ihn und berührte das aufgebrochene Torschloss. Er sah die auf dem Boden ausgebreiteten Getreidesäcke, kam wieder nach draußen und starrte in Richtung Felder. »Drei Mann folgen mir, die schnellsten drei. Wassili, du bleibst hier. Durchsucht weiter das Haus.«

Er zog seine schwere Winterjacke aus. Ohne ihn damit bewusst brüskieren zu wollen, reichte er sie seinem Stellvertreter. Nun konnte er ungehindert laufen. Er begann, den Spuren in die Felder hinein zu folgen.

Die drei Agenten, die er beordert hatte, ihm zu folgen, machten sich nicht die Mühe, ihre Jacken auszuziehen. Erwartete ihr Vorgesetzter etwa von ihnen, dass sie ohne Jacke durch den Schnee liefen, wo er noch nicht einmal in der Lage war, den toten Sohn ihres Kollegen selbst in Augenschein zu nehmen? Man hatte den Tod eines kleinen Jungen abgetan, als sei das gar nichts. Sie würden sich hier doch keine Lungenentzündung holen, nicht aus blindem Gehorsam für einen Mann, dessen Autorität sich vielleicht ohnehin schon ihrem Ende zuneigte, einen Mann, der keinen Finger für sie rührte. Trotzdem war er immer noch ihr befehlshabender Offizier, jedenfalls momentan. Und nachdem sie einen Blick mit Wassili gewechselt hatten, begannen die drei Männer in gespieltem Gehorsam schwerfällig loszulaufen. Der Mann vor ihnen hatte schon ein paar 100 Meter Vorsprung.

Leo wurde schneller. Die Amphetamine bündelten seine Kräfte, es gab nichts mehr um ihn herum als die Spuren im Schnee und den Rhythmus seiner Schritte. Er konnte weder anhalten noch langsamer werden, konnte nicht scheitern, konnte nicht einmal die Kälte fühlen. Obwohl er schätzte, dass der Gesuchte mindestens eine Stunde Vorsprung hatte, machte ihm das keine Sorgen. Der Mann hatte ja keine Ahnung, dass man ihm auf den Fersen war. Mit Sicherheit bewegte er sich nur im Schritttempo vorwärts.

Vor ihm lag ein Hügelkamm, und Leo hoffte, dass er von der Anhöhe aus den Verdächtigen würde sehen können. Oben angekommen machte er Halt und spähte auf die Landschaft um ihn herum. In jeder Richtung lagen schneebedeckte Felder vor ihm. In einiger Entfernung machte er den Rand eines dichten Waldes aus, aber einen Kilometer davor, den Hügel hinunter, sah er einen Mann durch den Schnee stapfen. Das war kein Bauer oder Landarbeiter, das musste der Verräter sein. Er ging in Richtung Norden auf einen Wald zu. Wenn er rechtzeitig die Bäume erreichte, konnte er sich verstecken. Leo hatte keine Hunde dabei, die ihn hätten stellen können, und seine drei Agenten hingen zurück. Leo wurde klar, dass zwischen ihm und ihnen ein Band des Vertrauens zerrissen war und er auf sie nicht zählen konnte. Er würde den Verräter allein fangen müssen.

Als ob ein sechster Sinn ihn gewarnt hätte, blieb Anatoli stehen und drehte sich um. Vom Hügel herab kam ein Mann auf ihn zugelaufen. Kein Zweifel, das war einer vom Staat. Dabei war sich Anatoli doch sicher gewesen, jeden Hinweis, der ihn mit diesem entlegenen Dorf in Verbindung bringen konnte, zerstört zu haben. Er verharrte einen Moment, unfähig sich zu rühren und gebannt vom Anblick seines Verfolgers. Man hatte ihn gefunden. Er merkte, wie sich ihm der Magen umdrehte, wie ihm das Blut in den Kopf schoss. Dann wurde ihm schlagartig klar, dass dieser Mann für ihn den Tod bedeutete, er wandte sich um und lief los in Richtung Wald. Die ersten Schritte waren unbeholfen und hektisch, er taumelte seitwärts in tiefere Schneewehen. Schnell wurde ihm klar, dass sein Mantel ihn behinderte. Er riss ihn sich vom Leib und ließ ihn zu Boden fallen. Er rannte um sein Leben.

Anatoli machte jetzt nicht mehr den Fehler, sich umzublicken. Er konzentrierte sich auf den Wald vor ihm. Wenn er in dieser Geschwindigkeit weiterlief, würde er ihn erreichen, bevor sein Verfolger ihn einholte. Der Wald bot eine Chance zu verschwinden, sich zu verstecken. Und wenn es zum Kampf käme, hatte er da drinnen, wo es Äste und Steine gab, eine größere Chance.

Leo legte an Tempo zu, trieb sich noch weiter an, sprintete wie auf einer Laufbahn. Tief drinnen sagte ihm eine Stimme, dass der Untergrund trügerisch und so schnell zu laufen gefährlich war. Aber die Amphetamine machten ihn glauben, dass alles möglich sei – als könne er den Abstand zwischen ihnen beiden einfach überspringen.

Er kam ins Stolpern und schlitterte zur Seite, bevor er kopfüber in einer Schneewehe landete. Benommen, begraben unter Schnee, rollte er sich auf den Rücken und versuchte zu ergründen, ob er verletzt war, während er in den fahlen blauen Himmel starrte. Er spürte keinen Schmerz. Er rappelte sich hoch, wischte sich den Schnee aus dem Gesicht und von den Händen und betrachtete mit kühler Distanz die Schnitte in seinen Händen. Dann blickte er auf und suchte nach einem Anzeichen von Brodsky. Er erwartete schon, ihn im Wald verschwinden zu sehen, aber zu seiner Überraschung war auch der Gesuchte stehen geblieben.

Er rührte sich nicht. Verwirrt hastete Leo weiter. Er kapierte das nicht. Just in dem Moment, wo eine Flucht möglich gewesen wäre, unternahm der Mann offenbar nicht den leisesten Versuch. Stierte einfach nur zu Boden. Kaum 200 Meter trennten sie jetzt noch. Leo zog seine Pistole und verfiel wieder in einen Trott. Er zielte, obwohl er wusste, dass er auf diese Entfernung keinen Schuss riskieren konnte. Sein Herz pumpte wie wild, zwei Schläge pro Schritt. Eine weitere Welle chemischer Energie. Sein Gaumen wurde trocken. Die Finger zitterten vor Energie, Schweiß lief ihm den Rücken hinunter. Kaum 50 Schritt lagen noch zwischen ihnen. Brodsky wandte sich um. Er war unbewaffnet. Er hielt nichts in den Händen. Es schien, als habe er ganz plötzlich und unerwartet aufgegeben. Leo rannte weiter, immer näher.

Endlich konnte er sehen, was Brodsky zum Halten gebracht hatte: Ein eisbedeckter Fluss, um die zwanzig Meter breit, lag zwischen ihm und dem Wald. Vom Hügel aus war der nicht zu sehen gewesen, weil er unter einer dünnen Schneeschicht verborgen lag, die sich auf der gefrorenen Oberfläche gebildet hatte. Leo rief ihm zu: »Es ist vorbei!«

Anatoli erwog diese Worte, dann wandte er sich wieder dem Wald zu und trat auf das Eis hinaus. Seine Schritte waren unsicher, er rutschte über die glatte Oberfläche. Die Eisdecke knackte unter seinem Gewicht, sie würde ihn kaum tragen. Aber er blieb nicht stehen. Einen Schritt nach dem anderen. Das Eis krachte, schwarze, gekrümmte Risse bildeten sich auf der Oberfläche, die sich in gezackten Linien fächerförmig ausbreiteten. Je schneller er sich bewegte, desto schneller schienen sie aufzutauchen und in alle Richtungen zu schießen. An den Kanten schwappte Eiswasser hoch. Anatoli tastete sich weiter vor. Er war jetzt in der Mitte des Flusses, noch zehn Meter, und er war auf der anderen Seite. Er blickte nach unten und sah dunkles, eiskaltes Wasser.

Der andere hatte das Flussufer erreicht. Er schob die Waffe ins Halfter und streckte die Hand aus. »Das Eis trägt nicht. Sie schaffen es nicht bis zum Wald.«

Brodsky blieb stehen und drehte sich um. »Ich versuche gar nicht, bis zum Wald zu kommen.«

Er hob das rechte Bein und trat mit einer plötzlichen Bewegung zu, die Eisoberfläche splitterte. Wasser schoss hoch, das Eis barst vollends, und er brach ein.

Vollkommen taub, in einer Art Schockzustand, ließ er zu, dass er versank. Er blickte hinauf in das Sonnenlicht über ihm. Dann, als er merkte, das er nach oben gezogen wurde, schob er sich flussabwärts, weg von der Bruchstelle. Er wollte nicht mehr auftauchen. Er würde im dunklen Wasser verschwinden. Seine Lungen fingen an zu stechen, und schon konnte er fühlen, wie sein Körper sich gegen seine Entscheidung zu sterben wehrte. Er stieß sich weiter flussabwärts, tauchte so weit wie möglich vom Licht weg, von jeder Überlebenschance. Schließlich hob der Auftrieb ihn zur Oberfläche. Aber anstatt an die Luft wurde sein Gesicht gegen eine feste Eisdecke gepresst. Die langsame Strömung zog ihn weiter flussabwärts.

* * *

Als ihm klar wurde, dass der Verräter nicht wieder auftauchen würde, dass er bewusst von dem Luftloch wegschwamm, um sich umzubringen und damit seine Komplizen zu schützen, eilte Leo das Ufer entlang und schätzte ab, wo unter dem Eis der Mann stecken musste. Er zog sein schweres, ledernes Halfter mit der Pistole aus, ließ beides zu Boden fallen und trat auf den zugefrorenen Fluss hinaus. Seine Schuhsohlen rutschten auf dem Eis. Sofort begann es zu ächzen. Er bewegte sich weiter vor und versuchte dabei, sich möglichst leicht zu machen, aber das Eis splitterte, und er merkte, wie es unter seinem Gewicht nachgab. Als er die Flussmitte erreicht hatte, kauerte er sich hin und wischte hektisch den Schnee weg. Aber der Verdächtige war nirgendwo zu sehen – nichts als dunkles Wasser. Leo bewegte sich weiter flussabwärts, aber die Bruchkanten jagten seinen Schritten hinterher, umkreisten ihn von allen Seiten. Das Wasser begann anzuschwellen, die Risse trafen sich. Leo blickte hinauf zum Himmel, füllte seine Lungen und nahm alle Kraft zusammen, als er ein Knacken hörte.

Das Eis brach ein.

Obwohl er wegen der Amphetamine in seinem Körper gar nicht die ganze Wucht der Kälte spürte, wusste Leo, dass er sich schnell bewegen musste. Bei diesen Temperaturen hatte er nur Sekunden. Er wirbelte herum. An den zwei Stellen, wo das Eis gebrochen war, fielen Lichtstrahlen herein, aber dahinter war das Wasser dunkel, von der Sonne durch die Schneedecke abgeschirmt. Er stieß sich vom Grund ab und schwamm flussabwärts. Ohne etwas zu sehen, schwamm er immer weiter, blind nach links und rechts tastend. Sein Körper schrie nach Luft. Als Reaktion darauf beschleunigte er seine Bewegungen, tauchte mit noch kräftigeren Zügen und Stößen durch das Wasser. Bald würde er nur noch die Wahl haben, entweder umzukehren oder zu sterben. Dann fiel ihm ein, dass er keine zweite Chance bekommen würde und es, wenn er mit leeren Händen zurückkehrte, möglicherweise auch seine Exekution bedeutete. Er machte einen weiteren kräftigen Zug flussabwärts.

Seine Hand streifte etwas. Irgendein Material, Stoff, ein Hosenbein. Es war Brodsky, reglos unter dem Eis. Aber als ob Leos Berührung ihn wieder zum Leben erweckt hätte, fing er jetzt an zu kämpfen. Leo schwamm unter ihn und umklammerte seinen Hals. Seine Brust schmerzte heftig. Er musste irgendwie wieder an die Oberfläche. Den Hals des Verdächtigen mit einem Arm umklammernd, versuchte er, das Eis über ihm zu durchstoßen, aber die Schläge glitten an der glatten, harten Oberfläche ab.

Brodsky bewegte sich nicht mehr, kämpfte nicht mehr. Er konzentrierte sich, widersetzte sich jedem Impuls seines Körpers. Er öffnete den Mund und füllte seine Lungen mit dem eiskalten Wasser, hieß reglos den Tod willkommen.

Leo konzentrierte sich auf die Sonnenstrahlen weiter flussaufwärts. Mit kräftigen Stößen schob er sie beide vorwärts, hin zum Licht. Sein Gefangener war bewusstlos. Leo wurde schwindelig. Er konnte die Luft nicht länger anhalten. Noch ein Stoß – er fühlte Sonnenlicht auf dem Gesicht, wurde nach oben gedrückt und die beiden Männer durchbrachen die Wasseroberfläche.

Leo japste nach Luft, immer wieder. Aber Brodsky atmete nicht. Leo kämpfte sich durch die zerborstenen Eisklumpen, zerrte ihn ans Ufer. Seine Füße fanden Grund. Er zog sich das Ufer hinauf und zerrte seinen Gefangenen mit sich. Beider Haut war blassblau angelaufen. Leo konnte das Zittern nicht unterdrücken. Der Gesuchte dagegen lag vollkommen reglos da. Leo öffnete den Mund des Mannes, ließ das Wasser auslaufen und blies ihm Luft in die Lungen. Er pumpte dessen Brustkorb, blies ihm Luft in die Lungen, pumpte den Brustkorb, Luft in die Lungen. »Komm schon.«

Hustend und spuckend kam Brodsky wieder zu sich, krümmte sich und erbrach das eiskalte Wasser aus seinem Magen. Aber Leo hatte keine Zeit, darüber erleichtert zu sein. In ein paar Minuten würden sie an Unterkühlung sterben. In der Ferne sah er seine drei Agenten näher kommen.

Die Männer hatten gesehen, wie Leo im Fluss verschwunden war, und ihnen war klar geworden, dass ihr Vorgesetzter die ganze Zeit über recht gehabt hatte. Im Bruchteil einer Sekunde verlagerte sich das Machtgefüge wieder von Wassili weg und zurück zu Leo. Ihre Verstimmung darüber, wie er Fjodor behandelt hatte, war wie weggeblasen. Ohnehin hatten sie nur gewagt, ihre Empfindungen durchscheinen zu lassen, weil sie erwartet hatten, dass die Operation scheitern und Leo seiner Macht beraubt werden würde. Das war aber nicht der Fall. Seine Position würde stärker als je zuvor sein. Sie rannten, so schnell sie konnten. Ihr Leben hing davon ab.

Leo sank neben dem Gefangenen zu Boden. Dem fielen die Augen zu, er verlor langsam wieder das Bewusstsein. Leo schlug ihm ins Gesicht, der Mann musste unbedingt wach bleiben. Er schlug ihn noch einmal. Der Verdächtige öffnete die Augen, aber sofort fielen sie ihm wieder zu. Leo ohrfeigte ihn wieder und wieder. Ihnen blieb keine Zeit mehr. Er stand auf und rief seinen Männern zu: »Beeilung!«

Seine Stimme wurde immer leiser. Er merkte, wie seine Energie wich, und jetzt, wo die chemische Unverwundbarkeit langsam nachließ, holte ihn auch die Kälte ein. Die Droge hatte den Zenit ihrer Wirksamkeit überschritten und konnte der Wirklichkeit nicht mehr Einhalt gebieten. Tiefe Erschöpfung nahm seinen Körper in Besitz. »Zieht eure Jacken aus. Macht Feuer.«

Alle drei zogen ihre Jacken aus. Eine legten sie Leo um, die anderen beiden Brodsky. Aber das würde nicht reichen. Sie brauchten ein Feuer. Die drei Agenten sahen sich nach Holz um. In einiger Entfernung stand ein Lattenzaun, und zwei von ihnen rannten darauf zu, während der dritte begann, den Ärmel seines groben Baumwollhemds in Streifen zu reißen. Leo ließ keinen Blick von dem Gefangenen, diesem kostbaren Gut, und schlug ihn weiter, damit er wach blieb. Auch er selbst war todmüde. Er wollte ausruhen, die Augen zumachen.

»Beeilung!« Er hatte schreien wollen, aber seine Stimme war kaum hörbar.

Die beiden Agenten kamen mit Latten zurück, die sie aus dem Zaun gerissen hatten. Sie machten ein Stück Erde frei, indem sie mit den Füßen allen Schnee beiseite schoben, und schichteten Holz auf den gefrorenen Boden. Darauf legten sie die Baumwollstreifen. Um diese herum bauten sie vorsichtig eine Pyramide aus dünnen Holzscheiten. Einer der Beamten holte sein Feuerzeug hervor und goss Benzin auf die Lappen. Ein Funke entsprang dem Feuerstein, die Baumwolle fing Feuer und begann zu brennen. Das Holz qualmte. Aber es war feucht und wollte nicht anbrennen. Rauch kräuselte hoch. Leo spürte keine Wärme. Das Holz brauchte zu lange, bis es austrocknete. Er riss das Futter aus der Jacke und legte es auf die Flamme. Wenn das Feuer ausging, würden sie beide sterben.

Jetzt hatten sie nur noch ein Feuerzeug übrig. Der Beamte nahm es vorsichtig auseinander und schüttete das letzte Benzin über das flackernde Feuer. Die Flammen schlugen höher und bekamen weitere Nahrung durch eine zerknüllte Zigarettenschachtel und zerrupftes Zigarettenpapier. Alle drei Agenten knieten vor dem Feuer und schürten es. Die Latten fingen an zu brennen.

Anatoli öffnete die Augen und stierte in die Flammen. Das Holz knisterte in der Hitze. Obwohl er hatte sterben wollen, war das Gefühl von Wärme auf seiner Haut wunderbar. Als das Feuer wuchs und die Glut rot zu leuchten begann, begriff er konsterniert, dass er überleben würde.

Leo saß da und konzentrierte sich auf die Glut. Seine Kleider dampften. Zwei der Beamten, darauf erpicht, sich seine Anerkennung zurückzuverdienen, schleppten weiter Feuerholz herbei und trockneten es neben dem Feuer, bevor sie es in die Flammen warfen. Der dritte stand Wache. Als die Gefahr gebannt war, dass das Feuer ausgehen würde, befahl Leo den Männern, die immer noch Holz sammelten, zum Hof zurückzukehren und ihre Rückfahrt nach Moskau vorzubereiten. An seinen Gefangenen gewandt fragte er: »Können Sie laufen?«

»Früher bin ich mit meinem Sohn angeln gegangen. Abends haben wir ein Lagerfeuer so wie das hier gemacht und uns drangesetzt. Das Angeln hat ihm keinen sonderlichen Spaß gemacht, aber ich glaube, die Lagerfeuer mochte er. Wenn er nicht gestorben wäre, wäre er heute etwa in Ihrem Alter.«

Leo antwortete nicht. Der Gefangene fuhr fort: »Wenn Sie nichts dagegen haben, würde ich gern noch ein bisschen dableiben.«

Leo legte mehr Holz aufs Feuer. So viel Zeit hatten sie.

* * *

Auf dem Weg zurück sprach keiner der Männer. Für die Strecke, die Leo in weniger als einer halben Stunde zurückgelegt hatte, benötigen sie jetzt beinahe zwei Stunden. Die Meta-Amphetamine bauten sich ab, und jeder Schritt kam ihm schwerer vor als der vorherige. Nur der Gedanke an seinen Erfolg hielt ihn jetzt noch auf den Beinen. Wenn er nach Moskau zurückkehrte, hatte er sich bewiesen, hatte seinen Status zurückerlangt. Er hatte am Rand einer Niederlage gestanden, aber er war wieder da.

Auf dem Weg zum Bauernhof fragte sich Anatoli, wie sie ihn gefunden hatten. Vermutlich hatte er Zina einmal von seiner Freundschaft zu Michail erzählt, und die hatte ihn verraten. Aber er war nicht wütend auf sie. Dazu war er zu müde. Sie wollte auch nur am Leben bleiben, das konnte man ihr nicht verübeln. Außerdem spielte das jetzt auch keine Rolle mehr. Jetzt war nur noch wichtig, seine Häscher davon zu überzeugen, dass Michail sich keinerlei Kollaboration schuldig gemacht hatte.

»Als ich hier gestern Abend angekommen bin, hat die Familie mir gesagt, ich solle verschwinden. Sie wollten nichts mit mir zu tun haben. Haben sogar damit gedroht, die Miliz zu holen. Nur deshalb war ich gezwungen, in die Scheune einzubrechen. Diese

Familie hat sich nichts zuschulden kommen lassen. Es sind brave Leute, fleißige Leute.«

Leo versuchte sich vorzustellen, was am Abend zuvor wirklich passiert war. Der Verräter hatte seinen Freund um Hilfe gebeten, aber die hatte man ihm nicht gewährt. Nicht gerade ein ausgefeilter Fluchtplan. Auf keinen Fall einer für einen professionellen Spion. »Ihre Freunde interessieren mich nicht.«

Sie kamen in die Nähe des Hofes. Unmittelbar vor ihnen, vor dem Scheunentor, knieten in einer Reihe Michail Zinowjew, seine Frau und die beiden kleinen Töchter. Die Hände hatte man ihnen auf den Rücken gefesselt. Vor Eiseskälte zitterten sie im Schnee. Es war offensichtlich, dass sie schon eine ganze Weile so dahockten. Michails Gesicht war lädiert, aus seiner zertrümmerten Nase tropfte Blut. Sein Kiefer stand seltsam schief, vielleicht war er gebrochen. Unschlüssig umringten die Agenten die Knienden. Wassili stand unmittelbar hinter der Familie. Leo blieb stehen und wollte gerade etwas sagen, als Wassili die überkreuzten Arme öffnete und seine Pistole zum Vorschein kam. Er richtete die Mündung auf Zinowjews Hinterkopf und feuerte. Ein Knall. Der Mann fiel vornüber in den Schnee. Die Frau und die Kinder rührten sich nicht, starrten nur auf die Leiche vor ihnen.

Nur Brodsky reagierte. Ein Schrei entfuhr ihm, der nichts Menschliches an sich hatte – eine Mischung aus Leid und Zorn. Wassili machte einen Schritt zur Seite und legte seine Waffe auf den Hinterkopf der Frau an. Leo hob die Hand. »Die Pistole runter. Das ist ein Befehl.«

»Das sind Verräter. Wir müssen ein Exempel statuieren.« Wassili drückte den Abzug, seine Hand schlug zurück, und ein zweiter Schuss peitschte. Die Frau fiel neben ihrem Mann in den Schnee. Brodsky versuchte sich loszureißen, er schrie immer noch, aber die beiden Agenten, die ihn bewachten, traten ihm in die Kniekehlen. Wassili machte einen weiteren Schritt seitwärts und zielte nun auf den Kopf der älteren Tochter. Ihre Nase war von der Kälte ganz rot, der Körper zitterte unmerklich. Sie starrte auf die Leiche ihrer Mutter. Sie würde hier im Schnee neben ihren Eltern sterben. Leo zog seine Pistole und richtete sie auf seinen Stellvertreter.

»Runter mit der Waffe!« Plötzlich war alle Müdigkeit wie weggeblasen, und nicht wegen eines Narkotikums. Seine Hand war ruhig. Er schloss ein Auge und zielte sorgfältig. Aus dieser Entfernung konnte er ihn nicht verfehlen. Wenn er jetzt schoss, würde das Mädchen am Leben bleiben. Beide Mädchen würden am Leben bleiben. Sie würden nicht ermordet werden. Er wusste nicht, wieso, aber plötzlich war das Wort in seinem Kopf: *Ermordet*. Er spannte den Hahn.

Wassili war mit Kiew auf dem Holzweg gewesen. Er hatte sich von Brodskys Brief an der Nase herumführen lassen. Er hatte den anderen Männern eingeredet, dass es Zeitverschwendung war, nach Kimow zu fahren. Er hatte angedeutet, dass, wenn die Sache heute schiefging, er der neue Chef sein würde. All diese peinlichen Fehler würden in Leos Bericht stehen. Wassili merkte, wie die anderen ihn ansahen. Sein Status hatte einen demütigenden Rückschlag erlitten. Ein Teil von ihm wollte, dass Leo den Mumm hatte, ihn zu töten. Das würde üble Folgen haben. Aber er war kein Narr. Tief drinnen wusste er, dass er ein Feigling war, und ebenso gut wusste er, dass Leo keiner war. Wassili ließ die Waffe sinken. Er tat, als sei er zufrieden, und deutete auf die beiden Kinder. »Die Mädchen haben eine wertvolle Lektion erhalten. Vielleicht werden sie eines Tages bessere Bürger sein als ihre Eltern.«

Leo marschierte auf seinen Stellvertreter zu. Als er an den beiden Leichen vorbeikam, hinterließ er einen Fußstapfen im blutigen Schnee. Er holte rasch aus und schlug Wassili die Kante seiner Waffe an den Schädel. Wassili wich zurück und hielt sich den Kopf. Er hatte eine Platzwunde und blutete. Noch bevor er sich wieder aufrichten konnte, spürte er, wie Leo ihm seine Waffe an die Schläfe drückte. Alle sahen zu, außer den beiden Mädchen, die die Augen gesenkt hatten und auf den Tod warteten.

Sehr langsam wandte Wassili den Kopf und schaute hoch. Sein Mund zitterte vor Erniedrigung. Er hatte Angst vor dem Tod. Derselbe Mann, dem der Tod anderer Menschen so gleichgültig war. Leos Finger berührte den Abzug. Aber er konnte es nicht tun. Nicht kaltblütig. Er würde nicht den Scharfrichter dieses Mannes spielen. Sollte der Staat ihn bestrafen. Er vertraute auf den Staat. Er schob seine Waffe zurück ins Halfter. »Du bleibst hier und wartest auf die Miliz. Du erklärst ihnen, was passiert ist, und hilfst ihnen. Und dann sieh zu, wie du wieder nach Moskau kommst.«

Leo half den beiden Mädchen auf die Beine und brachte sie ins Haus.

Drei Agenten waren nötig, um Brodsky auf die Ladefläche des Lasters zu schaffen. Sein Körper war so schlaff, als sei alles Leben aus ihm gewichen. Er murmelte unverständliche Worte, verrückt vor Kummer und ohne auf die Beamten zu achten, die ihm bedeuteten, er solle sein Maul halten. Sie wollten sich nicht den ganzen Weg nach Moskau sein Gejammer anhören.

Die Mädchen im Haus sagten keinen Ton. Sie konnten immer noch nicht fassen, dass die Toten da draußen im Schnee ihre Eltern waren. Jeden Moment rechneten sie damit, dass ihr Vater hereinkam und ihnen Frühstück machte oder ihre Mutter vom Feld zurückkehrte. Es war alles so unwirklich. Ihre Eltern waren ihre ganze Welt. Wie konnte es eine Welt geben ohne sie?

Leo fragte sie, ob sie noch Verwandte hätten. Beide schwiegen. Er wies die Ältere an zu packen, sie würden nach Moskau fahren. Aber keine der beiden rührte sich. Also ging er ins Schlafzimmer und packte für sie, suchte nach ihren Sachen, ihren Kleidern. Seine Hände fingen an zu zittern. Er hielt inne, setzte sich aufs Bett und schaute auf seine Stiefel hinab. Dann legte er die Hacken zusammen und sah stumpfsinnig zu, wie schmale, blutgetränkte Schneekrusten zu Boden fielen.

Wassili rauchte seine letzte Zigarette und beobachtete vom Straßenrand aus, wie der Laster abfuhr. Er erhaschte einen Blick auf die beiden Mädchen, die in der Fahrerkabine neben Leo saßen, wo eigentlich er hätte sitzen sollen. Der Laster wendete und verschwand die Straße hinab. Wassili blickte sich um. Hinter den Fenstern der näher gelegenen Bauernhäuser kamen Gesichter zum Vorschein, diesmal schraken sie nicht zurück. Zum Glück hatte er noch sein Maschinengewehr. Er ging zurück ins Haus und warf dabei einen flüchtigen Blick auf die Toten, die da im roten Schnee lagen. In der Küche machte er sich einen Tee. Er war stark und Wassili süßte ihn mit Zucker. In diesem Haushalt gab es ein kleines Töpfchen Zucker, das vermutlich einen Monat lang hätte reichen sollen. Wassili schüttete fast den gesamten Inhalt in sein Glas und gönnte sich ein dekadentes Vergnügen. Er schlürfte seinen Tee und wurde plötzlich müde. Also legte er die Stiefel und die Jacke ab, ging ins Schlafzimmer, zog die Decken zurück und legte sich hinein. Er hätte sich gewünscht, dass man sich seine Träume selbst aussuchen könnte. Wassili wollte einen Rachetraum.

Moskau

16. Februar

Obwohl es nun schon seit fünf Jahren seine Arbeitsstätte war, hatte Leo sich in der Lubjanka, dem MGB-Hauptquartier für Innere Angelegenheiten, nie wohl gefühlt. Eine zwanglose Unterhaltung war hier unmöglich. Alle waren stets auf der Hut. Wenn man bedachte, in welchem Gewerbe sie sich tummelten, war das nicht weiter verwunderlich, aber Leo kam es so vor, als strahle schon das Gebäude selbst etwas aus, das die Leute verunsicherte, so als sei die Angst fester Bestandteil der Architektur. Theoretisch wusste er, dass das Blödsinn war, weil der Bau ja aus vorrevolutionärer Zeit stammte und ein ganz normales Versicherungsbüro beherbergt hatte, bevor er vom sowjetischen Geheimdienst requiriert worden war. Trotzdem fragte er sich, ob es wirklich bloßer Zufall war, dass sie ausgerechnet hier gelandet waren, in einem Gebäude, das einen schon durch seine schieren Proportionen – weder hoch noch niedrig, weder breit noch schmal, irgendwie ein seltsames Mittelding – einschüchterte. Die Fassade erweckte den Eindruck totaler Überwachung: Dicht an dicht standen die Fenster, eine Reihe über der anderen, und über allem eine einsame weiße Uhr, die über die Stadt wachte wie ein schimmerndes Auge. Um das Gebäude herum schien eine unsichtbare Grenze zu verlaufen, denn Passanten hielten stets gehörigen Abstand, als fürchteten sie, hineingezerrt zu werden. Wer diese Grenze übertrat, war entweder hier angestellt oder verdammt. Innerhalb dieser Mauern war es unmöglich, für unschuldig befunden zu werden. Es war ein Verurteilungs-Fließband. Vielleicht hatte man beim Bau der Lubjanka die Angst nicht im Sinn gehabt, aber die Angst hatte sich ihrer bemächtigt. Die Angst hatte dieses frühere Versicherungsgebäude zu ihrem Zuhause, ihrer Botschaft gemacht.

Leo zeigte seinen Dienstausweis vor. Dieser erlaubte ihm nicht nur, das Gebäude zu betreten, sondern vor allem auch, es wieder zu verlassen. Männer und Frauen, die ohne einen solchen Ausweis durch diese Pforte kamen, wurden oft nie mehr wiedergesehen. Das System brachte sie in die Gulags oder vielleicht auch in ein anderes Haus, das direkt hinter diesem an der Warsonofjewski-Gasse lag. Auch dies war ein Gebäude der Staatssicherheit, mit abgeschrägten Fußböden, holzverkleideten Wänden, die die Kugeln abfingen, und Schläuchen, mit denen man die Bäche von Blut wegspritzen konnte. Was die Hinrichtungsrate betraf, so kannte Leo keine genauen Zahlen, aber sie war hoch, mehrere 100 am Tag. Bei solchen Mengen spielten praktische Erwägungen (wie einfach und schnell man zum Beispiel saubermachen konnte) durchaus eine Rolle.

Als er den Korridor entlangging, fragte Leo sich, wie es wäre, wenn man in den Keller hinabgeführt würde – ohne jegliche Berufung und ohne jemanden, an den man sich dafür wenden konnte. Das Strafrechtssystem wurde bei Bedarf vollkommen umgangen. Leo wusste von Gefangenen, die man wochenlang einfach dort liegen gelassen hatte, und von Ärzten, deren einzige Aufgabe die Schmerzforschung war. Er redete sich ein, dass diese Dinge ja kein Selbstzweck waren. Es gab sie aus guten Gründen, im Interesse einer höheren Sache. Es gab sie, um Angst zu verbreiten. Angst war wichtig. Ohne das Instrument der Angst wäre Lenin untergegangen. Und auch Stalin. Warum sonst wurden die Gerüchte über dieses Gebäude von MGB-Kadern bewusst gestreut, strategisch in der Metro und der Tram herumgeflüstert, als ob man die Bevölkerung mit einem Virus infizieren wollte?

Die Angst wurde kultiviert. Angst war ein Teil seiner Arbeit. Und damit man ein solches Niveau an Angst aufrechterhalten konnte, brauchte es einen stetigen Nachschub an Menschen, die man ihr zum Fraß vorwarf.

Die Lubjanka war nicht das einzige gefürchtete Gebäude. Da gab es das Butyrka-Gefängnis mit seinen hohen Türmen und verwahrlosten Flügeln voller enger Zellen, in denen die Insassen mit Streichhölzern spielten, während sie darauf warteten, in die Arbeitslager deportiert zu werden. Oder das Lefortowo-Gefängnis, wohin Kriminelle gebracht wurden, gegen die man gerade ermittelte. Ihre Schreie waren bis auf die benachbarten Straßen zu hören. Trotzdem wusste Leo, dass die Lubjanka im Kopf der Leute einen besonderen Platz einnahm. Sie stand für den Ort, an dem jene abgeurteilt wurden, die sich der antisowjetischen Agitation, konterrevolutionärer Umtriebe und der Spionage schuldig gemacht hatten. Warum war es gerade diese Kategorie von Gefangenen, die den Leuten eine derartige Furcht einflößte? Ganz einfach: Jeder konnte sich beruhigt sagen, dass er niemals stehlen und nie jemanden vergewaltigen oder umbringen würde. Aber niemand konnte sich je sicher sein, ob er nicht der antisowjetischen Agitation, konterrevolutionärer Umtriebe oder der Spionage schuldig war, weil niemand, Leo eingeschlossen, sich genau darüber im Klaren war, worin diese Verbrechen eigentlich bestanden. In den 140 Artikeln des Gesetzbuches gab es nur einen einzigen Passus dazu, der Leo anleitete – den Abschnitt eines Paragraphen, der einen politischen Gefangenen als jemanden definierte, der aktiv verwickelt war in: *umstürzlerische, subversive oder auf die Schwächung des sowjetischen Staates gerichtete Aktivitäten.*

Das war alles. Ein dehnbarer Begriff, der auf jeden, vom höchsten Parteifunktionär über die Balletttänzerin und den Musiker bis hinunter zum Schuster in Rente, angewandt werden konnte. Nicht einmal jene, die im Innern der Lubjanka arbeiteten und die Maschinerie der Angst am Laufen hielten, konnten sich sicher sein, dass das Gebäude, in dem sie beschäftigt waren, nicht eines Tages auch sie verschlingen würde.

Obwohl Leo drinnen war, trug er immer noch all seine Sachen, einschließlich der Lederhandschuhe und eines langen Wollmantels. Ihn fröstelte. Wenn er still stehen blieb, schien der Boden zu schwanken. Manchmal wurde ihm urplötzlich für Sekunden schwindelig. Er fühlte sich, als würde er jeden Moment umfallen. Seit zwei Tagen hatte er nichts mehr zu sich genommen, schon beim bloßen Gedanken an Essen wurde ihm übel. Trotzdem wies er stur jeden Gedanken daran zurück, dass er krank sein könnte. Vielleicht eine kleine Erkältung, vielleicht übermüdet, aber das würde vorbeigehen. Der übliche Kollaps, wenn die Amphetamine nachließen. Alles, was er brauchte, war ein bisschen Schlaf. Unmöglich konnte er sich einen Tag frei nehmen. Nicht heute, nicht, wenn Anatoli Brodskys Verhör anstand.

Verhöre gehörten streng genommen gar nicht zu seinen Aufgaben. Dafür hatte der MGB Spezialisten, die nichts anderes taten, als von Zelle zu Zelle zu gehen, die Gefangenen zu verhören und ihnen – mit einer Mischung aus professioneller Gleichgültigkeit und persönlichem Stolz – Geständnisse abzupressen. Wie die meisten Angestellten wurden sie motiviert von der Aussicht auf einen erfolgsabhängigen Bonus, der gewährt wurde, wenn der Verdächtige umgehend und ohne Zusätze sein Geständnis unterschrieb. Ein wenig wusste Leo über ihre Methoden, aber persönlich kannte er keinen von ihnen. Die Verhörspezialisten waren eine verschworene Gemeinschaft, sie arbeiteten als Gruppe zusammen, teilten sich oft dieselben Verdächtigen und bündelten ihre jeweiligen Talente, um die Standhafteren aus allen Richtungen zu attackieren. Brutalität, Wortgewandtheit, Charme – all diese Vorzüge konnte man gebrauchen. Auch außerhalb der Arbeit blieben diese Männer und Frauen unter sich, aßen zusammen, tranken zusammen, gingen zusammen spazieren und tauschten untereinander Geschichten und Verhörmethoden aus. Obwohl sie so wie du und ich aussahen, konnte Leo sie trotzdem ziemlich mühelos erkennen. Viele ihrer extremeren Operationen spielten sich ausschließlich im Keller ab, wo sie Dinge, wie die Zufuhr von Wärme und Licht, kontrollieren konnten.

Leos Aufgabe als Ermittler bedeutete hingegen, dass er die meiste Zeit entweder oben im Gebäude oder draußen verbrachte. Der Keller war eine Welt, in die er nur selten hinabstieg, eine Welt, vor der er die Augen verschloss, eine Welt, die er am liebsten unter seinen Füßen ließ.

Nach kurzem Warten wurde er hereingerufen. Auf wackeligen Beinen betrat er Generalmajor Kuzmins Büro. Nichts in diesem Raum war dem Zufall überlassen. Alles war peinlich genau geplant und befand sich an dem ihm zugedachten Platz. Die Wände schmückten gerahmte Schwarzweißfotographien, darunter eine, auf der Stalin Kuzmin die Hand schüttelte, aufgenommen am 70. Geburtstag des Führers. Darum herum gruppierte sich eine Sammlung gerahmter Propagandaplakate aus verschiedenen Jahrzehnten. Vermutlich sollte die weite Zeitspanne dokumentieren, dass Kuzmin schon immer dieses Büro innegehabt hatte, selbst während der Säuberungen in den dreißiger Jahren. Das stimmte aber gar nicht, denn damals war er im militärischen Abschirmdienst gewesen.

Eines der Plakate zeigte ein fettes weißes Kaninchen in einem Käfig. ESST MEHR KANINCHENFLEISCH! Auf einem anderen schlugen drei mächtige rote Gestalten ihre roten Hämmer auf die Köpfe von drei schmollend dreinschauenden, unrasierten Männern. BEKÄMPFT FAULE ARBEITER! Es gab drei lächelnde Frauen, die in eine Fabrik gingen. VERTRAUT UNS EURE ERSPARNISSE AN! Das UNS auf dem letzten Plakat bezog sich allerdings nicht auf die drei lächelnden Frauen, sondern auf das Nationale Sparkonto. Ein weiteres Plakat zeigte ein Knollenmännchen in Anzug und Zylinder, das zwei zum Bersten mit Geldscheinen gefüllte Taschen trug. KAPITALISTISCHE CLOWNS! Es gab grobschlächtige Bilder von Docks, Schiffsbaumotiven, Eisenbahnen, lächelnden Arbeitern, wütenden Arbeitern und eine ganze Flotte von Lokomotiven, die alle Lenin gewidmet waren. BAUT AUF! Die Plakate wurden regelmäßig ausgewechselt, Kuzmin war eifrig darum bemüht, seine gesamte Kollektion vorzuführen. Mit gleicher Sorgfalt bedachte er seine »Bibliothek«. In seinen Regalen standen die richtigen Bücher, und sein Exemplar von ›Geschichte der Kommunistischen Partei in der Sowjetunion – Kurzer Lehrgang‹, von Stalin höchstselbst herausgegeben, verschwand nur selten von seinem Schreibtisch. Selbst der Papierkorb enthielt nur streng ausgewählte Gegenstände. Vom niedrigsten Sekretär bis hin zu den höchstrangigen Offizieren wusste jeder, dass man Dinge, die man wirklich wegwerfen wollte, herausschmuggelte und diskret auf dem Nachhauseweg verschwinden ließ.

Kuzmin stand am Fenster und sah hinaus auf den Lubjanka-Platz. Er war korpulent und untersetzt und trug wie üblich eine Uniform, die für seinen Umfang eine Nummer zu klein war. Seine Brille hatte dicke Gläser und rutschte ihm, weil sie zu schwer war, oft von der Nase. Kurz, er war ein lächerlich aussehender Mann, und nicht einmal die Allgewalt über Leben und Tod hatte ihm irgendeine Form von Gravität verleihen können. Obwohl Kuzmin, soweit Leo wusste, selbst nicht mehr an Verhören teilnahm, hieß es gerüchteweise, dass er in seiner Glanzzeit ein ziemlicher Experte gewesen war, der durchaus auch handgreiflich werden konnte. Wenn man ihn sich so ansah, fiel es schwer, das zu glauben.

Leo nahm Platz, während Kuzmin selbst am Fenster stehen

blieb. Er schaute gerne nach draußen, während er seine Fragen stellte, denn wie er glaubte (und woran er Leo oft erinnerte), musste man äußerlich zur Schau gestellten Gefühlsregungen mit allergrößtem Misstrauen begegnen, es sei denn, der Betreffende wusste nicht, dass man ihn beobachtete. So hatte er eine wahre Meisterschaft darin entwickelt, vermeintlich aus dem Fenster zu schauen und einen dabei in Wahrheit in der Spiegelung des Glases zu beobachten. Allerdings hatte der Trick mittlerweile viel von seiner Wirkung verloren, denn praktisch jeder, Leo eingeschlossen, wusste, dass er beobachtet wurde. Und davon abgesehen wäre in der Lubjanka ohnehin kaum jemand aus der Deckung gekommen.

»Glückwunsch, Leo. Ich wusste, dass du ihn kriegen würdest. Diese Erfahrung war eine gute Lehre für dich.«

Leo nickte.

»Bist du krank?«

Leo zögerte. Offenbar sah er schlimmer aus, als er gedacht hatte. »Nichts von Bedeutung. Eine Erkältung vielleicht, aber das geht schon vorbei.«

»Ich nehme mal an, du hast dich über mich geärgert, weil ich dich von dem Brodsky-Fall abgezogen und dir die Sache mit Fjodor Andrejew aufgehalst habe. Richtig? Du denkst, die Angelegenheit mit Fjodor war unbedeutend und ich hätte dich lieber mit der Brodsky-Operation weitermachen lassen sollen.«

Kuzmin lächelte. Etwas schien ihn zu amüsieren. Leo konzentrierte sich, er spürte die Gefahr. »Nein, Herr Generalmajor, ich bin nicht verärgert. Ich hätte Brodsky sofort verhaften sollen. Es war mein Fehler.«

»Ja. Aber du hattest ihn nicht sofort verhaftet. War es also unter diesen Umständen falsch von mir, dich von dem Spionagefall abzuziehen und dich stattdessen mit einem trauernden Vater sprechen zu lassen? Das ist meine Frage.«

»Ich habe bisher nur über mein eigenes Versagen nachgedacht, Brodsky nicht sofort zu verhaften.«

»Du weichst aus. Aber lassen wir das mal so stehen. Was ich sagen möchte, ist nur: Fjodors Familie war keine triviale Angelegenheit. Es war Korruption innerhalb des MGB selbst. Einer unserer Männer hatte sich durch seine Trauer verwirren lassen und sich und seine Familie unwillentlich zu Feinden des Staates gemacht. Ich bin zwar zufrieden, dass du Brodsky gefasst hast, aber deinen Auftrag bei Fjodor habe ich für den wichtigeren gehalten.«

»Ich verstehe.«

»Dann kommen wir jetzt zur Sache Wassili Iljitsch Nikitin.«

Es war unausweichlich gewesen, dass seine Tat bekannt wurde. Wassili hatte keine Sekunde gezögert, sie versuchsweise gegen ihn zu verwenden. Leo konnte weder auf Kuzmins Unterstützung rechnen noch voraussagen, welcher Aspekt des Vorfalls ihn am meisten beschäftigte.

»Du hast mit der Waffe auf ihn gezielt? Und dann hast du ihn geschlagen? Er sagt, du wärst vollkommen außer dir gewesen. Er sagt, du hättest Drogen genommen. Sie hätten dich unberechenbar gemacht. Er will, dass du suspendiert wirst. Er ist wütend, verstehst du?«

Leo verstand nur zu gut. Um die Erschießungen ging es hier gar nicht. »Ich war der ranghöhere Offizier und hatte einen Befehl ausgegeben. Nikitin hat ihn missachtet. Wie soll ich die Befehlskette aufrechterhalten, wenn meine Order missachtet wird? Das ganze System bricht zusammen. Vielleicht liegt es an meiner militärischen Laufbahn. Bei Militäroperationen werden Ungehorsam und Befehlsverweigerung mit dem Tod bestraft.«

Kuzmin nickte. Leo hatte seine Verteidigung klug gewählt – die Prinzipien militärischer Etikette. »Du hast natürlich recht. Wassili ist ein Hitzkopf. Das gibt er auch zu. Er hat einen Befehl missachtet. Das stimmt. Aber die Kollaboration der Familie hat ihn aufgebracht. Ich will nicht entschuldigen, was er getan hat, verstehst du? Für solche Übertretungen haben wir ein Strafsystem. Man hätte die Leute hierher bringen sollen. Und Wassili ist auch angemessen gemaßregelt worden. Was nun diese Drogen betrifft …«

»Ich hatte 24 Stunden nicht geschlafen. Und sie sind mir von unseren eigenen Ärzten gegeben worden.«

»… die interessieren mich nicht im Geringsten. Ich habe dir befohlen, alles zu unternehmen, was nötig ist. Aber ich möchte dir eine Warnung zukommen lassen. Wenn man einen anderen Offizier schlägt, merken sich die Leute das. Dass deine Gründe berechtigt waren, ist schnell vergessen. In dem Moment, wo Wassili seine Waffe senkte, hätte Schluss sein müssen. Wenn du ihn darüber hinaus bestrafen wolltest, hättest du mir seine Insubordination melden müssen. Du hast die Gerechtigkeit in die eigenen Hände genommen. Das ist nicht akzeptabel. So etwas ist niemals akzeptabel.«

»Ich entschuldige mich.«

Kuzmin trat vom Fenster weg. Als er neben Leo stand, legte er ihm die Hand auf die Schulter. »Genug davon. Betrachte die Sache als erledigt. Ich habe eine neue Bewährungsprobe für dich. Brodskys Verhör. Ich will, dass du dich persönlich darum kümmerst. Du kannst dir jeden zur Hilfe holen, den du willst – einen Verhörspezialisten. Aber ich will, dass du dabei bist, wenn er zusammenbricht. Es ist wichtig, dass du diesen Mann als das siehst, was er wirklich ist. Insbesondere, weil du dich von seiner vermeintlichen Unschuld hast an der Nase herumführen lassen.«

Das war ein ungewöhnliches Ersuchen. Kuzmin bemerkte Leos Erstaunen. »Es wird gut für dich sein. Es wird dich als Offizier voranbringen. Ein Mann sollte danach beurteilt werden, was er bereit ist, selbst auf sich zu nehmen, nicht danach, was er bereit ist, andere für sich erledigen zu lassen. Irgendwelche Einwände?«

»Keine.« Leo stand auf und strich sich die Jacke glatt. »Ich fange sofort an.«

»Eins noch: Ich will, dass du mit Wassili bei dieser Sache zusammenarbeitest.«

* * *

Es gab drei Arten von Zellen. Da waren zunächst die für Untersuchungshäftlinge: quadratische Räume, ein strohbedeckter Boden und so viel Platz, dass drei Mann nebeneinander liegen konnten. Tatsächlich lagen in jeder Zelle immer fünf Mann so dicht zusammengedrängt, dass man sich nicht einmal kratzen konnte, ohne dass ein anderer sich auch bewegte. Ein menschliches Puzzlespiel. Da es außerdem keine Latrine gab, brauchte auch der Eimer noch Platz, den die fünf in Anwesenheit der anderen benutzen mussten. Wenn er randvoll war, mussten die Gefangenen ihn zum nächsten Sickerrohr tragen, und man drohte ihnen, sie zu erschießen, wenn sie auch nur einen einzigen Tropfen verschütteten. Leo hatte schon gehört, wie die Wachen sich über die komisch konzentrierten Gesichter amüsierten, die die Gefangenen machten, wenn sie in die hin- und herschwappende Brühe aus Kot und Urin starrten, deren Höhe darüber entschied, ob sie am Leben blieben oder starben. Das war natürlich barbarisch, aber es diente doch alles dem Wohle des Ganzen. *Das Wohl des Ganzen das Wohl des Ganzen das Wohl des Ganzen.* Es war wichtig, dass man sich das immer wieder vergegenwärtigte, es sich regelrecht einbläute, damit es wie Telexstreifen im Geiste immer mitlief.

Nach den Zellen für die Untersuchungshäftlinge kamen die Strafzellen. Fußgelenktief stand hier das eiskalte Wasser, und die

Wände starrten vor Schimmel und Dreck. Fünf Tage reichten üblicherweise aus, um sicherzustellen, dass der Körper sich nie mehr erholte und die Lunge des Gefangenen auf immer vom Stigma der Krankheit gezeichnet war. Es gab schmale Kästen, die aussahen wie Holzsärge und in denen sich Wanzen ungehindert vermehren konnten und sollten. Darin blieb der Gefangene und wurde bei lebendigem Leibe aufgefressen, bis er bereit war, ein Geständnis zu unterschreiben. Es gab Räume, die mit Kork verkleidet waren und in denen der Gefangene großer Hitze ausgesetzt, vom Ventilationssystem des Gebäudes regelrecht gekocht wurde, bis ihm Blut aus den Poren drang und er bereit war, ein Geständnis zu unterschreiben. Es gab Räume mit Haken und Ketten und Elektrokabeln. Es gab alle möglichen Strafen für alle möglichen Leute. Wenn es darum ging, das Blut anderer Menschen zu vergießen, waren dem Einfallsreichtum praktisch keine Grenzen gesetzt. Aber all diese Schrecken erschienen gering, wenn man sie mit dem großen, erhabenen Wohl des Ganzen verglich.

Das Wohl des Ganzen das Wohl des Ganzen das Wohl des Ganzen. Die Rechtfertigung für solche Methoden war einfach und überzeugend. Das waren alles Feinde, und sie hatten Böses getan. Hatte Leo im Krieg nicht ebenso drakonische Maßnahmen erlebt? Jawohl, und noch schlimmere. Hatte dieser Krieg ihnen nicht die Freiheit gebracht? War das hier nicht auch ein Krieg? Ein Krieg gegen einen anderen Feind, einen im Inneren, aber trotzdem einen Feind? War all das notwendig? Jawohl. Das Überleben ihres politischen Systems rechtfertigte alles. Das Versprechen eines goldenen Zeitalters, wo es solche Brutalitäten nicht mehr gab, wo alles im Überfluss vorhanden und Armut nur noch eine vage Erinnerung wäre, rechtfertigte alles. Die Methoden waren nicht unbedingt wünschenswert, es gab keinen Grund, stolz darauf zu sein, und Leo konnte nicht verstehen, dass manchen Beamten das, was sie taten, regelrecht Spaß machte. Aber Leo war kein Narr. Tief unter dieser eleganten und oft praktizierten Kunst der Rechtfertigung lag ein winziger Zweifel – er schlummerte verborgen in seinem Innern wie ein unverdauter Same.

Die letzte Sorte Zellen schließlich waren die Verhörzellen. Leo erreichte die Verhörzelle, wo sie den Verräter festhielten. Eine massive Stahltür mit einem Guckloch. Er klopfte an und fragte sich, was er drinnen vorfinden würde. Ein kaum siebzehnjähriger Junge schloss auf. Die Zelle selbst war klein und rechteckig, mit nackten Betonwänden und nacktem Betonboden und dabei so hell erleuchtet, dass Leo beim Eintreten die Augen zusammenkniff. Fünf starke Glühbirnen hingen von der Decke. An einer Wand stand ein Sofa, das in diese menschenfeindliche Umgebung so gar nicht passen wollte. Darauf saß Anatoli Brodsky, an Hand- und Fußgelenken gefesselt. Der junge Beamte berichtete stolz: »Er macht immer wieder die Augen zu und versucht zu schlafen. Aber dann schlage ich ihn. Der hat noch keine Minute Ruhe gehabt, das kann ich Ihnen versprechen. Das Beste daran ist das Sofa. Wie gern würde er sich zurücklehnen und einschlafen. Es ist so bequem, ganz weich, ich habe es ausprobiert. Aber ich lasse ihn nicht schlafen. Das ist so, als wenn man einem Verhungernden Essen hinstellt, aber gerade eben außer Reichweite.«

Leo nickte, er merkte dem jungen Beamten die leichte Enttäuschung darüber an, dass er angesichts seiner diensteifrigen Hingabe kein enthusiastischeres Lob erhielt. Bewaffnet mit seinem schwarzen hölzernen Schlagstock bezog er in einer Zellenecke Posten. Mit seiner entschlossenen, ernsten Miene und den geröteten Wangen sah er aus wie ein Spielzeugsoldat.

Brodsky kauerte vornübergebeugt auf der Sofakante, die Augen halb geschlossen. Stühle gab es keine, also setzte Leo sich neben ihn auf das Sofa. Ein solches Möbel in einem solchen Raum war absurd. Das Sofa war tatsächlich sehr weich, Leo versank darin und genoss für Sekunden diese besondere Form der Folter. Aber er hatte keine Zeit zu verlieren, er musste schnell zu Werke gehen. Jede Minute würde Wassili hier sein, und Leo hoffte, dass er Anatoli überreden konnte zu kooperieren, bevor er ankam.

Anatoli hob den Kopf und öffnete die Augenlider einen Spalt. Er brauchte einen Moment, bevor sein vom Schlafentzug verwirrter Geist den Mann neben ihm erkannte. Das war derjenige, der ihn gefangen hatte. Der ihm das Leben gerettet hatte. Mit schläfriger Stimme, so als stünde er unter Drogen, murmelte er: »Die Kinder. Michails Töchter. Wo sind sie jetzt?«

»Sie wurden in ein Waisenhaus gebracht. Sie sind in Sicherheit.«

Ein Waisenhaus. Sollte das ein Witz sein, oder war das Teil seiner Bestrafung? Nein, dieser Mann machte keine Witze. Er war ein Gläubiger. »Waren Sie schon einmal in einem Waisenhaus?«

»Nein.«

»Die Mädchen hätten eine bessere Überlebenschance gehabt, wenn Sie sie sich selbst überlassen hätten.«

»Der Staat kümmert sich jetzt um sie.«

Zu Leos Überraschung richtete der Gefangene sich auf und befühlte mit immer noch gefesselten Händen Leos Stirn. Der junge Beamte sprang vor und erhob den Schlagstock. Doch bevor er dem Gefangenen einen Schlag auf die Knie versetzen konnte, scheuchte Leo ihn mit der Hand weg, und der Junge trat zögernd zurück.

»Sie haben Fieber. Sie sollten zu Hause sein. Ihr Männer habt doch ein Zuhause, oder? Wo ihr schlaft und esst und all die Sachen macht, die normale Leute so tun?«

Leo wunderte sich über den Mann. Er war immer noch Arzt, selbst jetzt noch. Immer noch unerschrocken, selbst jetzt noch. Er war tapfer, und gegen seinen Willen mochte Leo ihn.

Er wich zurück und wischte sich mit dem Jackenärmel über die feuchte Stirn. »Sie können sich unnötige Leiden ersparen, wenn Sie mit mir reden. Es hat noch niemanden gegeben, den wir verhört haben und der sich dann nicht gewünscht hätte, sofort zu gestehen. Nicht einen, das können Sie mir glauben. Was bringt Ihnen Ihr Schweigen denn schon ein?«

»Nichts.«

»Werden Sie mir also die Wahrheit sagen?«

»Ja.«

»Für wen arbeiten Sie?«

»Für Anna Wladisnawowna. Ihre Katze erblindet. Dora Andrejewa. Ihr Hund will nicht fressen. Arkadi Maslow. Sein Hund hat sich einen Vorderlauf gebrochen. Matthias Rakosi. Er hat eine Sammlung seltener Vögel.«

»Wenn Sie unschuldig sind, warum sind Sie dann weggelaufen?«

»Ich bin weggelaufen, weil ihr mich verfolgt habt. Sonst gab es keinen Grund.«

»Das ergibt keinen Sinn.«

»Das stimmt, aber wahr ist es trotzdem. Wenn man verfolgt wird, wird man auch immer verhaftet. Wenn man verhaftet wird, ist man auch immer schuldig. Unschuldige werden hier nicht hergebracht.«

»Mit welchen Beamten der amerikanischen Botschaft arbeiten Sie zusammen und welche Informationen haben Sie ihnen gegeben?«

Jetzt verstand Anatoli. Vor einigen Wochen hatte ihm ein Untersekretär der amerikanischen Botschaft seinen Hund zur Untersuchung gebracht, der an einer infizierten Wunde litt. Er hätte eine Behandlung mit Antibiotika benötigt, aber da Antibiotika nicht zu bekommen waren, hatte Anatoli das Tier vorsichtig gewaschen, die Wunde wenigstens desinfiziert und den Hund zur Beobachtung dabehalten. Nicht lange danach hatte er einen Mann entdeckt, der vor seinem Haus herumlungerte. In jener Nacht hatte er kein Auge zugetan. Was sollte er denn falsch gemacht haben? Am nächsten Morgen waren sie ihm bis zur Arbeit und auch wieder nach Hause gefolgt. Nach der vierten schlaflosen Nacht hatte er beschlossen zu fliehen. Jetzt endlich erfuhr er, was man ihm vorwarf. Er hatte den Hund eines Ausländers behandelt.

»Ich habe keine Zweifel, dass ich letzten Endes genau das sagen werde, was Sie von mir hören wollen, aber jetzt sage ich nur Folgendes: Ich bin Anatoli Tarasowitsch Brodsky. Ich bin Tierarzt. Bald schon wird in Ihren Akten stehen, dass ich ein Spion war. Sie werden meine Unterschrift und mein Geständnis haben. Sie werden mich zwingen, Namen zu nennen. Es wird weitere Verhaftungen geben, weitere Unterschriften und weitere Geständnisse. Aber was immer ich Ihnen am Ende auch sagen werde, es wird eine Lüge sein. Denn ich, Anatoli Tarasowitsch Brodsky, bin Tierarzt.«

»Sie sind nicht der erste Schuldige, der behauptet, unschuldig zu sein.«

»Glauben Sie wirklich, dass ich ein Spion bin?«

»Schon allein nach diesem Gespräch habe ich genug in der Hand, um Sie wegen Subversion zu verurteilen. Sie haben kein Hehl daraus gemacht, dass Sie dieses Land hassen.«

»Ich hasse dieses Land nicht. Sie hassen dieses Land. Sie hassen die Menschen in diesem Land. Warum würden Sie sonst so viele von ihnen verhaften?«

Leo wurde ungeduldig. »Ist Ihnen klar, was mit Ihnen geschieht, wenn Sie nicht mit mir reden?«

»Selbst Kindern ist klar, was hier drinnen geschieht.«

»Aber Sie weigern sich immer noch zu gestehen?«

»Ich werde es Ihnen nicht einfacher machen, nachts schlafen zu können. Wenn Sie wollen, dass ich zugebe, ein Spion zu sein, müssen Sie mich schon foltern.«

»Ich hatte gehofft, das ließe sich vermeiden.«

»Sie glauben, Sie können hier unten anständig bleiben? Los, holen Sie schon die Messer raus. Ihr Folterwerkzeug. Wir wollen mal sehen, ob Sie sich auch noch so salbungsvoll anhören, wenn Ihre Hände erst mit meinem Blut besudelt sind.«

»Alles, was ich brauche, sind ein paar Namen.«

»Nichts ist störrischer als die Wahrheit. Deshalb hasst ihr sie so. Sie beleidigt euch. Deshalb kann ich euch zur Weißglut bringen, indem ich einfach nur sage: Ich, Anatoli Tarasowitsch Brodsky, bin Tierarzt. Meine Unschuld beleidigt euch, weil ihr wollt, dass ich schuldig bin. Und ihr wollt, dass ich schuldig bin, weil ihr mich verhaftet habt.«

Es klopfte an der Tür. Wassili war da. Im Aufstehen murmelte Leo: »Ich wünschte, Sie hätten mein Angebot angenommen.«

»Vielleicht werden Sie eines Tages verstehen, warum ich das nicht konnte.«

Der junge Beamte schloss die Tür auf, und Wassili kam herein. In seiner Begleitung war ein Mann mittleren Alters mit schütterem Haar, der einen zerknitterten braunen Anzug trug. An der Stelle, wo Wassili am Kopf getroffen worden war, trug er einen auffälligen Verband. Leo vermutete, dass er keinen praktischen Nutzen hatte, sondern nur dazu da war, dass Wassili von möglichst vielen Leuten angesprochen wurde und den Vorfall erzählen konnte. Dass er jetzt Leo und Anatoli beisammen sah, schien ihm nicht zu gefallen.

»Hat er gestanden?«

»Nein.«

Offensichtlich erleichtert bedeutete Wassili dem jungen Beamten, den Gefangenen auf die Füße zu stellen, während der ältere Mann im braunen Anzug vortrat und Leo lächelnd die Hand reichte.

»Doktor Roman Chwostow. Ich bin Psychiater.«

»Leo Demidow.«

»Freut mich.«

Sie schüttelten einander die Hand. Chwostow deutete auf den Gefangenen: »Machen Sie sich um den keine Sorgen.«

Er führte sie zu seinem Behandlungsraum, schloss auf und winkte sie hinein, als seien sie Kinder und dies sein Spielzimmer. Der Raum war klein und sauber. Auf den weißen Fliesenboden war ein roter Ledersessel geschraubt. Mit einer Reihe von Hebeln konnte man den Sessel zu einer Liege aufklappen und wieder hochstellen. An den Wänden hingen Glasschränke mit Flaschen und Pulvern und Pillen, die alle mit ordentlichen weißen Etiketten versehen und fein säuberlich mit schwarzer Tinte beschriftet waren. Unter einem der Schränke hing ein stählernes chirurgisches Besteck. Ein leichter Geruch nach Desinfektionsmittel lag in der Luft.

Brodsky wehrte sich nicht, als man ihn am Stuhl festschnallte. Hand- und Fußgelenke sowie Nacken wurden mit schwarzen Lederriemen fixiert. Leo schnürte die Beine fest, während Wassili sich um die Arme kümmerte. Als sie fertig waren, konnte er sich nicht mehr rühren. Leo trat zurück.

Chwostow schrubbte sich am Waschbecken die Hände. »Früher habe ich einmal in einem Gulag gearbeitet, nicht weit von Molotow. Das Krankenhaus war voll von Leuten, die Geisteskrankheiten simulierten. Sie unternahmen alles Mögliche, damit sie nicht arbeiten mussten. Sie liefen wie die Tiere herum, brüllten Obszönitäten, rissen sich die Kleider vom Leib, masturbierten in aller Öffentlichkeit, koteten auf den Fußboden, und das alles nur, um mich davon zu überzeugen, sie seien geistesgestört. Glauben konnte man davon gar nichts. Meine Aufgabe war herauszufinden, wer log und wer ein Echter war. Es gab zahllose wissenschaftliche Untersuchungen, aber die Gefangenen bekamen schnell Wind davon, die Informationen wurden weitergetragen, und bald wusste jeder, was er tun musste, um das System zu unterlaufen. Wenn ein Gefangener zum Beispiel behauptete, er sei Hitler oder ein Pferd oder etwas ähnlich Übertriebenes, dann war er mit an Sicherheit grenzender Wahrscheinlichkeit ein Simulant. Also spielten die Gefangenen nicht mehr Hitler und wurden gerissener und subtiler in ihren Verstellungen. Am Ende gab es nur einen Weg, die Wahrheit herauszufinden.«

Er füllte eine Spritze mit einer öligen gelben Flüssigkeit. Als sie voll war, legte er sie auf einem Stahltablett ab, schnitt dem Gefangenen vorsichtig ein Stück vom Hemd ab und legte ihm eine Aderpresse aus Gummi an, die eine dicke blaue Vene zum Vorschein brachte. »Man hat mir gesagt, Sie haben medizinische Kenntnisse. Ich werde Ihnen nur Kampferöl in die Blutbahn spritzen. Wissen Sie, was das mit Ihnen macht?«

»Meine medizinische Erfahrung beschränkt sich darauf, Menschen zu helfen.«

»Das hier kann Menschen auch helfen. Es kann den Irregeleiteten helfen. Es wird einen Anfall auslösen. Während dieses Anfalls wird es Ihnen unmöglich sein zu lügen. Ehrlich gesagt werden Sie auch sonst zu nicht viel in der Lage sein. Wenn Sie sprechen können, werden Sie nur die Wahrheit sagen können.«

»Also los. Injizieren Sie schon Ihr Zeug. Hören Sie sich an, was ich zu sagen habe.«

Chwostow wandte sich an Leo. »Wir legen ihm einen Gummiknebel an, damit er sich in der intensivsten Phase des Anfalls nicht die Zunge durchbeißt. Aber wenn er sich ein wenig beruhigt hat, können wir den Knebel ohne Risiko entfernen, und Sie können Ihre Fragen stellen.«

Wassili nahm sich ein Skalpell und fing an, sich mit der Klinge die Fingernägel sauberzumachen, die Dreckringe wischte er sich am Mantel ab. Als er fertig war, legte er das Skalpell wieder hin, griff in seine Tasche und kramte eine Zigarette hervor.

Der Arzt schüttelte den Kopf. »Nicht hier drin, bitte.«

Wassili steckte die Zigarette wieder weg. Der Arzt musterte die Spritze – ein gelbes Tröpfchen erschien auf der Nadelspitze. Zufrieden stach er die Nadel in Brodskys Vene.

»Wir müssen es langsam machen, sonst bekommt er eine Embolie.« Chwostow drückte den Kolben der Spritze herunter, und die sirupartige gelbe Flüssigkeit wurde in den Arm des Gefangenen gepresst.

Der Effekt ließ nicht lange auf sich warten. Plötzlich verriet Anatolis Blick kein Erkennen mehr, er verdrehte die Augen und sein Körper fing an zu zittern, als würden durch den Stuhl, auf den er geschnallt war, 1000 Volt gejagt. Die Nadel steckte immer noch in seinem Arm, und nur ein wenig Flüssigkeit war injiziert worden.

»Jetzt geben wir ihm ein bisschen mehr.« Chwostow injizierte noch einmal fünf Milliliter, und in Anatolis Mundwinkeln bildeten sich weiße Bläschen.

»Und jetzt warten wir … wir warten … wir warten … so, jetzt den Rest.« Er zog die Nadel heraus und drückte einen Baumwolltupfer auf die Eintrittsstelle im Arm. Dann trat er zurück.

Brodsky wirkte weniger wie ein Mensch als wie eine Maschine, die verrücktspielte, die überdreht worden war. Er riss an seinen Fesseln, als wäre er von einer äußeren Macht besessen. Etwas knackte. Ein Knochen in seinem Handgelenk war gebrochen, als er ruckartig an seiner Fessel gezerrt hatte. Chwostow nahm die Verletzung in Augenschein, die sofort anschwoll.

»Das ist nichts Ungewöhnliches.« Dann schaute er auf seine Uhr und fügte hinzu. »Warten Sie noch ein kleines bisschen.«

Aus beiden Mundwinkeln des Gefangenen quoll jetzt Schaum, lief ihm das Kinn hinunter und tropfte auf seine Beine. Die Zuckungen nahmen ab.

»In Ordnung. Stellen Sie Ihre Fragen. Mal sehen, was er zu sagen hat.«

Wassili löste den Gummiknebel. Brodsky spuckte Schaum und Speichel in seinen Schoß. Ungläubig drehte Wassili sich um. »Was zum Teufel kann er uns schon erzählen, solange er so ist?«

»Versuchen Sie es.«

»Für wen arbeiten Sie?«

Statt einer Antwort sackte Brodskys Kopf auf die Halsfessel. Er röchelte. Blut lief ihm aus der Nase.

Chwostow nahm ein Tuch und wischte es weg. »Versuchen Sie es noch mal.«

»Für wen arbeiten Sie?«

Brodskys Kopf rollte zur Seite wie bei einer Marionette oder Puppe: lebensecht, aber nicht wirklich lebendig. Sein Mund ging auf und zu, die Zunge kam heraus – eine mechanische Nachahmung von Sprechen, aber zu hören war nichts.

»Versuchen Sie es noch mal.«

»Für wen arbeiten Sie?«

»Noch mal.«

Wassili schüttelte den Kopf und wandte sich Leo zu. »Das ist doch bescheuert. Versuch du mal.«

Leo hatte sich mit dem Rücken an die Wand gedrückt, so weit weg wie möglich. Jetzt trat er vor. »Für wen arbeiten Sie?«

Ein Laut entfuhr dem Mund. Er war lächerlich, komisch, wie das Gebrabbel eines Kleinkinds.

Chwostow kreuzte die Arme und musterte Brodskys Augen.

»Versuchen Sie es noch mal. Stellen Sie am Anfang nur einfache Fragen. Fragen Sie ihn, wie er heißt.«

»Wie heißen Sie?«

»Versuchen Sie es noch mal. Vertrauen Sie mir. Er kommt wieder zu sich. Bitte, versuchen Sie es noch mal.«

Leo trat näher. Er war jetzt so nah, dass er den Arm ausstrecken und Anatolis Stirn hätte berühren können. »Wie heißen Sie?«

Die Lippen bewegten sich.

»Anatoli.«

»Für wen arbeiten Sie?«

Der Mann zuckte nicht mehr. Die Pupillen kamen wieder zum Vorschein.

»Für wen arbeiten Sie? Für wen arbeiten Sie?«

Einen Moment lang herrschte vollkommene Stille. Und dann sprach er. Matt, haspelnd. So wie ein Mensch vielleicht im Schlaf spricht. »Anna Wladislawowna. Dora Andrejewa. Arkadi Maslow. Matthias Rakosi.«

Wassili griff seinen Notizblock und notierte sich die Namen. »Kennst du irgendeinen dieser Namen?«

Ja, Leo kannte die Namen. Anna Wladislawowna: deren Katze erblindete. Dora Andrejewa: deren Hund nicht fressen wollte. Arkadi Maslow: dessen Hund sich einen Vorderlauf gebrochen hatte. Die Saat des Zweifels, die unverdaut in seinem Innern geschlummert hatte, ging plötzlich auf.

Anatoli Tarasowitsch Brodsky war Tierarzt.

Anatoli Tarasowitsch Brodsky war ein Tierarzt und sonst gar nichts.

17. Februar

Doktor Zarubin setzte seine Nerzmütze auf, nahm den ledernen Aktenkoffer und bahnte sich, halbherzige Entschuldigungen murmelnd, einen Weg zur Tür der überfüllten Tram. Der Bürgersteig war vereist, und als er ausstieg, musste Zerubin sich kurz an der Bahn festhalten. Plötzlich fühlte er sich alt. Unsicher auf den Beinen und ängstlich, dass er hinfallen könnte. Die Bahn fuhr ab, Zarubin sah sich um und hoffte, dass dies die richtige Haltestelle war. Hier am östlichen Stadtrand kannte er sich nicht gut aus. Aber dann stellte sich die Orientierung als völlig problemlos heraus, denn sein Ziel dominierte auf der gegenüberliegenden Straßenseite die winterlich graue Silhouette. Um 100 Meter und mehr überragten mehrere U-förmige Wohnblocks ihn und alles andere ringsherum. Sie standen sich paarweise so gegenüber, als seien sie Spiegelbilder des jeweils anderen. Der Arzt bestaunte die moderne Architektur, die Tausenden Familien ein Zuhause bot. Dies war nicht nur ein Wohnungsbauprojekt, es war ein Monument der neuen Ära. Schluss mit den ein- oder zweistöckigen Privathäusern. Die waren alle verschwunden, plattgemacht, zu Ziegelstaub zermahlen, und an ihrer Stelle gab es nun perfekt gestaltete Wohnungen, von Staat und Volk entworfen, Volkseigentum, alle in einheitlichem Grauputz und neben- sowie übereinandergeschachtelt. Noch nirgendwo hatte er je gesehen, dass eine immer gleiche Form sich so oft in so vielen Richtungen wiederholte, eine Wohnung die exakte Kopie der anderen. Eine dicke Schneeschicht bedeckte die Dächer des Gebäudekomplexes, als habe Gott eine weiße Linie gezogen und sagen wollen: Bis hierhin und nicht weiter, der Rest gehört mir. Das wird die nächste Herausforderung, dachte Zarubin, der Rest des Himmels. Gott gehörte er nun wirklich nicht. Irgendwo in diesen vier Gebäuden musste sich auch Wohnung Nr. 124 befinden, das Heim des MGB-Offiziers Leo Stepanowitsch Demidow.

Früh am Morgen war Zarubin von Generalmajor Kuzmin über Leos plötzliches Verschwinden unterrichtet worden. Leo hatte sich am Anfang eines wichtigen Verhörs abgemeldet, weil er sich angeblich fiebrig fühlte und seinen Pflichten nicht mehr nachkommen konnte. Was den Generalmajor beunruhigte, war der Zeitpunkt des Aufbruchs. War Leo wirklich krank? Oder gab es einen anderen Grund für seine Abwesenheit? Warum hatte er zunächst versichert, er sei gesund genug zum Arbeiten, nur um es sich dann anders zu überlegen, kaum dass man ihm den Auftrag erteilt hatte, den Verdächtigen zu verhören? Und warum hatte er versucht, den Verräter allein zu befragen? Der Doktor war losgeschickt worden.

Aus medizinischer Sicht glaubte der Arzt schon vor einer Untersuchung, dass Leos schlechter Gesundheitszustand von seinem beträchtlich langen Aufenthalt im eiskalten Wasser herrührte, vielleicht eine durch die Einnahme von Amphetaminen verschlimmerte Lungenentzündung. Wenn das zutraf, wenn Leo tatsächlich krank war, hatte Zarubin den Auftrag, sich wie ein Arzt zu verhalten und seine Genesung zu fördern. Wenn Leo allerdings nur simulierte, aus welchem Grund auch immer, dann sollte Zarubin sich wie ein MGB-Offizier verhalten und ihm unter dem Vorwand, es sei ein Stärkungsmittel, ein starkes Sedativum verabreichen. Das würde Leo für nächsten vierundzwanzig Stunden ans Bett fesseln und seine Flucht verhindern, während der Generalmajor Zeit hatte zu entscheiden, wie weiter vorzugehen war.

Wie dem an einem Betonpfeiler vor dem ersten Gebäude angebrachten Metallschild zu entnehmen war, befand sich Wohnung Nr. 124 im dritten Wohnblock auf der 14. Etage. Der Aufzug war ein sauberer, glänzender Metallkasten mit Platz für zwei Leute, oder auch für vier, wenn man nichts dagegen hatte, sich ein bisschen aneinanderzukuscheln. Er ratterte bis in die dreizehnte Etage, blieb dort kurz stehen, so als müsse er verschnaufen, und legte dann das letzte Stück zurück. Zarubin benötigte beide Hände, um das schwergängige Gitter aufzuschieben. In dieser Höhe trieb ihm der Wind, der über den offenen Korridor fegte, die Tränen ins Gesicht. Zarubin warf einen kurzen Blick auf das Panorama der Ausläufer des mit schmuddeligem Schnee bedeckten Moskau, dann wandte er sich nach links und stand wenig später vor Wohnung Nr. 124.

Eine junge Frau öffnete die Tür. Der Doktor hatte Leos Akte gelesen und wusste, dass er mit einer Frau namens Raisa Gawrilowna Demidowa verheiratet war, 27 und Lehrerin. Nicht in der Akte hatte gestanden, dass sie schön war, und sie war auffallend schön. Das hätte vermerkt sein sollen, solche Sachen waren wichtig. Darauf war Zarubin nicht vorbereitet gewesen. Für schöne Frauen hatte er eine Schwäche – nicht für marktschreierische Schönheiten, aber für solche, die kein Gewese darum machten. Und das hier war so eine Frau. Sie gab sich nicht nur keine Mühe mit ihrer Erscheinung, sondern versuchte alles, um unscheinbar zu wirken, ihre Schönheit herunterzuspielen. Ihre Haare, ihre Kleidung waren ganz der allgemeinen Mode angepasst, wenn man es denn überhaupt Mode nennen konnte. Ganz offensichtlich versuchte sie nicht die Aufmerksamkeit von Männern zu erregen, eine Tatsache, die sie für den Doktor umso attraktiver machte. Sie wäre eine echte Herausforderung. In jüngeren Jahren war er ein ziemlicher Schürzenjäger gewesen, in gewissen gesellschaftlichen Kreisen sogar ein berüchtigter. Beflügelt von den Erinnerungen an frühere Erfolge lächelte er die Frau an.

Raisa musterte verstohlen seine gelblichen Zähne, die zweifellos von jahrelangem Kettenrauchen herrührten, und lächelte zurück. Sie hatte schon damit gerechnet, dass der MGB jemanden vorbeischicken würde, obwohl man sie nicht vorgewarnt hatte. Sie wartete darauf, dass der Mann sich vorstellte.

»Ich bin Doktor Zarubin. Man hat mich geschickt, um nach Leo zu sehen.«

»Ich bin Raisa, Leos Frau. Können Sie sich ausweisen?«

Der Doktor nahm seine Mütze ab, suchte nach seinem Ausweis und zeigte ihn ihr. »Nennen Sie mich doch bitte Boris.«

In der Wohnung brannten Kerzen. Raisa erklärte, dass es im Moment nur unregelmäßig elektrisches Licht gab, ein ständiges Problem in allen Etagen über der zehnten. Immer wieder fiel der Strom aus, manchmal für eine Minute, manchmal aber auch für einen Tag. Sie bat um Entschuldigung, dass sie nicht sagen konnte, wann das Licht wieder brennen würde.

Als wolle er einen Scherz machen, antwortete Zarubin: »Er wird es schon überleben. Er ist ja keine Pflanze, die Licht braucht. Solange man ihn schön warm hält.«

Raisa fragte den Arzt, ob er etwas trinken wolle, vielleicht etwas Heißes, wo es draußen doch so kalt war. Er nahm an und berührte, als sie ihm den Mantel abnahm, ihren Handrücken.

Der Doktor folgte ihr in die Küche, lehnte sich mit den Händen in den Hosentaschen an die Wand und sah ihr zu, wie sie Tee machte.

»Das Wasser hat gerade erst gekocht.«

Sie hatte eine angenehme Stimme, sanft und ruhig. Sie goss in einer kleinen Kanne lose Teeblätter auf, dann füllte sie das Getränk in ein hohes Glas. Der Tee war stark, beinahe schwarz, und als das Glas halb voll war, wandte sie sich zu ihm um.

»Wie stark hätten Sie ihn denn gerne?«

»So stark es geht.«

»So?«

»Vielleicht verdünnen Sie ihn doch etwas.«

Während sie aus dem Samowar Wasser hinzugoss, ließ Zarubin seine Augen an ihrem Körper hinabwandern, verweilte bei den Umrissen ihrer Brüste, ihrer Taille. Sie hatte praktische Kleider an, ein graues Baumwollkleid, grobe Strümpfe und über der weißen Bluse eine Strickjacke. Zarubin fragte sich, warum Leo seine Position nicht ausgenutzt hatte, um sie in ausländischem Luxus zu kleiden. Aber selbst diese massengefertigten, derben Kleider machten sie nicht weniger anziehend.

»Was ist mit Ihrem Mann?«

»Er hat Fieber. Sagt, dass ihm kalt ist, obwohl er sich ganz heiß anfühlt. Er hat Schüttelfrost. Und er will nichts essen.«

»Wenn er Fieber hat, dann ist es auch besser, wenn er fürs Erste nichts isst. Allerdings könnte seine Appetitlosigkeit auch von seinem Amphetaminkonsum herrühren. Wissen Sie etwas darüber?«

»Wenn das mit seiner Arbeit zu tun hat, weiß ich darüber nichts.«

»Haben Sie vielleicht irgendwelche Veränderungen an ihm bemerkt?«

»Er isst unregelmäßig, bleibt die halbe Nacht weg. Aber das verlangt seine Arbeit wohl von ihm. Mir ist aufgefallen, dass er, wenn er viel gearbeitet hat, manchmal ein bisschen abwesend ist.«

»Vergisst er Dinge?«

Sie reichte dem Arzt sein Glas. »Möchten Sie Zucker?«

»Ein bisschen Marmelade wäre nicht schlecht.«

Sie griff ins oberste Regal, wobei sich die Bluse am Rücken ein wenig hochschob und einen Streifen makelloser weißer Haut freigab. Zarubin merkte, wie ihm der Mund trocken wurde. Sie holte ein Glas mit dunkelroter Marmelade herunter, schraubte den Deckel ab und reichte dem Doktor einen Löffel. Er nahm sich einen Klecks und schob ihn sich langsam in den Mund. Dann trank er ein Schlückchen Tee, genoss die Süße der sich auflösenden Marmelade und bedachte Raisa mit einem tiefen Blick. Sie errötete. Er sah, wie sich ein roter Fleck über ihren ganzen Hals ausbreitete.

»Danke.«

»Vielleicht möchten Sie ihn jetzt untersuchen?« Sie verschloss das Glas wieder, stellte es auf die Anrichte und ging voraus zum Schlafzimmer.

Zarubin blieb stehen. »Erst würde ich gern meinen Tee austrinken. Ich bin nicht in Eile.«

Sie war gezwungen zurückzukehren. Zarubin spitzte die Lippen und blies ins Glas. Der Tee war warm und süß. Er hatte keine Eile. Er machte sie nervös. Es gefiel ihm, sie warten zu lassen.

Im fensterlosen Schlafzimmer war es heiß und stickig. Schon allein am Geruch erkannte Zarubin, dass der Mann im Bett krank war. Zu seiner eigenen Überraschung war er darüber ein wenig enttäuscht. Während er sich neben Leo aufs Bett setzte, dachte er darüber nach, woher das kam. Er maß Leos Temperatur. Der hatte zwar Fieber, aber kein bedenklich hohes. Dann hörte er ihn ab. Nichts Ungewöhnliches, Tuberkulose hatte er also nicht. Es gab keinerlei Anzeichen, dass er an etwas Schlimmerem litt als an einer Erkältung.

Raisa stand neben ihm und beobachtete ihn, ihre Hände rochen nach Seife. Er genoss es, ihr so nah zu sein. Aus seiner Tasche nahm er ein braunes Fläschchen und maß einen Löffel dicker grüner Flüssigkeit ab. »Heben Sie ihm bitte den Kopf hoch.«

Raisa half ihrem Mann in eine sitzende Haltung. Zarubin goss ihm die Flüssigkeit in den Hals. Als Leo geschluckt hatte, bettete sie seinen Kopf wieder auf das Kissen. »Wofür war das?«

»Das ist ein Stärkungsmittel. Damit er besser schlafen kann.«

»Dafür braucht er nichts.«

Der Doktor gab keine Antwort. Er hatte keine Lust, sich eine Lüge auszudenken. Tatsächlich war die Droge, die er Leo als vermeintliche Medizin verabreicht hatte, seine eigene Kreation. Eine Mischung aus Barbituraten, Halluzinogenen und, um den Geschmack zu überdecken, Sirup. Das Mittel sollte Körper und Geist gleichermaßen beeinträchtigen. Es wurde oral verabreicht und wirkte bereits nach kaum einer Stunde. Die Muskeln waren zuerst betroffen, sie erschlafften so sehr, dass selbst die kleinste Bewegung einem vorkam wie die größte körperliche Anstrengung. Kurz darauf begann das Halluzinogen zu wirken.

In Zarubin hatte sich eine Idee festgesetzt. Der Gedanke war ihm in der Küche gekommen, als Raisa rot geworden war, und hatte sich zu einem Plan verfestigt, als er die Seife an ihren Händen gerochen hatte. Wenn er Bericht erstattete, dass Leo nichts fehlte, dass seine Krankmeldung nur vorgeschoben war, dann würde er mit annähernder Sicherheit verhaftet und verhört werden. Bei all den anderen Zweifeln, die sein Verhalten bereits ausgelöst hatte, würde ein schwerer Verdacht auf ihm lasten. Mit an Sicherheit grenzender Wahrscheinlichkeit würde er verhaftet werden. Seine Frau, diese wunderschöne Frau, würde allein und verletzlich dastehen. Sie würde einen Verbündeten brauchen. Zarubins Status im Staatssicherheitsdienst war dem von Leo mindestens ebenbürtig, wenn nicht gar überlegen, und er war zuversichtlich, eine sehr akzeptable, angenehme Alternative anbieten zu können. Zarubin war zwar verheiratet, aber er konnte sie sich ja als Geliebte halten. Er hatte keine Zweifel, dass Raisas Überlebensinstinkt hoch entwickelt war. Andererseits, wenn man es richtig bedachte, gab es vielleicht sogar noch einen unkomplizierteren Weg, das zu bekommen, was er wollte. Zarubin stand auf. »Können wir unter vier Augen reden?«

In der Küche kreuzte Raisa die Arme vor der Brust. Sie runzelte die Stirn, ein Fältchen zeigte sich auf ihrer ansonsten perfekten Haut. Zarubin hätte am liebsten seine Zunge darüber gleiten lassen.

»Wird mein Mann wieder gesund?«

»Er hat Fieber. Und ich wäre auch bereit, das zu sagen.«

»Was zu sagen?«

»Na ja, dass er wirklich krank ist.«

»Aber er ist doch auch wirklich krank. Das haben Sie doch eben selbst gesagt.«

»Ist Ihnen eigentlich klar, warum ich hier bin?«

»Sie sind hier, weil Sie Arzt sind und mein Mann krank ist.«

»Ich bin hier, weil ich Arzt bin. So weit, so gut. Aber ich bin geschickt worden, um herauszufinden, ob Ihr Mann wirklich krank ist oder nur versucht, sich zu drücken.«

»Aber es ist doch offensichtlich, dass er krank ist. Ob Arzt oder nicht, jeder könnte das sehen.«

»Ja, aber ich bin derjenige, der hier ist. Ich bin es, der entscheidet. Und sie werden glauben, was ich sage.«

»Herr Doktor, Sie haben doch gerade gesagt, dass er krank ist. Dass er Fieber hat.«

»Und ich wäre bereit, das zu berichten. Unter der Voraussetzung, dass du mit mir schläfst.«

Erstaunlicherweise zuckte sie mit keiner Wimper. Zeigte nach außen hin nicht die geringste Regung. Ihre Abgebrühtheit steigerte Zarubins Verlangen nur noch. Er fuhr fort: »Es wäre eine einmalige Sache, es sei denn, du findest Gefallen an mir, dann könnten wir die Geschichte natürlich fortsetzen. Wir könnten ein Arrangement treffen. Du würdest alles bekommen, was du willst. Im Rahmen des Möglichen, versteht sich. Der entscheidende Punkt ist: Niemand braucht etwas zu erfahren.«

»Und wenn ich nein sage?«

»Dann würde ich behaupten, dass dein Mann ein Lügner ist und sich aus mir unerfindlichen Gründen unbedingt vor der Arbeit drücken wollte. Ich würde empfehlen, dass man ihn überprüft.«

»Sie würden Ihnen nicht glauben.«

»Bist du dir da sicher? Sie haben doch schon Verdacht geschöpft. Alles, was es noch braucht, ist ein kleiner Schubs von mir.«

Weil er ihr Schweigen als Zustimmung interpretierte, ging er zu ihr und legte versuchsweise eine Hand auf ihr Bein. Sie rührte sich nicht. Warum sie nicht gleich hier in der Küche nehmen? Niemand würde etwas erfahren. Ihr Mann würde nicht aufwachen. Sie konnte vor Wonne schreien, konnte so viel Radau machen, wie sie wollte.

Angewidert und unsicher, wie sie sich verhalten sollte, schaute Raisa verstohlen zur Seite.

Zarubins Hand glitt an ihrem Bein hinab. »Keine Sorge, dein Mann schläft tief und fest. Der stört uns nicht. Und wir stören ihn auch nicht.«

Seine Hand wanderte unter ihren Rock. »Vielleicht gefällt es dir ja sogar. Es hat viele Frauen gegeben, denen hat es gefallen.«

Er war so nah, dass sie seinen Atem riechen konnte. Er lehnte sich vor, öffnete die Lippen, seine gelblichen Zähne kamen näher, als sei sie ein Apfel, in den er sogleich hineinbeißen würde. Sie drückte sich an ihm vorbei. Er griff nach ihrem Handgelenk.

»Zehn Minuten sind doch nun wirklich kein zu hoher Preis für das Leben deines Mannes. Tu es für ihn.« Er zog sie zu sich heran, sein Griff wurde fester.

Plötzlich ließ er sie los und hob die Hände. Raisa hielt ihm ein Messer an den Hals. »Wenn Sie sich über den Zustand meines Mannes nicht im Klaren sind, informieren Sie bitte unseren guten Freund Generalmajor Kuzmin, dass er einen anderen Arzt schicken soll. Eine zweite Meinung käme uns sehr gelegen.«

Die beiden umschlichen einander, das Messer war immer noch an Zarubins Kehle. Schließlich trat er den Rückzug aus der Küche an. Sie blieb im Türrahmen stehen und hielt das Messer in halber Höhe.

Der Doktor griff nach seinem Mantel und zog ihn ohne Hast an. Dann nahm er seine Tasche, öffnete die Wohnungstür und blinzelte, um seine Augen an die gleißende Wintersonne zu gewöhnen. »Nur Kinder glauben noch an Freundschaft. Und von denen auch nur die dummen.«

Raisa machte einen Satz vor, griff nach seiner Mütze, die noch am Garderobenhaken hing, und schleuderte sie ihm vor die Füße. Als er sich bückte, um sie aufzuheben, knallte sie die Tür zu.

Ihr zitterten die Hände. Sie hörte, wie er sich entfernte und hielt immer noch das Messer in der Hand. Vielleicht hatte sie ihm einen Grund gegeben zu glauben, dass sie mit ihm schlafen würde? Sie ließ die Ereignisse noch einmal vor ihrem geistigen Auge ablaufen: Sie hatte die Tür geöffnet, über seinen dämlichen Witz gelacht, ihm den Mantel abgenommen, ihm Tee gemacht. Raisa schüttelte den Kopf. Zarubin hatte sich von einem Wunschtraum hinreißen lassen. Dagegen hätte sie gar nichts machen können. Aber vielleicht wäre es besser gewesen, ein bisschen mit ihm zu flirten und so zu tun, als ob sein Vorschlag für sie eine Versuchung sei. Vielleicht hätte dieser alte Schwachkopf ja nur das Gefühl gebraucht, dass sein Vorschlag ihr schmeichelte. Raisa fuhr sich mit der Hand über die Stirn. Das hatte sie vermasselt. Sie waren in Gefahr.

Sie betrat das Schlafzimmer und setzte sich zu Leo. Seine Lippen bewegten sich, als sei er in einem stillen Gebet. Sie lehnte sich vor und versuchte, seinen Worten einen Sinn zu entnehmen. Sie waren kaum zu hören, nur Wortfetzen, die nicht zusammenpassten. Leo war im Delirium. Er griff nach ihrer Hand. Seine Haut war feucht. Sie zog die Hand weg und blies die Kerze aus.

* * *

Leo stand im Schnee, vor ihm war der Fluss. Anatoli Brodsky war schon auf der anderen Seite. Er hatte es hinübergeschafft und beinahe schon den sicheren Wald erreicht. Leo machte einen Schritt aufs Eis, aber im nächsten Augenblick sah er, dass unter seinen Füßen, eingeschlossen unter einer dicken Eisschicht, all die Männer und Frauen waren, die er je verhaftet hatte. Der ganze Fluss war voll von ihren gefrorenen Leichen. Wenn er in den Wald gelangen und diesen Mann fassen wollte, dann musste er über sie drüberlaufen. Aber er hatte keine Wahl, schließlich war es seine Pflicht, und so ging er weiter. Aber seine Schritte schienen die Leichen wieder aufzuwecken. Das Eis begann zu schmelzen, der Fluss erwachte wieder zum Leben und begann zu fließen. Leo versank im Schneematsch und spürte die Gesichter unter seinen Stiefeln. Egal wie schnell er lief, sie waren überall, vor ihm, hinter ihm. Eine Hand griff nach seinem Fuß, aber er schüttelte sie ab. Eine andere Hand umklammerte sein Fußgelenk, dann eine zweite und dritte, eine vierte. Leo schloss die Augen. Er wagte nicht herunterzusehen und rechnete damit, im nächsten Moment hinabgezogen zu werden.

Als er die Augen wieder aufmachte, stand er neben Raisa in einem trostlosen Büro. Sie trug ein blassrotes Kleid. Das Kleid hatte sie sich am Tag der Hochzeit von einer Freundin geliehen und in aller Eile enger gemacht. Im Haar trug sie eine einzelne weiße Blume, die sie im Park gepflückt hatten. Er selbst trug einen schlecht sitzenden grauen Anzug. Der Anzug gehörte ihm nicht, er hatte ihn von einem Kollegen geborgt. Sie waren in einem heruntergekommenen Büro in einem heruntergekommenen Regierungsgebäude, standen Seite an Seite vor einem Tisch, hinter dem ein Mann sich über Akten beugte. Raisa legte ihre Papiere vor, und dann warteten sie, bis er ihrer beider Identität überprüft hatte. Es gab kein Ehegelübde, keine Zeremonie und keinen Blumenstrauß. Auch keine Gäste, keine Tränen oder Gratulanten. Nur sie beide, in den besten Kleidern, die sie sich hatten besorgen können. Bloß kein Tamtam. Tamtam war bourgeois. Der einzige Trauzeuge war dieser Beamte mit seinem schütteren Haar, der alles in ein dickes, zerfleddertes Registerbuch eintrug. Als der Papierkram erledigt war, händigte man ihnen die Heiratsurkunde aus. Sie waren nun Mann und Frau.

Jetzt war Leo wieder in der ehemaligen Wohnung seiner Eltern, wo sie damals ihre Hochzeit gefeiert hatten. Freunde und Nachbarn waren gekommen, die darauf aus waren, ihre Gastfreundschaft auszunutzen. Ältere Männer sangen ihm unbekannte Lieder. Aber irgendwas an seiner Erinnerung stimmte nicht. Plötzlich schauten ihn gefühllose, harte Gesichter an. Das war ja Fjodors Familie! Während Leo noch tanzte, war die Hochzeitsfeier zu einer Beerdigung geworden. Alle starrten ihn an. Dann klopfte jemand von draußen an die Fensterscheibe. Leo drehte sich um und erkannte die Umrisse eines Mannes. Er ging auf ihn zu und wischte das Kondenswasser von den Scheiben. Es war Michail Swjatoslawitsch Zinowjew. Eine Kugel im Kopf, den Kiefer zerschmettert und den Schädel eingeschlagen. Leo wich zurück, wandte sich um. Das Zimmer war vollkommen leer bis auf zwei kleine Mädchen. Zinowjews Töchter, bekleidet mit verdreckten Lumpen. Waisen mit aufgedunsenen Bäuchen und von Wundblasen übersäter Haut. In ihrer Kleidung, ihren Augenbrauen und ihrem stumpfen Haar hatten sich Läuse eingenistet. Leo schloss die Augen und schüttelte den Kopf.

Plötzlich war ihm eiskalt. Er öffnete die Augen und merkte,

dass er unter Wasser war und in die Tiefe sank. Über ihm war Eis. Er versuchte, nach oben zu schwimmen, aber die Strömung zog ihn hinab. Auf dem Eis waren Menschen, die zusahen, wie er ertrank. Ein stechender Schmerz brannte in seiner Lunge. Er konnte den Atem nicht länger anhalten und öffnete den Mund.

* * *

Leo schnappte nach Luft und riss die Augen auf. Neben ihm saß Raisa und versuchte, ihn zu beruhigen. Verwirrt blickte er sich um, noch halb in seiner Traumwelt. Aber das hier war echt. Er befand sich wieder in seiner Wohnung und in der Wirklichkeit. Erleichtert ergriff er Raisas Hand und flüsterte haspelnd auf sie ein.

»Weißt du noch, wie wir uns das erste Mal getroffen haben? Du fandest mich unhöflich, weil ich dich angestiert hatte. Ich bin sogar an der falschen Metro-Station ausgestiegen, nur um dich nach deinem Namen zu fragen. Aber du wolltest ihn mir nicht sagen. Und als ich nicht gehen wollte, bis ich ihn wusste, hast du einfach gelogen und mir gesagt, du hießest Lena. Eine ganze Woche lang konnte ich über nichts anderes reden als diese wunderschöne Frau, die Lena hieß. Allen habe ich erzählt, wie schön Lena ist. Als ich dich dann endlich wiedergetroffen und dich überredet habe, mit mir spazieren zu gehen, habe ich dich die ganze Zeit Lena genannt. Am Ende des Spaziergangs war ich so weit, dich zu küssen, und du immerhin so weit, mir deinen richtigen Namen zu verraten. Am nächsten Tag habe ich jedem erzählt, was für eine tolle Frau diese Raisa ist, und alle haben mich ausgelacht und gesagt, letzte Woche war es Lena, diese Woche ist es Raisa, und nächste Woche ist es wieder eine andere. Aber so war es gar nicht. Es warst immer nur du.«

Raisa hörte ihrem Mann zu und wunderte sich über seine Sentimentalität. Wo kam die denn plötzlich her? Vielleicht wurde man gefühlsduselig, wenn man krank war. Sie schob ihn zurück in die Kissen, und bald darauf war er wieder eingeschlafen. Es war jetzt fast zwölf Stunden her, seit Zarubin gegangen war. Ein gekränkter, eitler alter Mann war zu einem gefährlichen Feind geworden. Um sich auf andere Gedanken zu bringen, kochte sie eine Suppe. Nicht nur einen Gemüsesud mit ausgekochten Hühnerknochen, sondern eine fette Hühnerbrühe mit richtigen Fleischstücken. Sie köchelte vor sich hin und würde bereitstehen, wenn Leo wieder etwas zu sich nehmen konnte. Raisa rührte die Suppe durch und nahm sich selbst eine Schale voll. Im nächsten Moment klopfte es an der Wohnungstür. Es war schon spät, und Raisa erwartete keine Besucher mehr. Sie nahm das Messer von der Anrichte und verbarg es hinter ihrem Rücken, bevor sie an die Tür ging. »Wer ist da?«

»Ich bin's, Generalmajor Kuzmin.«

Mit zitternden Händen öffnete sie die Tür.

Generalmajor Kuzmin war in Begleitung seiner Eskorte da, zwei jungen, hart aussehenden Soldaten. »Doktor Zarubin hat mit mir gesprochen.«

»Aber bitte, machen Sie sich doch selbst ein Bild von Leo.«

Das war ihr einfach herausgeplatzt, und Kuzmin schien überrascht zu sein. »Nein, das wird nicht nötig sein. Ich möchte ihn nicht stören. In medizinischen Angelegenheiten verlasse ich mich ganz auf Doktor Zarubin. Und bitte halten Sie mich nicht für einen Feigling, aber ich habe Angst, mir seine Grippe einzufangen.«

Raisa verstand nicht, was geschehen war. Offenbar hatte der Arzt die Wahrheit gesagt. Sie biss sich auf die Lippe und versuchte, ihre Erleichterung nicht preiszugeben.

Kuzmin fuhr fort. »Ich habe mit Ihrer Schule gesprochen und Bescheid gesagt, dass Sie Urlaub nehmen, um sich um Leos Genesung zu kümmern. Es ist wichtig, dass er bald wieder auf dem Damm ist. Er ist einer unserer besten Offiziere.«

»Er kann sich glücklich schätzen, Kollegen zu haben, die sich so um ihn kümmern.«

Mit einer flüchtigen Handbewegung tat Kuzmin die Bemerkung ab und gab dem neben ihm stehenden Beamten ein Zeichen. Der Mann hatte eine Papiertüte in der Hand. Jetzt trat er vor und hielt sie ihr hin. »Ein Geschenk von Doktor Zarubin. Mir müssen Sie also nicht danken.«

Hinter ihrem Rücken hielt Raisa immer noch das Messer umklammert. Um das Geschenk anzunehmen, brauchte sie zwei freie Hände. Sie ließ das Messer in ihren Rock gleiten. Sobald es sicher verstaut war, streckte sie die Hände aus und übernahm die Tüte, die schwerer war, als sie gedacht hatte. »Möchten Sie nicht hereinkommen?«

»Vielen Dank, aber es ist schon spät und ich bin müde.« Kuzmin wünschte Raisa eine gute Nacht.

Sie schloss die Tür und ging zurück in die Küche, wo sie die Tüte auf den Tisch stellte und das Messer aus ihrem Rock zog. Dann machte sie die Tüte auf. Sie war voller Orangen und Zitronen, ein wahrer Luxus in einer Stadt, wo Nahrungsmittel immer knapp waren. Raisa schloss die Augen und stellte sich vor, wie Zarubin mit perverser Befriedigung ihr Gefühl der Dankbarkeit genoss. Nicht etwa für die Früchte, sondern dafür, dass er lediglich seine Arbeit gemacht und berichtet hatte, dass Leo wirklich krank war. Mit Sicherheit waren die Orangen und Zitronen seine Art, ihr zu sagen, dass sie in seiner Schuld stand. Er hätte sie beide auch genauso gut verhaften lassen können. Raisa leerte die Tüte in den Mülleimer. Dann betrachtete sie die leuchtenden Farben der Früchte und holte jede einzelne wieder heraus. Sie würde seine Geschenke aufessen. Aber weinen würde sie auf keinen Fall.

19. Februar

Es war das erste Mal in vier Jahren gewesen, dass Leo unvorhergesehen bei der Arbeit gefehlt hatte. Es gab sogar eine eigene Sorte von Gulag-Insassen, die wegen Vergehen gegen das Arbeitsethos verurteilt worden waren. Leute, die sich unangemessen lange vom Arbeitsplatz entfernt hatten oder eine halbe Stunde zu spät zu ihrer Schicht erschienen waren. Es war erheblich sicherer, zur Arbeit zu gehen und dort auf dem Fabrikboden zusammenzubrechen, als vorbeugend zu Hause zu bleiben. Die Entscheidung, ob er arbeiten konnte oder nicht, lag nie beim Arbeiter selbst. Aber Leo wusste, dass ihm eigentlich nichts passieren konnte. Wie er von Raisa erfahren hatte, war er von einem Arzt untersucht worden, und Generalmajor Kuzmin höchstpersönlich hatte ihn besucht und ihm erlaubt, der Arbeit fernzubleiben. Das bedeutete, dass die Unruhe, die er spürte, von etwas anderem herrühren musste. Und je mehr er darüber nachdachte, desto klarer wurde ihm, was es war. Er wollte gar nicht zurück zur Arbeit.

Die letzten drei Tage hatte er nicht einmal die Wohnung verlassen. Vom Rest der Welt abgeschottet hatte er im Bett gelegen, heißes Zuckerwasser mit Zitrone getrunken, Borschtsch gegessen und mit seiner Frau Karten gespielt, die auf seine Krankheit keine Rücksicht nahm und fast jedes Mal gewann. Die meiste Zeit aber hatte er geschlafen, und glücklicherweise hatten ihn nach dem ersten Tag auch keine Albträume mehr geplagt. Stattdessen hatte eine große Dumpfheit Besitz von ihm ergriffen. Leo hatte damit gerechnet, dass das bald vorbeigehen würde, wahrscheinlich war diese Melancholie nur ein Nebeneffekt des Amphetamin-Entzugs. Aber es war schlimmer geworden. Er hatte seinen Vorrat des Medikaments, mehrere

Röhrchen schmutzigweißer Kristalle, genommen und in den Ausguss gespült. Keine Festnahmen mehr unter Drogeneinfluss! Waren es die Aufputschmittel? Oder die Verhaftungen?

Je mehr er sich erholte, desto rationaler konnte er die Ereignisse der vergangenen Tage bewerten. Sie hatten einen Fehler gemacht. Anatoli Tarasowitsch Brodsky war ein Fehler gewesen. Er war ein unschuldiger Mann, der in das Räderwerk eines mächtigen, wichtigen, aber deshalb nicht unfehlbaren Staates geraten und darin aufgerieben worden war. Er hatte einfach Pech gehabt. Ein einzelner Mensch brachte die Bedeutsamkeit ihres Tuns nicht ins Wanken. Natürlich nicht. Die Prinzipien ihrer Arbeit blieben richtig. Der Schutz der Nation war wichtiger als ein einzelner Mensch, wichtiger noch als tausend Menschen. Wie viel mochten all die Fabriken und Maschinen der Sowjetunion zusammengenommen wiegen? Gemessen an dieser Größenordnung war ein Individuum nichts. Es war wichtig, dass Leo die Dinge im Gesamtzusammenhang betrachtete. Wenn man weitermachen wollte, musste man immer alles im Gesamtzusammenhang betrachten. Eine schlüssige Argumentation, aber Leo glaubte trotzdem nicht daran.

Vor ihm, in der Mitte des Lubjanka-Platzes und umgeben von einer grasbewachsenen Insel, um die der Verkehr kreiste, stand die Statue von Felix Dzerzhinsky. Die Geschichte dieses Mannes kannte Leo in- und auswendig. Dzerzhinsky war der erste Leiter der Tscheka gewesen, der Staatssicherheitspolizei, die Lenin nach dem Sturz des zaristischen Regimes gegründet hatte. Dzerzhinsky war also einer der Urväter des NKWD und ein Vorbild. Die Ausbildungshandbücher waren gespickt mit Zitaten, die ihm zugeschrieben wurden. In seiner vielleicht berühmtesten und oft bemühten Rede hatte er ausgeführt:

EIN AGENT MUSS SEIN HERZ ZUR GRAUSAMKEIT ERZIEHEN.

Grausamkeit war eines der Heiligtümer ihres beruflichen Ehrenkodex. Grausamkeit war eine Tugend. Grausamkeit war etwas, wonach zu streben sich lohnte. Grausamkeit war der Schlüssel zum perfekten Staat. Wenn man die Tschekisten mit den Anhängern irgendeiner religiösen Doktrin vergleichen wollte, dann war die Grausamkeit ihr erstes Gebot.

Bei Leos Ausbildung war es in erster Linie um Athletik und körperliche Ertüchtigung gegangen. Eine Tatsache, die seiner Karriere bislang eher dienlich als hinderlich gewesen war, verlieh sie ihm doch den Anschein eines Mannes, dem man trauen konnte, und zwar im selben Maße, wie man zum Beispiel einem Gelehrten misstraute. Aber es hatte auch bedeutet, dass er sich mindestens einen Abend pro Woche hinsetzen und sich Wort für Wort sämtliche Zitate aufschreiben musste, die ein Agent auswendig kennen sollte. Leo war weder ein Bücherwurm noch mit einem besonders ausgeprägten Gedächtnis gesegnet, und der Drogenkonsum hatte die Sache nicht besser gemacht. Dabei war die Fähigkeit, sich an politische Reden zu erinnern, unverzichtbar. Mit jeder Erinnerungslücke bewies man mangelnden Diensteifer. Und als Leo sich jetzt nach drei Tagen Abwesenheit dem Eingang der Lubjanka näherte und einen letzten Blick zurück auf das Standbild Dzerzhinskys warf, wurde ihm klar, dass seine Erinnerung ziemlich lückenhaft war. Der eine oder andere Satzfetzen fiel ihm zwar wieder ein, aber er kannte nicht mehr alle und brachte sie auch nicht die richtige Reihenfolge. Und von diesen tausend und abertausend Worten, von der ganzen Tschekistenbibel mit ihren Axiomen und Prinzipien war das Einzige, an das er sich noch ganz genau erinnern konnte, die Bedeutung der Grausamkeit.

Leo wurde in Kuzmins Büro geführt. Diesmal saß der Generalmajor und bot Leo einen Platz ihm gegenüber an. »Geht es dir besser?

»Ja, danke. Meine Frau hat mir gesagt, dass Sie vorbeigeschaut haben.«

»Wir haben uns Sorgen um dich gemacht. Es war das erste Mal, dass du krank warst. Ich habe in deiner Akte nachgeschaut.«

»Tut mir leid.«

»Es war ja nicht dein Fehler. Du warst sehr tapfer, als du da im Fluss herumgeschwommen bist. Und wir sind froh, dass du ihn gerettet hast. Er hat uns wichtige Informationen gegeben.«

Kuzmin tippte auf eine dünne schwarze Aktenmappe, die in der Mitte des Tisches lag. »In deiner Abwesenheit hat Brodsky gestanden. Wir haben zwei Tage gebraucht und zwei Schockbehandlungen mit Kampfer. Er war bemerkenswert starrköpfig. Aber am Ende ist er doch zusammengebrochen. Er hat uns die Namen von sieben Sympathisanten des Westens genannt.«

»Wo ist er jetzt?«

»Brodsky? Der wurde gestern Abend exekutiert.«

Was hatte Leo denn erwartet? Er konzentrierte sich darauf, ein ungerührtes Gesicht zu machen, so als habe er gerade erfahren, dass es draußen kalt sei.

Kuzmin nahm die schwarze Aktenmappe und reichte sie ihm. »Da drin findest du eine vollständige Abschrift seines Geständnisses.«

Leo schlug die Mappe auf. Sein Blick fiel auf die erste Zeile:
Ich, Anatoli Tarasowitsch Brodsky, bin ein Spion.
Leo blätterte die maschinengeschriebenen Seiten durch. Er erkannte das typische Muster wieder: Erst kam die Entschuldigung, das Bedauern und dann die genaue Beschreibung des

Verbrechens. Diese Schablone hatte er schon tausendmal gesehen, nur die Details wechselten, Namen und Orte. »Möchten Sie, dass ich es sofort lese?«

Kuzmin schüttelte den Kopf und reichte ihm einen versiegelten Umschlag. »Er hat sechs sowjetische Staatsbürger und einen Ungarn genannt. Kollaborateure, die mit ausländischen Regierungen zusammenarbeiten. Sechs der Namen habe ich anderen Agenten zur Nachforschung gegeben. Die siebte Person musst du überprüfen. Da du einer meiner besten Offiziere bist, habe ich dir den schwierigsten Fall anvertraut. In dem Umschlag findest du unsere ersten Ermittlungen, ein paar Fotos und alle Informationen, die wir gegenwärtig über die Person haben. Nicht sehr viel, wie du sehen wirst. Dein Auftrag ist, weitere Informationen zu beschaffen. Und wenn es stimmt, was Anatoli ausgesagt hat, wenn diese Person eine Verräterin ist, dann wirst du sie verhaften und herbringen. Das übliche Prozedere.«

Leo riss den Umschlag auf und zog mehrere große Schwarzweißfotografien heraus. Es waren Überwachungsfotos, die aus einiger Entfernung von der anderen Straßenseite aus geschossen worden waren.

Es waren Fotos von seiner Frau.

Am selben Tag

Raisa war erleichtert, dass der Tag sich dem Ende neigte. Die letzten acht Stunden hatte sie damit zugebracht, in jedem Jahrgang immer wieder ein und denselben Unterricht abzuhalten. Normalerweise unterrichtete sie das Pflichtfach Politik, aber heute Morgen hatte sie neue Anweisungen erhalten. Sie waren der Schule vom Bildungsministerium zugeschickt worden und wiesen sie an, den beiliegenden Unterrichtsplan zu befolgen. Offenbar hatte jede Schule in Moskau diese Anweisungen erhalten und war aufgefordert worden, sie unverzüglich umzusetzen. Der normale Unterricht könne am Folgetag fortgesetzt werden. Gemäß diesen Instruktionen verbrachte sie nun den ganzen Tag damit, jeder Klasse zu vermitteln, wie sehr Stalin die Kinder seines Landes liebte. Ja, die Liebe selbst war eine politische Lektion. Es gab nichts Wichtigeres als die Liebe des Führers und dementsprechend auch die Liebe zu ihm. Ein Teil dieser Liebe war, dass Stalin all seine Kinder, egal wie alt, an bestimmte Vorsichtsmaßnahmen erinnern wollte, die sie sich zur alltäglichen Gewohnheit machen sollten. Bevor sie die Straße überquerten, sollten sie erst nach links und dann nach rechts schauen. Sie sollten vorsichtig sein, wenn sie mit der Metro fuhren. Ferner (und dies war besonders hervorzuheben) sollten sie nicht auf Eisenbahnschienen herumspielen. Im letzten Jahr hatte es mehrere tragische Unfälle auf den Gleisen gegeben. Die Sicherheit der Kinder ging dem Staat über alles. Kinder waren die Zukunft.

Es hatte einiges unfreiwillig komisches Anschauungsmaterial gegeben, und am Ende musste jede Klasse eine kurze Wissenskontrolle absolvieren, um sicherzustellen, dass auch alles richtig verstanden worden war:

Wer liebt euch am meisten?
Richtige Antwort: Stalin.
Wen liebt ihr am meisten?
Richtige Antwort s. o.
(falsche Antworten sind zu erfassen)
Was sollt ihr niemals tun?
Richtige Antwort: Auf Eisenbahnschienen spielen.

Raisa konnte hinter diesem jüngsten Edikt nur vermuten, dass der Staat sich Sorgen um die Bevölkerungsentwicklung machte.

Ihre Stunden waren sowieso todlangweilig, noch langweiliger als die in anderen Unterrichtsfächern. Dass die Schüler bei jeder Lösung einer mathematischen Gleichung klatschten, wurde nicht erwartet. Sehr wohl erwartet wurde indessen, dass sie ihre Bemerkungen über den Oberbefehlshaber Stalin, den sowjetischen Staat oder die kommende Weltrevolution mit Applaus bedachten. Die Schüler wetteiferten miteinander, keiner wollte weniger begeistert erscheinen als sein Nachbar. Alle fünf Minuten kam der Unterricht zum Erliegen, weil Kinder aufsprangen, mit den Füßen auf den Boden stampften oder mit den Fäusten auf die Tische klopften. Und pflichtschuldigst blieb Raisa nichts anderes übrig als mitzumachen, und das mehrmals pro Stunde. Damit ihr nicht ständig die Hände brannten, hatte sie sich angewöhnt, so zu klatschen, dass ihre Handflächen sich kaum berührten und nur in vorgetäuschtem Enthusiasmus übereinanderglitten. Anfangs hatte sie die Kinder verdächtigt, dass sie diesen Unfug schätzten und möglichst weit trieben, um den Unterricht zu stören, aber mittlerweile wusste sie, dass das nicht stimmte. Sie hatten Angst. Disziplin war deshalb auch nie ein Problem. Raisa musste kaum einmal laut werden und sprach nie irgendwelche Drohungen aus. Selbst mit sechs Jahren hatten die Kinder schon begriffen, dass jeder, der sich gegen die Autorität auflehnte und unpassende Bemerkungen machte, sich die Konsequenzen selbst zuzuschreiben hatte. Auch mit seiner Jugend konnte man sich nicht herausreden. Das Alter, in dem ein Kind für seine eigenen Verbrechen oder die seines Vaters erschossen werden konnte, betrug zwölf Jahre. Das durfte Raisa ihren Schützlingen allerdings nicht beibringen.

Trotz der vollen Klassen, die ohne die demographischen Verwüstungen des Krieges sogar noch voller gewesen wären, hatte

Raisa ursprünglich vorgehabt, sich sämtliche Namen ihrer Schüler einzuprägen. Sie hatte damit zeigen wollen, dass ihr jeder persönlich am Herzen lag. Aber schnell hatte sie festgestellt, dass ihre Namenskenntnis bei ihren Schülern eher auf Unbehagen gestoßen war, so als sei das etwas Bedrohliches. *Wenn ich deinen Namen kenne, kann ich dich auch denunzieren.*

Diese Kinder hatten bereits die Vorteile der Anonymität erkannt. Raisa fand sich damit ab, dass es ihnen lieber war, wenn sie ihnen so wenig Aufmerksamkeit wie möglich schenkte. Nicht einmal zwei Monate später hatte sie sich abgewöhnt, sie aufzurufen, und zeigte nur noch mit dem Finger auf sie.

Dabei ging es ihr im Vergleich eigentlich noch recht gut. Sie unterrichtete an der Höheren Schule Nr. 7, einem luftigen, rechteckigen Bau auf kurzen Betonstelzen, der als Juwel staatlicher Bildungspolitik galt und schon oft in Artikeln besprochen und fotografiert worden war. Niemand anderes als Nikita Chruschtschow hatte die Schule eröffnet und in der neuen Turnhalle, deren Boden man so glatt gebohnert hatte, dass seine Leibwächter sich kaum auf den Beinen halten konnten, eine Rede gehalten. Er hatte die These vertreten, dass die Bildung sich nach den Bedürfnissen des Staates ausrichten müsse. Und was der Staat am dringendsten brauchte, waren hochproduktive, gesunde junge Wissenschaftler, Ingenieure und Athleten, die olympische Goldmedaillen gewannen. Die neben dem Hauptgebäude liegende Turnhalle war mit ihren kathedralengleichen Ausmaßen länger und breiter als die Schule selbst, verfügte über eine Hallenlaufbahn, die unterschiedlichsten Turnmatten, Ringe, Kletterseile und Sprungkästen, die auch außerhalb des Unterrichts noch ihren Zweck erfüllten, denn auf dem Stundenplan stand für ausnahmslos jeden Schüler, egal wie jung oder talentiert er war, außerdem eine Stunde Training pro Tag. Was Chruschtschows Rede ebenso wie die Schulanlage selbst im Kern bedeutete, war

Raisa von Anfang an klar gewesen. Das Land brauchte keine Dichter, Philosophen oder Priester, sondern mess- und zählbare Produktivität, Erfolge, die man mit der Stoppuhr überprüfen konnte.

Nur einen unter ihren Kollegen betrachtete Raisa als Freund, den Sprach- und Literaturlehrer Iwan Kusmitsch Tschukow. Sie wusste nicht genau, wie alt er war, weil er es ihr nicht sagen wollte, schätzte ihn aber auf etwa vierzig. Ihre Freundschaft hatte sich durch Zufall ergeben. Irgendwann hatte sich Iwan über die Größe der Schulbibliothek ausgelassen – ein Kellerkabuff neben dem Heizungsboiler –, die nur Pamphlete, alte Ausgaben der ›Prawda‹ und genehmigte Texte enthielt, aber kein einziges Buch eines ausländischen Autors.

Als Raisa das gehört hatte, hatte sie ihm zugeraunt, vorsichtiger zu sein. Dieses Raunen war der Beginn einer unerwarteten Freundschaft gewesen, die aus einem strategischen Blickwinkel für sie sogar eher unklug hätte sein können, weil Iwan dazu neigte zu sagen, was er dachte. In den Augen vieler war er schon gebrandmarkt. Einige der anderen Lehrer waren überzeugt, dass er unter den Dielen verbotene Schriften hortete oder, schlimmer noch, selbst ein Buch schrieb, um diese zweifellos subversiven Texte anschließend in den Westen zu schmuggeln. Immerhin hatte er ihr eine illegale Übersetzung von ›Wem die Stunde schlägt‹ geliehen, die sie den ganzen Sommer über nur in Parks lesen konnte und niemals mit heimzunehmen wagte.

Raisa konnte sich den Umgang mit ihm nur leisten, weil ihre eigene Loyalität niemals ernsthaft in Zweifel gezogen wurde. Schließlich war sie die Frau eines Staatssicherheitsbeamten, eine Tatsache, die allgemein bekannt war, sogar bei einigen Schülern. Logischer wäre es gewesen, wenn Iwan unter diesen Umständen Distanz zu ihr gewahrt hätte, aber wahrscheinlich sagte er sich, dass Raisa ihn schon längst denunziert hätte, wenn sie das hätte tun wollen. Bei all seinen nicht opportunen Äußerungen wäre es ihr doch ein Leichtes gewesen, ihrem Mann auf der Bettkante etwas zu flüstern. Und so kam es, dass der einzige Mann, dem Raisa unter ihren Kollegen traute, ausgerechnet der war, dem alle anderen misstrauten. Und die Einzige, der er traute, war ausgerechnet die Frau, der er am wenigsten hätte trauen sollen. Iwan war zwar verheiratet und hatte drei Kinder, aber sie vermutete, dass er insgeheim in sie verliebt war. Es war nichts, worüber sie weiter nachdachte, und um ihrer beider willen hoffte sie, dass er es genauso hielt.

* * *

Vor dem Haupteingang der Schule, in einem gegenüberliegenden, niedrigen Wohnhaus, stand Leo. Er hatte die Uniform abgelegt und trug Zivil, Sachen, die er sich auf der Arbeit besorgt hatte. In der Lubjanka gab es ganze Schränke voll mit diesem und jenem: Mäntel, Jacken, Hosen in den verschiedensten Größen und von unterschiedlicher Qualität, die alle genau zu diesem Zweck da waren. Leo hatte nie darüber nachgedacht, wo die Sachen herkamen, bis er einmal an der Manschette eines Baumwollhemds einen Blutfleck entdeckt hatte. Es waren die Anziehsachen derer, die in dem Gebäude an der Warsonofjewski-Gasse hingerichtet worden waren. Natürlich waren sie gewaschen worden, aber manche Flecken waren hartnäckig. Jetzt trug Leo einen bis auf die Füße reichenden grauen Wollmantel und eine dicke Fellmütze, die er sich in die Stirn gezogen hatte. Er war überzeugt, dass Raisa ihn in diesem Aufzug nicht wiedererkennen würde, falls sie zufällig in seine Richtung schaute. Leo stampfte mit den Füßen auf, um sich warm zu halten, und sah auf seine Edelstahluhr Marke Poljot Aviator, ein Geburtstagsgeschenk seiner Frau. Nicht mehr lange, dann wäre sie für heute mit dem Unterricht fertig. Leo warf einen flüchtigen Blick auf die Lampe über ihm, nahm sich einen stehen gelassenen Schrubber und tauchte, indem er mit dem Stielende die Birne zerschlug, das Foyer in Dämmerlicht.

Es war nicht das erste Mal, dass seine Frau beobachtet wurde. Drei Jahre zuvor hatte Leo selbst ihre Beschattung veranlasst, und zwar aus Gründen, die nichts mit der Frage zu tun hatten, ob sie ein Sicherheitsrisiko war. Damals waren sie kaum ein Jahr verheiratet gewesen. Raisa hatte sich immer mehr von ihm entfernt und in sich zurückgezogen. Obwohl sie zusammenlebten, lebten sie nebeneinanderher und sahen sich, weil sie lange arbeiteten, nur kurz am Morgen und am Abend, wie zwei Fischerboote, die jeden Tag vom selben Hafen aus losfahren. Er glaubte nicht, dass er sich als ihr Mann verändert hatte, und verstand deshalb nicht, warum sie sich als seine Frau verändert hatte. Wann immer er das Thema ansprach, behauptete sie, sie fühle sich unwohl, wollte aber trotzdem nicht zum Arzt gehen. Und überhaupt, wer fühlte sich denn Monat für Monat unwohl? Als einzige mögliche Erklärung war ihm eingefallen, dass sie sich in einen anderen Mann verliebt hatte.

Entsprechend misstrauisch hatte er einen frisch rekrutierten, hoffnungsvollen jungen Agenten losgeschickt, der seine Frau beschatten sollte. Das hatte der Mann eine Woche lang gemacht. Leo hatte diese Maßnahme für sich damit gerechtfertigt, dass sie zwar unangenehm, ihre Motivation aber Liebe war. Trotzdem war die Sache riskant, nicht nur, weil Raisa es hätte mitbekommen und ihn dafür hätte hassen können. Falls seine Kollegen es herausgefunden hätten, hätten sie die Sache auch anders interpretieren können. Wenn Leo seiner Frau schon in sexuellen Dingen nicht trauen konnte, wie konnte er ihr dann politisch trauen? Ob sie nun untreu war oder nicht, subversiv oder nicht – besser, man schickte sie in den Gulag, nur um sicherzugehen.

Weder hatte Raisa eine Affäre, noch erfuhr irgendjemand etwas von der Beschattung. Erleichtert hatte Leo eingesehen, dass er einfach nur geduldig und aufmerksam sein und Raisa bei ihren Schwierigkeiten helfen musste. Im Laufe der Monate war ihre Beziehung dann wieder besser geworden. Den jungen Beamten hatte Leo nach Leningrad versetzen lassen und es ihm als Beförderung verkauft.

Diese Mission war allerdings eine vollkommen andere. Der Ermittlungsbefehl war von oben gekommen. Diesmal war es eine offizielle Staatsangelegenheit, eine Frage der nationalen Sicherheit. Und es stand nicht nur ihre Ehe auf dem Spiel, sondern ihrer beider Leben. Leo hatte nicht den geringsten Zweifel, dass es Wassili gewesen war, der Raisas Namen in Brodskys Geständnis geschmuggelt hatte. Die Tatsache, dass ein anderer Agent den Inhalt des Geständnisses bekräftigt hatte, bedeutete gar nichts. Entweder war es eine Verschwörung, eine glatte Lüge, oder Wassili hatte Brodsky den Namen während des Verhörs eingeflüstert, was sehr einfach gewesen wäre.

Leo machte sich Vorwürfe. Dass er nicht zur Arbeit erschienen war, hatte Wassili eine Gelegenheit in die Hände gespielt, die dieser vollkommen ruchlos ausgenutzt hatte. Jetzt saß Leo in der Falle. Er konnte nicht behaupten, das Geständnis sei eine Lüge. Als offizielles Dokument war es so gültig und wahr wie jedes andere Geständnis. Alles, was er tun konnte, war zu erklären, dass er nicht an Raisas Schuld glaube und der Verräter Brodsky vermutlich nur aus Rache versucht hatte, sie zu beschuldigen.

Als Kuzmin diese Erklärung hörte, fragte er, woher denn der Verräter habe wissen können, dass Leo verheiratet war. Der verzweifelte Leo hatte lügen und behaupten müssen, er habe den Namen seiner Frau im Verlauf eines ihrer Gespräche fallen lassen. Leo war kein guter Lügner. Indem er seine Frau verteidigte, beschuldigte er sich selbst. Wenn man für jemanden eintrat, verwob man dadurch zugleich sein eigenes Schicksal mit dem des anderen. Kuzmin hatte beschlossen, die Möglichkeit eines derartigen Sicherheitsrisikos müsse umfassend untersucht werden. Entweder kümmere Leo sich selbst darum, oder ein anderer Beamter müsse es übernehmen. Nachdem er dieses Ultimatum vernommen hatte, hatte Leo den Fall akzeptiert und es vor sich selbst so gerechtfertigt, dass er ja eigentlich nur versuchte, den Namen seiner Frau reinzuwaschen. So ähnlich, wie er vor drei Jahren seine Zweifel über ihre Treue beerdigt hatte, musste er jetzt alle Zweifel über ihre Treue zum Staat beerdigen.

Auf der anderen Straßenseite strömten Kinder aus dem Schultor und stoben nach allen Seiten auseinander. Ein kleines Mädchen kam direkt auf Leo zu und betrat den Wohnblock, in dem er sich versteckt hatte. Als sie im Dämmerlicht an ihm vorbeikam und die Scherben der Glühbirne unter ihren Füßen knirschten, blieb sie kurz stehen und wog ab, ob sie ihn ansprechen sollte. Leo wandte sich um und sah sie an. Das Mädchen hatte lange schwarze Haare, die von einem roten Band zusammengehalten waren. Sie mochte sieben Jahre alt sein. Ihre Wangen waren von der Kälte gerötet. Plötzlich rannte sie los, ihre Schühchen trappelten die Stufen hinan, weg von diesem Fremden und nach Hause. Sie war noch jung genug zu glauben, dass sie dort sicher wäre.

Leo trat zur gläsernen Eingangstür und beobachtete, wie die letzten Schüler aus dem Gebäude strömten. Er wusste, dass Raisa heute nach dem Unterricht keine Verpflichtungen mehr hatte, sie würde die Schule bald verlassen. Da war sie auch schon, stand mit einem Kollegen am Eingang, einem älteren Mann mit kurzgeschorenem grauen Bart und Nickelbrille. Leo registrierte, dass er nicht unattraktiv war. Er sah gebildet, kultiviert und mit seinen lebendigen Augen und der vor Büchern überquellenden Tasche etwas vergeistigt aus. Das musste Iwan sein, der Sprachlehrer. Raisa hatte von ihm erzählt. Auf den ersten Blick schätzte Leo, dass der Mann mindestens zehn Jahre älter war als er.

Leo hoffte inständig, dass die beiden sich am Tor trennen würden, aber stattdessen liefen sie zusammen los und gingen, in ein zwangloses Gespräch vertieft, nebeneinanderher. Leo wartete, bis sie einen Vorsprung hatten. Sie gingen offensichtlich vertraut miteinander um, Raisa lachte über einen Witz, und Iwan schien das zu gefallen. Brachte Leo sie auch zum Lachen? Eigentlich nicht, jedenfalls nicht oft. Es machte ihm nichts aus, dass man über ihn lachte, wenn er etwas Dummes oder Tollpatschiges gemacht hatte. In dieser Hinsicht hatte er schon Humor. Aber Witze erzählen? Nein. Ganz anders Raisa, sie hatte eine flinke Zunge und war pfiffig. Schon seit sie ihm beim ersten Mal, als sie sich getroffen hatten, weisgemacht hatte, ihr Name sei Lena, hatte Leo keinen Zweifel daran gehabt, dass sie klüger war als er. Da er wusste, welche Risiken ein solch wacher Geist barg, war er nie eifersüchtig darauf gewesen – jedenfalls bis jetzt nicht, wo er sie mit diesem Mann sah.

Leos Füße waren taub vor Kälte, und er war froh, sich bewegen zu können. Im Abstand von etwa 50 Metern lief er hinter seiner Frau her. Im schwachgelben Licht der Straßenlaternen war es nicht schwer, ihr zu folgen, außerdem waren kaum andere Leute auf der Straße. Das änderte sich, als sie auf die Awtosawodskaja-Straße einbogen, eine Hauptstraße, die auch der Metro-Station ihren Namen gegeben hatte, zu der die beiden zweifellos unterwegs waren. Vor den Lebensmittelgeschäften hatten sich Menschenschlangen gebildet, die die Bürgersteige verstopften. Leo hatte Schwierigkeiten, seine Frau im Auge zu behalten, und ihre unauffällige Kleidung machte die Sache nicht leichter. Es blieb ihm keine Wahl, als die Distanz zwischen sich und den anderen zu verkürzen, und er beschleunigte seine Schritte. Jetzt war er keine zwanzig Meter mehr hinter ihr und die Gefahr, dass sie ihn entdeckte, war groß. Raisa und Iwan betraten die Awtosawodskaja-Station und verschwanden aus seinem Blickfeld. Leo hastete weiter und umkurvte dabei die anderen Fußgänger. In der Masse der Pendler konnte Raisa ihm leicht verloren gehen. Immerhin war es, wie die ›Prawda‹ oft genug stolz betonte, das beste und meistfrequentierte U-Bahnnetz der Welt.

Er erreichte den Eingang und stieg die Steintreppen hinab bis in den tiefergelegenen Zentralbereich, eine opulent ausgestattete Halle, die mit ihren cremefarbenen Marmorsäulen, den Geländern aus poliertem Mahagoni und dem Kuppeldach aus Milchglas wie der Empfangssaal einer Botschaft aussah. Es herrschte ein derartiger Hochbetrieb, dass kein Fleckchen Fußboden zu sehen war. Tausende von Menschen, in lange Jacken und Schals eingemummelt, drängelten sich in den Reihen vor den Fahrkartenschranken. Leo kämpfte sich gegen den Strom ein Stück zurück die Treppe hinauf und ließ von dieser erhöhten Warte aus seinen Blick über die Köpfe der Menge schweifen. Raisa und Iwan hatten die metallene Schranke passiert und warteten auf einen Platz auf der Rolltreppe. Leo warf sich zurück ins Gewühl, schlüpfte durch Lücken und drängelte sich an anderen vorbei. Aber da er immer noch hinter der Menschenmenge feststeckte, musste er notgedrungen zu weniger höflichen Mitteln greifen und Leute mit den Händen beiseiteschieben. Keiner wagte heftiger zu protestieren als mit einem verärgerten Blick, man konnte ja nie wissen, wer dieser Mann war.

Als Leo die Schranke erreichte, konnte er gerade noch sehen, wie seine Frau seinem Blick entschwand. Er ging durch die Barriere, stellte sich an und ergatterte den ersten Platz auf der Rolltreppe. Die ganze Schräge der mechanisch angetriebenen Holzstufen hinunter blickte er auf ein Meer von Wintermützen, die unmöglich auseinanderzuhalten waren. Er lehnte sich nach rechts hinaus. Raisa war etwa fünfzehn Stufen unter ihm. Um mit Iwan reden zu können, hatte sie sich umgedreht und den Kopf nach oben gewandt. Leo war in ihrem Blickfeld. Er verbarg sich hinter dem vor ihm stehenden Mann, und weil er keinen weiteren Blick riskieren wollte, wartete er, bis sie fast unten waren, bevor er sich wieder umschaute. Die Passage war in zwei Tunnel unterteilt, einen für die Züge nach Norden und einen für die nach Süden. Beide waren randvoll mit Passagieren, die sich vorwärtsschoben und zu ihrem Bahnsteig zu gelangen versuchten. Sie wetteiferten um einen Platz im nächsten ankommenden Zug. Seine Frau entdeckte Leo nirgendwo.

Auf ihrem Weg nach Hause musste Raisa zunächst mit der Samoskworetskaja-Linie drei Stationen nach Norden fahren und dort umsteigen. Leo konnte im Moment nur hoffen, dass sie das auch machte. Er lief den Bahnsteig entlang, blickte sich nach rechts und links um, musterte die Reihen zusammengedrängter Gesichter, die in Erwartung der Bahn alle in dieselbe Richtung starrten. Raisa war nicht dabei. Hatte sie etwa den Zug in die andere Richtung genommen? Aber warum würde sie nach Süden fahren? Plötzlich bewegte sich ein Mann und Leo erhaschte einen Blick auf eine Aktentasche. Da war Iwan, und neben ihm Raisa, sie standen direkt an der Bahnsteigkante. Leo war so nah bei ihnen, dass er beinahe die Wange seiner Frau hätte berühren können. Wenn sie sich jetzt nur um Zentimeter umwandte, würden sie sich Auge in Auge gegenüberstehen. Bestimmt war er schon in ihrem erweiterten Blickfeld, und wenn sie ihn noch nicht entdeckt hatte, dann nur, weil sie ihn hier nicht erwartete. Er konnte nichts dagegen unternehmen, sich nirgendwo verstecken. Er lief weiter den Bahnsteig entlang und rechnete damit, dass sie gleich seinen Namen rufen würde. Als Zufall würde er das nicht hinstellen können. Sie würde die Lüge durchschauen und wissen, dass er sie verfolgt hatte. Leo zählte zwanzig

Schritte ab, blieb dann an der Bahnsteigkante stehen und stierte auf das Mosaik am Boden. In drei kleinen Rinnsalen lief ihm der Schweiß übers Gesicht. Er wagte es nicht, ihn abzuwischen oder hinüberzuschielen, aus Angst, dass sie in seine Richtung schaute. Er versuchte, sich auf das Mosaik zu konzentrieren, das die militärische Stärke der Sowjetunion verherrlichte: ein von schwerer Artillerie flankierter Panzer mit einem dem Zuschauer zugewandten Rohr, auf dem russische Soldaten mit langen wehenden Mänteln und hochgereckten Gewehren saßen. Ganz langsam wandte Leo den Kopf. Raisa sprach mit Iwan. Sie hatte ihn nicht gesehen. Ein Stoß warmer Luft blies auf den Bahnsteig. Der Zug kam.

Während alle die Köpfe wandten, registrierte Leo einen Mann, der in die entgegengesetzte Richtung blickte. Er beobachtete nicht etwa den Zug, sondern ihn. Er sah nur ganz flüchtig zu ihm hin, für den Bruchteil einer Sekunde trafen sich ihre Blicke. Der Mann war etwa 30 Jahre alt. Leo hatte ihn noch nie zuvor gesehen, aber ihm war sofort klar, dass er ebenfalls ein Tschekist war, ein Mitglied der Geheimpolizei. Es gab also noch einen zweiten Agenten auf dem Bahnsteig.

Die Menge brandete gegen die Zugtüren. Der Agent war spurlos verschwunden. Die Türen gingen auf. Leo hatte sich nicht gerührt. Dem Zug abgewandt stand er da und starrte immer noch auf den Punkt, wo er eben in diese kalten, professionellen Augen geblickt hatte. Erst als die aussteigenden Passagiere ihn beiseitestießen, erwachte er aus seiner Trance und schob sich in den Waggon hinter Raisa. Wer war dieser Agent? Warum ließen sie einen zweiten Mann seine Frau überwachen? Trauten sie ihm nicht? Natürlich trauten sie ihm nicht. Aber dass sie zu solch extremen Maßnahmen greifen würden, hatte er dann doch nicht erwartet. Er drängelte sich zum Fenster vor, aus dem er den Nachbarwaggon beobachten konnte. Er konnte Raisas Hand sehen, sie hielt sich an einer Griffstange fest. Von dem anderen Agenten keine Spur. Die Türen begannen sich zu schließen.

Im selben Moment stieg der zweite Agent in Leos Waggon ein, drückte sich mit vermeintlicher Gleichgültigkeit an ihm vorbei und bezog ein paar Meter weiter Position. Er war gut ausgebildet, unauffällig, und ohne diesen kurzen Seitenblick hätte Leo ihn vielleicht gar nicht bemerkt. Jetzt wurde ihm klar, dass der Agent gar nicht Raisa beschattete. Er beschattete ihn selbst.

Er hätte sich denken können, dass sie die Operation nicht ganz allein ihm anvertrauen würden. Es bestand ja die Möglichkeit, dass er befangen war. Falls Raisa eine Spionin war, verdächtigten sie ihn vielleicht sogar, mit ihr zusammenzuarbeiten. Seine Vorgesetzten waren verpflichtet sicherzustellen, dass Leo seinen Auftrag ordentlich ausführte. Alles, was er berichtete, würde durch den anderen Agenten gegengeprüft werden. Deshalb war es so wichtig, dass Raisa direkt nach Hause ging. Wenn sie irgendwo anders hinging, ins falsche Restaurant oder den falschen Buchladen, in eine falsche Wohnung, wo die falschen Leute lebten, dann brachte sie sich in Gefahr. Indizien legten sich, wenn sie gebraucht wurden, wie Staub auf einen, und das kleinste Körnchen konnte zum Beweis werden. Ihre einzige Chance, aus der Sache herauszukommen – und es war eine hauchdünne Chance –, war, dass sie nichts sagte, nichts tat und niemanden traf. Sie durfte arbeiten, einkaufen und schlafen. Alles andere konnte falsch ausgelegt werden.

Wenn Raisa nach Hause fuhr, würde sie die nächsten drei Stationen in dieser Metro bleiben, an der Teatralnaja in die Arbatsko-Pokrowskaja umsteigen und nach Osten weiterfahren. Leo warf einen kurzen Blick zu dem Beamten hinüber, der ihn verfolgte. Jemand war aufgestanden, um auszusteigen, und der Mann hatte sich auf den frei gewordenen Platz gesetzt. Nun schaute er harmlos aus dem Fenster, beobachtete Leo dabei aber mit Sicherheit aus dem Augenwinkel. Der Agent wusste, dass man ihn entdeckt hatte. Vielleicht hatte er das sogar gewollt. Aber das spielte alles keine Rolle, solange Raisa nur ohne Umwege nach Hause fuhr.

Der Zug hielt an der zweiten Station, der Nowokuznetzkaja. Bei der nächsten würden sie umsteigen. Die Türen gingen auf. Leo sah, wie Iwan ausstieg. Innerlich flehte er: *Bitte bleib im Zug!*

Raisa stieg aus, trat auf den Bahnsteig und bewegte sich auf den Ausgang zu. Sie war nicht auf dem Weg nach Hause. Leo wusste nicht, was sie vorhatte. Wenn er ihr folgte, setzte er sie der Überwachung des zweiten Agenten aus. Wenn er ihr nicht folgte, brachte er sein eigenes Leben in Gefahr. Er musste eine Entscheidung treffen. Leo blickte sich um. Der Agent hatte sich nicht gerührt. Von dort, wo er saß, hatte er auch nicht sehen können, dass Raisa ausgestiegen war. Er orientierte sich an Leo, nicht an ihr, da er davon ausging, dass Leo hinging, wo auch sie hinging.

Leo warf einen Blick zur anderen Seite, durch das Fenster, so als ob Raisa noch im benachbarten Waggon sitze und er sich dessen gerade vergewissere. Er hatte die Entscheidung impulsiv getroffen. Sein Plan hing von dem Glauben des anderen ab, Raisa sei noch in der Bahn. Ein ziemlich wackeliger Plan. Leo hatte nicht an die Massen von Menschen gedacht. Raisa und Iwan waren noch auf dem Bahnsteig, die Langsamkeit, mit der sie sich auf den Ausgang zubewegten, kam für Leo einer Folter gleich. Der Agent starrte aus dem Fenster und würde sie sehen, sobald der Zug anfuhr. Raisa schob sich weiter auf den Ausgang zu und stellte sich geduldig in der Schlange an. Aber sie hatte ja keine Eile, warum auch, sie wusste ja nicht, dass ihr eigenes und auch Leos Leben in Gefahr war, wenn sie sich nicht außer Sichtweite begab. Der Zug setzte sich in Bewegung. Ihr Waggon war beinahe auf einer Höhe mit dem Ausgang. Der andere würde Raisa mit Sicherheit sehen. Er würde wissen, dass Leo seinen Auftrag bewusst nicht ausgeführt hatte.

Der Zug nahm Fahrt auf, kam jetzt am Ausgang vorbei. Raisa stand weithin sichtbar da. Leo fühlte, wie ihm das Blut in den Kopf stieg. Vorsichtig wandte er den Kopf, um zu sehen, wie der Agent reagierte. Ein untersetzter Mann mittleren Alters und seine Frau standen im Mittelgang und nahmen dem Agenten jede Sicht auf den Bahnsteig. Der Zug ratterte in den Tunnel. Der Mann hatte Raisa nicht am Ausgang stehen sehen. Er wusste nicht, dass sie nicht mehr im Zug war. Leo fing wieder mit seiner Pantomime an und beobachtete den Nachbarwaggon.

An der Teatralnaja-Station wartete Leo bis zum letzten Moment, bevor er aus dem Zug stieg. Er tat so, als folge er immer noch seiner Frau auf dem Weg nach Hause. Er näherte sich dem Ausgang. Ein schneller Blick über die Schulter verriet ihm, dass der andere ebenfalls ausgestiegen war und versuchte, die Distanz zwischen ihnen zu verringern. Leo drängelte sich weiter vor.

Der Durchgang führte in einen größeren Zentralbereich, von wo aus man sowohl verschiedene Metrolinien als auch den Aufgang nach draußen erreichen konnte. Leo musste seinen Verfolger loswerden, ohne dass es nach Absicht aussah. Der Tunnel zu seiner Rechten führte zur Arbatsko-Pokrowskaja-Linie nach Osten, seinem Heimweg. Leo wandte sich nach rechts. Alles hing jetzt davon ab, wann der nächste Zug kam. Wenn er genügend Vorsprung hatte, konnte er vielleicht zusteigen, bevor der andere ihn einholte und bemerkte, dass Raisa gar nicht auf dem Bahnsteig war.

In dem Tunnel, der zum Bahnsteig führte, sah Leo vor sich Horden von Menschen. Plötzlich hörte er das Geräusch des herannahenden Zuges, hörte, wie er in die Station einfuhr. Leo hatte keine Chance, ihn noch rechtzeitig zu erreichen, nicht bei den ganzen Leuten da vor ihm. Er griff in seine Jackentasche, holte den Dienstausweis der Staatssicherheit hervor und tippte damit auf die Schulter seines Vordermannes. Als hätte man ihn mit heißem Wasser verbrüht, machte der Mann einen Satz zur Seite, und dann die Frau vor ihm, die Menge teilte sich. Jetzt, wo der Weg frei war, konnte Leo losspurten. Der Zug war schon da, die Türen standen offen, gleich würde er abfahren. Leo steckte den Ausweis weg und stieg ein. Dann drehte er sich um. Wie dicht war sein Verfolger an ihm dran? Wenn der es schaffte, aufzuholen und den Zug noch zu erreichen, war das Spiel aus.

Die Menge, die Leo Platz gemacht hatte, war hinter ihm wieder ineinander verschmolzen. Der Agent kam nicht durch und verlegte sich auf rabiatere Methoden, er stieß und rempelte die Leute aus dem Weg. Er holte auf. Warum gingen die Türen nicht zu? Jetzt war der Mann auf dem Bahnsteig, nur noch ein paar Meter entfernt. Die Türen begannen sich zu schließen. Er streckte den Arm aus und rüttelte an einer der Gleittüren, aber der Mechanismus gab nicht nach. Dem Agenten, den Leo jetzt zum ersten Mal aus allernächster Nähe sah, blieb nichts anderes übrig als loszulassen. Leo versuchte, gleichgültig zu tun und sich nichts anmerken zu lassen. Aus den Augenwinkeln beobachtete er, wie der andere zurückblieb.

Als sie im Dunkel des Tunnels waren, nahm er die schweißgetränkte Mütze ab.

Am selben Tag

Der Aufzug hielt in der fünften und obersten Etage. Leo stieg aus und trat in einen schmalen, mit Teppichboden belegten Flur. Es war sieben Uhr, und es roch nach Essen. Viele Familien nahmen jetzt ihr *Uzhin* ein, die letzte Mahlzeit des Tages. Als Leo an den verschiedenen Wohnungen vorbeikam, hörte er Geräusche, die ihm verrieten, dass hinter den dünnen Sperrholztüren das Abendessen bereitet wurde. Je näher er der Wohnung seiner Eltern kam, desto müder fühlte er sich. Mehrere Stunden lang war er kreuz und quer durch die Stadt gefahren. Nachdem er den Agenten abgeschüttelt hatte, war er zunächst nach Hause in die Wohnung Nr. 124 gefahren, hatte das Licht und das Radio angemacht und die Vorhänge zugezogen – eine notwendige Vorsichtsmaßnahme, selbst wenn man auf der 14. Etage wohnte. Dann hatte er wieder kehrtgemacht, bewusst einen Umweg zur Metrostation genommen und war zurück in die Innenstadt gefahren. Umgezogen hatte er sich nicht, was er jetzt bereute, denn er fühlte sich in den Sachen nicht mehr wohl. Das schweißdurchtränkte Hemd klebte ihm am Rücken. Er war sich sicher, dass er stank, obwohl er selbst es nicht riechen konnte. Er schob den Gedanken beiseite. Seinen Eltern würde es nichts ausmachen. Sie wären viel zu abgelenkt von der Tatsache, dass er sie um ihren Rat bat. Das hatte er schon seit Ewigkeiten nicht mehr gemacht.

Ihr Verhältnis hatte sich nun schon seit Jahren verkehrt. Er half ihnen mittlerweile viel mehr als sie ihm. Leo gefiel das. Er genoss das Gefühl, ihnen in ihrer jeweiligen Fabrik leichtere Arbeit besorgen zu können. Es hatte nur einer höflichen Anfrage bedurft, und schon war sein Vater in seiner Munitionsfabrik zum Vorarbeiter ernannt worden und musste nicht mehr am Fließband arbeiten. Auch seine Mutter, die den lieben langen Tag nichts anderes machte, als Fallschirme zu nähen, war befördert worden. Leo hatte ihre Versorgung mit Lebensmitteln vereinfacht, sie mussten jetzt nicht mehr stundenlang für Grundnahrungsmittel wie Brot oder Buchweizen anstehen und durften außerdem in den *Speztorgi* einkaufen, Spezialgeschäften, zu denen normale Leute eigentlich keinen Zutritt hatten. In diesen Läden fand man solche Köstlichkeiten wie frischen Fisch, Safran und sogar Tafeln mit echter dunkler Schokolade, nicht dieses synthetische Zeug, wo sie den Kakao durch eine Mischung aus Roggen, Gerste, Weizen und Erbsen ersetzten. Als seine Eltern Probleme mit einem streitsüchtigen Nachbarn hatten, war es mit dessen Streitsucht schnell vorbei gewesen. Es war keine Gewalt nötig und keine handfesten Drohungen, nur ein kleiner Hinweis, dass er es mit Leuten zu tun hatte, deren Verbindungen besser waren als seine eigenen.

Leo hatte es auch geschafft, dass man ihnen diese Wohnung zugewiesen hatte. Sie lag in einem angenehmen Wohnviertel im Norden der Stadt, in einem niedrigen Wohnblock, wo sich jede Wohnung eines eigenen Badezimmers und eines kleinen Balkons rühmen konnte, von dem man auf ein Stück Rasen und eine ruhige Straße blickte. Und sie mussten sie mit niemandem teilen, eine echte Seltenheit in dieser Stadt. Nach 50 entbehrungsreichen Jahren führten sie nun endlich ein angenehmes, privilegiertes Leben und genossen das sehr. Sie waren geradezu süchtig danach. Und all das hing an einem einzigen, seidenen Faden, nämlich Leos Karriere.

Leo klopfte an die Tür. Seine Mutter Anna machte auf und schien im ersten Moment überrascht zu sein. Aber sofort war die Sprachlosigkeit verflogen, Anna umarmte ihren Sohn und rief aufgeregt: »Aber warum hast du uns denn nicht gesagt, dass du kommst? Wir hatten gehört, dass du krank warst. Wir sind dich auch besuchen gekommen, aber du hast geschlafen. Raisa hat uns eingelassen. Wir haben nach dir geschaut, und ich habe sogar deine Hand gehalten, aber wir wollten dich nicht wecken. Du brauchtest Ruhe. Hast geschlafen wie ein Kind.«

»Raisa hat mir erzählt, dass ihr da wart. Danke für das Obst, die Orangen und die Zitronen.«

»Wir haben kein Obst mitgebracht. Jedenfalls kann ich mich nicht daran erinnern. Oder vielleicht doch? Ach, ich werde alt.«

Sein Vater, der das Gespräch mit angehört hatte, kam aus der Küche und schob seine Frau sanft zur Seite. Sie hatte in letzter Zeit ein wenig Gewicht zugelegt. Beide hatten sie ein wenig zugelegt. Es stand ihnen gut.

Stepan umarmte seinen Sohn. »Geht es dir wieder besser?«

»Ja, viel besser.«

»Das ist schön. Wir haben uns Sorgen um dich gemacht.«

»Was macht dein Rücken?«

»Er hat schon eine ganze Weile nicht mehr wehgetan. Einer der Vorteile eines Verwaltungspostens. Alles, was ich mache, ist, andere Leute bei ihrer harten Arbeit zu beaufsichtigen. Ich laufe mit einem Federhalter und einem Klemmbrett herum.«

»Hör auf, dich schuldig zu fühlen. Du hast genug geschuftet.«

»Vielleicht, aber die Leute sehen einen mit anderen Augen an, wenn man nicht mehr einer von ihnen ist. Meine Freunde sind nicht mehr ganz so freundlich zu mir wie früher. Wenn jemand zu spät kommt, bin ich derjenige, der es melden muss. Zum Glück ist noch nie einer zu spät gekommen.«

Leo dachte darüber nach, dann fragte er: »Und was würdest du machen, wenn sie zu spät kämen? Würdest du sie melden?«

»Ich sage ihnen einfach nur jeden Abend, kommt bloß nicht zu spät.«

Mit anderen Worten: Nein, sein Vater würde sie nicht melden. Wahrscheinlich hatte er schon mehrere Male ein Auge zugedrückt. Das war nicht der rechte Augenblick, um ihn zu warnen, aber irgendwann flog solche Großzügigkeit immer auf.

In einem Messingtopf in der Küche köchelte ein Kohlkopf vor sich hin. Seine Eltern machten gerade *Golubzy*, und Leo bat sie, sich von ihm nicht stören zu lassen. Sie konnten ja in der Küche weiterreden. Leo lehnte sich an die Wand und sah zu, wie seine Eltern Hackfleisch (kein getrocknetes, sondern frisches, was nur Leos Posten zu verdanken war), frisch geriebene Möhren (auch die gingen auf sein Konto) und gekochten Reis miteinander vermengten. Seine Mutter machte sich daran, den gekochten Kohlkopf zu zerpflücken.

Seine Eltern merkten, dass etwas nicht stimmte, drängten ihn aber nicht, sondern warteten ab, bis er von selbst anfing. Er war froh, dass sie so mit ihrem Essen beschäftigt waren.

»Wir haben nie viel über meine Arbeit gesprochen. Das ist auch besser so. Es hat Zeiten gegeben, da habe ich meine Arbeit ziemlich schwierig gefunden. Ich habe Dinge getan, auf die ich nicht stolz bin, aber sie waren immer nötig.«

Leo hielt einen Moment inne und überlegte, wie er wohl am besten fortfuhr. Dann fragte er: »Sind schon einmal Freunde von euch verhaftet worden?«

Eine unangenehme Frage, das wusste Leo. Stepan und Anna warfen sich einen raschen Blick zu, bevor sie sich wieder dem Herd zuwandten.

Anna zuckte die Achseln. »Jeder kennt jemanden, der verhaftet worden ist. Aber wir ziehen das nicht in Zweifel. Ich sage mir immer: Ihr Beamten werdet schon eure Beweise haben. Ich kann die Leute nur danach einschätzen, wie ich sie erlebe, und es ist sehr leicht, sich nett und normal und loyal zu geben. Es ist eure Aufgabe, hinter diese Fassade zu blicken. Ihr wisst am besten, was gut für unser Land ist. Wir kleinen Leute können uns da kein Urteil erlauben.«

Leo nickte. »Dieses Land hat viele Feinde. Unsere Revolution ist in der ganzen Welt verhasst. Wir müssen sie verteidigen. Leider auch vor uns selbst.«

Er unterbrach sich. Schließlich war er nicht hergekommen, um staatlich sanktionierte Phrasen zu dreschen. Seine Eltern hörten auf, sich mit ihrer Mahlzeit zu beschäftigen, und wandten sich ihrem Sohn zu. Ihre Hände waren vom Hackfleisch ganz fettig.

»Gestern hat man mich aufgefordert, Raisa zu denunzieren. Meine Vorgesetzten glauben, dass sie eine Verräterin ist. Sie sind überzeugt, dass sie als Spionin für einen ausländischen Geheimdienst arbeitet. Ich habe den Befehl erhalten, gegen sie zu ermitteln.«

Ein Fetttropfen löste sich von Stepans Finger und fiel auf den Fußboden. Stepan sah auf den Fettfleck hinunter, dann fragte er: »Ist sie denn eine Verräterin?«

»Vater, sie ist Lehrerin. Sie geht zur Arbeit, kommt nach Hause, geht wieder zur Arbeit und kommt nach Hause.«

»Dann sag ihnen das. Gibt es denn irgendwelche Indizien? Warum glauben die so was?«

»Es gibt ein Geständnis von einem Spion, der dann hingerichtet wurde. Er hat ihren Namen genannt. Hat behauptet, dass er mit ihr zusammengearbeitet hat. Aber ich glaube, das Geständnis ist eine Lüge. Ich weiß, dass dieser Spion in Wirklichkeit nichts anderes war als ein Tierarzt. Seine Verhaftung war ein Irrtum. Ich glaube, dass das Geständnis die Fälschung eines anderen Agenten ist, der mich mit der Sache reinreißen will. Ich weiß, dass meine Frau unschuldig ist. Das Ganze ist ein Racheakt.«

Stepan wischte sich an Annas Schürze die Hände ab. »Sag ihnen die Wahrheit. Sorg dafür, dass sie dir zuhören. Stell diesen Agenten bloß. Du bist doch eine Autoritätsperson.«

»Dieses Geständnis ist als die Wahrheit anerkannt worden, ob es nun stimmt oder nicht. Es ist eine offizielle Akte, und ihr Name steht drin. Wenn ich Raisa verteidige, stelle ich damit die Gültigkeit eines staatlichen Dokuments in Frage. Wenn sie zugeben, dass es einmal nicht stimmt, dann geben sie damit praktisch zu, dass es nie stimmt. Für sie gibt es kein Zurück. Das würde das ganze System erschüttern. Es würde bedeuten, dass sämtliche Geständnisse in Frage gestellt werden könnten.«

»Kannst du nicht sagen, dass dieser Spion ... also dieser Tierarzt ... dass er sich geirrt hat?«

»Genau das habe ich vor. Aber wenn ich das Geständnis anfechte und sie mir nicht glauben, dann verhaften sie nicht nur Raisa, sondern auch mich. Wenn sie schuldig ist und ich behauptet habe, sie sei unschuldig, bin ich auch schuldig. Und das ist noch nicht alles. Ich weiß, wie sich so etwas abspielt. Es ist überhaupt nicht unwahrscheinlich, dass ihr beiden dann auch verhaftet werdet. Nach unserem Rechtssystem werden auch sämtliche Familienmitglieder eines Verurteilten zur Rechenschaft gezogen. Die Verwandtschaft macht uns mitschuldig.«

»Und wenn du ihnen sagst, dass sie eine Spionin ist? Wenn du sie denunzierst?«

»Ich weiß es nicht.«

»Natürlich weißt du das.«

»Dann werden wir überleben. Sie nicht.«

Auf dem Herd köchelte immer noch das Wasser vor sich hin. Schließlich sagte Stepan: »Du bist hergekommen, weil du nicht weißt, was du machen sollst. Du bist gekommen, weil du ein guter Mensch bist und wir dir sagen sollen, dass du dich auch so verhalten sollst. Dass du tun sollst, was richtig ist. Und das wäre, ihnen zu sagen, dass sie sich irren. Dass Raisa unschuldig ist. Und auch die Konsequenzen auf sich zu nehmen, die das mit sich bringt, nicht wahr?«

»Ja.«

Stepan nickte und sah Anna an. Dann fuhr er fort: »Aber diesen Rat kann ich dir nicht geben. Und ich bin mir nicht mal sicher, ob du geglaubt hast, dass ich dir einen solchen Rat erteilen würde. Wie könnte ich? Die einfache Wahrheit ist doch: Ich will, dass meine Frau am Leben bleibt. Ich will, dass mein Sohn am Leben bleibt. Und selber will ich auch am Leben bleiben. Um das zu erreichen, würde ich alles tun. So wie ich die Sache sehe, steht hier ein Leben gegen drei. Es tut mir leid, ich weiß, du hast mehr von mir erwartet. Aber wir sind alt, Leo. Wir würden den Gulag nicht überleben. Sie würden uns voneinander trennen. Wir würden allein sterben.«

»Und wenn du jung wärest, wie wäre dann dein Rat ausgefallen?«

Stepan nickte. »Du hast recht. Mein Rat wäre derselbe gewesen. Aber sei mir nicht böse. Was hast du denn erwartet, als du herkamst? Hast du erwartet, dass wir sagen, in Ordnung, es macht uns nichts aus zu sterben? Und welchen Zweck hätte es, wenn wir sterben? Würde das deine Frau retten? Würdet ihr wieder glücklich vereint sein? Wenn das der Fall wäre, würde ich mit Freuden mein Leben für das eure opfern. Aber das würde nicht passieren. Wir würden lediglich alle miteinander zu Grunde gehen. Alle vier. Nur damit du mit der Gewissheit sterben dürftest, dass du ein guter Mensch warst.«

Leo sah seine Mutter an. Ihr Gesicht war so bleich wie die labberigen Kohlblätter, die sie in der Hand hielt. Sie war gefasst. Sie widersprach dem nicht, was sie gerade gehört hatte, sondern fragte stattdessen nur: »Bis wann musst du dich entscheiden?«

»Ich habe zwei Tage, um Beweise zu finden. Übermorgen muss ich Bericht erstatten.«

Seine Eltern konzentrierten sich wieder auf das Abendessen. Sie umwickelten das Hackfleisch mit Kohlblättern und legten die Päckchen nebeneinander auf ein Backblech. Sie sahen aus wie eine Reihe dicker, abgeschnittener Daumen. Keiner sagte etwas, bis das Blech voll war. Dann fragte Stepan: »Isst du mit uns?«

Leo folgte seiner Mutter ins Wohnzimmer und sah, dass sie bereits für drei gedeckt hatte. »Erwartet ihr jemanden?«

»Wir erwarten Raisa.«

»Meine Frau?«

»Sie kommt zum Essen. Als du an die Tür geklopft hast, dachten wir schon, sie sei es.«

Anna stellte einen vierten Teller hin und erklärte: »Sie kommt fast jede Woche. Sie wollte nicht, dass du weißt, wie einsam es für sie ist, immer allein zu essen, nur mit dem Radio als Gesellschaft. Auch wenn das jetzt merkwürdig klingt, wir haben sie sehr liebgewonnen.«

Es stimmte. Um sieben Uhr war Leo nie schon von der Arbeit zurück. Stalin, der an Schlaflosigkeit litt und nicht mehr als vier Stunden Ruhe pro Nacht brauchte, hatte dem Land eine Kultur der langen Arbeitstage verordnet. Leo hatte gehört, dass im Politbüro niemand gehen durfte, bevor die Lichter in Stalins Privatbüro gelöscht wurden, normalerweise irgendwann nach Mitternacht. Auf die Lubjanka traf diese Regel zwar nicht zu, aber ein ähnliches Maß an Arbeitseifer wurde durchaus erwartet. Nur wenige Beamte arbeiteten weniger als zehn Stunden pro Tag, selbst wenn sie einige dieser Stunden mit Nichtstun verbrachten.

Es klopfte. Stepan öffnete die Tür und ließ Raisa in den Flur treten. Als sie Leo sah, war sie ebenso überrascht, wie es seine Eltern gewesen waren. Stepan erklärte ihr: »Er hatte in der Gegend zu tun. Nun können wir wenigstens einmal zusammen essen wie eine richtige Familie.«

Raisa zog ihre Jacke aus, und Stepan nahm sie ihr ab.

Sie ging zu Leo und musterte ihn von oben bis unten. »Was sind das denn für Klamotten?«

Leo schielte auf seine Hose und sein Hemd – die Sachen von Toten. »Die habe ich geliehen. Auf der Arbeit.«

Raisa lehnte sich dicht an Leo heran und flüsterte ihm zu: »Das Hemd riecht.«

Leo ging ins Bad. »Ich glaube, ich mache mich besser mal frisch.«

An der Badezimmertür blickte er sich kurz um und sah, wie Raisa seinen Eltern beim Auftragen half.

Leo war ohne fließend warmes Wasser aufgewachsen. Seine Eltern hatten sich ihre alte Wohnung mit dem Onkel seines Vaters und dessen Familie geteilt. Es gab nur zwei Schlafzimmer, eins für jede Familie. Die Wohnung selbst verfügte weder über eine Toilette noch über ein Badezimmer. Alle Hausbewohner mussten das stille Örtchen draußen benutzen. Morgens bildeten sich lange Schlangen davor, und im Winter fiel beim Warten der Schnee in dichten Flocken auf sie. Ein eigenes Waschbecken mit warmem Wasser war unvorstellbarer Luxus gewesen. Leo zog das Hemd aus und wusch sich. Als er fertig war, öffnete er die Tür und fragte seinen Vater, ob der ihm eines leihen könne. Obwohl der Körper seines Vaters von der Arbeit verbraucht und gebeugt war, vom Fließband so verformt wie das Metall, aus dem er selbst die Panzergranaten geformt hatte, hatte er doch ungefähr den gleichen Körperbau wie sein Sohn, eine athletische Gestalt mit breiten, muskulösen Schultern. Das Hemd passte Leo fast wie angegossen.

Nachdem er sich umgezogen hatte, setzte er sich zum Essen hin. Während die *Golubzy* im Ofen schmorten, aßen sie *Sakuski*, einen Vorspeisenteller mit Gurken, Pilzen und Salat sowie für jeden eine Scheibe Rinderzunge, die mit Majoran gekocht und dann in Gelatine kaltgestellt worden war, dazu Meerrettich. Es war eine ausgesprochen üppige Tafel. Leo konnte seine Augen einfach nicht abwenden und rechnete im Geiste aus, was jede einzelne Portion kostete. Mit welchem Tod war der Majoran beglichen worden? Hatte die Scheibe Rinderzunge da das Leben von Anatoli Brodsky gekostet? Während ihm übel wurde, bemerkte er: »Kein Wunder, dass du jede Woche hierherkommst.«

Raisa lächelte. »Ja, die beiden verwöhnen mich. Ich sage ihnen immer, dass mir auch eine *Kasha* reichen würde, aber …«

Stepan unterbrach sie: »Du lieferst uns eine gute Ausrede, um uns selbst zu verwöhnen.«

In betont neutralem Ton fragte Leo seine Frau: »Dann bist du also direkt nach der Arbeit hergekommen?«

»Genau.«

Das war eine Lüge. Zuerst war sie irgendwo mit Iwan hingegangen. Aber bevor Leo weiter über die Sache nachdenken konnte, berichtigte Raisa sich: »Stimmt gar nicht. Normalerweise komme ich direkt von der Arbeit her. Aber heute Abend hatte ich noch einen Termin, deshalb war ich auch ein bisschen zu spät.«

»Einen Termin?«

»Beim Arzt.«

Raisa setzte ein Lächeln auf. »Eigentlich wollte ich es dir ja erst sagen, wenn wir allein sind, aber da es nun schon mal zur Sprache gekommen ist …«

»Was sagen?«

Anna stand auf. »Sollen wir lieber rausgehen?«

Leo bedeutete seiner Muter, sie solle sich wieder hinsetzen. »Also bitte. Wir sind doch eine Familie. Keine Geheimnisse.«

»Ich bin schwanger.«

20. Februar

Leo konnte nicht schlafen. Er starrte die Decke an und hörte dem ruhigen Atmen seiner Frau zu, die sich mit dem Rücken an ihn gekuschelt hatte, nicht unbedingt als bewusstes Zeichen von Intimität, sondern weil sie zufällig so zu liegen gekommen war. Raisa hatte einen unruhigen Schlaf. War das Grund genug, sie zu denunzieren? Ja, warum nicht? Er kannte sich damit aus, wie man so etwas formulieren musste: *Meine Frau findet nachts keine Ruhe, sie wird von Träumen verfolgt. Offensichtlich plagt sie ein Geheimnis.*

Er konnte die Verantwortung für die Ermittlungen in die Hände eines anderen legen. Er konnte sich vormachen, dass er damit das Urteil aufschob. Er selbst war ja viel zu nah an der Sache dran, war viel zu verstrickt. Bei jedem anderen würden die Ermittlungen nur zu einem einzigen Ergebnis führen: Da der Fall nun einmal eröffnet war, würde sich sonst niemand gegen die Schuldvermutung stemmen.

Er stand auf und stellte sich im Wohnzimmer ans Fenster. Der Blick von hier ging nicht über die Stadt, sondern reichte nur bis zum benachbarten Wohnblock. In der ganzen Front waren nur drei Fenster erleuchtet, drei von vielleicht 1000. Leo fragte sich, welche Probleme die Leute dort quälten, was ihnen den Schlaf raubte. Er fühlte eine seltsame Verbundenheit mit den Menschen hinter diesen drei Vierecken aus blassgelbem Licht. Es war vier Uhr morgens, die Stunde der Verhaftungen. Die beste Zeit, jemanden abzuholen, indem man ihn aus dem Schlaf riss. Da waren die Leute schutzlos und verwirrt. Oftmals ergab sich aus ihren unbedachten Äußerungen, wenn die Beamten in ihre Wohnungen schwärmten, etwas, was man in den Verhören gegen sie verwenden konnte. Es war nicht einfach, besonnen zu bleiben, wenn die eigene Frau an den Haaren über den Boden geschleift wurde. Wie oft hatte Leo schon eine Tür eingetreten? Wie oft hatte er schon miterlebt, wie ein Ehepaar aus dem Bett gezerrt wurde, wie man ihnen Taschenlampen vor die Augen oder unter das Nachthemd hielt? Wie oft hatte er schon Beamte beim Anblick von Genitalien lachen hören? Wie viele Leute hatte er selbst aus dem Bett gezogen? Wie viele Wohnungen verwüstet? Und wie viele Kinder hatte er festgehalten, während man ihre Eltern fortschleppte? Er konnte sich nicht mehr erinnern, hatte die Namen und Gesichter verdrängt. Ein schwaches Gedächtnis war gar nicht mal unpraktisch. Hatte er es etwa kultiviert? Hatte er die Amphetamine vielleicht gar nicht geschluckt, um länger durchzuhalten, sondern um die Erinnerungen an seine Arbeit zu betäuben?

Bei seinen Kollegen, die ihn sich untereinander ja ungestraft erzählen konnten, erfreute sich ein Witz großer Beliebtheit. Ein Mann und eine Frau lagen schlafend im Bett, als sie von einem lauten Klopfen an der Tür geweckt wurden. Da sie mit dem Schlimmsten rechneten, standen sie auf und küssten sich zum Abschied. *Ich liebe dich, Frau. – Ich dich auch, Mann.* Nachdem sie einander Lebewohl gesagt hatten, öffneten sie die Wohnungstür. Vor ihnen stand ein völlig aufgelöster Nachbar, der ganze Flur war voller Rauch, und die Flammen schlugen bis zur Decke hoch. Da lachten der Mann und die Frau vor Erleichterung und dankten Gott, dass bloß das Haus brannte. Leo hatte den Witz schon in den verschiedensten Versionen gehört. Einmal waren es statt des Feuers bewaffnete Banditen, dann wieder ein Arzt mit einer schlimmen Nachricht. In der Vergangenheit hatte er darüber gelacht und geglaubt, dass ihm das nie passieren würde.

Raisa war schwanger. Änderte diese Tatsache nicht alles? Vielleicht änderte es ja die Haltung seiner Vorgesetzten seiner Frau gegenüber. Sie hatten sie nie gemocht. Sie hatte Leo keine Kinder geschenkt. In diesen Zeiten erwartete man, verlangte geradezu, dass Paare Kinder in die Welt setzten. Nach den Millionen Menschen, die im Kampf umgekommen waren, war Kinderkriegen geradezu eine gesellschaftliche Pflicht. Warum war Raisa nicht schwanger geworden? Diese Frage hatte ihre Ehe belastet. Die einzige Schlussfolgerung war, dass etwas mit ihr nicht stimmte. In letzter Zeit war der Druck massiver geworden. Die Frage wurde jetzt öfter gestellt. Raisa ging regelmäßig zu einem Arzt, um der Sache auf den Grund zu gehen. Ihr Sexualleben war eher pragmatisch und durch äußeren Druck motiviert. Die Ironie blieb Leo nicht verborgen, dass seine Vorgesetzten just in dem Moment, wo sie bekommen hatten, was sie wollten, eine schwangere Raisa nämlich, ihre Meinung geändert hatten und sie jetzt tot sehen wollten. Sollte Leo vielleicht erzählen, dass sie schwanger war? Er verwarf die Idee wieder. Eine Verräterin war eine Verräterin, da gab es keine mildernden Umstände.

Leo ging unter die Dusche. Das Wasser war kalt. Er zog sich an und machte sich zum Frühstück Hafergrütze. Er hatte keinen Appetit und sah zu, wie sie in der Schüssel hart wurde. Raisa kam in die Küche, setzte sich und rieb sich den Schlaf aus den Augen. Leo stand auf. Während er wartete, dass ihre Hafergrütze heiß wurde, sprach keiner von beiden ein Wort. Er stellte ihr die Schale hin. Sie sagte nichts. Er machte ein Glas schwachen Tee und stellte ihn zusammen mit dem Marmeladenglas auf den Tisch. »Ich werde versuchen, ein bisschen früher zu Hause zu sein.«

»Du musst für mich nicht deine Gewohnheiten ändern.«

»Ich versuche es trotzdem.«

»Leo, du musst für mich nicht deine Gewohnheiten ändern.«

Leo schloss die Wohnungstür hinter sich. Es dämmerte. Vom Rand des Korridors konnte er 100 Meter weiter unten Leute auf die Straßenbahn warten sehen. Auf der 30. und obersten Etage verließ er den Lift und ging bis zu einer der Hausverwaltung vorbehaltenen Tür am Ende des Korridors, auf der EINTRITT VERBOTEN stand. Das Schloss war schon vor langer Zeit aufgebrochen worden. Die Tür führte zu einer Treppe, die wiederum aufs Dach führte. Als sie damals eingezogen waren, war er schon einmal hier oben gewesen. Wenn man sich nach Westen wandte, sah man die Stadt. Im Osten konnte man die ländlichen Ausläufer sehen, wo Moskau abrupt aufhörte und schneebedeckten Feldern Platz machte. Als er vor vier Jahren diese Aussicht bewundert hatte, hatte er sich für den glücklichsten Menschen auf der Welt gehalten. Er war ein Held, und das konnte er sogar mit Zeitungsausschnitten belegen. Er hatte einen einflussreichen Posten und eine wunderschöne Frau. Damals war sein Vertrauen in den Staat noch stark und unverbrüchlich gewesen. Vermisste er dieses Gefühl? Das Gefühl eines vollkommenen Vertrauens in sein Leben und seinen Platz in diesem Staat? Ja, er vermisste es.

Er fuhr mit dem Lift zurück in den 14. Stock und betrat wieder die eigene Wohnung. Raisa war zur Arbeit gegangen. Ihre Frühstücksschale stand noch ungespült in der Küche. Er zog sich Jacke und Stiefel aus, wärmte sich die Hände auf und fing an zu suchen.

Leo hatte schon oft Durchsuchungen von Häusern, Wohnungen oder Büros organisiert und überwacht. Die MGB-Mitarbeiter betrachteten solche Einsätze regelrecht als Wettbewerb. Geschichten machten die Runde über die außerordentliche Gründlichkeit, die die Beamten an den Tag legten, um ihren Diensteifer zu beweisen. Wertvolle Gegenstände wurden grundsätzlich zertrümmert, Portraits und Bilder aus den Rahmen geschnitten, Bücher zerfetzt und manchmal ganze Wände eingerissen.

Obwohl dies seine eigene Wohnung und seine eigenen Sachen waren, nahm Leo sich vor, die Suche deswegen nicht anders durchzuführen. Er riss die Bettbezüge, Kissen und Decken heraus, drehte die Matratze um und tastete sie sorgfältig Zentimeter für Zentimeter ab wie ein Blinder, der Blindenschrift liest. Man konnte Papiere in Matratzen einnähen, die dann nicht mehr zu sehen waren. Die einzige Methode, wie man sie entdecken konnte, war, die Matratze abzutasten. Als er nichts fand, wandte er sich den Regalen zu. Er kontrollierte jedes Buch und alles, was darin eingelegt worden war. Er fand 100 Rubel, glotzte das Geld an und fragte sich, was das hieß, bis ihm einfiel, dass das Buch ebenso ihm gehörte wie das Geld, ein geheimer Notgroschen. Ein anderer Agent hätte daraus möglicherweise den Beweis abgeleitet, dass der Besitzer ein Spekulant war. Leo legte das Geld zurück, zog die Schubladen auf und musterte Raisas ordentlich gefaltete Kleidungsstücke. Jedes einzelne nahm er heraus, befühlte und schüttelte es, bevor er es auf einen Haufen am Boden fallen ließ. Nachdem er alle Kleider herausgenommen hatte, kontrollierte er die Seiten und die Rückwand der Schubladen. Als er nichts fand, drehte er sich um und durchsuchte das Zimmer. Er drückte sich gegen die Wände und fuhr mit den Fingern darüber, auf der Suche nach Umrissen eines etwaigen Tresors oder Hohlraums. Dann nahm er den gerahmten Zeitungsausschnitt ab, das Foto von ihm und dem brennenden Panzer. Seltsam, dass ihm dieser Moment, als Leo vom Tod umringt gewesen war, im Rückblick wie eine glücklichere Zeit vorkam. Er nahm den Rahmen auseinander, der Zeitungsausschnitt segelte zu Boden. Nachdem er das Foto in den wieder zusammengesetzten Rahmen geklemmt hatte, klappte er das Bett hoch und lehnte es gegen die Wand. Er kniete sich hin. Die Dielen waren fest verschraubt. Aus der Küche holte er sich einen Schraubenzieher und nahm jede einzelne Diele hoch. Darunter fand sich nichts als Staub und Rohrleitungen.

Leo ging in die Küche und wusch sich den Staub von den Händen. Wenigstens gab es jetzt warmes Wasser. Er gönnte sich einen Moment Pause, indem er die Hände einseifte und seine Haut immer weiter schrubbte, selbst als der Schmutz längst weg war. Was versuchte er sich von den Händen zu spülen? Seinen Verrat? Nein, mit solchen Metaphern konnte er nichts anfangen. Er wusch sich einfach die Hände, weil sie schmutzig waren. Er durchsuchte seine Wohnung, weil es getan werden musste. Er durfte sich auch nicht zu viel bei allem denken.

Es klopfte an der Wohnungstür. Leo spülte sich die Arme ab, die von den Handgelenken bis zu den Ellenbogen mit cremefarbenem Seifenschaum bedeckt waren. Es klopfte wieder. Während ihm das Wasser noch von den Armen tropfte, ging er in den Flur und rief: »Wer ist da?«

»Wassili.«

Leo schloss die Augen. Er merkte, wie sein Herzschlag sich beschleunigte, und versuchte die aufkeimende Wut zu unterdrücken. Wassili klopfte noch einmal. Leo machte einen Schritt vor und öffnete die Tür. Wassili war in Begleitung zweier Männer. Der erste war ein junger Beamter, den Leo nicht kannte. Er hatte weiche Gesichtszüge und leichenblasse Haut und starrte Leo mit ausdruckslosen Augen so an, als hätte man zwei Murmeln in einen Teigkloß gedrückt. Der zweite Beamte war Fjodor Andrejew. Wassili hatte sich seine Leute mit Bedacht ausgesucht. Der Mann mit der bleichen Haut war zu seinem Schutz da. Mit Sicherheit stark, ein guter Schütze oder geschickt im Umgang mit dem Messer. Fjodor hatte er aus reiner Gehässigkeit mitgebracht.

»Was gibt's?«

»Wir sind gekommen, um dir zu helfen. Generalmajor Kuzmin hat uns geschickt.«

»Danke, aber ich habe die Durchsuchung im Griff.«

»Da bin ich mir sicher. Wir sind auch nur da, um zu helfen.«

»Danke, aber das ist nicht nötig.«

»Komm schon, Leo. Wir sind den ganzen weiten Weg gefahren. Und hier draußen ist es kalt.«

Leo trat zur Seite und ließ sie herein.

Keiner der drei Männer zog seine Stiefel aus, die voller Eisklumpen waren. Große Brocken lösten sich und schmolzen auf dem Teppich. Leo schloss die Tür. Ihm war klar, dass Wassili hier war, um ihm eine Falle zu stellen. Er wollte, dass Leo die Beherrschung verlor. Er suchte Streit, hoffte auf eine unbedachte Bemerkung, irgendetwas, was zu seinem Vorteil wäre.

Leo bot seinen Gästen Tee an, oder auch Wodka, wenn sie den lieber wollten. Wassilis Vorliebe für Alkohol war allgemein bekannt, aber Trinken galt als das geringste aller Laster, wenn es überhaupt eines war. Mit einem Kopfschütteln lehnte er Leos Angebot ab und spähte ins Schlafzimmer. »Was hast du gefunden?«

Ohne eine Antwort abzuwarten, betrat Wassili das Zimmer und nahm die umgedrehte Matratze in Augenschein. »Du hast sie nicht aufgeschnitten.«

Er beugte sich hinunter, zog sein Messer und wollte die Matratze aufschlitzen. Leo packte seine Hand. »Man kann Sachen, die eingenäht sind, auch fühlen. Man braucht sie nicht aufzuschneiden.«

»Du willst die Bude tatsächlich anschließend wieder aufräumen?«

»So ist es.«

»Du glaubst also immer noch, dass deine Frau unschuldig ist?«

»Ich habe nichts gefunden, das etwas anderes nahelegen würde.«

»Darf ich dir mal einen Rat geben? Such dir eine andere Frau. Raisa ist eine Schönheit. Aber Schönheiten gibt es viele. Vielleicht wärst du besser dran mit einer, die nicht ganz so schön ist.«

Wassili griff in seine Tasche und zog einen Stapel Fotographien heraus. Er gab sie Leo. Es waren Fotos von Raisa und Iwan, dem Sprachlehrer, aufgenommen vor ihrer Schule. »Sie vögelt ihn, Leo. Sie verrät dich genauso wie den Staat.«

»Die da sind an der Schule aufgenommen worden. Die beiden sind Lehrer. Natürlich kann man dort gemeinsame Fotos von ihnen machen. Das beweist noch gar nichts.«

»Weißt du, wie er heißt?«

»Iwan, glaube ich.«

»Wir haben schon eine ganze Weile ein Auge auf ihn.«

»Wir haben auf ziemlich viele Leute ein Auge.«

»Vielleicht bist du ja auch ein Freund von ihm?«

»Ich bin ihm noch nie begegnet. Hab noch nie ein Wort mit ihm gewechselt.«

Wassili bemerkte den Haufen Kleider auf dem Boden, bückte sich und hob einen von Raisas Schlüpfern hoch. Er rieb den Stoff zwischen den Fingern, drückte ihn zu einer Kugel zusammen und hielt sie sich vor die Nase. Die ganz Zeit wandte er kein Auge von Leo. Doch anstatt sich durch die Provokation in Rage bringen zu lassen, versuchte Leo zum ersten Mal zu ergründen, was in seinem Stellvertreter vorging. Bislang war ihm das egal gewesen. Was für ein Mann war das eigentlich, und warum hasste er ihn so sehr? Trieb ihn der berufliche Neid an oder nur der schiere Ehrgeiz? Als er Wassili jetzt so sah, wie er an Raisas Sachen herumschnüffelte, wurde Leo klar, dass sein Hass auf etwas Persönlichem gründete.

»Kann ich mich mal im Rest der Wohnung umsehen?«

Leo, der eine Falle befürchtete, antwortete: »Ich komme mit.«

»Nein, das würde ich lieber alleine machen, wenn du nichts dagegen hast.«

Leo nickte. Wassili ging.

Leo bekam kaum noch Luft, vor Wut war ihm der Hals wie zugeschnürt. Er starrte nur auf das hochgeklappte Bett. Da wurde er von einer leisen Stimme neben ihm aufgeschreckt. Es war Fjodor.

»Dass du das hier alles machst. Die Kleider deiner eigenen Frau durchsuchst, dein Bett umwirfst, deine eigenen Dielen herausreißt. Dein ganzes Leben kaputtmachst.«

»Wir sollten alle bereit sein, uns solchen Durchsuchungen zu unterwerfen. Oberbefehlshaber Stalin …«

»Ich weiß, ich weiß. Unser Führer sagt, dass man notfalls sogar seine eigene Wohnung durchsuchen dürfe.«

»Es kann nicht nur gegen jeden von uns ermittelt werden, es muss auch gegen jeden von uns ermittelt werden.«

»Und trotzdem wolltest du beim Tod meines Sohnes keine Ermittlungen aufnehmen. Du warst bereit, gegen deine Frau zu ermitteln, gegen dich selbst, deine Freunde und Nachbarn, aber seine Leiche wolltest du dir nicht anschauen. Du wolltest dir nicht die eine Stunde Zeit nehmen, um zu sehen, dass man seinen Bauch aufgeschlitzt hatte und wie er gestorben war, den Mund vollgestopft mit Erde.«

Fjodor war gefasst, er sprach mit leiser Stimme. Seine Wut brannte nicht mehr. Er hatte sie in Eis verwandelt. Jetzt konnte er ihm offen und ehrlich die Meinung sagen, weil er wusste, dass Leo keine Bedrohung mehr darstellte.

»Du hast die Leiche doch selbst nicht gesehen, Fjodor.«

»Ich habe mit dem Alten gesprochen, der ihn gefunden hat. Er hat mir erzählt, was er gesehen hat. Ich habe das Entsetzen gesehen, das ihm noch in den Augen stand. Ich habe auch mit der Augenzeugin gesprochen, der Frau, die du verscheucht hast. Ein Mann hat meinen Jungen an der Hand gehalten und ihn über die Gleise geführt. Sie hat das Gesicht des Mannes gesehen. Sie könnte ihn beschreiben. Aber keiner will, dass sie redet, und jetzt hat sie Angst davor. Mein Junge wurde ermordet, Leo. Die Miliz hat dafür gesorgt, dass alle Zeugen ihre Aussagen revidiert haben. Damit hatte ich ja schon gerechnet. Aber du warst mein Freund. Und du bist zu mir nach Hause gekommen und hast meine Familie angewiesen, das Maul zu halten. Hast einer trauernden Familie Angst gemacht. Du hast uns ein Märchen vorgelesen und von uns verlangt, dass wir diese Lügen glauben. Anstatt nach der Person zu suchen, die meinen Sohn getötet hat, hast du seine Beerdigung überwachen lassen.«

»Fjodor, ich habe versucht, euch zu helfen.«

»Das glaube ich dir sogar. Du hast uns gezeigt, wie wir überleben konnten.«

»Ja.«

»Und in mancherlei Hinsicht bin ich dir sogar dankbar. Sonst hätte der Mann, der meinen Sohn umgebracht hat, auch noch mich und meine Familie umgebracht. Du hast uns gerettet. Deshalb bin ich auch hier – nicht um dich zu demütigen, sondern um mich zu revanchieren. Wassili hat recht. Du musst deine Frau opfern. Mach dir nicht die Mühe, nach Beweisen zu suchen. Denunziere sie, dann überlebst du. Raisa ist eine Spionin, das ist schon längst beschlossene Sache. Ich habe Anatoli Brodskys Geständnis gelesen. Es ist mit derselben schwarzen Tinte geschrieben wie der Polizeibericht über meinen Sohn.«

Nein, Fjodor hatte unrecht. Aus ihm sprach die Wut. Leo besann sich darauf, dass er eine ganz eindeutige Aufgabe hatte. Er sollte gegen seine Frau ermitteln und über die Erkenntnisse Bericht erstatten. Seine Frau war unschuldig.

»Ich bin fest überzeugt, dass der Grund für die Einlassungen des Verräters im Hinblick auf meine Frau nichts anderes war als Rache. Und bislang legen meine Ermittlungsergebnisse nahe, dass das stimmt.«

Wassili war wieder ins Zimmer getreten. Es war unmöglich zu sagen, wie viel von dem Gespräch er schon mitbekommen hatte. Jedenfalls antwortete er: »Außer dass die anderen sechs Leute, die er genannt hat, alle verhaftet wurden. Und alle sechs haben bereits gestanden.«

»Umso mehr freut es mich, dass ich derjenige war, der ihn festgenommen hat.«

»Der Name deiner Frau wurde von einem verurteilten Spion genannt.«

»Ich habe das Geständnis gelesen. Raisas Name ist der letzte auf der Liste.«

»Die Namen wurden nicht nach ihrer Wichtigkeit geordnet.«

»Ich glaube, dass ihr Name aus Gehässigkeit hinzugefügt wurde. Ich glaube, dass er mich persönlich treffen wollte. Es ist ziemlich unwahrscheinlich, dass sich von diesem so offensichtlich verzweifelten Trick jemand an der Nase herumführen lässt. Ihr seid herzlich eingeladen, mir bei der Durchsuchung zu helfen – falls das der Grund für euer Kommen war. Wie ihr sehen könnt …« – Leo deutete auf die herausgerissenen Dielen – »… ich war ziemlich gründlich.«

»Gib sie auf, Leo. Sei doch mal realistisch. Auf der einen Seite ist da deine Karriere, deine Eltern. Auf der anderen Seite steht eine Verräterin und Schlampe.«

Leo warf Fjodor einen Seitenblick zu. Auf dessen Gesicht zeigte sich keinerlei Regung, keine Schadenfreude. Wassili fuhr fort. »Du weißt doch selbst, dass sie eine Hure ist. Deshalb hast du sie doch früher schon einmal beschatten lassen.«

Leos Wut wich dem Schock. Sie hatten es gewusst. Sie hatten es die ganze Zeit gewusst.

»Hast du etwa geglaubt, das wäre ein Geheimnis? Das weiß doch jeder. Denunziere sie, Leo. Mach dem ein Ende. Befrei dich endlich von diesen Zweifeln, von den bohrenden Fragen in deinem Hirn. Gib sie auf. Danach gehen wir zusammen einen trinken, und am Ende des Abends hast du eine neue Frau.«

»Ich werde morgen über meine Erkenntnisse berichten. Wenn Raisa eine Verräterin ist, werde ich das auch zu Protokoll geben. Und wenn nicht, sage ich es ebenfalls.«

»Dann wünsche ich dir viel Glück, Genosse. Solltest du diesen Skandal überleben, dann wirst du eines Tages der Leiter des MGB, da bin ich mir sicher. Und dann wäre es eine Ehre, unter dir zu arbeiten.«

An der Tür wandte Wassili sich noch einmal um. »Denk an meine Worte. Dein Leben und das deiner Eltern gegen ihres. Da fällt einem die Entscheidung doch leicht.«

Leo schloss die Tür. Die Hände zitterten ihm, und er hörte, wie sie sich entfernten. Er ging zurück ins Schlafzimmer und besah sich das Durcheinander. Dann legte er zunächst die Dielen zurück an ihren Platz und schraubte sie fest. Er machte das Bett, zog sorgfältig alle Laken gerade und zerknitterte sie anschließend wieder ein wenig, so, wie er sie auch vorgefunden hatte. Er verstaute Raisas Kleider, faltete sie und legte sie übereinander. Ihm fiel ein, dass er sich nicht mehr genau erinnern konnte, in welcher Reihenfolge er sie herausgezogen hatte. Dann musste es eben so reichen.

Als er ein Baumwollhemd aufhob, fiel ein kleines Ding heraus und rollte über den Boden. Leo bückte sich und hob es auf. Es war eine kupferne Rubelmünze. Er warf sie auf sein Nachtschränkchen. Als sie auftraf, brach sie auseinander und die zwei Hälften purzelten zu beiden Seiten hinunter. Das Innere der einen Hälfte war ausgehöhlt. Wenn man sie zusammenschob, sah es aus wie eine ganz normale Münze. Aber sie war hohl. Leo hatte solche Münzen schon gesehen. Man benutzte sie zum Schmuggeln von Mikrofilmen.

21. Februar

Anwesend bei Leos Absetzung waren Generalmajor Kuzmin, Wassili Nikitin und Timur Rafaelowitsch, der Beamte, der Leo bei Anatoli Brodskys Verhör ersetzt hatte. Leo kannte ihn nur flüchtig: ein ehrgeiziger, aber glaubwürdiger Mann, der nicht viele Worte machte. Die Erkenntnis, dass Rafaelowitsch bereit gewesen war, das gesamte Geständnis einschließlich des Hinweises auf Raisa zu beglaubigen, war für Leo ein Schlag ins Gesicht. Der Mann war keiner von Wassilis Lakaien, weder respektierte noch fürchtete er ihn. Leo fragte sich, ob Wassili eine Möglichkeit gehabt hatte, Raisas Namen in das Geständnis zu schmuggeln. Auf Rafaelowitsch hatte er keinerlei Einfluss, wenn es nach dem Rang ging, war er dem anderen beim Verhör sogar untergeordnet gewesen. Die letzten beiden Tage war Leo bei dem, was er tat, davon ausgegangen, dass es sich bei dem Ganzen um einen Racheakt von Wassili handelte. Da hatte er sich also getäuscht. Wassili steckte nicht dahinter. Der Einzige, der ein solches Geständnis fälschen und dann auch noch von einem so hochrangigen Offizier bestätigen lassen konnte, war Generalmajor Kuzmin.

Die Falle hatte ihm kein anderer als sein Lehrmeister gestellt, derjenige, der Leo einst unter die Fittiche genommen hatte. Leo hatte seinen Rat hinsichtlich Anatoli Brodskys missachtet, und jetzt erteilte man ihm eine Lektion. Was hatte Kuzmin noch gleich zu ihm gesagt? *Gefühlsduseleien können einen Mann blind für die Wahrheit machen.*

Es war ein Test, eine Aufgabe. Sie wollten Leos Tauglichkeit als Offizier prüfen. Mit Raisa hatte das gar nichts zu tun. Rein gar nichts. Warum hätten sie sonst ausgerechnet den Ehemann der Frau beordern sollen, die Untersuchungen zu leiten, wenn nicht, um herauszufinden, wie der sich dabei verhalten würde? Und war nicht Leo derjenige gewesen, den sie beschattet hatten? War Wassili nicht vorbeigekommen, um zu überprüfen, ob er die Wohnungsdurchsuchung auch gründlich durchführte? Das, was sich in der Wohnung befand, hatte ihn überhaupt nicht interessiert. Alles passte zusammen. Wassili hatte ihn gestern aufgestachelt, hatte ihm geraten, seine Frau zu denunzieren, weil er hoffte, dass Leo genau das Gegenteil machen und für sie eintreten würde. Er wollte gar nicht, dass Leo Raisa denunzierte. Er wollte, dass er den Test nicht bestand, dass er sein Privatleben über die Partei setzte. Es war ein Trick. Alles, was Leo tun musste, war, Generalmajor Kuzmin zu beweisen, dass er bereit war, seine Frau zu denunzieren. Zu beweisen, dass seine höchste Loyalität dem MGB galt, dass sein Glaube über jeden Zweifel erhaben war. Zu beweisen, dass sein Herz grausam sein konnte. Wenn er das machte, dann waren sie alle gerettet: Raisa, sein ungeborenes Kind, seine Eltern. Seine Zukunft beim MGB war gesichert, und Wassili konnte ihm egal sein.

Aber war das nicht nur eine Vermutung? Was, wenn der Verräter wirklich das war, was er gestanden hatte: eben ein Verräter? Was, wenn er doch irgendwie mit Raisa zusammengearbeitet hatte? Vielleicht hatte er ja die Wahrheit gesagt. Wie konnte sich Leo so sicher sein, dass der Mann unschuldig war? Und wie konnte er sich sicher sein, dass seine Frau unschuldig war? Immerhin gab sie sich mit diesem Sprachlehrer ab, einem Dissidenten. Warum? Was hatte diese Münze in ihrer Wohnung zu suchen? Waren denn nicht die sechs anderen in dem Geständnis Erwähnten verhaftet und erfolgreich verhört worden? Die Liste hatte sich als echt erwiesen, und Raisas Name stand darauf. Doch, sie war eine Spionin, und hier in seiner Tasche hatte er den Beweis dafür, die Kupfermünze. Er brauchte nur diese Münze auf den Schreibtisch zu legen und zu empfehlen, dass man sowohl sie als auch Iwan Tschukow zum Verhör abholte. Man hatte ihn zum Narren gehalten. Wassili hatte recht, sie war eine Verräterin. Und das Kind war von einem anderen. Hatte er nicht immer schon gewusst, dass sie ihm untreu war? Sie liebte ihn nicht, da war er sich sicher. Warum sollte er alles für sie riskieren? Für eine Frau, die ihm die kalte Schulter zeigte, ihn bestenfalls tolerierte. Sie war eine Bedrohung all dessen, wofür er gearbeitet hatte, für alles, was er für seine Eltern und sich selbst erreicht hatte. Sie war eine Bedrohung für das ganze Land, sein Land, für dessen Verteidigung Leo gekämpft hatte.

Es war doch ganz einfach: Wenn Leo aussagte, dass sie schuldig war, würde die Sache für ihn und seine Eltern glimpflich ausgehen. Unter Garantie. Es war der einzig sichere Weg. Und wenn es hier doch nur um eine Überprüfung von Leos Charakter ging, dann würden sie Raisa ebenfalls verschonen. Und sie brauchte es nicht einmal zu erfahren. Wenn sie dagegen eine Spionin war, dann hatten diese Männer sowieso schon längst die Beweise und wollten nur noch herausfinden, ob Leo mit ihr unter einer Decke steckte. Wenn sie eine Spionin war, dann musste er sie denunzieren, dann verdiente sie zu sterben. Das einzig Richtige war, dass Leo seine Frau denunzierte.

Generalmajor Kuzmin begann mit der Befragung. »Leo Stepanowitsch, wir haben Grund zu der Annahme, dass Ihre Frau für ausländische Geheimdienste arbeitet. Sie selbst werden keinerlei Verbrechen verdächtigt. Aus diesem Grund haben wir auch Sie gebeten, die Anschuldigungen zu prüfen. Bitte sagen Sie uns, was Sie herausgefunden haben.«

Jetzt hatte Leo die Bestätigung, auf die er gewartet hatte. Generalmajor Kuzmins Angebot war klar. Wenn er seine Frau denunzierte, genoss er weiterhin sein ungebrochenes Vertrauen. Man war gar nicht an Raisa interessiert. Wie hatte Wassili noch gleich gesagt? *Solltest du diesen Skandal überleben, dann wirst du eines Tages der Leiter des MGB, da bin ich mir sicher.*

Zwischen ihm und seiner Beförderung stand nur noch dieser eine Satz. Alle im Raum schwiegen. Generalmajor Kuzmin lehnte sich vor. »Leo?«

Leo glättete seine Uniformjacke. »Meine Frau ist unschuldig.«

Drei Wochen später

Westlich des Ural

Die Stadt Wualsk

13. März

Das Montageband für den GAZ-20 wechselte zur Spätschicht. Ilinaja hörte auf zu arbeiten und begann sich mit einem Stück schwarzer, ranzig riechender Seife die Hände zu waschen, der einzigen, die zu bekommen war, wenn überhaupt. Das Wasser war kalt, und die Seife machte keinen Schaum, sondern löste sich nur in ölige Bröckchen auf. Trotzdem konnte Ilinaja an nichts anderes denken als an die Stunden zwischen jetzt und dem Beginn ihrer nächsten Schicht. Sie hatte den Abend durchgeplant. Erst würde sie die schmierigen Feilspäne unter ihren Fingernägeln wegschrubben. Dann würde sie nach Hause gehen, sich umziehen, etwas Rouge auflegen und sich zum *Basarow* aufmachen, einem Restaurant neben dem Bahnhof.

Das *Basarow* war beliebt bei Geschäftsleuten und Regierungsbeamten, die hier Halt machten, bevor sie mit der Transsibirischen Eisenbahn in Richtung Osten oder Westen weiterfuhren. Das Restaurant bot Speisen an, die Ilinaja allesamt grauenhaft fand: Sachen wie Hirsesuppe, Gersten-*Kasha* und Salzheringe. Vor allem aber gab es hier Alkohol. Da der öffentliche Alkoholausschank illegal war, sofern man nicht auch eine Speisekarte hatte, war der Fraß nur Mittel zum Zweck, ein Teller Essen gleichbedeutend mit der Lizenz zum Trinken. In Wahrheit war das Restaurant eigentlich nur eine Bumsbude. Das Gesetz, wonach keinem mehr als 100 Gramm Alkohol verkauft werden durfte, wurde ignoriert. Basarow, der Wirt und Namensgeber des Restaurants, war immer besoffen und oft gewalttätig. Und wenn Ilinaja in seinem Laden auf Kundenfang gehen wollte, erwartete er eine anständige Beteiligung. Es war unmöglich, so zu tun, als trinke sie nur zum Vergnügen, wenn sie immer mal wieder mit zahlenden Kunden verschwand. Kein Mensch trank hier nur um des Trinkens willen. Hier verkehrten nur Durchreisende, keine Einheimischen. Aber das hatte auch seine Vorteile. Die Einheimischen ließen sich nicht mehr mit ihr ein, seit sie kürzlich krank geworden war. Wunde Stellen, rote Flecken, Ausschlag und so weiter. Ein paar Stammkunden hatten in etwa die gleichen Symptome bekommen und es in der Stadt herumerzählt. Jetzt kam sie nur noch mit Leuten ins Geschäft, die sie nicht kannten. Leuten, die nicht lange dablieben und erst merkten, dass sie Eiter pissten, wenn sie wieder in Wladiwostok oder Moskau waren, je nachdem, in welche Richtung sie fuhren.

Der Gedanke, dass sie andere mit irgendwas ansteckte, bereitete ihr nicht eben Vergnügen, auch wenn es nicht gerade nette Zeitgenossen waren. Aber wenn man in dieser Stadt wegen einer Geschlechtskrankheit einen Arzt aufsuchte, war das gefährlicher als die Infektion selbst. Als unverheiratete Frau konnte man da ebenso gut gleich sein schriftliches Geständnis einreichen, unterzeichnet mit seinem Abstrich. Sie würde sich also ihre Medikamente auf dem Schwarzmarkt besorgen müssen. Das kostete Geld, wahrscheinlich viel Geld, und im Augenblick sparte sie für etwas anderes – ihre Flucht aus dieser Stadt.

Als sie ankam, war das Restaurant schon voll, die Fenster beschlagen. Die Luft stank nach *Machorka*, billigem Tabak. Schon 50 Schritt vor dem Eingang hörte sie betrunkenes Gelächter. Vermutlich Soldaten, nahm sie an, und sie hatte richtig geraten. Oft wurden in den Bergen irgendwelche Manöver abgehalten, und die, die gerade keinen Dienst schoben, landeten meistens hier. Für diese Kundschaft hielt Basarow eine Spezialität bereit.

Er schenkte mit Wasser gepanschten Wodka aus, und wenn sich, wie so oft, jemand beschwerte, behauptete er, das sei eine vorsorgliche Maßnahme, um der Trunkenheit vorzubeugen. Es gab oft Schlägereien. Doch trotz seines Geredes, wie hart das Leben und wie schrecklich seine Kunden waren, wusste sie, dass er mit dem Verkauf seines verdünnten Wodkas ein ganz hübsches Sümmchen verdiente. Er war ein Spekulant, er war Abschaum. Erst vor ein paar Monaten hatte sie, als sie nach oben gegangen war, um ihm seinen wöchentlichen Anteil auszubezahlen, durch eine Ritze in der Schlafzimmertür gesehen, wie er einen Rubelschein nach dem anderen abzählte und dann in einer mit Schnur zugebundenen Blechdose verstaute. Sie hatte ihn beobachtet und kaum zu atmen gewagt, während er die Dose in ein Tuch gewickelt und im Kamin versteckt hatte. Seitdem träumte sie davon, das Geld zu stehlen und abzuhauen. Basarow würde ihr natürlich das Genick brechen, wenn er sie je erwischte. Falls er nicht vorher beim Anblick der leeren Dose direkt vor dem Kamin einen Herzschlag kriegte. Ilinaja war sich ziemlich sicher, dass Basarows Herz und seine Dose ein und dasselbe waren.

Sie vermutete, dass die Soldaten noch ein paar Stunden weitertrinken würden. Im Augenblick begrapschten sie sie nur, ein Privileg, für das sie nichts zahlten, wenn man den spendierten Wodka nicht als Bezahlung ansah, aber so rechnete Ilinaja nicht. Abschätzend musterte sie die anderen Kunden, überzeugt, dass sie sich noch ein paar Rubel extra würde verdienen können, bevor die Soldaten bei ihr die Stechuhr drückten. Das Militärkontingent hatte die vorderen Tische besetzt und die übrigen Gäste auf die hinteren Plätze verdrängt. Jeder von ihnen war allein mit sich selbst und seinem Glas und seinem unberührten Teller. Kein Zweifel: Sie waren auf der Suche nach Sex. Sonst gab es keinen Grund, hier herumzuhängen.

Ilinaja zupfte ihr Kleid zurecht, kippte ihren Wodka hinunter und bahnte sich, ohne auf die Kniffe und Zoten zu achten, ihren Weg durch die Soldaten, bis sie sich an einem der hinteren Tische wiederfand. Der Mann, der dort saß, war um die vierzig, vielleicht ein wenig jünger. Schwer zu sagen. Er war nicht attraktiv, aber vielleicht würde er deswegen ein bisschen mehr lockermachen. Die Gutaussehenden kamen manchmal auf die Schnapsidee, Geld sei nicht wichtig, als sei das Arrangement zu beiderseitigem Vergnügen. Sie setzte sich an den Tisch, ließ ein Knie an seinem Schenkel hochgleiten und lächelte ihn an. »Ich heiße Tanja.«

In solchen Zeiten half es manchmal, wenn man vor sich selbst so tat, als sei man eine andere.

Der Mann zündete sich eine Zigarette an und legte Ilinaja eine Hand aufs Knie. Anstatt ihr richtig etwas zu trinken zu spendieren, kippte er einfach die Hälfte seines Wodkas in eines der vielen schmutzigen Gläser auf dem Tisch und schob es ihr zu. Sie spielte mit dem Glas und wartete darauf, dass er den Mund aufmachte. Er trank aus, machte aber keine Anstalten zu reden. Sie versuchte, sich ein Augenrollen zu verkneifen und die Konversation in Gang zu bringen. »Wie heißt du?«

Er gab keine Antwort, sondern griff nur in seine Tasche und kramte darin herum. Als er die Hand wieder herauszog, hatte er sie zur Faust geballt. Ihm stand offenbar der Sinn nach einem kleinen Spielchen, und sie sollte mitspielen. Sie tippte ihm auf die Fingerknöchel. Er drehte die Faust um und öffnete sie ganz langsam, einen Finger nach dem anderen …

Mitten auf seiner Handfläche lag ein kleiner Goldklumpen. Sie beugte sich vor. Bevor sie ihn sich genau ansehen konnte, machte er die Hand wieder zu und schob sie zurück in seine Tasche. Er hatte immer noch kein Wort von sich gegeben. Ilinaja musterte sein Gesicht. Er hatte blutunterlaufene, betrunkene Augen, und sie mochte ihn überhaupt nicht. Aber es gab schließlich viele Leute, die sie nicht mochte, und sie mochte gewiss keinen der Männer, mit denen sie schlief. Wenn sie wählerisch werden wollte, konnte sie das Ganze auch gleich abblasen, einen von den Einheimischen heiraten und sich darin fügen, für immer in dieser Stadt zu bleiben. Ihre Familie wohnte in Leningrad, und auch sie hatte dort gelebt, bis man ihr befohlen hatte, hierher zu ziehen, in eine Stadt, von der sie noch nie gehört hatte. Ihre einzige Möglichkeit, zurück nach Leningrad zu kommen, war, genügend Geld zu sparen, um die Behörden zu bestechen. Hochrangige, mächtige Freunde hatte sie nicht, also brauchte sie dieses Gold.

Der Mann schenkte ihr nach und sprach sein erstes Wort. »Trink.«

»Erst bezahlst du mich. Danach kannst du mir sagen, was ich zu machen habe. Das ist die Regel. Übrigens die einzige Regel.«

Das Gesicht des Mannes geriet in Bewegung, so als hätte man einen Stein ins Wasser geworfen. Eine Sekunde lang konnte sie unter seiner gleichgültigen, plumpen Fassade etwas anderes erkennen, etwas Abstoßendes. Am liebsten hätte sie den Kopf abgewandt. Aber das Gold sorgte dafür, dass sie ihn weiter ansah, das Gold hielt sie auf diesem Stuhl. Er zog das Klümpchen aus der Tasche und hielt es ihr hin. Als sie die Hand ausstreckte und es von seiner feuchten Handfläche nahm, packte er zu und umklammerte ihre Finger. Es tat nicht weh, aber trotzdem waren ihre Finger gefangen. Entweder ergab sie sich seinem Klammergriff oder sie zog die Hand heraus, ohne Gold. Sie erriet, was von ihr erwartet wurde, kicherte und lachte wie ein hilfloses Mädchen und ließ den Arm hängen. Er ließ los. Sie nahm das Klümpchen und musterte es. Es hatte die Form eines Zahns. Verwirrt schaute sie den Mann an. »Wo hast du den denn her?«

»In schweren Zeiten verkaufen die Leute alles, was sie haben.« Er lächelte, und ihr wurde übel. Was war denn das für ein

Zahlungsmittel? Er schüttete Wodka nach. Der Zahn war ihr Fahrschein von hier weg. Sie trank ihr Glas aus.

* * *

Ilinaja blieb stehen. »Arbeitest du im Sägewerk?«

Sie wusste, dass er das nicht tat, aber die einzigen Häuser, die es hier gab, waren die für die Sägewerksarbeiter. Er bequemte sich nicht einmal, ihr zu antworten.

»He! Wo gehen wir hin?«

»Wir sind fast da.« Er führte sie zum Bahnhof am Stadtrand. Das Bahnhofsgebäude selbst war zwar neu, aber es lag in einem der ältesten Bezirke der Stadt, der nur aus baufälligen hölzernen Einzimmerhütten mit Blechdächern bestand, die sich in den nach Abwasser stinkenden Straßen aneinanderreihten.

Die Hütten waren für die Leute vom Sägewerk. Zu fünft, sechst oder gar siebt hausten sie in einem Raum. Für das, was Ilinaja und der Mann vorhatten, nicht gerade ideal.

Es herrschte eine Eiseskälte. Ilinaja wurde langsam wieder nüchtern, und die Füße taten ihr weh. »Das geht alles von deiner Zeit ab. Der Goldklumpen ist gut für eine Stunde, so war es ausgemacht. Abzüglich der Zeit, die ich brauche, um wieder ins Restaurant zurückzukommen, hast du ab jetzt noch zwanzig Minuten.«

»Es ist hinterm Bahnhof.«

»Da hinten kommt doch nur noch Wald.«

»Wirst schon sehen.« Er marschierte weiter, bis er neben dem Bahnhof war, und deutete in die Dunkelheit.

Sie schob sich die Hände in die Jackentaschen, schloss zu ihm auf und spähte in die Richtung, in die er zeigte. Sie sah nur Gleise, die sich in der Dunkelheit verloren, sonst nichts.

»Was gibt's denn da zu sehen?«

»Das da.« Er deutete auf ein kleines Blockhaus an den Gleisen, nicht weit vom Waldrand entfernt. »Ich bin Ingenieur. Ich arbeite für die Eisenbahn. Die Hütte gehört der Gleismeisterei. Da sind wir für uns.«

»In einem Zimmer wären wir auch für uns.«

»Da, wo ich wohne, kann ich dich nicht mit hinnehmen.«

»Ich kenne ein paar Orte, wo wir hätten hingehen können.«

»So ist es besser.«

»Nicht für mich.«

»Es gab eine Regel. Ich zahle, du gehorchst. Entweder gibst du mir mein Gold wieder oder du machst, was ich sage.«

Das Gold war das einzig Gute an der Sache. Er streckte die Hand aus und wartete, dass sie ihm den Zahn zurückgab. Weder sah er wütend aus noch enttäuscht oder ungeduldig. Seine Gleichgültigkeit fand Ilinaja ermutigend. Sie ging auf das Blockhaus zu. »Du hast zehn Minuten da drinnen, abgemacht?«

Er antwortete nicht, was sie als Ja auffasste.

Das Blockhaus war verschlossen, aber er hatte einen Schlüsselbund, und nachdem er mühselig den richtigen Schlüssel herausgefischt hatte, kämpfte er mit dem Schloss. »Es ist eingefroren.«

Statt einer Antwort wandte sie nur den Kopf ab und seufzte zum Zeichen ihres Unmuts. Diskretion war ja schön und gut, und sie hatte gleich geahnt, dass er verheiratet war. Aber er lebte doch nicht einmal in dieser Stadt, wo war also das Problem? Vielleicht übernachtete er bei Verwandten oder Freunden, oder er war ein hochrangiges Parteimitglied. Ihr war das schnuppe. Sie wollte nur die nächsten zehn Minuten möglichst schnell hinter sich bringen.

Er kauerte sich hin, formte die Hände um das Vorhängeschloss zu einem Trichter und hauchte es an. Der Schlüssel glitt hinein, und das Schloss schnappte auf. Ilinaja blieb draußen stehen. Wenn es hier kein Licht gab, konnte er die Sache gleich vergessen, und den Goldzahn würde sie trotzdem behalten. Sie hatte dem Kerl mehr als genug Zeit gelassen. Wenn er sie mit einer Expedition nach nirgendwo verplempern wollte, war das seine Sache.

Er betrat das Blockhaus und verschwand in der Dunkelheit. Sie hörte ihn ein Streichholz anzünden. Eine Sturmlampe flackerte auf. Der Mann drehte die Flamme hoch und hängte die Lampe an einen verbogenen Haken, der aus dem Dach ragte. Sie linste hinein. Das Blockhaus war voller Ersatzgleise, Schrauben, Bolzen, Werkzeug und Holz. Es roch nach Teer. Er fing an, eine der Werkbänke frei zu räumen. Ilinaja lachte. »Da kriege ich ja Splitter in den Hintern.«

Zu ihrer Überraschung wurde er rot wie ein Schuljunge. Er breitete seinen Mantel auf der Arbeitsfläche aus. Sie trat ein. »Wie galant.«

Normalerweise zog sie den Mantel aus, setzte sich vielleicht aufs Bett und rollte einen Strumpf herunter, gab eine kleine Vorstellung. Aber ohne Bett und Heizung würde sie lediglich ihr Kleid lüpfen und die restlichen Sachen anbehalten.

»Ich hoffe, du hast nichts dagegen, wenn ich den Mantel anlasse.« Sie schloss die Tür, obwohl das wahrscheinlich auch keinen großen Temperaturunterschied bedeutete. Hier drin war es fast so kalt wie draußen. Ilinaja wandte sich um.

Der Mann war jetzt viel näher bei ihr, als sie in Erinnerung hatte. Für einen Sekundenbruchteil sah sie etwas Metallisches, das auf sie zukam. Es ging zu schnell, als dass sie hätte erkennen können, was es war. Es traf sie seitlich im Gesicht. Schmerz durchfuhr sie, breitete sich vom Kopf über die Wirbelsäule hinunter in die Beine aus, die Muskeln erschlafften, und die Beine knickten ein, als ob man die Sehnen durchtrennt hätte. Sie schlug rückwärts gegen die Tür, sah nur noch verschwommen, ihr Gesicht brannte, sie hatte Blut im Mund. Gleich würde sie umkippen, ohnmächtig werden, aber sie kämpfte dagegen an, zwang sich, wach zu bleiben, und konzentrierte sich auf seine Stimme. »Du machst genau, was ich dir sage.«

Würde er von ihr ablassen, wenn sie sich ihm unterwarf? Die Zahnsplitter, die sich ihr in den Gaumen bohrten, belehrten sie eines Besseren. Auf die Gnade dieses Kerls konnte sie sich nicht verlassen. Wenn sie schon in dieser elenden Stadt verrecken musste, in die irgendein staatlicher Zwangserlass sie verfrachtet hatte, 1 700 Kilometer weit weg von ihrer Familie, dann würde sie diesem Scheißkerl wenigstens vorher noch die Augen auskratzen.

Er umklammerte ihre Arme, vermutlich glaubte er, aller Widerstand sei gebrochen. Ilinaja spuckte ihm einen Mundvoll blutigen Schleim in die Augen. Damit hatte er wohl nicht gerechnet, er ließ los. Sie tastete nach der Tür hinter sich und drückte dagegen. Die Tür schwang auf, und Ilinaja fiel rücklings nach draußen in den Schnee, blieb auf dem Rücken liegen und starrte in den Himmel. Der Mann langte nach ihren Beinen. Wild um sich tretend versuchte sie, von ihm wegzukommen. Er erwischte einen Fuß und zog sie zurück in die Hütte. Sie konzentrierte sich und zielte, ihre Ferse erwischte ihn am Kinn. Das hatte gesessen. Sein Kopf flog herum, sie hörte ihn aufjaulen. Er konnte sie nicht mehr festhalten. Sie rollte sich auf den Bauch, rappelte sich hoch und stolperte los.

Blindlings taumelnd registrierte sie erst nach einigen Sekunden, dass sie geradewegs die Gleise entlang und weg von der Stadt und vom Bahnhof gerannt war. Weg vom rettenden Ufer. Ihr Instinkt hatte ihr befohlen, vor ihm davonzulaufen, und ihr dabei einen Streich gespielt. Sie warf einen schnellen Blick hinter sich. Der Kerl verfolgte sie. Entweder lief sie in dieser Richtung weiter oder wieder auf ihn zu, sonst blieb ihr keine Möglichkeit.

Sich an ihm vorbeizumogeln, war unmöglich. Ilinaja versuchte zu schreien, aber ihr Mund war voller Blut. Sie verschluckte sich und spuckte aus, kam aus dem Tritt und verlor etwas an Vorsprung. Der Mann holte auf.

Plötzlich begann die Erde zu erzittern. Ilinaja schaute hoch. Ein Güterzug näherte sich, jagte auf sie zu, aus seinem hoch aufragenden eisernen Bug stoben Dampfwolken. Sie riss die Hände hoch und wedelte. Aber selbst wenn der Zugführer sie bemerkte, würde er nicht mehr rechtzeitig bremsen können bei den knapp 500 Metern, die noch zwischen ihnen lagen. Nur noch Sekunden bis zum Zusammenprall. Trotzdem verließ sie die Schienen nicht, sondern lief weiter auf den Zug zu, noch schneller. Sie würde sich unter ihn werfen. Es machte nicht den Anschein, als bremse der Zug ab, kein metallisches Bremsenquietschen, kein Pfeifen. Er war jetzt so nah, dass die Vibration sie regelrecht durchschüttelte.

Im nächsten Moment würde der Zug sie überrollen. Ilinaja warf sich zur Seite, weg von den Gleisen, die Böschung hinunter und in den hohen Schnee. Lok und Waggons rasten vorbei, die Erschütterung löste den Schnee von den Wipfeln der nächststehenden Bäume. Außer Atem spähte sie hinter sich in der Hoffnung, dass ihr Verfolger überfahren, vom Zug überrollt worden war oder doch wenigstens auf der anderen Seite festsaß. Aber er hatte die Nerven behalten, war ebenfalls auf ihre Seite der Gleise gesprungen und lag genau wie sie im Schnee. Jetzt stand er auf und taumelte auf sie zu.

Sie spuckte Blut aus und schrie, schrie verzweifelt um Hilfe. Aber es war ein Güterzug, da war niemand, der sie hätte sehen oder hören können. Ilinaja rappelte sich hoch und rannte, bis sie den Waldrand erreichte, rannte weiter, stieß gegen vorstehende Äste. Sie würde einen großen Bogen schlagen und dann hinter ihm auf den Gleisen zur Stadt zurücklaufen. Hier konnte sie sich nicht verstecken. Er war zu nah, und der Mond schien zu hell. Obwohl sie wusste, dass sie sich lieber aufs Rennen konzentrieren sollte, gab sie der Versuchung nach. Sie musste sich einfach vergewissern, musste wissen, wo er war. Ilinaja wandte sich um.

Er war weg. Sie konnte ihn nicht mehr sehen. Immer noch donnerte der Zug vorbei. Offenbar hatte sie ihn abgeschüttelt, als sie in den Wald hineinlief. Sie machte kehrt und rannte zurück in Richtung Stadt. Da war sie in Sicherheit.

Der Mann trat hinter einem Baum hervor und bekam sie am Handgelenk zu fassen. Beide fielen sie in den Schnee. Er war über ihr, riss an ihrem Mantel und brüllte sie an, aber wegen des Zuglärms konnte sie ihn nicht verstehen, sah nur seine Zähne und seine Zunge. Erst da fiel ihr wieder ein, dass sie ja Vorkehrungen für eine solche Situation getroffen hatte. Sie griff in ihre Manteltasche und tastete nach einem Meißel, den sie auf der Arbeit hatte mitgehen lassen. Schon einmal hatte sie ihn benutzt, aber nur um zu drohen, nur um zu zeigen, dass sie zur Not auch kämpfen konnte. Ihre Hand umklammerte den Holzgriff. Es musste beim ersten Mal klappen. Als er ihr die Hand unters Kleid schob, schlug sie ihm die Meißelspitze seitlich an den Kopf. Er fuhr hoch und hielt sich das Ohr. Sie schlug noch einmal zu, und diesmal erwischte sie die Hand, die das Ohr hielt. Sie hätte immer weiter auf ihn einhauen sollen, hätte ihn umbringen sollen, aber ihr Verlangen, hier wegzukommen, war einfach zu groß. Wie ein Insekt krabbelte sie auf allen vieren rückwärts, immer noch den blutigen Meißel in der Hand.

Der Mann ließ sich auf Hände und Knie fallen und kroch hinter ihr her. Ein Teil seines Ohrläppchens hing herunter, baumelte nur noch an einem Fetzen Haut, sein Gesicht war wutverzerrt. Er angelte nach ihren Knöcheln, aber es gelang ihr knapp, ihm zu entwischen und schneller zu krabbeln als er, bis sie rücklings gegen einen Baumstamm stieß. Er holte auf und erwischte ihren Fuß. Sie hieb und stieß nach seiner Hand, aber er packte sie am Handgelenk und zog sie auf sich zu. Sein Gesicht war ganz nah an ihrem, sie ließ ihren Kopf vorschnellen und versuchte, ihm in die Nase zu beißen. Mit der freien Hand packte er sie am Hals und drückte zu, hielt sie auf Distanz. Ilinaja rang nach Atem und versuchte sich loszureißen, aber sein Griff war zu fest. Sie bekam keine Luft mehr und warf sich mit ihrem ganzen Gewicht zur Seite. Beide fielen übereinander und wälzten sich über- und untereinander im Schnee.

Merkwürdigerweise ließ er plötzlich ihren Hals los. Sie hustete und versuchte, wieder zu Atem zu kommen. Der Mann lag immer noch auf ihr, sein Gewicht drückte sie zu Boden, aber er sah sie nicht mehr an. Etwas anderes hielt seine Aufmerksamkeit gefangen, etwas neben ihnen. Ilinaja wandte den Kopf.

Neben ihr im Schnee lag die nackte Leiche eines jungen Mädchens. Ihre Haut war blass, beinahe durchscheinend. Sie hatte blondes, fast weißes Haar. Ihr Mund stand weit offen und war vollgestopft mit Erde, ein Kegel wie ein Ameisenhügel, der sich zwischen den dünnen blauen Lippen auftürmte. Arme, Beine und Gesicht des Mädchens schienen unverletzt zu sein, sie waren mit einer Schneedecke bedeckt, die zerdrückt worden war, als sie sich daraufgerollt hatten. Aber der Torso war übel zugerichtet. Die Organe lagen frei, und ein Großteil der Haut fehlte, war weggeschnitten oder zurückgeklappt, so als wäre sie von einem Rudel Wölfe attackiert worden.

Ilinaja starrte ihren Verfolger an. Er schien sie vollkommen vergessen zu haben, er stierte nur auf die Leiche des Mädchens. Dann begann er zu würgen, beugte sich vor und übergab sich. Reflexartig legte sie ihm eine tröstende Hand auf die Schulter. Dann kam sie wieder zu sich und ihr wurde bewusst, was für ein Mann das war und was er ihr angetan hatte. Sie zog die Hand zurück, sprang auf und rannte. Diesmal spielte der Instinkt ihr keinen Streich. Sie erreichte den Waldrand und lief in Richtung Bahnhof. Sie wusste nicht, ob der Mann ihr folgte oder nicht. Diesmal versuchte sie nicht zu schreien, wurde auch nicht langsamer und sah sich nicht mehr um.

Moskau

14. März

Leo machte die Augen auf. Eine Taschenlampe blendete ihn. Er brauchte nicht auf die Uhr zu sehen, um zu wissen, wie spät es war. Vier Uhr – die Zeit für Verhaftungen. Er sprang aus dem Bett, sein Herz schlug wie wild. Er taumelte in der Dunkelheit, prallte gegen einen Mann, wurde zur Seite gestoßen. Er strauchelte, fand das Gleichgewicht wieder. Das Licht ging an. Als seine Augen sich an die Helligkeit gewöhnt hatten, erkannte er drei Beamte, junge Burschen, kaum älter als achtzehn. Sie waren bewaffnet. Leo kannte sie nicht, aber er wusste, welche Sorte das war: niederer Rang, dumpfer Gehorsam. Sie würden jeden Befehl ausführen, den man ihnen gab. Ohne mit der Wimper zu zucken, würden sie Gewalt anwenden. Würden jedem noch so kleinen Widerstand mit extremer Brutalität begegnen. Sie rochen nach Zigarettenqualm und Alkohol, und Leo vermutete, dass sie gar nicht schlafen gegangen waren. Sie hatten sich für diesen Auftrag die Nacht mit Trinken um die Ohren geschlagen. Bestimmt hatte der Alkohol sie launisch und unberechenbar gemacht. Leo musste auf der Hut sein und sich unterwürfig geben, wenn er die nächsten Minuten überleben wollte. Er konnte nur hoffen, dass Raisa das auch verstanden hatte.

Raisa stand in ihrem Nachthemd da und zitterte, allerdings nicht vor Kälte. Sie wusste selbst nicht, ob aus Schock, Angst oder Wut, aber sie konnte einfach nicht aufhören zu schlottern. Doch sie würde den Blick nicht abwenden. Sie schämte sich nicht. Sollten sie sich doch selbst ihrer Übertretungen schämen, sollten sie doch ruhig ihre zerknitterten Kleider sehen, ihr wirres Haar. Nein, denen war das gleichgültig, es juckte sie gar nicht. Für die gehörte das einfach dazu. In den Augen dieser jungen Kerle war keinerlei Mitgefühl zu entdecken. Teilnahmslos glotzten sie hin und her, wie Eidechsen oder Fische. Mit Reptilienaugen. Wo fand der MGB nur Burschen mit solch bleiernen Seelen? Er machte sie erst zu dem, was sie waren, daran hatte Raisa keinen Zweifel. Sie schielte zu Leo hinüber. Er stand mit hängenden Armen da, den Kopf gesenkt, und vermied jeden Augenkontakt. Ein Bild von Demut und Unterwerfung. Vielleicht war es ja klug, diesen Anschein zu erwecken. Aber ihr war im Moment nicht danach, klug zu sein. Da waren drei Schläger in ihrem Schlafzimmer. Sie wollte, dass er ihnen trotzte, wütend wurde. Das wäre doch wohl die natürliche Reaktion. Aber selbst jetzt taktierte Leo noch.

Einer der Männer verließ das Zimmer, kam aber beinahe sofort zurück und hielt zwei Koffer in den Händen: »Mehr, als hier reinpasst, dürft ihr nicht mitnehmen. Und das, was ihr am Leib habt und eure Papiere. In einer Stunde geht's los, ob ihr fertig seid oder nicht.«

Leo starrte den Koffer an, einen mit Segeltuch bezogenen Holzrahmen. Viel Platz bot er nicht, gerade mal genug für eine Tagesreise. »Zieh so viel an, wie du kannst.«

Er blickte sich verstohlen um. Einer der Beamten beobachtete sie rauchend. »Können Sie bitte draußen warten?«

»Verschwende meine Zeit nicht mit Sonderwünschen. Die Antwort auf alles lautet nein.«

Raisa zog sich um und spürte, wie die Reptilienaugen der Wache über ihren Körper wanderten. Sie zog so viele Kleidungsstücke übereinander, wie es überhaupt nur ging, eine Schicht nach der anderen. Leo machte dasselbe. Unter anderen Umständen wäre es vielleicht komisch gewesen, wie ihre Gliedmaßen vor

Baumwolle und Wolle nur so anschwollen. Kaum waren sie fertig angezogen, kämpften sie mit der Frage, welche ihrer Habseligkeiten sie mitnehmen sollten und welche sie notgedrungen zurücklassen mussten. Raisa musterte den Koffer. Er war gerade mal 90 Zentimeter lang, vielleicht 60 breit und 20 hoch. Sie mussten ihr Leben gewaltig einschränken, damit es da hineinpasste.

Leo war sich darüber im Klaren, dass man ihnen möglicherweise nur befohlen hatte zu packen, damit man sie ohne großes Gezeter hier herausbekam, ohne die Kämpfe, die immer mit der Erkenntnis einhergingen, dass man in den Tod geschickt wurde. Es war auf jeden Fall einfacher, Leute abzutransportieren, wenn die sich an die – egal wie kleine – Hoffnung klammerten, dass sie überleben könnten. Aber was sollte er schon machen? Aufgeben? Kämpfen? Rasch stellte er ein paar Berechnungen an. Wertvollen Platz musste er opfern für das ›Buch der Propagandisten‹ und den ›Kurzen Lehrgang‹, weil man beide nicht zurücklassen konnte, ohne dass es einem als subversive politische Haltung ausgelegt wurde. In ihrer gegenwärtigen Situation wären solche Unbekümmertheiten selbstmörderisch. Er griff sich die Bücher und legte sie in den Koffer. Es waren die ersten Teile, die einer von ihnen überhaupt einpackte. Der junge Wachsoldat beobachtete alles, registrierte, was eingepackt wurde, was sie auswählten. Leo berührte Raisa am Arm.

»Pack unsere Schuhe ein. Nimm die besten, für jeden ein Paar.«

Schuhe waren schwer zu bekommen, die konnte man gut eintauschen.

Leo sammelte Kleidungsstücke zusammen, Wertgegenstände und ihre Fotos. Fotographien von ihrer Hochzeit und von seinen Eltern Stepan und Anna. Von Raisas Familie gab es nichts. Sie waren im Großen Vaterländischen Krieg umgekommen, als man ihr Dorf dem Erdboden gleichgemacht hatte. Raisa hatte alles verloren außer den Kleidern, die sie am Leib trug. Als sein Koffer voll war, fiel Leos Blick auf das gerahmte Foto von sich selbst, dem Kriegshelden, dem Panzerknacker, dem Befreier des besetzten Heimatlandes. Er nahm die Fotographie aus dem Rahmen. Nachdem er sie jahrelang sorgsam gehütet und verehrt hatte wie eine heilige Ikone, faltete er den Zeitungsausschnitt jetzt in der Mitte zusammen und warf ihn in den Koffer.

Ihre Zeit war um. Leo machte seinen Koffer zu, Raisa den ihren. Er fragte sich, ob sie diese Wohnung jemals wiedersehen würden. Vermutlich nicht.

Man eskortierte sie nach unten. Fünf Personen quetschten sich dicht aneinandergedrängt in den Lift. Unten wartete ein Wagen. Zwei Beamte setzten sich nach vorne, der dritte nach hinten, eingeklemmt zwischen Leo und Raisa. Er stank aus dem Mund.

»Ich würde gern noch bei meinen Eltern vorbeifahren. Ich möchte mich von ihnen verabschieden.«

»Keine Sonderwünsche, verdammt noch mal.«

* * *

Es war fünf Uhr morgens, und in der Bahnhofshalle herrschte schon Hochbetrieb. Überall Soldaten, zivile Reisende und Bahnhofspersonal, und alles wuselte um die Transsibirische Eisenbahn herum. Auf der Lok, die noch aus Kriegszeiten mit Eisenplatten gepanzert war, stand in großen, erhabenen Lettern: *HEIL DEM KOMMUNISMUS*. Während Reisende bereits in den Zug einstiegen, warteten Leo und Raisa noch mit ihren Köfferchen am Ende des Bahnsteigs, zu beiden Seiten von ihrer bewaffneten Eskorte flankiert. Niemand kam ihnen auf dem belebten Bahnhof zu nahe, gerade so, als seien sie von einem ansteckenden Virus befallen. Sie kamen sich vor wie in einer Blase. Weder hatte man ihnen irgendwelche Erklärungen gegeben, noch hatte Leo sich die Mühe gemacht nachzufragen. Er hatte keine Ahnung, wohin sie fuhren oder auf wen sie warteten. Es bestand immer noch die Möglichkeit, dass man sie in verschiedene Gulags schickte und sie einander nie wiedersehen würden. Andererseits war dies ganz eindeutig ein Personenzug, und Leo hatte auch noch keine *Zak*-Waggons entdeckt, die roten Viehwagen, mit denen man die Gefangenen transportierte. Würden sie am Ende mit heiler Haut davonkommen? Bisher hatten sie jedenfalls Glück gehabt. Sie waren immer noch am Leben und immer noch zusammen. Es war mehr, als Leo zu hoffen gewagt hatte.

Nach seiner Aussage hatte man ihn nach Hause geschickt und bis zum Zeitpunkt einer Entscheidung unter Hausarrest gestellt. Er hatte damit gerechnet, dass es nicht länger als einen Tag dauern würde. Auf dem Weg zu ihrer Wohnung, auf dem Treppenabsatz zum 14. Stock, fiel ihm ein, dass er immer noch die belastende hohle Münze in der Tasche hatte. Er warf sie über die Brüstung. Vielleicht hatte Wassili sie ihnen untergeschoben, vielleicht auch nicht. Was spielte das schon für eine Rolle?

Als Raisa aus der Schule nach Hause gekommen war, hatte sie vor der Tür zwei Beamte vorgefunden. Sie war durchsucht worden, danach hatte man ihr befohlen, in der Wohnung zu bleiben. Leo hatte sie über ihre missliche Lage aufgeklärt, über den gegen sie erhobenen Verdacht, seine persönlich durchgeführten Ermittlungen und seine Weigerung, die Anschuldigungen zu bestätigen. Er musste ihr nicht erklären, dass ihre Chancen zu überleben hauchdünn waren. Er hatte geredet, sie hatte reglos zugehört. Kein Kommentar, keine Frage. Als er geendet hatte, war ihre Reaktion für ihn überraschend gekommen.

»Es war naiv zu glauben, dass uns das nicht auch passieren könnte.«

Sie hatten in der Wohnung gesessen und damit gerechnet, dass der MGB jede Minute kommen würde. Weder sie noch er hatten sich darum gekümmert, etwas zu essen zu machen, sie waren beide nicht hungrig, obwohl es angesichts dessen, was ihnen möglicherweise bevorstand, vernünftig gewesen wäre, so viel wie möglich zu essen. Sie hatten sich nicht ausgezogen und nicht ins Bett gelegt, hatten sich nicht vom Küchentisch gerührt. Schweigend hatten sie dagesessen und gewartet. Angesichts der Tatsache, dass sie sich vielleicht nie wiedersehen würden, hatte Leo das Bedürfnis verspürt, mit seiner Frau zu reden, ihr all die Dinge zu sagen, die noch gesagt werden mussten. Aber es war ihm nicht eingefallen, was das sein könnte. Solange er sich erinnern konnte, war dies die längste Zeit gewesen, die sie je an einem Stück und von Angesicht zu Angesicht miteinander verbracht hatten. Und keiner von ihnen hatte gewusst, was er mit dieser Zeit anstellen sollte.

In dieser Nacht war das Klopfen an der Tür nicht gekommen. Vier Uhr nachts war vorbei, und keine Verhaftung. Als es dann Mittag wurde, bereitete Leo schließlich ein Frühstück zu. Er fragte sich, warum es so lange dauerte. Als es endlich das erste Mal an der Tür klopfte, sprangen sie keuchend auf, weil sie erwarteten, dass dies das Ende war. Die Geheimdienstler waren da, um sie abzuholen, voneinander zu trennen und separat zu verhören. Aber es waren immer nur harmlose Angelegenheiten. Die Wache wechselte, ein Beamter wollte aufs Klo, konnte man ihnen was zu essen abkaufen? Vielleicht fanden sie einfach keine Beweise, vielleicht war ihre Unschuld erwiesen und die Anklage in sich zusammengefallen. Aber Leo hatte sich dieser Illusion nur kurz hingegeben. Aus Mangel an Beweisen wurden Anklagen nie und nimmer fallengelassen. Dennoch, aus einem Tag wurden zwei und aus zwei vier.

Nach einer Woche ihres Arrests war eines Tages einer der

Beamten mit aschfahlem Gesicht zu Leo und Raisa in die Wohnung gekommen. Jetzt war es so weit. Stattdessen aber hatte der Mann ihnen mit bebender Stimme verkündet, ihr Führer Stalin sei tot. Erst in diesem Moment hatte Leo sich an ein Fünkchen Hoffnung geklammert, ob sie nicht vielleicht doch eine Chance hatten zu überleben.

Die Zeitungen waren hysterisch gewesen, die Wachen ebenso, aber an Fakten zu Stalins Tod war kaum heranzukommen. Schließlich hatte sich Leo mühsam zusammengereimt, dass Stalin friedlich in seinem Bett gestorben war. Seine letzten Worte hatten angeblich ihrem großartigen Land und dessen großartiger Zukunft gegolten. Leo hatte das keine Sekunde lang geglaubt. Er kannte sich zu gut mit Paranoia und Komplotten aus, um nicht die Schwachstellen an der Geschichte zu erkennen. Von seiner Arbeit her wusste er, dass Stalin erst kürzlich im Rahmen einer Säuberungsaktion gegen bekannte jüdische Bürger die berühmtesten Ärzte hatte verhaften lassen. Ärzte, die ihr ganzes Berufsleben damit verbracht hatten, ihn bei guter Gesundheit zu erhalten. Es konnte kein Zufall sein, dass Stalin genau dann eines angeblich natürlichen Todes gestorben war, als es keine medizinischen Fachkräfte mehr gab, die den Grund für seine plötzliche Erkrankung hätten herausfinden können. Auch wenn man alle moralischen Bedenken beiseiteschob, war Stalins Säuberungsaktion schon allein aus taktischen Erwägungen ein Fehler gewesen. Damit hatte er sich selbst entblößt. Leo hatte keinen blassen Schimmer, ob Stalin ermordet worden war oder nicht. Aber dass seine Ärzte verhaftet worden waren, hatte mutmaßlichen Attentätern zumindest freie Hand gelassen. Sie hatten sich lediglich zurücklehnen und abwarten müssen, bis er starb, in der Gewissheit, dass eben die Männer und Frauen, die sie hätten aufhalten können, hinter Gittern saßen. Aber es war natürlich auch möglich, dass Stalin ganz einfach krank geworden war und niemand gewagt hatte, sich über seine Befehle hinwegzusetzen und die Ärzte freizulassen. Denn wenn Stalin wieder gesund geworden wäre, hätte man sie möglicherweise wegen Ungehorsams hingerichtet.

Aber eigentlich war Leo diese Augenwischerei egal. Wichtig war nur, dass der Mann tot war. Jedermanns Gefühl für Ordnung und alle Gewissheit hatte sich plötzlich in Luft aufgelöst. Welche Leute würden Stalins Nachfolge antreten? Wie würden sie das Land führen? Was für Entscheidungen würden sie fällen? Welche Beamten würden begünstigt und welche abgesägt werden? Was unter Stalin erlaubt gewesen war, wäre es unter einer neuen Führung vielleicht nicht mehr. Allein schon die Abwesenheit eines allmächtigen Führers sorgte für eine vollständige Lähmung des Apparats. Niemand war bereit, irgendwelche Entscheidungen zu treffen, bevor er nicht wusste, dass diese Entscheidungen auch gutgeheißen wurden. Jahrzehntelang hatte keiner mehr Entscheidungen aus Überzeugung gefällt, sondern nur noch im Hinblick darauf, was Stalin gefallen würde. Leben und Tod von Menschen hatten davon abgehangen, mit welchen Anmerkungen er Listen versehen hatte. Ein unterstrichener Name bedeutete, dass der Betreffende am Leben blieb, die anderen waren dem Tode geweiht. So einfach war das Rechtssystem – unterstrichen oder nicht. Wenn er die Augen schloss, konnte Leo sich das stumme Entsetzen in der Lubjanka jetzt lebhaft vorstellen. Sie hatten ihren eigenen moralischen Kompass derart ignoriert, dass er mittlerweile gar nicht mehr funktionierte. Aus Norden war Süden und aus Osten Westen geworden. Aber was war richtig? Sie wussten es nicht. Sahen sich außerstande, Entscheidungen zu treffen. In solchen Zeiten war es am sichersten, wenn man so wenig tat wie möglich.

Den problematischen Fall eines Leo Stepanowitsch Demidow und seiner Frau Raisa Gawrilowna Demidowa, der ohne Frage dazu angetan war, Uneinigkeit und Aufruhr zu stiften, schob man unter diesen Umständen am besten erst einmal beiseite. Darum war es zu diesen Verzögerungen gekommen. Niemand wollte sich mit der Sache befassen, alle waren viel zu sehr damit beschäftigt, sich mit den neuen Machtgruppierungen im Kreml zu arrangieren. Um die Sache noch zu verkomplizieren, hatte Lawrenti Beria, Stalins engster Berater – wenn irgendjemand Stalin vergiftet hatte, dann er, vermutete Leo –, sich bereits als neuer Führer in Pose geworfen und die Idee verworfen, es habe ein Komplott der Ärzte gegeben. Er hatte angeordnet, sie wieder freizulassen. Verdächtige wurden freigelassen, weil sie unschuldig waren – was war denn jetzt los? Leo konnte sich an keinen Präzedenzfall erinnern. Vielleicht hielt man es ja unter solchen Gegebenheiten für riskant, einem hochdekorierten Kriegshelden, der es sogar auf die Titelseite der ›Prawda‹ geschafft hatte, den Prozess zu machen. Und als es am 6. März an der Tür geklopft hatte, hatte man Leo und Raisa nicht etwa ihr Schicksal offenbart, sondern ihnen gewährt, dem Staatsbegräbnis des großen Führers beizuwohnen.

Leo und Raisa, die offiziell immer noch unter Hausarrest standen, schlossen sich also pflichtschuldigst in Begleitung zweier Bewacher den Menschenmassen an, die auf dem Weg zum Roten Platz waren. Viele weinten, manche sogar herzzerreißend, Männer, Frauen und Kinder. Leo fragte sich, ob es unter den Hunderttausenden, die sich hier in kollektiver Trauer versammelt hatten, einen Einzigen gab, der nicht irgendeinen Verwandten oder Freund an diesen Mann verloren hatte, den man jetzt öffentlich beweinte. Die Atmosphäre war aufgeladen mit einer überwältigenden Tristesse, was vielleicht mit der Idolisierung dieses Toten zu tun hatte. Selbst bei den brutalsten Verhören hatte Leo viele Leute schreien hören, dass Stalin bestimmt eingreifen würde, wenn er nur von diesen Exzessen des MGB wüsste. Was auch immer der wahre Grund für diese Trauer war, auf jeden Fall war das Begräbnis ein legitimes Ventil für in Jahren aufgestauten Jammer, eine Gelegenheit zu weinen, seinen Nachbarn zu umarmen und seine Betrübnis zu zeigen. Zuvor war das nicht erlaubt gewesen, weil es ja Kritik am Staat beinhaltete.

Die Hauptstraßen waren derart verstopft mit Menschen, dass man kaum atmen und sich nur mit den Massen weitertreiben lassen konnte. Die ganze Zeit ließ Leo Raisas Hand nicht los, und während sich von allen Seiten fremde Schultern an ihn drückten, drehte er sich immer wieder um, um sich zu vergewissern, dass sie nicht auseinandergerissen würden. Von ihren Wachen waren sie schon sehr schnell getrennt worden. Als sie sich dem Platz näherten, wurde die Menschenmasse noch dichter zusammengedrängt. Als er den Druck und die sich steigernde Hysterie bemerkte, entschied Leo, dass es genug war. Durch Zufall waren sie an den Rand der Menge gedrängt worden. Er drückte sich in einen Hauseingang und half Raisa aus dem Pulk heraus. Hier suchten sie Schutz und sahen zu, wie sich die Ströme von Menschen weiter an ihnen vorbeischoben. Es war die richtige Entscheidung gewesen. Weiter vorne waren schon Leute zu Tode getrampelt worden.

In dem Chaos hätten sie versuchen können zu fliehen. Sie hatten auch darüber nachgedacht und sich flüsternd in dem Hauseingang beraten. Ihre Wachen hatten sie ja verloren. Raisa hatte fliehen wollen. Aber wenn sie das taten, hätten sie dem MGB einen Grund geliefert, sie zu exekutieren. Bislang hatten sie Glück gehabt. Leo setzte auf die eine Karte, dass sie es überstehen würden.

* * *

Die letzten Reisenden waren eingestiegen. Aber der Schaffner, der neben der Lok ein Grüppchen Uniformierter stehen sah, hielt den Zug noch für sie auf. Der Lokführer lehnte sich aus dem Führerhaus und versuchte herauszubekommen, was los war. Durch die Fenster warfen neugierige Reisende verstohlene Blicke auf das junge Paar, das offenbar in Schwierigkeiten steckte.

Leo bemerkte, dass ein Uniformierter sich ihnen näherte. Es war Wassili. Leo hatte schon mit ihm gerechnet. Wassili würde sich kaum die Gelegenheit entgehen lassen, ihn zu demütigen. Leo spürte, wie die Wut in ihm aufstieg, aber es war unbedingt notwendig, dass er sich beherrschte. Vielleicht wurde ihm noch eine Falle gestellt.

Raisa war Wassili noch nie begegnet, aber sie kannte Leos Beschreibung. *Ein Heldengesicht mit dem Herzen eines Henkers.*

Schon auf den ersten Blick sah sie, dass irgendetwas mit dem Mann nicht stimmte. Zweifellos war er attraktiv, aber auf eine Weise, als sei dieses Lächeln nur dazu da, seine Böswilligkeit zu unterstreichen. Als er sie schließlich erreichte, registrierte sie seine Befriedigung beim Anblick von Leos Erniedrigung und seine Enttäuschung darüber, dass diese nicht größer war.

Wassili grinste jetzt breit. »Ich habe darauf bestanden, dass sie warten, damit ich mich noch verabschieden kann. Damit ich dir berichten kann, was man für dich entschieden hat. Ich wollte es dir persönlich sagen, das kannst du sicher verstehen?«

Er genoss es. Sosehr Leo diesen Mann auch verabscheute, wäre es dumm gewesen zu riskieren, dass er jetzt wütend würde, wo sie schon so viel durchgestanden hatten. Kaum hörbar murmelte er: »Ich danke dir.«

»Du bist versetzt worden. Bei den ganzen unbeantworteten Fragen, die auf dir lasten, wäre es unmöglich gewesen, dich im MGB zu behalten. Du gehst zur Miliz. Nicht als *Syschtschik*, als Kriminalbeamter, sondern im niedrigsten Dienstgrad, als

Utschastkowy. Du wirst der sein, der die Untersuchungszellen saubermacht. Der die Berichte abtippt. Der macht, was man ihm sagt. Wenn du überleben willst, solltest du dich schnell daran gewöhnen, Befehle zu empfangen.«

Leo konnte Wassilis Enttäuschung verstehen. Eine Arbeitsstelle im Exil, irgendwo in einer örtlichen Polizeidienststelle – das war eine leichte Strafe. Bedachte man die Schwere der Anschuldigungen, hätten ihnen auch 25 Jahre in den Goldminen von Kolyma bevorstehen können, wo die Temperaturen bei 50 Grad unter null lagen, die Hände der Gefangenen von Erfrierungen entstellt waren und die durchschnittliche Überlebensdauer drei Monate betrug. Sie waren nicht nur mit dem Leben, sondern auch mit ihrer Freiheit davongekommen.

Leo konnte sich nicht vorstellen, dass Generalmajor Kuzmin das aus Sentimentalität getan hatte. Vielmehr war es so, dass er sich mit der Verurteilung eines Schützlings selbst blamiert hätte. In Zeiten politischer Instabilität war es viel besser, viel schlauer, ihn einfach unter dem Vorwand einer Versetzung wegzuschicken. Kuzmin wollte nicht riskieren, dass man sein Urteilsvermögen unter die Lupe nahm. Denn wenn Leo ein Spion war, warum hatte Kuzmin ihn dann bei Beförderungen immer bevorzugt? Nein, solche Fragen waren unangenehm. Es war leichter und sicherer, ihn einfach unter den Teppich zu kehren. Leo war klar, dass jedes Zeichen von Erleichterung Wassili weiter aufbringen würde, und er tat sein Bestes, so niedergeschlagen wie möglich dreinzuschauen.

»Ich werde meine Pflicht tun, wo immer man mich hinschickt.«

Wassili trat einen Schritt vor und drückte Leo die Fahrkarten und die Papiere in die Hand. Leo nahm die Dokumente an sich und wandte sich zum Zug.

In dem Moment, als Raisa den Wagen bestieg, rief Wassili ihr hinterher: »Es muss schwer für Sie gewesen sein zu erfahren, dass Ihr Mann Sie beschattet hat. Und nicht nur einmal. Das wird er Ihnen doch erzählt haben? Er hat Sie zweimal bespitzelt. Beim ersten Mal ging es gar nicht um Staatsangelegenheiten. Da dachte er nicht, Sie seien eine Spionin. Er dachte, Sie seien ein Flittchen. Das müssen Sie ihm verzeihen. Jeder hat schon mal seine Zweifel. Und Sie sind schön, obwohl ich persönlich nicht der Meinung bin, dass Sie es wert sind, dass man alles für Sie aufgibt. Ich vermute, wenn Ihr Mann erst einmal kapiert hat, in was für ein Scheißloch wir ihn da geschickt haben, dann wird er anfangen, Sie zu hassen. Wenn Sie mich fragen, ich hätte meine Wohnung behalten und Sie als Verräterin erschießen lassen. Ich kann nur vermuten, dass Sie echt gut im Bett sind.«

* * *

Raisa staunte über die Obsession dieses Kerls gegenüber ihrem Mann, aber sie sagte nichts. Jede Gegenrede konnte sie das Leben kosten. Ohne sich darum zu kümmern, dass einer ihrer Schnürsenkel aufgegangen war, nahm Raisa ihren Koffer und öffnete die Wagentür.

Leo folgte ihr und vermied es, sich umzudrehen. Wenn er jetzt Wassilis höhnisches Grinsen sah, war es gut möglich, dass er sich nicht mehr beherrschen konnte.

Als der Zug aus dem Bahnhof rollte, starrte Raisa aus dem Fenster. Es gab keine Sitzplätze mehr, und sie mussten stehen. Eine Zeit lang schwiegen sie beide und sahen zu, wie die Stadt vorbeizog. Schließlich sagte Leo: »Es tut mir leid.«

»Ich bin sicher, er hat gelogen. Er hätte alles gesagt, nur um dir wehzutun.«

»Er hat die Wahrheit gesagt. Ich habe dich bespitzeln lassen. Und es hatte nichts mit der Arbeit zu tun. Ich dachte …«

»Dass ich was mit einem anderen hatte?«

»Es gab eine Zeit, da hast du nicht mehr mit mir gesprochen. Mich nicht mehr angerührt. Nicht mit mir geschlafen. Wir waren wie Fremde. Und ich verstand nicht, warum.«

»Man kann nicht einen MGB-Offizier heiraten und glauben, man würde nicht beschattet. Aber sag mir, Leo, wie hätte ich dir denn untreu sein können? Mal ganz praktisch gedacht: Ich hätte doch mein Leben riskiert. Wir hätten nicht gestritten. Du hättest mich einfach verhaftet.«

»Du hast geglaubt, dass ich so was machen würde?«

»Kannst du dich noch an meine Freundin Soja erinnern? Ich glaube, du hast sie mal kennengelernt.«

»Vielleicht ...«

»Ja genau, du kannst dich nie an die Namen von Leuten erinnern, nicht wahr? Ich frage mich, warum. Kannst du nachts besser schlafen, wenn du alles in deinem Schädel ausradierst?« Raisa sprach schnell, gefasst und mit einer Eindringlichkeit, die Leo an ihr nicht kannte. Sie fuhr fort: »Doch, doch, du hast Soja kennengelernt. Du hast es dir nur nicht gemerkt, aber sie war ja auch, was die Partei betraf, nicht besonders wichtig. Man hat ihr zwanzig Jahre aufgebrummt. Sie haben sie verhaftet, als sie aus einer Kirche kam, und ihr anti-stalinistische Gebete vorgeworfen. Gebete, Leo! Sie haben sie wegen der Gedanken in ihrem Kopf verurteilt.«

»Warum hast du mir das nicht gesagt? Ich hätte vielleicht helfen können.«

Raisa schüttelte den Kopf. Leo fragte: »Glaubst du etwa, ich habe sie denunziert?«

»Wüsstest du das überhaupt noch? Du kannst dich doch noch nicht mal daran erinnern, wer sie ist.«

Leo war konsterniert. So hatten sie beide noch nie miteinander gesprochen. Es war immer nur um häusliche Dinge gegangen. Höfliche Konversation, nie hatten sie sich angeschrien, nie gestritten.

»Selbst wenn du sie nicht denunziert hast, Leo, wie hättest du ihr denn helfen wollen? Wenn die Männer, die sie verhaftet haben, Männer wie du waren? Entschiedene, hingebungsvolle Staatsdiener? In jener Nacht bist du nicht nach Hause gekommen. Und mir wurde klar, dass du wahrscheinlich gerade die beste Freundin, die Eltern oder Kinder von jemand anderem festnahmst. Sag mir, wie viele Leute hast du verhaftet? Weißt du das überhaupt? Sag eine Zahl. 50, 200, 1000?«

»Ich habe mich immerhin dagegen gewehrt, dich denen auszuliefern.«

»Es ging doch gar nicht um mich. Um dich ging es. Weil du immer Fremde verhaftet hast, konntest du dir einreden, dass sie schon schuldig sein würden. Konntest dir weismachen, dass das, was du machtest, notwendig war. Aber das hat denen nicht gereicht. Du solltest ihnen beweisen, dass du alles tust, was sie von dir verlangen, selbst wenn du in deinem Herzen wusstest, dass es falsch war. Selbst wenn du wusstest, dass es sinnlos war. Sie wollten, dass du deinen blinden Gehorsam beweist. Ehefrauen eignen sich für so eine Prüfung offenbar besonders gut.«

»Vielleicht hast du ja recht, aber davon sind wir jetzt frei. Ist dir eigentlich klar, was für ein Glück wir hatten, eine zweite Chance zu bekommen? Ich möchte, dass wir ein neues Leben anfangen, als Familie.«

»So einfach ist das nicht, Leo.« Raisa schwieg einen Augenblick und musterte ihren Mann, als sähe sie ihn zum ersten Mal. »An dem Abend, als wir bei deinen Eltern gegessen haben, habe ich euch durch die Wohnungstür sprechen gehört. Ich war draußen auf dem Etagenkorridor. Ich habe eure Diskussion mit angehört, ob du mich als Spionin denunzieren solltest. Ich wusste nicht, was ich tun soll. Ich wollte nicht sterben. Also bin ich wieder hinunter auf die Straße und eine Weile spazieren gegangen, um einen klaren Kopf zu bekommen. Ich habe mich gefragt: Wird er es machen? Wird er mich im Stich lassen? Dein Vater hatte gute Argumente.«

»Mein Vater hatte Angst.«

»Drei Leben gegen eins. Gegen Zahlen kann man schlecht argumentieren. Aber wie sieht drei gegen zwei Leben aus?«

»Du bist gar nicht schwanger?«

»Wärst du für mich eingetreten, wenn ich es nicht wäre?«

»Und du hast bis jetzt gewartet, bevor du mir das sagst?«

So also sah ihre Ehe aus. Das war sie wirklich. Ihm schwindelte. Der Zug, in dem er hier stand, die Leute neben ihm, die Koffer, die Stadt da draußen – das kam ihm alles plötzlich so unwirklich vor. Nichts davon war verlässlich, nicht einmal die Dinge, die er sehen und anfassen und fühlen konnte. Alles, woran er geglaubt hatte, war eine Lüge. »Raisa, hast du mich eigentlich je geliebt?«

Einen Moment herrschte Schweigen. Sie standen da und wurden vom Zug durchgerüttelt, und die Frage hing zwischen ihnen wie ein schlechter Geruch. Anstatt sie zu beantworten, bückte sich Raisa schließlich und band sich den Schuh zu.

Wualsk

15. März

Im Schneidersitz saß Warlam Babinitsch in einer Ecke des überfüllten Schlafsaals auf dem dreckigen Betonboden und verbarg mit seinem Körper die Gegenstände, die er vor sich ausgebreitet hatte, vor ungebetenen Blicken. Er wollte nicht, dass die anderen Jungen sich einmischten. Denn das taten sie, wenn etwas ihr Interesse geweckt hatte. Vorsichtig blickte er sich um. Die ungefähr 30 Jungen im Saal achteten überhaupt nicht auf ihn. Die meisten lagen eng beieinander in den acht vollgepissten Betten, die sie sich teilen mussten. Warlam sah, dass sich zwei gegenseitig die angeschwollenen Wanzenbisse am Rücken kratzten. Überzeugt, dass man ihn in Ruhe lassen würde, wandte er sich wieder den vor ihm ausgebreiteten Sachen zu. Sachen, die er im Lauf der Jahre gesammelt hatte und die ihm alle teuer waren, einschließlich seines neuesten Schatzes, den er erst heute Morgen gestohlen hatte: ein vier Monate altes Baby.

Irgendwie war Warlam ja klar, dass es falsch gewesen war, das Baby zu stehlen. Wenn sie ihn erwischten, dann steckte er in Schwierigkeiten, noch größeren Schwierigkeiten als je zuvor. Außerdem war ihm klar, dass das Baby nicht glücklich war. Es schrie. Über den Krach machte er sich keine besonderen Gedanken, ein schreiendes Kind mehr würde hier niemandem auffallen. Und eigentlich ging es ihm ja auch weniger um das Baby als um die Decke, in die es gehüllt war. Voller Stolz über seine Neuerwerbung legte er das Baby in die Mitte seiner Sammlung: eine gelbe Dose, ein altes gelbes Hemd, ein gelb angestrichener

Ziegelstein, das abgerissene Stück eines Plakats mit gelbem Hintergrund, ein gelber Bleistift und ein Buch mit einem weichen gelben Papierumschlag. Im Sommer fügte er seiner Sammlung immer gelbe Blumen hinzu, die er im Wald pflückte. Aber sie hielten nicht lange, und nichts machte ihn trauriger, als wenn das Gelb langsam schwächer wurde und die Blütenblätter ganz welk und braun wurden. Und er fragte sich: *Wo geht das Gelb hin?*

Er hatte keine Ahnung. Aber er hoffte, dass er eines Tages dort hingelangen konnte, vielleicht, wenn er starb. Die Farbe Gelb war ihm wichtiger als alles und jedes auf der Welt. Gelb war der Grund, warum er hier gelandet war, im *Internat* von Wualsk, einem staatlichen Heim für geistig behinderte Kinder.

Als kleiner Junge war er der Sonne hinterhergejagt und hatte gedacht, wenn er nur schnell genug liefe, dann könne er sie sich vom Himmel schnappen und mit heimnehmen. Fast fünf Stunden war er gelaufen, bis man ihn endlich eingefangen und nach Hause gebracht hatte, brüllend vor Wut, weil man seine Jagd unterbrochen hatte. Anfangs hatten seine Eltern ihn verprügelt, weil sie hofften, ihm damit seine Macken austreiben zu können. Aber schließlich hatten sie eingesehen, dass ihre Methode nicht funktionierte, und ihn dem Staat überlassen, der mehr oder weniger dieselbe Therapie angewandt hatte. Die ersten zwei Jahre im *Internat* hatte man ihn an einen Bettrahmen gekettet, so wie man Hofhunde an Bäume kettete. Aber er war ein kräftiges Kind mit breiten Schultern und trotziger Entschlossenheit. Nach sieben Monaten hatte er es geschafft, den Bettrahmen aufzubiegen, die Kette herauszuziehen und Reißaus zu nehmen. Man hatte ihn am Stadtrand aufgegriffen, wo er dem gelben Waggon eines fahrenden Zuges hinterherhetzte. Schließlich war er in die Anstalt zurückgebracht worden, vollkommen erschöpft und halb verdurstet. Diesmal hatte man ihn in den Schrank gesperrt. Aber das war alles schon lange her. Jetzt vertrauten ihm die Pfleger. Er war schon siebzehn und klug genug, um zu wissen, dass man nie und nimmer weit genug laufen oder hoch genug klettern konnte, um die Sonne vom Himmel zu pflücken. Jetzt konzentrierte er sich darauf, Gelbes zu finden, an das er besser herankam. So wie dieses Baby, das er durch ein offenes Fenster geklaut hatte. Wenn er nicht so in Eile gewesen wäre, hätte er vielleicht versucht, das Baby aus der Decke zu wickeln und dazulassen. Aber dann hatte er Panik gekriegt, dass man ihn schnappen würde, und einfach beides mitgenommen. Und als er jetzt auf das schreiende Baby hinabschaute, stellte er zu seiner großen Befriedigung fest, dass die Decke die Babyhaut ein ganz kleines bisschen gelb machte. Gut, dass er alles beides mitgenommen hatte.

* * *

Draußen fuhren zwei Wagen vor, und sechs bewaffnete Angehörige der Miliz von Wualsk stiegen aus, angeführt von General Nesterow, einem Mann mittleren Alters mit dem breiten, stämmigen Körperbau eines Kolchosenarbeiters. Er machte seiner Mannschaft Zeichen, das Gebäude zu umstellen, während er selbst und Leutnant Sorkin, sein Stellvertreter, sich dem Eingang näherten. Normalerweise waren sie unbewaffnet, aber heute hatte Nesterow seine Männer angewiesen, ihre Pistolen zu tragen. Und im Bedarfsfall scharf zu schießen.

Die Pförtnerloge stand offen. Ein Radio spielte leise Musik, auf dem Tisch lag ein unbeendetes Kartenspiel, und der Gestank von Alkohol hing in der Luft. Von den Pflegern ließ sich keiner blicken. Nesterow und der Leutnant gingen weiter und kamen in den Flur. Der Alkoholgeruch ging über in den Gestank von Kot und Schwefel. Schwefel wurde benutzt, um die Wanzen zu vertreiben. Der Kotgestank bedurfte keiner weiteren Erklärung, die Wände und der Boden strotzten vor Fäkalien. Die Schlafsäle, an denen sie vorbeikamen, waren vollgestopft mit Kindern, um die 40 pro Raum, die nichts am Leib hatten außer einem dreckigen Hemdchen oder einer dreckigen Unterhose, aber offenbar niemals beides. Sie lagen teilnahmslos in ihren Betten, drei oder vier übereinander auf einer dünnen, verdreckten Matratze. Die meisten starrten nur reglos die Decke an. Bei manchen fragte Nesterow sich, ob sie überhaupt noch lebten. Schwer zu sagen. Die Kinder, die auf den Beinen waren, kamen angelaufen und versuchten, nach den Pistolen zu greifen, begrapschten ihre Uniformen, buhlten um die Aufmerksamkeit der Erwachsenen. Bald waren die beiden von Händen umzingelt, die an ihnen hochkrabbelten. Nesterow hatte sich zwar innerlich auf schreckliche Bedingungen eingestellt, aber er konnte kaum fassen, dass es so schlimm war. Er würde die Sache beim Anstaltsdirektor zur Sprache bringen. Aber das war nicht die passende Gelegenheit.

Nachdem sie das Erdgeschoss durchsucht hatten, kämpften sie sich nach oben vor. Sorkin versuchte, die Rasselbande daran zu hindern, dass sie ihnen folgte, machte ein strenges Gesicht und gestikulierte herum, aber das brachte sie nur zum Lachen, als sei es ein Spiel. Wenn er die Kinder sanft zurückschob, kamen sie sofort wieder angelaufen und wollten, dass er sie noch mal zurückschob. Ungeduldig raunzte Nesterow: »Jetzt lassen Sie sie doch in Ruhe.« Sie mussten einfach hinnehmen, dass der Tross ihnen folgte.

Die Kinder in den oberen Räumen waren älter. Nesterow vermutete, dass die Schlafsäle vage nach Altersgruppen aufgeteilt waren. Ihr Verdächtiger war siebzehn, das war die Altersgrenze für diese Institution. Danach wurden die Insassen zu den mörderischsten Arbeiten expediert, Arbeiten, die sonst kein Mensch machen wollte. Arbeiten, bei denen die durchschnittliche Lebenserwartung 30 Jahre betrug. Nesterow und Sorkin erreichten das Ende des Flurs. Jetzt war nur noch ein Schlafsaal übrig.

Warlam saß mit dem Rücken zur Tür und war völlig darin versunken, die Kinderdecke zu streicheln und sich zu fragen, warum das Baby nicht mehr schrie. Er stupste es mit einem schmutzigen Finger an. Plötzlich erscholl eine Stimme im Raum, und er richtete sich kerzengerade auf.

»Warlam! Steh auf und dreh dich um. Schön langsam.«

Warlam hielt den Atem an und schloss die Augen, so als wenn dadurch die Stimme wieder verschwinden würde. Es klappte nicht.

»Ich sag's nicht noch einmal. Steh auf und dreh dich um.«

Nesterow setzte sich in Bewegung und marschierte auf Warlam zu. Er konnte nicht sehen, was der Junge versteckte. Er konnte kein Baby schreien hören. Alle anderen Jungen im Schlafsaal hatten sich aufgesetzt und glotzten fasziniert. Ohne Vorwarnung erwachte Warlam zum Leben, klaubte etwas auf und wirbelte herum. Er hielt das Baby im Arm. Es fing an zu schreien. Ein Schauer der Erleichterung durchlief Nesterow. Wenigstens lebte das Kind noch. Warlam hielt es fest gegen seine Brust gedrückt, die Arme schlangen sich um den empfindlichen Hals.

Nesterow blickte sich prüfend um. Sein Stellvertreter war an der Tür stehen geblieben, umgeben von den neugierigen Kindern. Er zielte auf Warlams Kopf und spannte den Hahn. Schussbereit wartete er auf den Befehl zum Töten. Er hatte freie Schussbahn, aber er war bestenfalls ein mittelmäßiger Schütze. Beim Anblick seiner Waffe fingen einige Kinder an zu schreien, andere lachten und schlugen auf die Matratzen ein. Die Situation geriet langsam außer Kontrolle. Warlam wurde zunehmend panisch. Nesterow steckte seine Pistole ins Halfter, hob in dem Bemühen, Warlam zu beruhigen, die Hände und rief über das Getöse hinweg: »Gib mir das Kind.«

»Ich bin dermaßen in Schwierigkeiten.«

»Bist du gar nicht. Ich sehe ja, dass dem Baby nichts fehlt. Das hast du gut gemacht. Du hast dich um das Kleine gekümmert. Ich bin hier, um dir zu gratulieren.«

»Ich hab's gut gemacht?«

»Hast du.«

»Kann ich es behalten?«

»Ich muss nachsehen, ob dem Baby auch wirklich nichts fehlt, nur um sicherzugehen. Danach können wir über alles reden. Kann ich mir das Kind mal anschauen?«

Warlam ahnte, dass sie böse auf ihn waren und ihm das Baby wegnehmen würden und ihn in einen gelblosen Raum sperren würden. Er presste das Baby fester an sich, ganz fest, noch fester, bis die Decke sich vor seinen Mund drückte. Er trat zurück bis ans Fenster und sah draußen die geparkten Miliz-Autos und bewaffnete Männer, die das Gebäude umzingelten.

»Ich bin dermaßen in Schwierigkeiten.«

Vorsichtig schob Nesterow sich vor. Mit Gewalt würde er das Baby nicht aus Warlams Griff befreien können. Bei einem Kampf konnte es zu Tode gequetscht werden. Er warf dem Leutnant einen raschen Blick zu, und der gab ihm nickend zu verstehen, dass er immer noch schussbereit war. Nesterow schüttelte den Kopf. Das Baby war zu dicht an Warlams Gesicht. Das Risiko eines Unfalls war zu groß. Sie mussten es anders versuchen.

»Warlam, niemand wird dich schlagen oder dir wehtun. Gib mir das Kind, und dann können wir über alles reden. Niemand wird böse mit dir sein. Du hast mein Wort. Ich verspreche es.« Nesterow riskierte noch einen Schritt und nahm damit seinem Leutnant das Schussfeld. Er blickte flüchtig auf die Ansammlung von gelbem Krimskrams auf dem Boden. Er kannte Warlam schon von einem früheren Vorfall, wo ein gelbes Kleid von einer Wäscheleine gestohlen worden war. Es war Nesterow nicht entgangen, dass das Baby in eine gelbe Decke gewickelt war.

»Wenn du mir das Kind gibst, frage ich die Mutter, ob du die gelbe Decke behalten darfst. Ich bin sicher, sie sagt ja. Alles, was sie will, ist das Baby.«

Das war ein faires Angebot, fand Warlam, und er beruhigte sich. Er streckte die Arme aus und hielt Nesterow das Baby hin. Der sprang vor und riss es ihm aus den Händen. Er schaute nach, ob es auch wirklich unverletzt war, und übergab es dann an seinen Stellvertreter. »Bring es ins Krankenhaus.«

Der Leutnant eilte hinaus.

Als sei nichts passiert, setzte Warlam sich mit dem Rücken zur Tür auf den Boden und verteilte die Teile seiner Sammlung neu, um die Lücke zu füllen, die das fehlende Baby hinterlassen hatte. Die anderen Kinder im Schlafsaal waren wieder ruhig. Nesterow hockte sich neben ihn.

Warlam fragte: »Wann kann ich die Decke haben?«

»Erst musst du mit mir kommen.«

Warlam sortierte weiter seine Sammlung. Nesterows Blick fiel auf das gelbe Buch. Es war ein Militärhandbuch, also ein Geheimdokument. »Wo hast du das denn her?«

»Gefunden.«

»Ich schaue es mir mal an. Regst du dich auch nicht auf, wenn ich es mir mal anschaue?«

»Sind deine Finger sauber?«

Nesterow bemerkte, dass Warlams eigene Hände schmutzig waren. »Meine Finger sind sauber.«

Nesterow nahm sich das Buch und blätterte willkürlich darin herum. In der Mitte war irgendetwas zwischen die Seiten gepresst. Er drehte das Buch um und schüttelte es aus. Eine dicke blonde Haarlocke fiel zu Boden. Er hob sie auf und rieb sie zwischen seinen Fingern.

Warlam wurde rot. »Ich bin dermaßen in Schwierigkeiten.«

800 Kilometer östlich von Moskau

16. März

Die Frage, ob sie ihn liebe, hatte Raisa nicht beantwortet. Aber sie hatte auch gerade erst zugegeben, dass sie ihn mit der Schwangerschaft angelogen hatte. Wenn sie jetzt gesagt hätte: *Ja, ich liebe dich, ich habe dich immer geliebt*, hätte Leo ihr nicht geglaubt. Sie hatte weiß Gott keine Lust, ihm jetzt tief in die Augen zu schauen und Süßholz zu raspeln. Was sollte die Frage überhaupt? Es kam einem beinahe so vor, als habe er eine Art Erscheinung gehabt, eine Offenbarung, dass ihre Ehe sich nicht auf Liebe und Zuneigung gründete. Wenn sie wahrheitsgemäß geantwortet hätte: *Nein, ich habe dich nie geliebt*, dann wäre er auf einmal das Opfer gewesen, mit dem stillschweigenden Vorwurf, dass sie sich die Ehe mit ihm erschwindelt hatte. Plötzlich sah sie aus wie eine Hochstaplerin, die mit seinem weichen Herzen gespielt hatte. Plötzlich machte er auf romantisch. Vielleicht war es der Schock über den Verlust seiner Arbeit. Aber seit wann war Liebe Teil ihrer Abmachung? Danach hatte er noch nie gefragt. Und ihm selbst war es auch nie über die Lippen gekommen: *Ich liebe dich.*

Das hatte sie auch gar nicht verlangt. Ja, er hatte sie gebeten, ihn zu heiraten. Und sie hatte eingewilligt. Er hatte eine Ehe gewollt, eine Frau, sie, und er hatte bekommen, was er gewollt hatte. Jetzt sollte das auf einmal nicht mehr genug sein? Jetzt, wo er seine Autorität verloren hatte und die Macht, jeden nach Belieben zu verhaften, ersoff er förmlich in Sentimentalität. Und warum suchte er die Schuld dafür, dass diese Illusion ehelicher

Eintracht plötzlich in sich zusammenfiel, eigentlich bei ihr und ihrer pragmatischen Vorgaukelei und nicht bei sich und seinem Misstrauen? Konnte sie denn nicht ebenso verlangen, dass er sie von seiner Liebe überzeugte? Immerhin hatte er ungerechtfertigterweise angenommen, sie sei ihm untreu gewesen, hatte gar eine regelrechte Überwachung veranlasst, eine Sache, die auch leicht mit ihrer Verhaftung hätte enden können. Er hatte doch das Vertrauen zwischen ihnen gebrochen, lange bevor sie dazu gezwungen gewesen war. Dabei war ihr Antrieb das nackte Überleben gewesen, seiner nur krankhafte männliche Wahnvorstellung.

Von dem Tag an, als sie ihre Namen als Mann und Frau ins Register eingetragen hatten, sogar noch davor, nämlich von dem Tag an, wo sie miteinander ausgegangen waren, war ihr klar gewesen, dass er sie töten lassen konnte, wenn sie ihn verstimmte. Ihr Leben war von einer ganz banalen Regel bestimmt worden: Sie musste dafür sorgen, dass er zufrieden war. Als Soja verhaftet worden war, hatten sein bloßer Anblick, seine Uniform und sein Geschwafel über den Staat sie so wütend gemacht, dass sie es nicht über sich bringen konnte, mehr als ein paar Worte mit ihm zu wechseln. Letzten Endes aber war es auf eine ganz nüchterne Frage hinausgelaufen: Wollte sie überleben? Raisa hatte schon einmal überlebt, und die Tatsache, dass sie eine Überlebende war, dass sie als Einzige von ihrer Familie übrig war, hatte sie geprägt. Ihre Entrüstung über Sojas Verhaftung war Luxus, damit erreichte sie gar nichts. Also war sie in sein Bett gestiegen, hatte neben ihm geschlafen, mit ihm geschlafen. Sie hatte ihm das Abendessen gekocht und die Geräusche gehasst, die er beim Essen machte. Sie hatte seine Klamotten gewaschen und seinen Geruch verabscheut.

In den letzten paar Wochen hatte sie untätig zu Hause herumgesessen und ganz genau gewusst, dass er gerade abwog, ob er die richtige Entscheidung getroffen hatte. War es klug gewesen, ihr Leben zu schonen? War sie das Risiko wert gewesen? War sie hübsch genug, nett genug, gut genug? Wenn nicht jede Geste, jeder Blick von ihr ihm gefiel, war sie in Todesgefahr. Nur gut, dass das jetzt vorbei war. Sie hatte es so satt, ohnmächtig und von seinem guten Willen abhängig zu sein. Und doch schien er jetzt dem Eindruck zu erliegen, sie stehe in seiner Schuld. Dabei hatte er nur das ausgesagt, was ohnehin jeder wusste: Sie war keine internationale Spionin, sondern eine Oberschullehrerin. Und als Gegenleistung wollte er nun eine Liebeserklärung. Es war beschämend. Er war doch gar nicht mehr in der Position, etwas zu verlangen. Er hatte ebenso wenig Macht über sie wie sie über ihn. Sie saßen beide in der Tinte. Ihr gesamter Besitz war zusammengeschrumpft auf einen Koffer pro Nase, sie waren beide verbannt in irgendeine Stadt weitab vom Schuss. Sie waren sich jetzt so ebenbürtig wie noch nie zuvor. Wenn er ein Liebeslied hören wollte, dann musste er die erste Strophe schon selbst singen.

Leo saß da und brütete über Raisas Worten. Es schien, als habe sie sich das Recht zugesprochen, über ihn zu urteilen und ihn zu verachten, während sie selbst ihre Hände in Unschuld wusch. Aber als sie ihn geheiratet hatte, hatte sie gewusst, womit er sein Geld verdiente, hatte die Vergünstigungen seiner Position genossen, hatte sich die ausgesuchten Köstlichkeiten schmecken lassen, die er mitbringen konnte, hatte ihre Kleider im gut sortierten *Speztorg* gekauft. Wenn seine Arbeit sie so angewidert hatte, warum hatte sie sich dann nicht gegen seine Avancen verwahrt? Jeder wusste doch, dass man Kompromisse eingehen musste, wenn man überleben wollte. Er hatte vielleicht widerwärtige Dinge getan, moralisch verwerfliche Dinge. Aber für die meisten Leute war ein reines Gewissen ein unerschwinglicher Luxus, und Raisa konnte sich nun wirklich nicht darauf berufen. Hatte sie ihren Unterricht so gehalten, dass er ihren ehrlichen Überzeugungen entsprach? Offensichtlich nicht, wenn man sich jetzt ihre Entrüstung über den staatlichen Sicherheitsapparat anhörte. Aber in der Schule hatte sie ihn doch ganz bestimmt gutgeheißen, hatte ihren Schülern erklärt, wie ihr Staat funktionierte, hatte ihn gelobt und sie indoktriniert, an ihn zu glauben, hatte sie sogar dazu ermuntert, andere zu denunzieren. Denn wenn nicht, dann wäre sie höchstwahrscheinlich selbst von einem ihrer Schüler denunziert worden. Ihre Aufgabe hatte nicht nur darin bestanden, sie auf Parteilinie zu bringen, sondern auch darin, ihren kritischen Verstand zu neutralisieren. Und genau dieselbe Aufgabe würde sie auch in der neuen Stadt haben. So wie Leo es sah, waren er und seine Frau Rädchen im selben Getriebe.

In Mutawa hatte der Zug eine Stunde Aufenthalt. Raisa durchbrach die Schweigsamkeit, die schon den ganzen Tag zwischen ihnen geherrscht hatte. »Wir sollten etwas essen.«

Genau genommen schlug sie damit vor, sich auch weiterhin an das pragmatische Arrangement zu halten, das bislang das Fundament ihrer Ehe gewesen war. Die Herausforderungen, die auf sie zukamen, überstehen zu wollen, das war es, was sie zusammenschweißte, nicht Liebe. Sie stiegen aus dem Eisenbahnwagen. Auf dem Bahnsteig lief eine Frau mit einem Weidenkorb auf und ab. Sie kauften ihr hartgekochte Eier, ein Papiertütchen Salz und ein paar Stücke zähes Roggenbrot ab. Dann saßen sie nebeneinander auf einer Bank, pellten ihre Eier, fingen die Schalen in ihrem Schoß auf und sprachen kein Wort miteinander.

* * *

Als der Zug die Berge erklomm, verlor er an Geschwindigkeit. Sie fuhren durch düstere Kiefernwälder. Am Horizont sah man über die Wipfel der Bäume hinweg die Gipfel der Berge aufragen wie schiefe Zähne aus einem Unterkiefer.

Die Strecke führte jetzt durch eine gerodete Ebene, und plötzlich breitete sich vor ihnen, inmitten der Wildnis, eine riesige Fabrikanlage aus, mit hohen Schornsteinen und miteinander verbundenen Gebäuden, die aussahen wie Lagerhallen. Beinahe sah es so aus, als habe ein Gott sich auf den Ural gesetzt, die Bäume vor ihm mit einem Faustschlag weggefegt und dann befohlen, die frisch geschaffene Freifläche mit Schornsteinen und Stahlpressen zu füllen. Es war das Erste, was sie von ihrer neuen Heimat zu sehen bekamen.

Leos Kenntnisse über die Stadt stammten aus der Propaganda und dem, was bei ihm auf dem Schreibtisch gelandet war. Einst hatte es hier wenig mehr gegeben als Sägewerke und eine Ansammlung von Blockhütten für jene, die in den Sägewerken arbeiteten. Dann war Stalins Auge auf die bescheidene Ansiedlung mit ihren 20000 Einwohnern gefallen. Nach näherer Untersuchung ihrer natürlichen Ressourcen und ihrer Infrastruktur hatte er befunden, dass die Stadt nicht produktiv genug sei. Ganz in der Nähe floss die Ufa vorbei, im nur 150 Kilometer östlich gelegenen Swerdlowsk gab es Stahlwerke und Hochöfen, in den Bergen Eisenerzbergwerke, und zudem hatte die Stadt den Vorteil der Transsibirischen Eisenbahn. Riesige Lokomotiven fuhren jeden Tag hindurch, und alles, was die Züge aufluden, waren Holzbretter. Stalin hatte entschieden, dass dies der ideale Ort für die Montage eines Automobils war, des GAZ-20, eines Wagens, der es mit der Konkurrenz aus dem Westen aufnehmen und höchsten Anforderungen genügen sollte. Das Nachfolgemodell, Wolga GAZ-21, wurde gerade entwickelt und sollte der Gipfel sowjetischer Ingenieurskunst werden, auch bei eisigen Temperaturen laufen, hoch genug über der Straße liegen und eine beneidenswerte Federung, einen kugelsicheren Motor und einen Rostschutz besitzen, von dem man in den Vereinigten Staaten von Amerika nur träumen konnte. Leo hatte keine Ahnung, ob das alles stimmte. Was er wusste, war, dass sich nur ein Bruchteil der sowjetischen Bürger den Wagen leisten konnte, und sicherlich nicht jene Männer und Frauen, die an den Fließbändern standen.

Der Bau der Fabrik hatte ein paar Jahre nach dem Krieg begonnen, und achtzehn Monate später stand inmitten von Kiefernwäldern die Fabrikationsstraße des Automobils der Zukunft – des Wolga. Leo konnte sich nicht mehr an die Zahl der Gefangenen erinnern, die offiziell beim Bau der Fabrik gestorben waren. Aber solche Zahlen waren sowieso nicht zuverlässig. Er selbst hatte erst mit der Fabrik zu tun bekommen, als sie schon fertiggestellt war. Tausende »freier« Arbeiter aus Städten im ganzen Land waren auf ihre politische Verlässlichkeit hin geprüft und dann per Zwangsdekret umgesiedelt worden, um den nun entstandenen Mangel an Arbeitskräften auszugleichen. In nur fünf Jahren verfünffachte sich die Bevölkerung. Leo hatte die Überprüfungen einiger Moskauer Arbeiter übernommen, die man umgesiedelt hatte. Wenn sie die Nachforschungen überstanden, wurden sie binnen einer Woche mit Sack und Pack umgesiedelt. Wenn nicht, wurden sie verhaftet. Leo war einer der Torwächter dieser Stadt gewesen. Deshalb hatte Wassili diesen Ort ausgesucht. Die Ironie der Geschichte hatte ihn bestimmt amüsiert.

Raisa verpasste diesen ersten Eindruck ihres neuen Zuhauses. Sie war in ihren Mantel eingemummelt und schlief, der ans Fenster gelehnte Kopf rollte mit den Bewegungen des Zuges sanft hin und her. Von hier sah es aus, als habe sich die eigentliche Stadt seitwärts an ein riesiges Montagewerk gekrallt wie eine Zecke in den Hals eines Hundes. In allererster Linie war dies hier ein industrieller Produktionsstandort und erst mit gehörigem Abstand ein Ort zum Leben.

In fahlem Orange beleuchteten die Lichter der Wohnsilos den grauen Himmel. Leo stupste Raisa an. Sie erwachte, sah erst Leo an und blickte dann aus dem Fenster.

»Wir sind da.«

Der Zug fuhr in den Bahnhof ein. Sie nahmen ihre Koffer und traten auf den Bahnsteig. Es war ein paar Grad kälter als in Moskau. Wie zwei evakuierte Kinder, die zum ersten Mal ein fremdes Land betreten, standen sie da und sahen sich mit großen Augen in der unvertrauten Umgebung um. Man hatte ihnen keinerlei Anweisungen gegeben. Sie kannten niemanden. Sie hatten noch nicht einmal eine Telefonnummer, die sie hätten anrufen können. Niemand schien sie zu erwarten.

Das Bahnhofsgebäude war leer bis auf einen einzelnen Mann, der am Fahrkartenschalter saß. Er war noch jung, kaum über zwanzig. Beim Betreten des Bahnhofsgebäudes hatte er sie aufmerksam beobachtet.

Raisa ging zu ihm hin. »Guten Abend. Wir müssen zum Hauptquartier der Miliz.«

»Sind Sie aus Moskau?«

»Genau.«

Der Mann öffnete die Tür seines Schalterhäuschens und trat auf den Querbahnsteig hinaus. Dann deutete er mit dem Finger durch die Glastüren zur Straße hinaus. »Die da warten auf Sie.«

100 Schritt vom Bahnhof entfernt stand ein Miliz-Fahrzeug. Auf dem Weg hinaus kamen Raisa und Leo an einem schneebedeckten Stalin-Relief vorbei, das man in eine Platte gemeißelt hatte und das aussah wie eine Versteinerung. Der Wagen war ein GAZ-20, der bestimmt hier in dieser Stadt gebaut worden war. Als sie näher kamen, entdeckten sie auf dem Fahrer- und Beifahrersitz zwei Männer.

Der Wagenschlag öffnete sich und einer der beiden stieg aus, ein breitschultriger Mann mittleren Alters. »Leo Demidow?«

»Ja.«

»Ich bin General Nesterow, der Chef der hiesigen Miliz.«

Leo überlegte, warum der Mann sich die Mühe gemacht hatte, ihn persönlich abzuholen. Mit Sicherheit hatte Wassili Anweisung gegeben, ihm das Leben so schwer wie möglich zu machen. Aber selbst wenn Wassili nichts gesagt hatte, allein die Ankunft eines ehemaligen MGB-Agenten aus Moskau würde die Miliz misstrauisch machen. Man würde nicht glauben, dass er nur hergekommen war, um als untere Charge anzufangen. Höchstwahrscheinlich vermuteten sie hinter dem Ganzen anderweitige Absichten und verdächtigten Leo, nach Moskau Bericht zu erstatten, aus welchem Grund auch immer. Je mehr Wassili versucht hatte, sie vom Gegenteil zu überzeugen, desto misstrauischer waren sie wahrscheinlich geworden. Warum sollte ein Agent hunderte Kilometer fahren, nur um in einer unbedeutenden Milizeinheit zu arbeiten? Da stimmte doch was nicht. In dieser klassenlosen Gesellschaft war die Miliz so ziemlich das Letzte vom Letzten.

Jedem Schulkind wurde beigebracht, dass Mord, Diebstahl und Vergewaltigung Symptome einer kapitalistischen Gesellschaft waren, und eine entsprechend geringe Rolle spielte die Miliz. Alle Bürger waren gleich, da gab es keinen Grund für Diebstahl und Gewalt. In einem kommunistischen Staat brauchte man eigentlich gar keine Polizei. Deshalb war die Miliz auch nichts weiter als eine unbedeutende Unterabteilung des Innenministeriums: schlecht bezahlt und schlecht angesehen. Die Truppe rekrutierte sich vornehmlich aus jungen Burschen, die die Schule abgebrochen hatten, Landarbeitern, die man aus Kolchosen geworfen hatte, entlassenen Soldaten und Männern, deren Wohlwollen man sich mit einer halben Flasche Wodka kaufen konnte. Offiziell lag die Kriminalitätsrate der UdSSR bei nahezu null Prozent. Die Zeitungen schrieben oft darüber, welche Unsummen in den Vereinigten Staaten von Amerika für die Verbrechensbekämpfung verschwendet wurden, wo man glitzernde Polizeiautos und an jeder Straßenecke Polizisten in feschen, sauberen Uniformen brauchte, ohne die die Gesellschaft zusammenbrechen würde. Der Westen beschäftige viele seiner talentiertesten Männer und Frauen damit, Verbrechen zu bekämpfen, statt dass sie ihre Zeit sinnvoll nutzten und etwas aufbauten. Hier bei ihnen wurde keine Arbeitskraft vergeudet. Alles, was man brauchte, war ein bunt zusammengewürfelter Haufen kräftiger, aber ansonsten unbrauchbarer Männer, die nichts anderes konnten, als Schlägereien unter Betrunkenen zu beenden. So weit die Theorie. Leo hatte keinen Schimmer, wie hoch die Verbrechensrate tatsächlich war. Er legte auch keinen gesteigerten Wert darauf, es herauszufinden, weil diejenigen, die die Quote kannten, vermutlich regelmäßig liquidiert wurden. Die Produktionszahlen der Fabriken standen in der ›Prawda‹ auf der Titelseite, im Mittelteil und auch noch ganz hinten. Nur gute Nachrichten waren es wert, gedruckt zu werden, hohe Geburtenraten, Gebirgsstrecken der Eisenbahn oder neue Kanäle.

Wenn man all dies in Betracht zog, war Leos Ankunft hier bemerkenswert ungewöhnlich. Eine Stelle beim MGB verschaffte einem mehr *Blat*, mehr Respekt, Einfluss und materielle Vergünstigungen als fast jede andere Arbeit. Freiwillig verließ man so einen Posten nicht. Und wenn er in Ungnade gefallen war, warum hatte man ihn dann nicht einfach verhaftet? Obwohl der MGB ihn fallengelassen hatte, warf Leo immer noch seinen Schatten, und er begriff, dass das möglicherweise ein wertvoller Vorteil war.

Nesterow trug ihre Koffer so mühelos zum Wagen, als seien sie leer. Er lud sie in den Kofferraum und hielt ihnen dann die

Hintertür auf. Im Wagen nahm Leo seinen neuen Vorgesetzten in Augenschein, der sich gerade auf den Beifahrersitz klemmte. Der Mann war einfach zu groß, selbst für so ein stattliches Auto. Die Knie reichten ihm fast bis unters Kinn. Auf dem Fahrersitz neben ihm saß ein junger Kerl. Nesterow machte sich nicht die Mühe, ihn vorzustellen. Ähnlich wie beim MGB hatte jedes Fahrzeug einen eigenen Fahrer, der dafür verantwortlich war. Die Beamten bekamen keinen eigenen Wagen und saßen auch nicht selbst am Steuer. Der Fahrer legte den Gang ein und fuhr auf eine leere Straße hinaus. Kein anderer Wagen war in Sicht.

Nesterow ließ sich Zeit. Wahrscheinlich wollte er nicht den Eindruck erwecken, seinen neuen Rekruten ausfragen zu wollen. Schließlich sah er Leo durch den Rückspiegel an und bemerkte: »Vor drei Tagen wurde uns mitgeteilt, dass Sie herkommen. Eine ungewöhnliche Versetzung.«

»Wir müssen hingehen, wo wir gebraucht werden.«

»Hierhin ist schon seit geraumer Zeit keiner mehr versetzt worden. Und ich wüsste nicht, dass ich einen zusätzlichen Mann angefordert hätte.«

»Die Produktionsleistung der Fabrik genießt offiziell hohe Priorität. Man kann gar nicht genug Leute haben, um die Sicherheit der Stadt zu gewährleisten.«

Raisa wandte sich zu ihrem Mann um. Vermutlich waren seine hintergründigen Antworten Absicht. Selbst jetzt, wo er degradiert und aus dem MGB geworfen worden war, machte er sich noch die Angst zunutze, die der Geheimdienst auslöste. In ihrer heiklen Situation war das vielleicht nicht einmal so dumm.

Nesterow fragte: »Klären Sie mich auf. Sollen Sie als *Syschtschik* anfangen? Als Kommissar? Die Anweisungen aus Moskau haben uns etwas verwirrt. Da hieß es nämlich, Sie sollen als *Utschastkowy* anfangen. Für einen Mann mit Ihrem Status bedeutet das eine erhebliche Herabstufung in seinen Verantwortlichkeiten.«

»Mein Befehl besagt, dass ich Ihnen unterstellt bin. In welchen Dienstgrad Sie mich einstufen, liegt in Ihren Händen.«

Schweigen. Vermutlich passte es dem General nicht, dachte Raisa, dass man die Frage wieder an ihn zurückdelegierte. Hörbar übellaunig raunzte er: »Fürs Erste wohnen Sie in der Pension. Sobald eine freie Wohnung zur Verfügung steht, wird sie Ihnen zugewiesen. Ich sollte Sie aber vorwarnen, dass es eine lange Warteliste gibt. Und da kann ich auch nichts deichseln. Bei der Miliz zu sein bringt einem nicht gerade Vorteile.«

Der Wagen hielt vor einem Haus, das aussah wie ein Restaurant. Nesterow machte den Kofferraum auf, holte die Koffer heraus und stellte sie auf den Bürgersteig. Leo und Raisa blieben stehen und warteten auf Anweisungen.

An Leo gewandt sagte Nesterow: »Wenn Sie Ihre Koffer auf Ihr Zimmer gebracht haben, kommen Sie bitte wieder zum Wagen. Ihre Frau kann dableiben.«

Raisa unterdrückte den Ärger darüber, dass man über sie sprach, als sei sie Luft. Sie sah zu, wie Leo Nesterows Beispiel folgte und beide Koffer auf einmal nahm. Seine Protzerei erstaunte sie, aber sie würde ihn jetzt nicht in Verlegenheit bringen. Sollte er sich doch mit ihrem Koffer abschleppen, wenn er darauf bestand. Leo ging voraus, drückte die Tür auf und betrat das Restaurant.

Drinnen war es dunkel. Die Fensterläden waren zu, und es stank nach kaltem Rauch. Auf den Tischen standen überall noch die schmutzigen Gläser vom Vorabend. Leo setzte die Koffer ab und klopfte auf eine der schmierigen Tischplatten.

In der Tür erschien die Silhouette eines Mannes. »Wir haben geschlossen.«

»Mein Name ist Leo Demidow. Das hier ist meine Frau Raisa. Wir sind gerade aus Moskau angekommen.«

»Danil Basarow.«

»General Nesterow hat mir gesagt, dass Sie uns unterbringen können.«

»Reden Sie von dem Zimmer im Obergeschoss?«

»Ich weiß nicht ... ja, ich glaube schon.«

Basarow kratzte sich die Speckrollen an seinem Bauch. »Dann zeige ich Ihnen mal Ihr Zimmer.«

Das Zimmer war klein. Man hatte zwei Einzelbetten zusammengeschoben, dazwischen war eine Besucherritze. Beide Matratzen hingen durch. Die Tapete warf Blasen wie die Haut eines Jünglings und war von einer klebrigen Fettschicht bedeckt. Wahrscheinlich Kochdünste, vermutete Leo, denn das Zimmer lag direkt über der Küche, man konnte sie durch die Ritzen in den Dielen sehen, und sie belüftete das Zimmer mit den Gerüchen von dem, was unten gerade gekocht wurde: gesottene Innereien, Knorpel und Schmalz.

Basarow war über Leos Erscheinen nicht gerade erbaut. Dieses Zimmer, diese Betten, waren von seinem »Personal« benutzt worden, womit er die Frauen meinte, die seine Gäste bearbeitet hatten. Dennoch konnte er die Bitte nicht abschlagen. Schließlich gehörte ihm das Haus nicht, und wenn der Laden laufen sollte, war er auf den guten Willen der Miliz angewiesen. Sie wussten, dass er Gewinn machte, und hatten auch nichts dagegen, solange sie ihren Anteil abkriegten. Nichts war deklariert, alles inoffiziell – ein geschlossener Kreislauf. Ehrlich gesagt machten diese neuen Gäste ihn ein bisschen nervös. Die waren vom MGB, hieß es. Das hielt ihn davon ab, so grob zu werden, wie es sonst seine Art war. Er wies den Flur hinunter zu einer halb offenstehenden Tür. »Da ist das Klo. Wir haben eins im Haus.«

Raisa versuchte, das Fenster zu öffnen, aber es war zugenagelt, als ob man jemanden daran hindern wollte hinauszuspringen. Sie starrte hinaus: nur Bruchbuden und schmutziger Schnee. Das war also ihr neues Zuhause.

Leo war plötzlich müde. Solange seine Erniedrigung nur eine Vorstellung gewesen war, hatte er sie ertragen, aber jetzt hatte sie konkrete Formen angenommen: dieses Zimmer. Er wollte nur noch schlafen, die Augen zumachen und die Welt aussperren. Aber er musste ja wieder nach draußen. Also stellte er seinen Koffer aufs Bett und vermied es, Raisa anzuschauen, nicht aus Wut, sondern aus Scham. Ohne ein Wort verließ er das Zimmer.

* * *

Sie fuhren mit ihm zum Fernsprechamt und brachten ihn hinein. In einer Schlange warteten ein paar hundert Menschen auf die ihnen zugeteilte Sprechzeit, jeweils nur ein paar Minuten. Da man die meisten dieser Leute gezwungen hatte, ihre Familien zurückzulassen und in dieser Stadt zu arbeiten, konnte Leo nachvollziehen, wie wertvoll ihnen diese wenigen Minuten waren. Nesterow allerdings hatte es nicht nötig, sich anzustellen, er marschierte direkt auf eine der Zellen zu.

Nachdem er die Verbindung hergestellt und einige Zeit mit jemandem gesprochen hatte, ohne dass Leo etwas hätte verstehen können, reichte Nesterow ihm den Hörer. Leo hielt ihn sich ans Ohr und wartete.

»Wie ist die Unterbringung?« Es war Wassili. Er fuhr fort: »Du würdest am liebsten auflegen, stimmt's? Aber das kannst du nicht. Noch nicht mal das kannst du.«

»Was willst du?«

»Ich will in Verbindung bleiben, damit du mir von deinem Leben da drüben berichten kannst und ich dir von meinem hier. Ehe ich es vergesse: Die Wohnung, die du deinen Eltern besorgt hattest, ist ihnen wieder weggenommen worden. Wir haben etwas für sie gefunden, was ihrem Status angemessener ist. Ist vielleicht ein bisschen kalt und beengt. Und bestimmt schmutzig. Sie wohnen jetzt mit einer siebenköpfigen Familie zusammen, glaube ich. Fünf kleine Kinder. Übrigens habe ich überhaupt nicht gewusst, dass dein Vater so schrecklich unter Rückenschmerzen leidet. Zu dumm, dass er jetzt ein Jahr vor der Rente wieder zurück ans Fließband musste. Ein Jahr kann einem schnell wie zehn vorkommen, wenn einem die Arbeit keinen Spaß macht. Aber das wirst du sicher bald selbst merken.«

»Meine Eltern sind gute Leute. Sie haben ihr ganzes Leben lang hart gearbeitet. Sie haben niemandem etwas getan.«

»Aber ich lasse sie trotzdem bluten.«

»Was willst du von mir?«

»Ich will, dass du dich entschuldigst.«

»Wassili, es tut mir leid.«

»Du weißt ja noch nicht mal, wofür du dich entschuldigen sollst.«

»Ich habe dich schlecht behandelt. Und das tut mir leid.«

»Was tut dir leid? Ein bisschen genauer bitte. Deine Eltern sind schließlich auf dich angewiesen.«

»Ich hätte dich nicht schlagen sollen.«

»Du gibst dir nicht genügend Mühe. Versuch, mich zu überzeugen.«

Leo war verzweifelt, seine Stimme zitterte. »Ich weiß nicht, was du noch von mir willst. Du hast alles. Ich habe nichts.«

»Ganz einfach. Ich will, dass du bettelst.«

»Ich bettele ja, Wassili, hör dir doch meine Stimme an. Ich bitte dich. Lass meine Eltern zufrieden. Bitte …«

Wassili hatte eingehängt.

Wualsk

17. März

Nachdem er die ganze Nacht gelaufen war, mit Blasen an den Füßen und blutdurchtränkten Strümpfen, setzte sich Leo auf eine Parkbank, verbarg den Kopf in den Händen und weinte.

Er hatte weder geschlafen noch etwas gegessen. Als Raisa am vergangenen Abend mit ihm hatte reden wollen, hatte er sie nicht beachtet, und das Essen, das sie ihm aus dem Restaurant heraufgeholt hatte, hatte er nicht angerührt. Er hatte es in diesem winzigen, stinkenden Zimmer einfach nicht mehr ausgehalten, also war er runtergegangen, hatte sich mit den Ellenbogen seinen Weg durch die Menge gebahnt und war nach draußen verschwunden. Ohne Orientierung war er einfach losgelaufen, zu entmutigt und aufgebracht, um einfach nur ruhig und untätig dazusitzen, obwohl er begriff, dass genau das seine Zwickmühle war. Er konnte gar nichts machen.

Noch einmal widerfuhr ihm eine Ungerechtigkeit, aber diesmal war er gänzlich machtlos. Man würde seine Eltern nicht einfach in den Hinterkopf schießen, das wäre zu schnell gewesen, beinahe wie ein Gnadenakt. Nein, man würde sie nach und nach fertigmachen. Leo konnte sich gut vorstellen, was einem systematisch vorgehenden, sadistischen Kleingeist so alles einfiel. Erst einmal würde man seine Eltern in der Fabrik zurückstufen und ihnen die schwersten, schmutzigsten Arbeiten zuweisen. Arbeiten, mit denen sogar ein junger und starker Mensch zu kämpfen gehabt hätte. Man würde sie mit Geschichten über Leos bemitleidenswertes Schicksal, seine Schande und seine Erniedrigung quälen. Wahrscheinlich hatte man ihnen sogar erzählt, dass er in einem Gulag stecke, zu zwanzig Jahren *Katorga* verurteilt, Schwerstarbeit.

Was die Familie betraf, mit der seine Eltern nun ihre Wohnung teilen mussten, konnte man sicher sein, dass es äußerst widerwärtige Störenfriede waren. Den Kindern wurde Schokolade versprochen, wenn sie nur gehörig Lärm machten, und den Eltern eine eigene Wohnung, wenn sie Essen stahlen, Streit anfingen und den anderen nach Möglichkeit das Leben zur Hölle machten. Die Einzelheiten wollte Leo sich lieber gar nicht vorstellen. Wassili würde sie ihm schon mit Freuden berichten, in der sicheren Gewissheit, dass Leo nicht einhängen würde, weil er Angst hatte, dass es seine Eltern danach nur umso schlimmer träfe. Aus der Ferne würde Wassili ihn zerbrechen, systematisch den Hebel da ansetzen, wo er am verwundbarsten war – bei seiner Familie. Wehren konnte Leo sich nicht. Es würde sicher nicht allzu schwer sein, die Adresse seiner Eltern herauszubekommen, aber wenn seine Briefe nicht ohnehin abgefangen und verbrannt wurden, konnte er ihnen wenig mehr mitteilen, als dass er in Sicherheit war. Er hatte ihnen ein angenehmes Leben verschafft, nur um jetzt zu erleben, dass es ihnen wieder entrissen wurde. Und das zu einem Zeitpunkt, wo sie mit den Veränderungen am wenigsten fertig werden würden.

Raisa saß unten an einem Tisch. Sie hatte die ganze Nacht auf ihn gewartet. Genau wie Wassili vorhergesagt hatte, wusste sie, dass Leo inzwischen seine Entscheidung bedauerte, sie nicht denunziert zu haben. Der Preis dafür war zu hoch. Aber was hätte sie denn machen sollen? So tun, als ob er alles für die perfekte Liebe geopfert hatte? So etwas ließ sich doch nicht einfach herbeizaubern. Selbst wenn sie es gewollt hätte, sie hätte gar nicht gewusst, wie. Was sagte man da, wie verhielt man sich? Vielleicht hätte sie es ihm ein bisschen schonender beibringen können. Tatsächlich hatte sie seine Degradierung heimlich genossen. Nicht aus Boshaftigkeit oder Rachsucht, sondern weil sie wollte, dass er es begriff: *So habe ich mich jeden Tag gefühlt.* So fühlten sich die meisten Leute jeden Tag: machtlos und verängstigt. Sie wollte, dass er das nachempfand, dass er es am eigenen Leib zu spüren bekam.

Als Leo das Restaurant betrat, blickte Raisa erschöpft und mit schweren Lidern hoch. Sie stand auf, ging zu ihm und sah seine blutunterlaufenen Augen. Sie hatte ihn noch nie weinen sehen. Er wandte sich ab und goss sich aus der nächstbesten Flasche etwas zu trinken ein. Sie legte ihm eine Hand auf die Schulter. Dann passierte alles im Bruchteil einer Sekunde. Leo wirbelte herum, packte sie am Hals und drückte zu. »Du hast mir das eingebrockt!«

Er presste ihr die Adern ab, ihr Gesicht lief hochrot an. Sie bekam keine Luft mehr, röchelte. Leo riss sie hoch, bis sie auf Zehenspitzen stand. Sie nestelte an seinen Händen, aber er ließ nicht los und sie konnte sich nicht befreien.

Sie tastete auf einem Tisch herum, versuchte ein Glas zu fassen zu bekommen, ihre Sicht war bereits getrübt. Ihre Finger berührten ein Glas und warfen es um, aber es fiel so, dass sie es erreichen konnte. Sie ergriff es, holte aus und schlug es Leo ins Gesicht. Das Glas zersplitterte in ihrer Hand und schnitt ihr die Handfläche auf. Als sei ein böser Zauber von ihm abgefallen, ließ er sie los. Raisa wich zurück, hustete und hielt sich den Hals. Sie starrten einander an wie Fremde, als sei ihre ganze gemeinsame Geschichte in diesem einen kurzen Moment ausgelöscht worden. In Leos Wange steckte ein Glassplitter. Er befühlte sie, zog ihn heraus und untersuchte ihn auf seiner Handfläche. Ohne sich noch einmal umzuwenden, drängte sich Raisa an ihm vorbei zur Treppe und rannte nach oben. Er blieb zurück.

Anstatt seiner Frau zu folgen, kippte Leo das Glas hinunter, das er sich schon eingegossen hatte, dann goss er sich noch eins ein, und noch eins, und als er irgendwann draußen Nesterows Wagen vorfahren hörte, hatte er die Flasche fast leergetrunken. Unsicher auf den Beinen, ungewaschen und unrasiert, betrunken, stumpfsinnig und von sinnloser Gewalttätigkeit – er hatte nicht einmal einen Tag gebraucht, um auf das Niveau herabzusinken, das man von der Miliz gewohnt war.

Den Schnitt in Leos Gesicht erwähnte Nesterow auf der Fahrt mit keiner Silbe. Stattdessen sprach er in knappen Sätzen über die Stadt. Leo hörte nicht zu, nahm kaum seine Umgebung wahr, so sehr beschäftigte ihn das, was er gerade getan hatte. Hatte er tatsächlich versucht, die eigene Frau zu erwürgen, oder spielte ihm sein übernächtigtes Hirn einen Streich? Er befühlte seine Wange und sah Blut auf den Fingerspitzen. Es stimmte also, er hatte es getan. Noch ein paar Sekunden länger, ein bisschen fester zugedrückt, und sie wäre jetzt tot. Was ihn dazu provoziert hatte, war die Tatsache, dass er alles geopfert hatte, seine Eltern, seine Karriere, und nur, weil man ihm etwas vorgegaukelt hatte. Den Traum von einer Familie. Die Vorstellung, dass es zwischen ihnen ein Band gab. Sie hatte ihn ausgetrickst, mit gezinkten Karten gespielt, um ihn in eine Entscheidung hineinzumanövrieren. Erst als sie in Sicherheit war und seine Eltern leiden mussten, hatte sie zugegeben, dass ihre Schwangerschaft erstunken und erlogen war. Mehr noch, sie hatte ihm ins Gesicht gesagt, wie sehr sie ihn verabscheute. Erst hatte sie seine Gutherzigkeit ausgenutzt und ihm dann ins Gesicht gespuckt. Was hatte er als Dank für sein Opfer bekommen, dafür, dass er eindeutiges Belastungsmaterial wissentlich übersehen hatte? Gar nichts.

Aber er glaubte ja selbst nicht, was er da dachte. Er musste mit seiner Selbstgerechtigkeit aufhören. Was er getan hatte, war unverzeihlich. Und sie hatte doch allen Grund, ihn zu verachten. Wie viele Brüder und Schwestern, Mütter und Väter hatte er verhaftet? Was unterschied ihn denn überhaupt von Wassili Nikitin, dem Mann, den er als seinen moralischen Widerpart hinstellte? War wirklich der einzige Unterschied der, dass Wassili willkürlich grausam war, während er selbst es aus idealistischen Gründen war? Die eine Grausamkeit war leer und gleichgültig, die andere war prinzipientreu und anmaßend, eine Grausamkeit, die sich selbst für vernünftig und notwendig hielt. Hatte es ihm einfach an Vorstellungskraft gefehlt zu erkennen, auf was er sich da eingelassen hatte? Schlimmer noch, hatte er es sich vielleicht gar nicht vorstellen wollen? Leo verbot sich diese Gedanken, schob sie beiseite.

Aus dem Schutt all seiner moralischen Gewissheiten ragte nur noch eine Tatsache hervor: Erst hatte er für Raisa sein Leben weggeworfen, nur um anschließend zu versuchen, sie umzubringen. Das war doch verrückt! Jetzt hatte er gar nichts mehr, nicht einmal die Frau, die er geheiratet hatte. Gern hätte er gesagt, die Frau, die er liebte. Liebte er sie? Er hatte sie doch geheiratet, war das nicht dasselbe? Nein, wohl nicht. Er hatte sie geheiratet, weil sie so schön und intelligent und er so stolz war, sie an seiner Seite zu haben. So stolz, sie zur Seinen zu machen. Es war ein weiterer Schritt auf dem Weg zum perfekten sowjetischen Leben gewesen: Arbeit, Familie, Kinder. In vielerlei Hinsicht war sie nur ein Symbol gewesen, ein Rädchen im Getriebe seines Ehrgeizes, der notwendige häusliche Hafen für die erfolgreiche Karriere und den Status als vorbildlicher Bürger. Hatte Wassili vielleicht recht gehabt mit seinen Worten, er könne sie doch einfach gegen eine andere austauschen? Im Zug hatte Leo von ihr verlangt, ihm ihre Liebe zu erklären, ihn zu trösten, ihn mit einem romantischen Märchen zu belohnen, in dem er den Helden spielte. Es war erbärmlich. Leo seufzte laut auf und rieb sich die Stirn. Er hatte sich an die Wand spielen lassen. Und für Wassili war es ja auch nichts anderes, ein Spiel, und jeder Spielstein stand stellvertretend für Leid. Nicht Wassili hatte seine Frau geschlagen und ihr wehgetan, das hatte Leo selbst besorgt und den Plan dieses Mannes bis aufs i-Tüpfelchen ausgeführt.

Sie waren da. Der Wagen hielt. Nesterow war schon ausgestiegen und wartete auf ihn. Leo hatte keine Ahnung, wie lange er so dagesessen hatte. Er öffnete die Tür, stieg aus und folgte seinem Vorgesetzten ins Hauptquartier der Miliz, um den ersten Tag seines Dienstes anzutreten. Er wurde Mitarbeitern vorgestellt, schüttelte Hände, nickte, bestätigte, konnte sich aber überhaupt nichts merken. Weder Namen noch irgendwelche Einzelheiten. Sie gingen ihm zum einen Ohr hinein und zum anderen wieder hinaus, und erst, als er allein im Umkleideraum saß und vor sich seine Uniform sah, konnte er sich wieder auf die Gegenwart konzentrieren. Er zog seine Schuhe aus, streifte vorsichtig die schwarzen Strümpfe von den blutigen Zehen, hielt die Füße unter kaltes Wasser und sah zu, wie es sich rot färbte. Weil er keine anderen Strümpfe bei sich hatte und es auch nicht über sich bringen konnte, nach welchen zu fragen, zog er gezwungenermaßen die alten wieder an und zuckte vor Schmerz zusammen, als der Stoff über die offenen Blasen glitt. Dann zog er sich aus, legte seine Zivilkleider übereinander auf den Boden seines Spinds und knöpfte sich die neue Uniform zu, derbe Hosen mit roten Streifen und eine schwere, militärisch wirkende Jacke. Leo begutachtete sich im Spiegel. Er hatte dunkle Ringe unter den Augen und eine nässende Wunde auf der linken Wange. Er untersuchte die Abzeichen an seiner Uniformjacke. Er war ein *Utschastkowy*. Ein Nichts.

Die Wände in Nesterows Büro waren mit gerahmten Urkunden vollgehängt. Leo musterte sie von links nach rechts und erfuhr, dass sein Chef Amateurringkämpfe und Schützenturniere gewonnen hatte und mehrere Male zum »Offizier des Monats« ernannt worden war, sowohl hier als auch in seinem früheren

Wohnort Rostow. Es war eine ziemlich prahlerische Zurschaustellung, aber verständlich, wenn man bedachte, wie wenig Achtung seine Position mit sich brachte.

Nesterow musterte seinen neuen Rekruten, konnte sich aber keinen Reim auf ihn machen. Warum war dieser Mann, ein ehemaliger hochrangiger Offizier des MGB und dekorierter Kriegsheld, in einem derartigen Zustand? Schmutzige Fingernägel, ein blutiges Gesicht, ungewaschene Haare, nach Alkohol stinkend und ganz offensichtlich seiner Degradierung gegenüber vollkommen gleichgültig. Vielleicht war er genauso, wie man ihn beschrieben hatte: hoffnungslos inkompetent und jeder Verantwortung unwürdig. Sein äußeres Erscheinungsbild passte jedenfalls dazu. Aber Nesterow traute dem Braten nicht. Vielleicht war der derangierte Zustand ja ein Trick. Seit dem Moment, als er von der Versetzung erfahren hatte, hatte er ein ungutes Gefühl gehabt. Dieser Mann war in der Lage, ihm und seinen Leuten maßlosen Schaden zuzufügen. Ein ungnädiger Bericht, das reichte schon. Nesterow war zu dem Schluss gekommen, dass es das Beste war, den Mann zu beobachten, auf die Probe zu stellen und in seiner Nähe zu halten. Irgendwann würde Demidow die Karten schon auf den Tisch legen.

Nesterow gab Leo eine Akte. Der glotzte sie einige Sekunden lang an und versuchte herauszubekommen, was man von ihm erwartete. Warum gab man ausgerechnet ihm das? Worum auch immer es gehen mochte, ihm war es schnuppe. Er seufzte und zwang sich dazu, die Akte zu studieren. Als er sie aufschlug, sah er mehrere Schwarzweißfotos von einem jungen Mädchen. Sie lag auf dem Rücken und war von schwarzem Schnee umgeben. Schwarzem Schnee? Ach so, schwarz, weil er blutdurchtränkt war. Es sah so aus, als ob das Mädchen schreien würde, aber als Leo näher hinsah, erkannte er, dass sie etwas im Mund hatte.

Nesterow klärte ihn auf. »Man hat ihr den Mund mit Erde vollgestopft. Damit sie nicht um Hilfe schreien konnte.«

Leos Finger krampften sich um die Fotographie. All seine Gedanken über Raisa, über seine Eltern, sich selbst – alles wie weggeblasen. Leo konzentrierte sich nur noch auf den Mund des Mädchens. Er stand weit offen und war mit Erde vollgestopft. Leo sah sich das nächste Foto an. Das Mädchen war nackt. An den unversehrten Stellen war ihre Haut so weiß wie Schnee. Aber ihr Bauch war übel zugerichtet, aufgeschlitzt. Leo blätterte zum nächsten Foto, blätterte weiter und weiter. Aber was er sah, war kein Mädchen, sondern stattdessen Fjodors kleiner Junge. Ein Junge, den man nackt ausgezogen und dem man den Bauch aufgeschlitzt hatte. Ein Junge, dessen Mund man mit Erde vollgestopft hatte. Ein Junge, den man ermordet hatte. Leo legte die Fotos auf den Tisch. Er sagte nichts, sondern starrte nur die Urkunden an der Wand an.

Am selben Tag

Die beiden Fälle konnten doch unmöglich etwas miteinander zu tun haben. Der Tod von Fjodors kleinem Sohn und der Mord an diesem jungen Mädchen – das war doch undenkbar. Die Verbrechen waren hunderte von Kilometern voneinander entfernt verübt worden. Das war nur ein blöder, ein diabolischer Zufall, sonst nichts. Trotzdem hatte Leo einen Fehler begangen, als er Fjodors Anschuldigungen zurückgewiesen hatte. Hier gab es ein Kind, das genauso ermordet worden war, wie Fjodor es beschrieben hatte. Er würde nie erfahren, was Fjodors Sohn Arkadi wirklich zugestoßen war, weil er sich nicht die Mühe gemacht hatte, die Leiche des Jungen selbst zu inspizieren. Vielleicht war sein Tod ja ein Unfall gewesen. Oder vielleicht hatte man auch den Mantel des Schweigens über die Sache gebreitet. Wenn Letzteres zutraf, dann war Leo benutzt worden, um etwas zu vertuschen. Und er hatte es natürlich in blindem Gehorsam getan, hatte eine trauernde Familie verhöhnt, eingeschüchtert und bedroht.

Was diesen Mord betraf, so machte General Nesterow keine Ausflüchte, sondern nannte die Sache freimütig beim Namen: Mord! Es hatte nicht den Anschein, als wolle er daraus etwas anderes konstruieren, es war ein brutales und schreckliches Verbrechen, Punkt. Seine Offenheit sorgte Leo. Wie konnte Nesterow so unbekümmert sein? Schließlich wurde erwartet, dass die Jahresstatistik seiner Dienststelle dem vorgegebenen Muster entsprach: sinkende Kriminalitätsrate, wachsende gesellschaftliche Harmonie. Obwohl die Stadt einen atemberaubenden Bevölkerungszuwachs erfahren hatte, den Zustrom von beinahe 80 000 entwurzelten Arbeitern, sollten die Verbrechen abnehmen, denn die Theorie diktierte, dass es mehr Arbeit, mehr Gerechtigkeit und weniger Ausbeutung gab als früher.

Der Name des Opfers war Larissa Petrowa. Sie war vier Tage zuvor im Wald gefunden worden, nicht weit vom Bahnhof. Darüber, wie man die Leiche gefunden hatte, gab es nur dürftige Angaben, und als Leo nachfragte, wollte Nesterow schnell über das Thema hinweggehen. Leo bekam lediglich heraus, dass die Leiche von einem Pärchen gefunden worden war, das zu viel getrunken hatte und im Wald Unzucht treiben wollte. Dabei waren die beiden über das junge Mädchen gestolpert, das schon seit mehreren Monaten im Schnee gelegen hatte. Die Eiseskälte hatte den Körper perfekt konserviert. Sie war ein vierzehnjähriges Schulkind und der Miliz bekannt. Man sagte ihr ein liederliches Sexualleben nach, nicht nur mit Jungen ihres Alters, sondern auch mit älteren Männern. Für eine kleine Flasche Wodka war sie zu haben. Am Morgen ihres Verschwindens hatte Larissa sich mit ihrer Mutter gestritten. Ihre Abwesenheit hatte man nicht weiter beachtet, schließlich hatte sie ja damit gedroht abzuhauen, und ihren Worten offenbar Taten folgen lassen. Niemand hatte nach ihr gesucht. Nesterow zufolge waren die Eltern angesehene Mitglieder der Gesellschaft. Der Vater arbeitete als Buchhalter in den Automobil-Werken. Sie schämten sich ihrer Tochter und wollten mit den Ermittlungen nichts zu tun haben. Der Fall sollte diskret behandelt, nicht unbedingt verschleiert, aber auch nicht publik gemacht werden. Die Eltern waren einverstanden gewesen, kein Begräbnis für ihr Kind zu veranstalten und weiterhin so zu tun, als sei sie nur vermisst. Es war ja nicht nötig, dass die ganze Stadt davon erfuhr. Abgesehen von der Miliz wusste nur eine Handvoll Leute, dass es einen Mord gegeben hatte. Und diesen Leuten, einschließlich dem Paar, das die Leiche entdeckt hatte, waren für den Fall, dass sie quatschten, die Konsequenzen verdeutlicht worden. Die Sache würde rasch abgeschlossen sein, denn man hatte ja bereits einen Verdächtigen in Gewahrsam.

Leo war sich darüber im Klaren, dass die Miliz nur dann ermitteln konnte, wenn offiziell ein Ermittlungsverfahren eingeleitet worden war. Und ein Ermittlungsverfahren wurde nur dann eingeleitet, wenn feststand, dass man den Fall auch erfolgreich zum Abschluss bringen konnte. Einen Verdächtigen etwa nicht verurteilen zu können, war nicht hinnehmbar, und die Konsequenzen waren hart. Wenn ein Fall vor Gericht kam, konnte das nur eins bedeuten: Der Verdächtige war schuldig. War ein Fall schwierig, komplex oder unklar, wurde das Verfahren erst gar nicht eröffnet.

Wenn Nesterow und seine Untergebenen derart gelassen blieben, konnte dies nur bedeuten, dass sie überzeugt waren, den Täter schon zu haben. Ihre Arbeit war getan. Die folgende Verstandesarbeit, die Untersuchungen, die Beweisvorlage und schließlich die eigentliche strafrechtliche Verfolgung, war Sache der staatlichen Ermittler und der Staatsanwaltschaft mit ihrer Phalanx von *Sledowatjel*, ihren Anklägern. Leo sollte gar nicht an dem Fall mitarbeiten. Er sollte nur gezeigt bekommen, wie der Hase hier lief, und ihre Effizienz bestaunen.

Die Zelle war klein, besaß aber keine der ausgeklügelten Umrüstungen wie die in der Lubjanka. Die Wände und der Boden waren aus Beton. Man hatte den Verdächtigen auf einen Stuhl gesetzt und ihm die Hände mit Handschellen am Rücken gefesselt. Er war jung, vermutlich nicht älter als sechzehn oder siebzehn. Sein Körperbau entsprach schon dem eines Erwachsenen, sein Gesicht aber war noch kindlich. Sein Blick schweifte ziellos umher. Angst schien er keine zu haben. Auf seine stumpfsinnige Art machte er einen gefassten Eindruck und zeigte auch keinerlei Spuren körperlicher Gewaltanwendung. Natürlich gab es Methoden, einem Häftling Verletzungen zuzufügen, die man nicht sah, aber Leo spürte instinktiv, dass man dem Jungen nicht wehgetan hatte.

Nesterow zeigte auf den Verdächtigen. »Das ist Warlam Babinitsch.«

Als der Junge seinen Namen hörte, glotzte er Nesterow an, so wie Hunde ihr Herrchen ansehen.

Nesterow fuhr fort: »Wir haben bei ihm eine Locke von Larissas Haar gefunden. Er war schon dadurch aufgefallen, dass er ihr nachgestellt hat. Lungerte vor ihrem Haus herum, machte ihr auf offener Straße unsittliche Anträge. Larissas Mutter erinnert sich daran, ihn mehrmals gesehen zu haben. Und auch, dass ihre Tochter sich über ihn beschwert hat. Er hat öfter versucht, ihre Haare zu betatschen.«

Nesterow wandte sich an den Verdächtigen und sprach ihn ruhig an. »Warlam, erzähl uns mal, was passiert ist. Erzähl uns, wie du an eine Haarsträhne von ihr gekommen bist.«

»Hab sie geschnitten. Ich war schuld.«

»Erzähl dem Beamten, warum du sie getötet hast.«

»Mir gefielen ihre Haare. Ich wollte sie haben. Jetzt hab ich ein gelbes Buch, ein gelbes Hemd, eine gelbe Dose und noch gelbe Haare. Deshalb hab ich sie ihr geschnitten. Es tut mir leid. Das hätte ich nicht machen sollen. Wann kann ich die Decke haben?«

»Darüber reden wir später.«

Leo unterbrach ihn. »Was für eine Decke?«

»Vor zwei Tagen hat er ein Baby entführt. Es war in eine gelbe Decke gewickelt. Er ist besessen von der Farbe Gelb. Zum Glück ist das Baby unverletzt geblieben. Aber er hat kein Gefühl dafür, was richtig und was falsch ist. Er tut, was immer ihm gerade in den Sinn kommt, ohne sich über die Folgen Gedanken zu machen.«

Nesterow rückte ein wenig näher an den Verdächtigen heran. »Als ich Larissas Haare in deinem Buch gefunden habe, warum hast du da geglaubt, dass du in Schwierigkeiten bist? Erzähl diesem Mann mal, was du mir gesagt hast.«

»Sie hat mich nie gemocht. Hat mir immer gesagt, ich soll verschwinden, dabei wollte ich doch ihre Haare haben. Unbedingt wollte ich die. Aber als ich sie ihr dann geschnitten habe, hat sie keinen Ton gesagt.«

Nesterow starrte Leo an und überließ ihm das Verhör. »Haben Sie irgendwelche Fragen?«

Was erwartete der Mann? Leo dachte einen Moment nach, dann fragte er: »Warum hast du ihr Erde in den Mund gestopft?«

Warlam gab nicht sofort Antwort. Er schien durcheinander zu sein. »Ja, sie hatte da was im Mund. Jetzt fällt es mir wieder ein. Bitte nicht schlagen!«

Nesterow antwortete: »Keiner schlägt dich. Beantworte die Frage.«

»Ich weiß nicht mehr. Ich vergesse immer alles. Stimmt, sie hatte Erde im Mund.«

Leo setzte nach. »Erzähl uns, was passiert ist, als du sie getötet hast.«

»Ich habe sie geschnitten.«

»Hast du *sie* geschnitten oder ihre Haare?«

»Es tut mir leid, dass ich sie geschnitten hab.«

»Hör mir mal genau zu. Hast du in ihren Körper geschnitten oder in ihr Haar?«

»Ich hab sie gefunden und dann hab ich sie geschnitten. Ich hätte es jemandem sagen sollen, aber ich hab's mit der Angst gekriegt. Ich wollte nicht in Schwierigkeiten kommen.«

Warlam fing an zu weinen. »Ich bin dermaßen in Schwierigkeiten. Es tut mir so leid. Ich wollte doch nur ihre Haare haben.«

Nesterow trat einen Schritt vor. »Das reicht fürs Erste.«

Die beruhigenden Worte sorgten dafür, dass Warlam aufhörte zu weinen. Er war wieder ruhig. Von seinem Gesicht hätte man unmöglich ablesen können, dass dieser junge Mann eines Mordes verdächtigt wurde.

Leo und Nesterow traten hinaus in den Flur. Nesterow verschloss die Zellentür. »Wir haben Beweise, dass er am Tatort war. Es gibt Fußabdrücke, die genau auf seine Schuhe passen. Verstehen Sie, er ist einer aus dem *Internat*. Ein Schwachsinniger.«

Jetzt war Leo klar, warum Nesterow so unerschrocken und ohne Umschweife von Mord sprach. Sein Verdächtiger war geistesgestört. Warlam stand außerhalb der Gesellschaft, außerhalb des Kommunismus und seiner Politik. Er war erklärbar. Seine Handlungen warfen kein schlechtes Licht auf die Partei und gefährdeten auch nicht die Binsenweisheit über die sinkende Kriminalität, weil der Verdächtige ja kein richtiger Sowjet war. Er war anormal.

Nesterow fügte hinzu: »Das sollte Sie nicht in dem Glauben wiegen, dass er nicht zu Gewalt imstande ist. Er hat zugegeben, dass er sie getötet hat. Und er hat ein Motiv, ein absurdes zwar, aber ein Motiv. Er wollte etwas haben, was er nicht bekommen konnte, ihre blonden Haare. Es ist bekannt, dass er kriminell handelt, wenn er nicht bekommt, was er will. Diebstahl, Kindesentführung, und jetzt also Mord. Es ist traurig. Man hätte ihn schon vor langer Zeit einsperren sollen. Jetzt ist er ein Fall für den Ankläger.«

Leo verstand. Die Ermittlungen waren abgeschlossen. Dieser junge Mann würde sterben.

Am selben Tag

Das Schlafzimmer war leer. Leo ging in die Knie und legte den Kopf auf die Dielen. Ihr Koffer war nicht mehr da. Hastig stand er auf und rannte die Treppe hinunter in die Küche des Restaurants. Basarow war dabei, fette Streifen von einer undefinierbaren, gelblichen Fleischkeule zu schneiden.

»Wo ist meine Frau?«

»Bezahlen Sie erst mal die Flasche, dann sage ich es Ihnen.« Er deutete auf eine leere Flasche, die mit dem billigen Wodka, den Leo in den frühen Morgenstunden gesoffen hatte, und fügte hinzu: »Ist mir gleich, ob Sie die ausgetrunken haben oder Ihre Frau.«

»Ich bitte Sie, sagen Sie mir, wo sie ist.«

»Erst bezahlen Sie mir die Flasche.«

Leo hatte kein Geld. Er trug immer noch seine Milizuniform. Er hatte alles in seinem Spind gelassen. »Ich bezahle sie später. Was auch immer Sie verlangen.«

»Klar, später. Später bezahlen Sie mir eine Million Rubel.«

Basarow säbelte weiter an seinem Fleisch herum. Es war offensichtlich, dass er nicht nachgeben würde.

Leo rannte wieder nach oben und durchwühlte seinen Koffer, zerrte alles heraus. Hinten im *Buch der Propagandisten* hatte er vier 25-Rubel-Scheine für Notfälle. Er sprang wieder auf, rannte aus dem Zimmer und die Treppe hinunter ins Restaurant. Dann schob er dem Mann einen der Scheine in die Hand, erheblich mehr, als eine Flasche wert war. »Wo ist sie?«

»Sie ist vor ein paar Stunden weggegangen. Hatte ihren Koffer dabei.«

»Wo ist sie hin?«

»Weder hat sie mit mir gesprochen, noch ich mit ihr.«

»Wie lange ist das her? Wann genau war das?«

»Vor zwei oder drei Stunden vielleicht.«

Drei Stunden – das hieß, dass sie weg war. Nicht nur aus dem Restaurant, sondern möglicherweise auch schon aus der Stadt. Leo hatte keinen Schimmer, wo sie hinwollte oder in welcher Richtung sie unterwegs war.

Die üppige Entlohnung ließ Basarow seine Großzügigkeit entdecken, und er spendierte noch eine kleine Zusatzinformation.

»Ist unwahrscheinlich, dass sie den Nachmittagszug noch erwischt hat. Und soweit ich mich erinnere, fährt der nächste erst jetzt um diese Zeit.«

»Um wie viel Uhr?«

»Um halb acht.«

Leo blieben noch zehn Minuten. Ohne auf seine Müdigkeit zu achten, lief er, so schnell er konnte. Aber die Verzweiflung schnürte ihm die Luft ab, er keuchte. Überdies hatte er nur eine vage Vorstellung davon, wo der Bahnhof lag. Blindlings lief er weiter und versuchte, sich an den Weg zu erinnern, den der Wagen genommen hatte. Seine Uniform war bis obenhin vollgespritzt mit dem Schneematsch von der Straße, der billige Stoff wurde immer schwerer. Seine scheuernden Blasen waren wieder aufgegangen, die Zehen bluteten erneut. Das Blut lief ihm in die Schuhe, und bei jedem Schritt schoss ihm der Schmerz in die Beine.

Leo bog um eine Ecke in eine Sackgasse, eine Reihe Holzhäuser. Er hatte sich verlaufen. Es war zu spät. Seine Frau war weg, und er konnte nichts dagegen machen. Er beugte sich vor und versuchte, zu Atem zu kommen. Dann erkannte er die maroden Blockhäuser wieder, den Abwassergestank. Er musste ganz nah am Bahnhof sein.

Anstatt sich umzuwenden, lief er weiter in die Gasse hinein und durch die Hintertür eines der kleinen Häuser. Im nächsten Moment fand er sich unversehens inmitten einer auf dem Boden kauernden Familie wieder, die zu Abend aß. Zusammengedrängt hockten sie um einen Primuskocher und glotzten stumm zu ihm hoch, seine Uniform machte ihnen Angst. Wortlos stieg Leo über die Kinder hinweg und lief nach draußen. Jetzt war er auf der Hauptstraße, durch die waren sie bei ihrer Ankunft gekommen. Der Bahnhof war bereits in Sichtweite. Leo versuchte, noch schneller zu rennen, aber tatsächlich wurde er langsamer. Er konnte nicht mehr.

Er torkelte gegen die Bahnhofstür und stieß sie mit der Schulter auf. Die Uhr zeigte Viertel vor acht an. Eine Viertelstunde zu spät. Die Erkenntnis, dass sie weg war, wahrscheinlich für immer, traf Leo wie ein Keulenschlag. Er hatte sich an die sinnlose Hoffnung geklammert, dass sie aus irgendeinem Grund doch auf dem Bahnsteig sein würde, dass sie nicht in den Zug gestiegen war. Er trat einen Schritt vor, schaute nach rechts, schaute nach links, sah aber weder seine Frau noch den Zug. Er war am Ende. Die Arme auf die Knie gestemmt, beugte er sich vor, Schweiß rann ihm über das Gesicht. Aus dem Augenwinkel sah er auf einer Bank einen Mann sitzen. Warum war noch jemand auf dem Bahnsteig? Wartete der etwa auf einen Zug? Leo richtete sich wieder auf.

Raisa stand am anderen Ende des Bahnsteigs, in der Dunkelheit hatte er sie nicht gesehen. Es kostete ihn gewaltige Selbstbeherrschung, nicht einfach zu ihr hinzulaufen und sie bei den Händen zu nehmen. Leo holte Luft und versuchte sich zurechtzulegen, was er sagen sollte. Dann sah er an sich hinunter. Er sah unmöglich aus, verschwitzt und verdreckt. Und Raisa sah ihn noch nicht einmal an, sondern schaute über seine Schulter hinweg. Leo drehte sich um. Dicke Dampfwolken pufften über den Baumwipfeln in den Himmel. Der verspätete Zug traf ein.

Leo hatte sich vorgestellt, dass er sich seine Entschuldigung gründlich überlegen würde, dass er die richtigen Worte finden und eloquent sprechen würde. Aber dieser Plan war durchkreuzt. Jetzt hatte er nur noch Sekunden, um sie zu überzeugen. Er stammelte: »Es tut mir leid. Ich war nicht bei Sinnen. Ich habe dich gewürgt, aber da war ich außer mir. Das war nicht der Mensch, der ich sein möchte.«

Was für ein Schwachsinn! Das musste doch besser hinzukriegen sein. Ruhig und konzentriert, er hatte nur den einen Schuss frei. »Raisa, du willst mich verlassen. Und dazu hast du auch allen Grund. Ich könnte dir jetzt sagen, wie schwer du es haben wirst, so ganz auf dich allein gestellt. Dass sie dich vielleicht anhalten werden, verhören, verhaften. Dass du keine vernünftigen Papiere hast. Du wärst eine Landstreicherin. Aber das ist kein Grund, bei mir zu bleiben. Ich weiß, du willst es riskieren.«

»Papiere kann man fälschen, Leo. Mir wären falsche Papiere lieber als eine falsche Ehe.«

Da war es. Ihre Ehe war eine einzige Augenwischerei. Die Worte, die Leo hatte sagen wollen, blieben ihm im Mund stecken. Der Zug bremste und kam neben ihnen zum Stehen. Raisas Gesicht blieb ungerührt. Leo machte ihr den Weg frei. Sie ging auf den Eisenbahnwagen zu.

Konnte er sie einfach so gehen lassen? Über den Lärm der quietschenden Bremsen hinweg brüllte er: »Der Grund, warum ich dich nicht denunziert habe, war nicht, weil ich geglaubt habe, du seist schwanger. Und es hatte auch weiß Gott nichts damit zu tun, dass ich ein guter Mensch bin. Ich habe es gemacht, weil meine Familie das Einzige in meinem Leben ist, wofür ich mich nicht schäme.«

Zu seiner Überraschung wandte Raisa sich um. »Wo kommt denn plötzlich über Nacht diese Einsicht her? Das ist doch billig. Nachdem sie dir deine Uniform ausgezogen und dich deiner Macht beraubt haben, musst du dich jetzt mit mir begnügen. Ist es nicht so? Etwas, was dir noch nie besonders wichtig war, wir nämlich, wird plötzlich wichtig, weil du sonst nichts mehr hast.«

Die Waggontüren gingen auf, und eine Handvoll Reisender stieg aus. Die Zeit wurde knapp. Raisa wandte sich zum Zug um und wog ihre Möglichkeiten ab. Sie waren erbärmlich. Weder hatte sie Freunde, zu denen sie sich flüchten konnte, noch eine treu sorgende Familie oder Geld, um sich selbst über Wasser zu halten. Nicht einmal eine Fahrkarte. Bei seiner Analyse hatte Leo schon recht gehabt. Wenn sie fortging, würden die Behörden sie möglicherweise aufgreifen. Allein der Gedanke raubte ihr die Kraft. Raisa sah ihren Ehemann an. Sie hatten beide nichts als einander, ob es ihnen nun gefiel oder nicht.

Raisa setzte den Koffer ab. Leo lächelte, er dachte wohl, hiermit seien sie wieder versöhnt. Wie konnte er? Wütend hob sie die Hand, und das Lächeln verschwand. »Ich habe dich geheiratet, weil ich Angst hatte. Angst, dass ich, wenn ich deinen Avancen nicht nachgebe, verhaftet werde. Vielleicht nicht sofort, aber irgendwann, unter irgendeinem Vorwand. Ich war jung, Leo, und du hattest Macht. Das ist der Grund, warum ich dich geheiratet habe. Diese Geschichte, die du immer wieder erzählst, dass ich mich als Lena ausgegeben habe, die findest du auch noch lustig oder romantisch? Ich habe dir doch nur einen falschen Namen genannt, weil ich fürchtete, du könntest mich finden. Was du für Verführung gehalten hast, war für mich Überwachung. Unsere Beziehung war auf Angst gebaut. Vielleicht nicht aus deiner Sicht, du hattest ja keinen Grund, mich zu fürchten, welche Macht hatte ich denn schon? Du hast mich gebeten, dich zu heiraten, und ich habe eingewilligt, weil es das Vernünftigste war. Man fügt sich in die Dinge und arrangiert sich, damit man am Leben bleibt. Du hast mich nie geschlagen oder angebrüllt. Du warst nie betrunken. Eigentlich hatte ich noch Glück. Aber als du mich gewürgt hast, Leo, da hast du damit den einzigen Grund beseitigt, den ich noch hatte, bei dir zu bleiben.«

Der Zug fuhr ab. Leo sah ihm hinterher und versuchte zu verdauen, was sie ihm gerade gesagt hatte. Aber sie gönnte ihm keine Pause, sondern sprach weiter, so als hätte sie sich diese Worte schon lange in ihrem Kopf zurechtgelegt. Nun war der Damm gebrochen.

»Wenn man machtlos wird, wie du jetzt, dann hat man das Problem, dass die Leute einem plötzlich die Wahrheit sagen. Daran bist du nicht gewöhnt, du hast vorher ja in einer Welt gelebt, die dich schützte, durch die Furcht, die du verbreitet hast. Aber wenn du willst, dass wir beieinanderbleiben, dann hör bitte mit diesen sentimentalen Illusionen auf. Was uns zusammenhält, sind nur die Umstände. Ich habe dich, du hast mich. Sonst haben wir nicht besonders viel. Und sollten wir zusammenbleiben, dann werde ich dir von heute an die Wahrheit sagen und dir keine sanften Lügen mehr auftischen. Wir sind einander jetzt so ebenbürtig wie noch nie zuvor. Entweder akzeptierst du das, oder ich warte hier auf den nächsten Zug.«

Leo wusste nicht, was er antworten sollte. Darauf war er

nicht gefasst gewesen, dass sie ihn so niedermachte, niederredete. Er hatte früher seine Position dazu ausgenutzt, um an eine bessere Wohnung und bessere Lebensmittel zu kommen. Dass er sie auch dazu ausgenutzt haben sollte, eine Frau zu kriegen, war ihm nie in den Sinn gekommen.

Ihre Stimme wurde ein wenig sanfter. »Es gibt so viele Dinge, vor denen man Angst haben muss. Es geht einfach nicht, dass du auch noch eines davon bist.«

»Das werde ich nie mehr sein.«

»Mir ist kalt, Leo. Seit drei Stunden stehe ich nun schon auf diesem Bahnsteig herum. Ich gehe jetzt zurück in unser Zimmer. Kommst du mit?«

Nein, er wollte nicht mit ihr zurückgehen, Seite an Seite, und dabei doch mit diesem Abgrund zwischen ihnen. »Ich bleibe noch ein bisschen. Wir sehen uns dann da.«

Er wusste nicht, wie lange er dort sitzen geblieben war, als er merkte, dass jemand neben ihm stand. Leo sah auf.

Es war der Mann vom Fahrkartenschalter, der mit dem jugendlichen Aussehen, dem sie bei ihrer Ankunft begegnet waren. »Heute gibt es keine Züge mehr.«

»Haben Sie eine Zigarette?«

»Ich rauche nicht. Aber ich kann Ihnen eine aus unserer Wohnung holen. Sie ist gleich oben.«

»Nein, das ist nicht nötig. Trotzdem vielen Dank.«

»Ich heiße Alexander.«

»Leo. Macht es Ihnen was aus, wenn ich noch ein bisschen bleibe?«

»Überhaupt nicht. Ich besorge Ihnen die Zigarette.«

Bevor Leo antworten konnte, war der junge Mann schon davongeeilt.

Leo lehnte sich zurück und wartete. Ein Stück weiter weg machte er eine Hütte aus. Das war der Ort, wo man die Leiche des Mädchens gefunden hatte. Leo konnte den Waldrand erkennen, den Tatort. Der Schnee war von Kriminalbeamten, Fotographen und Staatsanwälten niedergetrampelt worden, sie alle hatten das tote Mädchen mit dem Mund voller Erde in Augenschein genommen.

Ruckartig richtete Leo sich auf. Ihm war ein Gedanke gekommen. Er lief los, kletterte vom Bahnsteig, überquerte die Gleise und nahm Kurs auf den Wald. Hinter ihm rief eine Stimme: »Was machen Sie denn?«

Leo drehte sich um und sah Alexander, der auf dem Bahnsteig stand und eine Zigarette in der Hand hielt. Er machte ihm Zeichen, ihm zu folgen.

Leo erreichte die Stelle, an der der Schnee niedergetrampelt war. In allen Richtungen verliefen einander durchkreuzende Fußstapfen. Leo ging in den Wald hinein, und nach einigen Minuten hatte er die Stelle erreicht, wo vermutlich die Leiche gelegen hatte. Er kauerte sich hin, Alexander schloss zu ihm auf. Leo blickte hoch. »Wissen Sie, was hier passiert ist?«

»Ich war derjenige, der Ilinaja auf den Bahnhof zurennen sah. Sie war ziemlich übel zugerichtet und brachte eine ganze Weile nichts heraus. Ich habe die Miliz gerufen.«

»Ilinaja?«

»Die die Leiche gefunden hat! Ist praktisch drübergestolpert. Sie und der Mann, mit dem sie zusammen war.«

Das Paar aus dem Wald. Leo hatte doch geahnt, dass hier etwas nicht stimmte. »Warum war sie übel zugerichtet?«

Alexander druckste herum. »Sie ist eine Prostituierte. Der Mann, mit dem sie an dem Abend zusammen war, ist ein wichtiger Parteifunktionär. Fragen Sie mich bitte nicht weiter.«

Leo verstand. Dieser Parteibonze wollte nicht in irgendwelchen Polizeiberichten vorkommen. Aber konnte er möglicherweise auch ein Verdächtiger im Mordfall des jungen Mädchens sein? Um ihn zu ermuntern, nickte Leo dem jungen Mann zu. »Ich halte Sie da raus. Versprochen.«

Leo schob mit der Hand die dünne Schneedecke beiseite. »Der Mund des Mädchens war mit Erde vollgestopft. Lockerer Erde. Stellen Sie sich mal vor, ich kämpfe mit Ihnen, genau hier an diesem Ort, und ich taste um mich auf der Suche nach etwas, was ich Ihnen in den Mund stopfen kann, weil ich Angst habe, dass Sie schreien und jemand Sie hören kann.«

Mit den Fingern suchte Leo den Boden ab. Er war hart wie Stein. Er versuchte es an einer anderen Stelle, überall. Es gab keine lockere Erde. Alles war festgefroren.

18. März

Leo stand vor dem Krankenhaus Nr. 379 und las noch einmal den Autopsiebericht durch, dessen wichtigste Erkenntnisse er sich aus dem Original abgeschrieben hatte.

Zahlreiche Stichwunden.
Klinge mittlerer Größe.
Umfangreiche Verletzungen des Rumpfs und der inneren Organe.
Sexueller Missbrach unmittelbar vor oder nach dem Tod.
Mund voller Erde, obwohl sie nicht erstickt ist. Nasenwege frei. Erde diente anderem Zweck – sie zum Schweigen zu bringen?

Den letzten Punkt hatte Leo umkringelt. Da der Boden gefroren war, musste der Mörder die Erde schon mitgebracht haben. Er musste den Mord geplant haben. Die Tat war mit Vorsatz und vorbereitet ausgeführt worden. Aber warum brachte einer sich Erde mit? Das war eine ziemlich mühselige Methode, jemanden zum Schweigen zu bringen. Ein Lappen, ein Stück Tuch, selbst eine bloße Hand wären viel einfacher gewesen. Ohne Ergebnisse in der Tasche beschloss Leo, dass er Fjodors Bitte nachträglich doch noch befolgen würde. Er würde sich die Leiche selbst anschauen.

Als er nachgefragt hatte, wo die Leiche aufbewahrt wurde, hatte man ihn zum Krankenhaus Nr. 379 geschickt. Leo hatte erst gar nicht damit gerechnet, forensische Labore, Pathologen oder ein speziell eingerichtetes Leichenschauhaus vorzufinden. Er wusste, dass es für unnatürliche Todesfälle keinen eigenen Apparat gab. Wozu auch, wenn es gar keine unnatürlichen Todesfälle gab? So war die Miliz im Krankenhaus darauf angewiesen, um die freien Momente der Ärzte zu buhlen, um ihre Mittagspausen oder die zehn Minuten vor der nächsten Operation. Die Ärzte besaßen über ihr medizinisches Allgemeinwissen hinaus keine Fachausbildung und gaben lediglich eine fachkundige Meinung darüber ab, was dem Opfer zugestoßen sein mochte. Der Autopsiebericht, den Leo gelesen hatte, basierte auf Notizen, die irgendein Arzt zwischen Suppe und Kartoffeln hingekritzelt hatte. Abgetippt worden waren sie wiederum mehrere Tage später, und zwar von einer vollkommen anderen Person. Es bestand kaum ein Zweifel, dass dadurch viele Erkenntnisse verloren gegangen waren.

Nr. 379 war eines der berühmtesten Krankenhäuser des Landes und unter denjenigen, zu denen jedermann Zugang hatte, eines der besten weltweit, wie es hieß. Es lag an der Tschaklowa-Straße und erstreckte sich über mehrere Hektar einer parkähnlichen Anlage bis hin zum Wald. Leo war beeindruckt. Das hier war nicht einfach nur ein Propagandaobjekt. Viel Geld war in diese Anlage investiert worden, und er verstand nun, warum angeblich alle möglichen Würdenträger aus weiter Ferne angereist kamen, nur um sich in dieser pittoresken Umgebung zu erholen. Leo vermutete, dass die großzügige Finanzausstattung vor allem sicherstellen sollte, dass die Arbeitnehmerschaft der GAZ-Werke gesund und produktiv blieb.

An der Rezeption bat Leo darum, mit einem Arzt sprechen zu können, und erklärte, es handele sich um den Fall eines Mordopfers, eines jungen Mädchens, das gegenwärtig in ihrem Leichenschauhaus liege. Dem Mann am Empfang schien dieser Wunsch nicht zu behagen, denn er fragte, ob es dringend sei und ob Leo nicht wiederkommen könne, wenn sie weniger zu tun hätten. Leo begriff, dass er nicht in den Fall hineingezogen werden wollte. »Es ist dringend.«

Zögerlich entfernte sich der Mann.

Leo trommelte mit den Fingern auf den Schalter der Rezeption. Er fühlte sich unwohl und blickte sich verstohlen über die Schulter zum Eingang um. Sein Besuch war unbefugt und eigenmächtig. Was hoffte er hier überhaupt zu erreichen? Sein Auftrag war doch, die Schuld des Verdächtigen zu untermauern, und nicht, sie grundsätzlich in Frage zu stellen. Zwar hatte man ihn aus der angesehenen Welt der politischen Verbrechen in die dreckige Schattenwelt der normalen Verbrechen verbannt, doch so verschieden waren die Abläufe gar nicht. Er hatte den Tod von Fjodors kleinem Jungen nicht als Unfall abgetan, weil es dafür Beweise gab, sondern weil die Parteilinie dieses Dementi verlangte. Er hatte Leute verhaftet, nur weil man ihm Listen mit Namen gegeben hatte. Listen, die man hinter verschlossenen Türen aufgesetzt hatte. Das war seine Methode gewesen. Leo war nicht naiv genug zu glauben, dass er den Verlauf der Ermittlungen würde ändern können. Er hatte nichts zu sagen. Und selbst wenn er an oberster Stelle der Hierarchie gesessen hätte, hätte er den Lauf der Dinge nicht aufhalten können. Der Weg war festgelegt, der Verdächtige ausgesucht. Es war unausweichlich, dass man Babinitsch schuldigsprechen würde, und ebenso unausweichlich, dass er sterben würde. Abweichungen oder gar die Anerkenntnis der Fehlbarkeit waren im System nicht vorgesehen.

Und überhaupt, was hatte er eigentlich mit der Sache zu schaffen? Das hier war nicht seine Stadt, mit den Leuten hatte er nichts zu tun. Er hatte den Eltern des Kindes nicht geschworen, dass er den Mörder finden würde. Weder hatte er das Mädchen gekannt, noch hatte ihr Schicksal ihn berührt. Hinzu kam, dass der Verdächtige eine Bedrohung für die Allgemeinheit darstellte – immerhin hatte er ein Baby entführt. Das waren alles hervorragende Gründe, um einfach die Hände in den Schoß zu legen. Und noch ein anderer kam hinzu: *Was kann ich allein schon ausrichten?*

Der Mann vom Empfang kam mit einem anderen Mann, Anfang vierzig, zurück, einem Doktor Tjapkin, der sich bereit erklärte, Leo ins Leichenschauhaus zu bringen, unter der Bedingung, dass es keinen Papierkram gab und sein Name in keinem Bericht auftauchte.

Auf dem Weg äußerte der Arzt seine Zweifel, dass das Mädchen überhaupt noch da war. »Wir behalten sie nicht lange hier, außer man bittet uns darum. Eigentlich hatten wir den Eindruck, die Miliz wisse schon alles, was sie wissen wollte.«

»Haben Sie die Autopsie durchgeführt?«

»Nein, aber ich habe von dem Mord gehört. Ich dachte, Sie hätten den Schuldigen längst gefasst.«

»Schon möglich.«

»Verzeihen Sie, dass ich Sie das frage, aber sind wir uns schon einmal irgendwo begegnet?«

»Ich bin erst kürzlich angekommen.«

»Woher stammen Sie?«

»Aus Moskau.«

»Sind Sie versetzt worden?«

»Ja.«

»Ich bin vor drei Jahren hergeschickt worden, auch aus Moskau. Sie sind doch bestimmt geknickt, jetzt hier zu sein.«

Leo schwieg.

»Sie brauchen gar nichts zu sagen. Ich war damals auch geknickt. Ich hatte einen Ruf, Bekannte, Familie. Ich war gut befreundet mit Professor Wowsi. Hierher versetzt zu werden war für mich eine Degradierung. Aber letzten Endes hat es sich als Segen erwiesen.«

Leo erinnerte sich an den Namen. Professor Wowsi war einer der vielen jüdischen Ärzte gewesen, die man interniert hatte. Seine Verhaftung und die seiner Kollegen hatte eine neue Stufe in der Judenverfolgung markiert, die Stalin in Gang gesetzt hatte. Es hatte genaue Pläne gegeben, Leo hatte sie gesehen. Der Entfernung wichtiger jüdischer Persönlichkeiten in einflussreichen Positionen hatte eine noch größer angelegte Säuberung folgen sollen, die jeden jüdischen Bürger getroffen hätte, ob er nun prominent war oder nicht. Nur Stalins Tod hatte diese Pläne durchkreuzt.

Ohne die Gedankengänge seines Gegenübers zu erahnen, fuhr Tjapkin ungeniert fort: »Anfangs befürchtete ich, sie hätten mich in irgendein Wald- und Wiesenkrankenhaus geschickt. Aber Nr. 379 ist der Stolz der ganzen Region. Es ist höchstens ein bisschen zu erfolgreich. Viele Sägewerksarbeiter verbringen lieber eine Nacht in unseren sauberen Betten, mit fließendem Wasser und Toiletten auf dem Gang, als bei sich zu Hause. Irgendwann sind wir dahintergekommen, dass keiner so krank war, wie er tat. Ein paar Leute aus dem Sägewerk sind sogar so weit gegangen, sich ein Stück vom Finger abzuschneiden, nur damit sie eine Woche hier drin sicher hatten. Die einzige Lösung war, Beamte des MGB die Stationen kontrollieren zu lassen. Es war nicht so, dass wir die Männer aus dem Sägewerk nicht verstanden hätten. Wir wissen ja alle, wie sie hausen müssen. Aber wenn die allgemeine Produktivität wegen Krankheit gesunken wäre, hätte man uns Nachlässigkeit vorgeworfen. Dass die Leute gesund bleiben, ist heutzutage eine Frage auf Leben und Tod, nicht nur für die Patienten, sondern auch für uns Ärzte.«

»Verstehe.«

»Waren Sie in Moskau auch bei der Miliz?«

Sollte Leo zugeben, dass er zum MGB gehört hatte, oder lügen und so tun, als sei er nur bei der Miliz gewesen. Er wollte nicht, dass der Doktor seine Gesprächigkeit verlor. »Ja.«

Die Leichenhalle war im Keller, tief unter der Erde, die den ganzen langen Winter über gefroren war. Entsprechend kalt war es in den Fluren. Tjapkin führte Leo in einen großen Raum mit gekacheltem Boden und niedriger Decke. Auf der einen Seite stand ein rechteckiger Bottich, der aussah wie ein kleines Schwimmbecken. Am jenseitigen Ende befand sich eine Stahltür, die zur eigentlichen Leichenhalle führte.

»Wenn die Verwandten nicht vorher irgendetwas aushandeln konnten, verbrennen wir die Leichen normalerweise innerhalb von zwölf Stunden. Viel Aufbewahrungsplatz brauchen wir eigentlich nicht. Warten Sie hier, ich bin gleich zurück.«

Der Arzt schloss die Stahltür auf und betrat das Leichenhaus. Während er wartete, näherte Leo sich dem Bottich und linste über den Rand. Der Kübel war mit einer dicken schwarzen Flüssigkeit angefüllt. Alles, was Leo sehen konnte, war sein eigenes Spiegelbild. Die ungetrübte Oberfläche sah auf den ersten Blick schwarz aus, doch an den Flecken, die sich an den Betonwänden abgesetzt hatten, erkannte er, dass es in Wahrheit ein dunkles

Orange war. An der Seite lehnte ein Haken, eine Metallstange mit einer mit Widerhaken versehenen Zinke am Ende. Leo nahm ihn und stocherte vorsichtig in der Flüssigkeit herum. Wie Sirup teilte sich die Oberfläche und lief wieder zusammen, bis sie ganz glatt war. Leo tauchte den Haken tiefer hinein, und diesmal spürte er, dass sich da unten etwas bewegte, etwas Schweres. Er stocherte noch mehr. Eine nackte Leiche kam an die Oberfläche, drehte sich halb um die eigene Achse und versank wieder.

Tjapkin tauchte aus der Leichenhalle auf, er schob eine Bahre vor sich her. »Diese Leichen werden in Eis gepackt und zum Sezieren nach Swerdlowsk gebracht. Da gibt es eine medizinische Fakultät. Ich habe Ihr Mädchen gefunden.«

Larissa Petrowa lag auf dem Rücken. Ihre Haut war blass und mit spinnwebendünnen blauen Äderchen überzogen. Sie hatte blondes Haar. Am Pony war ein großes Büschel schief und krumm abgeschnitten worden, die Locke, die Warlam sich genommen hatte. Sie hatte keine Erde mehr im Mund, die hatte man entfernt, aber er war noch aufgesperrt wie zuvor. Ihre Zähne und Zunge waren verdreckt, befleckt von den braunen Resten der Erde, die man ihr in den Mund gestopft hatte.

»Sie hatte Erde im Mund.«

»Tatsächlich? Tut mir leid, aber es ist das erste Mal, dass ich ihre Leiche sehe.«

»Der Mund war vollgestopft mit Erde.«

»Vielleicht hat der Arzt sie herausgewaschen, um ihren Rachen untersuchen zu können.«

»Hat man sie nicht aufgehoben?«

»Das halte ich für unwahrscheinlich.«

Die Augen des Mädchens waren offen. Blaue Augen. Vielleicht hatte man ihre Mutter aus einer Stadt an der finnischen Grenze hierher versetzt, aus einer der baltischen Regionen. Leo erinnerte sich wieder an den Aberglauben, dass das Gesicht des

Mörders sich im Auge des Opfers verewigt. Er beugte sich näher vor und studierte die blassblauen Augen. Plötzlich war es ihm peinlich, und er richtete sich auf. Tjapkin lächelte.

»Wir gucken alle, die Ärzte genauso wie die Polizisten. Auch wenn der Verstand uns sagt, dass wir da nichts finden werden, wollen wir doch alle sichergehen. Es würde Ihre Arbeit natürlich erheblich vereinfachen, wenn es stimmte.«

»Wenn es stimmte, würden die Mörder ihren Opfern einfach die Augen ausstechen.«

Leo hatte sich noch nie eine Leiche angesehen, jedenfalls nicht mit forensischem Interesse, und er wusste nicht, wie man da vorging. Die Verstümmelung schien ihm mit solcher Raserei durchgeführt worden zu sein, dass nur ein Wahnsinniger so etwas vollbracht haben konnte. Man hatte ihr den Körper aufgeschlitzt. Leo hatte genug gesehen. Warlam Babinitsch passte ins Bild. Die Erde musste er aus Gründen mitgebracht haben, die wohl nur er selbst verstand.

Leo wollte schon gehen, aber Tjapkin schien, nachdem er schon den ganzen Weg in den Keller hinabgestiegen war, nicht in Eile zu sein. Er beugte sich ein Stück weiter hinunter und musterte etwas, das eigentlich nur aussah wie eine zerhackte Masse aus Muskelfleisch und Gewebe. Mit der Spitze seines Füllfederhalters tastete er in dem verstümmelten Torso herum und untersuchte die Wunden. »Können Sie mir sagen, was in dem Bericht stand?«

Leo holte seine Unterlagen hervor und las laut vor.

Tjapkin setzte seine Untersuchung fort. »Da wird nicht erwähnt, dass ihr Magen fehlt. Er wurde von der Speiseröhre abgetrennt und herausgeschnitten.«

»Wie gut wurde es gemacht? Ich meine …«

»Sie meinen, ob das ein Arzt gemacht hat?« Leicht grinsend fügte er hinzu: »Kann schon sein, aber die Schnitte sind sehr dilettantisch geführt worden. Nicht gerade fachkundig. Allerdings würde mich überraschen, wenn der hier zum ersten Mal ein Messer in der Hand gehabt hätte, jedenfalls, um Fleisch damit zu schneiden. Die Schnitte sind nicht von einem Experten, aber trotzdem mit großer Sicherheit vorgenommen worden. Das waren keine zufälligen Schnitte, sondern gezielte.«

»Vielleicht ist es also nicht das erste Kind, das er umgebracht hat?«

»Das würde mich überraschen.«

Leo befühlte seine Stirn und stellte fest, dass er trotz der Kälte schwitzte. War es denn möglich, dass die beiden Morde, Fjodors kleiner Junge und dieses Mädchen, etwas miteinander zu tun hatten? »Wie groß wäre ihr Magen denn gewesen?«

Über dem Torso skizzierte Tjapkin mit dem Federhalter in groben Zügen die Umrisse eines Magens. Er fragte: »Ist er denn nicht in der Nähe gefunden worden?«

»Nein.« Entweder hatten sie den Magen bei ihrer Suche übersehen, was ihm unwahrscheinlich vorkam, oder der Mörder hatte ihn mitgenommen.

Leo schwieg einen Moment, dann fragte er: »Ist sie vergewaltigt worden?«

Tjapkin untersuchte die Vagina des Mädchens. »Sie war keine Jungfrau mehr.«

»Aber das bedeutet noch nicht, dass sie vergewaltigt wurde.«

»Hatte sie bereits vorher sexuellen Verkehr?«

»Das hat man mir so gesagt.«

»Ihre Genitalien sind nicht verletzt. Keine Prellungen, keine Einschnitte. Und bedenken Sie, dass die Verletzungen nicht auf die Sexualorgane zielten. Keine Schnitte an den Brüsten oder im Gesicht. Der Mann, der das hier gemacht hat, war an einem kleinen Bereich unterhalb ihres Brustkorbs und oberhalb ihrer Vagina interessiert. An ihren Eingeweiden, den Verdauungsorganen. Es sieht zwar chaotisch aus, aber eigentlich ist er sehr gezielt vorgegangen.«

Leo hatte vorschnell geurteilt, dass dies ein Akt der Raserei gewesen sei. Das ganze Blut und die Verstümmelungen sahen einfach zu wüst aus. Aber es war überhaupt nicht chaotisch. Es war bedacht, präzise und planvoll. »Kennzeichnen Sie die Leichen, wenn Sie sie hierherbringen? Aus Gründen der Identifikation?«

»Nicht dass ich wüsste.«

»Was ist das?« Um das Fußgelenk des Mädchens wand sich eine Schlaufe. Die Schnur war zu einer Schlinge zusammengezogen, ein Ende baumelte von der Bahre hinunter. Wie ein Fußkettchen für Arme. Wo das Seil an der Haut gescheuert hatte, war sie abgeschürft.

Tjapkin entdeckte ihn zuerst. In der Tür stand General Nesterow. Unmöglich zu sagen, wie lange er schon dort gestanden und sie beobachtet hatte. Leo trat von der Leiche zurück. »Ich bin hergekommen, um mich mit den Methoden vertraut zu machen.«

Nesterow wandte sich an Tjapkin. »Würden Sie uns entschuldigen?«

»Natürlich.« Tjapkin warf Leo einen Seitenblick zu, als wolle er ihm alles Gute wünschen, dann trat er den Rückzug an. Nesterow kam näher.

In dem linkischen Bemühen, ihn abzulenken, begann Leo seine jüngsten Erkenntnisse zusammenzufassen. »Im ursprünglichen Bericht steht nicht, dass ihr der Magen entfernt wurde. Jetzt können wir Warlam mit einer gezielten Frage konfrontieren: Warum hat er ihr den Magen herausgeschnitten, und was hat er danach damit gemacht?«

»Was tun Sie hier in Wualsk?« Nesterow stand Leo nun unmittelbar gegenüber. Die Leiche des Mädchens lag zwischen ihnen.

»Ich bin hierher versetzt worden.«

»Warum?«

»Das kann ich nicht sagen.«

»Ich glaube, Sie sind immer noch im MGB.«

Leo schwieg. Nesterow fuhr fort: »Das erklärt aber nicht, warum Sie sich so für diesen Mord interessieren. Wir haben Mikojan ohne Anklage entlassen, so wie man es uns befohlen hat.«

Leo hatte keine Ahnung, wer Mikojan war. »Ja, ich weiß.«

»Er hatte mit dem Tod dieses Mädchens nichts zu tun.«

Mikojan war wahrscheinlich der Name dieses Parteibonzen. Man hatte ihn geschützt. Aber war ein Mann, der eine Prostituierte schlug, deshalb auch gleich einer, der dieses junge Mädchen umgebracht hatte? Leo hielt das nicht für wahrscheinlich.

Nesterow fuhr fort: »Ich habe Warlam nicht verhaftet, weil er etwas Falsches gesagt oder etwa vergessen hat, einer Parade am Roten Platz beizuwohnen. Ich habe ihn verhaftet, weil er das Mädchen getötet hat, weil er gefährlich und die Stadt sicherer ist, wenn er sich hinter Schloss und Riegel befindet.«

»Er war es nicht.«

Nesterow kratzte sich an der Wange. »Weswegen Sie auch immer hier sein mögen, vergessen Sie nicht, dass Sie nicht mehr in Moskau sind. Wir haben hier eine Übereinkunft: Meine Männer können sich sicher fühlen. Keiner von ihnen ist je verhaftet worden, und so wird es auch bleiben. Wenn Sie etwas unternehmen, was meine Mannschaft gefährdet, wenn Sie irgendetwas weiterleiten, was meine Autorität untergräbt, wenn Sie einen Befehl missachten, eine strafrechtliche Verfolgung zu Fall bringen, meine Beamten als inkompetent hinstellen, wenn Sie sie auch nur zu denunzieren versuchen, dann bringe ich Sie um.«

20. März

Raisa berührte den Fensterrahmen. Die Nägel, die man hineingehämmert hatte, um das Schlafzimmerfenster zu verschließen, waren alle herausgezogen. Sie wandte sich um, ging zur Tür und machte sie auf. Im Flur konnte sie von unten den Lärm des Restaurantbetriebs hören, aber von Basarow war nichts zu sehen. Es war später Abend, da hatte er immer am meisten zu tun. Raisa machte die Tür zu und schloss ab. Dann ging sie zurück zum Fenster, öffnete es und spähte hinunter. Unmittelbar unter ihr befand sich eine Dachschräge, sie gehörte zur Küche. Dort, wo Leo hinuntergeklettert war, war der Schnee zerwühlt. Raisa kochte vor Wut. Kaum waren sie beide mit knapper Not davongekommen, musste er schon wieder ihrer beider Leben aufs Spiel setzen.

Heute war Raisas zweiter Tag an der Oberschule Nr. 151 gewesen. Der Schuldirektor Vitali Kolsowitsch, ein Mann Ende vierzig, war überaus erfreut gewesen, dass Raisa in sein Kollegium eintrat, denn sie hatte viele seiner Stunden übernommen und es ihm ermöglicht, sich mehr um den Papierkram zu kümmern. Das zumindest hatte er behauptet. Raisa war sich nicht so sicher, ob ihre Ankunft ihm erlaubte, sich wirklich anderen Aufgaben zu widmen oder einfach nur weniger zu arbeiten. Auf den ersten Eindruck wirkte er wie ein Mann, der sich lieber hinter einem Buch verkroch, als zu unterrichten. Trotzdem war Raisa mehr als froh gewesen, sofort mit der Arbeit anzufangen. Von der Handvoll Stunden zu urteilen, die sie bisher erteilt hatte, schienen ihr die Schüler hier in politischer Hinsicht weniger ausgebufft zu sein als die in Moskau. Sie brachen nicht jedes Mal in Applaus aus, wenn der Name eines wichtigen Kaders fiel, wetteiferten nicht so heftig darum, ihre Loyalität zur Partei zu demonstrieren, und kamen ihr überhaupt viel mehr wie ganz normale Kinder vor. Sie stammten aus den unterschiedlichsten Verhältnissen, aus Familien, die man aus allen Ecken des Landes zusammengewürfelt hatte und deren Erfahrungshintergründe vollkommen unterschiedlich waren. Ähnliches traf auf das Kollegium zu. Fast alle Lehrer waren aus anderen Gegenden nach Wualsk versetzt worden. Da sie Ähnliches durchgemacht hatten wie sie selbst gerade, behandelten sie Raisa einigermaßen freundlich. Natürlich waren sie misstrauisch. Wer war sie? Warum war sie hier? War sie das, was sie zu sein vorgab? Aber das machte Raisa nichts aus, solcherlei Fragen stellten sich die Leute bei jedem. Zum ersten Mal seit ihrer Ankunft konnte Raisa sich vorstellen, dass man sich hier ein Leben aufbauen könnte.

Sie dehnte ihren Aufenthalt in der Schule noch bis zum späten Nachmittag aus und bereitete ihre Stunden vor. Die Schule Nr. 151 war um einiges bequemer als ihre laute stinkende Kammer über dem Restaurant. Die schäbigen Bedingungen sollten eine Strafe sein, aber während sie Leo störten, waren sie gegen Raisa eine stumpfe Waffe. Noch vor allem anderen war sie ungewöhnlich anpassungsfähig. Sie hing weder an Häusern noch an Städten oder Besitztümern. Solche Gefühle waren ihr fremd, man hatte sie ihr an dem Tag ausgetrieben, als sie als Kind die Zerstörung ihres Heims erlebt hatte. In einem der ersten Kriegsjahre, sie war siebzehn, hatte sie gerade im Wald nach etwas Essbarem gesucht, Pilze in der einen Tasche, Beeren in der anderen. Dann kamen die Granaten. Sie schlugen nicht in ihrer Nähe ein, sondern ein Stück weiter weg. Raisa stieg auf einen Baum und konnte noch durch den Stamm die Erschütterungen spüren. Wie ein Vogel hockte sie auf einem hohen Ast und beobachtete, wie sich ein paar Kilometer entfernt ihre Heimatstadt in Ziegelstaub und Rauch verwandelte und buchstäblich in die Luft flog. Der Horizont war hinter einem künstlichen Nebel verschwunden, der vom Boden hochgeschleudert wurde. Die Zerstörung war zu schnell, zu flächendeckend und zu vollständig passiert, als dass Raisa für ihre Familie noch ein Fünkchen Hoffnung gehabt hätte. Als das Bombardement vorbei war, stieg sie vom Baum und lief im Schockzustand durch den Wald. Aus ihrer rechten Jackentasche troff der Saft der zerquetschten Beeren. Sie hatte dicke Tränen vergossen, aber nicht aus Trauer, denn weder an diesem Tage noch später hatte sie je geweint. Es war wegen des Staubs – dem Einzigen, was von ihrem Zuhause und ihrer Familie noch übrig geblieben war. Dann war ihr klar geworden, dass die Granaten gar nicht von der deutschen Seite gekommen, sondern direkt aus den russischen Linien über ihren Kopf gepfiffen waren. Später, als Flüchtling, hatte man ihr bestätigt, dass die Armee Befehl gehabt hatte, sämtliche Städte und Dörfer zu zerstören, die in deutsche Hände hätten fallen können. Die vollständige Auslöschung ihrer Kindheit war nichts anderes gewesen als eine *vorbeugende Maßnahme.*

Mit so einem Begriff ließen sich alle Toten rechtfertigen. Besser, man brachte die eigenen Leute um, als dass ein deutscher Soldat möglicherweise einen Laib Brot fand. Es gab weder Skrupel noch Entschuldigungen, Fragen waren keine erlaubt. Und das, was ihre Eltern ihr über Liebe und Zuneigung beigebracht hatten, das, was Kinder lernen, wenn sie zwei Menschen hören und beobachten, die sich lieben, hatte sie tief in ihrem Inneren vergraben. Solche Gedanken passten nicht in diese Zeit. Ein Heim zu haben, sich irgendwo zu Hause zu fühlen – nur Kinder klammerten sich an solche Träume.

Raisa trat vom Fenster zurück und versuchte, ruhig zu bleiben. Leo hatte sie angefleht, bei ihm zu bleiben, und ihr auch die Risiken ausgemalt, wenn sie gehen sollte. Sie hatte nur aus einem einzigen Grund zugestimmt: Es war immer noch ihre beste Perspektive, wenn auch nicht gerade eine berauschende. Und jetzt setzte er ihre zweite Chance aufs Spiel. Wenn sie in dieser neuen Stadt überleben wollten, dann mussten sie sich diskret verhalten, durften nichts Auffälliges tun, nichts sagen und niemanden provozieren. Mit ziemlicher Sicherheit wurden sie beobachtet. Mit ziemlicher Sicherheit war Basarow ein Informant. Mit ziemlicher Sicherheit hatte Wassili Agenten in der Stadt, die sie beschatteten und nur auf einen Grund warteten, noch einmal nachzulegen und ihr Strafmaß von Exil auf Internierung oder gar Exekution auszuweiten.

Raisa löschte das Licht. Im Dunklen stand sie da und sah aus dem Fenster. Draußen konnte sie niemanden entdecken. Wenn sie von Agenten beschattet wurden, dann waren die sehr wahrscheinlich da unten. Vielleicht hatte man auch deshalb das Fenster gesichert. Sie musste dafür sorgen, dass Leo die Nägel zurückbrachte und sie wieder einschlug. Vielleicht spionierte Basarow ihnen hinterher, wenn sie auf der Arbeit waren. Raisa zog sich Handschuhe und Mantel an. Dann stieg sie aus dem Fenster, ließ sich auf das vereiste Dach hinab und versuchte, dabei möglichst keinen Lärm zu machen. Sie schloss das Fenster hinter sich und kraxelte hinunter bis zum Boden. Leo hatte ihr schwören müssen, dass sie einander jetzt so ebenbürtig waren wie noch nie, und schon hatte er sein Wort gebrochen. Wenn er glaubte, sie würde brav an seiner Seite stehen, die gehorsame, aufmerksame Ehefrau, während er ihr Leben aus ganz persönlichen Motiven in Gefahr brachte, dann hatte er sich geschnitten.

Am selben Tag

Teil der offiziellen Untersuchungen war gewesen, dass man den Bereich um den Fundort von Larissas Leiche im Radius von

500 Metern durchsucht hatte. Obwohl Leo keinerlei Erfahrungen mit Mordermittlungen hatte, kam ihm diese Fläche doch reichlich klein vor. Alles, was man entdeckt hatte, waren Larissas Kleider, die etwa 40 Schritt von der Leiche entfernt etwas weiter im Wald gefunden worden waren. Warum lagen Larissas Sachen, ihre Bluse, Rock, Mütze, Jacke und Handschuhe, alles ordentlich übereinandergefaltet, so weit von der Leiche weg? An den Kleidern hatte man keinerlei Blutspuren gefunden, keine Messereinstiche, Schnitte oder Löcher. Entweder war Larissa Petrowa entkleidet worden, oder sie hatte sich selbst ausgezogen. Vielleicht hatte sie versucht wegzulaufen, in Richtung Waldrand, und war dann kurz vor der Lichtung doch noch eingeholt worden. Wenn das stimmte, dann war sie nackt weggelaufen.

Der Mörder musste sie überredet haben, mit ihm zu kommen, vielleicht hatte er ihr auch Geld für Sex geboten. Sobald sie im Wald einigermaßen verborgen gewesen waren und sie ihre Kleider ausgezogen hatte, hatte er sie vermutlich angegriffen. Irgendwie erkannte Leo in dem Verbrechen überhaupt keine Logik. Er konnte sich keinen Reim machen auf all die eigenartigen Details, die Schnur, den entfernten Magen. Und doch gingen sie ihm nicht mehr aus dem Sinn.

Selbst wenn man einrechnete, dass man aus schierer Inkompetenz vielleicht etwas übersehen hatte, waren die Chancen, jetzt noch etwas Neues zu finden, gleich null. So kam es, dass Leo sich in der zweifelhaften Notwendigkeit wiederfand, noch eine Leiche zu finden. Im Winter kam bestimmt kein Mensch in die Wälder ringsum. Ein Toter konnte hier monatelang unentdeckt liegen und wäre genauso gut erhalten wie Larissa. Einiges deutete darauf hin, dass Larissa nicht das erste Opfer des Täters gewesen war. Der Arzt hatte vermutet, dass der Mann sich auskannte. Solche Fähigkeiten und Selbstsicherheit erwarb man sich nur durch Praxis. Die Methode legte ein bestimmtes Muster nahe, und ein Muster wiederum ließ einen Serientäter vermuten. Und dann war da natürlich noch der Tod von Arkadi – eine Tatsache, die Leo momentan noch außen vor hielt.

Leo nutzte das Licht des Mondes, den Rest erledigte seine Taschenlampe. Sein Leben hing davon ab, dass er unentdeckt blieb. Der Drohung des Generals, ihn umzubringen, glaubte er aufs Wort. Einen ersten Rückschlag hatte sein Bemühen um Geheimhaltung allerdings erlitten, als Alexander, der Mann aus dem Bahnhof, ihn in Richtung Wald hatte marschieren sehen und seinen Namen gerufen hatte. Leo war keine glaubwürdige Lüge eingefallen, also hatte er zugeben müssen, dass er nach Beweisen im Mordfall an dem kleinen Mädchen suchte. Immerhin hatte er Alexander gebeten, niemandem ein Sterbenswörtchen zu erzählen, weil dies die Ermittlungen beeinträchtigen könne. Alexander hatte es auch versprochen und ihm viel Glück gewünscht, nicht ohne anzumerken, er selbst habe ja schon immer vermutet, dass der Mörder ein Zugreisender gewesen sei. Warum hätte die Leiche sonst so nah beim Bahnhof liegen sollen? Ein Einheimischer hätte im Wald doch viel abgelegenere Ecken gekannt. Leo hatte ihm zugestimmt und sich insgeheim vorgenommen, dem Mann auf den Zahn zu fühlen. Er machte zwar einen netten Eindruck, aber ein unschuldiger Anstrich besagte gar nichts. Dann fiel ihm ein, dass echte Unschuld einem ja auch nicht viel weiterhalf.

Mit Hilfe einer Karte, die er auf der Wache hatte mitgehen lassen, hatte Leo die den Bahnhof umgebenden Wälder in vier Suchabschnitte eingeteilt. Im ersten Abschnitt, in dem die Leiche des Opfers entdeckt worden war, hatte er nichts gefunden. Hunderte von Stiefeln hatten einen Großteil des Bodens zertrampelt, und nicht einmal der vermaledeite Schnee war noch da. Man hatte ihn vermutlich abgetragen, um auch wirklich noch die letzte Spur dieses Verbrechens zu tilgen. Die anderen drei Abschnitte waren, soweit Leo sehen konnte, noch nicht durchsucht worden, denn der Schnee lag unberührt da. Er hatte eine Stunde gebraucht, um den zweiten Bereich zu durchsuchen, und am Ende waren seine Finger taub vor Kälte. Ein Vorteil des Schnees war allerdings, dass er relativ gut vorankam, weil er mit den Augen große Flächen nach Fußspuren absuchen und mit seinen eigenen Fußspuren die Bereiche markieren konnte, die er bereits durchsucht hatte.

Kurz bevor er mit dem dritten Abschnitt fertig war, hielt Leo inne. Er hatte Schritte gehört, ein Knirschen im Schnee. Er schaltete die Taschenlampe aus, verbarg sich hinter einem Baum und kauerte sich hin. Aber er konnte sich verstecken, wie er wollte, offenbar folgte jemand seinen Fußspuren. Sollte er weglaufen? Das war eigentlich seine einzige Chance.

»Leo?«

Er richtete sich auf und schaltete die Taschenlampe an. Es war Raisa.

Um sie nicht zu blenden, senkte er den Lichtstrahl. »Ist man dir gefolgt?«

»Nein.«

»Was machst du hier?«

»Dasselbe wollte ich dich auch gerade fragen.«

»Das habe ich dir doch erklärt. Ein junges Mädchen ist ermordet worden. Sie haben einen Verdächtigen, aber ich glaube nicht ...«

Raisa unterbrach ihn, ungehalten und schroff. »Du glaubst also nicht, dass er schuldig ist?«

»Nein.«

»Und seit wann schert dich so etwas?«

»Raisa, ich versuche nur ...«

»Leo, hör auf. Ich glaube nämlich nicht, dass ich es ertrage, wenn du mir jetzt auftischst, dass dein Gerechtigkeitssinn dich dazu treibt. Das hier nimmt ein böses Ende, und wenn es für dich böse endet, dann bin ich auch dran.«

»Ich soll also nichts unternehmen?«

Raisa wurde wütend. »Soll ich etwa auch noch Ehrfurcht vor deinen privaten Ermittlungen haben? In diesem Land gibt es überall Unschuldige, die ohne Grund angeklagt, eingesperrt und umgebracht werden. Und ich kann nichts dagegen machen. Ich kann höchstens versuchen zu vermeiden, dass mir das Gleiche blüht.«

»Glaubst du etwa, wenn wir uns nur schön brav ducken und nichts Falsches machen, dann passiert uns nichts? Du hattest auch vorher schon nichts Unrechtes getan, und trotzdem wollten sie dich als Verräterin an die Wand stellen. Stillhalten ist noch lange keine Garantie, dass sie einen nicht trotzdem verhaften. Diese Lektion habe ich mittlerweile gelernt.«

»Du benimmst dich wie ein Kind, das gerade etwas Neues gelernt hat. Dabei weiß jeder, dass man sich nie sicher sein kann. Die Frage ist nur, welches Risiko man eingeht. Und dieses Risiko hier ist fahrlässig. Glaubst du vielleicht, wenn du einen fängst, der es verdient, dass sich dann all die *unschuldigen* Männer und Frauen, die du verhaftet hast, einfach in Luft auflösen? Hier geht es doch gar nicht um irgendein Mädchen, hier geht es um dich.«

»Du hasst mich, egal, ob ich linientreu bin oder nicht. Du hasst mich, obwohl ich mich bemühe, das Richtige zu tun.« Leo schaltete die Taschenlampe aus. Er wollte nicht, dass sie sah, wie wütend er war. Natürlich hatte sie recht. Alles, was sie sagte, stimmte. Ihr Schicksal war mit seinem verknüpft. Er hatte kein Recht, ohne ihr Einverständnis einfach mit irgendwelchen Nachforschungen anzufangen. Und schon gar nicht hatte er das Recht, den Moralprediger zu spielen.

»Raisa, ich glaube nicht, dass sie uns jemals in Ruhe lassen werden. Ich gehe davon aus, dass sie nur ein paar Monate verstreichen lassen, vielleicht ein Jahr von meiner Ankunft hier an gerechnet. Danach verhaften sie mich.«

»Woher willst du das wissen?«

»Sie lassen einen nie in Ruhe. Vielleicht müssen sie erst noch mehr Belastungsmaterial gegen mich sammeln. Vielleicht wollen sie auch nur, dass ich erst in der Versenkung verfaule, bevor sie mich endgültig erledigen. Aber viel Zeit habe ich nicht mehr. Und diese Zeit möchte ich dazu nutzen, denjenigen zu finden, der das hier verbrochen hat. Er muss gefasst werden. Mir ist klar, dass dir das nicht gerade hilft. Du hast aber noch eine Möglichkeit zu überleben. Kurz bevor man mich verhaftet, werden sie ihre Observierungsanstrengungen verdoppeln. Das ist der Moment, in dem du zu ihnen gehen und ihnen irgendetwas über mich auftischen solltest. Du musst so tun, als würdest du mich verraten.«

»Und was soll ich bis dahin machen? Einfach nur rumsitzen und warten? Für dich lügen? Dich decken?«

»Es tut mir leid.«

Raisa schüttelte den Kopf. Sie wandte sich um und machte sich auf den Rückweg zur Stadt. Als er allein war, schaltete Leo die Taschenlampe wieder an. Er hatte kaum noch Kraft, seine Bewegungen wurden schwerfällig, und er war in Gedanken gar nicht mehr bei seinem Fall. War das Ganze etwa nur ein selbstsüchtiges und sinnloses Unterfangen? Er war noch nicht weit gegangen, als er hinter sich wieder Schritte im Schnee hörte.

Raisa war zurückgekommen. »Bis du sicher, dass der Mann schon andere ermordet hat?«

»Ja. Und wenn ich noch eine Leiche finde, dann müssen sie die Beweisaufnahme wieder eröffnen. Die Indizien gegen Warlam Babinitsch betreffen ausschließlich diesen Fall. Wenn ich noch eine Leiche finde, müssen sie ihn freilassen.«

»Du hast mir gesagt, dass dieser Warlam gestört ist. Das hört sich an, als könnte man ihm praktisch jedes Verbrechen in die Schuhe schieben. Und wenn sie ihm nun einfach zwei Morde anlasten?«

»Da hast du recht, das Risiko besteht. Aber noch ein Toter ist die einzige Chance, dass die Ermittlungen überhaupt wieder aufgenommen werden.«

»Wenn wir also eine zweite Leiche finden, dann hast du deine Ermittlung? Und wenn wir keine finden, versprichst du mir dann, dass du die Finger von der Sache lässt?«

»Ja.«

»Na schön. Du gehst vor.«

Zögerlich und unsicher tapsten sie weiter in den Wald hinein.

Nachdem sie fast eine halbe Stunde nebeneinanderher marschiert waren, streckte Raisa plötzlich ihre Hand aus. Zwei unterschiedliche Fußspuren kreuzten nebeneinander verlaufend ihren Weg, die eines Erwachsenen und die eines Kindes. Ungewöhnliche Anzeichen wiesen sie nicht auf. Das Kind war nicht etwa mitgeschleift worden. Die Fußstapfen des Erwachsenen waren ausgreifend und tief. Ein großer, schwerer Mann hatte sie hinterlassen. Die des Kindes hatten sich kaum eingedrückt. Das Kind war offenbar klein und noch jung gewesen.

Raisa schaute Leo an. »Die könnten noch kilometerlang so weitergehen, bis zu irgendeinem Dorf auf dem Land.«

»Vielleicht.«

Raisa verstand. Leo würde diesen Spuren bis zum Ende nachgehen.

Sie waren den Spuren nun schon eine Weile gefolgt, ohne dass ihnen irgendetwas Ungewöhnliches aufgefallen wäre. Leo beschlich der Gedanke, dass Raisa vielleicht recht hatte. Vielleicht gab es für die Spuren hier eine völlig harmlose Erklärung.

Dann blieb er abrupt stehen. Ein Stück vor ihnen war der Schnee plattgedrückt, so als hätte sich jemand dort hingelegt. Leo rannte weiter. Jetzt liefen die Fußspuren durcheinander, so als hätte es einen Kampf gegeben. Der Erwachsene hatte sich von der Stelle entfernt, während das Kind sich in entgegengesetzter Richtung weiterbewegt hatte, seine Spuren waren jetzt unregelmäßiger und unschärfer und lagen weiter auseinander. Es war gelaufen. Die Abdrücke im Schnee verrieten, dass es gestürzt war, man sah einen einzelnen Händeabdruck. Aber es war wieder aufgestanden, weitergelaufen und dann erneut hingefallen. Auf dem Boden konnte man Spuren eines Kampfes erkennen, aber es war unmöglich zu sagen, gegen wen oder was das Kind sich gewehrt hatte, denn sonst waren keine Spuren zu entdecken. Was auch immer es gewesen sein mochte, dem Kind war es gelungen, sich noch ein weiteres Mal aufzurappeln und weiterzulaufen. Seine Verzweiflung konnte man förmlich im Schnee ablesen. Von dem Erwachsenen dagegen waren immer noch keine Spuren zu sehen. Erst mehrere Meter weiter vorn tauchten sie wieder auf. Tiefe Fußstapfen kamen zwischen den Bäumen hervor. Aber seltsam, die Spuren des Erwachsenen verliefen im Zickzack, mal hierhin, mal dorthin, und folgten denen des Kindes nur ganz ungefähr. Völlig unverständlich. Warum hatte der Mann sich denn erst von dem Kind entfernt, um es sich dann doch anders zu überlegen und wirr hinter ihm her zu taumeln? Nach den Winkeln der Fußspuren zu urteilen waren die beiden irgendwo hinter dem nächsten Baum wieder zusammengetroffen.

Raisa blieb stehen und starrte auf die Stelle, wo die Spuren zusammentreffen mussten. Leo legte ihr die Hand auf die Schulter. »Bleib hier stehen.«

Er ging allein weiter und trat um den Baum herum. Zuerst sah er den blutigen Schnee. Dann die nackten Beine und den verstümmelten Leib. Es war ein halbwüchsiger Junge, höchstens dreizehn oder vierzehn Jahre alt. Er war klein und schmächtig. Genau wie das Mädchen lag auch er auf dem Rücken und starrte gen Himmel. Er hatte etwas im Mund. Aus dem Augenwinkel bemerkte Leo eine Bewegung. Als er sich umdrehte, stand Raisa hinter ihm und starrte die Leiche des Jungen an. »Bist du in Ordnung?«

Langsam hob Raisa die Hand vor den Mund. Sie nickte kaum merklich.

Leo kniete sich neben dem Jungen hin. Um sein Fußgelenk war eine Schnur gebunden. Wo die Schlinge gescheuert und ins Fleisch geschnitten hatte, war die Haut rot. Den Mund hatte man ihm mit Erde vollgestopft, beinahe sah er so aus, als würde er schreien. Anders als Larissas Körper war seiner nicht mit einer Schneeschicht bedeckt. Er war also nach ihr getötet worden, vielleicht erst in den letzten Wochen. Leo beugte sich vor, streckte die Hand aus und klaubte etwas von der dunklen Erde aus seinem Mund. Allerdings fühlte es sich überhaupt nicht wie Erde an. Mehr wie große, unregelmäßige Brocken. Leo zerrieb sie zwischen den Fingern. Das war gar keine Erde. Es war Baumrinde.

22. März

Um die 36 Stunden, nachdem Raisa und er die Leiche entdeckt hatten, hatte Leo ihren Fund immer noch nicht gemeldet. Raisa hatte recht. Statt dass sie die Ermittlungen neu aufnahmen, konnten sie den zweiten Mord doch einfach ebenfalls Warlam Babinitsch in die Schuhe schieben. Dem Jungen war jeglicher Selbsterhaltungstrieb fremd, und er ließ sich leicht beeinflussen. Man brauchte ihm nur etwas einzuflüstern, und er würde es wahrscheinlich für bare Münze nehmen. Warlam bot eine schnelle und einfache Lösung für zwei entsetzliche Morde. Warum sollte man nach einem zweiten Schuldigen suchen, wenn man schon einen in Verwahrung hatte? Unwahrscheinlich, dass Warlam ein Alibi hatte. Die Wärter im *Internat* würden sich weder daran erinnern, wo er wann gesteckt hatte, noch bereit sein, für ihn zu bürgen. Die Anklage würde sich fast unausweichlich von einem Mord auf zwei ausweiten.

Und Leo konnte sich nicht einfach hinstellen und behaupten, er habe da die Leiche eines Jungen gefunden. Erst musste er beweisen, dass Babinitsch von dieser Geschichte nichts wusste. Es gab nur eine Möglichkeit, ihn zu retten, indem man nämlich die Ermittlungen gegen den Hauptverdächtigen der Miliz zu Fall brachte – ihren einzigen Verdächtigen. Allerdings war dies genau das, wovor Nesterow Leo gewarnt hatte. Es würde bedeuten, dass man ein Verfahren eröffnete, ohne einen Verdächtigen zu haben. Ein Verfahren gegen unbekannt. Verschärft wurde das Problem durch die Tatsache, dass Babinitsch bereits gestanden hatte. Fast zwangsläufig würden sich die örtlichen MGB-Kader einschalten, wenn sie hörten, dass ein Geständnis durch die Miliz selbst diskreditiert worden war. Geständnisse waren die Ecksteine des Rechtssystems, und ihre Unantastbarkeit musste um jeden Preis verteidigt werden. Wenn jemand anderes von diesem zweiten Mord erfuhr, bevor Leo Babinitschs Unkenntnis nachweisen konnte, dann würde man vielleicht auf die Idee kommen, dass es viel leichter, unkomplizierter und sicherer war, dessen Geständnis auszuweiten und dem Verdächtigen die notwendigen Einzelheiten einzutrichtern. Ein dreizehnjähriger Junge, auf der anderen Seite der Gleise im Wald erstochen, ein paar Wochen her. Das war doch eine hübsch effiziente Lösung, die niemandem wehtat, nicht einmal Babinitsch, denn der würde vermutlich sowieso nicht mitkriegen, was da vor sich ging. Es gab nur eine Möglichkeit, dass die Nachricht über die zweite Leiche nicht durchsickerte: Leo musste schweigen. Als er zum Bahnhof zurückgekehrt war, hatte er daher nicht die Wache alarmiert oder seine Vorgesetzten angerufen. Er hatte weder den Mord gemeldet noch den Tatort gesichert. Er hatte überhaupt nichts gemacht. Zu Raisas Erstaunen hatte er sie gebeten, nichts zu verraten, und es damit erklärt, dass er erst am nächsten Morgen Zugang zu Babinitsch haben werde und deshalb die Leiche über Nacht im Wald bleiben müsse. Wenn der Junge eine Chance auf Gerechtigkeit haben sollte, sehe er keine andere Möglichkeit.

Babinitsch war nicht mehr unter der Obhut der Miliz. Er war an die Anwälte der Staatsanwaltschaft überstellt worden. Die Ankläger hatten ihm bereits das Geständnis für den Mord an Larissa Petrowa abgeschwatzt. Leo hatte das Dokument gelesen. Zwischen dem Geständnis, das ihm die Miliz abgenommen hatte, und dem der *Sledowatjel* gab es einige Unterschiede, aber das würde kaum eine Rolle spielen. Im Wesentlichen liefen beide auf dasselbe hinaus: Babinitsch war schuldig. Außerdem war das Geständnis vor der Miliz ohnehin nicht rechtskräftig und würde somit vor Gericht nicht verwendet werden. Ihre Aufgabe hatte nur darin bestanden, den wahrscheinlichsten Verdächtigen herauszufinden. Zu dem Zeitpunkt, als Leo darum gebeten hatte, den Gefangenen sprechen zu dürfen, waren die Ermittlungen praktisch schon abgeschlossen gewesen. Alles war bereit gewesen, um vor Gericht zu gehen.

Notgedrungen hatte Leo vorgebracht, der Gefangene habe möglicherweise noch mehr Mädchen umgebracht. Bevor ihm der Prozess gemacht wurde, sollten ihn die Miliz sowie die *Sledowatjel* also sicherheitshalber noch einmal verhören, um herauszufinden, ob es weitere Opfer gab. Zögernd hatte Nesterow zugestimmt. Eigentlich war das etwas, was er schon längst selbst hätte in die Wege leiten sollen. Immerhin hatte er darauf bestanden, beim Verhör zugegen zu sein, was Leo sehr zupassgekommen war. Je mehr Zeugen, desto besser. In Anwesenheit zweier *Sledowatjel* und zweier Milizbeamter hatte Babinitsch abgestritten, irgendetwas über andere Opfer zu wissen.

Anschließend hatten die Miliz und die Anwälte übereinstimmend erklärt, es sei unwahrscheinlich, dass Babinitsch noch jemanden umgebracht habe. Leo hatte Zweifel vorgetäuscht und vorgeschlagen, zur Sicherheit die Wälder ringsum zu durchsuchen, und zwar im Umkreis von einer halben Stunde Fußmarsch. Nesterow spürte, dass Leo etwas im Schilde führte, und seine Nervosität wuchs. Unter normalen Umständen, ohne Leos Verbindung zum MGB, hätte er sich geweigert. Dass man die Ressourcen der Miliz dafür zweckentfremdete, aktiv nach einem Verbrechen zu suchen, war absurd. Aber sosehr Nesterow Leo auch misstraute, schien er doch gleichzeitig Angst zu haben, den Vorschlag abzulehnen. Das wäre vielleicht gefährlich gewesen, denn schließlich konnte der Befehl dazu ja auch aus Moskau kommen. Die Suche war für den heutigen Tag anberaumt, 36 Stunden, nachdem Leo und Raisa die Leiche des Jungen gefunden hatten.

In diesen vergangenen Stunden hatte die Erinnerung an den im Schnee liegenden Jungen Leo nicht losgelassen. Er hatte Albträume gehabt, in denen ein Junge im Schnee lag; nackt, ausgeweidet, hatte er gefragt, warum sie ihn im Stich gelassen hatten: *Warum habt ihr nicht auf mich aufgepasst?*

Der Junge in seinem Traum war Arkadi gewesen. Fjodors Sohn.

Raisa hatte Leo gestanden, dass es ihr schwergefallen war, sich auf die Schule zu konzentrieren. Sie hatte so tun müssen, als sei alles in Ordnung, und doch gleichzeitig gewusst, dass da im Wald ein toter Junge lag. Sie hatte kaum an sich halten können, die Kinder nicht zu warnen und irgendwie die Stadt zu alarmieren, wo doch die Eltern überhaupt keine Ahnung von der Bedrohung hatten. Niemand hatte sein Kind vermisst gemeldet. In den Schulunterlagen fanden sich keine unentschuldigten Abwesenheiten. Wer war der Junge im Wald? Sie wollte, dass er einen Namen hatte, wollte seine Familie finden. Leo konnte sie nur bitten zu warten. Trotz ihres Unbehagens hatte sie sich durch seine Einschätzung vertrösten lassen, dass dies die einzige Möglichkeit war, einen unschuldigen jungen Menschen zu befreien und die Jagd auf den wirklich Schuldigen einzuleiten. Leos Argumentation war so grotesk, dass sie schon wieder vollkommen plausibel klang.

* * *

Nachdem er Arbeiter aus den Sägewerken für die Suchtrupps rekrutiert hatte, teilte Nesterow die Leute in sieben Mannschaften zu je zehn Personen auf. Leo war einer Gruppe zugeteilt, die die Wälder hinter dem Krankenhaus Nr. 379 durchsuchen sollte, der Seite, wo man die Leiche gefunden hatte, gegenüber. Ideal, fand Leo. Es war erheblich besser, wenn er den Jungen nicht selber fand. Außerdem bestand ja noch die Möglichkeit, dass sie auf noch mehr Leichen stießen. Leo war überzeugt, dass diese Opfer nicht die ersten waren.

Die zehn Leute aus Leos Mannschaft teilten sich in zwei Dreier- und eine Vierergruppe auf. Leo war Nesterows Stellvertreter zugeteilt, einem Mann, der zweifellos angewiesen worden war, ihn im Auge zu behalten. Hinzu kam eine Frau aus der Sägemühle. Sie brauchten einen vollen Tag, um ihren Suchabschnitt zu durchkämmen, mehrere Quadratkilometer durch hohe Schneewehen, die sie mit Stöcken durchstoßen mussten, um sicherzugehen, dass sich darunter nichts befand. Eine Leiche hatten sie nicht entdeckt. Und als sie mit den anderen beiden Gruppen wieder am Krankenhaus zusammentrafen, hatten auch diese nichts gefunden. In den Wäldern war nichts. Leo konnte es kaum erwarten zu erfahren, was auf der anderen Seite der Stadt los war.

* * *

Nesterow stand am Waldrand neben der Hütte der Gleismeisterei, die man requiriert und in eine provisorische Einsatzzentrale verwandelt hatte. Leo kam näher und versuchte dabei, einen möglichst gemächlichen und gleichgültigen Eindruck zu machen. Nesterow fragte: »Was habt ihr gefunden?«

»Nichts.«

Nach einer kalkulierten Pause fügte Leo hinzu: »Und hier?«

»Auch nichts. Überhaupt nichts.«

Leos gleichgültige Pose fiel von ihm ab. Ihm war klar, dass man seine Reaktion beobachtete, deshalb wandte er sich ab und versuchte herauszubekommen, was schiefgelaufen war. Wie hatten sie die Leiche übersehen können? Lag sie immer noch an ihrem Platz? Die Spuren waren deutlich erkennbar. Vielleicht hatte der erste Suchabschnitt sich nicht bis zur Leiche erstreckt, aber dann doch mindestens bis zu den Fußspuren. Und wenn die Suchmannschaft den Spuren nicht bis zum Ende gefolgt war? Wenn sie nicht motiviert genug waren, hatten sie vielleicht aufgegeben, sobald die Spuren über den ihnen zugewiesenen Abschnitt hinausgingen. Die meisten Gruppen kehrten bereits zurück. Nicht mehr lange, dann würde man die gesamte Operation für beendet erklären, und die Leiche des Jungen lag immer noch im Wald.

Leo fing an, die zurückkehrenden Männer auszufragen. Zwei Milizbeamte, keiner von ihnen älter als achtzehn, hatten zu der Mannschaft gehört, die die dem Fundort der Leiche am nächsten liegenden Abschnitte durchkämmt hatte. Sie gaben an, dass sie Spuren gefunden hatten, aber die waren ihnen unverdächtig erschienen, weil es die Abdrücke von vier Leuten waren und nicht nur von zweien. Sie hatten angenommen, dass da eine Familie unterwegs gewesen war. Leo hatte nicht daran gedacht, dass Raisa und er ja ebenfalls jeweils eine Spur hinterlassen hatten, die parallel zu denen des Opfers und seines Mörders verliefen! Mühsam gegen seine Enttäuschung ankämpfend vergaß er, dass er ja keinerlei Autorität mehr besaß, und beorderte die beiden Männer zurück in den Wald, um den Spuren bis zum Ende nachzugehen. Die Beamten ließen sich nicht überzeugen. Schließlich konnten die Spuren noch kilometerweit weitergehen. Und überhaupt: Seit wann hatte ihnen dieser Leo Befehle zu erteilen?

Leo hatte keine andere Wahl, als zu Nesterow zu gehen und unter Zuhilfenahme einer Karte zu erklären, dass es in dieser Richtung keine Dörfer gab und die Spuren deshalb verdächtig waren. Aber Nesterow gab den beiden Beamten recht. Die vier verschiedenen Fußstapfen zeigten, dass das wahrscheinlich keine Spur war, der zu folgen sich lohnte.

Leo konnte seine Enttäuschung nicht mehr bezähmen. »Dann gehe ich eben allein.«

Nesterow starrte Leo an. »Wir gehen beide.«

Leo folgte seinen eigenen Fußstapfen immer tiefer in den Wald hinein, und nur Nesterow war bei ihm. Zu spät war Leo klar geworden, dass er in Gefahr schwebte, unbewaffnet, wie er war und allein mit diesem Mann, der ihn am liebsten tot gesehen hätte. Wenn man ihn umbringen wollte, war das hier ein guter Platz dafür.

Nesterow machte einen ruhigen Eindruck. Er rauchte. »Also, Leo, was werden wir am Ende dieser Spur finden?«

»Keine Ahnung.«

»Aber das hier sind doch Ihre Fußabdrücke?« Nesterow deutete auf die Spuren vor ihm und dann auf jene, die Leo gerade hinterlassen hatte. Sie waren identisch.

»Wir werden die Leiche eines toten Kindes finden.«

»Das Sie bereits entdeckt haben.«

»Vor zwei Tagen.«

»Aber Sie haben es nicht gemeldet.«

»Ich wollte erst klarstellen, dass Warlam Babinitsch von diesem Mord hier keine Ahnung hatte.«

»Sie hatten Sorge, dass wir ihm den Mord anhängen würden?«

»Die Sorge habe ich immer noch.«

Würde Nesterow die Waffe ziehen? Leo wartete. Nesterow rauchte seine Zigarette auf und ging dabei weiter. Beide schwiegen, bis sie die Leiche entdeckt hatten. Der Junge lag noch genauso da, wie Leo es in Erinnerung hatte. Auf dem Rücken, nackt, den Mund voller Rinde, der Leib ein einziges Gemetzel. Leo blieb zurück und beobachtete Nesterow bei seiner Untersuchung. Nesterow nahm sich Zeit. Leo sah, wie sehr das Verbrechen seinen Vorgesetzten aufbrachte. Irgendwie tröstete ihn das.

Schließlich wandte Nesterow sich zu Leo um. »Ich will, dass Sie umkehren. Rufen Sie das Büro des Staatsanwalts an. Ich selbst bleibe hier bei der Leiche.« Offenbar fielen ihm Leos Bedenken wieder ein, denn er fügte hinzu: »Es ist offensichtlich, dass Warlam Babinitsch mit diesem Mord hier nichts zu tun hatte.«

»Da stimme ich Ihnen zu.«

»Die beiden Fälle haben nichts miteinander zu tun.«

»Die Kinder wurden von ein und demselben Mann umgebracht.«

»Ein Mädchen ist sexuell missbraucht und ermordet worden.

Und ein Junge ist sexuell missbraucht und ermordet worden. Das sind unterschiedliche Verbrechen. Unterschiedliche Abartigkeiten.«

»Wir wissen nicht, ob der Junge sexuell missbraucht worden ist.«

»Sehen Sie ihn sich doch an!«

»Weder ich noch der Arzt, mit dem ich mich unterhalten habe, glauben, dass das Mädchen vergewaltigt wurde.«

»Aber sie war nackt.«

»Aber sie hatten beide Borke im Mund. Baumrinde, zermahlene Baumrinde.«

»Larissa hatte Erde im Mund.«

»Das stimmt nicht.«

»Warlam Babinitsch hat gestanden, dass er ihr den Mund mit Erde vollgestopft hat.«

»Und deshalb war er es auch nicht. Der Boden war hartgefroren. Wenn das Erde wäre, wo hätte er die denn hernehmen sollen? In ihrem Mund war ebenso Rinde wie in dem des Jungen. Und die Rinde ist vorher zerkleinert worden. Warum, weiß ich nicht.«

»Babinitsch hat gestanden.«

»Er würde alles zugeben, wenn man ihn nur oft genug fragt.«

»Was macht Sie so sicher, dass es derselbe Mörder war? Eines der Kinder wurde in unmittelbarer Nähe des Bahnhofs ermordet: achtlos, rücksichtslos, beinahe in Sichtweite. Reisende hätten die Schreie hören können. Es war das Verbrechen eines Irren, und ein Irrer hat es auch gestanden. Aber dieses Kind hier wurde fast eine Stunde weit in den Wald geführt. Der Mörder hat Wert darauf gelegt, dass niemand ihn stören konnte. Es ist ein anderer.«

»Wer weiß denn schon, was mit dem Mädchen passiert ist? Vielleicht wollte er ja mit ihr tiefer in den Wald hinein, dann hat sie es sich anders überlegt, und er musste sie dort ermorden. Warum haben sie beide Schnur um die Fußgelenke?«

»Es ist ein anderes Verbrechen.«

»Sie sind hoffentlich nicht so wild darauf, jemanden vor Gericht zu bringen, dass Sie alles sagen und glauben würden?«

»Erklären Sie mir doch mal, was für ein Mensch erst ein junges Mädchen vergewaltigt und umbringt und danach einen kleinen Jungen vergewaltigt und umbringt. Was für einer soll das denn sein? Ich bin jetzt schon seit zwanzig Jahren bei der Miliz, aber so einer ist mir noch nie untergekommen. Können Sie mir vielleicht ein Beispiel nennen?«

»Ich kenne keins.«

»Weil es keins gibt. Es gab einen Grund, warum das Mädchen getötet wurde. Sie musste für ihre blonden Haare sterben. Sie wurde von einem Kranken umgebracht. Und es gab auch einen Grund, warum dieser Junge hier getötet wurde. Er wurde von einem anderen Mann umgebracht, einem mit einer anderen Krankheit.«

23. März

Alexander schloss den Fahrkartenschalter, ließ den Rollladen herunter und lehnte sich in seinem Stuhl zurück. Obwohl sein Büro nur winzig war, kaum mehr als ein paar Quadratmeter, mochte er sein kleines Reich. Er musste es sich mit keinem teilen, und niemand sah ihm auf die Finger. Ein Stückchen Freiheit, unberührt von Quoten und Produktivitätsberichten. Nur einen Nachteil hatte dieser Posten. Jeder, der ihn kannte, nahm an, er müsse enttäuscht darüber sein, wie sein Leben sich entwickelt hatte.

Vor fünf Jahren war Alexander der schnellste Läufer der Oberschule Nr. 151 gewesen. Die Leute hatten geglaubt, er sei für einen Erfolg auf nationaler Ebene berufen, vielleicht sogar auf internationaler, wenn die Sowjetunion an den Olympischen Spielen teilnahm. Stattdessen war er bei einer sitzenden Tätigkeit gelandet, an einem Fahrkartenschalter, und sah anderen Leuten zu, wie sie ihre Reisen antraten, während er selbst nirgendwohin fuhr. Jahre hatte er damit zugebracht, ein strapaziöses Trainingsprogramm zu absolvieren und regionale Meisterschaften zu gewinnen. Und wozu? Für Fahrpläne und Fahrkarten, eine Arbeit, die jeder machen konnte. Alexander konnte sich noch genau an den Tag erinnern, als sein Traum geplatzt war. Er und sein Vater hatten den Zug nach Moskau bestiegen, wo ein Auswahlverfahren des CSKA stattfand, des Zentralen Armeesportvereins, der zum Verteidigungsministerium gehörte. Der CSKA war bekannt dafür, die besten Athleten des Landes auszuwählen und sie zu außergewöhnlichen Leistungen zu führen. 90 Prozent der Anwärter wurden abgelehnt. Alexander war gerannt, bis er sich am Rand der Laufbahn hatte übergeben müssen. Er war schneller gelaufen als je zuvor und hatte seine persönliche Bestzeit unterboten. Aber er hatte es nicht geschafft. Auf dem Weg nach Hause hatte sein Vater versucht, der Ablehnung noch etwas Positives abzugewinnen. Das würde sie dazu motivieren, noch härter zu trainieren, nächstes Jahr würde er bestimmt angenommen und umso stärker sein, weil er für seinen Traum hatte kämpfen müssen. Aber Alexander hatte schon alles gegeben, und es war nicht genug gewesen. Es würde kein nächstes Mal geben. Obwohl sein Vater ihn immer noch anspornte, war Alexander mit dem Herzen nicht mehr bei der Sache, und bald darauf auch sein Vater nicht mehr. Alexander hatte die Schule verlassen, sich Arbeit gesucht und es sich in einer bequemen Tretmühle gemütlich gemacht.

Bis er mit allem fertig war, war es acht Uhr. Er verließ den Fahrkartenschalter und schloss hinter sich ab. Weit hatte er es nicht, weil seine Eltern und er in einem Dachausbau über dem Bahnhof wohnten. Offiziell unterstand der Bahnhof seinem Vater, aber dem ging es nicht gut. Im Krankenhaus wussten sie nicht, was ihm fehlte, außer dass er übergewichtig war und zu viel trank. Seine Mutter war bei guter Gesundheit und, wenn man von der Sorge um den Vater absah, meistens gut gelaunt. Nicht ohne Grund, denn ihre Familie gehörte zu denen, die Glück gehabt hatten. Der Lohn bei der Staatlichen Eisenbahn war zwar bescheiden und ihr *Blat*, ihr Einfluss, nur gering. Der eigentliche Vorteil aber war die Unterbringung. Anstatt sich den Platz mit einer anderen Familie teilen zu müssen, bewohnten sie ganz allein eine Wohnung mit Toilette, fließend heißem Wasser und einer Isolation, die so neu war wie der Bahnhof selbst. Als Gegenleistung erwartete man von ihnen, dass sie 24 Stunden am Tag in Bereitschaft waren. Im Bahnhof konnte man eine Glocke läuten, die direkt bei ihnen in der Wohnung hing. Wenn ein Nachtzug oder ein Frühzug durchkam, mussten sie verfügbar sein. Aber das waren kleine Unannehmlichkeiten, die sie unter sich aufteilten und die allemal wettgemacht wurden von dem relativen Komfort, in dem sie lebten. Alexanders Schwester hatte einen Reinigungsmann geheiratet, der ebenso wie sie in der Auto-Fabrik arbeitete, und die beiden waren in eine neue Wohnung in einem guten Stadtbezirk gezogen. Sie erwarteten gerade ihr erstes Kind. Das bedeutete, dass sich Alexander mit seinen 22 Jahren um nichts sorgen musste. Eines Tages würde er der Stationsvorsteher sein, und dann gehörte die Wohnung ihm.

In seinem Schlafzimmer zog er sich die Uniform aus und Zivilkleidung an, dann setzte er sich mit seinen Eltern zu Tisch. Es gab Erbsensuppe und gebratene *Kasha*. Sein Vater aß eine kleine Portion Rinderleber. Sie war zwar teuer und nur sehr schwer aufzutreiben, aber die Ärzte hatten sie empfohlen. Alexanders Vater war auf strikter Diät mit absolutem Alkoholverbot, weshalb es ihm seiner Meinung nach noch schlimmer ging. Während des Abendessens schwiegen sie. Der Vater schien sich unwohl zu fühlen, er nahm kaum etwas zu sich. Nachdem er die Teller gespült hatte, verabschiedete Alexander sich, er wollte ins Kino. Sein Vater hatte sich bereits hingelegt. Alexander gab ihm einen Gutenachtkuss und sagte ihm, er solle sich keine Sorgen machen, er werde selbst früh aufstehen und sich um den ersten Zug kümmern.

Es gab nur dieses eine Kino in Wualsk. Bis vor drei Jahren hatte es noch gar keins gegeben. Dann hatte man eine Kirche in einen Saal mit über 600 Sitzen umgebaut, wo all die älteren, staatlich geförderten Filme gezeigt wurden, die die Einwohner der Stadt bisher verpasst hatten. Filme wie *Die Kämpfer, Schuldig ohne Schuld, Geheimnisse der Gegenspionage* oder *Das Treffen an der Elbe*, einige der erfolgreichsten Streifen der letzten zehn Jahre, die Alexander alle schon mehrmals gesehen hatte. Seit das Kino aufgemacht hatte, war es schnell zum liebsten Zeitvertreib geworden. Wegen des Laufens hatte er sich nie fürs Trinken interessiert, und besonders gesellig war er auch nicht. Als er jetzt im Foyer ankam, sah er, dass *Nesabyvajmy God* gezeigt wurde. Aber Alexander hatte den Streifen erst vor ein paar Abenden und davor schon viele Male gesehen. Er fand ihn faszinierend, nicht unbedingt wegen des Films selbst, sondern weil ein Schauspieler Stalin mimte. Alexander fragte sich, ob man wohl Stalin bei der Besetzung der Rolle einbezogen hatte. Was das wohl für ein Gefühl war, wenn man einem anderen dabei zusah, wie er so tat, als sei er man selbst? Wenn man ihm sagte, was er richtig machte und was falsch? Alexander ging am Foyer vorbei. Er stellte sich nicht in der Schlange an, sondern machte sich stattdessen zum Park auf.

In der Mitte des Siegesparks stand eine Statue mit drei bronzenen Soldaten, die die Fäuste in den Himmel gereckt und die Gewehre geschultert hatten. Offiziell war der Park abends geschlossen, aber es gab keinen Zaun, und der Verordnung wurde nie Nachdruck verliehen. Alexander wusste, welchen Weg er nehmen musste. Einen von der Straße abgelegenen und weitgehend uneinsehbaren Pfad, der hinter Büschen und Bäumen lag. Wie immer fühlte er, dass sein Herz bereits erwartungsvoll schneller schlug. Er drehte eine langsame Runde um den Park herum. Offenbar war er heute Abend allein. Nach der zweiten Runde überlegte er schon, ob er nach Hause gehen sollte.

Vor ihm war ein Mann. Alexander blieb stehen, und der andere wandte sich um. Ein nervöses Innehalten signalisierte, dass sie beide aus dem gleichen Grund hier waren. Alexander ging weiter, während der Mann blieb, wo er war, und wartete, bis Alexander aufgeschlossen hatte. Als sie nebeneinanderstanden, schauten sie sich prüfend um, ob sie auch wirklich allein waren, bevor sie einander ansahen. Der Mann war jünger als Alexander, vielleicht erst neunzehn oder zwanzig. Er machte einen unsicheren Eindruck, und Alexander tippte, dass er das hier zum ersten Mal machte. Er brach das Schweigen: »Ich kenne einen Platz, wo wir hingehen können.«

Der junge Mann sah sich noch einmal um und nickte dann schweigend. Alexander fuhr fort: »Geh mir nach. Aber halt Abstand.«

Nacheinander setzten sie sich in Bewegung. Alexander ging voraus und verschaffte sich ein paar 100 Schritt Vorsprung. Er blickte sich um. Der andere folgte ihm noch.

Als sie am Bahnhof ankamen, vergewisserte sich Alexander, dass nicht etwa seine Eltern an einem der Wohnungsfenster standen. Unbeobachtet huschte er in die Bahnhofshalle, so als wolle er noch einen Zug erreichen. Ohne das Licht anzuschalten, schloss er den Fahrkartenschalter auf, ging hinein und ließ die Tür offen. Er schob den Stuhl beiseite. Viel Platz war nicht, aber es reichte. Er wartete, sah auf die Uhr und fragte sich, wo der andere so lange blieb. Schließlich hörte er, wie jemand den Bahnhof betrat. Die Tür des Fahrkartenschalters wurde aufgestoßen. Der Mann trat ein, und zum ersten Mal nahmen die beiden sich richtig in Augenschein. Alexander machte einen Schritt vor, um die Tür abzuschließen. Das Geräusch des Schlosses erregte ihn. Es bedeutete, dass sie sicher waren. Fast berührten sie sich schon, aber nur fast. Keiner war sich sicher, wer von beiden den ersten Schritt machen sollte. Alexander mochte diesen Moment, und kostete ihn so lange aus, wie es nur ging, bis er sich endlich vorbeugte und ihn küsste.

Jemand hämmerte gegen die Tür. Alexanders erster Gedanke war, dass das nur sein Vater sein konnte. Aber das Hämmern kam gar nicht von der anderen Seite. Es war der Mann bei ihm, der gegen die Tür schlug und nach draußen rief. Hatte er es sich anders überlegt? Mit wem redete er? Alexander war verwirrt. Draußen vor dem Schalter waren Stimmen zu hören. Jetzt war der andere nicht mehr sanft und nervös. Eine Veränderung war in ihm vorgegangen. Er war wütend und angeekelt. Er spuckte Alexander ins Gesicht. Die Spucke hing ihm vom Kinn, und Alexander wischte sie weg. Ohne nachzudenken, ohne zu verstehen, was hier eigentlich los war, versetzte er dem Mann einen Fausthieb und streckte ihn zu Boden.

Jemand rüttelte an der Türklinke. Von draußen rief eine Stimme: »Alexander, hier ist General Nesterow. Der Mann bei Ihnen ist ein Milizbeamter. Ich befehle Ihnen, die Tür aufzumachen. Entweder Sie gehorchen oder ich rufe Ihre Eltern und hole sie hier herunter, damit sie zusehen, wie ich Sie verhafte. Ihr Vater ist doch krank, oder? Es würde ihn umbringen, wenn er von Ihrem Verbrechen erführe.«

Er hatte recht. Es würde seinen Vater wirklich umbringen. Hektisch versuchte Alexander, die Tür zu öffnen, aber das Schalterhäuschen war so eng, dass der Körper des zu Boden gegangenen Mannes sie blockierte. Er musste ihn erst zur Seite zerren, bevor er die Tür aufschließen und öffnen konnte. Sobald sie auf war, langten Hände hinein, ergriffen ihn und zogen ihn heraus.

Leo sah Alexander an, den ersten Menschen, dem er begegnet war, nachdem er aus dem Zug aus Moskau gestiegen war. Den Mann, der ihm eine Zigarette geholt und ihm geholfen hatte, als er den Wald abgesucht hatte. Es gab nichts, was Leo für ihn tun konnte.

Nesterow spähte in das Schalterhäuschen und stierte auf seinen Beamten hinab, der immer noch benommen am Boden lag und sich schämte, dass man ihn überwältigt hatte.

»Holt ihn da raus.«

Zwei Beamte gingen hinein und halfen dem jungen Mann nach draußen in ein Auto. Als er sah, was Alexander einem seiner Männer zugefügt hatte, schlug Nesterows Stellvertreter ihm eine Faust mitten ins Gesicht. Bevor er noch einmal zuschlagen konnte, schritt Nesterow ein. »Das reicht.«

Er umkreiste den Verdächtigen und wog seine Worte ab. »Es enttäuscht mich, Sie bei so was erwischt zu haben. Das hätte ich nie von Ihnen gedacht.«

Alexander spuckte Blut auf den Boden, antwortete aber nichts. Nesterow fuhr fort: »Sagen Sie mir, warum?«

»Warum? Ich weiß nicht, warum.«

»Sie haben ein sehr schweres Verbrechen begangen. Ein Richter würde Ihnen mindestens fünf Jahre aufbrummen, und es wäre ihm vollkommen egal, wie oft Sie sagen, es tut Ihnen leid.«

»Ich habe nicht gesagt, dass es mir leid tut.«

»Tapfer, Alexander. Aber wären Sie auch noch so tapfer, wenn Sie wüssten, dass jeder davon erfährt? Sie wären erniedrigt, Sie wären eine Schande. Selbst nach den fünf Jahren im Gefängnis könnten Sie hier nicht mehr leben und arbeiten. Sie würden alles verlieren.«

Leo trat vor. »Jetzt fragen Sie ihn schon.«

»Es gibt eine Möglichkeit, der Schande zu entgehen. Wir brauchen eine Liste aller Männer in dieser Stadt, die mit anderen Männern sexuell verkehren. Die Sex mit jüngeren Männern haben, Sex mit Knaben. Sie werden uns helfen, diese Liste zu erstellen.«

»Ich kenne keine anderen. Es war das erste Mal.«

»Wenn Sie es vorziehen, uns nicht zu helfen, werden wir Sie verhaften, Sie anklagen und Ihre Eltern zu Ihrem Prozess vorladen. Gehen sie jetzt vielleicht gerade ins Bett? Ich könnte einen meiner Männer hochschicken und nachschauen lassen oder sie herunterholen.«

»Nein!«

»Arbeiten Sie für uns, und vielleicht müssen wir dann Ihren Eltern gar nichts sagen. Arbeiten Sie für uns, und vielleicht werden Sie dann gar nicht angeklagt. Vielleicht kann diese Schande ein Geheimnis bleiben.«

»Worum geht es hier?«

»Um den Mord an einem Jungen. Sie würden der Gesellschaft einen Dienst erweisen und Ihre Tat sühnen. Machen Sie uns nun die Liste?«

Alexander betastete das Blut, das ihm aus dem Mund lief. »Und was passiert dann mit den Männern auf der Liste?«

29. März

Leo saß auf der Bettkante und dachte darüber nach, wie sein Versuch, die Ermittlungen wieder in Gang zu bringen, stattdessen ein stadtweites Pogrom ausgelöst hatte. Im Verlauf der letzten Woche hatte die Miliz 150 Homosexuelle zusammengetrieben. Allein heute hatte Leo sechs Männer verhaftet, was seine Quote auf zwanzig erhöhte. Einige waren direkt von der Arbeit mitgenommen und in Handschellen abgeführt worden, während ihre Kollegen zusahen. Andere hatte man zu Hause abgeholt, aus ihren Wohnungen, von den Familien weggerissen. Die Frauen hatten sie noch angefleht, weil sie überzeugt waren, dass es sich um einen Irrtum handeln musste, und sie die Anschuldigungen nicht fassen konnten.

Nesterow konnte mit sich zufrieden sein. Durch schieren Zufall hatte er einen zweiten Unerwünschten gefunden: einen Verdächtigen, den er als Mörder bezeichnen konnte, ohne die gesellschaftliche Doktrin aus dem Gleichgewicht zu bringen. Mord war eine Anomalie. Das passte wie angegossen. Nesterow hatte lauthals ankündigen können, dass die Miliz von Wualsk die größte Jagd nach einem Mörder einleiten werde, die es je gegeben habe. Eine solche Behauptung hätte ihn seine Karriere gekostet, wenn es nicht gegen ein solch inakzeptables Milieu gegangen wäre. Weil Platz fehlte, hatte man Büros in behelfsmäßige Untersuchungszellen und Verhörräume umgewandelt. Trotz dieser improvisierten Maßnahmen hatte man in jede Zelle mehrere Männer zusammenpferchen müssen, und die Wachen waren angewiesen worden, sie keine Sekunde aus den Augen zu lassen, weil man befürchtete, es könne zu abartigen sexuellen Handlungen kommen. Keiner wusste so recht, womit man es hier eigentlich zu tun hatte, aber falls sich solche sexuellen Aktivitäten mitten im Hauptquartier der Miliz abspielten, würde das mit Sicherheit die Gesellschaft untergraben, ein Affront gegen die Prinzipien der Justiz. Außerdem waren sämtliche Beamten in Schichten von zwölf Stunden eingeteilt worden, damit die Verdächtigen ununterbrochen verhört werden konnten, rund um die Uhr. Immer wieder hatte Leo die gleichen Fragen stellen und die Antworten noch nach den kleinsten Abweichungen durchforsten müssen. Stumpfsinnig wie ein Automat hatte er seine Aufgabe erledigt, weil er noch vor der ersten Verhaftung davon überzeugt gewesen war, dass diese Männer allesamt unschuldig waren.

Sie hatten sich Namen für Namen durch Alexanders Liste gepflügt. Alexander hatte betont, die Tatsache, dass er sie erstellen könne, lasse nicht etwa Rückschlüsse auf seine Promiskuität zu, jedenfalls nicht in dem Maße, dass er mit über 100 Männern sexuelle Kontakte gepflegt habe. Viele Namen auf der Liste gehörten zu Männern, denen er noch nie begegnet sei. Seine Informationen stammten aus Unterhaltungen mit den etwa zehn Männern, mit denen er sexuell verkehrt hatte. Jeder dieser Männer hatte von Verhältnissen mit wieder anderen Männern erzählt, und wenn man alle zusammennahm, ergab sich das Bild einer sexuellen Konstellation, in der jeder der Männer seinen Platz in Bezug auf die anderen kannte. Leo hatte sich Alexanders Erklärung angehört, und eine verborgene Welt hatte sich vor ihm aufgetan, eine hermetisch versiegelte Subexistenz innerhalb der Gesellschaft. Von entscheidender Bedeutung war, dass die Siegel intakt blieben. Alexander hatte erzählt, wie die Männer auf der Liste sich zufällig in Allerweltssituationen begegnet waren, beim Anstehen nach Brot, beim Essen am selben Tisch der Firmenkantine. In solch einer alltäglichen Umgebung waren zwanglose Gespräche verboten, höchstens einen Seitenblick konnte man sich leisten, und auch der musste noch kaschiert werden. Das waren die Regeln. Niemand hatte sie per Dekret verordnet, niemandem musste man sie erklären. Sie hatten sich einfach aus purem Selbsterhaltungstrieb ergeben.

Sobald die erste Welle der Verhaftungen angelaufen war, musste die Nachricht von einer Säuberungsaktion sich wie ein Lauffeuer unter ihresgleichen verbreitet haben. Die heimlichen Treffpunkte, die jetzt nicht mehr heimlich waren, wurden aufgegeben. Aber diese verzweifelte Gegenmaßnahme hatte nichts genutzt. Es gab ja die Liste. Die Siegel, die ihre Welt geschützt hatten, waren erbrochen. Nesterow war gar nicht darauf angewiesen, jeden in einer sexuell eindeutigen Situation zu erwischen. Als sie ihre Namen schwarz auf weiß lasen und erkannten, dass man in ihre Reihen eingedrungen war, hatten sie einer nach dem anderen dem Druck dieses Verrats nachgegeben. Wie U-Boote, die lange unentdeckt unter Wasser gefahren waren, mussten sie nun feststellen, dass man die Position jedes Einzelnen durchgegeben hatte. Und als sie dann gezwungen wurden aufzutauchen, hatte man sie alle vor eine Wahl gestellt, die ihnen eigentlich keine Wahl ließ, aber wählen konnten sie trotzdem: Entweder konnten sie die Vorwürfe der Sodomie anfechten und sich auf ein öffentliches Verfahren, eine sichere Verurteilung und Haft einstellen. Oder sie konnten auf den Homosexuellen unter ihnen zeigen, der für dieses schreckliche Verbrechen verantwortlich war, den Mord an einem halbwüchsigen Jungen.

Leo hatte den Eindruck, als scheine Nesterow zu glauben, dass all diese Männer an einer Art Krankheit litten. Während einige kaum befallen waren und sich nur mit Gefühlen für andere Männer plagten, so wie mancher normale Mensch unter ständigen Kopfschmerzen litt, waren andere ernsthaft erkrankt, und die Symptome drückten sich in ihrem Verlangen nach kleinen Jungen aus. Das war Homosexualität in ihrer schlimmsten Form. So ein Mann war der Mörder.

Als Leo ihnen Fotos vom Tatort vorgelegt hatte, Fotos von einem Jungen mit aufgeschlitztem Bauch, hatten alle Verdächtigen genau auf die gleiche Weise reagiert. Sie waren schockiert gewesen, oder zumindest hatte es den Anschein gehabt. Wer konnte nur so etwas machen? Von ihnen war es jedenfalls keiner gewesen, und auch niemand, den sie kannten. Keiner von ihnen war an Jungen interessiert. Viele hatten selbst Kinder. In einem Punkt war jeder der Männer entschlossen: Von einem Mörder in ihren Reihen wussten sie nichts, und sie würden ihn auch nicht decken, falls sie von einem erfuhren. Nesterow hatte binnen einer Woche mit einem Hauptverdächtigen gerechnet. Aber nach sieben Tagen hatten sie nichts weiter vorzuweisen als eine noch längere Liste. Weitere Namen wurden genannt, manche nur aus Boshaftigkeit. Aus der Liste war eine grausame, wirksame Waffe geworden. Manche Milizbeamte fügten die Namen ihrer Feinde hinzu und behaupteten, die Betreffenden seien in Geständnissen genannt worden. Wenn ein Name erst einmal auf der Liste auftauchte, dann war es praktisch unmöglich, sich für unschuldig zu erklären. Auf diese Weise war die Zahl der in Gewahrsam befindlichen Männer von 100 auf annähernd 150 angewachsen.

Unzufrieden mit den mangelnden Fortschritten hatte der örtliche MGB vorgeschlagen, die Verhöre selbst zu übernehmen, was nichts anderes bedeutete als Folter. Zu Leos Bestürzung hatte Nesterow zugestimmt. Aber trotz blutbesudelter Fußböden hatte es keinen Durchbruch gegeben. Nesterow blieb wenig anderes übrig, als 150 Männer formell anklagen zu lassen, in der Hoffnung, dass das einen von ihnen zum Reden bringen würde. Es reichte offenbar nicht, dass man sie erniedrigt, beschämt und gefoltert hatte. Sie mussten begreifen, dass sie ihr Leben verlieren würden. Wenn man den Richter entsprechend instruierte, würden sie nicht nur die lumpigen fünf Jahre für Sodomie kriegen, sondern 25 Jahre wegen politischer Subversion.

Ihre sexuelle Neigung würde als Verbrechen gegen das Gefüge des Staates selbst gewertet werden. Angesichts dieser Aussichten brachen drei der Männer zusammen und bezichtigten andere. Allerdings hatte sich jeder einen anderen ausgesucht. Nesterow konnte sich nicht eingestehen, dass seine Ermittlungsmethode wenig taugte, und verlegte sich darauf, dahinter eine Art perverser Verbrechersolidarität zu vermuten, einen Ehrenkodex von sexuellen Abweichlern.

Entsetzt sprach Leo mit seinem Vorgesetzten. »Diese Männer sind unschuldig!«

Nesterow sah ihn verdutzt an: »Diese Männer sind allesamt schuldig. Die Frage ist nur, wer auch eines Mordes schuldig ist.«

* * *

Raisa sah zu, wie Leo die Hacken seiner Stiefel aneinanderschlug. Batzen schmutzigen Schnees lösten sich. Er starrte zu Boden, ohne ihre Anwesenheit im Raum zu bemerken. Sie konnte seine Enttäuschung kaum ertragen. Er hatte tatsächlich daran geglaubt, mit seinen Ermittlungen eine Chance zu haben. Hatte seine Hoffnungen an irgendeinen spinnerten Wiedergutmachungstraum geknüpft, einen letzten Akt der Gerechtigkeit. In jener Nacht hatte sie ihn wegen dieser Idee verlacht. Aber der Lauf der Dinge hatte ihn eigentlich noch viel grausamer verspottet. Mit seinem Streben nach Gerechtigkeit hatte er nur Terror entfesselt. Bei der Hetzjagd auf einen Mörder würden 150 Männer ihr Leben verlieren, und wenn nicht buchstäblich, dann zumindest auf allen anderen Ebenen. Sie würden ihre Familie und ihr Heim verlieren. Als sie ihren Mann jetzt so dasitzen sah, mit hängenden Schultern und verhärmten Zügen, da wurde ihr klar, dass er nie etwas tat, ohne daran zu glauben. Es war nichts Zynisches oder Berechnendes an ihm. Wenn das stimmte, dann musste er auch an ihre Ehe geglaubt haben. Er musste geglaubt haben, dass sie auf Liebe gegründet war. Und die Phantasieträume, die er sich zurechtgelegt hatte, über den Staat, über ihre Beziehung, waren eine nach der anderen geplatzt. Raisa beneidete ihn. Selbst jetzt, nach allem, was geschehen war, konnte er immer noch hoffen. Er wollte immer noch an etwas glauben. Sie trat vor und setzte sich neben ihn aufs Bett. Zögerlich nahm sie seine Hand. Er schaute sie überrascht an, sagte aber nichts, nahm einfach nur ihre Geste an. Gemeinsam sahen sie den Schnee auf den Dielen schmelzen.

30. März

Das Waisenhaus Nr. 80 war ein fünfstöckiger Ziegelbau mit einem verblichenen Schriftzug an einer Seitenwand: *HARTE ARBEIT, LANGES LEBEN*. Auf dem Dach ragte eine lange Reihe Schornsteine auf. Irgendwann hatte das Waisenhaus einmal eine kleine Fabrik beherbergt. An den vergitterten Fenstern hingen verdreckte Lumpen, die jeden Blick nach drinnen verwehrten. Leo klopfte an die Tür. Keine Antwort. Er drückte auf die Klinke. Es war abgeschlossen. Er ging zu einem der Fenster und klopfte gegen die Scheibe. Die Lumpen wurden zurückgerissen. Für kaum eine Sekunde zeigte sich das Gesicht eines kleinen Mädchens, ein dreckstarrendes Gespenst, bevor die Vorhänge wieder zugezogen wurden. Nach langem Warten öffnete sich schließlich die Hauptpforte. Ein älterer Mann mit einem Bund Messingschlüssel starrte die beiden Beamten an. Als er ihre Uniformen bemerkte, wich der Ausdruck von Ärger auf seinem Gesicht dem der Beflissenheit. Er neigte leicht den Kopf. »Was kann ich für Sie tun?«

»Wir sind wegen des ermordeten Jungen hier.«

Die Eingangshalle des Waisenhauses war früher einmal die Fabriketage gewesen. Man hatte die Maschinen abgebaut und den Raum in einen Speisesaal verwandelt. Nicht etwa, indem man Tische und Stühle aufgestellt hatte, denn die gab es nicht, sondern einfach dadurch, dass überall auf dem Boden Kinder aneinandergequetscht im Schneidersitz saßen und zu essen versuchten. Jedes Kind umklammerte eine Holzschale, die mit etwas gefüllt war, das wie wässrige Kohlsuppe aussah. Aber offenbar hatten nur die ältesten Kinder Löffel. Die anderen warteten entweder auf einen Löffel oder tranken einfach aus der Schale. Wenn ein Kind fertig gegessen hatte, leckte es den Löffel von oben bis unten ab, bevor es ihn an das nächste Kind weitergab.

Es war Leos erster Eindruck von einem staatlichen Waisenhaus. Er trat näher heran und sah sich im Saal um. Schwer zu schätzen, wie viele Kinder hier versammelt waren, vielleicht 200 oder 300, im Alter von vier bis vierzehn Jahren. Keines schenkte Leo irgendeine Beachtung, sie waren viel zu sehr damit beschäftigt, zu essen oder ihre Nachbarn im Auge zu behalten und auf einen Löffel zu warten. Alles, was man hörte, war das Kratzen in den Schalen und das Schlürfen. Leo wandte sich an den älteren Mann: »Sind Sie der Direktor dieser Institution?«

Das Büro des Direktors lag im ersten Stock. Von hier blickte man auf die Fabriketage voller Kinder, als stammten sie aus der Massenproduktion. Im Büro befanden sich mehrere halbwüchsige Jungen, älter als die unten. Sie spielten auf dem Schreibtisch des Direktors Karten. Der Direktor klatschte in die Hände: »Spielt bitte in eurem Zimmer weiter.«

Die Jungen starrten Leo und Moisejew an. Ihr Ärger rührte wohl daher, dass man ihnen befahl, was sie machen sollten, vermutete Leo. Sie hatten kluge Augen, deren Weisheit nicht ihrem

Alter entsprach. Ohne ein Wort scharten sie sich zusammen wie ein Rudel Wölfe, sammelten ihre Karten und die als Einsatz zweckentfremdeten Streichhölzer ein und gingen.

Nachdem sie weg waren, goss der Direktor sich etwas zu trinken ein und bedeutete Leo und Moisejew, sich zu setzen. Moisejew nahm Platz, während Leo stehen blieb und den Raum musterte. Es gab einen einzelnen metallenen Aktenschrank. Die unterste Schublade war von einem Tritt eingedellt, die oberste stand teilweise offen, und nach allen Seiten quollen Akten hervor.

»Im Wald ist ein Junge ermordet worden. Haben Sie davon gehört?«

»Es waren schon andere Beamte da. Sie haben mir Fotos von dem Jungen gezeigt und mich gefragt, ob ich wisse, wer er ist. Leider nein.«

»Aber Sie könnten nicht mit Sicherheit sagen, dass eines Ihrer Kinder fehlt, oder?«

Der Direktor kratzte sich am Ohr. »Wir sind zu viert und kümmern uns um ungefähr 300 Kinder. Die Kinder kommen und gehen. Ständig gibt es Nachschub. Sie müssen unsere mangelhafte Buchführung verzeihen.«

»Gehen irgendwelche Kinder aus dieser Einrichtung der Prostitution nach?«

»Die älteren machen, was sie wollen. Ich kann ihnen ja keine Etiketten anhängen. Betrinken sie sich? Ja. Prostituieren sie sich? Gut möglich, obwohl ich es nicht billige, nicht darin verwickelt bin und ganz gewiss nicht davon profitiere. Meine vorrangige Aufgabe ist es, dafür zu sorgen, dass sie etwas zu essen und einen Platz zum Schlafen haben. Und angesichts der Mittel, die ich zur Verfügung habe, mache ich das sehr gut. Nicht, dass ich ein Lob erwarte.«

Der Direktor führte sie nach oben zu den Schlafsälen. Als

sie am Waschraum vorbeikamen, bemerkte er: »Sie glauben vielleicht, dass mir das Wohlergehen der Kinder egal ist. Das stimmt aber nicht, ich tue mein Bestes. Ich sehe zu, dass sie sich einmal pro Woche waschen, ich kümmere mich darum, dass sie einmal im Monat geschoren und entlaust werden. Wir kochen ihre Kleider aus. Ich dulde hier keine Läuse. Gehen Sie mal in ein anderes Waisenhaus, da wimmeln die Haare der Kinder nur so davon, selbst in den Augenbrauen sitzen sie. Widerlich. Hier gibt es das nicht. Nicht, dass sie mir dafür dankbar wären.«

»Wäre es möglich, dass wir selbst einmal mit den Kindern sprechen? Vielleicht schüchtert Ihre Gegenwart sie ein.«

Der Direktor lächelte. »Einschüchtern tue ich sie bestimmt nicht. Aber bitte …« Er wies eine Treppe hinauf. »Die Älteren wohnen ganz oben. Sie haben da praktisch ihr eigenes Reich.«

In den oberen Schlafzimmern, die sich unter dem Dach duckten, gab es keine Bettgestelle, nur hier und da eine dünne Matratze auf dem Fußboden. Die älteren Kinder nahmen ihr Mittagessen offensichtlich ein, wann es ihnen passte. Bestimmt hatten sie schon gegessen und sich das Beste gesichert.

Leo betrat den ersten Raum des Flurs. Er erhaschte einen Blick auf ein Mädchen, das sich hinter der Tür verbarg, und sah etwas Metallisches glitzern. Sie war mit einem Messer bewaffnet. Als sie die Uniform sah, ließ sie es in den Falten ihres Kleides verschwinden. »Wir dachten, es wären die Jungs. Die dürfen hier nämlich nicht rein.«

Etwa zwanzig Mädchen, vermutlich zwischen vierzehn und sechzehn Jahren alt, starrten Leo mit verhärteten Gesichtern an. Plötzlich musste Leo wieder daran denken, wie er Anatoli Brodsky zugesichert hatte, dass die beiden Töchter es in der Obhut eines Moskauer Waisenhauses gut haben würden. Es war ein leeres, ignorantes Versprechen gewesen, das verstand Leo jetzt. Brodsky hatte recht gehabt. Die beiden Mädchen wären auf sich allein gestellt besser dran gewesen, wenn die eine auf die andere aufgepasst hätte. »Wo schlafen die Jungen?«

Die älteren Jungen, von denen einige im Büro des Direktors gewesen waren, hockten aneinandergekauert in der hintersten Ecke ihres Raumes und warteten auf sie. Leo ging zu ihnen, kniete sich hin und legte ein Fotoalbum vor sie auf den Boden. »Ich möchte, dass ihr euch diese Fotos anschaut und mir sagt, ob einer dieser Männer sich euch schon einmal genähert oder euch Geld für sexuelle Gefälligkeiten angeboten hat.«

Keiner der Jungen rührte sich oder zeigte irgendwelche Anzeichen, dass Leos Vermutung richtig war. »Ihr habt nichts Falsches getan. Wir brauchen eure Hilfe.«

Leo schlug das Album auf und blätterte langsam die Seiten mit den Fotografien um, bis er auf der letzten Seite angekommen war. Sein jugendliches Publikum hatte die Fotos angestarrt, aber keinerlei Reaktion gezeigt. Er blätterte es noch einmal durch. Immer noch keine Reaktion von den Jungen. Gerade wollte er das Album zuklappen, als einer aus der hinteren Reihe den Arm ausstreckte und eines der Fotos berührte.

»Hat dieser Mann sich an dich herangemacht?«

»Geld.«

»Er hat dir Geld angeboten?«

»Nein. Sie geben mir Geld, dann sage ich es Ihnen.«

Leo und Moisejew legten zusammen und boten dem Jungen drei Rubel an. Er blätterte rasch das Album durch, hielt bei einer Seite an und deutete auf eines der Fotos. »Der Mann sah aus wie der da.«

»Es war also nicht dieser Mann?«

»Nein, aber er sah so ähnlich aus.«

»Weißt du seinen Namen?«

»Nein.«

»Kannst du uns irgendetwas über ihn sagen?«

»Geld.«

Moisejew schüttelte den Kopf, er würde nichts mehr herausrücken. »Wir könnten dich wegen Wucherei einsperren.«

Leo unterbrach ihn, holte sein letztes Geld hervor und gab es dem Jungen. »Mehr habe ich nicht.«

»Er arbeitet im Krankenhaus.«

Am selben Tag

Leo zog seine Waffe. Sie waren im obersten Stockwerk von Wohnblock Nr. 7. Die Wohnung Nr. 14 befand sich am anderen Ende des Flurs. Die Adresse hatte ihnen das Krankenhauspersonal mitgeteilt. Der Verdächtige war die letzte Woche krank gewesen. Wenn die MGB-Offiziere nicht so beschäftigt mit ihren Verhören gewesen wären, hätte ein solch langer Zeitraum höchstwahrscheinlich eine Vernehmung nach sich gezogen. Wie sich herausstellte, fiel der Anfang der Krankheit mit der ersten Verhaftungswelle unter den Homosexuellen in der Stadt zusammen.

Leo klopfte. Keine Antwort. Er nannte laut seinen Namen und Dienstgrad. Immer noch keine Antwort. Moisejew hob einen Fuß, bereit, gegen das Schloss zu treten. Da öffnete sich die Tür.

Als er die auf sich gerichteten Pistolen sah, hob Dr. Tjapkin die Hände und trat einen Schritt zurück. Leo erkannte ihn kaum wieder. War das derselbe Mann, der ihm bei der Untersuchung der Leiche des Mädchens geholfen hatte? Der namhafte Arzt, den man aus Moskau versetzt hatte? Haare und Blick waren verworren. Er hatte abgenommen, seine Kleidung war zerknittert. Leo sah einen Mann vor sich, den die Angst schier umbrachte. Er kannte das von früher. Wie ihre Muskeln alle Form und Kraft verloren, wenn die Angst sie auffraß.

Mit dem Fuß schob er die Tür auf und warf einen prüfenden Blick in die Wohnung. »Sind Sie allein?«

»Mein jüngster Sohn ist hier. Aber er schläft.«

»Wie alt ist er?«

»Vier Monate.«

Moisejew trat vor und schlug Tjapkin mit dem Pistolenknauf auf die Nase. Tjapkin fiel auf die Knie, durch seine hohlen Hände tropfte Blut. Als ranghöherer Beamter befahl Moisejew Leo: »Durchsuchen Sie ihn.«

Moisejew begann die Wohnung zu filzen. Leo beugte sich hinunter, half Tjapkin auf und brachte ihn in die Küche, wo er ihn auf einen Stuhl setzte. »Wo ist Ihre Frau?«

»Einkaufen. Sie wird gleich zurück sein.«

»Im Krankenhaus hieß es, Sie seien krank.«

»Das stimmt auch, gewissermaßen. Ich habe von den Verhaftungen gehört. Es war nur eine Frage der Zeit, bis Sie zu mir kommen würden.«

»Erzählen Sie mir, was passiert ist.«

»Ich war verrückt. Eine andere Erklärung habe ich nicht. Ich wusste nicht, wie alt er war. Er war jung, vielleicht fünfzehn oder sechzehn. Ich wollte niemanden, der mit mir sprach oder anderen von mir erzählte. Ich wollte mich nicht weiter mit ihm treffen müssen. Oder ihn überhaupt wiedersehen. Ich dachte mir, einem Waisen würde sowieso keiner was glauben, sein Wort galt doch nichts. Ich konnte ihm ein bisschen Geld geben, und fertig. Ich wollte einen Unsichtbaren, verstehen Sie?«

Nach seiner oberflächlichen Durchsuchung kam Moisejew wieder ins Zimmer und steckte seine Waffe weg. Er griff Tjapkins gebrochene Nase, drehte den zertrümmerten Knochen nach links und rechts, bis der andere vor Schmerzen aufjaulte. Im Nachbarzimmer wurde das Baby wach und fing an zu schreien. »Du fickst diese Jungen, und dann bringst du sie um?«

Moisejew ließ Tjapkins Nase los. Der Arzt fiel zu Boden und krümmte sich zusammen. Es dauerte eine Weile, bis er endlich sprechen konnte. »Ich habe ihn nicht angerührt. Habe kalte Füße bekommen. Ja, ich habe ihn gefragt und ihm auch Geld gegeben, aber dann konnte ich es doch nicht tun. Ich bin weggegangen.«

»Hoch mit dir! Abmarsch.«

»Wir müssen warten, bis meine Frau zurückkommt. Wir können doch meinen Sohn nicht allein lassen.«

»Der Kleine wird das schon überleben. Hoch mit dir!«

»Lassen Sie mich wenigstens die Blutung stillen.«

Moisejew nickte. »Lass die Badezimmertür offen.«

Tjapkin verließ die Küche und taumelte ins Bad; auf der Tür, die er wie befohlen offen ließ, hinterließ er einen blutigen Handabdruck. Moisejew sah sich um. Leo konnte sehen, wie neidisch er war. Der Herr Doktor hatte ein gemütliches Heim. Tjapkin ließ Wasser ins Waschbecken laufen, drückte sich ein Handtuch gegen die Nase. Von ihnen abgewandt sagte er: »Es tut mir sehr leid, was ich getan habe. Aber ich habe nie jemanden umgebracht. Das müssen Sie mir glauben. Nicht, weil ich denke, dass mein Ruf noch zu retten ist. Ich weiß, dass ich ruiniert bin. Aber den Jungen hat ein anderer umgebracht. Und der muss gefasst werden.«

Moisejew wurde ungeduldig. »Wird's bald.«

»Ich wünsche Ihnen viel Glück.«

Als Leo diese Worte hörte, rannte er ins Bad und riss Tjapkin herum. In Tjapkins Arm steckte eine Spritze. Seine Beine gaben nach, und er sackte in sich zusammen. Leo fing ihn auf, legte ihn auf den Boden und zog die Spritze aus dem Arm. Er fühlte den Puls. Tjapkin war tot. Moisejew starrte auf die Leiche hinab. »Das erleichtert uns die Arbeit.«

Leo sah auf. Tjapkins Frau war zurückgekehrt. Sie stand in der Wohnungstür und hielt die Lebensmittel für die Familie im Arm.

1. April

Alexander schloss den Fahrkartenschalter. Soweit er es mitbekam, hatte Nesterow Wort gehalten. Das Geheimnis seiner sexuellen Eskapaden war gewahrt worden. Keiner seiner Kunden warf ihm komische Blicke zu. Keiner flüsterte hinter seinem Rücken. Seine Familie mied ihn nicht. Seine Mutter liebte ihn immer noch. Sein Vater dankte ihm für seinen Fleiß. Alle beide waren sie immer noch stolz auf ihn. Der Preis für diesen Status quo waren die Namen von über 100 Männern gewesen. Männer, die man abgeholt hatte, während Alexander weiter seine Fahrkarten verkaufte, die Fragen der Reisenden beantwortete und sich mit dem täglichen Bahnhofseinerlei abgab. Sein Leben verlief wieder in ruhigen Bahnen, der Tagesablauf war fast wie früher. Er aß mit seinen Eltern zu Abend, brachte seinen Vater ins Krankenhaus, machte den Bahnhof sauber, las die Zeitung. Nur ins Kino ging er nicht mehr. Eigentlich ließ er sich überhaupt nicht mehr im Stadtzentrum blicken. Er hatte Angst davor, wem er begegnen würde: vielleicht einem Milizbeamten, der ihn wissend angrinste. Alexanders Welt war geschrumpft. Aber sie war ja früher auch schon einmal geschrumpft, als er seinen Athletentraum aufgegeben hatte. Er würde sich schon dran gewöhnen, genauso wie damals.

Tatsächlich fragte er sich aber jeden Morgen, ob die Männer ahnten, dass er sie verraten hatte. Vielleicht hatte man es ihnen gesagt. Allein die Anzahl der Verhafteten bedeutete wahrscheinlich, dass man in einer Zelle gleich mehrere zusammengepfercht hatte. Womit konnten sie schon die Zeit totschlagen, als darüber zu spekulieren, wer die Liste geschrieben hatte. Es war das erste Mal in ihrem Leben, dass sie nichts mehr zu verbergen hatten. Und als Alexander jetzt über diese Männer sinnierte, merkte er plötzlich, dass er liebend gern seine Freiheit gegen die öffentliche Demütigung in einer dieser Zellen eingetauscht hätte. Aber man würde ihn dort nicht willkommen heißen. Er gehörte nirgendwo mehr hin, weder in seine Welt noch in ihre.

Er machte die Tür des Fahrkartenschalters zu, schloss hinter sich ab und schaute auf die große Bahnhofsuhr. Er steckte die Schlüssel in die Tasche und ging hinaus auf den Bahnsteig. Ein Paar wartete auf den Zug. Er kannte sie vom Sehen, aber nicht mit Namen. Sie winkten ihm zu, und er winkte zurück. Er ging weiter bis zum Ende des Bahnsteigs und sah den Zug näher kommen. Er war pünktlich. Alexander kletterte vom Bahnsteig hinunter, stellte sich mitten auf die Gleise und starrte hinauf in den nächtlichen Himmel.

Er hoffte, dass seine Eltern dem Brief Glauben schenken würden, den er ihnen hinterlassen hatte. Darin hatte er erklärt, dass er nie über die Enttäuschung hinweggekommen war, kein Langstreckenläufer geworden zu sein. Und dass er sich nie verziehen hatte, seinen Vater enttäuscht zu haben.

Am selben Tag

Seit vier Jahren versprach Nesterow seiner Familie nun schon bessere Wohnbedingungen, und bis vor kurzem hatte er dieses Versprechen auch regelmäßig wiederholt. Aber jetzt glaubte er selbst nicht mehr daran, dass man ihm eine bessere Behausung zuweisen würde. Glaubte nicht mehr daran, dass sich, wenn er nur hart arbeitete und seine Frau hart arbeitete, dies auch in materiellen Vergünstigungen niederschlagen würde.

Sie wohnten am Stadtrand, in der Kropotkinski-Straße, die nicht weit von den Sägewerken entfernt lag. Die Häuser in dieser

Straße hatte man aufs Geratewohl zusammengezimmert, alle waren unterschiedlich groß und sahen verschieden aus. Nesterow verwandte viel seiner freien Zeit auf Heimwerker-Arbeiten, er war ein tüchtiger Schreiner und hatte bereits die Fenster und Türen ausgetauscht. Aber im Laufe der Jahre hatte sich das Fundament gesenkt, sodass die Vorderfront des Hauses sich jetzt in schiefem Winkel vorneigte und die Tür sich nur noch so weit öffnen ließ, bis sie sich im Boden verkeilte.

Vor einigen Jahren hatte er einen kleinen Raum angebaut, den er als Werkstatt nutzte. Er und seine Frau Inessa tischlerten Stühle und Tische und hielten das Haus in Schuss, soweit es eben ging. Und das taten sie nicht nur für ihre eigene Familie, sondern für alle Leute in der Straße. Man musste ihnen lediglich das Material stellen und vielleicht als freundliche Geste etwas zu essen oder zu trinken vorbeibringen.

Aber letzten Endes konnte keine Flickschusterei es mit den Unzulänglichkeiten des Anwesens aufnehmen. Es gab kein fließendes Wasser, und der nächste Brunnen lag zehn Minuten weit weg. Dementsprechend gab es auch nur ein Plumpsklo hinterm Haus. Als sie eingezogen waren, war es völlig verdreckt gewesen und schon beinahe in sich zusammengefallen. Die Grube war viel zu flach gewesen, und man hatte es kaum betreten können, ohne dass der Gestank einem Brechreiz verursachte. Nesterow hatte in Tag- und Nachtschichten an einer anderen Stelle ein neues Plumpsklo errichtet, mit soliden Wänden, einer viel tieferen Grube und einem Eimer mit Sägemehl, das man danach drüberstreuen konnte. Trotzdem war ihm bewusst, dass seine Familie nichts von den modernen Errungenschaften an Komfort und Hygiene mitbekam und auch keine Aussicht auf Besserung in Sicht war. Er war jetzt 40 Jahre alt. Sein Gehalt war geringer als das, was viele der etwa Zwanzigjährigen in der Auto-Fabrik verdienten. Seine Bemühungen, seiner Familie ein anständiges Heim zu schaffen, hatten zu nichts geführt.

An der Haustür klopfte es. Es war schon spät. Nesterow war immer noch in Uniform. Er konnte hören, wie Inessa aufmachte. Einen Moment später erschien sie in der Küche. »Es ist jemand für dich. Von der Arbeit. Ich kenne ihn nicht.«

Nesterow ging in den Flur. Draußen stand Leo. Nesterow wandte sich zu seiner Frau um. »Ich kümmere mich schon darum.«

»Kommt er herein?«

»Nein, es dauert nicht lange.« Inessa warf Leo einen Blick zu und ging. Nesterow trat nach draußen und schloss die Tür.

Leo war den ganzen Weg hierher zu Fuß gelaufen. Die Nachricht von Alexanders Tod hatte ihn jeder Urteilsfähigkeit beraubt. Es war nicht mehr die Enttäuschung und Niedergeschlagenheit, die ihn die ganze Woche über gequält hatten. Er fühlte sich nur noch aus den Angeln gehoben, Teil einer entsetzlichen, absurden Scharade, ein Spieler in einer grotesken Farce. Der naive Träumer, der nach Gerechtigkeit strebt und dabei eine Spur der Verwüstung hinterlässt. Sein Bemühen, einen Mörder zu fassen, hatte sich in nichts als Blutvergießen verwandelt. Raisa hatte es von Anfang an gewusst, schon im Wald und auch vorgestern Abend. Sie hatte versucht, ihn zu warnen, und er war einfach weiter vorangeprescht wie ein abenteuerlustiges Kind. *Was kann ich allein schon ausrichten?*

Jetzt hatte er seine Antwort: 200 Menschenleben ruiniert, ein junger Mann tot, ein Arzt ebenfalls tot. Der Körper eines jungen Mannes war von einem Zug in zwei Hälften getrennt worden. Das also war die Frucht seiner Mühe. Dafür hatte er sein Leben riskiert. Und Raisas Leben. Das war das Ergebnis seiner Sühne.

»Alexander ist tot. Er hat sich umgebracht. Hat sich vor den Zug geworfen.«

Nesterow ließ den Kopf sinken. »Es tut mir leid, das zu hören. Wir haben ihm die Chance gegeben, sich wieder in den Griff zu bekommen. Aber vielleicht konnte er das nicht. Vielleicht war er zu krank.«

»Wir sind für seinen Tod verantwortlich.«

»Nein, er war krank.«

»Er war erst 22. Er hatte eine Mutter und einen Vater und ging gern ins Kino. Und jetzt ist er tot. Aber das Gute daran ist, wenn wir jetzt noch ein totes Kind finden, können wir es einfach ihm in die Schuhe schieben und den Fall in Rekordzeit lösen.«

»Das reicht.«

»Warum tun Sie das? Am Geld oder irgendwelchen Vergünstigungen kann es ja wohl nicht liegen.« Leo starrte Nesterows windschiefes Haus an.

Der antwortete: »Tjapkin hat sich umgebracht, weil er schuldig war.«

»Sobald wir angefangen haben, diese Männer zu verhaften, hat er doch gewusst, dass wir die Kinder befragen und ihn finden würden.«

»Er hatte die medizinischen Kenntnisse, um zu wissen, wie man einem Kind den Magen herausschneidet. Hinsichtlich des Mordes an dem Mädchen hat er Ihnen gegenüber eine Falschaussage gemacht, um uns zu verwirren. Er war hinterhältig und gerissen.«

»Er hat mir die Wahrheit gesagt. Der Magen des Mädchens war herausgeschnitten. Ihr Mund war mit Rinde vollgestopft. Genauso war der Magen des Jungen herausgeschnitten, und sein Mund war auch voller Rinde. Sie hatte eine Schnur am Fußgelenk, der Junge auch. Sie wurden von ein und demselben umgebracht. Und das war weder Doktor Tjapkin noch der junge Warlam Babinitsch.«

»Gehen Sie nach Hause.«

»In Moskau hat es einen Toten gegeben. Ein kleiner Junge namens Arkadi, noch nicht mal fünf Jahre alt. Ich habe seine Leiche nicht selbst gesehen, aber mir wurde gesagt, dass er nackt aufgefunden wurde, mit aufgeschlitztem Bauch, und in seinem Mund steckte irgendein Zeug. Ich vermute, er war mit Rinde vollgestopft.«

»Ach, jetzt gibt es auf einmal einen Mord in Moskau? Das kommt ja wie gerufen, Leo. Ich glaube Ihnen kein Wort.«

»Ich habe es auch nicht geglaubt. Ich stand vor den trauernden Angehörigen, die behaupteten, ihr Sohn sei ermordet worden, und ich habe es ihnen nicht geglaubt. Ich sagte ihnen, dass es nicht stimme. Wie viele solcher Vorkommnisse sind noch vertuscht worden? Wir wissen es nicht und können es auch nicht herausfinden. Unser System ist perfekt darauf ausgerichtet, dass dieser Kerl so viele Menschen umbringen kann, wie er will. Und er wird weiter morden, und wir werden immer weiter die falschen Leute einsperren, Unschuldige, Leute, die wir nicht mögen oder mit denen wir nichts zu tun haben wollen. Und er wird immer weitermorden.«

Nesterow traute diesem Mann nicht. Er hatte ihm von Anfang an nicht getraut, und ganz bestimmt würde er sich von ihm nicht irgendwelche kritischen Bemerkungen über den Staat entlocken lassen. Er ließ Leo stehen und griff nach der Haustür.

Leo riss ihn an der Schulter herum, sodass sie sich wieder Auge in Auge gegenüberstanden. Eigentlich hatte er noch etwas vorbringen wollen, den anderen mit Vernunft und Logik überzeugen, aber ihm fiel nichts mehr ein, und so schlug er einfach zu. Es war ein guter Schlag, ein harter Schlag. Nesterows Kopf wurde zur Seite geschleudert. So verharrte er einen Moment, den Kopf zur Seite gelegt. Dann wandte er das Gesicht langsam seinem Untergebenen zu. Leo versuchte, mit fester Stimme zu sprechen: »Wir haben überhaupt nichts aufgeklärt.«

Nesterow haute ihn einfach um. Leo krachte zu Boden und landete auf dem Rücken. Es tat nicht weh. Noch nicht. Nesterow starrte zu ihm hinab und befühlte sein Kinn. »Gehen Sie nach Hause.«

Leo rappelte sich hoch. »Wir haben überhaupt nichts aufgeklärt.«

Er schlug noch einmal zu. Nesterow parierte und schlug zurück. Leo duckte sich. Er war ein guter Kämpfer, durchtrainiert und erfahren. Aber Nesterow war größer und trotz seiner Größe schnell auf den Beinen. Leo erhielt einen Schlag in den Magen und knickte ein. Nesterow traf ihn ein zweites Mal, diesmal seitlich im ungeschützten Gesicht. Leo fiel auf die Knie, sein Kinn war aufgeplatzt. Mit verschleiertem Blick kippte er vornüber und schlug hin. Er rollte sich auf den Rücken und keuchte. Nesterow stand über ihm. »Gehen Sie nach Hause.«

Als Antwort trat Leo ihm direkt in die Weichteile. Nesterow schlingerte zurück und krümmte sich. Leo rappelte sich torkelnd auf. »Wir haben gar nichts …«

Bevor er den Satz zu Ende sprechen konnte, sprang Nesterow vor und prallte gegen ihn, warf ihn zu Boden und lag nun auf ihm. Er schlug ihn in den Magen, ins Gesicht, wieder in den Magen, ins Gesicht. Leo lag da und musste einen Schlag nach dem anderen einstecken, ohne sich wehren zu können. Nesterows Knöchel waren blutig geschlagen. Er ließ von Leo ab und keuchte. Leo rührte sich nicht. Er hatte die Augen geschlossen. Aus einer geplatzten Augenbraue lief ihm Blut ins rechte Auge. Nesterow stand auf, sah Leo an und schüttelte den Kopf. Er ging zur Haustür und wischte sich das Blut am Hosenbein ab. Als er schon die Hand am Türknauf hatte, hörte er hinter sich ein Geräusch.

Vor Schmerzen zusammenzuckend kämpfte Leo sich hoch. Er stand unsicher auf den Beinen, hob aber die Fäuste, als wolle er weiterkämpfen. Wie in einem Boot auf dem Meer schwankte er hin und her. Er konnte nur ahnen, wo Nesterow sich befand. Flüsternd stieß er hervor. »Wir … haben … überhaupt nichts … aufgeklärt.«

Nesterow sah, wie Leo wankte. Mit geballten Fäusten ging er auf ihn los und wollte ihn niederschlagen. Leo schlug zu, ein aussichtsloser, erbärmlicher Schlag. Nesterow machte einen Ausfallschritt und bekam ihn unter den Armen zu fassen, als Leos Beine auch schon wegsackten.

* * *

Leo saß am Küchentisch, Inessa hatte auf dem Herd etwas Wasser heiß gemacht, das sie jetzt in eine Schale goss. Nesterow tunkte einen Lappen hinein und überließ es Leo, sich das Gesicht zu säubern. Seine Lippe war aufgesprungen, und aus einer Augenbraue blutete es. Der Schmerz in seinem Magen hatte aufgehört. Leo drückte einen Finger auf seine Brust und die Rippen, aber es fühlte sich nichts gebrochen an. Sein rechtes Auge war zugeschwollen, er konnte es nicht aufmachen. Aber das war ein relativ geringer Preis, um Nesterows Aufmerksamkeit zu erringen. Leo fragte sich, ob sich seine Sache hier drinnen auch nur im Geringsten überzeugender anhören würde als draußen und ob Nesterow es sich leisten konnte, sich vor seiner Frau genauso desinteressiert zu zeigen, wo doch ihre Kinder im Zimmer nebenan schliefen.

»Wie viele Kinder haben Sie?«

Es war Inessa, die antwortete. »Wir haben zwei Jungen.«

»Gehen sie auf dem Weg zur Schule durch den Wald?«

»Zumindest früher.«

»Jetzt nicht mehr?«

»Wir lassen sie den Weg durch die Stadt nehmen. Es ist weiter, und sie maulen. Ich muss sie begleiten, damit sie nicht doch heimlich durch den Wald gehen. Auf dem Nachhauseweg bleibt uns nichts übrig, als ihnen zu vertrauen. Wir arbeiten ja beide.«

»Gehen sie denn morgen wieder durch den Wald? Wo doch der Mörder jetzt gefasst ist?«

Nesterow stand auf und stellte ein Glas vor Leo hin. »Möchten Sie vielleicht was Stärkeres?«

»Wenn Sie was dahaben.«

Nesterow holte eine halbe Flasche Wodka hervor und goss drei Gläser ein, eins für sich, eins für seine Frau und eins für Leo. Der Wodka brannte auf der Wunde in Leos Mund. Vielleicht half es ja sogar.

Nesterow setzte sich und goss Leo nach. »Warum sind Sie in Wualsk?«

Leo tauchte den blutigen Lappen in die Wasserschale, drückte ihn aus und hielt ihn sich ans Auge. »Ich bin hier, um die Morde an diesen Kindern aufzudecken.«

»Das ist eine Lüge.«

Leo musste das Vertrauen dieses Mannes gewinnen. Ohne seine Hilfe konnte er nichts weiter unternehmen. »Sie haben recht. Aber es gab in Moskau einen Mord. Ich hatte nicht den Auftrag, in der Sache zu ermitteln. Ich hatte den Auftrag, sie unter den Teppich zu kehren. Was das betrifft, habe ich meine Pflicht erfüllt. Nicht erfüllt habe ich sie, als ich mich weigerte, meine Frau als Spionin zu denunzieren. Man betrachtete mich als kompromittiert. Zur Strafe wurde ich hierher geschickt.«

»Dann sind Sie also tatsächlich ein in Ungnade gefallener Offizier?«

»Ja.«

»Und warum veranstalten Sie dann das hier?«

»Weil drei Kinder ermordet worden sind.«

»Sie glauben nicht, dass Warlam Larissa umgebracht hat,

weil Sie sich sicher sind, dass Larissa nicht das erste Opfer dieses Mörders war, habe ich recht?«

»Larissa war bestimmt nicht sein erstes Opfer. Jedenfalls kann ich es mir nicht vorstellen. Der hat das schon öfter gemacht. Es besteht sogar die Möglichkeit, dass der Junge in Moskau auch nicht sein erstes Opfer war.«

»Hier in dieser Stadt war Larissa das erste Kind. Das ist die Wahrheit. Ich kann es beschwören.«

»Der Mörder wohnt nicht in Wualsk. Die Morde sind in der Nähe des Bahnhofs geschehen. Er reist.«

»Er reist? Und er bringt Kinder um? Was für ein Mann würde so was machen?«

»Keine Ahnung. Aber in Moskau gibt es eine Frau, die ihn gesehen hat. Zusammen mit dem Opfer. Eine Augenzeugin, die den Mann beschreiben kann. Und wir bräuchten die Akten über seine Taten aus allen Städten zwischen Swerdlowsk und Leningrad.«

»Aber die Akten sind nicht zentral erfasst.«

»Deshalb müssen Sie auch in jede Stadt fahren und einzeln alle Akten zusammensuchen. Sie müssen Ihre Kollegen überzeugen, und wenn sie sich weigern, dann müssen Sie eben mit den Leuten reden, die dort wohnen.«

Es war eine geradezu haarsträubende Idee. Eigentlich zum Lachen. Stattdessen fragte Nesterow: »Warum sollte ich das für Sie tun?«

»Nicht für mich. Sie haben doch selbst gesehen, was er den Kindern antut. Tun Sie es für die Menschen um uns herum. Unsere Nachbarn, die Leute, die neben uns im Zug sitzen. Tun Sie es für all die Kinder, die wir noch nicht einmal kennen und nie kennenlernen werden. Ich selbst habe nicht die Befugnis, nach diesen Akten zu fragen. Ich kenne auch niemanden in der Miliz. Sie schon. Sie kennen die Kollegen, und die vertrauen Ihnen. Sie kommen an die Akten heran. Sie müssen nach den Fällen ermordeter Kinder suchen, aufgeklärten ebenso wie unaufgeklärten. Es existiert ein Muster: der mit Rinde vollgestopfte Mund und der fehlende Magen. Die Leichen sind wahrscheinlich alle irgendwo im Freien gefunden worden: in Wäldern, an Flüssen, vielleicht in der Nähe von Bahnhöfen. Sie haben Schnur um die Fußgelenke.«

»Und wenn ich nichts finde?«

»Wenn ich schon durch Zufall über drei gestolpert bin, dann gibt es garantiert noch mehr.«

»Ich würde ein großes Risiko eingehen.«

»Allerdings. Und Sie würden lügen müssen. Sie könnten niemandem den wahren Grund verraten, nicht mal Ihren eigenen Leuten. Sie könnten niemandem vertrauen. Und als Dank für Ihre Tapferkeit könnten Ihre Frau und die Kinder im Gulag enden und Sie unter der Erde. So sieht mein Angebot aus.«

Leo streckte über den Tisch hinweg die Hand aus. »Werden Sie mir helfen?«

Nesterow ging zum Fenster und blieb neben seiner Frau stehen. Sie sah ihn nicht an, sondern ließ nur den Wodka auf dem Grund ihres Glases kreisen. Würde er seine Familie und sein Heim riskieren, alles, wofür er gearbeitet hatte?

»Nein.«

Südöstliche Rostower Oblast

Westlich der Stadt Gukowo

2. April

Petja war schon vor Sonnenaufgang wach. Er saß auf der kalten Steintreppe ihres Bauernhauses und wartete ungeduldig darauf, dass die Sonne aufging, damit er seine Eltern um Erlaubnis fragen konnte, in die Stadt zu gehen. Nach Monaten des Sparens hatte er nun genug Geld, um sich noch eine Marke zu kaufen, und damit wäre er auf der letzten Seite seines Albums angelangt. Zu seinem fünften Geburtstag hatte ihm sein Vater den ersten Satz Briefmarken geschenkt. Petja hatte sie sich zwar nicht gewünscht, aber dann hatte er doch Gefallen an diesem Steckenpferd gefunden. Erst zögerlich und dann immer beharrlicher hatte er es verfolgt, bis er davon besessen gewesen war. In den letzten beiden Jahren hatte er auch Briefmarken von anderen Familien aus der Kolchose gesammelt, dem Bauernkollektiv Nr. 12, dem Hof, dem seine Eltern zugewiesen worden waren. Er hatte sogar Zufallsbekanntschaften in der nächstgelegenen Stadt Gukowo angesprochen in der Hoffnung, dass sie ihm ihre Briefmarken überlassen würden. Als seine Sammlung angewachsen war, hatte er sich ein billiges Pappalbum gekauft, in das er die Marken fein säuberlich einklebte. Er verwahrte es in einer Holzkiste, die sein Vater ihm gebastelt hatte, damit den Marken nichts passierte. Die Kiste war notwendig geworden, weil Petja nachts nicht mehr schlafen konnte und immer nachschaute, ob nicht etwa das Dach undicht war oder die Ratten seine kostbaren Seiten anknabberten. Doch von allen Briefmarken, die er gesammelt hatte, waren ihm die ersten vier, die ihm sein Vater geschenkt hatte, die liebsten.

Gelegentlich schenkten ihm seine Eltern eine Kopeke außer der Reihe. Nicht etwa, weil sie sie übrig gehabt hätten. Petja war alt genug, um zu verstehen, dass sie kein Geld zum Fenster hinauswerfen konnten, und als Gegenleistung bemühte er sich immer, ein paar zusätzliche Arbeiten auf dem Hof zu verrichten. Er musste lange sparen, es dauerte immer Monate, in denen er nichts anderes machen konnte, als sich vorzustellen, welche Briefmarke er als Nächstes kaufen würde. Gestern Abend hatte ihm seine Mutter noch eine Kopeke geschenkt, was keine weise Entscheidung gewesen war. Nicht etwa, weil sie etwas dagegen hatte, dass er sich Briefmarken kaufte, sondern weil sie wusste, dass er vermutlich die ganze Nacht nicht würde schlafen können. Genauso war es dann auch gekommen.

Als die Sonne aufging, trat Petja ins Haus. Seine Mutter bestand darauf, dass er zuerst eine Schale Haferflocken aß, bevor er irgendwo hinging. Petja schlang sie so schnell wie möglich hinunter und achtete nicht auf die Mahnungen seiner Mutter, er würde Bauchweh bekommen. Kaum war er fertig, rannte er aus dem Haus und hin zu dem Pfad, der sich durch die Felder bis zur Stadt schlängelte. Dann ließ er sich in einen leichten Trab zurückfallen. Die Geschäfte würden noch gar nicht offen sein, da konnte er ebenso gut seine Vorfreude auskosten.

In Gukowo war der Kiosk, der Briefmarken und Zeitungen verkaufte, noch geschlossen. Petja hatte keine Uhr, und er wusste auch nicht genau, wann der Kiosk aufmachte, aber es machte ihm nichts aus zu warten. Es war aufregend, in der Stadt zu sein und zu wissen, dass er genug Geld für eine neue Briefmarke hatte. So wanderte er zunächst ohne bestimmtes Ziel durch die Straßen. Beim Bahnhof der *Elektritschka* macht er Halt, denn er wusste, da drinnen gab es eine Uhr. Es war zehn vor acht.

Petja war schon mit der *Elektritschka* gefahren. Das war ein langsamer Zug, der bis Rostow an jeder Milchkanne hielt. Zwar war er mit seinen Eltern noch nie weiter als bis Rostow gekommen, aber manchmal war er schon mit seinen Freunden einfach nur in den Zug gestiegen, weil man da umsonst fahren konnte. Fahrkartenkontrollen gab es selten.

Petja wollte gerade zum Kiosk zurückkehren und seine Briefmarke kaufen, da setzte sich ein Mann neben ihn. Er hatte schicke Sachen an und einen schwarzen Koffer dabei, den er zwischen seinen Beinen abstellte, als habe er Angst, jemand würde damit stiften gehen. Petja guckte dem Mann ins Gesicht. Er hatte eine Brille mit dicken Gläsern auf und ordentlich frisiertes schwarzes Haar. Er war noch nicht richtig alt, grauhaarig und so, aber wirklich jung war er auch nicht mehr. Petjas Anwesenheit schien er gar nicht bemerkt zu haben. Gerade wollte Petja aufstehen und gehen, als der Mann den Kopf wandte und ihn anlächelte. »Und, wohin geht's heute?«

»Nirgendwohin. Jedenfalls nicht mit dem Zug, meine ich. Ich sitze hier nur herum.« Man hatte ihm beigebracht, zu Erwachsenen stets höflich und respektvoll zu sein.

»Das ist aber ein seltsamer Ort, um einfach nur so herumzusitzen.«

»Ich möchte mir eine Briefmarke kaufen, aber der Kiosk ist noch nicht offen. Aber vielleicht hat er ja inzwischen aufgemacht, ich sehe besser mal nach.«

Als er das hörte, wandte der Mann sich ganz zu ihm um. »Sammelst du etwa Briefmarken?«

»Genau.«

»Als ich so alt war wie du, war ich auch ein Briefmarkensammler.«

Petja lehnte sich zurück und machte es sich bequem. Er hatte noch nie jemanden getroffen, der auch Briefmarken sammelte.

»Haben Sie neue oder gestempelte Briefmarken gesammelt?«

»Meine waren alle postfrisch. Ich habe sie in einem Kiosk gekauft. Genau wie du.«

»Ich wünschte, meine wären auch alle neu. Aber die meisten sind schon gebraucht. Ich habe sie aus alten Umschlägen ausgeschnitten.« Petja griff in seine Tasche, zog seine paar Kopeken heraus und zeigte sie dem Mann. »Drei Monate habe ich dafür gespart.«

Der Mann besah sich das Häuflein Münzen. »So lange für so wenig.«

Petja betrachtete seine Ersparnisse. Der Mann hatte recht. Besonders viel hatte er nicht. Und da wurde ihm klar, dass er nie besonders viel haben würde, und das verdarb ihm den ganzen Spaß. Er würde niemals eine große Sammlung haben. Andere würden immer mehr haben als er, egal wie hart er arbeitete, das konnte er im Leben nicht aufholen. Besser, wenn er ging. Entmutigt wollte er schon aufstehen, als der Mann fragte: »Bist du auch ordentlich?«

»Jawohl.«

»Passt du gut auf deine Briefmarken auf?«

»Ich passe sehr gut auf sie auf. Ich habe sie alle in ein Album geklebt, und mein Papa hat mir eine Holzkiste gebastelt, damit an das Album auch nichts drankommt. Manchmal regnet es durchs Dach. Und manchmal gibt es auch Ratten.«

»Das ist schlau, das Album sicher zu verstauen. Ich habe es auch so gemacht, als ich so alt war wie du. Meins habe ich in einer Schublade verwahrt.«

Der Mann schien etwas abzuwägen. »Pass mal auf. Ich habe selber Kinder, zwei kleine Mädchen, aber keins davon interessiert sich für Briefmarken. Sie sind beide unordentlich. Ich selbst habe keine Zeit mehr für meine Briefmarken, dafür muss ich zu viel arbeiten. Verstehst du das? Deine Eltern haben doch bestimmt auch viel Arbeit.«

»Von morgens bis abends.«

»Die haben doch bestimmt auch keine Zeit für Briefmarken, oder?«

»Nein.«

»Mir geht es genauso. Und gerade ist mir eine Idee gekommen. Ich möchte meine Sammlung jemandem überlassen, der sie zu schätzen weiß. Jemandem, der sich darum kümmern würde. So jemandem wie dir.«

Petja malte sich die Aussicht auf ein ganzes Album voller neuer Briefmarken aus. Sie würden bis in die Zeit zurückreichen, wo der Mann angefangen hatte zu sammeln. Es wäre die Sammlung, die er sich immer erträumt hatte. Es verschlug ihm die Sprache, er konnte sein Glück kaum fassen.

»Und? Würde dich das interessieren?«

»Natürlich. Ich könnte sie in meine Holzkiste räumen, da wären sie sicher.«

Der Mann schien nicht überzeugt, er schüttelte den Kopf. »Aber mein Album ist so voll mit Briefmarken, dass es vielleicht gar nicht in deine kleine Kiste passt.«

»Dann macht mir mein Vater eben noch eine. Der kann das sehr gut, und es würde ihm auch überhaupt nichts ausmachen. Er bastelt gerne Sachen, und er ist sehr geschickt.«

»Und bist du auch sicher, dass du auf die Marken gut aufpassen würdest?«

»Aber ja.«

»Versprich es mir.«

»Ich verspreche es.«

Der Mann lächelte. »Du hast mich überzeugt. Du kannst sie haben. Ich wohne nur drei Haltestellen weiter. Ich kaufe dir eine Fahrkarte.«

Petja wollte schon sagen, dass man keine Fahrkarte brauchte, aber er schluckte die Worte hinunter. Besser nicht zugeben, dass er schon mal schwarzfuhr. Bis er die Briefmarken hatte, musste er bei dem Mann den guten Eindruck wahren.

Petja saß auf der Holzbank der *Elektritschka*, schaute aus dem Fenster in den Wald und schlenkerte die Beine, die Füße berührten fast den Boden. Er fragte sich gerade, ob er seine Kopeken überhaupt noch für eine neue Briefmarke ausgeben sollte. Das war doch gar nicht mehr nötig, wo er doch die ganzen anderen Marken bekommen würde. Er beschloss, seinen Eltern das Geld zurückzugeben. Es wäre doch schön, wenn sie an seinem Glück würden teilhaben können.

Der Mann tippte ihm auf die Schulter und unterbrach ihn in seinen Gedanken. »Wir sind da.«

Die *Elektritschka* war an einer Haltestelle mitten im Wald stehen geblieben, weit vor der Stadt Schachty. Das war nur eine Ausflugshaltestelle für Leute, die ins Grüne wollten. Es gab nur von Wanderern ausgetretene Pfade durchs Unterholz. Aber jetzt, so kurz nach der Schneeschmelze, war zum Wandern gar nicht die richtige Zeit. Der Wald war kahl und unwirtlich. Petja wandte sich seinem Reisegefährten zu. Dessen elegante Schuhe und der Koffer fielen ihm wieder auf. »Hier wohnen Sie?«

Der Mann schüttelte den Kopf. »Hier ist nur meine Datscha. Zu Hause kann ich meine Briefmarken nicht lassen. Ich würde mir viel zu große Sorgen machen, dass meine Kinder sie finden und sie mit ihren schmutzigen Fingern antatschen. Aber jetzt muss ich die Datscha verkaufen, verstehst du? Da weiß ich nicht mehr, wohin mit meiner Sammlung.«

Der Mann stieg aus. Petja folgte ihm und trat auf den Bahnsteig. Sonst war niemand ausgestiegen.

Der Mann ging in den Wald, Petja blieb dichtauf. Dass er eine Datscha hatte, klang glaubhaft. Petja kannte zwar keinen, der reich genug gewesen wäre, sich ein Sommerhäuschen zu halten, aber er wusste, dass solche Datschen oft in Wäldern, an Seen oder am Meer lagen. Während sie weitergingen, fuhr der Mann fort: »Es wäre natürlich schön gewesen, wenn meine Kinder sich für Briefmarken begeistert hätten, aber sie interessieren sich einfach gar nicht dafür.«

Petja überlegte, ob er dem Mann sagen sollte, dass seine Kinder vielleicht einfach nur ein bisschen Zeit brauchten. Er hatte ja auch Zeit gebraucht, bis er ein gewissenhafter Sammler geworden war. Aber er war schlau genug zu erkennen, dass es für ihn von Vorteil war, wenn dessen Kinder sich für die Marken nicht interessierten. Also hielt er den Mund.

Der Mann verließ den Pfad und marschierte ziemlich schnell durch das Unterholz. Petja konnte kaum folgen, so lange Schritte machte der Mann. Petja musste fast laufen.

»Wie heißen Sie eigentlich? Ich würde meinen Eltern gern sagen können, wer der Mann war, der mir die Briefmarken gegeben hat. Nur für den Fall, dass sie mir nicht glauben.«

»Mach dir um deine Eltern keine Gedanken. Ich schreibe ihnen einen Zettel und erkläre ihnen, wie du an das Album gekommen bist. Ich gebe ihnen sogar meine Adresse, falls sie die Geschichte nachprüfen wollen.«

»Vielen Dank.«

»Nenn mich doch Andrej.«

Nach einer Weile blieb der Mann stehen, bückte sich und öffnete seinen Koffer. Petja blieb ebenfalls stehen und schaute sich nach der Datscha um. Er sah aber keine. Vielleicht mussten sie noch ein bisschen weiterlaufen. Während er Atem holte, schaute er hinauf in die kahlen Äste der hohen Bäume, die kreuz und quer in den Himmel ragten.

* * *

Andrej starrte auf den kleinen Körper hinab. Aus dem Kopf des Jungen lief Blut und rann ihm das Gesicht hinunter. Andrej kniete sich hin, legte einen Finger auf seinen Hals und fühlte nach dem Puls. Der Junge lebte. Sehr gut. Er rollte ihn auf den Rücken und fing an, ihn wie eine Puppe zu entkleiden. Zuerst zog er ihm den Mantel, das Hemd, die Socken und die Schuhe aus, schließlich die Hose und die Unterwäsche. Er sammelte die Kleider in einem Bündel zusammen, nahm seinen Koffer auf und entfernte sich von dem Kind. Nach ungefähr zwanzig Schritten blieb er neben einem umgestürzten Baumstamm stehen. Er ließ die Kleider fallen, ein Häuflein billiger Klamotten. Dann stellte er seinen Koffer ab, öffnete ihn und holte ein langes Stück grobe Schnur heraus. Er ging zurück zu dem Jungen und band ihm ein Ende ans Fußgelenk. Er machte einen festen Knoten und probierte ihn aus, indem er an dem Bein des Jungen zog. Er hielt. Andrej ging zurück und wickelte dabei vorsichtig das Seil auf, so als wolle er eine Zündschnur für eine Packung Dynamit legen. Er kam an dem umgefallenen Baum an, verbarg sich dahinter und legte sich auf den Boden.

Er hatte sich eine gute Stelle ausgesucht. Der Stamm lag so, dass Andrej, wenn der Junge erwachte, nicht zu sehen sein würde. Sein Blick folgte der Schnur von seiner Hand aus über den Boden bis hin zu dem Fußgelenk des Jungen. Er hatte immer noch reichlich Schnur in seiner Hand übrig, mindestens noch für fünfzehn Schritt. Er war mit seinen Vorbereitungen fast fertig und so aufgeregt, dass er pinkeln musste. Weil er befürchtete, den Moment zu verpassen, wo der Junge aufwachte, rollte er sich zur Seite, knöpfte sich den Hosenschlitz auf und erleichterte sich im Liegen. Als er fertig war, schob er sich von der feuchten Erde weg, korrigierte noch einmal seine Position und schaute, was der Junge machte. Er war immer noch bewusstlos. Es wurde Zeit für die letzten Vorbereitungen. Andrej nahm seine Brille ab, verstaute sie im Etui und ließ es in seine Jackentasche gleiten. Als er sich wieder umschaute, konnte er die Bäume, die Schnur und das Kind nur noch verschwommen erkennen. Er kniff die Augen zusammen, aber alles, was er sah, waren Umrisse, ein undeutlicher, hautfarbener Klecks, der sich vom Boden abhob. Andrej streckte den Arm aus, knickte von einem nahe stehenden Baum einen Zweig ab und fing an, die Rinde abzukauen. Seine Zähne wurden braun und fühlten sich pelzig an.

* * *

Petja schlug die Augen auf und konzentrierte seinen Blick auf den grauen Himmel und die kahlen Bäume. An seinem Kopf klebte Blut. Er berührte es, sah dann auf seine Finger und fing an zu weinen. Ihm war kalt. Er war nackt. Was war passiert? Er war durcheinander und traute sich nicht, sich aufzurichten, weil er Angst hatte, dann den Mann neben sich zu sehen. Bestimmt war er in der Nähe. Im Moment konnte Petja nur den Himmel sehen. Aber hier konnte er nicht bleiben, so nackt auf dem Boden. Er wollte nach Hause zu seinen Eltern. Er hatte seine Eltern so lieb und war sich sicher, dass sie ihn auch lieb hatten. Seine Lippen zitterten, er schlotterte am ganzen Körper. Er setzte sich auf, sah nach links, sah nach rechts, wagte kaum zu atmen. Der Mann war nirgendwo zu sehen. Petja schaute hinter sich, dann zur Seite. Der Mann war verschwunden. Petja ging in Hockstellung und starrte in den Wald. Er war ganz allein. Erleichtert atmete er auf. Er verstand das zwar nicht, aber er wollte es auch gar nicht verstehen.

Suchend blickte er sich nach seinen Kleidern um. Sie waren weg. Nicht so wichtig. Petja sprang auf und rannte los, so schnell er nur konnte. Unter seinen Füßen knackten herabgefallene Äste, die Erde war nass vom Regen und dem geschmolzenen

Schnee, und wenn seine Füße nicht gerade einen Ast zerbrachen, machten sie ein klatschendes Geräusch. Er wusste nicht, ob er in die richtige Richtung lief. Er wusste nur, dass er hier wegmusste.

Plötzlich wurde sein rechter Fuß zurückgerissen, als ob eine Hand sein Fußgelenk umklammert hätte. Petja verlor das Gleichgewicht, kippte vornüber und fiel zu Boden. Er nahm sich gar nicht die Zeit, wieder zu Atem zu kommen, sondern rollte sich sofort auf den Rücken und starrte hinter sich. Niemand zu sehen. Wahrscheinlich war er gestolpert. Gerade wollte er wieder aufstehen, als er das Seil sah, das um sein rechtes Fußgelenk gebunden war. Sein Blick folgte seiner eigenen Spur in den Wald hinein, und er sah, wie es sich über den Boden spannte wie eine Angelschnur, bis hin zu einem umgefallenen Baum etwa 40 Schritt weiter.

Petja riss an dem Seil und versuchte, es sich über das Fußgelenk zu streifen, aber es war so fest, dass es ihm die Haut einschnitt. Die Schnur wurde wieder angezogen, diesmal fester. Petja wurde über den Waldboden geschleift, sein Rücken wurde ganz schlammig, dann blieb er wieder liegen. Er sah auf. Da war er. Der Mann stand hinter dem Baumstamm auf und zog ihn zu sich heran. Petja klammerte sich an irgendwelche Äste, grub die Hände in den Boden, aber es nutzte nichts. Er wurde immer näher herangezogen. Er konzentrierte sich auf den Knoten. Der ließ sich nicht aufmachen, und durchreißen konnte er das Band auch nicht. Seine einzige Chance war, es abzustreifen. Er schürfte sich die Haut am Fußgelenk ab, die ganze oberste Schicht war schon weg. Die Schnur wurde wieder angezogen, und diesmal schnitt sie ihm ins Fleisch. Er biss die Zähne zusammen, schreien würde er nicht. Er nahm eine Handvoll schlammiger Erde und schmierte das Seil damit ein. Gerade als der Mann es wieder anzog, hatte Petja sich von der Schlinge befreit. Er sprang auf die Füße und rannte los.

Das Seil in Andrejs Händen hing schlaff herunter. Am anderen Ende war nichts mehr. Er zog noch einmal und spürte, wie ihm die Röte ins Gesicht stieg. Er kniff die Augen zusammen, konnte aber nichts sehen. Er hatte sich immer nur auf das Seil verlassen. Sollte er seine Brille aufsetzen? Nein. Als Kind hatte er auch keine gehabt. Da war er genauso hilflos gewesen. Fast blind war er allein durch den Wald gestolpert. *Er lässt dich allein.*

Andrej sprang auf und kletterte über den umgestürzten Baum. Mit der Nase dicht am Boden folgte er dem Seil.

Petja lief so schnell wie noch nie in seinem Leben. Er würde den Bahnhof erreichen. Der Zug würde da sein. Er würde einsteigen. Und der Zug würde losfahren, bevor der Mann ankam. Er würde überleben. *Ich kann es schaffen.*

Er drehte sich um. Der Mann war hinter ihm, er lief, hielt dabei aber den Kopf dicht am Boden, so als suche er nach etwas, das er verloren hatte. Außerdem lief er in die falsche Richtung. Der Abstand zwischen ihnen wurde größer. Petja würde es schaffen. Er würde entkommen.

Andrejs Herz schlug wie wild. Als er das Ende der Schnur erreichte, blieb er stehen und schaute heftig blinzelnd um sich. Er merkte, dass seine Augen anfingen zu tränen, aber sehen konnte er ihn nicht. Der Junge war weg. Andrej war allein, verlassen. Aber da – auf der rechten Seite – eine Bewegung – etwas Helles – Hautfarbenes – der Junge.

Petja blickte sich rasch um in der Hoffnung, dass der Abstand zwischen ihnen sich weiter vergrößert hatte. Diesmal sah er den Mann ganz schnell laufen, und zwar direkt auf sich zu. Er machte lange Schritte, die Jacke flatterte ihm um die Hüften.

Er hatte ein breites Grinsen aufgesetzt. Petja konnte erkennen, dass seine Zähne aus irgendeinem Grund ganz braun waren. Petja blieb stehen. Er begriff, dass es keine Flucht mehr gab. Er fühlte sich schwach, alle Kraft war ihm aus den Beinen gewichen. Er umklammerte seinen Kopf mit den Händen, so als könne das ihn schützen, schloss die Augen und stellte sich vor, er sei wieder in den Armen seiner Eltern.

Andrej prallte mit solcher Wucht auf den Jungen, dass sie beide zu Boden fielen. Andrej kam über dem Jungen zu liegen, der sich unter ihm wand, kratzte und sich in seiner Jacke verbiss. Andrej hielt sich flach auf dem Jungen, damit er nicht wegkonnte, und murmelte: »Das Biest lebt noch!«

Er zog ein langes Jagdmesser hervor, das in seinem Gürtel gesteckt hatte. Mit geschlossenen Augen stach er unter sich, erst ganz vorsichtig, nur mit der Spitze, und hörte die Schreie. Er wartete, kostete den Moment aus, fühlte die Zuckungen des Kampfes in seinem Bauch. Was für ein Gefühl! Erregt stieß er das Messer immer tiefer und schneller hinein, immer tiefer und schneller, bis er es schließlich bis zum Schaft versenkte. Da bewegte sich das Kind aber schon nicht mehr.

Drei Monate danach

Südöstliche Rostower Oblast

Asowsches Meer

4. Juli

Nesterow saß mit im Sand vergrabenen Zehen da. Dieser Strandabschnitt war beliebt bei Leuten, die in der etwa 40 Kilometer nordöstlich gelegenen Stadt Rostow am Don wohnten, und der heutige Tag machte da keine Ausnahme. Der Strand war übersät mit Menschen. Die Einwohner waren aus ihrem Winterschlaf erwacht, der lange Winter hatte ihnen die Haut ausgebleicht. Er versuchte anhand des jeweiligen Körperbaus zu erraten, in welchen Berufen die Leute arbeiteten. Die dickeren Männer waren bestimmt irgendwie wichtig, vielleicht Fabrikdirektoren, Parteikader oder hochrangige Beamte der Staatssicherheit. Nicht welche, die Türen eintraten, sondern solche, die Dokumente unterschrieben. Nesterow bemühte sich, nur nicht ihre Blicke auf sich zu ziehen, und konzentrierte sich auf seine Familie. Seine beiden Söhne spielten im flachen Wasser, seine Frau lag neben ihm auf der Seite und schlief, die Augen geschlossen und eine Hand unter den Kopf geschoben. Auf den ersten Blick gaben sie ein Bild der Zufriedenheit ab, die perfekte sowjetische Familie. Und sie hatten ja auch allen Grund, entspannt zu sein, denn sie waren in den Ferien und hatten einen Dienstwagen der Miliz nebst staatlichem Benzingutschein zu ihrer Verfügung. Eine Belohnung für die erfolgreiche, diskrete und effiziente Lösung zweier voneinander unabhängiger Mordfälle. Er solle mal alle fünfe gerade sein lassen, hatte es geheißen, das sei ein Befehl. Nesterow wiederholte die Worte im

Geiste und ließ sich ihre unfreiwillige Ironie auf der Zunge zergehen.

Der Prozess gegen Warlam Babinitsch hatte zwei Tage gedauert. Der Verteidiger hatte auf Geistesgestörtheit plädiert. Die Verfahrensrichtlinien verlangten, dass die Verteidigung nur mit den Aussagen von der Anklage bestellter Zeugen arbeiten durfte, eigene Zeugen durfte sie nicht aufrufen. Nesterow war kein Anwalt, aber er musste auch keiner sein, um zu verstehen, welch ungeheurer Vorteil der Anklage damit in die Hand gespielt wurde. In Babinitschs Fall sollte die Verteidigung die Geistesgestörtheit beweisen, ohne auf einen einzigen Zeugen zurückgreifen zu können, der nicht vorher schon von der Anklage präpariert worden war. Da im Krankenhaus Nr. 379 keine Psychologen beschäftigt waren, hatte die Anklage einen Arzt ohne Fachkenntnisse bestimmt, sein Urteil abzugeben. Der Arzt hatte zu Protokoll gegeben, Warlam Babinitsch kenne den Unterschied zwischen richtig und falsch und wisse auch, dass Mord falsch sei. Die Intelligenz des Angeklagten sei zwar begrenzt, aber ausreichend, um einen Begriff wie Verbrechen zu verstehen, denn immerhin habe er bei seiner Verhaftung ja geäußert: *Ich bin dermaßen in Schwierigkeiten.*

Der Verteidigung blieb anschließend nichts anderes übrig, als denselben Arzt noch einmal in den Zeugenstand zu rufen, damit er nun die gegenteilige Meinung vertrete. Warlam Babinitsch war schuldig gesprochen worden. Nesterow hatte einen maschinengeschriebenen Brief erhalten, in dem bestätigt wurde, dass der Siebzehnjährige auf Knien gestorben war, getötet durch einen Schuss in den Hinterkopf.

Doktor Tjapkins Fall hatte noch weniger Zeit in Anspruch genommen, kaum einen Tag. Seine Frau hatte ausgesagt, er sei gewalttätig, seine krankhaften Phantasien beschrieben und behauptet, der einzige Grund, warum sie nichts gesagt habe, sei die Furcht um ihr eigenes Leben und das ihrer kleinen Kinder gewesen. Außerdem hatte sie vor dem Richter erklärt, sie habe sich von ihrer Religion losgesagt, dem Judentum. Sie wolle ihre Kinder zu aufrechten Kommunisten erziehen. Als Gegenleistung für diese Aussage hatte man sie nach Schachty umgesiedelt, eine Stadt in der Ukraine, wo sie ihr Leben ohne das Stigma des Verbrechens, das ihr Mann begangen hatte, weiterleben konnte. Und da jenseits von Wualsk niemand von diesem Verbrechen erfahren hatte, hatte sie noch nicht einmal ihren Namen ändern müssen.

Nachdem diese beiden Fälle abgeschlossen waren, hatte das Gericht sich an die 200 Verfahren gegen Männer gemacht, denen antisowjetisches Verhalten vorgeworfen wurde. Die Homosexuellen waren zu schweren Lagerhaftstrafen zwischen 5 und 25 Jahren verurteilt worden. Um die schiere Anzahl der Fälle flüssig bearbeiten zu können, hatte sich der Richter für das Strafmaß ein Bewertungsschema ausgedacht, das die berufliche Vergangenheit der Angeklagten, die Anzahl ihrer Kinder sowie schließlich die Anzahl der perversen sexuellen Kontakte, die sie angeblich gehabt hatten, mit in Betracht zog. Parteimitglied zu sein wurde zum Nachteil der Angeklagten ausgelegt, denn sie hatten die Partei in Verruf gebracht, obwohl sie es hätten besser wissen müssen. Sie wurden aus der Partei ausgeschlossen. Trotz der Gleichförmigkeit der Verhandlungen hatte Nesterow sie von Anfang bis Ende verfolgt, alle 200. Nachdem der letzte Mann verurteilt war, hatte er den Gerichtssaal verlassen, nur um zu erleben, dass die örtlichen Parteikader ihm auf die Schulter klopften. Gut gemacht! Es war fast sicher, dass er innerhalb der nächsten paar Monate eine neue Wohnung bekommen würde, spätestens aber bis zum Ende des Jahres.

In den schlaflosen Nächten nach dem Ende der Prozesse hatte seine Frau ihm erklärt, es sei doch ohnehin nur eine Frage der

Zeit, bis er Leo seine Hilfe zusagen werde, also solle er es doch bitte endlich hinter sich bringen. Hatte er etwa auf ihr Einverständnis gewartet? Ja, vielleicht. Schließlich spielte er nicht nur mit seinem eigenen Leben, sondern auch mit dem seiner Familie. Er tat zwar streng genommen nichts Falsches, indem er Fragen stellte und Erkundigungen einholte, aber er arbeitete auf eigene Faust.

Eigenmächtiges Handeln war immer riskant, denn es bedeutete ja, dass die Strukturen, die der Staat geschaffen hatte, versagt hatten. Dass der Einzelne etwas erreichen konnte, was der Staat nicht konnte. Dennoch war er zuversichtlich, ein paar unauffällige, beiläufige Ermittlungen anstellen zu können, die nicht nach mehr aussehen würden als nach Palaver unter Kollegen. Wenn er feststellte, dass es keine ähnlichen Fälle gab, keine anderen ermordeten Kinder, konnte er sicher sein, dass die grausamen Strafen, die er mit herbeigeführt hatte, angemessen und gerecht gewesen waren. Obwohl er Leo misstraute und ihm die Zweifel, die er gesät hatte, verübelte, gab es nichts daran zu deuteln, dass der Mann eine ganz einfache Frage gestellt hatte. Hatte seine Arbeit einen Sinn oder war sie nur ein Mittel zum Überleben? Es war nichts Schändliches daran, überleben zu wollen, die meisten Leute waren mit nichts anderem beschäftigt. Aber reichte es, im Elend zu leben und nicht einmal mit einem Gefühl des Stolzes belohnt zu werden, nicht einmal durch den Gedanken, einem höheren Ziel gedient zu haben, aufrechterhalten zu werden?

In den letzten zehn Wochen hatte Nesterow auf eigene Faust gehandelt, ohne sich mit Leo zu besprechen oder ihn mit einzubeziehen. Da Leo mit ziemlicher Sicherheit überwacht wurde, war es besser, möglichst wenig Kontakt zu ihm zu haben. Er hatte ihm lediglich eine Notiz zukommen lassen – *Ich helfe Ihnen* – und ihn darin angewiesen, diese sofort zu vernichten.

Es war nicht einfach, an regionale Kriminalakten heranzukommen. Er hatte Telefongespräche geführt und Briefe geschrieben und in beiden das Thema nur am Rande erwähnt, indem er die Effizienz seiner Abteilung lobte, die beiden Fälle so schnell gelöst zu haben. Vielleicht würde er damit ja ähnliche Prahlereien herauskitzeln. Als die Antworten einzutreffen begannen, hatte er sich gezwungen gesehen, mehrere außerdienstliche Bahnreisen in andere Städte zu unternehmen, sich mit Kollegen zu treffen, mit ihnen zu trinken und dabei die entscheidenden Fälle höchstens in einer halben Minute zu erwähnen, um sich anschließend schnell wieder anderer Dinge zu brüsten. Es war eine außerordentlich ineffiziente Methode, um an Informationen zu kommen. Drei Stunden Besäufnis für vielleicht zwei Minuten brauchbarer Unterhaltung. Nach acht Wochen hatte Nesterow noch kein einziges Verbrechen ausgegraben, das als ungeklärt galt. Das war der Moment gewesen, Leo in sein Büro zu rufen.

Leo hatte das Büro betreten, die Tür geschlossen und sich hingesetzt. Nesterow hatte sicherheitshalber noch einmal in den Flur gespäht, war dann zurückgekehrt, hatte die Bürotür verriegelt und unter seinen Schreibtisch gegriffen. Er hatte eine Karte der Sowjetunion hervorgeholt, sie auf dem Schreibtisch ausgebreitet und die Ecken mit Büchern beschwert. Dann hatte er sich eine Handvoll Stecknadeln genommen. Zwei Nadeln hatte er bei Wualsk in die Karte gesteckt, zwei Nadeln bei Molotow, zwei bei Wjatka, zwei in Gorki und zwei in Kasan. Die Stecknadeln beschrieben eine Linie von Städten, die der Eisenbahnlinie westwärts in Richtung Moskau folgte. In Moskau selbst war Nesterow nicht gewesen, die Beamten der dortigen Miliz hatte er gemieden aus Furcht, dass sie bei jeder Art von Erkundigung misstrauisch werden würden. Westlich von Moskau hatte Nesterow nur noch wenige Informationen sammeln können, aber immerhin einen möglichen Vorfall in Twer gefunden. Weiter südlich steckte er drei Stecknadeln bei Tula ein, zwei bei Orel und zwei bei Belgorod. Für die Ukraine nahm Nesterow sich wieder die Schachtel mit den Nadeln und schüttete sich mindestens zwanzig in die Hand. Dann machte er weiter: zwei Nadeln in Taganrog, zwei in Saporoschje, drei in Kramatorsk, eine in Kiew. Beim Rückweg aus der Ukraine dann noch fünf Stecknadeln in Taganrog und schließlich sechs Nadeln in Rostow.

Nesterow verstand Leos Reaktion – fassungsloses Schweigen. Ihn selbst hatte das Zusammentragen dieser Informationen in einen ähnlichen Gemütszustand versetzt. Anfangs hatte er noch versucht, die Ähnlichkeiten abzutun: das zerkleinerte Zeug, das man den Kindern in den Mund geschoben hatte, das manche Beamte als Erde bezeichneten, andere als Dreck. Die verstümmelten Körper. Aber die Übereinstimmungen waren einfach zu auffällig. Immer Schnur um die Fußgelenke, alle Leichen nackt, die Kleider auf einem Häuflein etwas weiter weg deponiert. Der Tatort lag immer in einem Wald oder Park, oft in der Nähe eines Bahnhofs. Nie waren es häusliche Verbrechen, und immer waren sie im Freien geschehen. Nicht eine einzige Stadt hatte mit einer anderen kommuniziert, obwohl manche Verbrechen weniger als 50 Kilometer voneinander entfernt geschehen waren. Man war keinerlei Verbindungen nachgegangen, die diese Stecknadeln miteinander in Beziehung hätten setzen können. Man hatte die Morde aufgeklärt, indem man sie Betrunkenen, Dieben oder verurteilten Vergewaltigern in die Schuhe geschoben hatte – unerwünschten Personen, denen man jeden Verdacht hätte anhängen können.

Nesterow hatte bislang 43 Fälle gezählt. Jetzt beugte er sich vor, nahm noch eine Stecknadel aus der Schachtel und steckte sie mitten in Moskau ein. Arkadi war Kind Nr. 44.

* * *

Nesterow wachte mit offenem Mund auf und stellte fest, dass er mit dem Gesicht im Sand lag. Er richtete sich auf, wischte sich den Sand ab. Die Sonne hatte sich hinter einer Wolke verborgen. Er schaute sich nach seinen Kindern um, suchte den Strandabschnitt ab, auf dem Leute spielten. Sein ältester Sohn, der siebenjährige Efim, hockte am Wasserrand. Aber seinen Jüngsten, der erst fünf war, konnte er nirgendwo entdecken. Nesterow wandte sich an seine Frau, die gerade fürs Mittagessen Trockenfleisch in Streifen schnitt. »Wo ist Vadim?«

Inessa sah auf. Ihren ältesten Sohn entdeckte sie sofort, aber wo war der Kleine? Noch mit dem Messer in der Hand stand sie auf, wandte sich um und suchte den Bereich hinter ihnen ab. Als sie den Jungen nicht sah, ließ sie das Messer fallen. Beide liefen sie zu Efim und knieten sich zu beiden Seiten neben ihn. »Wo ist dein Bruder?«

»Er hat gesagt, dass er zu euch zurückwollte.«

»Wann?«

»Weiß nicht.«

»Denk nach!«

»Noch nicht lange her. Ich weiß nicht genau.«

»Wir haben euch doch gesagt, ihr sollt zusammenbleiben.«

»Aber er hat gesagt, dass er zu euch zurückwill.«

»Ist er nicht ins Wasser gegangen?«

»Er ist da langgegangen, in eure Richtung.«

Nesterow stand wieder auf und spähte hinaus aufs Wasser. Vadim war nicht ins Wasser gegangen, er hatte nicht schwimmen wollen. Also war er irgendwo auf dem Strand, irgendwo zwischen diesen hunderten von Leuten. Bilder aus den Kriminalakten stiegen vor Nesterows innerem Auge auf. Ein junges Mädchen hatte man nicht weit von einem beliebten Wanderpfad entlang eines Flusses gefunden. Ein anderes kleines Mädchen war kaum 100 Meter von ihrem Elternhaus entfernt in einem Park ermordet worden, hinter einem Denkmal.

Er kauerte sich wieder neben seinen Sohn. »Geh zurück zu den Decken. Und da bleibst du, egal wer dich anspricht und was sie sagen. Selbst wenn es Erwachsene sind, die verlangen, dass du ihnen gehorchst, du bleibst, wo du bist!«

Dann fiel Nesterow ein, wie viele Kinder sich hatten überreden lassen, mit in den Wald zu gehen. Er besann sich eines Besseren und nahm seinen Sohn bei der Hand. »Komm mit. Wir suchen zusammen nach deinem Bruder.«

Seine Frau ging den Strand hoch, er selbst nahm die entgegengesetzte Richtung und schlängelte sich durch das Gewirr der Leute. Er ging schnell, zu schnell für Efim, deshalb nahm er ihn auf den Arm und trug ihn. Sie liefen bis zum Ende des Strands, wo er in hohes Schilfgras überging.

Efim wusste ein bisschen darüber, was sein Vater arbeitete. Er wusste auch von den beiden ermordeten Kindern bei ihnen zu Hause, aber seine Eltern hatten ihn schwören lassen, mit niemandem darüber zu reden. Keiner sollte sich deswegen Sorgen machen, die Fälle würden schon aufgeklärt werden. Efim wusste, dass sein kleiner Bruder in Gefahr war. Er war ein redseliger, freundlicher Junge, der bestimmt zu keinem unhöflich wäre. Efim hätte besser auf ihn aufpassen sollen. Das hier war seine Schuld. Er fing an zu weinen.

Am anderen Ende des Strands rief Inessa nach ihrem Sohn. Sie hatte die Akten der Fälle gelesen, in denen ihr Mann ermittelt hatte. Sie wusste haargenau, was mit den verschwundenen Kindern passiert war. Jetzt bekam sie panische Angst und machte sich schwerste Vorwürfe. Sie selbst hatte ihrem Mann gesagt, er sollte Leo helfen. Sie hatte ihn ermuntert und ihn nur zu der Vorsichtsmaßnahme ermahnt, die Nachforschungen geheim zu halten. Von seinem Naturell her war er eher von der unverblümten

Sorte, und bei dieser Sache musste man behutsam vorgehen. Sie hatte seine Briefe gelesen, bevor er sie abgeschickt hatte, und hier und da noch Zusätze vorgeschlagen für den Fall, dass die Briefe abgefangen würden. Als er ihr die Landkarte mit den Stecknadeln gezeigt hatte, hatte sie jede einzelne Nadel angefasst. Es war eine unvorstellbare Zahl, und in jener Nacht hatte Inessa bei ihren Söhnen im Bett geschlafen. Ihre Ferien mit weiteren Nachforschungen zu verknüpfen war auch ihre Idee gewesen. Die meisten Morde konzentrierten sich im Süden des Landes, und Nesterows einzige Möglichkeit, sich hier unauffällig für längere Zeit aufzuhalten, war, dass er zur Verschleierung die Familie mitnahm. Erst jetzt wurde ihr so richtig bewusst, dass sie ihre Kinder in Gefahr gebracht hatte. Sie hatte sie mitten ins Zentrum dieser mysteriösen Gräuel geführt. Sie hatte die Macht dessen, nach dem sie suchten, unterschätzt. Kein Kind war sicher. Scheinbar nach Belieben wurden sie entführt und nur wenige Meter von ihren Elternhäusern entfernt umgebracht. Und jetzt hatte diese Bestie sich ihren Jungen geschnappt.

Außer Atem rief sie nach ihrem Sohn, schrie mit angsterfüllten Augen den Badenden seinen Namen ins Gesicht. Leute umringten sie und gafften sie mit dumpfer Gleichgültigkeit an. Inessa flehte sie an, ihr zu helfen: »Er ist erst fünf Jahre. Er ist entführt worden. Wir müssen ihn wiederfinden.«

Eine ernst dreinblickende Frau versuchte sie festzuhalten. »Er wird schon irgendwo sein.«

»Verstehen Sie nicht? Er ist in schrecklicher Gefahr.«

»Was denn für eine Gefahr?«

Inessa stieß die Frau zur Seite, wandte sich hierhin und dorthin und rief immer wieder seinen Namen. Plötzlich spürte sie, wie die starken Hände eines Mannes ihre Arme umklammerten. »Mein kleiner Junge ist entführt worden. Bitte helfen Sie mir, ihn zu suchen.«

»Jetzt beruhigen Sie sich doch!«

»Nein! Man wird ihn umbringen. Ermorden. Sie müssen mir helfen, ihn zu finden!«

Der Mann lachte. »Hier wird keiner umgebracht. Ihr Junge ist vollkommen sicher.«

Inessa wand sich, aber der Mann ließ sie nicht los. Unter den mitleidigen Blicken der Umstehenden versuchte sie sich loszureißen. »Lassen Sie mich los! Ich muss meinen Sohn finden.«

Nesterow schob sich durch die Menge und kämpfte sich zu seiner Frau durch. Er hatte seinen Jüngsten spielend im Schilf gefunden und trug jetzt beide Kinder auf dem Arm. Der Mann ließ Inessas Arm los. Sie nahm Vadim und umfasste seinen Kopf, als sei er aus Glas und könne zerbrechen. So stand die Familie beieinander, umgeben von feindseligen Gesichtern: Warum benahmen diese Leute sich so komisch? Was stimmte nicht mit ihnen? Efim flüsterte: »Lasst uns fahren.«

Sie drängten sich durch die Menge, klaubten eilig ihre Sachen zusammen und liefen zum Wagen. Am Rand des Feldwegs standen nur noch vier weitere Autos, alle anderen Badegäste waren mit dem Zug gekommen. Nesterow startete den Motor und fuhr los.

* * *

Vom Strand aus sah eine dünne Frau mit grau melierten Haaren dem sich entfernenden Wagen hinterher. Sie hatte sich bereits das Nummernschild notiert. Denn sie fand, dass man dieser Familie einmal auf den Zahn fühlen musste.

Moskau

5. Juli

Wäre Leo bis zum Vortag verhaftet worden, hätte es nichts gegeben, was Raisa mit diesen eigenmächtigen Nachforschungen in Verbindung bringen konnte. Sie hätte ihn denunzieren können und vielleicht eine Chance gehabt zu überleben. Damit war es jetzt vorbei. Mit falschen Papieren saßen sie in einem Zug und näherten sich Moskau. Sie war mitschuldig.

Warum war Raisa mit Leo in den Zug gestiegen? Das entsprach doch überhaupt nicht ihrem Grundprinzip: überleben! Sie nahm ein unkalkulierbares Risiko auf sich, obwohl sich ihr eine Alternative bot. Sie hätte in Wualsk bleiben und einfach gar nichts tun können. Um ganz sicherzugehen, hätte sie Leo sogar denunzieren und darauf hoffen können, dass dieser Verrat ihr die Zukunft sicherte. Es war eine besonders unerfreuliche Strategie, heuchlerisch und widerlich. Aber um zu überleben, hatte sie in ihrem Leben schon viele unerfreuliche Dinge getan, einschließlich der Heirat mit Leo, einem Mann, den sie verabscheut hatte. Was hatte sich denn geändert? Um Liebe ging es jedenfalls nicht. Leo war zwar jetzt ihr Partner, aber nicht im engeren ehelichen Sinne. Sie waren Partner bei ihren Nachforschungen. Er vertraute ihr, hörte auf sie, und nicht etwa aus Höflichkeit, sondern weil er sie als ebenbürtig betrachtete. Sie waren Bundesgenossen mit einem gemeinsamen Ziel, vereint durch etwas, was wichtiger war als ihrer beider Leben. Raisa fühlte sich energiegeladen und erregt. Um keinen Preis wollte sie ihr früheres, abhängiges Leben zurück, in dem sie sich stets gefragt hatte, wie viel sie von ihrer Seele würde preisgeben müssen, um zu überleben.

Der Zug hielt am Jaroslawer Bahnhof. Leo wusste nur zu gut, was es bedeutete, dass sie genau hierhin zurückkehrten, zu ebenjenen Gleisen, auf denen man Arkadis Leiche gefunden hatte. Zum ersten Mal seit ihrer Verbannung vor vier Monaten waren sie wieder in Moskau. Offiziell hatten sie hier nichts zu suchen. Ihr Leben und ihre Ermittlungen hingen davon ab, dass sie unentdeckt blieben. Wenn man sie fasste, würden sie sterben. Der Grund für dieses Wagnis war Galina Schaporina, eine Frau, die den Mörder gesehen hatte. Eine Augenzeugin, die den Mann beschreiben konnte, sein Alter angeben, ihm eine Gestalt verleihen und ihn damit greifbar machen konnte. Im Augenblick hatten weder Leo noch Raisa irgendeine Vorstellung, nach was für einem Mann sie überhaupt suchen sollten. War er alt oder jung, schlank oder dick, abgerissen oder gut angezogen? Sie hatten nicht die leiseste Ahnung. Jeder hätte es sein können.

Raisa hatte vorgeschlagen, dass sie nicht nur mit Galina sprachen, sondern auch mit Iwan, ihrem Kollegen aus der Schule. Der hatte viele zensierte westliche Texte gelesen und kam an schwer zugängliche Veröffentlichungen heran – Zeitschriftenartikel, Zeitungen, unerlaubte Übersetzungen. Vielleicht kannte er ja Fallstudien über vergleichbare Verbrechen im Ausland: über willkürliche Serienmorde, Ritualmorde. Raisa selbst hatte nur ganz oberflächlich von solchen Verbrechen gehört. Da gab es einen Amerikaner namens Albert Fish, der Kinder getötet und aufgegessen hatte. Sie hatte auch Geschichten über einen Franzosen gehört, Doktor Pettiot, der zur Zeit des Großen Vaterländischen Krieges Juden unter dem Vorwand, sie in Sicherheit zu bringen, in seinen Keller gelockt, dort getötet und dann verbrannt hatte. Raisa konnte nicht sagen, ob das alles nur sowjetische Propaganda über den Verfall der westlichen Zivilisation war, in der die Mörder als Produkt einer maroden Gesellschaft und einer perversen Politik dargestellt wurden. Aus dem Blickwinkel ihrer Ermittlungen war eine solche deterministische Theorie sinnlos. Sie hätte ja bedeutet, dass der Gesuchte nur ein Ausländer sein konnte, ein Mensch, dessen Charakter durch sein Leben in einer kapitalistischen Gesellschaft geformt worden war. Aber der Mörder bewegte sich ja offensichtlich frei im Lande, sprach Russisch und lockte Kinder an. Dieser Mörder operierte im gesellschaftlichen Gefüge ihres eigenen Landes. Alles, was sie über diese Art von Verbrechen wussten, was man ihnen weisgemacht hatte, stimmte entweder nicht oder war irrelevant. Sie mussten sich alle Mutmaßungen abtrainieren und ganz von vorne anfangen. Und Raisa glaubte, dass Iwans Zugang zu vertraulichen Informationen ihnen bei ihrer Neuorientierung sehr helfen konnte.

Leo sah zwar ein, dass derlei Material für sie von Vorteil sein würde, wollte aber gleichzeitig ihre Kontakte unbedingt auf so wenige Personen wie möglich beschränken. Ihr Hauptziel war, mit Galina Schaporina zu sprechen. Iwan war zweitrangig, und Leo war auch nicht vollkommen überzeugt, dass er das Risiko lohnte. Dabei war ihm durchaus klar, dass seine Einschätzung auch durch persönliche Faktoren beeinflusst wurde. War er etwa eifersüchtig auf Iwans Beziehung zu seiner Frau? Ja, das war er. Und wollte er etwa ihre Nachforschungen nicht mit Iwan teilen? Nein, nicht für eine Sekunde.

Leo spähte aus dem Zugfenster und wartete darauf, dass alle ausstiegen. Die Bahnhöfe wurden sowohl von Uniformierten als auch von Agenten in Zivil überwacht. Alle wichtigen Verkehrsknotenpunkte hielt man für riskante Einfallstore der Infiltration. Auf den Straßen gab es bewaffnete Kontrollpunkte. See- und Binnenhäfen waren unter ständiger Überwachung, und kein Ort wurde umfassender geschützt als Moskau. Sie beide versuchten gerade, sich in die am gründlichsten kontrollierte

Stadt im ganzen Land zu schleichen. Ihr einziger Vorteil war, dass Wassili eigentlich keinen Grund hatte anzunehmen, dass sie leichtsinnig genug sein könnten, ein solches Wagnis auf sich zu nehmen. Kurz bevor sie den Zug verließen, wandte sich Leo Raisa zu.

»Wenn dich zufällig jemand ansieht, egal ob eine Wache oder sonst jemand, der vielleicht auch wie ein Zivilist aussieht: Schau nicht sofort wieder weg! Lächle nicht und beweg dich nicht anders als sonst! Halt einfach für einen Moment Augenkontakt und wende den Blick ab!«

Sie traten auf den Bahnsteig. Beide hatten sie nicht viel Gepäck dabei, denn große Taschen erregten schnell Aufmerksamkeit. Sie eilten über den Bahnhof und mussten sich bremsen, um nicht zu rennen. Leo war froh, dass viel Betrieb herrschte. Trotzdem merkte er, wie sein Hemdkragen vom Schweiß feucht wurde. Er versuchte, sich damit zu beruhigen, dass mit an Sicherheit grenzender Wahrscheinlichkeit kein Agent nach ihnen suchte. Schon in Wualsk waren sie darauf bedacht gewesen, alle möglichen Beschatter abzuschütteln, indem sie herumerzählten, sie würden eine Wanderung durch die Berge machen. Urlaube mussten beantragt werden, und wegen ihres untergeordneten Status hatte man ihnen nur ein paar Tage bewilligt. Unter enormem Zeitdruck waren sie in einem großen Bogen in den Wald hineinmarschiert und hatten dabei aufgepasst, dass ihnen keiner folgte. Sobald sie sicher waren, allein zu sein, waren sie in die Nähe des Bahnhofs zurückgekehrt. Sie hatten sich ihrer matschverschmierten Kleider entledigt und sie zusammen mit der Zeltausrüstung vergraben. Dann hatten sie auf den Zug nach Moskau gewartet und ihn in letzter Minute bestiegen. Wenn alles nach Plan lief, würden sie sich den Augenzeugenbericht besorgen, nach Wualsk zurückkehren, sich dort in den Wald schleichen, ihre Ausrüstung wieder holen und in ihren schlammverkrusteten Sachen zurückkehren. Die Stadt würden sie über die nördlichen Wanderwege wieder betreten.

Sie waren schon fast am Ausgang, als ein Mann hinter ihnen rief: »Papiere!«

Ohne zu zögern, wandte Leo sich um. Weder lächelte er, noch wirkte er ruhig. Der Beamte, mit dem er es zu tun hatte, war von der Staatssicherheit, aber Leo kannte ihn nicht. Das war Glück. Er reichte dem Mann seine Papiere, und Raisa folgte seinem Beispiel.

Der Mann war groß und bullig. Leo studierte sein Gesicht. Seine Augen waren langsam und seine Bewegungen schwerfällig. Dass sie angehalten und durchsucht wurden, war nur Routine. Aber Routine oder nicht, die Papiere, die der Mann sich gerade ansah, waren gefälscht, und noch nicht einmal besonders gut. Leo hätte sich in seiner aktiven Zeit nie und nimmer davon blenden lassen. Nesterow hatte ihm geholfen, sie zu besorgen, und sie mit Leos Hilfe frisiert. Sie hatten sich viel Mühe gegeben, aber je mehr sie daran herumgebastelt hatten, desto klarer war ihnen geworden, wie schlecht sie waren. Die Kleckse auf dem Papier, die Stellen, wo die Tinte verlaufen war, die doppelten Linien, wo sie den Stempel zweimal aufgedrückt hatten. Jetzt fragte er sich, wie er sich überhaupt auf solche Papiere hatte verlassen können, und ihm wurde klar, dass er das gar nicht getan hatte. Er war einfach davon ausgegangen, dass sie nicht angehalten würden.

Raisa beobachtete, wie der Agent sich in das Dokument vertiefte, und merkte, dass er kaum lesen konnte. Er versuchte, es zu vertuschen, indem er so tat, als sei er ganz besonders gründlich, aber sie hatte zu viele Kinder mit demselben Problem kämpfen sehen, um die Anzeichen nicht zu erkennen. Während er mit den Augen über die Zeilen fuhr, bewegten sich die Lippen des Mannes. Raisa kannte das. Wenn sie zu erkennen gab, dass sie von seiner Schwäche wusste, würde er mit Sicherheit seiner Wut freien Lauf lassen, also setzte sie weiterhin einen ängstlichen Blick auf. Wahrscheinlich gefiel es ihm, dass man ihn fürchtete, das linderte alle Unsicherheit, die er vielleicht verspürte. Prompt überprüfte er auch schon ihren Gesichtsausdruck, und nicht, weil er wegen der Papiere Verdacht geschöpft hatte, sondern weil er argwöhnte, dass sie nicht mehr genug Respekt vor ihm hatten. Als er befriedigt merkte, dass er immer noch ein Mann zum Fürchten war, schlug er die Dokumente gegen seine Handfläche und machte ihnen so klar, dass er sie abschätzte, dass er immer noch Macht über ihr Leben besaß. »Ich will Ihre Taschen sehen.«

Leo und Raisa öffneten ihr kleines Gepäck. Sie hatten nichts weiter bei sich als Wäsche zum Wechseln und ein paar unerlässliche Utensilien. Der Beamte verlor das Interesse. Er zuckte die Achseln. Als Antwort nickten sie ihm ehrerbietig zu und strebten betont langsam dem Ausgang zu.

Am selben Tag

Leo hatte Fjodors eigene Untersuchung über den Mord an seinem Sohn unterdrückt, hatte ihn beschwatzt und drangsaliert, nur damit er Ruhe gab. Und jetzt würde er ihn in genau dieser Angelegenheit um Hilfe bitten. Er brauchte Fjodor, damit der ihn zu Galina Schaporinas Wohnung führte, weil er es nicht geschafft hatte, die Adresse anderweitig herauszufinden. Möglicherweise hatte er den Namen auch nicht richtig behalten. Damals hatte er ihm nicht viel Bedeutung beigemessen, und seitdem war so viel passiert. Ohne Fjodors Hilfe würde es schwierig sein, diese Zeugin zu finden.

Leo machte sich auf Erniedrigung gefasst, auch auf Gesichtsverlust. Er wappnete sich gegen Hohn und Verachtung, nur um die Aussage dieser Augenzeugin zu bekommen. Fjodor war zwar MGB-Agent, aber Leo vertraute darauf, dass seine oberste Treue dem Gedenken seines Sohnes galt. Ganz gleich, wie viel Hass Fjodor ihm gegenüber empfinden mochte, Leo war sicher, dass seine Sehnsucht nach Gerechtigkeit sie zusammenschweißen würde. Oder vielleicht doch nicht?

Trotzdem, damals, vor vier Monaten, hatte Leo die Situation richtig eingeschätzt. Unerwünschte Ermittlungen über den Tod seines Sohnes würden die ganze Familie in Gefahr bringen. Vielleicht hatte Fjodor diese Einschätzung akzeptiert. Und würde lieber die Lebenden schützen. Lieber Leo an den Staat verpfeifen. So riskierte er nichts und konnte trotzdem Rache nehmen. Wofür würde er sich entscheiden? Leo würde an seine Tür klopfen und es herausfinden müssen.

Wohnblock Nr. 18, 4. Stock. Eine ältere Frau öffnete ihnen. Dieselbe, die ihm damals die Stirn geboten und es gewagt hatte, den Mord beim Namen zu nennen.

»Ich heiße Leo, und das ist meine Frau Raisa.«

Die Alte starrte Leo an. Sie erinnerte sich an ihn. Sie verabscheute ihn. Raisa bedachte sie mit einem Seitenblick. »Was wollen Sie?«

Raisa antwortete mit leiser Stimme: »Wir sind wegen des Mordes an Arkadi hier.«

Es herrschte längeres Schweigen, während die Frau ihre Gesichter studierte, dann antwortete sie: »Sie haben die falsche Adresse. Hier ist kein Junge ermordet worden.«

Sie war schon dabei, die Tür zu schließen, als Leo einen Fuß hineinstellte. »Sie hatten recht.«

Leo hatte Wut erwartet. Stattdessen aber fing die alte Frau an zu weinen.

* * *

Fjodor, seine Frau und die Alte, die Fjodors Mutter war, standen beieinander. Eine zivile Troika, ein Volkstribunal. Sie sahen zu, wie Leo seine Jacke auszog und sie über einen Stuhl legte. Wie er dann seinen Pullover abstreifte und anfing, sein Hemd aufzuknöpfen. Darunter, mit Klebeband an seinem Körper befestigt, befanden sich die Informationen über die Morde: Fotos, Beschreibungen, Aussagen, Karten mit der geographischen Verteilung der Verbrechen, alle wichtigen Beweise, die sie gesammelt hatten.

»Ich musste ein paar Vorsichtsmaßnahmen ergreifen, um das Material durch die Gegend zu tragen. Dies hier sind die Informationen über mehr als 40 Morde, sowohl Jungen als auch Mädchen, im gesamten Westen unseres Landes. Jedes Opfer wurde auf fast dieselbe Weise getötet. So wie euer Sohn, wie auch ich mittlerweile glaube.«

Leo riss sich die Dokumente von der Brust. Diejenigen, die seiner Haut am nächsten gewesen waren, waren schweißdurchtränkt. Fjodor nahm sie und blätterte sie flüchtig durch, ebenso seine Mutter. Bald waren alle drei in die Papiere versunken und reichten sie einander weiter. Fjodors Frau war die Erste, die etwas sagte. »Und wenn Sie ihn fangen, was machen Sie dann?«

Erstaunlicherweise war es das erste Mal, dass jemand diese Frage stellte. Bisher hatten sich alle nur darauf konzentriert, die Person zu fassen. »Ich werde ihn töten.«

Sobald Leo erläutert hatte, warum er auf eigene Faust diese Ermittlungen betrieb, hatte Fjodor keine Zeit mehr mit Beleidigungen oder Schuldzuweisungen verschwendet. Offenbar kam es ihm gar nicht in den Sinn, ihnen seine Hilfe abzuschlagen, ihre Ernsthaftigkeit zu hinterfragen oder sich über mögliche Konsequenzen Gedanken zu machen. Seiner Frau oder seiner Mutter ebenso wenig. Fjodor würde sie sofort zu Galinas Wohnung bringen.

Die kürzeste Strecke dorthin bedeutete, dass sie die Gleise überqueren mussten, wo man Arkadi gefunden hatte. Mehrere Schienenstränge verliefen hier parallel nebeneinander, eine breite, von wilden Büschen und Bäumen gesäumte Trasse. Im Dämmerlicht ließ Leo die Stimmung dieses abgeschiedenen, mitten in der Stadt gelegenen und doch gespenstisch leeren Niemandslands auf sich wirken. War der Junge über diese Schwellen gelaufen, verfolgt von dem Mann? War er auf seiner verzweifelten Flucht hingefallen? War in der Dunkelheit ein gleichgültiger Zug vorbeigerast? Leo war froh, als sie wieder von den Gleisen herunter waren.

Als sie sich der Wohnung näherten, schlug Fjodor vor, Leo solle draußen warten. Er hatte Galina schon einmal eingeschüchtert, und sie konnten es nicht riskieren, dass sie aus schierer Angst vor ihm nichts sagte. Leo stimmte zu. Raisa und Fjodor würden allein gehen.

Raisa folgte Fjodor die Treppe hinauf. Sie erreichten die Wohnung und klopften. Drinnen hörte sie den Lärm spielender Kinder. Das war gut. Natürlich glaubte Raisa nicht, dass nur eine Mutter die Schwere dieses Falles ermessen konnte, aber die Tatsache, dass Galinas eigene Kinder in Gefahr waren, würde es ihnen leichter machen, sie auf ihre Seite zu ziehen.

Eine Frau Mitte dreißig öffnete die Tür. Sie war eingemummt, als wäre noch tiefster Winter. Offenbar war sie krank. Ihre Augen wanderten nervös und wachsam zwischen Raisa und Fjodor hin und her. Fjodor schien sie zu erkennen.

»Galina, erinnern Sie sich an mich? Ich bin Fjodor, der Vater von Arkadi, dem kleinen Jungen, der ermordet wurde. Das ist meine Freundin Raisa. Sie wohnt in Wualsk am Ural. Galina, der Grund, warum wir hier sind, ist, dass der Mann, der meinen Sohn umgebracht hat, auch andere Kinder in anderen

Städten umbringt. Deshalb ist Raisa nach Moskau gekommen, damit wir zusammenarbeiten können. Wir brauchen Ihre Hilfe.«

Galinas Stimme war leise, kaum ein Flüstern. »Wie soll ich denn helfen können? Ich weiß doch nichts.«

Raisa hatte eine solche Antwort erwartet, deshalb sagte sie: »Fjodor ist nicht als MGB-Beamter hier. Wir sind eine Gruppe von Vätern und Müttern, alles normale Bürger, die schockiert sind über diese Verbrechen. Ihr Name wird nicht in irgendwelchen Akten auftauchen. Es gibt gar keine Akten. Sie werden uns nie wieder zu sehen oder zu hören bekommen. Wir wollen nur wissen, wie er aussieht. Wie alt ist er? Welche Haarfarbe hat er? Trug er teure oder billige Kleider?«

»Aber der Mann, den ich gesehen habe, hatte gar kein Kind bei sich. Das habe ich doch schon gesagt.«

Fjodor antwortete: »Bitte, Galina, lassen Sie uns einen Moment hinein. Wir sollten nicht im Flur darüber reden.«

Sie schüttelte den Kopf. »Ich kann Ihnen nicht helfen. Ich weiß nichts.«

Fjodor wurde ungehalten. Raisa berührte ihn am Arm und brachte ihn zum Schweigen. Sie mussten ruhig bleiben, durften sie nicht nötigen. Hier war Geduld gefragt.

»Das ist schon in Ordnung, Galina. Sie haben also keinen Mann mit einem kleinen Kind gesehen. Fjodor hat erzählt, dass Sie einen Mann mit einer Werkzeugtasche gesehen haben. Stimmt das?«

Sie nickte.

»Können Sie uns den Mann beschreiben?«

»Aber er hatte gar kein Kind dabei.«

»Das haben wir verstanden. Er hatte kein Kind dabei, das haben Sie deutlich erklärt. Er hatte nur eine Werkzeugtasche. Aber wie sah er aus?«

Galina dachte nach. Raisa hielt den Atem an. Sie spürte, dass die Frau kurz davor war umzuschwenken. Sie brauchten ja nichts Schriftliches. Sie brauchten keine unterschriebene Zeugenaussage. Es würde nicht länger als eine halbe Minute dauern.

Plötzlich zerschnitt Fjodor die Stille. »Es ist doch wohl nichts dabei, wenn Sie uns sagen, wie ein Mann mit einer Werkzeugtasche aussah. Niemand kann in Schwierigkeiten kommen, nur weil er einen Eisenbahnarbeiter beschreibt.«

Raisa starrte Fjodor an. Er hatte einen Fehler gemacht. Man konnte sehr wohl in Schwierigkeiten kommen, wenn man einen Eisenbahnarbeiter beschrieb. Man konnte noch für viel weniger in Schwierigkeiten kommen. Die sicherste Verhaltensweise war immer noch, wenn man sich raushielt.

Galina schüttelte den Kopf und trat zurück. »Tut mir leid. Es war dunkel. Ich habe ihn nicht gesehen. Er hatte eine Tasche. Das ist alles, woran ich mich noch erinnern kann.«

Fjodor legte seine Hand an die Tür. »Nein, Galina, bitte …«

Galina schüttelte den Kopf. »Gehen Sie!«

»Bitte. Ich bitte Sie.«

Wie ein verängstigtes, panisches Tier kreischte sie: »Gehen Sie!«

Plötzlich war es still. Der Lärm der spielenden Kinder hatte aufgehört. Galinas Mann erschien. »Was ist hier los?«

Im Flur öffneten sich Wohnungstüren, Leute starrten heraus, beobachteten, deuteten mit dem Finger und verschreckten Galina nur noch mehr. Raisa merkte, dass ihnen die Situation entglitt, dass sie kurz davorstanden, ihre Augenzeugin zu verlieren. Sie trat vor und umarmte Galina, so als wolle sie sich verabschieden. »Wie sah er aus? Flüstern Sie es mir ins Ohr.«

Galinas Mann versuchte, sie auseinanderzureißen. »Das reicht.«

Galina wand sich, aber Raisa ließ nicht los, umklammerte den Arm dieser Fremden und flehte sie noch einmal an: »Wie sah er aus?«

Wange an Wange wartete Raisa, schloss die Augen und hoffte. Sie konnte Galinas Atem spüren. Aber Galina antwortete nicht.

Rostow am Don

Am selben Tag

Die Katze hockte auf dem Fenstersims, ihr Schwanz zuckte hierhin und dorthin, und ihre grünen Augen folgten Nadja durch das Zimmer, so als wolle sie gleich zuschlagen, als sei Nadja nichts weiter als eine übergroße Ratte. Die Katze war älter als sie. Nadja selbst war sechs Jahre alt, die Katze acht oder neun. Vielleicht erklärte das ein wenig, warum sie Nadja so von oben herab behandelte. Ihr Vater behauptete, hier in der Gegend gebe es ein Rattenproblem und deshalb müsse man unbedingt Katzen halten. Na schön, zum Teil stimmte das. Nadja hatte schon viele Ratten gesehen, große und auch dreiste. Aber sie hatte noch nie gesehen, dass diese Katze je etwas dagegen unternommen hätte. Sie war ein faules und von ihrem Vater vollkommen verzogenes Biest. Wie konnte eine Katze glauben, sie sei wichtiger als Nadja? Nie ließ sie sich von ihr anfassen. Als Nadja einmal zufällig vorbeigekommen war, hatte sie ihr über den Rücken gestreichelt, worauf die Katze einen Buckel gemacht und gefaucht hatte, um dann wie der Blitz in die Zimmerecke zu springen und das Fell zu sträuben, so als sei das ein Verbrechen. Danach hatte Nadja nicht mehr weiter versucht, sich mit ihr anzufreunden. Wenn die Katze sie unbedingt hassen wollte, würde Nadja sie eben doppelt hassen.

Sie hielt es im Haus nicht mehr aus, wo die Katze sie die ganze Zeit anstarrte. Obwohl es schon spät war und der Rest der Familie in der Küche saß und das *Uzhin* vorbereitete, ging sie nach draußen. Sie wusste, dass man ihr nicht erlauben würde, noch einen Spaziergang zu machen, also fragte sie erst gar nicht, sondern zog nur ihre Schuhe an und schlich sich aus der Vordertür.

Nadja wohnte mit ihrer jüngeren Schwester, ihrer Mutter und ihrem Vater am Ufer des Don, in einem Viertel am Stadtrand mit kaputten Straßen und Backsteinhäuschen. Ein Stück weiter stromaufwärts wurden die Abwässer der Stadt und der Fabriken in den Fluss geleitet, und manchmal saß Nadja da und schaute zu, wie auf der Wasseroberfläche die Ölfilme, Fäkalien und Chemikalien vorbeischwammen. Am Ufer entlang verlief in beide Richtungen ein ausgetretener Pfad. Nadja wandte sich flussabwärts, aufs freie Land hinaus. Es war zwar nicht mehr sehr hell, aber sie kannte den Weg wie ihre Westentasche. Sie hatte einen guten Ortssinn und hatte sich, soweit sie sich erinnern konnte, noch nie verlaufen, nicht ein einziges Mal. Sie überlegte, was für einen Beruf ein Mädchen mit gutem Orientierungsvermögen später einmal ergreifen konnte. Vielleicht würde sie Kampfpilotin werden. Lokführerin brachte nichts, denn die mussten ja gar nicht darüber nachdenken, wo sie hinfuhren, ein Zug konnte sich schließlich nicht verfahren. Ihr Vater hatte ihr Geschichten vom Krieg erzählt, wo es Kampfpilotinnen gegeben hatte. Das hörte sich toll an, so eine wollte sie auch werden. Sie wollte ihr Gesicht auf der Titelseite einer Zeitung sehen und den Lenin-Orden bekommen. Dann würde ihr Vater schon auf sie aufmerksam werden und stolz auf sie sein. Das würde ihn endlich von seiner blöden Katze ablenken.

Sie war eine Weile vor sich hinsummend gelaufen, froh, weg vom dem Haus und der Katze zu sein, da blieb sie plötzlich stehen. Vor sich konnte sie die Umrisse eines Mannes erkennen, der auf sie zukam. Er war groß, aber sonst konnte sie im Dämmerlicht nicht viel erkennen. Er hatte irgendeinen Koffer dabei. Normalerweise hätte der Anblick eines Fremden ihr überhaupt nichts ausgemacht. Warum denn auch? Aber vor kurzem hatte ihre Mutter etwas Seltsames gemacht: Sie hatte sich mit Nadja und ihrer Schwester hingesetzt und sie ermahnt, nicht mit Fremden zu sprechen. Sie war sogar so weit gegangen zu sagen, dass es besser war, unhöflich zu sein, als zu tun, was ein Fremder einem sagte. Nadja blickte sich zum Haus um. So weit weg war sie eigentlich gar nicht. Wenn sie jetzt loslief, konnte sie in weniger als zehn Minuten zurück sein. Bloß wollte sie unbedingt noch zu ihrem Lieblingsbaum, der noch ein Stück weiter flussabwärts stand. Auf den kletterte sie gern, setzte sich hinein und träumte. Solange sie das nicht gemacht hatte, solange sie nicht den Baum erreicht hatte, war ihr Spaziergang in ihren Augen kein Erfolg gewesen. Sie stellte sich vor, dass das ihre militärische Mission war: Wenn sie bis zum Baum kam, war sie erfüllt. Ganz spontan beschloss sie, dass sie nicht mit dem Mann reden würde. Sie würde einfach an ihm vorbeigehen, und wenn er sie ansprach, würde sie einfach »Guten Abend« sagen, aber nicht stehen bleiben.

Sie ging weiter den Pfad entlang, und der Mann kam immer näher. Wurde er etwa schneller? Es schien so. Um sein Gesicht zu erkennen, war es zu dunkel. Er hatte einen Hut auf. Nadja wich zum Rand des Pfades aus, sodass er genügend Platz hatte vorbeizukommen. Jetzt trennten sie nur noch ein paar Meter. Nadja hatte plötzlich Angst und ein unerklärliches Verlangen, an ihm vorbeizuhuschen. Sie verstand selbst nicht, warum. Daran war nur ihre Mutter schuld. Bomberpilotinnen hatten keine Angst. Nadja fing an zu laufen, und weil sie sich Gedanken darüber machte, dass sie den Herrn damit beleidigte, rief sie: »Guten Abend.«

Mit seinem freien Arm fasste Andrej sie um die Taille und hob den schmächtigen Körper hoch, sodass ihr Gesicht direkt vor seinem war. Er starrte sie an. Sie war zu Tode erschrocken, ihr stockte der Atem, und ihr ganzer Körper war starr vor Angst.

Und dann fing Nadja an zu lachen. Als sie sich von dem Schrecken erholt hatte, legte sie ihrem Vater die Arme um den Hals und umarmte ihn. »Du hast mir vielleicht Angst gemacht.«

»Warum bist du so spät noch draußen?«

»Ich wollte ein bisschen spazieren gehen.«

»Weiß deine Mutter, dass du hier draußen bist?«

»Ja.«

»Du lügst ja.«

»Tue ich nicht. Warum kommst du aus dieser Richtung? Du kommst doch nie aus dieser Richtung. Wo bist du gewesen?«

»Auf der Arbeit. Ich hatte in einem der Dörfer kurz vor der Stadt zu tun. Und die einzige Möglichkeit zurückzukommen war zu Fuß. Es hat nur ein paar Stunden gedauert.«

»Da musst du aber müde sein.«

»Bin ich auch.«

»Kann ich deinen Koffer tragen?«

»Aber ich trage dich doch schon, und selbst wenn du dann meinen Koffer trägst, wäre das Gewicht immer noch dasselbe.«

»Ich könnte ja allein gehen und den Koffer tragen.«

»Ich glaube, das schaffe ich noch.«

»Ich bin froh, dass du zu Hause bist, Vater.«

Er hielt immer noch seine Tochter im Arm und drückte die Tür deshalb mit der Unterseite seines Koffers auf. Er trat in die Küche. Seine jüngste Tochter kam herbeigelaufen, sagte ihm guten Abend und umarmte ihn. Er sah, wie sehr seine Familie sich über seine Rückkehr freute. Sie gingen einfach davon aus, dass er immer wiederkam, wenn er fortging.

Mit einem Auge behielt Nadja die Katze im Auge, die offenbar eifersüchtig auf die Aufmerksamkeit war, die der Vater ihr schenkte. Sie sprang vom Fensterbrett und schloss sich dem Wiedersehen an, indem sie sich am Bein ihres Vaters rieb. Als Andrej sie absetzte, trat Nadja der Katze ganz aus Versehen auf die Pfote, sodass sie aufjaulend davonschoss. Aber bevor Nadja ihren kleinen Triumph genießen konnte, hatte ihr Vater sie schon am Handgelenk gepackt und starrte sie durch seine dicken, viereckigen Brillengläser an. Sein Gesicht zuckte vor Wut.

»Rühr sie ja nicht an.«

Nadja war zum Heulen zumute, aber sie biss sich auf die Lippen. Sie hatte schon mitbekommen, dass Weinen auf ihren Vater keinen Eindruck machte.

Andrej ließ seine Tochter los und richtete sich auf. Er war nervös, und ihm war heiß. Er sah seine Frau an. Die hatte ihn noch nicht begrüßt, aber sie lächelte ihn an. »Hast du schon gegessen?«

»Ich muss meine Sachen wegräumen. Ich will nichts essen.«

Seine Frau hatte nicht versucht, ihn zu umarmen oder zu küssen. Nicht vor den Kindern. In solchen Sachen war er sehr streng. Sie verstand das. »Hattest du einen erfolgreichen Tag?«

»Sie wollen, dass ich in zwei Tagen wieder losfahre. Ich weiß noch nicht, für wie lange.« Er bekam schon wieder Platzangst. Ohne auf eine Antwort zu warten, ging er zur Tür, die in den Keller führte. Mit hoch aufgerichtetem Schwanz folgte ihm die Katze, die plötzlich hellwach war.

Er schloss die Tür hinter sich zu und ging die Treppe hinunter. Jetzt, wo er allein war, ging es ihm sofort besser. Früher einmal hatte ein älteres Ehepaar hier unten gewohnt, aber dann war die Frau gestorben und der Mann war zu seinem Sohn gezogen. Das Wohnungsamt hatte kein anderes Paar geschickt, um ihren Platz einzunehmen. Es war kein schöner Raum, nur ein ins Flussufer eingegrabenes Kellerloch. Die Wände waren immer feucht. Im Winter war der Raum bitterkalt. Es gab eine *Burzuika*, einen Holzofen, den die alten Leute acht Monate im Jahr hatten brennen lassen müssen. Aber trotz der vielen Nachteile hatte der Keller auch einen Vorteil: Er gehörte ihm. In einer Ecke standen zwei Stühle und ein Tisch, daneben ein schmales Bett und eine Truhe, die dem alten Ehepaar gehört hatten. Manchmal schlief er auch hier unten, wenn die Temperaturen erträglich waren. Andrej zündete eine Gaslaterne an, und es dauerte nicht lange, da kroch auch schon durch das Loch in der Wand für das Ofenrohr eine weitere Katze von draußen herein.

Andrej machte den Koffer auf. Zwischen seinen Unterlagen und den Überresten seines Mittagessens befand sich ein Glasgefäß mit einem Schraubdeckel. Er nahm ihn ab. Drinnen befand sich, eingewickelt in eine alte, blutdurchtränkte Ausgabe der ›Prawda‹, der Magen des Mädchens, das er vor ein paar Stunden getötet hatte. Er schälte das Papier ab und achtete darauf, dass keine Fetzen mehr an dem Gewebe klebten. Dann legte er den Magen in einen Blechteller, schnitt ihn zuerst in Streifen und dann in Würfel. Als er damit fertig war, heizte er den Ofen an. Als der Ofen endlich heiß genug war, um den Magen zu braten, war Andrej bereits von sechs Katzen umringt. Er briet das Fleisch, bis es rundherum braun war, und gab es wieder zurück in den Blechteller. Dann stand er da, beobachtete, wie die Katzen ihm um die Beine strichen, und erfreute sich an ihrer Gier. Er hielt ihnen das Fressen hin und neckte sie, bis sie miauten. Sie waren vollkommen ausgehungert, und der Geruch des gebratenen Fleisches machte sie schier verrückt.

Nachdem er sie genug geneckt hatte, stellte er ihnen ihr Fressen hin. Die Katzen drängten sich in einem Kreis darum und begannen zu fressen. Sie schnurrten vor Zufriedenheit.

* * *

Von oben starrte Nadja die Kellertür an und fragte sich, was das für ein Vater war, dem Katzen lieber waren als seine Kinder. Dabei würde er nur zwei Tage da sein. Nein, auf ihren Vater war sie nicht wütend, dem wollte sie keine Schuld geben. Die Katzen waren schuld. Da kam ihr ein Gedanke. Es konnte doch nicht allzu schwierig sein, eine Katze totzumachen. Bloß, wie stellte man es dann an, dass niemand dahinterkam?

Am selben Tag

Auf der Worowski-Straße stellten sich Leo und Raisa am Ende einer Warteschlange vor einem Lebensmittelladen an. Es würde mehrere Stunden dauern, bis die Schlange im Innern des Ladens angekommen war. Dort würden die Leute ihre Bestellung abgeben und anschließend in einer zweiten Schlange warten, um zu bezahlen. Nach diesen zwei Schlangen gab es eine dritte, um die Waren in Empfang zu nehmen. Sie konnten problemlos bis zu vier Stunden in einer dieser drei Schlangen verbringen und unauffällig darauf warten, dass Iwan nach Hause kam.

Nachdem sie Galina Schaporina nicht zum Reden hatten bewegen können, bestand die Gefahr, mit leeren Händen aus Moskau zurückzukehren. Raisa war aus der Wohnung geschoben worden, und man hatte ihr die Tür vor der Nase zugeschlagen. Sie hatte im Flur gestanden, umringt von Nachbarn, von denen viele vielleicht Informanten waren, und es war unmöglich gewesen, einen zweiten Versuch zu wagen. Vielleicht hatten Galina und ihr Mann schon die Staatssicherheit informiert, obwohl Leo das nicht für wahrscheinlich hielt. Galina glaubte offensichtlich, dass es die sicherste Verhaltensweise war, sich aus allem herauszuhalten. Wenn sie Raisa und Fjodor zu denunzieren versuchte, bestand die Möglichkeit, dass sie sich selbst belastete oder Aufmerksamkeit auf sich zog. Doch das war nur ein schwacher Trost. Das Einzige, was sie bislang erreicht hatten, war gewesen,

Fjodor und seine Familie für ihre Nachforschungen zu gewinnen. Leo hatte Fjodor eingeschärft, alle Informationen, auf die er möglicherweise stieß, an Nesterow zu schicken, da an Leo adressierte Post vermutlich abgefangen wurde. Trotzdem waren sie bei der Identifikation des Mannes, nach dem sie suchten, keinen Schritt weitergekommen.

Unter diesen Umständen hatte Raisa sich vehement dafür ausgesprochen, sich mit Iwan zu treffen. Welche anderen Möglichkeiten hatten sie denn sonst noch, außer mit leeren Händen zurückzufahren? Zögernd hatte Leo zugestimmt. Raisa war es nicht gelungen, Iwan eine Nachricht zukommen zu lassen. Es gab keine Möglichkeit, ihm einen Brief zu schreiben oder ihn anzurufen. So waren sie also ein kalkuliertes Risiko eingegangen in der Hoffnung, dass er da sein würde. Er verließ Moskau nur selten, und nie für lange. Er fuhr nie in Urlaub, und am Landleben lag ihm nichts. Der einzige Grund, der Raisa einfiel, warum er nicht zu Hause sein könnte, war, dass man ihn verhaftet hatte. Was diese Möglichkeit betraf, konnte sie nur hoffen, dass ihm nichts passiert war.

Obwohl sie sich freute, ihn wiederzusehen, gab sie sich keinen Illusionen hin, denn die Begegnung würde unangenehm werden. Sie hatte schließlich Leo bei sich, einen Mann, den Iwan genauso verabscheute wie alle MGB-Beamten. Bei dieser Regel kannte er keine Ausnahmen. Unter denen gab es einfach keine guten. Und doch war es nicht Iwans Abneigung gegen Leo, die sie am meisten beunruhigte. Es war ihre eigene Zuneigung für Iwan. Sie hatte Leo zwar nie in sexueller Hinsicht betrogen, aber davon abgesehen hatte sie ihn mit Iwan in fast jeder anderen Hinsicht betrogen: intellektuell, emotional und auch durch ihre Kritik hinter seinem Rücken. Sie hatte eine Freundschaft mit einem Mann begonnen, der genau das nicht verkörperte, wofür Leo früher gestanden hatte. Es war eigentlich schrecklich, dass sie diese beiden Männer zusammenbrachte. Sie würde versuchen, Iwan so schnell wie möglich zu erklären, dass Leo nicht mehr derselbe war, dass er sich geändert hatte. Dass sein blindes Vertrauen in den Staat erschüttert war. Sie wollte ihm klarmachen, dass sie sich in ihrem Mann getäuscht hatte. Beide sollten einsehen, dass die Unterschiede zwischen ihnen geringer waren, als sie selbst je geglaubt hatten. Aber dafür bestand wenig Hoffnung.

Leo freute sich nicht gerade darauf, Iwan zu treffen. Raisas Seelenverwandten. Er würde mit ansehen müssen, wie es zwischen ihnen funkte, würde sich den Mann anschauen müssen, den Raisa geheiratet hätte, wenn sie die freie Wahl gehabt hätte. Das tat ihm immer noch weh, mehr als sein Statusverlust, mehr als der Verlust seines Vertrauens in den Staat. Er hatte blind auf die Liebe gebaut. Vielleicht hatte er sich an diese Idee geklammert, um ein Gegengewicht zu dem zu bilden, was er bei seiner Arbeit machte. Vielleicht hatte er an die Liebe glauben müssen, um menschlicher zu sein. Das würde auch die extremen Rechtfertigungen erklären, die er sich zurechtgelegt hatte, um ihre kühle Haltung ihm gegenüber zu erklären. Er hatte sich einfach geweigert, an die Möglichkeit zu denken, dass sie ihn hasste. Stattdessen hatte er die Augen verschlossen und sich selbst zu all dem gratuliert, was er hatte. Er hatte seinen Eltern erklärt, dies sei die Frau, von der er immer geträumt habe. Und damit hatte er sogar recht gehabt, denn das war alles, was sie gewesen war – ein Traum, eine Einbildung, und sie war schlau gewesen, durchtrieben genug, das Spiel mitzuspielen, immer in Angst um ihre eigene Sicherheit. Ihre wahren Gefühle hatte sie nur Iwan anvertraut.

Es war schon Monate her, dass diese Phantasie zerschmettert worden war. Aber warum heilten die Wunden dann nicht? Warum konnte er sich nicht einfach davon verabschieden, so wie er sich von seiner Hingabe an den MGB verabschiedet hatte?

Weil er die Hingabe an den MGB durch die Hingabe an etwas anderes hatte ersetzen können, den Einsatz für seine Ermittlungen. Aber einen anderen Menschen, den er lieben konnte, hatte er nicht. Es hatte nie einen anderen gegeben. In Wahrheit wollte er einfach nicht die kleine Hoffnung, die verrückte Idee fahren lassen, dass sie ihn eines Tages vielleicht, nur vielleicht, wirklich lieben würde. Obwohl er seinen eigenen Gefühlen nicht mehr so recht traute, seit er sich einmal derart geirrt hatte, fühlte er, dass Raisa und er sich so nah waren, wie sie sich noch nie gewesen waren. Lag das nur daran, dass sie zusammenarbeiteten? Denn sich geküsst oder gar miteinander geschlafen hatten sie nicht mehr. Seit Raisa ihm ihre Version der gemeinsamen Geschichte erzählt hatte, wäre es nicht mehr dasselbe gewesen. Er hatte akzeptieren müssen, dass all ihre vorherigen Intimitäten ihr nichts bedeutet hatten, oder schlimmer noch, ihr unangenehm gewesen waren. Aber Leo wollte nicht hinnehmen, dass nur die Umstände sie zusammengeschweißt hatten – *Du hast mich, und ich habe dich*. Hatten die Umstände sie denn nicht viel eher voneinander getrennt? Leo war ein Symbol des Staates gewesen, eines Staates, den Raisa verabscheute. Aber jetzt stand er für nichts mehr außer für sich selbst. Er war jeder Autorität beraubt und von dem Staat, den sie so verachtete, ausgespuckt worden.

Sie waren schon fast an der Ladentür, als sie Iwan von der anderen Straßenseite näher kommen sahen. Sie riefen nicht und machten auch sonst nicht auf sich aufmerksam oder traten aus der Warteschlange. Sie beobachteten lediglich, wie er in seinen Wohnblock ging. Raisa wollte schon aus der Schlange der Wartenden treten, als Leo sie am Arm berührte und sie zurückhielt. Immerhin handelte es sich hier um einen Dissidenten. Möglicherweise wurde er überwacht. Plötzlich kam Leo in den Sinn, dass die hohle Münze vielleicht Iwan gehört hatte. Er könnte ein Spion gewesen sein. Was hatte die Münze bei Raisas Sachen zu suchen? Hatte sie sich in Iwans Wohnung ausgezogen und die Münze später aus Versehen mitgenommen? Leo schob den Gedanken beiseite. Er wusste selbst, dass ihn seine Eifersucht zum Narren hielt.

Er blickte sich auf der Straße um, konnte aber keine Agenten ausmachen, die Position um die Wohnung bezogen hätten. Dabei hätte es mehrere Orte gegeben, die sich anboten: das Foyer des Kinos, die Schlange vor dem Lebensmittelgeschäft, uneinsehbare Hauseingänge. Und egal, wie gut ausgebildet Agenten waren, die Observierung eines Gebäudes war immer schwierig, weil sie etwas Unnatürliches an sich hatte. Man war allein, bewegte sich nicht vom Fleck und ging keiner Beschäftigung nach. Nach mehreren Minuten war sich Leo sicher, dass niemand Iwan gefolgt war. Ohne sich groß anzustrengen, einen Grund vorzutäuschen oder so zu tun, als hätten sie ihre Geldbörse vergessen, verließen sie die Schlange genau an der Stelle, wo sie endlich den Laden hätten betreten können. Das war zwar verdächtig, aber Leo setzte darauf, dass die meisten Leute schlau genug waren, sich um ihre eigenen Angelegenheiten zu kümmern.

Sie betraten das Haus und gingen die Treppe hinauf. Raisa klopfte an die Tür. Von drinnen hörte man Schritte. Hinter der Tür fragte eine nervöse Stimme: »Ja?«

»Iwan, ich bin's. Raisa.«

Der Riegel wurde zurückgeschoben. Vorsichtig öffnete Iwan die Tür. Als er Raisa sah, fiel sein Argwohn von ihm ab, und er lächelte. Sie lächelte zurück.

Ein paar Schritte weiter hinten beobachtete Leo im Dämmerlicht des Flurs das Wiedersehen der beiden. Raisa freute sich offensichtlich, ihn zu sehen, sie gingen ganz natürlich miteinander um. Iwan öffnete die Tür, kam heraus und umarmte sie, erleichtert, dass sie noch am Leben war.

Da bemerkte er Leo. Von einem Moment auf den anderen

gefror sein Lächeln. Plötzlich verunsichert, ließ er Raisa los und suchte in ihrem Gesicht nach Anzeichen eines möglichen Verrats. Sie spürte sein Unbehagen: »Wir müssen dir eine Menge erklären.«

»Warum seid ihr hier?«

»Es wäre besser, wenn wir drinnen weitersprechen.«

Iwan schien nicht überzeugt zu sein. Raisa legte ihm die Hand auf den Arm. »Bitte vertrau mir.«

Die Wohnung war klein, gut möbliert und hatte Parkett. Es gab viele Bücher. Auf den ersten Blick schienen es allesamt erlaubte Texte zu sein: Gorki, politische Traktate, Marx. Die Tür zum Schlafzimmer war geschlossen, und im Wohnzimmer stand kein Bett. Leo fragte: »Sind wir allein?«

»Meine Kinder sind bei meinen Eltern. Meine Frau ist im Krankenhaus. Sie hat Tuberkulose.«

Raisa legte ihm wieder die Hand auf den Arm. »Iwan, das tut mir leid.«

»Wir dachten, du wärst verhaftet worden. Ich habe schon das Schlimmste befürchtet.«

»Wir hatten Glück. Wir sind in eine Stadt westlich des Urals umgesiedelt worden. Leo hat sich geweigert, mich zu denunzieren.«

Iwan konnte seine Überraschung nicht verbergen, so als sei das eine unerhörte Tatsache. Leo schwieg verletzt, während Iwan ihn abschätzig musterte. »Warum haben Sie sich geweigert?«

»Weil sie keine Spionin ist.«

»Seit wann spielt denn die Wahrheit eine Rolle?«

Raisa unterbrach die beiden. »Dieses Thema müssen wir jetzt wirklich nicht auswalzen.«

»Aber es ist wichtig. Sind Sie immer noch beim MGB?«

»Nein, ich bin degradiert und zur Miliz versetzt worden.«

»Degradiert? Da sind Sie aber noch mit einem blauen Auge

davongekommen, was?« Es klang weniger wie eine Frage als wie ein Vorwurf.

»Es ist nur eine Gnadenfrist. Degradierung, Exil – eine Strafverlängerung im Verborgenen.«

Raisa wollte Iwan beruhigen. »Man ist uns nicht hierher gefolgt.«

»Ihr seid den ganzen Weg bis nach Moskau gekommen? Warum?«

»Wir brauchen Hilfe.«

Das überraschte ihn. »Womit könnte ich euch schon helfen?«

Leo zog seinen Mantel, seinen Pullover und sein Hemd aus und holte die Papiere hervor, die er sich an den Körper geklebt hatte. Er fasste den Fall zusammen und reichte Iwan das Material. Iwan nahm es zwar, schaute es sich aber nicht an, sondern setzte sich auf einen Stuhl und legte die Dokumente auf dem Tisch neben sich ab. Einen Moment später stand er wieder auf, holte seine Pfeife und stopfte sie bedächtig. »Ich gehe davon aus, dass die Miliz diese Morde nicht untersucht.«

»Diese ganzen Morde sind entweder falsch aufgeklärt, vertuscht oder auf irgendwelche Geisteskranken, politische Gegner, Betrunkene und Herumtreiber geschoben worden. Sie sind nie miteinander in Verbindung gebracht worden.«

»Und ihr beide arbeitet jetzt also zusammen.«

Raisa wurde rot. »Ja, wir arbeiten zusammen.«

»Vertraust du ihm?«

»Ja, ich vertraue ihm.«

Leo blieb nichts anderes übrig, als zu schweigen, während Iwan seine Frau ausfragte und in seiner Anwesenheit die Intaktheit ihrer Beziehung hinterfragte.

»Und ihr zwei wollt diesen Fall zusammen lösen?«

Leo antwortete: »Wenn der Staat es nicht tut, dann muss es eben das Volk tun.«

»Sie hören sich ja an wie ein echter Revolutionär, Leo. Allerdings haben Sie Ihr ganzes Leben lang für dieses Land gemordet, im Krieg ebenso wie im Frieden, ob es nun Deutsche waren oder Russen oder wen immer der Staat sonst zu hassen beschließt. Und jetzt soll ich plötzlich annehmen, dass Sie sich gegen die offizielle Linie auflehnen und anfangen, für sich selbst zu denken? Das glaube ich Ihnen nicht. Das halte ich für eine Falle. Tut mir leid, Raisa. Ich glaube, er will sich wieder beim MGB einschmeicheln. Er hat dich hereingelegt, und nun will er mich ihnen ausliefern.«

»Das stimmt nicht, Iwan. Schau dir die Beweise an. Die sind echt, nicht irgendein Trick.«

»Papier ist geduldig, daran glaube ich schon lange nicht mehr. Und du solltest es auch nicht tun.«

»Ich habe selbst eine der Leichen gesehen, einen kleinen Jungen. Man hatte ihm den Bauch aufgeschlitzt und den Mund mit Rinde vollgestopft. Ich habe es selbst gesehen, Iwan. Mit meinen eigenen Augen. Irgendjemand hat das diesem Kind angetan. Er hat es genossen, und er wird nicht aufhören. Und er wird auch nicht von der Miliz gefasst werden. Ich weiß, du hast allen Grund, uns gegenüber misstrauisch zu sein. Aber ich kann es dir nicht beweisen. Wenn du mir nicht vertrauen kannst, dann tut es mir leid, dass ich gekommen bin.«

Leo wollte die Papiere schon wieder einsammeln, aber Iwan legte seine Hand darauf. »Ich sehe sie mir mal an. Ziehen Sie die Vorhänge zu. Und setzt euch beide hin, ihr macht mich nervös.«

Als das Zimmer von der Außenwelt abgeschottet war, setzten sich Leo und Raisa zu Iwan und erzählten ihm die Einzelheiten des Falles, alles, was sie für wichtig hielten. Leo fasste seine eigenen Schlüsse zusammen. »Er überredet die Kinder, mit ihm zu kommen. Die Fußspuren im Schnee verliefen nebeneinanderher, der Junge war also damit einverstanden, in den Wald zu gehen.

Das Verbrechen selbst mag einem verrückt erscheinen, aber ein erkennbar Verrückter würde herumstreifen und wirres Zeug reden. Ein erkennbar Verrückter würde diese Kinder verscheuchen.«

»Ja, da stimme ich Ihnen zu.«

»Da es ohne einen offiziellen Auftrag sehr schwierig ist, sich in diesem Land zu bewegen, muss er einen Beruf haben, in dem er viel reist. Er muss die entsprechenden Papiere haben, Reisedokumente. Er muss voll in unsere Gesellschaft integriert sein, ein zuverlässiger, ehrbarer Bürger. Die Frage, die wir nicht beantworten können, ist ...«

»Warum er es macht?«

»Wie sollen wir ihn fassen, wenn wir das Warum nicht verstehen? Ich habe kein Bild von ihm. Was für ein Mensch ist er? Ist er jung oder alt? Reich oder arm? Wir haben einfach keine Ahnung, nach was für einem Mann wir suchen müssen – außer dass er Arbeit hat und auf den ersten Blick normal zu wirken scheint. Aber das trifft ja auf fast jeden zu.«

Iwan rauchte seine Pfeife und dachte über Leos Worte nach. Dann sagte er: »Ich fürchte, ich kann euch nicht helfen.«

Raisa lehnte sich vor. »Aber du hast doch bestimmt Artikel aus dem Westen über solche Verbrechen. Über Morde, die kein konventionelles Motiv haben.«

»Und was wollt ihr daraus entnehmen? Vielleicht würde man tatsächlich ein paar Artikel zusammenbekommen, aber die würden nicht ausreichen, damit ihr euch ein Bild von diesem Mann machen könnt. Man kann diesen Mann nicht nur mit ein paar sensationslüsternen Beiträgen aus dem Westen sichtbar machen.«

Leo lehnte sich zurück. Diese Reise war verschwendete Zeit gewesen. Aber noch mehr sorgte ihn die Frage, ob sie beide sich nicht eine unmögliche Aufgabe gestellt hatten. Um sich an die

Lösung eines solchen Verbrechens zu machen, waren sie sowohl materiell als auch von ihrem Wissensstand her viel zu schlecht gerüstet.

Iwan zog an seiner Pfeife und beobachtete ihre Reaktionen. »Allerdings kenne ich einen Mann, der euch vielleicht helfen könnte. Professor Zauzayez, ein ehemaliger Psychiater und Verhörspezialist des MGB. Er hat sein Augenlicht verloren. Vielleicht hat die Erblindung bei ihm einen Wandel herbeigeführt, eine Erleuchtung, ganz so wie bei Ihnen, Leo. Mittlerweile ist er ziemlich aktiv in Untergrundkreisen. Sie könnten ihm erzählen, was Sie gerade mir erzählt haben. Vielleicht kann er helfen.«

»Kann man ihm vertrauen?«

»So sehr, wie man heutzutage überhaupt jemandem trauen kann.«

»Was genau könnte er tun?«

»Ihr könnt ihm eure Unterlagen vorlesen und die Fotos beschreiben. Vielleicht kann er euch eine klarere Vorstellung von einem Menschen vermitteln, der so etwas machen würde. Sein Alter, seine Verhältnisse, solche Sachen.«

»Wo wohnt er?«

»Er wird sich nicht darauf einlassen, dass ihr ihn in seiner Wohnung aufsucht. Er ist sehr vorsichtig. Wenn überhaupt, dann kommt er hierher. Ich werde mein Bestes tun, ihn zu überzeugen, aber versprechen kann ich nichts.«

Raisa lächelte. »Danke.«

Leo freute sich. Ein Experte war mit Sicherheit besser als irgendwelche Zeitschriftenartikel.

Das Telefon. Dieser Mann hatte ein Telefon! In seiner Wohnung, seiner netten, gut möblierten Wohnung. Leo sah sich die Einrichtung des Zimmers genauer an. Hier stimmte etwas nicht. Das war keine Wohnung, in der eine Familie wohnte. Warum lebte der Mann in so vergleichsweise luxuriösen Verhältnissen? Und wie hatte er es geschafft, seiner Verhaftung zu entgehen? Nach Raisas und Leos Verbannung hätte man ihn doch eigentlich abholen müssen. Schließlich gab es eine MGB-Akte über ihn. Wassili hatte Leo selbst die Fotos gezeigt. Wie war er der Obrigkeit entkommen?

Iwan hatte ein Gespräch angemeldet, jetzt sprach er in den Hörer:

»Professor Zauzayez, hier ist Iwan Sukow. Ich habe eine interessante Aufgabe, für die ich Ihre Hilfe brauche. Am Telefon kann ich nicht darüber sprechen. Hätten Sie zufällig Zeit? Könnten Sie in meine Wohnung kommen? Ja, sofort, wenn das möglich ist.«

Leos Körper spannte sich an. Warum nannte er ihn *Professor*? Angeblich standen sie sich doch nahe. Warum dann so förmlich, außer es hatte was zu bedeuten? Hier war etwas faul. Mehr als faul.

Leo sprang so heftig auf, dass der Sessel umfiel. Bevor Iwan noch reagieren konnte, war er schon durch das Zimmer, riss das Telefon an sich und schnürte Iwan das Kabel um den Hals. Er stand jetzt hinter Iwan, drückte sich mit dem Rücken an der Wand ab, zog das Kabel straff und schnürte ihm die Luft ab. Iwans Beine rutschten auf dem Parkett aus, er röchelte, brachte keinen Ton mehr heraus. Fassungslos sprang Raisa ebenfalls auf.

»Leo!«

Er hob den Finger und machte ihr Zeichen, still zu sein. Das Kabel immer noch um Iwans Hals, nahm Leo den Hörer ans Ohr.

»Professor Zauzayez?«

Die Leitung wurde unterbrochen. Sie hatten eingehängt. Sie waren unterwegs.

»Leo, lass ihn los!«

Aber Leo zog das Kabel nur noch fester zu. Iwans Gesicht wurde puterrot.

»Er ist ein Agent. Ein Maulwurf. Sieh dir doch nur mal an, wie er lebt. Sieh dir seine Wohnung an. Es gibt gar keinen Professor Zauzayez. Das war sein Kontaktmann bei der Staatssicherheit. Und der ist schon unterwegs, um uns zu verhaften.«

»Leo, du machst einen Fehler. Ich kenne diesen Mann.«

»Er tut nur so, als sei er ein Dissident. Sie haben ihn in den Untergrund eingeschleust, damit er andere Regimegegner auffliegen lassen kann.«

»Leo, du irrst dich.«

»Es gibt keinen Professor. Sie sind schon auf dem Weg hierher. Raisa, wir haben nicht viel Zeit!«

Iwans Finger umklammerten verzweifelt das Kabel, er versuchte sich zu befreien. Raisa schüttelte den Kopf, eilte hinzu und versuchte ihre Finger unter das Kabel zu quetschen, um den Druck auf seine Kehle zu mindern.

»Lass ihn los, Leo. Er kann es uns bestimmt beweisen.«

»Sind nicht alle deine Freunde verhaftet worden? Alle außer ihm? Diese Soja. Was glaubst du wohl, woher der MGB ihren Namen hatte? Sie haben sie nicht wegen ihrer Gebete verhaftet. Das war nur ihr Vorwand.«

Iwan schaffte es nicht, sich zu befreien. Seine Füße glitten auf dem Parkett aus, sodass sein ganzes Gewicht nun auf Leo lastete. Viel länger würde er ihn nicht halten können.

»Raisa, du hast mir nie von deinen Freunden erzählt. Du hast mir nie vertraut. Und wem hast du dich anvertraut? Denk doch mal nach!«

Raisa starrte erst Leo an, dann Iwan. Es stimmte. Alle ihre Freunde waren tot oder verhaftet. Alle außer ihm. Sie schüttelte den Kopf, wollte es nicht glauben. Das war doch nur der typische Verfolgungswahn der heutigen Zeit, eine vom Staat ausgelöste Paranoia, die dazu führte, dass jeder noch so weit hergeholte Verdacht ausreichte, einen Menschen umzubringen. Sie sah, wie Iwan nach der Schrankschublade tastete, und ließ das Kabel los. »Leo, warte!«

»Wir haben keine Zeit.«

»Warte!« Sie zog die Schublade auf und durchwühlte sie. Darinnen lag ein scharf geschliffener Brieföffner. Damit hatte sich Iwan verteidigen wollen. Raisa konnte es ihm nicht verdenken. Dahinter lag ein Buch, sein Exemplar von ›Wem die Stunde schlägt‹. Warum hatte er es nicht besser versteckt? Sie holte es heraus und fand zwischen den Seiten ein Blatt Papier. Darauf stand eine Liste von Namen: die Namen der Leute, denen er das Buch geliehen hatte. Einige Namen waren durchgestrichen. Auch ihr Name war durchgestrichen. Auf der Rückseite war eine Liste von Leuten, denen er das Buch noch leihen wollte.

Raisa wandte sich zu Iwan um. Mit zitternder Hand hielt sie ihm das Blatt vor die Augen. Konnte es dafür eine harmlose Erklärung geben? Nein, sie wusste bereits, dass es keine gab. Kein Dissident wäre töricht genug gewesen, eine Namensliste zu erstellen. Er hatte das Buch verliehen, um Menschen zu belasten.

Leo hatte Mühe, Iwan festzuhalten. »Raisa, dreh dich weg.«

Sie gehorchte und ging in die entgegengesetzte Zimmerecke. Immer noch das Buch in der Hand, hörte sie, wie Iwans Beine gegen die Möbel stießen.

Am selben Tag

Da er ein Agent gewesen war, würde man Iwans Tod sofort als Mord ansehen, als Freveltat, die nur Systemgegner, irgendwelche antisowjetischen Elemente, begehen konnten. Der Schuldige war ein Außenseiter, ein Abtrünniger, und dies bedeutete eine umfassende Fahndungsaktion. Diesmal bestand keine Notwendigkeit, die Sache zu vertuschen. Zum Glück für Leo und Raisa musste Iwan viele Feinde gehabt haben. Er hatte seine Zeit damit verbracht, neugierige Mitbürger zu hintergehen, indem er sie mit dem Versprechen zensierten Materials angelockt hatte, so wie ein Jäger seine Beute mit einem verführerischen Köder anlockte.

Bevor sie die Wohnung verließen, nahm Raisa die Namensliste und stopfte sie in ihre Jackentasche, während Leo in aller Eile ihre Unterlagen zusammenraffte. Sie wussten nicht, wie lange die Staatssicherheit brauchen würde, um auf Iwans Anruf zu reagieren. Sie öffneten die Wohnungstür und hasteten die Treppe hinunter, um dann in scheinbarer Gemächlichkeit wegzugehen. Kaum hatten sie das Ende der Straße erreicht, betraten schon Agenten das Gebäude.

In Moskau hatte man keinen Grund zu vermuten, dass Leo und Raisa zurückgekommen waren. Sie würden nicht die Hauptverdächtigen sein. Falls diese Verbindung überhaupt in Betracht gezogen wurde, würden die mit den Ermittlungen betrauten Beamten sich mit dem MGB in Wualsk in Verbindung setzen und erfahren, dass sie sich auf einem Wanderurlaub befanden. Diese Erklärung würde vielleicht standhalten, es sei denn, jemand hatte einen Mann und eine Frau in das Wohnhaus gehen sehen. Wenn das geschah, würde man sich ihr Alibi genauer ansehen. Aber Leo wusste ohnehin, dass das alles keine wirkliche Rolle spielte. Selbst wenn es keinerlei Indizien gab, selbst wenn sie sich sogar wirklich auf einer Wanderung befunden hätten, konnte man den Mord trotzdem als Grund nehmen, sie zu verhaften. Die Beweislast war dabei vollkommen irrelevant.

In ihrer gegenwärtigen Zwangslage auch noch seine Eltern sehen zu wollen, war geradezu selbstmörderisch. Aber der nächste

Zug nach Wualsk würde ohnehin erst um fünf Uhr morgens fahren. Außerdem wusste Leo, und dies war der entscheidende Punkt, dass es seine letzte Gelegenheit sein würde, noch einmal mit ihnen zu sprechen. Zwar hatte man ihm bei seiner Abreise aus Moskau jeden Kontakt mit ihnen untersagt und ihm auch ihren Aufenthaltsort nicht mitgeteilt, aber er hatte sich die Adresse trotzdem schon vor Wochen besorgt. Da er wusste, dass die staatlichen Behörden weitgehend unabhängig voneinander arbeiteten, hatte er eine Chance gesehen, dass eine Anfrage beim Wohnungsamt nicht automatisch beim MGB landen würde. Zur Vorsicht hatte er einen falschen Namen angegeben und versucht, der Anfrage einen offiziellen Anstrich zu geben, indem er eine ganze Reihe von Namen aufgeführt hatte, auch den von Galina Schaporina.
Alle Namen hatten sich als Nieten erwiesen, nur seine Eltern hatte er gefunden. Vielleicht hatte Wassili einen solchen Versuch erwartet. Vielleicht hatte er sogar Anweisung gegeben, die Adresse preiszugeben. Er wusste ja, dass Leos größte Schwäche im Exil seine Eltern sein würden. Wenn er ihn dabei erwischen wollte, wie er sich irgendwelchen Auflagen widersetzte, dann war dies die perfekte Falle. Andererseits war nicht damit zu rechnen, dass man seine Eltern vier ganze Monate rund um die Uhr überwachen würde. Wahrscheinlicher war, dass es sich bei der Familie, mit der sie ihre Wohnung teilen mussten, um Informanten handelte. Er musste an seine Eltern herankommen, ohne dass die andere Familie ihn sah oder hörte oder anderweitig davon erfuhr. Die Sicherheit seiner Eltern hing von dieser Geheimhaltung ebenso ab wie ihre eigene. Wenn sie gefasst wurden, würde man sie mit Iwans Mord in Verbindung bringen und Leos gesamte Familie würde sterben, vielleicht sogar schon im Verlauf der Nacht. Aber Leo war bereit, dies Risiko auf sich zu nehmen. Er musste einfach Lebewohl sagen.

Sie waren in der Ulitza Worontsowskaja angekommen. Das Haus, zu dem sie wollten, war ein altes Gebäude aus vorrevolutionärer Zeit, das man jetzt in 100 winzige Wohneinheiten unterteilt hatte, die durch nichts weiter als schmutzige Laken voneinander abgetrennt wurden. Bestimmt gab es keinen Hauch von Bequemlichkeit, kein fließendes Wasser, keine Toiletten im Haus. Aus den Fenstern sah Leo Rohre ragen, die den Rauch der Holzöfen herausleiten sollten, der billigsten und schmutzigsten Heizmöglichkeit, die es gab. In sicherer Entfernung warteten sie und beobachteten das Haus. Die Mücken zwangen sie dazu, sich ständig auf den Hals zu schlagen, bis ihre Hände rot vom eigenen Blut waren. Egal, wie lange Leo noch hier draußen herumstand, so würde er nicht herausfinden, ob es eine Falle war. Er musste einfach hinein. Er wandte sich Raisa zu, aber bevor er sprechen konnte, sagte sie: »Ich warte hier draußen.«

Raisa schämte sich. Sie hatte Iwan vertraut. Ihre Meinung über ihn hatte sich nur auf seine Fußangeln gegründet, seine Bücher und Artikel, seine Gedanken über westliche Kultur und seine angeblichen Pläne, wichtigen Dissidentenautoren dabei zu helfen, ihre Werke in den Westen zu schmuggeln. Nichts als Lügen. Wie vielen Schriftstellern und Regimegegnern mochte er wohl ein Bein gestellt haben? Wie viele Manuskripte hatte er verbrannt, so dass sie jetzt für die Welt verloren waren? Wie viele Künstler und Freidenker hatte er den Tschekisten in die Arme getrieben? Sie war auf ihn hereingefallen, weil er so anders gewesen war als Leo. Aber dieses Anderssein war nur Blendwerk gewesen. Der Dissident war in Wahrheit Polizist gewesen, und der Polizist war zum Konterrevolutionär geworden. Der Dissident hatte sie verraten, der Polizist hatte sie gerettet. Sie konnte sich doch unmöglich von Leos Eltern verabschieden, Seite an Seite mit ihrem Mann, so als sei sie ihm eine loyale und liebende Ehefrau gewesen.

Leo nahm sie bei der Hand: »Ich würde mich freuen, wenn du mitkämst.«

Die Haustür war unverschlossen. Drinnen war die Luft so heiß und stickig, dass ihnen sofort der Schweiß ausbrach und ihnen die Kleider am Leib klebten. Die Wohnung Nr. 27 im ersten Stock war verschlossen, aber Leo war schließlich schon in viele Wohnungen eingebrochen. Einen Moment hielt er inne, wischte sich den Schweiß von der Stirn, atmete tief durch und schloss die Augen. Er trocknete sich die Hände an der Hose ab und achtete nicht auf die Mücken, sollten sie sich doch an ihm satt trinken. Er machte die Augen wieder auf. *Konzentrier dich.* Zwei Handgriffe, und das Schloss schnappte auf.

Nur durch das Fenster fiel ein fahler Lichtschein. Der Raum stank nach schlafenden Leibern. Leo und Raisa blieben an der Tür stehen, bis sie sich an die Dunkelheit gewöhnt hatten. Sie machten die Umrisse dreier Betten aus. In zweien lag je ein Paar Erwachsener, in einem dritten schienen drei Kinder zu schlafen. In der Küchenecke lagen zwei Kleinkinder auf Flickenteppichen wie Hunde unter einem Tisch. Leo näherte sich den schlafenden Erwachsenen. Seine Eltern waren nicht dabei. Hatte man ihm eine falsche Adresse gegeben? Solche Pannen waren an der Tagesordnung. Vielleicht hatte man ihn sogar absichtlich ins falsche Haus geschickt.

Er machte die Umrisse einer weiteren Tür aus und ging auf Zehenspitzen darauf zu, während unter jedem Schritt die Dielen ächzten. Raisa folgte ihm auf dem Fuß, ihr Gang war erheblich leichter. Das Paar im nächststehenden Bett bewegte sich. Leo blieb stehen und wartete, bis sie wieder still lagen. Sie waren nicht aufgewacht. Die beiden schlichen weiter. Er streckte den Arm aus und legte die Hand auf den Türgriff.

Es war ein fensterloser, stockfinsterer Raum. Leo musste die Tür offen lassen, um überhaupt etwas sehen zu können. Er erkannte zwei Betten, zwischen denen kaum eine Lücke war. Nicht einmal ein Laken trennte sie. In einem lagen zwei Kinder, in dem anderen zwei Erwachsene. Leo trat näher heran. Es waren seine Eltern. Sie lagen eng aneinander in einem schmalen Einzelbett. Leo richtete sich auf, kehrte zu Raisa zurück und flüsterte: »Schließ die Tür.«

Jetzt musste er sich in völliger Finsternis bewegen. Er tastete sich am Bett entlang und kauerte sich schließlich neben seinen Eltern auf den Boden. Er hörte, wie sie schliefen. Zum Glück war es dunkel. Er weinte. Die Kammer, in die man sie hineingezwungen hatte, war kleiner als das Bad ihrer vorherigen Wohnung. Sie hatten kein bisschen Platz für sich selbst und keine Möglichkeit, sich von dieser Familie abzusondern. Man hatte sie hierherschickt, damit sie so starben, wie auch ihr Sohn abtreten sollte: gedemütigt.

In ein und demselben Moment legte er beiden eine Hand auf den Mund. Er spürte, wie sie wach wurden, zusammenzuckten und wie ihre Körper erstarrten. Damit sie nicht schrien, flüsterte er: »Ich bin es, Leo. Keinen Laut.«

Die beiden Alten entspannten sich etwas. Er nahm seine Hände weg und hörte, wie sie sich aufsetzten, fühlte die Hand seiner Mutter auf seinem Gesicht. In der Dunkelheit tastete sie blind nach ihm. Als sie seine Tränen fühlte, blieben ihre Finger darauf ruhen. Er konnte ihre Stimme hören, kaum ein Flüstern. »Leo ...«

Auch die Hand seines Vaters hatte ihn gefunden. Leo drückte sie fest an sein Gesicht. Er hatte geschworen, sich um sie zu kümmern, und er hatte versagt. Mühsam brachte er heraus: »Es tut mir leid.«

Sein Vater antwortete: »Du musst dich für nichts entschuldigen. Wenn du nicht gewesen wärst, hätten wir unser ganzes Leben unter solchen Umständen verbracht.«

Seine Mutter unterbrach ihn. Es gab so viel, was sie ihn fragen wollte. »Wir haben euch für tot gehalten. Man sagte uns, ihr wäret verhaftet worden.«

»Sie haben gelogen. Ich bin nach Wualsk verschickt worden. Ich wurde degradiert, aber nicht eingesperrt. Jetzt arbeite ich für die Miliz. Ich habe euch oft geschrieben und darum gebeten, dass man die Briefe weiterleiten möge, aber man hat sie wohl abgefangen.«

Die Kinder im Nachbarbett bewegten sich, ihr Bettgestell quietschte. Alle verstummten. Leo wartete, bis er die Kinder wieder tief und gleichmäßig atmen hörte. »Raisa ist auch hier.«

Er führte die Hände seiner Eltern zu ihr. Alle vier hielten sie ihre Hände verschränkt. Seine Mutter fragte: »Und das Baby?«

»Nein.«

Um ihr Wiedersehen nicht noch schwieriger zu machen, fügte Leo hinzu: »Eine Fehlgeburt.«

Mit erstickter Stimme flüsterte Raisa: »Es tut mir leid.«

»Das ist doch nicht deine Schuld.« Anna fragte weiter: »Wie lange seid ihr in Moskau? Können wir uns morgen sehen?«

»Nein. Wir dürfen überhaupt nicht hier sein. Wenn wir erwischt werden, verhaften sie uns und euch gleich mit. Wir müssen morgen früh sofort verschwinden.«

»Sollen wir mit herauskommen, damit wir reden können?«

Leo dachte darüber nach. Sie würden es nie schaffen, zu viert die Wohnung zu verlassen, ohne dass im Nebenzimmer jemand wach wurde. »Wir können es nicht riskieren, sie zu wecken. Wir müssen hier reden.«

Eine Weile sagte keiner etwas. Nur vier Händepaare, die sich in der Dunkelheit umklammert hielten. Dann flüsterte Leo: »Ich muss euch eine bessere Wohnung besorgen.«

»Nein, Leo. Jetzt hör mir mal zu. Du hast dich oft so benommen, als würde unsere Liebe zu dir davon abhängen, was du für uns tun könntest. Sogar als Kind schon. Aber das ist nicht richtig. Ihr müsst euch um euer eigenes Leben kümmern. Wir sind alt. Für uns spielt es keine Rolle mehr, wo wir wohnen. Das Einzige, was uns am Leben gehalten hat, war das Warten auf Nachricht von dir. Wir müssen akzeptieren, dass wir uns heute zum letzten Mal sehen. Es hat keinen Zweck, sinnlose Pläne zu schmieden. Wir müssen diese Gelegenheit nutzen, Lebewohl zu sagen, Leo. Ich liebe dich und bin stolz auf dich. Ich wünschte, du könntest unter einer besseren Regierung dienen.«

Annas Stimme war jetzt ganz ruhig. »Ihr habt ja euch und liebt einander. Ihr werdet ein gutes Leben haben, daran glaube ich fest. Für euch und eure Kinder wird alles anders sein. Es wird ein anderes Russland sein. Ich bin sehr hoffnungsvoll.«

Ein Hirngespinst, aber wenn sie daran glauben wollte, würde er ihr nicht widersprechen.

Stepan nahm Leos Hände und legte einen Briefumschlag hinein. »Das ist ein Brief, den ich schon vor Monaten geschrieben habe. Ich konnte ihn dir leider nicht mehr geben, weil sie dich weggeschickt haben. Ich habe ihn in der Hoffnung aufbewahrt, dass du noch am Leben bist. Lies ihn bitte erst, wenn du sicher im Zug sitzt. Versprich mir, dass du ihn nicht vorher liest. Versprich es mir.«

»Was steht da drin?«

»Deine Mutter und ich haben uns den Inhalt dieses Briefes sehr genau überlegt. Er enthält alles, was wir dir immer sagen wollten, aber aus dem einen oder anderen Grund nicht sagen konnten. Hier steht alles drin, worüber wir schon vor langer Zeit hätten reden sollen.«

»Vater.«

»Nimm ihn, Leo. Tu es für uns.«

Leo nahm den Brief entgegen und in der Dunkelheit umarmten sie sich ein letztes Mal.

6. Juli

Leo näherte sich dem Zug, Raisa ging neben ihm. War mehr Polizei auf dem Bahnsteig als üblich? War es möglich, dass man schon nach ihnen suchte? Raisa wurde zu schnell. Er nahm kurz ihre Hand, und sie verlangsamte ihre Schritte. Den Brief seiner Eltern hatte er sich zusammen mit den Unterlagen an die Brust geklebt. Gleich waren sie an ihrem Eisenbahnwagen. Sie stiegen in den überfüllten Zug.

Leo flüsterte Raisa zu: »Bleib hier.«

Sie nickte. Leo zwängte sich in die enge Toilette, schloss die Tür hinter sich ab und klappte den Deckel zu, damit es weniger stank. Er zog seine Jacke aus, knöpfte sein Hemd auf und holte das dünne Baumwollsäckchen hervor, das er sich für die Akte genäht hatte. Es war schweißdurchtränkt, und die Tinte der maschinengeschriebenen Dokumente hatte überall graue Flecken auf seiner Haut hinterlassen.

Er fand den Brief und drehte und wendete ihn. Auf dem zerknitterten, schmutzigen Umschlag stand kein Name. Er fragte sich, wie seine Eltern es geschafft hatten, dieses Geheimnis vor der anderen Familie zu verbergen, die doch mit Sicherheit ihre Habseligkeiten durchsucht hatte. Einer der beiden musste den Brief immer am Körper getragen haben, Tag und Nacht.

Der Zug setzte sich in Bewegung und verließ Moskau. Leo hatte sein Versprechen gehalten und gewartet, bis sie den Bahnhof verließen, bevor er den Umschlag geöffnet und die Seiten entfaltet hatte. Jetzt durfte er den Brief lesen.

Es war die Handschrift seines Vaters.

Lieber Leo,

weder Deine Mutter noch ich bedauern irgendetwas. Wir lieben Dich. Wir haben immer geglaubt, dass einmal der Tag kommen würde, wo wir mit Dir über diese Geschichte sprechen würden. Aber zu unserer eigenen Überraschung ist dieser Tag dann doch nie gekommen. Wir dachten, Du würdest irgendwann von selbst davon anfangen, aber das hast Du nicht gemacht. Du hast Dich immer so verhalten, als sei nie etwas geschehen. Wer weiß, vielleicht war es ja einfacher für Dich, es zu vergessen. Deshalb haben auch wir nichts gesagt. Wir dachten, es sei eben Deine Art, mit der Vergangenheit umzugehen. Wir befürchteten, dass Du sie aus Deinem Gedächtnis verbannt hättest und es Dich nur verletzen würde, wenn wir wieder davon anfingen. Kurz, wir waren glücklich miteinander und wollten das nicht zerstören. Das war feige.
Ich wiederhole es noch einmal. Deine Mutter und ich lieben Dich über alles, und keiner von uns empfindet irgendein Bedauern.
Leo, …

Er hörte auf zu lesen und wandte den Kopf ab. Ja, er erinnerte sich daran, was geschehen war. Er wusste, wie der Brief weitergehen würde. Und in der Tat hatte er sein ganzes Leben lang versucht, es zu vergessen. Leo faltete den Brief zusammen und riss ihn in winzige Fetzen. Dann stand er auf, öffnete das kleine Fenster und warf sie hinaus. Der Wind fing die Schnipsel ein und trug sie hoch hinauf, bis sie nicht mehr zu sehen waren.

Südöstliche Rostower Oblast

16 Kilometer östlich von Rostow am Don

Am selben Tag

Nesterow hatte seinen letzten Tag in der Oblast damit verbracht, nach Gukowo zu fahren. Jetzt saß er in der *Elektritschka* und war auf dem Weg zurück nach Rostow. Die Zeitungen erwähnten die Verbrechen zwar mit keinem Wort, aber trotzdem hatte die Geschichte mit den ermordeten Kindern über Geflüster und Gerüchte die Runde gemacht. Die jeweiligen örtlichen Dienststellen der Miliz sahen die Morde nach wie vor lediglich als Einzelfälle an. Aber Leute, die nicht in der Miliz waren und sich über irgendwelche Ideologien hinsichtlich der Natur des Verbrechens keine Gedanken machen mussten, hatten angefangen, die Todesfälle miteinander in Verbindung zu bringen. Inoffizielle Erklärungen fingen an zu zirkulieren. So hatte Nesterow zum Beispiel gehört, dass in den Wäldern um Schachty ein wildes Tier Kinder riss. Jeder Ort hatte seine eigene Bestie, und überall in der Oblast kursierten die wildesten übernatürlichen Spekulationen. Nesterow hatte eine besorgte Mutter sagen hören, das Biest sei halb Mensch, halb Tier, ein Kind, das von Bären aufgezogen worden war und deshalb jetzt alle normalen Kinder hasste und auffressen wollte. In einem anderen Dorf hatte man einen rachsüchtigen Waldgeist im Verdacht und versuchte mit einer aufwendigen Zeremonie, den Dämon zu besänftigen.

Die Menschen in der Rostower Oblast hatten keine Ahnung, dass es hunderte Kilometer von ihnen entfernt ähnliche Verbrechen gab. Sie glaubten an einen Pesthauch, an das Böse, das zu ihnen gekommen war, um sie zu peinigen. In gewisser Weise gab Nesterow ihnen sogar recht. Er hatte keinen Zweifel, dass er sich im Kerngebiet all dieser Verbrechen befand. Die Konzentration der Morde war hier viel höher als irgendwo sonst. Nesterow neigte zwar nicht zu einer übernatürlichen Erklärung, doch der beliebtesten und plausibelsten Theorie hatte auch er sich nicht ganz entziehen können: dass nämlich Hitler als finalen Akt der Rache eine Schwadron von Nazisoldaten zurückgelassen hatte, deren letzter Befehl es gewesen war, die Kinder Russlands zu ermorden. Diese Nazisoldaten hatten gelernt, sich als Russen auszugeben und in der Masse aufzugehen, während sie systematisch nach einem vorbestimmten Ritual Kinder umbrachten. Das würde nicht nur die Anzahl der Morde erklären, die weite Verbreitung und die Grausamkeit, sondern auch das Fehlen irgendeines sexuellen Motivs. Dann gab es nicht nur einen Mörder, sondern viele, vielleicht bis zu zehn oder zwölf, von denen jeder auf eigene Faust handelte, in irgendeine Stadt fuhr und wahllos tötete. Diese Theorie hatte sich derart schnell verbreitet, dass in einigen Orten die Miliz, die paradoxerweise vorher behauptet hatte, alle Morde aufgeklärt zu haben, anfing, sämtliche Männer zu verhören, die Deutsch konnten.

Nesterow stand auf und streckte die Beine aus. Drei Stunden hatte er in der *Elektritschka* gesessen. Sie war langsam und unbequem, außerdem war er es nicht gewohnt, so lange zu sitzen. Er durchquerte den Fahrgastraum von einem Ende bis zum anderen, machte dann das Fenster auf und sah zu, wie die Lichter der Stadt sich näherten. Nachdem er von dem Mord an einem Jungen namens Petja gehört hatte, der von einem landwirtschaftlichen Kollektiv in der Nähe von Gukowo stammte, war er am Morgen dort hingefahren. Die Eltern des betreffenden Jungen hatte er ohne große Schwierigkeiten gefunden. Er hatte zwar einen falschen Namen genannt, aber wahrheitsgemäß erklärt, dass er in einer ganzen Anzahl ähnlicher Kindermorde ermittelte. Die Eltern des Jungen waren überzeugte Anhänger der Nazi-Theorie und glaubten, dass vielleicht sogar ukrainische Verräter den Deutschen geholfen hatten, sich unter die Gesellschaft zu mischen, bevor diese dann willkürlich ihre Morde begonnen hatten. Der Vater zeigte Nesterow Petjas Briefmarkenalbum, das die Eltern in einer Holzkiste unter ihrem Bett aufbewahrten wie einen Schrein zum Gedenken an ihren toten Sohn. Sie konnten die Briefmarken nicht ansehen, ohne in Tränen auszubrechen. Man hatte den Eltern verweigert, ihren Jungen noch einmal zu sehen, aber sie hatten gehört, was man ihm zugefügt hatte. Er war verstümmelt worden wie von einem Tier, und dann hatte man ihm, als wolle man sie zusätzlich quälen, auch noch Dreck in den Mund gestopft. Der Vater hatte im Großen Vaterländischen Krieg gekämpft und wusste, dass man die Nazisoldaten unter Drogen gesetzt hatte, damit sie auch ja ordentlich brutal, unmoralisch und erbarmungslos vorgingen. Er war sich sicher, dass diese Mörder das Produkt irgendeiner Nazidroge waren. Vielleicht hatte man sie auf Kinderblut abgerichtet, ohne das sie nun nicht mehr leben konnten. Warum sonst hätten sie solche Verbrechen begehen sollen? Nesterow fand keine tröstenden Worte für sie. Er konnte ihnen nur versprechen, dass man den oder die Schuldigen fassen werde.

Die *Elektritschka* erreichte Rostow, und Nesterow stieg aus. Er war sich nun sicher, dass er den Mittelpunkt dieser Verbrechensserie gefunden hatte. Bevor er vor vier Jahren nach Wualsk versetzt worden war, hatte er der Miliz von Rostow angehört, und es fiel ihm nicht schwer, an Informationen zu kommen. Nach seiner letzten Zählung waren 57 Kinder unter seiner Meinung nach vergleichbaren Umständen umgekommen. Ein Großteil der Morde war in ebendieser Oblast begangen worden. War es denn tatsächlich möglich, dass die gesamte Westhälfte des

Landes von zurückgelassenen Nazis infiltriert war? Es war ein riesiges Gebiet, das damals von der Wehrmacht besetzt gewesen war. Er hatte selbst in der Ukraine gekämpft und die Vergewaltigungen und Morde der Armee auf ihrem Rückzug miterlebt. Er beschloss, sich nicht auf die eine oder andere Theorie festzulegen, und wischte die Erklärung damit beiseite. Wenn sie statt Spekulationen über die Identität des Mörders tatsächlich einige handfeste Hinweise finden wollten, dann war dafür entscheidend, was Leo in Moskau herausbekam. Nesterow selbst hatte die Aufgabe übernommen, Fakten über den möglichen Wohnort des Mörders zu sammeln.

Während ihres Urlaubs hielt sich seine Familie in der Wohnung seiner Mutter auf, einem Musterbeispiel jener Neubaugebiete, die im Rahmen der Wohnungsbauprogramme der Nachkriegszeit entstanden waren und eher dazu angetan waren, eine Quote zu erfüllen, als dass tatsächlich Leute darin wohnen konnten. Eigentlich hatten die Gebäude sich schon vor ihrer Fertigstellung in einer Art Verfallszustand befunden. Es gab kein fließendes Wasser und kein Abwassersystem, ganz so wie in seiner eigenen Behausung in Wualsk. Mit Inessa war er übereingekommen, seine Mutter anzulügen und ihr zu sagen, dass sie jetzt eine neue Wohnung hätten. Die Flunkerei hatte seine Mutter derart erfreut, als wohne sogar sie selbst dort. Als Nesterow am Haus seiner Mutter ankam, sah er auf die Uhr. Um sechs Uhr morgens war er abgefahren, und jetzt war es kurz vor neun Uhr abends. Fünfzehn Stunden war er unterwegs gewesen, und an tatsächliche Informationen war er trotzdem nicht herangekommen. Seine Zeit war um. Morgen fuhren sie nach Hause.

Er betrat den Innenhof. Über die gesamte Breite des Hofes hing Wäsche. Er entdeckte auch seine eigenen Sachen darunter und befühlte sie. Sie waren trocken. Nesterow tauchte unter der Wäsche hindurch, ging zur Wohnungstür seiner Mutter und betrat die Küche.

Inessa saß auf einem Holzstuhl. Ihr Gesicht war blutig, die Hände gefesselt. Hinter ihr stand ein Mann, den er nicht kannte. Ohne sich lange damit aufzuhalten, was hier passiert oder wer dieser Kerl war, sprang Nesterow vor, überwältigt von einer mordgierigen Wut. Es war ihm egal, dass der andere eine Uniform anhatte. Nesterow hob die Fäuste. Aber noch bevor er nah genug heran war, spürte er einen heftigen Schmerz auf seiner Hand. Als er sich umdrehte, sah er eine etwa vierzigjährige Frau. In einer Hand hielt sie einen Schlagstock. Er hatte ihr Gesicht schon einmal gesehen – vor zwei Tagen, am Strand. In der anderen Hand hielt sie lässig eine Pistole – sie schien ihre Machtposition zu genießen. Jetzt gab sie dem Beamten ein Zeichen. Er trat vor und warf einen Haufen Papiere auf den Boden. Dort, zu Nesterows Füßen, lag jedes einzelne Dokument, das er in den letzten zwei Monaten zusammengetragen hatte, einschließlich der Fotos, Zeichnungen und Karten. Die gesamte Akte über die ermordeten Kinder.

»General Nesterow, Sie sind verhaftet.«

Wualsk

7. Juli

Leo und Raisa stiegen aus dem Zug und taten so, als hätten sie noch mit ihrem Gepäck zu tun. Sie warteten, bis alle anderen Passagiere in der Bahnhofshalle verschwunden waren. Es war zwar schon spät, aber noch nicht richtig dunkel, und während sie vom Bahnsteig kletterten und in den Wald huschten, hätten sie durchaus entdeckt werden können.

Als sie die Stelle erreicht hatten, wo sie ihre Sachen versteckt hatten, blieb Leo stehen und atmete tief durch. Er starrte in die Baumwipfel und fragte sich, warum er sich entschlossen hatte, den Brief seiner Eltern zu zerstören. Hatte er ihnen damit einen schlechten Dienst erwiesen? Ihm war bewusst, warum sie ihre Gedanken und Gefühle hatten niederschreiben wollen. Sie wollten Frieden mit der Sache schließen. Aber Raisa hatte schon recht gehabt, als sie ihn gefragt hatte: *Kannst du nachts besser schlafen, wenn du alles in deinem Kopf ausradierst?*

Sie war der Wahrheit näher, als sie ahnen konnte.

Raisa berührte seinen Arm. »Alles in Ordnung?«

Sie hatte gefragt, was in dem Brief stand. Er hatte sie anlügen und ihr erzählen wollen, es sei um seine Familie gegangen – persönliche Einzelheiten, die er vergessen hatte. Aber sie hätte gemerkt, dass er sie belog, also hatte er die Wahrheit gesagt. Dass er den Brief in 100 Schnipsel zerrissen und diese aus dem Fenster geworfen hatte. Er wollte ihn nicht lesen. Seine Eltern sollten gerne glauben, dass ihnen die Last von der Seele genommen war. Zu Leos Erleichterung hatte sie seine Entscheidung nicht hinterfragt und die Angelegenheit seitdem auch nicht mehr erwähnt.

Mit den Händen schaufelten sie die Abdeckung aus Blättern und loser Erde weg und gruben ihre Sachen aus. Dann entledigten sie sich ihrer Stadtkleidung und wollten wieder die Wandersachen anziehen, mit denen sie losmarschiert waren, ein wichtiges Element ihrer Verschleierungstaktik. Als sie dann so nackt dastanden, allein, hielten sie plötzlich inne und starrten einander an. Vielleicht war es die Gefahr, vielleicht war es auch nur opportunistisch, aber Leo wollte sie. Doch weil er sich ihrer Gefühle ihm gegenüber nicht sicher war, wartete er ab, traute sich nicht, den ersten Schritt zu machen, so als hätten sie noch nie miteinander geschlafen. Als sei dies ihr erstes Mal und sie seien sich über die Grenzen nicht im Klaren, wüssten nicht, was erlaubt war und was nicht. Sie streckte ihren Arm aus und berührte seine Hand. Mehr brauchte es nicht. Er zog sie zu sich heran und küsste sie. Sie hatten gemeinsam gemordet, zusammen Ränke geschmiedet und zusammen gelogen. Sie waren Kriminelle, alle beide, gegen den Rest der Welt. Es war an der Zeit, dass sie diese neue Ehe vollzogen. Wenn sie doch nur hier bleiben könnten, nur diesen Moment leben und im Wald verborgen für immer diese Gefühle auskosten könnten.

Sie trafen wieder auf den Waldweg und marschierten zurück in die Stadt. Als sie in Basarows Restaurant ankamen, betraten sie die Schankstube. Leo hielt den Atem an und rechnete jeden Moment damit, dass ihn jemand an den Schultern packte. Aber niemand war da, weder Agenten noch Beamte. Sie waren in Sicherheit, wenigstens bis morgen. Basarow stand in der Küche und drehte sich nicht einmal um, als er sie kommen hörte.

Oben schlossen sie die Tür zu ihrer Kammer auf. Unter der Tür war eine Notiz durchgeschoben worden. Leo legte seinen

Koffer aufs Bett und faltete sie auf. Sie war von Nesterow und stammte vom selben Tag.

Leo, wenn Sie zurückkehren wie geplant, dann kommen Sie heute Abend um neun in mein Büro. Kommen Sie allein. Bringen Sie alle Papiere über die Angelegenheit mit, die wir besprochen haben. Leo, es ist sehr wichtig, dass Sie pünktlich sind!

Leo sah auf die Uhr. Er hatte noch eine halbe Stunde.

Am selben Tag

Selbst im Hauptquartier der Miliz ging Leo kein Risiko ein. Er hatte die Papiere zwischen offiziellen Dokumenten versteckt. Die Läden in Nesterows Büro waren zu, es war nichts zu entdecken. Leo sah auf seine Uhr. Zwei Minuten nach neun. Er war zu spät. Aber was sollte das schon für eine große Rolle spielen? Leo klopfte an die Tür. Praktisch im selben Moment wurde sie aufgerissen, so als ob Nesterow dahinter gewartet hätte. Leo wurde mit plötzlicher, unerklärlicher Dringlichkeit hineingezogen und die Tür hinter ihm zugedrückt.

Nesterow machte einen ganz ungewöhnlich rastlosen Eindruck. Sein Schreibtisch war mit den Dokumenten ihrer Nachforschungen übersät. Er packte Leo bei den Schultern und redete mit leiser, sich überschlagender Stimme auf ihn ein.

»Hören Sie mir aufmerksam zu und unterbrechen Sie mich nicht. Ich bin in Rostow verhaftet worden. Man hat mich gezwungen zu gestehen. Ich hatte keine andere Wahl. Sie hatten meine Familie in ihrer Gewalt. Ich habe ihnen alles gesagt. Ich dachte, ich könnte sie überreden, uns zu helfen und unseren Fall offiziell zu machen. Sie haben mit Moskau geredet und uns daraufhin antisowjetischer Agitation beschuldigt. Sie glauben, es ist Ihre ganz persönliche Hetzkampagne gegen den Staat. Ein Racheakt. Alles, was wir herausgefunden haben, haben sie als perfide westliche Propaganda abgetan. Sie sind sich sicher, dass Sie und Ihre Frau Spione sind. Mir haben sie noch eine Chance gegeben. Sie sind dazu bereit, meine Familie in Ruhe zu lassen, wenn ich Sie ausliefere, und zwar mit allen Informationen, die wir zusammengetragen haben.«

Für Leo brach eine Welt zusammen. Er hatte zwar gewusst, dass er in Gefahr schwebte, aber er hatte nicht damit gerechnet, dass sie gerade jetzt über ihn hereinbrechen würde. »Wann?«

»Gleich. Das Gebäude ist umstellt. In fünfzehn Minuten werden Agenten hier eindringen, Sie in diesem Büro verhaften und alle Beweise konfiszieren, die wir gesammelt haben. In diesen Minuten hier soll ich herausfinden, was Sie in Moskau entdeckt haben.«

Leo trat einen Schritt zurück und sah auf seine Uhr. Fünf nach neun.

»Leo, Sie müssen mir zuhören. Es gibt eine Möglichkeit, wie Sie entkommen können. Aber wenn es funktionieren soll, dürfen Sie mich nicht unterbrechen und keine Fragen stellen. Ich habe mir einen Plan zurechtgelegt. Zuerst schlagen Sie mich mit meiner Waffe nieder. Dann verlassen Sie mein Büro, gehen ein Stockwerk tiefer und verstecken sich in einem Büro rechts vom Treppenhaus. Leo, hören Sie mir überhaupt zu? Sie müssen sich konzentrieren. Die Türen sind nicht verschlossen. Gehen Sie hinein, machen Sie kein Licht und schließen Sie hinter sich ab.«

Aber Leo hörte nicht zu. Er konnte nur an eins denken: »Raisa?«

»Sie wird gerade in diesen Minuten verhaftet. Tut mir leid,

aber es gibt nichts, was wir für sie tun können. Sie müssen sich konzentrieren, Leo, sonst ist das hier vorbei.«

»Es ist doch schon vorbei. Es war in dem Moment vorbei, als Sie denen alles gesagt haben.«

»Die hatten alles, Leo. Die hatten alle meine Unterlagen. Was hätte ich denn machen sollen? Zulassen, dass sie meine Familie umbringen? Man hätte Sie trotzdem verhaftet. Leo, Sie können jetzt entweder wütend auf mich sein oder abhauen!«

Leo riss sich aus Nesterows Umklammerung, lief im Büro auf und ab und versuchte, sich zu sammeln. Raisa war verhaftet worden. Sie hatten zwar beide gewusst, dass dieser Moment kommen würde, aber trotzdem war es nur eine Idee, eine vage Vorstellung geblieben. Ihnen war nie klar gewesen, was es konkret bedeutete. Der Gedanke daran, sie nie wiederzusehen, schnürte ihm die Luft ab. Ihre Liebe, ihre wiedergeborene Ehe, die sie erst vor zwei Stunden vollzogen hatten, war vorbei.

»Leo?«

Was würde Raisa wollen? Sie würde nicht wollen, dass er sentimental wurde. Sie würde wollen, dass er es zu Ende brachte, dass er entkam, dass er auf diesen Mann hörte.

»Leo?«

»Na gut. Wie sieht Ihr Plan aus?«

Nesterow fuhr fort und fasste noch einmal den ersten Teil des Plans zusammen.

»Sie schlagen mich also mit meiner Waffe nieder, so heftig, dass ich bewusstlos bin. Dann verlassen Sie das Büro, gehen ein Stockwerk tiefer und verstecken sich in einem der Büros rechts vom Treppenhaus. Verstecken Sie sich nur da. Dann warten Sie, bis die Agenten das Gebäude betreten haben. Auf dem Weg hierher kommen sie an Ihnen vorbei. Sobald sie durch sind, laufen Sie runter ins Erdgeschoss und kriechen durch eins der Hinterfenster. Da steht ein Wagen bereit. Hier sind die Schlüssel. Die haben

Sie mir natürlich geklaut. Sie müssen sofort aus der Stadt raus. Suchen Sie nach niemandem und halten Sie auf keinen Fall an, egal aus welchem Grund! Fahren Sie einfach. Sie haben einen kleinen Vorteil. Die werden glauben, dass Sie zu Fuß unterwegs und deshalb noch irgendwo in der Stadt sind. Bis die merken, dass Sie sich ein Auto geschnappt haben, müssten Sie eigentlich frei sein.«

»Frei wofür?«

»Diese Verbrechen aufzuklären.«

»Meine Fahrt nach Moskau war eine Pleite. Die Augenzeugin wollte nichts sagen. Ich habe immer noch keine klarere Vorstellung davon, wer dieser Mann ist.«

Das hatte Nesterow nicht erwartet. Trotzdem antwortete er: »Leo, Sie können es schaffen. Ich weiß es. Ich glaube an Sie. Sie müssen nach Rostow am Don fahren. Dort liegt das Zentrum der Verbrechen. Ich bin überzeugt, da müssen Sie suchen. Es gibt ein paar Theorien darüber, wer diese Kinder ermordet. Eine besagt, dass es da eine Gruppe von Nazis ...«

»Nein, es ist das Werk eines Einzelnen. Er macht das auf eigene Faust. Er hat Arbeit. Nach außen hin wirkt er normal. Wenn Sie sich sicher sind, dass es in der Gegend von Rostow eine Konzentration dieser Morde gab, dann ist es wahrscheinlich, dass er dort lebt und arbeitet. Seine Arbeit ist das Bindeglied zu all den verschiedenen Tatorten. Seine Arbeit hat mit Reisen zu tun. Er mordet, wenn er unterwegs ist. Wenn wir wissen, was er macht, dann haben wir ihn.«

Leo sah auf die Uhr. Es blieben ihm nur noch Minuten, bevor er verschwinden musste. Nesterow legte zwei Finger auf die beiden Städte, um die es ging. »Was verbindet Rostow und Wualsk? Östlich von Wualsk hat es keine Morde gegeben, jedenfalls keine, von denen wir wüssten. Das legt nahe, dass hier der Endpunkt ist, der Zielort.«

Leo stimmte zu. »Wualsk hat die Auto-Fabrik. Sonst gibt es

keine nennenswerte Industrie hier, höchstens die Sägewerke. Aber in Rostow gibt es viele Fabriken.«

Nesterow kannte beide Orte besser als Leo. »Die Automobilfabrik und Rostelmasch haben enge Verbindungen.«

»Diese Traktorenfabrik?«

»Ja, die größte in der UdSSR.«

»Nutzt der eine Komponenten des anderen?«

»Die Reifen des GAZ-20 kommen von dort und im Gegenzug werden Motorteile in den Süden geliefert.«

War das vielleicht die Verbindung? Die Morde verliefen entlang der Eisenbahnlinien aus dem Süden und dann nach Westen, von einem Ende bis zum anderen. Leo hielt die Theorie für plausibel.

»Wenn GAZ Bauteile an die Rostelmasch-Fabrik liefert, dann wird doch Rostelmasch einen *Tolkatsch* beschäftigen. Jemanden, der hierherkommt und sicherstellt, dass Wolga seinen Lieferverpflichtungen auch nachkommt.«

»Hier oben hat es nur zwei Kindermorde gegeben, und die sind erst kürzlich passiert. Aber die Fabriken arbeiten schon geraume Zeit zusammen.«

»Die Morde im Norden des Landes sind die jüngsten. Das bedeutet, er hat diese Arbeit erst vor kurzem aufgenommen. Oder er wird erst seit kurzem auf dieser Route eingesetzt. Wir müssen an die Personalakten von Rostelmasch herankommen. Wenn wir recht haben und die Akten mit den Tatorten der Morde abgleichen können, dann haben wir ihn.«

Sie waren nah dran. Wenn man sie nicht gejagt hätte, wenn sie die Freiheit gehabt hätten, nach ihrem Gutdünken zu handeln, dann hätten sie den Namen bis zum Ende der Woche identifiziert. Aber weder hatten sie eine Woche noch die Unterstützung des Staates. Sie hatten nur vier Minuten. Es war elf nach neun. Leo musste los. Er nahm sich eines der Dokumente, die Liste der

Morde mit ihren Daten und Tatorten. Mehr brauchte er nicht. Er stopfte sie in seine Jackentasche und ging zur Tür. Nesterow hielt ihn fest. Er hatte die Pistole in der Hand. Leo nahm die Waffe, hielt aber für einen Moment inne.

Nesterow bemerkte sein Zögern. »Überwinden Sie sich, sonst stirbt meine Familie.«

Leo schlug ihm seitwärts gegen den Kopf, sodass die Haut aufplatzte und Nesterow auf die Knie ging. Er sah auf, immer noch bei Bewusstsein. »Viel Glück. Und jetzt richtig.«

Leo hob die Waffe. Nesterow schloss die Augen.

Leo rannte den Flur hinunter. Als er beim Treppenhaus war, fiel ihm ein, dass er die Wagenschlüssel vergessen hatte. Er wirbelte herum, spurtete durch den Flur zurück bis ins Büro, stieg über Nesterow hinweg und schnappte sie sich. Er war spät dran. Viertel nach neun, die Agenten stürmten schon das Gebäude, und Leo war immer noch im Büro, genau da, wo sie ihn haben wollten. Er rannte hinaus, den Flur entlang, die Treppe hinunter. Er hörte Schritte auf sich zukommen. Im dritten Stock hechtete er nach rechts und drückte die Klinke der nächsten Bürotür. Wie Nesterow versprochen hatte, war sie nicht verschlossen. Leo sprang hinein und schloss hinter sich ab. Schon rannten Agenten die Treppe hinauf.

Er wartete im Dämmerlicht. Alle Fensterläden waren geschlossen worden, so dass niemand hereinschauen konnte. Im Flur hörte er das Trappeln von Schritten. Im Treppenhaus befanden sich mindestens vier Agenten. Die Versuchung war groß, hier in diesem Raum zu bleiben, hinter einer verschlossenen Tür, in vorläufiger Sicherheit. Die Fenster gingen auf den Innenhof hinaus. Leo spähte nach draußen. Der Haupteingang war von Männern umringt. Sofort zog er sich vom Fenster zurück. Er musste die rückwärtige Seite des Erdgeschosses erreichen. Leo öffnete die Tür und linste vorsichtig heraus. Der Flur war sauber. Er schloss die Tür hinter sich und bewegte sich in Richtung Treppenhaus. Unter sich konnte er die Stimme eines Agenten hören. Er rannte zur nächsten Treppe. Niemand war zu sehen oder zu hören. Kaum war er losgelaufen, ging im obersten Stockwerk ein Geschrei los. Sie hatten Nesterow gefunden.

Ein zweiter Trupp Agenten, die von den Rufen ihrer Kollegen alarmiert worden waren, stürmte in das Gebäude. Es war zu riskant, noch eine Treppe tiefer zu gehen. Leo ließ Nesterows Plan fallen und blieb im ersten Stock. Er hatte nur wenige Momente der Verwirrung zur Verfügung, bevor die Männer sich in Suchtrupps aufteilen würden. Da er nicht ins Erdgeschoss konnte, lief er den Flur entlang bis zur Toilette, einem Raum an der Rückseite des Hauses. Er öffnete das Fenster. Es war sehr hoch und schmal, gerade eben groß genug, dass er sich hindurchzwängen konnte. Die einzige Möglichkeit war, mit dem Kopf voraus hindurchzuklettern. Er spähte nach draußen, konnte aber keine Agenten sehen. Bis zur Erde waren es vielleicht fünf Meter. Leo zog sich durch das Fenster und hing über dem Abgrund, gehalten nur noch von seinen Füßen. Es gab nichts, woran er sich festklammern konnte. Er würde sich fallen lassen und den Kopf mit den Händen schützen müssen.

Mit den Handflächen zuerst kam er am Boden auf, die Handgelenke knickten nach hinten weg. Er hörte einen Schrei und sah auf. An einem Fenster in der obersten Etage stand ein Agent. Sie hatten ihn entdeckt. Ohne auf die Schmerzen in seinen Handgelenken zu achten, rappelte er sich auf und rannte in die Seitenstraße, wo der Wagen stehen sollte. Schüsse fielen, und neben seinem Kopf explodierten Wölkchen von Ziegelstaub. Leo machte sich klein und lief geduckt weiter. Weitere Schüsse fielen, die Kugeln prallten von der Straße ab. Leo bog um die Ecke und war aus dem Schussfeld.

Da stand der Wagen. Er kletterte hinein und drehte den Zündschlüssel. Der Motor stotterte und erstarb. Leo versuchte es noch einmal. Der Motor sprang nicht an. Er versuchte es noch einmal. *Bitte!* Diesmal sprang der Motor an. Leo legte den Gang ein, fuhr los und beschleunigte vorsichtig, damit die Reifen nicht quietschten. Es herrschte kein Verkehr. Leo wollte aus der Stadt raus, aber er fuhr zu schnell, zu unruhig. Nesterows Plan ging nicht auf. Er konnte nicht die ganze Strecke bis Rostow fahren. Erstens waren es viele 100 Kilometer, er hatte nicht genug Benzin und keine Möglichkeit, sich Nachschub zu besorgen. Entscheidender aber war, dass sie, sobald sie merkten, dass er ein Auto hatte, alle Straßen sperren würden. Er musste so weit fahren, wie es ging, dann den Wagen stehen lassen und verstecken, sich in die Büsche schlagen und irgendwann einen Zug nehmen. Solange sie den Wagen nicht fanden, standen seine Chancen ohne ihn erheblich besser.

Er bog auf die Hauptdurchgangsstraße ein, beschleunigte und fuhr Richtung Westen. Er sah in den Rückspiegel. Wenn sie glaubten, dass er zu Fuß unterwegs war, dann würden sie zunächst eine gründliche Durchsuchung aller Gebäude im Viertel vornehmen, was ihm gut und gern eine Stunde Vorsprung verschaffte. Er drückte aufs Gaspedal und holte aus dem Wagen die Höchstgeschwindigkeit von 80 Stundenkilometern heraus.

Weiter vorne befanden sich Männer auf der Straße, sie standen um einen abgestellten Wagen herum. Ein Miliz-Fahrzeug. Es war eine Straßensperre. Sie waren kein Risiko eingegangen. Wenn die Straße nach Westen gesperrt war, dann war die nach Osten es auch. Sie hatten die ganze Stadt abgeriegelt. Seine einzige Hoffnung bestand darin, die Straßensperre zu durchbrechen. Er würde Anlauf nehmen und dem quer zur Straße abgestellten Auto in die Seite fahren. Dadurch würde der Wagen zur Seite geschleudert werden. Beim Aufprall musste er aufpassen. Wenn ihr Wagen demoliert war, würden sie ihn nicht sofort verfolgen können. Es war zum Verzweifeln, sein Vorsprung war auf ein paar Minuten geschrumpft.

Die Agenten vor ihm eröffneten das Feuer. Der Bug des Wagens wurde von Kugeln getroffen, die Funken schlagend auf dem Blech auftrafen. Leo duckte sich hinter das Steuer und konnte dadurch die Straße nicht mehr sehen. Doch sein Wagen war in Position, er musste nur noch geradeaus fahren. Weitere Kugeln schlugen durch die Windschutzscheibe. Glassplitter regneten herab. Er war immer noch auf Kurs und stützte sich gegen den Aufprall ab.

Der Wagen kam ins Schlingern. Leo drückte sich in den Sitz und versuchte ihn unter Kontrolle zu halten, aber der Wagen brach nach links aus. Die Reifen waren zerschossen, er war machtlos. Das Auto legte sich auf die Seite, und das Seitenfenster barst. Leo wurde gegen die Tür geschleudert, war nur Zentimeter über der Straße, der Wagen rutschte, Funken stoben. Der Bug schlug in das andere Fahrzeug ein, und Leos Wagen drehte sich um die eigene Achse. Dann rollte er aufs Dach und rutschte von der Straße an den Rinnstein. Leo wurde von der Tür gegen das Dach geschleudert und krümmte sich dort zusammen, bis der Wagen schließlich zum Stillstand kam.

Er öffnete die Augen. Er war sich nicht sicher, ob er sich rühren konnte, und brachte die Kraft nicht auf, es herauszufinden. Er starrte in den Nachthimmel. Sein Kopf arbeitete langsam. Er merkte, dass er nicht mehr im Wagen lag. Jemand musste ihn herausgezogen haben. Vor ihm tauchte ein Kopf auf, versperrte die Sicht auf die Sterne und schaute auf ihn herab. Leo konzentrierte sich auf das Gesicht des Mannes.

Es war Wassili.

Rostow am Don

Am selben Tag

Aron hatte sich vorgestellt, die Arbeit bei der Miliz sei aufregend. Jedenfalls aufregender, als in einer Kolchose zu arbeiten. Dass sie nicht gut zahlten, hatte er schon vorher gewusst, aber dafür gab es auch keine nennenswerte Konkurrenz. Arbeit zu finden, war nicht gerade seine starke Seite. Nicht, dass irgendwas mit ihm nicht gestimmt hätte, in der Schule war er sogar gut gewesen. Aber er war mit einer »entstellten« Oberlippe auf die Welt gekommen. So hatte ihm das der Arzt jedenfalls erklärt. Sie sei nun mal »entstellt«, da könne er auch nichts machen. Es sah aus, als habe man ein Stück seiner Oberlippe weggeschnitten und die Reste dann zusammengenäht. Deshalb ging die Lippe in der Mitte hoch, so dass seine Schneidezähne zum Vorschein kamen, als würde er die ganze Zeit höhnisch grinsen. Seiner Fähigkeit zu arbeiten tat das natürlich keinen Abbruch, seiner Fähigkeit, Arbeit zu finden, aber durchaus. Da war ihm die Miliz wie die perfekte Lösung vorgekommen, dort lechzte man ja geradezu nach Bewerbern. Sie hatten ihn herumgeschubst und hinter seinem Rücken blöde Bemerkungen gemacht, aber daran war er ja gewöhnt. Und er hatte es ertragen, solange man ihn nur seinen Kopf benutzen ließ.

Und nun saß er hier mitten in der Nacht hinter irgendwelchen Büschen, wurde von Viechern gebissen und beobachtete den Unterstand der Bushaltestelle auf *außergewöhnliche Vorkommnisse.*

Warum er hier saß oder was mit *außergewöhnlichen Vor-*

kommnissen eventuell gemeint sein könnte, hatte man Aron nicht gesagt. Er war einer der Jüngsten im Revier, erst zwanzig, und er fragte sich, ob es sich hierbei vielleicht um eine Art Aufnahmeprüfung handelte, um zu sehen, ob er auch pflichtbewusst war und Befehle befolgte. Gehorsam ging diesen Leuten über alles.

Bislang hatte sich erst eine einzige Person an der Bushaltestelle blicken lassen, ein Mädchen. Sie war noch jung, vielleicht vierzehn oder fünfzehn, versuchte aber, älter zu wirken. Sie sah betrunken aus. Ihre Bluse war aufgeknöpft. Aron beobachtete, wie sie an ihrem Rock zupfte und in den Haaren spielte. Was machte die denn an der Bushaltestelle? Bis morgen früh fuhren doch gar keine Busse mehr ab.

Ein Mann näherte sich. Er war groß und trug einen Hut sowie einen langen Mantel. Seine Brille hatte Gläser, so dick wie Flaschenböden. Mit seinem Reisekoffer blieb er beim Fahrplan stehen und studierte ihn mit Hilfe seines Zeigefingers. Wie eine spärlich bekleidete Spinne, die am Rande ihres Netzes gewartet hatte, stand das Mädchen sofort auf und näherte sich ihm. Er las weiter den Fahrplan, während sie ihn umkreiste und seinen Koffer, seine Hand und seinen Mantel anfasste. Anfangs schien der Mann die Avancen zu ignorieren, aber dann wandte er den Blick doch vom Fahrplan ab und musterte das Mädchen. Sie sprachen miteinander, aber Aron konnte nicht hören, was sie sagten. Das Mädchen schien mit etwas nicht einverstanden, sie schüttelte den Kopf. Dann zuckte sie mit den Achseln. Sie waren sich einig. Der Mann wandte sich um und schien Aron direkt anzustarren, er blickte geradewegs auf das Gebüsch neben dem Unterstand. Hatte er ihn etwa gesehen? Unwahrscheinlich, schließlich standen sie im Licht und er war im Dunklen. Der Mann und das Mädchen gingen auf ihn zu, genau zu der Stelle, wo er sich versteckte.

Aron war durcheinander und überprüfte noch einmal seine Position. Er hatte sich doch perfekt versteckt, sie konnten ihn unmöglich gesehen haben. Und selbst wenn, warum kamen sie denn dann direkt auf ihn zu? Jetzt waren sie nur noch ein paar Meter weit weg. Er hörte sie reden. Abwartend duckte er sich ins Gebüsch, musste aber feststellen, dass sie schnurstracks an ihm vorbei in den Wald marschierten.

Aron stand auf. »Halt!«

Der Mann erstarrte und krümmte den Rücken. Er wandte sich um. Aron tat sein Bestes, respekteinflößend zu klingen. »Was macht ihr zwei da?«

Das Mädchen, das weder verängstigt noch besorgt schien, antwortete: »Wir gehen spazieren. Was ist denn mit Ihrer Lippe passiert? Die ist ja vielleicht hässlich.«

Aron wurde puterrot vor Scham. Das Mädchen starrte ihn mit offensichtlichem Ekel an. Es verschlug ihm die Worte. Er versuchte sich zu sammeln. »Ihr wolltet miteinander verkehren. An einem öffentlichen Ort. Du bist eine Prostituierte.«

»Nein, wir wollten spazieren gehen.«

Der Mann nickte und fügte mit panisch erstickter Stimme hinzu: »Keiner hat was Böses gemacht. Wir haben uns nur unterhalten.«

»Ich will Ihre Papiere sehen.«

Der Mann trat vor und kramte in der Manteltasche nach seinen Papieren. Das Mädchen hielt sich nonchalant im Hintergrund. Es war bestimmt nicht das erste Mal, dass man sie angehalten hatte, sie wirkte nicht beunruhigt. Aron sah sich die Papiere des Mannes an. Er hieß Andrej. Die Papiere waren in Ordnung. »Machen Sie den Koffer auf.«

Andrej zögerte, der Schweiß rann ihm in Strömen herab. Man hatte ihn erwischt. Er hatte immer geglaubt, das würde ihm nie passieren. Hatte sich nie vorgestellt, sein Plan könnte schiefgehen. Er hob den Koffer hoch und öffnete das Schloss. Der junge Beamte linste hinein und suchte ihn mit einer Hand vorsichtig ab. Andrej hatte den Blick gesenkt und wartete. Als der Milizionär wieder aufschaute, hatte er ein Messer in der Hand. Ein langes Messer mit gezackter Schneide. Andrej war den Tränen nahe.

»Warum haben Sie das dabei?«

»Ich reise viel. Oft esse ich im Zug. Das Messer benutze ich, um die Salami zu schneiden. Billige, harte Salami, aber meine Frau weigert sich, eine andere Sorte zu kaufen.«

Andrej benutzte sein Messer tatsächlich zum Essen. Der Beamte fand eine halbe Salami. Sie war billig und hart. Der Rand war ausgefranst. Sie war mit diesem Messer geschnitten worden.

Aron holte ein Glasgefäß mit Schraubverschluss hervor. Es war sauber und leer. »Wofür ist das?«

»Manche von den Bauteilen, die ich als Muster mitnehme, sind zerbrechlich, andere schmutzig. Dieses Gefäß ist mir bei der Arbeit nützlich. Hören Sie, Herr Schutzmann, ich weiß, dass ich nicht mit diesem Mädchen hätte anbändeln sollen. Ich weiß nicht, was über mich gekommen ist. Ich habe da drüben gestanden und nach den Abfahrtszeiten der Busse morgen geschaut, und dann hat sie mich angesprochen. Sie wissen doch, wie das ist – mit den Trieben. Es ist einfach über mich gekommen. Aber wenn Sie in der Seitentasche des Koffers nachsehen wollen, finden Sie meinen Mitgliedsausweis für die Partei.«

Aron fand den Ausweis. Außerdem fand er eine Fotographie, die den Mann mit seinen zwei Töchtern zeigte.

»Meine Töchter. Herr Schutzmann, es besteht doch kein Grund, die Sache hier weiterzuverfolgen, oder? Es ist allein die Schuld dieses Mädchens. Sonst wäre ich doch schon längst auf dem Weg nach Hause.«

Ein anständiger Bürger, der von einem betrunkenen Mädchen

verleitet worden war, einem verkommenen Subjekt. Der Mann war höflich gewesen. Er hatte nicht Arons Lippe angeglotzt oder irgendwelche geringschätzigen Bemerkungen gemacht. Er hatte ihn als Gleichrangigen behandelt, obwohl er älter war, eine bessere Arbeit hatte und obendrein noch Parteimitglied war. Er war ein Opfer. Die Verbrecherin war sie.

Andrej hatte schon die Schlinge um seinen Hals gespürt, aber jetzt merkte er, dass er so gut wie frei war. Das Foto von seiner Familie hatte ihm bereits oft unschätzbare Dienste geleistet. Manchmal benutzte er es dazu, zögerliche Kinder davon zu überzeugen, dass man ihm trauen konnte. Wo er doch selbst Vater war. Er fühlte die Schnur in seiner Hosentasche. Nicht heute Abend. In Zukunft würde er sich am Riemen reißen müssen. Er durfte nicht mehr in seiner Heimatstadt töten.

Aron wollte den Mann gerade gehen lassen, er hatte bereits den Ausweis und die Fotographie zurückgesteckt, als er in dem Koffer noch etwas anderes entdeckte: einen in der Mitte gefalteten Zeitungsausschnitt. Er zog ihn heraus und faltete ihn auf.

Andrej ertrug es nicht, wie dieser Idiot mit seiner widerwärtigen Lippe den Ausschnitt mit seinen ungewaschenen Fingern anfasste. Beinahe hätte er ihm das Papier aus der Hand gerissen. »Darf ich das bitte wiederhaben?«

Zum ersten Mal wirkte die Stimme des Mannes erregt. Warum war ihm dieser Papierfetzen so wichtig? Es war ein mehrere Jahre alter und mittlerweile schon vergilbter Zeitungsausschnitt. Es gab keinen Text und keinen Quellennachweis. Alles weggeschnitten, man konnte unmöglich sagen, aus welcher Zeitung er stammte. Das Einzige, was noch übrig war, war ein Bild aus dem Großen Vaterländischen Krieg – das brennende Wrack eines deutschen Panzers. Ringsherum standen russische Soldaten mit triumphierend hochgereckten Gewehren, zu ihren Füßen tote deutsche Soldaten. Ein Siegesfoto, ein Propagandafoto. Aron mit seiner »entstellten« Oberlippe verstand sehr gut, warum man das Foto in der Zeitung gedruckt hatte. Der russische Soldat in der Mitte war ein gut aussehender Mann mit einem gewinnenden Lächeln.

Moskau

10. Juli

Leos Gesicht war angeschwollen, jede Berührung schmerzte. Sein rechtes Auge war zu, verborgen hinter Wülsten geschwollener Haut. Seine eine Brustseite schmerzte heftig, so als seien mehrere Rippen gebrochen. Am Unfallort hatte man ihn notdürftig medizinisch versorgt, aber sobald klar war, dass keine Lebensgefahr bestand, hatte man ihn mit einigen bewaffneten Aufpassern auf einen Laster verfrachtet. Auf dem Weg nach Moskau hatte er jedes Schlagloch gespürt, als sei es ein Schlag in die Magengrube. Da er keine Schmerztabletten hatte, war er immer wieder ohnmächtig geworden. Brav hatten ihn seine Bewacher jedes Mal mit dem Gewehrkolben geweckt, weil sie nicht riskieren wollten, dass er ihnen unterwegs starb. Leo hatte die Fahrt zwischen fiebrigen Hitzewallungen und dem Gefühl eisiger Kälte verbracht. Und er hatte sich damit abgefunden, dass diese Verletzungen erst der Anfang waren.

Die Ironie des Schicksals, dass er ausgerechnet hier enden musste, festgezurrt auf einem Sessel in einer Verhörzelle der Lubjanka, war Leo nicht entgangen. Ein Wächter des Staates war zum Gefangenen des Staates geworden – keine ungewöhnliche Schicksalswendung. So fühlte es sich also an, ein Staatsfeind zu sein.

Die Tür ging auf. Leo hob den Kopf. Wer war noch mal dieser Mann mit der blassen Haut und den gelblichen Zähnen? Ein ehemaliger Kollege, an so viel konnte er sich erinnern. Aber der Name fiel ihm nicht mehr ein.

»Erinnern Sie sich an mich?«

»Nein.«

»Ich bin Doktor Zarubin. Wir sind uns schon ein paar Mal begegnet. Vor gar nicht langer Zeit habe ich Sie besucht, als Sie krank waren. Es tut mir leid, Sie in einer solch misslichen Lage zu sehen. Das sage ich nicht, weil ich das, was gegen Sie unternommen wird, missbillige. Ich meinte nur, mir wäre es lieber, Sie hätten es nicht getan.«

»Was getan?«

»Ihr Land verraten.«

Der Arzt tastete seine Rippen ab. Bei jeder Berührung musste Leo die Zähne zusammenbeißen. »Mir wurde gesagt, Ihre Rippen seien gebrochen, aber das stimmt nicht. Sie sind nur geprellt, was zweifellos schmerzhaft genug ist. Ich bin angewiesen worden, die Wunden zu säubern und die Verbände zu wechseln.«

»Erst pflegen, dann foltern. So ist das hier ja wohl üblich. Einmal habe ich einem Mann das Leben gerettet, nur damit ich ihn hierher bringen konnte. Ich hätte Brodsky da unten in dem Fluss lassen sollen.«

»Ich weiß nicht, von wem Sie sprechen.«

Leo verstummte. Es war einfach, seine Taten zu bereuen, wenn das Glück sich gewendet hatte. Klarer als je zuvor sah er, dass ihm seine einzige Chance auf Sühne entglitten war. Der Mörder würde weiter morden, und nicht etwa, weil er ein so ausgefuchster Stratege war, sondern weil dieses Land sich weigerte, auch nur die Existenz eines solchen Mannes zuzugeben, und ihn so mit einer perfekten Immunität umgab.

Der Doktor verband die letzten von Leos Wunden. Seine ärztliche Hilfe sollte sicherstellen, dass die darauf folgende Folter auch wirklich bei vollem Bewusstsein wahrgenommen wurde. Mach sie wieder gesund, damit man ihnen besser wehtun kann. Der Arzt lehnte sich vor und flüsterte Leo ins Ohr:

»Jetzt werde ich mich um Ihre Frau kümmern. Ihre schöne Frau. Sie sitzt gefesselt nebenan, ganz hilflos. Und daran sind Sie schuld. Alles, was ich jetzt mit ihr mache, ist Ihre Schuld. Ich werde dafür sorgen, dass sie jeden Tag verflucht, an dem sie Sie geliebt hat. Ich werde dafür sorgen, dass sie es herausschreit.«

Leo brauchte eine Weile, um zu verstehen, was er gehört hatte, so als habe der andere in einer fremden Sprache gesprochen. Was hatte er diesem Menschen denn getan? Er hätte ihn doch kaum wiedererkannt. Warum bedrohte er Raisa? Leo versuchte aufzustehen und sich auf den Arzt zu stürzen, aber der Sessel war am Boden fixiert und er am Sessel.

Dokor Zarubin schreckte zurück wie jemand, der seinen Kopf zu nah an einen Löwenkäfig gehalten hatte. Er sah zu, wie Leo an seinen Fesseln zerrte, wie die Adern an seinem Hals anschwollen, der Kopf mit dem bemitleidenswert verquollenen Auge rot wurde. Es war faszinierend, so als beobachte man eine Fliege, die man in einem Glas gefangen hatte. Der Mann verstand offenbar gar nicht, dass er vollkommen hilflos war.

Der Arzt nahm sein Köfferchen und wartete, bis die Wache die Tür öffnete. Er hatte damit gerechnet, dass Leo ihn beschimpfen, damit drohen würde, ihn umzubringen, aber zumindest in dieser Hinsicht wurde er enttäuscht.

Er ging durch den Flur des Kellers, nur ein paar Schritte bis zur Nachbarzelle. Die Tür wurde geöffnet, und Zarubin trat ein. Raisa saß genauso gefesselt da wie ihr Mann. Der Gedanke erregte ihn, dass sie ihn erkennen und begreifen würde, dass es besser gewesen wäre, sein Angebot anzunehmen. Dann wäre sie jetzt in Sicherheit. Offensichtlich war sie doch nicht die Überlebenskünstlerin, für die er sie gehalten hatte. Dabei war sie außergewöhnlich schön. Das hätte sie ausnutzen sollen, anstatt sich für die Treue zu entscheiden. Vielleicht glaubte sie ja an ein

Leben nach dem Tode, wo ihre Loyalität belohnt werden würde. Hier allerdings zählte so etwas nicht.

Bestimmt würde ihre Reue ihn stimulieren. Vielleicht flehte sie ihn ja an: *Helfen Sie mir!*

Jetzt würde sie jede Bedingung akzeptieren, er konnte alles von ihr kriegen. Er konnte sie behandeln wie ein Stück Dreck, sie würde es freudig hinnehmen und noch um mehr betteln. Sie würde sich ihm vollkommen unterwerfen. Er öffnete ein Gitter an der Wand. Es sah so aus, als sei es ein Teil der Belüftungsanlage, aber tatsächlich diente es dazu, sich von Zelle zu Zelle zu verständigen. Zarubin wollte, dass Leo jedes Wort mithörte.

Raisa starrte Zarubin an. Sie sah, wie er ein gespielt trauriges Gesicht aufsetze, mit dem er ihr vermutlich sagen wollte: *Hätten Sie doch nur mein Angebot angenommen.*

Er stellte seinen Koffer ab und begann sie abzutasten, obwohl sie unverletzt war: »Ich muss Sie überaus gründlich untersuchen. Für den Bericht.«

Raisa hatte sich ohne Gegenwehr festnehmen lassen. Das Restaurant war umstellt gewesen. Dann waren Agenten eingedrungen und hatten sie verhaftet. Als sie abgeführt worden war, hatte Basarow ihr in seiner typischen Boshaftigkeit hinterhergerufen, sie verdiene jede Strafe, die sie bekomme. Ohne ein Wort der Erklärung hatte man sie gefesselt auf die Ladefläche eines Lasters gesetzt. Sie hatte keine Ahnung, was mit Leo passiert war, bis sie einen Beamten sagen hörte, dass sie ihn hatten. Der Zufriedenheit in seiner Stimme hatte sie entnommen, dass Leo zumindest versucht hatte zu entkommen.

Während die Hand des Arztes über ihren Körper strich, versuchte sie, immer nur starr geradeaus zu blicken, so als sei er gar nicht da. Aber sie schaffte es nicht, ihm nicht doch gelegentlich flüchtige Blicke zuzuwerfen. Seine Knöchel waren behaart, die Fingernägel sauber und sorgfältig geschnitten. Der Wachmann hinter ihr fing an zu lachen, ein kindisches Gegacker. Raisa versuchte sich vorzustellen, dass ihr Körper unantastbar sei und er, egal was er versuchte, nicht Hand an sie legen könne. Ein hoffnungsloses Unterfangen. Mit entsetzlicher, absichtlicher Bedächtigkeit fuhren seine Finger an der Innenseite ihres Beins hoch. Sie merkte, wie ihr Tränen in die Augen schossen, und blinzelte sie weg. Zarubin beugte sich näher, sein Gesicht war jetzt ganz dicht an ihrem. Er küsste ihre Wange und sog die Haut in seinen Mund ein, so als wolle er ein Stück abbeißen.

Die Tür ging auf. Wassili kam herein. Der Doktor fuhr hoch, stand auf und trat zurück.

Wassili war ungehalten. »Ihr fehlt nichts. Es besteht kein Grund, dass Sie hier sind.«

»Ich wollte nur sichergehen.«

»Sie können gehen.«

Zarubin nahm sein Köfferchen und ging. Wassili schloss das Gitter. Er hockte sich neben Raisa hin und betrachtete ihre Tränen.

»Sie sind stark. Vielleicht denken Sie, dass Sie es aushalten werden. Ich kann verstehen, dass Sie Ihrem Mann gegenüber loyal bleiben wollen.«

»Tatsächlich?«

»Nein, Sie haben recht, eigentlich kann ich es nicht verstehen. Was ich sagen wollte, ist: Es wäre besser für Sie, wenn Sie mir alles sofort sagen würden. Sie halten mich vielleicht für ein Scheusal. Aber wissen Sie, von wem ich genau diesen Satz habe? Von Ihrem Mann. Das hat er den Leuten immer gesagt, bevor sie zum Foltern abgeführt wurden, einem sogar genau in diesem Raum. Er meinte es sogar ehrlich, falls das eine Rolle spielen sollte.«

Raisa starrte das ebenmäßige Gesicht dieses Mannes an und fragte sich wie schon vor Monaten im Bahnhof, warum er ihr trotzdem so hässlich vorkam. Seine Augen waren dumpf. Nicht leblos oder dumm, aber kalt. »Ich werde Ihnen alles sagen.«

»Aber wird das reichen?«

* * *

Leo hätte seine Kräfte sparen sollen, bis eine Gelegenheit kam, wirklich etwas zu unternehmen. Jetzt gab es keine. Er hatte schon viele Gefangene ihre Energie damit verschwenden sehen, dass sie mit den Fäusten gegen die Tür schlugen und schrien oder ohne Unterlass in ihren Zellen auf und ab liefen. Damals hatte er sich gefragt, warum sie die Sinnlosigkeit ihres Tuns nicht einsahen. Jetzt, wo er in derselben Zwickmühle steckte, verstand er, was in ihnen vorgegangen war. Es war, als sei sein Körper allergisch gegen Gefangenschaft. Mit Logik oder kühlem Verstand hatte das gar nichts zu tun. Er konnte einfach nicht dasitzen, abwarten und nichts tun. Stattdessen zerrte er an seinen Fesseln, bis seine Handgelenke anfingen zu bluten. Irgendetwas in ihm glaubte tatsächlich, dass er diese Ketten würde zerreißen können, auch wenn er schon 100 Männer und Frauen gesehen hatte, die man damit gefesselt hatte, und nicht einmal waren sie gerissen. Aber er war befeuert von der Idee einer grandiosen Flucht und dachte nicht daran, dass eine solche Hoffnung mindestens so gefährlich war wie alle Foltern, die sie ihm zufügen konnten.

Wassili kam herein und bedeutete der Wache, vor Leo einen Stuhl aufzustellen. Der Wachmann gehorchte und stellte den Stuhl knapp außer Leos Reichweite. Wassili trat vor, nahm den Stuhl und rückte ihn näher heran. Ihre Knie berührten sich fast. Er starrte Leo an und sah zu, wie der mit aller Kraft an seinen Fesseln zerrte. »Beruhige dich. Deine Frau ist unversehrt. Sie ist nebenan.«

Mit einem Fingerzeig schickte Wassili den Wachmann zum

Gitter. Er öffnete es. Wassili rief: »Raisa. Sagen Sie etwas zu Ihrem Mann. Er macht sich Sorgen um Sie.«

Raisas Stimme hörte sich an wie ein schwaches Echo. »Leo?«

Leo sank zurück in den Stuhl und entspannte sich. Bevor er antworten konnte, schlug der Wachmann das Gitter wieder zu. Leo sah Wassili an. »Es gibt keinen Grund, dass ihr sie oder mich foltert. Du weißt selbst, dass ich mich auskenne. Ich weiß, dass es keinen Zweck hat, sich zu widersetzen. Du kannst mich alles fragen. Ich werde antworten.«

»Aber ich weiß doch schon alles. Ich habe die Dokumente gelesen, die du zusammengetragen hast. Ich habe auch mit General Nesterow gesprochen. Er war sehr darauf bedacht, dass seine Kinder nicht in einem Waisenhaus aufwachsen. Raisa hat alle seine Informationen bestätigt. Ich habe nur eine Frage an dich: Warum? Warum hast du das bisschen, das dir noch geblieben war, für dieses Hirngespinst riskiert?«

»Sprichst du von den Morden?«

»Die Morde sind alle aufgeklärt.«

Leo antwortete nichts.

»Das glaubst du nicht, richtig? Meinst du wirklich, dass eine oder mehrere Personen überall im Land ohne irgendeinen Grund willkürlich russische Jungen und Mädchen ermorden?«

»Ich habe mich getäuscht. Ich hatte eine Theorie, aber ich habe mich getäuscht. Ich distanziere mich davon. Ich werde einen Widerruf unterzeichnen und ein Schuldeingeständnis.«

»Dir ist also klar, dass du dich der schlimmsten Form antisowjetischer Agitation schuldig gemacht hast? Das klingt ganz nach westlicher Propaganda, Leo. Und das könnte ich sogar noch nachvollziehen. Wenn du für den Westen arbeitest, dann bist du ein Verräter. Vielleicht haben sie dir ja Geld versprochen oder Macht, die Dinge, die du verloren hattest. Das könnte ich verstehen. Ist das der Fall?«

»Nein.«

»Und genau das beunruhigt mich. Das heißt nämlich, dass du ernsthaft glaubst, diese Morde stünden miteinander in Verbindung und wären nicht das Werk von Perversen, Herumtreibern, Trunkenbolden und unerwünschten Personen. Offen gesagt, das ist verrückt. Ich habe mit dir zusammengearbeitet. Ich habe gesehen, wie methodisch du vorgehst. Und wenn ich ehrlich sein soll, habe ich dich sogar bewundert. Allerdings nur so lange, bis du wegen deiner Frau den Kopf verloren hast. Als sie mir deshalb von deinen neuen Abenteuern erzählt haben, konnte ich mir gar keinen Reim darauf machen.«

»Ich hatte eine Theorie. Aber ich habe mich getäuscht. Ich weiß nicht, was ich sonst noch sagen soll.«

»Warum sollte ein einzelner Mensch all diese Kinder umbringen?«

Leo starrte den Mann ihm gegenüber an. Einen Mann, der zwei kleine Kinder hatte hinrichten wollen, weil ihre Eltern einen Tierarzt kannten. Er hätte sie in den Hinterkopf geschossen und sich nichts dabei gedacht. Trotzdem meinte Wassili die Frage ernst. *Warum sollte jemand diese Kinder umbringen wollen?*

Wassili hatte nicht weniger Morde auf dem Gewissen als der Mann, den Leo gejagt hatte, vielleicht sogar mehr. Und trotzdem wunderte er sich, dass die Kindermorde einem logischen Muster folgen sollten. Konnte er sich einfach nur nicht vorstellen, warum jemand, der morden wollte, nicht in den MGB eintrat oder Wachmann in einem Gulag wurde? Diesen Grund hätte Leo immerhin verstanden. Es gab so viele legale Ventile für Brutalität und Mord, warum sollte man da den inoffiziellen Weg gehen? Aber das war nicht seine Sache.

Wassilis Verwirrung entsprang der Tatsache, dass die Morde offensichtlich kein Motiv hatten. Nicht, dass man sich keinen Mord an einem Kind vorstellen konnte, aber wo war hier der Nutzen? Wo war der Beweggrund? Eine offizielle Notwendigkeit, diese Kinder umzubringen, gab es nicht, weder um des großen Ganzen willen noch wegen eines materiellen Vorteils. Das war es, was Wassili Kopfzerbrechen bereitete.

Leo wiederholte seine Worte. »Ich hatte eine Theorie. Aber ich habe mich getäuscht.«

»Vielleicht war deine Verbannung aus Moskau und aus einer Truppe, der du so viele Jahre treu gedient hattest, ein größerer Schock für dich, als wir erwartet hatten. Du hast schließlich deinen Stolz. Dein Verstand hat eindeutig gelitten. Deshalb werde ich dir helfen, Leo.«

Wassili stand auf und überdachte die Situation. Nach Stalins Tod hatte man befohlen, jede Form von Gewalt gegen Gefangene zu unterlassen. Wassili, der Überlebenskünstler, hatte sich sofort darauf eingestellt. Aber jetzt hatte er Leo am Wickel. Wie konnte er da einfach das Feld räumen und ihn seiner Verurteilung überlassen? Reichte das? Würde ihm das genügend Befriedigung verschaffen? Ihm wurde klar, dass seine Rachlust gegenüber Leo mittlerweile für ihn ebenso gefährlich war wie für Leo, trotzdem wandte er sich zur Tür. Offenbar war er bereit, seine sonst übliche Vorsicht für etwas Persönliches preiszugeben, beinahe eine Art Lust. Er konnte einfach nicht widerstehen. Er winkte dem Wachmann. »Holen Sie Doktor Chwostow.«

Obwohl es schon spät war, war Chwostow über den so plötzlichen Ruf zur Arbeit durchaus nicht verstimmt. Er war neugierig, was wohl so wichtig sein mochte. Er schüttelte Wassili die Hand und ließ sich in knappen Worten die Situation erklären. Ihm fiel auf, dass Wassili Leo nicht etwa als Gefangenen, sondern als Patienten bezeichnete. Chwostow wusste, dass dies notwendig war, um sich gegen etwaige Vorwürfe körperlicher Gewalt zu wappnen. Nachdem man ihn kurz über die ausufernden Wahnvorstellungen des Patienten von einem Kindermörder unterrichtet hatte, befahl er der Wache, Leo in sein Behandlungszimmer zu führen. Die Aussicht herauszubekommen, wo eine so verrückte Idee herkam, erregte ihn.

Das Behandlungszimmer war noch genauso, wie Leo es in Erinnerung hatte: klein und sauber. Da war der rote Lederstuhl, den man auf den weiß gekachelten Boden geschraubt hatte. Die Glasschränke mit den Fläschchen und Pülverchen und Pillen, die alle mit ordentlichen weißen Etiketten versehen und fein säuberlich mit schwarzer Tinte beschriftet waren. Das stählerne chirurgische Besteck, der Geruch nach Desinfektionsmitteln. Leo wurde auf denselben Stuhl gefesselt, auf den sie auch Brodsky gefesselt hatten, die Hand- und Fußgelenke wurden mit denselben Lederriemen festgezurrt. Doktor Chwostow füllte eine Spritze mit Kampferöl. Leos Hemd wurde aufgeschnitten, der Arzt fand die Vene. Nichts musste ihm erklärt werden, er hatte das alles schon gesehen. Er öffnete den Mund und wartete auf den Gummiknebel.

Wassili stand da und beobachtete die Vorbereitungen, er zitterte vor Vorfreude. Chwostow injizierte Leo das Öl. Nach wenigen Sekunden verdrehte Leo die Augen. Sein Körper fing an zu zucken. Das war der Moment, von dem Wassili geträumt hatte, den er schon tausendmal in Gedanken durchgespielt hatte. Leo sah lächerlich aus, schwach und jämmerlich.

Sie warteten, bis die extremeren körperlichen Reaktionen nachgelassen hatten, dann nickte Chwostow. »Hören wir mal, was er zu sagen hat.«

Wassili nahm den Gummiknebel ab. Speichel tropfte Leo aus dem Mund und in den Schoß. Der Kopf fiel kraftlos nach vorne.

»Wie heißt du?

Keine Antwort.

»Wie heißt du?«

Leo bewegte die Lippen. Er sagte etwas, aber Wassili verstand es nicht. Er rückte näher heran.

»Wie heißt du?«

Leos Augen schienen einen Punkt zu erfassen. Er blickte starr geradeaus und sagte: »Pavel.«

Am selben Tag

Wie heißt du? Pavel.

Als er die Augen aufmachte, sah er, dass er bis zu den Knöcheln im Schnee stand, mitten in einem Wald, über ihm ein heller Mond. Seine Jacke war aus groben Getreidesäcken, die man liebevoll zusammengenäht hatte, so als sei es das beste Leder. Er hob einen Fuß aus dem Schnee. Er hatte keine Schuhe an, stattdessen waren um jeden Fuß Lumpen und Gummistreifen gewickelt, alles mit Band zusammengeschnürt. Er hatte die Hände eines Kindes.

Jemand zog an seiner Jacke. Er drehte sich um. Hinter ihm stand ein kleiner Junge, der genauso eine grobe Sackleinenjacke anhatte. An den Füßen hatte er die gleichen zusammengebundenen Lumpen und Gummistreifen. Rotz lief ihm aus der Nase. Wie hieß er noch? Ein dummer, ergebener Tollpatsch – Andrej hieß er.

Hinter ihm fing eine abgezehrte, schwarzweiße Katze zu kreischen an, kämpfte im Schnee gegen eine unsichtbare Kraft, die sie peinigte. Die Katze wurde in den Wald gezogen. Um die Pfote hatte sie ein Seil. Jemand zog an dem Seil und schleifte die Katze durch den Schnee. Pavel rannte hinterher. Aber die noch kämpfende Katze wurde immer rascher weggezogen. Pavel lief schneller. Als er sich umschaute, sah er, dass Andrej nicht Schritt halten konnte und zurückfiel.

Plötzlich blieb er stehen. Vor ihm, mit dem Ende des Seils in der Hand, stand Stepan, nicht als junger, sondern als älterer Mann. Der Mann, von dem er sich in Moskau verabschiedet hatte. Er hob die Katze hoch, brach ihr das Genick und steckte sie in einen großen Getreidesack. Pavel ging zu ihm hin. »Vater?«

»Ich bin nicht dein Vater.«

* * *

Als Pavel die Augen aufmachte, fand er sich im Innern des Getreidesacks wieder – der Kopf blutverschmiert und der Mund vollkommen ausgetrocknet. Er wurde weggeschleppt, sein Kopf schlug gegen den Rücken des Erwachsenen. Es tat ihm so weh, dass ihm schlecht wurde. Irgendetwas war unter ihm. Er griff nach unten und fühlte die tote Katze. Erschöpft schloss Pavel die Augen.

Die Hitze eines Feuers weckte ihn. Er war nicht mehr in dem Sack. Man hatte ihn auf den Lehmboden eines Bauernhauses gekippt. Stepan, jetzt ein junger Mann, der Mann aus dem Wald, ein hagerer, grimmiger Mann, saß neben dem Feuer und hielt die Leiche eines kleinen Jungen im Arm. Neben ihm war Anna, auch sie war wieder jung. Der Junge in Stepans Armen war teils Mensch, teils Geist, teils Skelett. Die Haut hing ihm von den hervortretenden Knochen, seine Augen waren riesig. Anna weinte. Sie streichelte dem toten Jungen das Haar, und schließlich flüsterte Stepan seinen Namen. »Leo.«

Der tote Junge war Leo Stepanowitsch gewesen.

Schließlich wandte sich Anna mit geröteten Augen zu ihm um und fragte: »Wie heißt du?«

Er antwortete nicht. Sein Name fiel ihm nicht ein.

»Wo wohnst du?«

Auch das wusste er nicht.

»Wie heißt dein Vater?«

Keine Erinnerung.

»Könntest du nach Hause zurückfinden?«

Er wusste nicht, wo sein Zuhause war. Anna fuhr fort:

»Verstehst du, warum du hier bist?«

Er schüttelte den Kopf.

»Du solltest sterben, damit er leben konnte. Verstehst du das?«

Das tat er nicht.

Sie sprach weiter. »Aber unser Sohn kann nicht mehr gerettet werden. Er ist gestorben, während mein Mann auf der Jagd war. Da er nun tot ist, kannst du gehen.«

Aber wohin denn gehen? Er wusste nicht, wo er war. Er wusste nicht, wo er herkam. Er wusste überhaupt nichts über sich. Alle Erinnerung war ausgelöscht.

Anna stand auf und ging zu ihm hin. Sie reichte ihm die Hand. Schwach und benommen rappelte er sich auf. Wie lange war er in dem Sack gewesen? Wie weit hatte man ihn getragen? Es kam ihm vor wie Tage. Wenn er nicht bald etwas aß, würde er sterben. Sie gab ihm eine Tasse warmes Wasser. Beim ersten Schluck wurde ihm übel, aber beim zweiten ging es schon. Dann nahm sie ihn mit nach draußen, und dort saßen sie in mehrere Decken eingehüllt beieinander. Erschöpft schlief er an ihrer Schulter ein. Als er aufwachte, war Stepan herausgekommen.

»Es ist fertig.«

Als er ins Haus zurückkam, war der Junge verschwunden. Auf dem Feuer stand ein großer Topf, in dem ein Eintopf blubberte. Anna setzte ihn in die Nähe des Feuers, und er nahm die Schale, die Stepan bis zum Rand gefüllt hatte. Er glotzte in die dampfende Brühe. Auf der Oberfläche schwammen zwischen zerstoßenen Eicheln schneeweiße Knöchelchen und Fleischbrocken. Anna und Stepan sahen ihm zu. Stepan sagte: »Du solltest sterben, damit unser Sohn leben konnte. Jetzt, wo er tot ist, sollst du leben.«

Sie boten ihm ihr eigen Fleisch und Blut dar. Ihren eigenen Sohn. Pavel hob die Schale an die Nase. Er hatte schon so lange nichts mehr gegessen, dass ihm das Wasser im Mund zusammenlief. Die Instinkte gewannen die Oberhand, und er fing an zu löffeln.

Stepan erklärte ihm: »Morgen brechen wir nach Moskau auf. Hier können wir nicht überleben. Ich habe einen Onkel in der Stadt, vielleicht kann der uns helfen. Diese Mahlzeit sollte die letzte vor der Reise sein. Sie sollte uns nach Moskau bringen. Du kannst mit uns kommen. Du kannst aber auch hier bleiben und versuchen, zurück nach Hause zu finden.«

Sollte er dableiben? Ohne zu wissen, wer er war und wo er war? Was, wenn er sich nie wieder erinnern würde? Wenn es ihm nie wieder einfiel? Wer würde sich dann um ihn kümmern? Was sollte er dann machen? Oder sollte er mit diesen Leuten gehen? Wenigstens hatten sie einen Plan, eine Überlebensstrategie.

»Ich will mit.«

»Bist du dir sicher?«

»Ja.«

»Ich heiße Stepan. Meine Frau heißt Anna. Und du?«

Ihm fielen überhaupt keine Namen ein. Außer dem einen, den er eben erst gehört hatte. Konnte er den sagen? Würden sie wütend auf ihn werden?

»Ich heiße Leo.«

11. Juli

Raisa wurde zu einer Reihe von Tischen geschoben, die jeweils mit zwei Beamten bemannt waren. Einer kontrollierte im Sitzen einen Stapel Papiere, während ein anderer im Stehen die Gefangenen filzte. Zwischen Männern und Frauen wurden keine Unterschiede gemacht, alle wurden miteinander, nebeneinander in der gleichen groben Manier durchsucht. Es war unmöglich zu wissen, an welchem Tisch sich die eigenen Dokumente befanden. Raisa wurde zu einem ersten Tisch gestoßen, an einen zweiten herangewinkt. Man hatte sie so schnell verfrachtet, dass ihre Papiere noch gar nicht da waren. Ein weiteres Ärgernis war, dass sie die einzige Gefangene war, für die man einen gesonderten Bewacher abgestellt hatte. Der führte sie nun zur Seite, ohne dass sie offiziell erfasst worden war. Die fehlenden Dokumente hätten die Art ihres Vergehens und ihr Urteil vermerken sollen. Überall um sie herum hörten Gefangene ausdruckslos zu, wie ihnen erklärt wurde, sie hätten sich AKA, KRRD, PSh, SVPsh, KRM, SOE oder SVE schuldig gemacht – unidentifizierbare Abkürzungen, die den Rest ihres Lebens bestimmen würden. Mit professioneller Gleichgültigkeit wurden ihnen Worte hingeschleudert wie: *Fünf Jahre! Zehn Jahre! Fünfundzwanzig Jahre!*

Dabei konnte man den Wachen ihre ruppige Art noch nicht einmal verdenken. Sie waren vollkommen überarbeitet, mussten sich um viel zu viele Leute kümmern, zu viele Gefangene abfertigen. Wenn sie die Urteile verkündeten, konnte Raisa bei jedem Gefangenen dieselbe Reaktion beobachten: Fassungslosigkeit. Passierte das hier wirklich? Es kam einem vor wie ein Traum, in dem man aus der realen in eine vollkommen neue Welt hineingeschleudert worden war, deren Regeln niemand genau kannte. Welche Gesetze galten an diesem Ort? Was aßen die Leute?

Durfte man sich waschen? Was sollten sie anziehen? Hatten sie irgendwelche Rechte? Sie waren wie Neugeborene, und niemand beschützte sie, niemand brachte ihnen die Regeln bei.

Ihr Bewacher führte Raisa am Arm aus der Abfertigungshalle auf den Bahnsteig. Aber sie stieg noch nicht in den Zug, sondern musste warten, bis alle anderen in die aneinandergekoppelten Waggons verfrachtet worden waren, umgebaute Viehtransporter, mit denen Gefangene in die Gulags gebracht wurden. Der Bahnsteig gehörte zwar zum Kasaner Bahnhof, war aber so angelegt, dass er dem Blick der normalen Reisenden verborgen blieb. Den Weg vom Keller der Lubjanka zum Bahnhof hatte Raisa in einem schwarzen Lastwagen zurückgelegt, auf dem die Lettern OBST & GEMÜSE geprangt hatten. Ihr war klar, dass das nicht etwa ein grausamer Scherz von Seiten des Staates war, sondern Teil seines Bemühens, die wahre Anzahl der Verhaftungen zu verschleiern. Gab es eigentlich unter den Lebenden überhaupt noch einen, der niemanden kannte, den man verhaftet hatte? Trotzdem wurde der Schein gewahrt und die Geheimhaltung geflissentlich aufrechterhalten, eine ausgeklügelte Farce, von der sich trotzdem niemand hinters Licht führen ließ.

Raisa schätzte, dass sich auf dem Bahnsteig mehrere 1000 Gefangene befanden. Sie wurden mit einer derartigen Eile in die Waggons getrieben, dass man hätte meinen können, die Wachmänner wollten einen Rekord brechen. Hunderte wurden unter Schlägen auf einem Raum zusammengepfercht, der schon beim ersten Anblick für nicht mehr als 40 oder 50 reichte. Raisa musste sich immer wieder daran erinnern, dass die Regeln ihrer alten Welt nicht mehr galten. Dies hier war die neue Welt, mit neuen Regeln. Da passten jetzt 300 hinein, wo früher 30 hineingepasst hätten. Platz war in der neuen Welt Mangelware, und man durfte keinen vergeuden. Die Logistik für die Verfrachtung von Menschen unterschied sich nicht von der für die Verfrachtung von Getreide: verstauen und mindestens fünf Prozent Verlust einkalkulieren.

Unter all den Leuten, Menschen jeden Alters, manche in Schlips und Kragen, andere in Lumpen, gab es keine Spur von ihrem Mann. Üblicherweise wurden Familien, die in die Gulags wanderten, auseinandergerissen, der eine hierhin, der andere dorthin. Das System brüstete sich damit, gewachsene Bande zu zerstören. Das einzige Verhältnis, das zählte, war das zum Staat. So hatte es Raisa ihren Schülern beigebracht. Da sie angenommen hatte, dass man Leo in ein anderes Lager schicken würde, war sie überrascht gewesen, als man sie auf dem Bahnsteig angehalten und angewiesen hatte zu warten. Auf diesem Bahnsteig hatte sie schon einmal warten müssen, damals, als man sie nach Wualsk verbannt hatte. Es schien ein Markenzeichen von Wassili zu sein, der offenbar Vergnügen daran fand, ihrer Erniedrigung möglichst oft beiwohnen zu können. Es reichte ihm nicht, dass sie litten. Er wollte dabei in der ersten Reihe sitzen.

Sie sah Wassili auf sich zukommen. Er führte einen älteren Mann, der gebückt ging. Als sie keine fünf Meter mehr entfernt waren, erkannte Raisa, dass es sich dabei um ihren Ehemann handelte. Sie starrte Leo an, fassungslos über seine Verwandlung. Er wirkte zerbrechlich, um zehn Jahre gealtert. Was hatten sie mit ihm angestellt? Als Wassili ihn losließ, befürchtete Raisa, er würde gleich zusammenbrechen. Sie stützte ihn und schaute ihm in die Augen. Er erkannte sie. Sie legte ihm die Hand aufs Gesicht und strich über seine Augenbraue. »Leo?«

Es kostete ihn Kraft zu antworten. Sein Mund zitterte, als er den Namen auszusprechen versuchte. »Raisa.«

Sie wandte sich zu Wassili um, der sich nichts von dem Schauspiel entgehen ließ. Sie war wütend über die Tränen in ihren Augen. Das hatte er gewollt. Sie wischte sie weg, aber es kamen immer neue.

Irgendwie war Wassili doch enttäuscht. Dabei konnte er sich nicht darüber beklagen, nicht genau das bekommen zu haben, was er sich immer gewünscht hatte. Das schon, und mehr. Aber irgendwie hatte er sich vorgestellt, dass sein Triumph, dessen Höhepunkt nun gekommen war, ihm mehr Befriedigung verschaffen würde. An Raisa gewandt sagte er: »Normalerweise werden Männer und ihre Ehefrauen voneinander getrennt. Aber ich dachte mir, vielleicht möchten Sie diese Reise ja gern zusammen unternehmen. Ein kleiner Beweis meiner Großzügigkeit.«

Natürlich waren das zynische, heimtückische Worte, aber anstatt ihm Befriedigung zu verschaffen, blieben sie ihm im Halse stecken. Auf sonderbare Art war er sich selbst der Erbärmlichkeit seines Handelns bewusst. Es war das Fehlen eines echten Gegners. Der Mann, den er so lange verfolgt hatte, war nur noch schwach, geschlagen und gebrochen. Aber anstatt sich stark und siegestrunken zu fühlen, kam Wassili sich vor, als sei er selbst in Mitleidenschaft gezogen worden. Er verwarf die Ansprache, die er sich zurechtgelegt hatte, und starrte Leo nur an. Was war das für ein seltsames Gefühl? Mochte er diesen Mann am Ende etwa? Unsinn. Er hasste ihn doch.

Raisa hatte diesen Blick schon einmal bei Wassili gesehen. Sein Hass hatte mit dem Beruf gar nichts zu tun. Er war davon besessen, geradezu fixiert. Wie jemand, dessen unerwiderte Liebe sich in etwas Hässliches verwandelt. Sie hatte zwar kein Mitleid mit ihm, aber vielleicht hatte sich früher einmal etwas Menschliches in ihm geregt. Doch da gab Wassili den Wachleuten schon ein Zeichen, und die bugsierten sie zum Zug.

Raisa half Leo in den Waggon. Sie waren die letzten Gefangenen, die man einlud, hinter ihnen wurde die Tür zugeschoben. Im Dämmerlicht fühlte sie hunderte von Augenpaaren auf sich ruhen.

Wassili stand am Bahnsteig, die Arme hinter dem Rücken verschränkt. »Sind alle Vorkehrungen getroffen worden?«

Der Wachmann nickte. »Sie werden beide ihr Ziel nicht lebend erreichen.«

100 Kilometer östlich von Moskau

12. Juli

Raisa und Leo hockten im hinteren Teil des Waggons. Seit sie eingestiegen waren, hatten sie diese Stelle nicht verlassen. Als die letzten Gefangenen hatten sie mit dem einzigen Ort vorliebnehmen müssen, der noch übrig gewesen war. Die begehrtesten Plätze, grobe Holzbänke, die in drei verschiedenen Höhen an den Außenwänden entlangliefen, waren alle besetzt. Auf diesen Bänken, die kaum 30 Zentimeter breit waren, lagen bis zu drei Menschen so dicht aneinander, als würden sie miteinander verkehren. Aber da war nichts Sexuelles an dieser verängstigten Intimität.

Der einzige Platz, den Leo und Raisa noch gefunden hatten, war neben einem faustgroßen Loch, das man in den Holzboden gesägt hatte – der Abort für den gesamten Wagen. Es gab keine Abtrennung, keinen Sichtschutz, es blieb einem nichts anderes übrig, als in aller Öffentlichkeit zu urinieren oder sich zu erleichtern. Leo und Raisa hockten kaum einen halben Meter von dem Loch weg.

Anfangs hatte Raisa in dieser stinkenden Dunkelheit eine unkontrollierbare Wut verspürt. Ihre Entwürdigung war nicht nur ungerecht, sie war himmelschreiend, verrückt, von absichtlicher Bosheit. Wenn man sie zur Arbeit in diese Lager schickte, warum wurden sie dann verfrachtet wie Leute zur Exekution? Mittlerweile hatte sie sich diese Gedanken verboten. Wenn sie sich von ihrem Zorn leiten ließen, würden sie nicht überleben. Raisa musste sich an die Gegebenheiten anpassen. Sie erinnerte sich immer wieder daran: *neue Welt, neue Regeln*. Sie durfte ihre gegenwärtige Situation nicht mit der Vergangenheit vergleichen. Gefangene hatten keine Rechte und sollten auch keine Erwartungen haben.

Selbst ohne Uhr oder einen Blick auf die Außenwelt wusste Raisa, dass es schon Nachmittag sein musste. Das Blechdach wurde derart von der Sonne aufgeheizt, als würde das Wetter mit der Wachmannschaft kollaborieren und eine unerbittliche Hitze auf die hunderte von Menschenleibern herabschicken, eine nicht enden wollende Pein. Der Zug fuhr in einem derartigen Schneckentempo, dass durch die schmalen Ritzen in der Holzverkleidung nicht das leiseste Lüftchen drang. Und selbst wenn es frische Luft gegeben hätte, wäre sie von den Gefangenen aufgesogen worden, die in der glücklichen Lage waren, auf den Bänken zu sitzen.

Aber wenn man sich erst einmal von seiner Wut verabschiedet hatte, hielt man sogar die unerträgliche Hitze und den bestialischen Gestank aus. Überleben hieß Anpassung. Einer der Gefangenen allerdings, ein Mann mittleren Alters, hatte ohne großes Aufheben beschlossen, sich den neuen Regeln nicht zu fügen. Raisa wusste nicht, wann genau er gestorben war. Niemand hatte etwas bemerkt, und falls doch, hatten sie nichts gesagt. Als der Zug am Abend zuvor angehalten hatte und alle für ihren Schluck Wasser ausgestiegen waren, hatte jemand gerufen, ein Mann sei tot. Raisa war an seiner Leiche vorbeigekommen. Der Mann hatte wohl entschieden, dass diese neue Welt nichts für ihn war. Er hatte aufgegeben, dichtgemacht, sich selbst abgeschaltet wie eine Maschine. Todesursache: Hoffnungslosigkeit. Mangelndes Interesse am Weiterleben, wenn dies alles sein sollte, wofür man überlebte. Seine Leiche wurde aus dem Zug geworfen, rollte den Bahndamm hinunter und war nicht mehr zu sehen.

Raisa schaute Leo an. Während der Fahrt hatte er die meiste

Zeit über geschlafen, an sie geschmiegt wie ein Kind. Wenn er wach war, machte er einen ruhigen Eindruck, weder verstört noch aufgebracht, so als sei er mit seinen Gedanken ganz woanders. Er zog die Stirn in Falten, als versuche er, etwas zu verstehen. Sie hatte seinen Körper nach Anzeichen von Folter abgesucht und an seinem Arm einen großen Bluterguss gefunden. An den Arm- und Beingelenken waren Riemenabdrücke. Man hatte ihn also gefesselt. Raisa hatte keine Ahnung, was er durchgemacht haben mochte, aber es war wohl eher eine psychologische und chemische Tortur gewesen, statt einfach nur ordinäres Zufügen von Wunden und Verbrennungen. Raisa hatte seinen Kopf gestreichelt und ihn geküsst, mehr Linderung konnte sie nicht anbieten. Sie hatte ihm seine Scheibe Schwarzbrot und sein Stückchen salzigen Trockenfisch geholt, das Einzige, was sie bislang zu essen bekommen hatten. Der Fisch war voller kleiner Gräten und so mit Salz überkrustet, dass einige der vollkommen ausgehungerten Gefangenen ihn einfach nur in der Hand behalten hatten, weil sie die Vorstellung nicht ertragen konnten, ihn ohne Wasser zu essen. Der Durst war noch schlimmer als der Hunger. Raisa hatte so viel Salz wie möglich abgekratzt und Leo dann mit kleinen Häppchen gefüttert.

Jetzt setzte Leo sich auf und sprach zum ersten Mal, seit sie in den Zug gestiegen waren. Er war kaum zu hören, und Raisa lehnte sich näher heran, um ihn zu verstehen. »Oksana war eine gute Mutter. Sie hat mich geliebt. Und ich habe die beiden verlassen. Habe beschlossen, nicht zurückzugehen. Mein kleiner Bruder wollte immer Karten spielen, und ich habe jedes Mal gesagt, ich hätte keine Zeit.«

»Wen meinst du, Leo? Wer ist dein Bruder? Von wem redest du denn?«

»Meine Mutter hat sich dagegen gewehrt, dass sie die Kirchenglocke mitnehmen.«

»Anna? Redest du über Anna?«

»Anna ist nicht meine Mutter.«

Raisa wiegte seinen Kopf und fragte sich, ob er am Ende verrückt geworden war. Sie sah sich im Wagen um. Leos Hilflosigkeit machte ihn zu einer einfachen Beute.

Die meisten Gefangenen waren viel zu verschreckt, um eine Bedrohung darzustellen. Alle außer den fünf Männern, die auf einer hohen Bank im hintersten Winkel saßen. Anders als die anderen Passagiere schienen sie keine Angst zu haben und sich in dieser Umgebung nicht unwohl zu fühlen. Raisa nahm an, dass es sich um echte Kriminelle handelte, die man für Raub oder Diebstahl verurteilt hatte. Für solche Verbrechen gab es viel kürzere Strafen, als die politischen Gefangenen um sie herum zu erwarten hatten, die Lehrer, Krankenschwestern, Ärzte, Schriftsteller und Tänzer.

Diese fünf schienen die Regeln dieser neuen Welt viel besser zu verstehen als die Regeln der anderen Welt. Ihre Überlegenheit resultierte nicht nur aus ihrer offensichtlichen Körperkraft. Raisa hatte bemerkt, dass die Wachen ihnen zusätzliche Macht verliehen hatten. Sie redeten mit ihnen wie mit ihresgleichen, und wenn schon nicht wie mit ihresgleichen, so doch zumindest, als seien sie normale Menschen. Die anderen Gefangenen hatten Angst vor ihnen und machten ihnen Platz. Sie konnten ihre Bank verlassen, austreten und ihr Wasser holen, ohne Angst haben zu müssen, ihren Logenplatz zu verlieren, weil niemand es wagte, ihnen den streitig zu machen. Von einem Mann, den sie offensichtlich nicht kannten, hatten sie bereits verlangt, dass er ihnen seine Schuhe gab. Als er gefragt hatte, warum, hatten sie ihn damit beschieden, er habe sie in einer Wette verloren. Raisa war froh gewesen, dass der Mann nicht nachgefragt hatte. Neue Welt, neue Regeln. Er hatte einfach seine Schuhe abgegeben und dafür ein Paar zerfledderte bekommen.

Der Zug hielt. Aus jedem Waggon erschollen Rufe nach Wasser, die Wachen ignorierten sie, äfften sie nach oder blafften zurück, *Wasser! Wasser! Wasser!* –, als sei die Bitte abwegig. Es schien so, als hätten sich alle Wachen an ihrem Waggon versammelt. Die Tür wurde aufgeschoben und Befehle gebellt, die Gefangenen sollten zurücktreten. Dann riefen die Wachen nach den fünf Männern. Wie Urwaldtiere schwangen die sich von ihrer Bank, drängelten sich durch die anderen Gefangenen und verließen den Zug.

Irgendetwas stimmte nicht. Raisa senkte den Kopf, ihr Atem ging schneller. Es dauerte eine ganze Weile, bis sie die Männer zurückkommen hörte. Sie wartete. Dann hob sie langsam den Kopf und beobachtete aus dem Augenwinkel, wie die Männer zurück in den Waggon kletterten. Alle fünf starrten sie an.

Am selben Tag

Raisa nahm seinen Kopf in die Hände. »Leo?«

Sie hörte, wie sie kamen. Man konnte sich in dem überfüllten Waggon nur bewegen, indem man die auf dem Boden sitzenden Gefangenen beiseitedrängte.

»Leo, hör mir zu. Wir sind in Schwierigkeiten.«

Er rührte sich nicht, schien sie nicht einmal zu verstehen. Offenbar merkte er gar nicht, in welcher Gefahr sie schwebten.

»Leo, bitte. Ich flehe dich an.«

Es half nichts. Raisa stand auf und drehte sich den näher kommenden Männern zu. Was konnte sie sonst schon tun? Leo lag nach wie vor zusammengekauert hinter ihr auf dem Boden. Sie nahm sich vor, sich so lange wie möglich zu wehren.

Ihr Anführer, der größte der Männer, trat vor und packte sie am Arm. Raisa hatte damit gerechnet und schlug ihm mit der freien Hand aufs Auge. Ihre ungeschnittenen, schmutzigen Fingernägel kratzten ihm die Haut rund um das Auge auf. Sie hätte ihm das Auge ausreißen sollen, und der Gedanke war ihr auch durchaus gekommen, aber dann konnte sie ihm doch nur eine Fleischwunde verpassen. Der Mann schleuderte sie zu Boden. Sie purzelte auf andere Gefangene, die aus dem Weg krabbelten. Dieser Kampf ging sie nichts an, und sie würden ihr auch nicht helfen. Raisa war auf sich allein gestellt. Sie versuchte, vor ihren Angreifern davonzukriechen, stellte aber fest, dass das nicht ging. Jemand hielt ihr Bein fest. Weitere Hände packten sie, hoben sie hoch und warfen sie auf den Rücken. Einer der Männer ging auf die Knie, hielt ihre Arme fest und drückte sie zu Boden, während der Anführer ihr die Beine auseinandertrat. In der Hand hielt er einen großen, scharfkantigen Metallsplitter, er sah aus wie ein riesiger Zahn.

»Wenn ich dich fertig gefickt habe, dann ficke ich dich hiermit.«

Er deutete auf den Splitter, und Raisa kapierte sofort, dass er ihn gerade erst von den Wachen bekommen hatte. Sie konnte sich nicht rühren und wandte sich zu Leo um.

Er war verschwunden.

Leos Gedanken hatten sich von dem Wald, der Katze, dem Dorf und seinem Bruder abgewandt. Seine Frau war in Gefahr. Mühsam versuchte er, die Situation zu erfassen, und fragte sich, warum auf ihn überhaupt keiner achtete. Vielleicht hatte man den Männern ja erklärt, er sei geistesgestört und ungefährlich. Wie auch immer, er hatte sich aufrappeln können, ohne dass die Männer reagierten. Ihr Anführer knöpfte sich gerade die Hose auf. Bis er merkte, dass Leo vor ihm stand, waren sie nur noch um Armeslänge voneinander entfernt.

Der Anführer grinste höhnisch und schlug ihm ins Gesicht.

Leo wehrte den Schlag nicht ab und duckte sich auch nicht, sondern ging einfach zu Boden. Mit aufgeplatzter Lippe lag er auf den Holzplanken und hörte die Männer lachen. Sollten sie nur lachen. Der Schmerz half ihm, sich zu konzentrieren. Sie waren sich ihrer Sache zu sicher, stark zwar, aber nicht trainiert. Während Leo wieder aufstand, tat er bewusst so, als sei er unsicher auf den Beinen und schwerfällig. Dabei drehte er den Männern den Rücken zu, ein einladendes Ziel. Er hörte, wie jemand auf ihn zukam, einer hatte also den Köder geschluckt. Als er über die Schulter spähte, sah er, wie der Anführer mit dem Metallsplitter nach ihm schlug, um ihn endgültig zu erledigen. Leo machte einen schnellen Ausfallschritt und überrumpelte den Gegner. Bevor der sich von seiner Überraschung erholen konnte, schlug Leo ihm gegen die Kehle und nahm ihm die Luft. Der Mann keuchte. Leo bekam seine Hand zu fassen, entwand ihm den Metallsplitter und schlug ihm die Spitze in den muskulösen Hals. Er schlug noch einmal zu, diesmal trieb er das Metall ganz hinein und durchtrennte dabei sämtliche Sehnen, Venen und Arterien. Er zog seine Waffe heraus, der Mann ging zu Boden und hielt sich die Wunde an seinem Hals.

Das am nächsten stehende Mitglied der Bande kam ihm mit ausgestreckten Armen entgegen. Leo ließ zu, dass sein neuer Gegner ihm den Hals umklammerte und stieß ihm dann durch sein Hemd das Metall in den Bauch und zog seitwärts durch. Der Mann röchelte, aber Leo zog den Splitter weiter, durchtrennte Haut und Muskeln. Der Verwundete ließ Leos Hals los, stand nur da und starrte auf seinen blutenden Bauch hinab, als sei er darüber verblüfft. Dann brach er zusammen.

Leo wandte sich den übrigen drei Männern zu. Sie hatten jedes Interesse an der Auseinandersetzung verloren. Was auch immer man ihnen angeboten hatte, diesen Kampf war es nicht wert. Vielleicht waren ihnen erheblich bessere Essensrationen oder leichtere Lagerarbeit versprochen worden. Einer der Männer, der dies vielleicht als Chance begriff, innerhalb der Bande aufzusteigen, übernahm das Kommando. Er hob die Hände wie jemand, der gerade beim Kartenspiel verloren hat: »Wir suchen keinen Streit.«

Leo antwortete nicht. Seine Hände waren voller Blut, aus der einen ragte der Metallsplitter hervor. Die Männer zogen sich zurück, ohne sich um den Toten und den Verwundeten zu kümmern. Wer verloren hatte, mit dem hatte man nichts mehr zu schaffen.

Leo half Raisa hoch und umarmte sie. »Es tut mir leid.«

Der Verwundete rief um Hilfe. Der erste Mann mit dem aufgeschlitzten Hals war bereits gestorben, aber der mit dem verletzten Bauch lebte noch. Er war bei Bewusstsein und hielt sich seine Wunde. Leo blickte auf ihn hinab und schätzte die Schwere der Verletzung ein. Sein Sterben würde lange dauern, es würde schmerzhaft und langsam vonstatten gehen. Gnade verdiente er nicht, aber wenn man es abwog, war es für die anderen Gefangenen besser, dass er schnell starb. Niemand hatte Lust, sich sein Geschrei anzuhören. Leo hockte sich hin, umklammerte seinen Hals und erwürgte ihn.

Als er wieder neben Raisa saß, flüsterte sie ihm zu. »Die Wachen haben ihnen gesagt, dass sie uns umbringen sollen.«

Leo dachte einen Moment darüber nach, dann antwortete er: »Unsere einzige Chance ist zu fliehen.«

Der Zug wurde langsamer. Wenn er anhielt, würden die Wachen die Tür öffnen und erwarten, dass Leo und Raisa tot waren. Wenn sie entdeckten, dass stattdessen zwei der Attentäter nicht mehr lebten, würden sie wissen wollen, wer sie umgebracht hatte. Irgendeiner der Gefangenen würde mit Sicherheit auspacken, entweder aus Angst vor Folter oder in der Hoffnung auf eine Belohnung. Damit hätten die Wachen Grund genug, Leo und Raisa hinzurichten.

Leo wandte sich an die anderen Gefangenen. Schwangere Frauen waren dabei, alte Männer, die die Gulags bestimmt nicht überleben würden, Väter, Brüder, Schwestern. Normale, unauffällige Leute, so wie er sie selbst früher verhaftet und in die Lubjanka gebracht hatte. Und jetzt musste er sie um ihre Hilfe bitten.

»Mein Name spielt keine Rolle. Bevor ich verhaftet wurde, habe ich die Mordfälle von über 40 Kindern untersucht, Morde vom Ural bis zum Schwarzen Meer. Jungen wie Mädchen. Ich weiß, dass ein solches Verbrechen schwer vorstellbar ist, einige von Ihnen halten es vielleicht sogar für unmöglich. Aber ich habe die Leichen selbst gesehen, und ich bin sicher, dass immer ein und derselbe Mann dahintersteckt. Er tötet die Kinder nicht wegen Geld oder Sex oder aus einem Grund, den ich erklären könnte. Er bringt einfach Kinder um, egal welche und egal aus welcher Stadt. Und er wird weiter morden. Mein eigenes Verbrechen war, dass ich gegen ihn ermittelt habe. Und meine Verhaftung bedeutet, dass er weiter töten kann. Niemand sonst ist hinter ihm her. Meine Frau und ich müssen fliehen, damit wir ihn aufhalten können. Aber ohne Ihre Hilfe können wir nicht fliehen. Wenn Sie die Wachen rufen, sind wir tot.«

Schweigen. Gleich würde der Zug halten. Jede Sekunde konnten die Türen aufgeschoben werden, und die Wachen würden mit gezückten Pistolen hereinkommen.

Eine Frau auf einer der Bänke rief: »Ich bin aus Rostow. Ich habe von diesen Morden gehört. Kinder, denen man den Magen herausgeschnitten hat. Sie schieben es auf eine Gruppe westlicher Spione, die unser Land infiltriert haben.«

Leo antwortete: »Ich glaube, dass der Mörder aus Ihrer Stadt kommt und auch dort arbeitet. Aber ich bezweifle, dass er ein Spion ist.«

Eine andere Frau rief: »Wenn Sie ihn finden, machen Sie ihn dann kalt?«

»Ja.«

Der Zug blieb stehen. Man konnte die Wachen näher kommen hören. Leo fügte noch rasch hinzu: »Ich habe keinen Grund, auf Ihre Hilfe zu rechnen. Aber ich bitte Sie trotzdem darum.«

Leo und Raisa hockten sich zwischen die anderen Gefangenen. Raisa legte die Arme um Leo und verbarg seine blutverschmierten Hände.

Als die Wachen die beiden Leichen fanden, verlangten sie eine Erklärung. »Wer hat sie getötet?«

Die Antwort war Schweigen. Leo beobachtete über die Schulter seiner Frau hinweg aus den Augenwinkeln die Wachen. Sie waren jung und gleichgültig. Leute, die Befehle befolgten, ohne sich Gedanken zu machen. Die Tatsache, dass sie Leo und Raisa nicht selbst getötet hatten, zeigte, dass sie keine Befugnis hatten. Es musste heimlich geschehen und durch Mittelsmänner. Ohne Anweisungen würden sie nichts unternehmen, dazu waren sie nicht entschlussfreudig genug. Lieferte man ihnen allerdings nur die kleinste Rechtfertigung, würden sie möglicherweise die Gelegenheit nutzen. Alles hing von diesen Fremden hier im Waggon ab.

Die Wachen fingen an zu schreien und hielten den Nächststehenden ihre Waffen an die Köpfe. Aber die Gefangenen sagten nichts. Die Wachen schnappten sich ein älteres Ehepaar. Die waren gebrechlich und würden schon reden. »Wer hat diese Männer umgebracht? Was war hier los? Redet!«

Einer der Wachleute hob seinen stahlkappenbewehrten Stiefel über den Kopf der Frau. Sie weinte, ihr Mann flehte, aber keiner von beiden antwortete auf die Frage. Ein zweiter Wachmann kam auf Leo zu. Wenn er ihn aufstehen hieß, würde er sein blutverschmiertes Hemd sehen.

Eines der übriggebliebenen Bandenmitglieder kam von seiner Bank und ging zu den Wachen. Es war derjenige, der Leo gesagt hatte, sie suchten keinen Streit. Sicher wollte er jetzt die Belohnung einstreichen, die man ihnen versprochen hatte. Doch stattdessen rief er: »Lassen Sie sie in Ruhe. Ich weiß, was passiert ist. Ich sage es Ihnen.«

Die Wachen wandten sich von dem älteren Ehepaar und von Leo ab. »Rede.«

»Sie haben sich gegenseitig umgebracht. Wegen eines Kartenspiels.«

Leo begriff, dass die Weigerung der Bande, sie auszuliefern, einer gewissen perversen Logik folgte. Diese Männer waren zwar bereit, für einen geringen Vorteil zu vergewaltigen und zu morden, aber sie würden niemanden verpfeifen. Kein Spitzel zu sein war eine Frage der Ganovenehre. Wenn andere *Urki*, Mitglieder ihrer Verbrecherzunft, herausfanden, dass sie zum eigenen Vorteil Gefangene ans Messer lieferten, würde man ihnen das nie verzeihen. Wahrscheinlich würde man sie sogar töten.

Die Wachen tauschten einen Blick aus. Weil sie nicht wussten, was sie machen sollten, beschlossen sie, gar nichts zu tun. Sie hatten ja keine Eile. Die Reise nach Vtoraja Rechka an der Pazifikküste dauerte Wochen, da würden sich schon noch genügend Gelegenheiten ergeben. Sie würden weitere Befehle abwarten oder sich einen neuen Plan ausdenken.

Einer der Wachleute wandte sich an die Gefangenen im Waggon. »Zur Strafe laden wir die Leichen nicht ab. In dieser Hitze fangen sie rasch an zu verwesen und zu stinken, und dann werdet ihr schon sehen. Vielleicht redet ihr ja dann.«

Selbstzufrieden sprang er aus dem Waggon. Die anderen Wachleute folgten ihm. Die Tür wurde zugeschoben.

Nach einiger Zeit setzte sich der Zug wieder in Bewegung. Ein junger Mann mit einer zerbrochenen Brille linste Leo durch das zersplitterte Glas an und fragte flüsternd: »Wie wollen Sie denn entkommen?«

Er hatte ein Recht, es zu erfahren. An ihrer Flucht hatten nun alle in diesem Waggon Anteil. Sie hingen alle mit drin. Statt einer Antwort hob Leo den Stahlsplitter. Die Wachen hatten vergessen, ihn wieder mitzunehmen.

220 Kilometer östlich von Moskau

13. Juli

Leo lag flach auf dem Boden und hatte den Arm durch das Loch gezwängt, das von den Gefangenen als Abort benutzt wurde. Mit dem Stahlsplitter schabte er die Eisennägel frei, mit denen die Holzbohlen am Waggon vernietet waren. Von innen war keiner der Nägel zu erreichen, sie waren alle von unten hereingeschlagen worden. Die einzige Möglichkeit heranzukommen war durch das kleine Loch, das kaum größer war als seine Faust. Er hatte dem toten Mann das Hemd ausgezogen und die Stelle, so gut es ging, gesäubert. Es war eher ein symbolischer Versuch gewesen. Um an die Nägel heranzukommen, musste er sein Gesicht seitwärts gegen das stinkende, mit Pisse und Scheiße beschmierte Holz drücken. Würgend und ohne etwas sehen zu können, fingerte er an den drei Eisennägeln herum, die er lediglich ertasten konnte. Splitter drangen ihm in die Haut. Raisa hatte vorgeschlagen, die Arbeit zu übernehmen, da ihre Hände und Handgelenke schmaler waren. Das stimmte zwar, aber dafür hatte Leo eine größere Reichweite, und wenn er seinen Arm so weit reckte, wie es nur ging, kam er gerade eben an alle drei Nägel heran.

Mit einem Streifen Hemdstoff um Mund und Nase als notdürftigem Schutz gegen den Gestank zog er an dem dritten und letzten Nagel, kratzte und schabte an dem Holz herum und versuchte, gerade so tiefe Löcher hineinzumeißeln, dass er den Metallsplitter unter den Nagelkopf keilen und ihn hinausstemmen konnte. Es hatte ihn viele Stunden gekostet, die ersten beiden

Nägel herauszubekommen, auch weil die Arbeit immer wieder von Gefangenen unterbrochen wurde, die sich erleichtern mussten.

Der letzte Nagel stellte sich als der schwierigste heraus. Teilweise lag das an Leos Müdigkeit. Es war schon spät, vielleicht zwei Uhr morgens. Aber mit dem Nagel stimmte auch etwas nicht. Leo brachte zwar sein Werkzeug unter den Kopf, aber er bekam ihn nicht los. Der Nagel war vermutlich verbogen, schief eingeschlagen worden. Er kam einfach nicht heraus. Leo würde noch mehr Holz wegbrechen müssen. Als ihm klar wurde, dass es mindestens noch eine Stunde dauern würde, rollte eine Welle der Erschöpfung durch seinen Körper. Seine Finger waren blutig und aufgescheuert, sein Arm schmerzte, und er bekam den Gestank nach Scheiße nicht aus der Nase. Plötzlich ruckelte der Zug. Leo hatte sich einen Moment lang nicht konzentriert, und der Stahlsplitter glitt ihm aus den Fingern und schepperte auf die Gleise unter ihm.

Leo zog die Hand aus dem Loch. Raisa war neben ihm. »Fertig?«

»Ich hab ihn fallen lassen. Den Stahl.«

Leo war außer sich, dass er so dumm gewesen war, die anderen Nägel weggeworfen zu haben. Jetzt hatte er kein Werkzeug mehr.

Als Raisa die blutigen Finger ihres Mannes sah, zerrte sie an der Bohle und versuchte, sie hochzuheben. Eine Seite hob sich ein Stückchen, aber nicht genug, dass man drunterfassen konnte.

Leo wischte sich die Hände ab und schaute sich nach etwas anderem um, das er benutzen könnte. »Ich muss mich durchs Holz kratzen und den letzten Nagel freilegen.«

Raisa hatte beobachtet, dass alle Gefangenen von oben bis unten durchsucht worden waren, bevor sie in den Zug steigen durften. Sie bezweifelte, dass einer noch irgendwelche Metallteile bei sich hatte. Als sie noch über das Problem nachdachte, fiel ihr Blick auf den nächstliegenden der beiden Toten. Er lag auf dem Rücken, sein Mund stand offen. Raisa wandte sich zu ihrem Mann um.

»Wie lang und wie scharf muss es sein?«

»Ich bin fast durch. Aber ich brauche etwas Härteres als meine Fingerkuppe.«

Raisa stand auf und ging zu dem Mann, der versucht hatte, sie zu vergewaltigen und zu töten. Der Gedanke an Rache beherrschte sie weniger als ein Gefühl des Abscheus, als sie den Kopf des Mannes so hinlegte, dass sein Kiefer nach oben wies. Sie hob einen Stiefel direkt über seinem Mund und blickte sich zögernd um. Alle sahen zu. Sie schloss die Augen und trat dem Toten mit der Ferse gegen den Oberkiefer.

Leo kroch herbei, griff in die Mundhöhle des Mannes und holte einen Zahn hervor, dessen blutige Wurzel noch an einem Stückchen Kiefer hing. Es war ein Schneidezahn. Nicht ideal, aber scharf und hart genug, dass er damit weiterschaben konnte. Er kehrte zu dem Loch zurück und legte sich auf den Bauch. Mit dem Zahn in der Hand schob er den Arm hindurch und kratzte sich weiter durchs Holz und zog lose Splitter weg.

Der Nagel war jetzt vollkommen freigelegt. Leo umschloss den Zahn mit der Hand, falls er noch weiter würde schaben müssen. Dann griff er mit der anderen nach dem Nagelkopf, aber seine Finger waren wund, und er bekam ihn nicht richtig zu fassen. Er zog den Arm wieder aus dem Loch, wischte sich Schweiß und Blut von den Fingern und umwickelte sie mit einem Hemdfetzen. Dann versuchte er es noch einmal. Er zwang sich, geduldig zu bleiben, während er den Nagel hin und her drehte und ihn nach und nach aus der Bohle zog. Geschafft, der dritte Nagel war draußen. Leo tastete das Holz nach weiteren

Nägeln ab, aber es gab keine mehr, zumindest fand er keine. Er setzte sich auf und zog den Arm aus dem Loch.

Raisas Arme waren schmal genug, dass sie beide Hände durch das Loch schieben konnte. Sie griff unter die Planke. Jetzt kam es drauf an. Als die Bohle sich einige Zentimeter gehoben hatte, packte Leo mit an. Beide zogen. Das eine Ende der Bohle hob sich, während das andere an seinem Platz blieb. Leo stemmte das Ende so hoch, wie es nur ging. Er spähte hinab und konnte unter dem Waggon die Gleise sehen. Der Plan hatte funktioniert. Dort, wo die Bohle gelegen hatte, war nun eine etwa 30 Zentimeter breite und über einen Meter lange Lücke. Gerade genug, dass ein Mensch sich hindurchzwängen konnte.

Mit Hilfe anderer Gefangener wäre es möglich gewesen, die Bohle durchzubrechen, aber Leo fürchtete, der Lärm könnte die Wachen alarmieren, und entschied sich dagegen. Er wandte sich zu den Mitgefangenen um. »Ich brauche ein paar Leute, die die Bohle hochhalten, während wir uns durch die Lücke auf die Gleise fallen lassen.«

Sofort standen ein paar Freiwillige auf, kamen herbei und hielten die Bohle fest. Leo schätzte den Abstand ein. Wenn sie sich durch das Loch gezwängt hatten, würden sie direkt unter den Zug fallen. Vom Waggonboden waren es vielleicht ein bis anderthalb Meter. Der Zug fuhr zwar langsam, aber trotzdem noch schnell genug, dass der Aufprall gefährlich war. Aber sie hatten keine Zeit mehr zu verlieren. Sie mussten jetzt verschwinden, solange der Zug noch durch die Nacht fuhr. Wenn er beim Morgengrauen anhielt, würden die Wachen sie entdecken.

Raisa ergriff Leos Hand. »Ich gehe zuerst.«

Leo schüttelte den Kopf. Er kannte die Pläne für solche Gefangenentransporte. Ein Hindernis stand ihnen noch bevor. Eine letzte Falle für Gefangene, die genau auf diese Weise fliehen wollten.

»Ganz am Ende des Zuges hängen vom letzten Waggon eine Menge Haken herunter. Wenn wir uns einfach so auf die Gleise fallen lassen und abwarten würden, bis der letzte Waggon an uns vorbei wäre, würden die Haken sich in uns verfangen und uns mitschleifen.«

»Können wir ihnen nicht entgehen? Uns wegrollen?«

»Es gibt hunderte, und sie hängen alle an Drähten. Keine Chance, da lebend durchzukommen. Wir würden uns in ihnen verfangen.«

»Und was sollen wir jetzt machen? Wir können doch nicht warten, bis der Zug anhält.«

Leo wies auf die zwei Leichen. Raisa stand daneben, verstand aber offenbar nicht, was er vorhatte. »Sobald du dich auf die Gleise fallen lässt, werde ich sofort anschließend einen der Körper hinterherwerfen. Ganz egal, wo er landet, du musst hinkriechen. Sobald du bei ihm bist, legst du dich darunter. Du musst ihn genau über dich legen. Wenn der letzte Waggon über dich hinwegrollt, wird sein Körper von den Haken erfasst und mitgeschleift, aber du bist frei.«

Er zerrte die Leichen zu der losen Bohle. »Soll ich allein gehen? Vielleicht funktioniert es nicht. Vielleicht solltest du lieber hierbleiben. Jeder andere Tod ist besser, als von diesem Zug mitgeschleift zu werden.«

Raisa schüttelte den Kopf. »Der Plan ist gut. Er wird klappen. Ich gehe zuerst.«

Als sie sprungbereit war, wiederholte Leo noch einmal die letzten Anweisungen. »Der Zug fährt nicht schnell. Dein Sturz wird zwar wehtun, aber er ist nicht besonders gefährlich. Sieh zu, dass du dich abrollst. Dann werfe ich eine der Leichen raus. Du hast nicht viel Zeit.«

»Verstanden.«

»Du musst zu dem Körper hin. Wenn du da bist, legst du

dich unter ihn. Pass auf, dass auch nicht das Geringste von dir hervorlugt. Wenn dich nur ein einziger Haken erwischt, schleift er dich mit.«

»Ich habe es schon verstanden, Leo.« Raisa küsste ihn. Sie zitterte.

Sie zwängte sich durch die Lücke zwischen den Bohlen. Ihre Füße baumelten jetzt über den Gleisen. Sie ließ los, fiel und war schon nicht mehr zu sehen. Leo zerrte an der ersten Leiche und quetschte sie durch die Lücke. Der Körper fiel auf die Gleise und war im nächsten Moment verschwunden.

* * *

Raisa war ungünstig aufgekommen und hatte sich die Seite aufgeschrammt. Orientierungslos und benommen blieb sie einen Moment liegen. Das dauerte zu lange, sie verschwendete Zeit. Ihr Waggon war schon weit weg. Sie konnte den Körper sehen, den Leo hinausgeworfen hatte, und kroch darauf zu, in Fahrtrichtung des Zuges. Sie warf einen Blick über die Schulter. Bis zum Ende des Zuges waren es nur noch drei Waggons. Aber irgendwelche Haken sah sie nicht. Vielleicht hatte Leo sich geirrt. Jetzt waren es nur noch zwei Waggons, und Raisa hatte die Leiche immer noch nicht erreicht. Sie strauchelte. Nur noch ein Waggon zwischen ihr und dem Ende des Zuges. Erst wenige Meter, bevor der letzte Waggon über sie hinwegrollen würde, sah sie die Haken. Es waren hunderte, alle an unterschiedlich langen Drähten. Sie waren über die gesamte Breite des Waggons verteilt. Unmöglich, da durchzukommen.

So schnell es ging, rappelte sie sich hoch und erreichte den Körper. Er lag mit ihr zugewandtem Kopf auf dem Bauch. Sie hatte keine Zeit mehr, ihn umzudrehen, also legte sie sich stattdessen selbst andersherum, wuchtete den Toten zur Seite und zwängte sich darunter. Überall um sich herum sah sie die Drähte, wie Angelschnüre, und an jedem hingen mehrere heimtückisch gezackte Haken. Der Körper über ihr fuhr hoch, als sei er noch lebendig oder eine Marionette, er berührte nicht einmal mehr die Gleise. Raisa blieb ganz flach und reglos zwischen den Schienen liegen. Über sich konnte sie die Sterne sehen. Langsam richtete sie sich auf. Kein Haken hatte sie erwischt. Sie sah dem sich entfernenden Zug hinterher. Sie hatte es geschafft. Aber von Leo keine Spur.

* * *

Weil er größer war als Raisa, hatte Leo den schwereren der beiden Toten für sich behalten. Vermutlich würde er mehr Körperumfang brauchen, um sich vor den Haken zu schützen. Doch der Mann war so fett, dass er nicht durch die Lücke zwischen den Bohlen passte. Sie hatten ihn schon ausgezogen, um so seinen Umfang zu verringern, aber er war immer noch zu dick. Unmöglich, ihn durch die Lücke zu quetschen. Raisa war mittlerweile schon seit mehreren Minuten draußen. Verzweifelt schob Leo den Kopf durch die Öffnung. Am Ende des Zuges sah er einen mitgeschleiften Körper. Das musste der andere Tote sein. Hoffentlich. Leo musste seinen Plan ändern. Wenn er sich genau richtig hinlegte, dann würde er vielleicht unter dem verhakten Körper hindurchschlüpfen können. Dort, wo er hing, hatte er ja alle Haken eingefangen. Dort müsste eigentlich der Weg für Leo frei sein. Er verabschiedete sich von den Mitgefangenen, bedankte sich bei ihnen und ließ sich auf die Gleise fallen.

Er kam zu nahe an den riesigen Stahlrädern auf und rollte sich weg. Dann sah er sich zum Ende des Zuges um. Der in den Drähten hängende Körper kam schnell näher, er hatte sich auf der linken Seite verhakt. Leo legte sich entsprechend hin. Jetzt konnte er nur noch abwarten und sich so klein wie möglich machen. Gleich würde das Ende des Zuges über ihm sein. Er presste sich flach auf den Boden und schloss die Augen.

Der Körper glitt über ihn hinweg. Dann – ein stechender Schmerz. Ein einzelner herumschleudernder Haken hatte ihn am linken Arm erwischt. Leo machte die Augen auf. Der Haken war durch das Hemd gedrungen und hatte sich in sein Fleisch gebohrt. Einen Sekundenbruchteil, bevor der Draht sich straffen und ihn mitschleifen würde, packte er den Haken und zog ihn heraus, wobei er sich ein Stück Haut und Fleisch mit herausriss.

Benommen umklammerte er seinen Arm, aus der Wunde rann Blut. Leo rappelte sich hoch und sah Raisa, die auf ihn zugelaufen kam. Er achtete nicht auf seine Schmerzen und umarmte sie.

Sie waren frei.

Moskau

Am selben Tag

Wassili ging es nicht gut. Er hatte etwas gemacht, was noch nie vorgekommen war – er war nicht zur Arbeit gegangen. Nicht nur war ein solches Verhalten nicht ungefährlich, es entsprach auch überhaupt nicht seinem Naturell. Wenn er schon krank war, dann lieber auf der Arbeit als zu Hause. Es war ihm gelungen, sein häusliches Umfeld so zu arrangieren, dass er die meiste Zeit allein leben konnte. Natürlich war er verheiratet. Es war undenkbar, dass ein Mann Junggeselle blieb, schließlich war Kinder zu bekommen eine gesellschaftliche Pflicht. Wassili hatte sich an die Regeln gehalten und eine Frau geheiratet, die keine eigene Meinung hatte oder sie wenigstens nicht von sich gab. Die hatte ihm auch pflichtgemäß zwei Kinder geboren, was das Mindeste war, wenn man Fragen aus dem Weg gehen wollte. Seine Frau und die Kleinen wohnten in der Familienwohnung am Rande der Stadt, während er selbst im Zentrum seine Dienstadresse hatte. Vordergründig diente das Arrangement dazu, dass er sich mit Geliebten vergnügen konnte, aber tatsächlich leistete er sich nur sehr selten außereheliche Affären.

Nachdem Leo an den Ural verbannt worden war, hatte Wassili darum ersucht, in Leos und Raisas Wohnung ziehen zu dürfen, Nr. 124. Der Wunsch war ihm erfüllt worden. Die ersten Tage hatte Wassili genossen. Er hatte seine Frau losgeschickt, um in den *Speztorgi* etwas Anständiges zu essen und zu trinken einzukaufen. Dann hatte er in seiner neuen Wohnung ein Fest unter Kollegen abgehalten, ohne Ehefrauen. Seine neuen Untergebenen aßen und tranken und beglückwünschten ihn zu seinem Erfolg. Einige Männer, die vorher unter Leo gearbeitet hatten, berichteten nun an ihn. Aber trotz dieser erfreulichen Ironie des Schicksals hatte er das Fest nicht genossen. Er fühlte sich leer, weil er niemanden mehr hatte, den er hassen konnte, gegen den er Ränke schmieden konnte. Leos Beförderungen, seine Leistungen und seine Popularität konnten ihn nicht mehr aufregen. Es gab noch andere Männer, mit denen Wassili im Wettstreit lag, aber das war nicht dasselbe.

Er stand aus dem Bett auf und beschloss, sich froh zu trinken. Er goss sich einen ordentlichen Schluck Wodka ein, glotzte dann aber nur das Glas an und schwenkte es hin und her. Er konnte nichts trinken, schon vom Geruch wurde ihm übel. Er stellte das Glas ab.

Leo war tot. Bald schon würde Wassili die offizielle Bestätigung erhalten, dass die beiden Gefangenen ihr Ziel nicht erreicht hatten. Wie so viele waren sie unterwegs gestorben, weil sie in einen Streit über Schuhe oder Klamotten oder Essen oder sonst was geraten waren. Die endgültige Vernichtung eines Mannes, der ihn erniedrigt hatte, dessen schiere Existenz für Wassili eine ständige Peinigung gewesen war. Aber warum vermisste er ihn jetzt?

Es klopfte an der Tür. Er hatte schon damit gerechnet, dass der MGB jemanden vorbeischicken würde, um nachzuprüfen, ob er auch wirklich krank war. Er ging zur Tür und öffnete. Da standen zwei junge Beamte. Der eine sagte: »Melde, dass zwei Gefangene geflohen sind.«

»Leo?« Kaum dass er den Namen ausgesprochen hatte, merkte er, wie der dumpfe Schmerz in ihm nachließ.

Die Beamten nickten. Wassili ging es schlagartig besser.

200 Kilometer südöstlich von Moskau

Am selben Tag

Halb liefen sie, halb marschierten sie, und ständig blickten sie sich um. Ihre jeweilige Geschwindigkeit hing davon ab, ob gerade die Angst oder die Erschöpfung Oberhand gewonnen hatte. Das Wetter war auf ihrer Seite, milder Sonnenschein und eine dünne Wolkendecke, nicht zu heiß, jedenfalls verglichen mit dem Innern des Waggons. Am Stand der Sonne erkannten Leo und Raisa, dass es später Nachmittag sein musste, aber die genaue Zeit wussten sie nicht. Leo konnte nicht sagen, wo oder warum er seine Uhr verloren oder ob man sie ihm vielleicht gestohlen hatte. Er schätzte, dass sie vor den Wachen höchstens vier Stunden Vorsprung hatten. Grob geschätzt betrug ihre Geschwindigkeit acht Kilometer pro Stunde, während der Zug mit kaum mehr als fünfzehn Stundenkilometern unterwegs war – das ergab im Idealfall eine Distanz von etwa 80 Kilometern zwischen ihnen und dem Zug. Es konnte aber auch sein, dass die Wachen ihre Flucht schon viel früher bemerkt hatten.

Jetzt kamen sie aus dem Wald in offenes Gelände. Ohne die Deckung der Bäume waren sie ringsum meilenweit zu sehen, aber es blieb ihnen nichts anderes übrig, als weiterzumarschieren, auch wenn sie ungeschützt waren. Am Ende eines Abhangs sahen sie einen kleinen Fluss, änderten die Richtung und beschleunigten ihre Schritte. Es war das erste Gewässer, an dem sie vorbeikamen. Als sie den Fluss erreichten, ließen sie sich auf die Knie fallen und tranken gierig mit den Händen. Als das nicht reichte, tauchten sie die Köpfe ins Wasser. Leo scherzte: »Wenigstens sterben wir sauber.«

Raisa lächelte nicht. Es reichte nicht, dass sie ihr Bestes taten, diesen Mann zu stoppen. Niemand würde ihnen für den Versuch dankbar sein. Sie mussten einfach Erfolg haben.

Raisa besah sich Leos Wunde genauer, die sich nicht schloss und nicht aufhörte zu bluten. Zu viel Fleisch und Haut war weggerissen. Der Hemdfetzen, mit dem sie sie verbunden hatte, war blutdurchtränkt.

Leo schälte ihn ab. »Ich halte es schon aus.«

»Die Wunde hinterlässt eine starke Witterung für die Hunde.«

Raisa stieg aus dem Fluss und ging zum nächsten Baum. Zwischen zwei Ästen hing ein Spinnennetz. Ganz vorsichtig nahm sie es ab, trug es zwischen den Händen und legte es auf das aufgerissene Fleisch an Leos Oberarm. Kaum kam das Blut mit den silbrigen Fäden in Verbindung, schien es zu stocken. Raisa verbrachte mehrere Minuten damit, noch mehr Spinnennetze zu suchen, sie abzunehmen und auf die Verletzung zu legen, bis die Wunde ganz mit seidigen Fäden überzogen war. Als sie fertig war, hatte die Blutung aufgehört.

Leo erklärte: »Wir sollten diesem Fluss so lange wie möglich folgen. Die Bäume bieten die einzige Deckung und das Wasser wird unsere Spur verbergen.«

Das Wasser war flach, am tiefsten Punkt nur knietief. Es floss nicht schnell genug, als dass sie sich darauf hätten flussabwärts treiben lassen können. Stattdessen mussten sie waten. Sie waren hungrig und erschöpft, und Leo wusste, dass sie nicht mehr lange so würden weitermachen können.

Ob die Gefangenen überlebten oder starben, war den Wachen egal, aber Flucht war etwas Unverzeihliches, ein konterrevolutionärer Akt. Flucht verhöhnte nicht nur die Wachmannschaften, sondern das ganze System. Egal, um wen es sich bei den Gefangenen handelte, egal, wie unwichtig sie waren, ihre Flucht machte sie bedeutend. Die Tatsache, dass Leo und Raisa ohnehin schon als großkalibrige Konterrevolutionäre gehandelt wurden, machte aus ihrer Flucht eine Sache von nationaler Bedeutung. Sobald der Zug angehalten war und die Wachen den Toten entdeckt hatten, der in den Drähten hing, waren die Gefangenen bestimmt durchgezählt und der Waggon der Flüchtigen identifiziert worden. Man hatte alle befragt. Falls Antworten ausgeblieben waren, hatte man vielleicht auch ein paar Gefangene erschossen. Leo konnte nur hoffen, dass irgendjemand vernünftig genug gewesen war, sofort die Wahrheit zu sagen. Diese Männer und Frauen hatten schon mehr als genug getan, um ihnen zu helfen. Aber selbst wenn sie alles sagten, war das noch keine Garantie, dass die Wachen nicht an sämtlichen Insassen des Waggons ein Exempel statuieren würden.

Die Jagd würde entlang der Eisenbahngleise beginnen. Sie würden Hunde einsetzen. In jedem Zug gab es eine Meute abgerichteter Hunde, die erheblich besser behandelt wurden als die Gefangenen. Wenn der Abstand zwischen der Stelle, wo sie ausgebrochen waren, und dem Punkt, an dem die Suche begonnen hatte, groß genug war, dann würde die Witterung nur schwer aufzunehmen sein. Wenn er bedachte, dass sie nun schon einen dreiviertel Tag auf der Flucht waren, ohne ihre Verfolger zu Gesicht bekommen zu haben, konnte Leo nur annehmen, dass dies der Fall war. Das wiederum bedeutete, dass man Moskau informiert hatte. Die Suche würde ausgeweitet werden. Lastwagen und andere Fahrzeuge würden in Marsch gesetzt und das mögliche Fluchtgebiet in Planquadrate unterteilt werden. Flugzeuge würden den Bereich überfliegen. Die örtlichen Militär- und Sicherheitsstellen würden informiert und ihre Maßnahmen mit denen der nationalen Stellen koordiniert werden. Leo und Raisa würden mit einem Eifer verfolgt werden, der weit über berufliche Pflichterfüllung hinausging. Man würde Belohnungen und Sonderzulagen in Aussicht stellen. Dem Einsatz an Menschen und Maschinen waren keine Grenzen gesetzt. Wenn einer sich damit auskannte, dann Leo – er hatte ja selbst schon mit diesen Menschenjagden zu tun gehabt.

Und genau darin bestand auch ihr einziger Vorteil. Leo wusste, wie der Staat seine Jagden organisierte. Beim NKWD hatte er gelernt, unbemerkt hinter feindlichen Linien zu operieren, und jetzt waren die feindlichen Linien seine eigenen Landesgrenzen. Die Grenzen, für deren Verteidigung er gekämpft hatte. Durch das schiere Ausmaß solcher Suchaktionen waren sie schwerfällig und schlecht zu koordinieren. Sie wurden zentral gelenkt, wodurch sie zwar eine ungeheure Ausdehnung erreichten, die aber gleichzeitig ineffizient war. Und am meisten hoffte Leo, dass sie sich auf die falsche Region konzentrierten. Logisch betrachtet hätten Leo und Raisa sich zur nächsten Grenze aufmachen müssen, in Richtung Finnland. Tatsächlich aber waren sie nach Süden unterwegs, mitten durch Russland bis nach Rostow. In dieser Richtung hatten sie praktisch keine Chance, am Ende frei und in Sicherheit zu sein.

Da sie jetzt durchs Wasser wateten, kamen sie sehr viel langsamer voran, stolperten oft und fielen hin. Jedes Mal fiel es schwerer, wieder aufzustehen. Nicht einmal die Tatsache, dass sie verfolgt wurden, und die damit verbundene Angst hielt sie noch auf den Beinen. Leo hielt die ganze Zeit den Arm über sich, damit die Spinnennetze nicht weggespült wurden. Bislang hatte keiner von ihnen ihre missliche Lage zur Sprache gebracht, so als würde ihr Leben ohnehin nicht mehr lange genug währen, um noch Pläne zu machen. Leo schätzte, dass sie sich etwa 200 Kilometer östlich von Moskau befanden. Sie waren fast acht

Stunden im Zug gewesen. Das ließ vermuten, dass sie irgendwo südlich der Stadt Wladimir waren. Wenn das zutraf, dann bewegten sie sich gerade in Richtung Rjasan. Mit dem Auto oder Zug hätte es bis Rostow schon unter normalen Umständen mindestens 24 Stunden nach Süden gedauert. Aber sie hatten weder Geld noch etwas zu essen, waren verletzt und steckten in schmutzigen Kleidern. Und sie wurden von jedem örtlichen und jedem nationalen Sicherheitsapparat im Land gesucht.

Sie blieben stehen. Vor ihnen durchfloss das Gewässer das Dörfchen eines Bauernkollektivs. Etwa 500 Meter oberhalb der dicht zusammengedrängten Häuser stiegen Leo und Raisa aus dem Wasser. Es war schon spät, die Dämmerung brach herein. Leo sagte: »Ein paar von den Dorfbewohnern arbeiten bestimmt noch auf den Feldern. Wir können uns unbemerkt hineinschleichen und schauen, ob wir etwas zu essen finden.«

»Willst du etwa stehlen?«

»Kaufen können wir nichts. Und wenn sie uns sehen, liefern sie uns aus. Für entflohene Häftlinge sind immer Belohnungen ausgesetzt, viel mehr Geld, als diese Leute im ganzen Jahr verdienen.«

»Leo, du hast zu lange in der Lubjanka gearbeitet. Diese Leute mögen den Staat nicht.«

»Sie brauchen genauso Geld wie alle anderen. Und sie wollen auch am Leben bleiben wie alle anderen.«

»Wir haben noch hunderte von Kilometern vor uns. Allein schaffen wir das nie. Das musst du doch einsehen. Wir haben keine Freunde, kein Geld, wir haben gar nichts. Uns bleibt nur übrig, Fremde dazu zu überreden, dass sie uns helfen. Wir müssen sie von unserer Sache überzeugen. Anders geht es nicht. Das ist unsere einzige Chance.«

»Wir sind Verbannte. Wer immer uns aufnimmt, wird erschossen. Und es träfe nicht nur den, der uns geholfen hat, sondern sein ganzes Dorf. Der Staat würde vermutlich nicht mit der Wimper zucken, sie zu 20 oder 25 Jahren zu verurteilen und alle Bewohner in ein Lager im Norden zu deportieren, einschließlich der Kinder.«

»Und genau aus diesem Grund werden sie uns auch helfen. Du hast den Glauben an die Menschen in diesem Land verloren, weil du nur von Leuten umgeben warst, die an der Macht waren. Der Staat kommt in diesen Dörfern nicht vor. Er versteht sie nicht und hat kein Interesse an ihnen.«

»Raisa, das ist das Dissidentengeschwätz aus der Stadt. Es hat nichts mit der Welt da draußen zu tun. Sie müssten verrückt sein, uns zu helfen.«

»Du hast ein ziemlich kurzes Gedächtnis, Leo. Wie sind wir denen gerade erst entkommen? Indem wir den Häftlingen in unserem Waggon die Wahrheit gesagt haben. Sie haben uns geholfen, alle, ein paar hundert. Wahrscheinlich so viele, wie in diesem Dorf leben. Dafür, dass die Gefangenen in unserem Waggon nicht die Wachen alarmiert haben, steht ihnen wahrscheinlich irgendeine Kollektivstrafe bevor. Weshalb haben sie es denn gemacht? Was hast du ihnen geboten?«

Leo schwieg. Raisa kam zur Sache. »Wenn du diese Menschen bestiehlst, dann bist du ihr Feind, obwohl wir doch eigentlich ihre Freunde sind.«

»Du willst also einfach in dieses Dorf hineinmarschieren, so als gehörten wir zur Familie, und hallo sagen?«

»Genauso werden wir es machen.«

Seite an Seite liefen sie zum Dorfplatz wie zwei Leute, die gerade von der Arbeit heimkehrten und hierhingehörten. Männer, Frauen und Kinder versammelten sich um sie und bildeten einen Kreis. Ihre Häuser waren aus Lehm. Ihre landwirtschaftlichen Geräte waren seit 40 Jahren veraltet. Sie mussten nichts weiter tun, als Leo und Raisa dem Staat auszuliefern, und sie würden reich belohnt werden. Wie konnte man da widerstehen? Diese Leute hatten gar nichts.

Raisa wandte sich an den Kreis feindseliger Gesichter: »Wir sind Verurteilte. Wir sind aus einem Zug entflohen, der uns nach Kolyma bringen sollte. Da sollten wir umkommen. Jetzt werden wir gesucht. Wir brauchen eure Hilfe. Wir bitten nicht für uns selbst. Uns wird man sowieso irgendwann fangen und umbringen. Aber bevor wir sterben, müssen wir eine Aufgabe erfüllen. Bitte lasst mich erklären, warum wir eure Hilfe brauchen. Wenn euch das, was wir zu sagen haben, nicht gefällt, dann solltet ihr euch nicht mit uns abgeben.«

Ein Mann Mitte vierzig trat vor, er schien sich sehr wichtig zu nehmen. »Als Vorsitzender dieser Kolchose ist es meine Pflicht, darauf hinzuweisen, dass wir am besten daran täten, die beiden auszuliefern.«

Aus den Augenwinkeln beobachtete Raisa die anderen Dorfbewohner. Hatte sie sich geirrt? Hatte der Staat diese Dörfer infiltriert und in ihre Führung seine Spione und Informanten eingeschmuggelt? Ein Mann meldete sich zu Wort:

»Und was willst du dann mit der Belohnung machen, Pjotr? Willst du die auch dem Staat abliefern?«

Es gab Gelächter. Beschämt errötete der Vorsitzende, und Raisa erkannte erleichtert, dass dieser Mann nur eine Witzfigur war, eine Marionette, die keiner ernst nahm. Aus den hinteren Reihen rief eine Frau: »Gebt ihnen was zu essen.«

Als sei ein Orakel verkündet worden, war die Diskussion vorbei. Sie wurden ins größte Haus geführt. Im Wohnraum wurde Essen zubereitet, und man gab ihnen Schalen mit Wasser. Das Feuer wurde angefacht. Währenddessen stieg die Zahl ihrer Zuhörer, bis das ganze Haus voller Menschen war. Die Kinder hockten sich zwischen die Beine der Erwachsenen und glotzen Leo und Raisa an, als seien sie im Zoo. Aus einem anderen Haus wurde frisches, noch warmes Brot gebracht. Sie aßen vor dem Feuer, ihre nassen Kleider dampften. Als einer der Männer sich entschuldigte, man könne ihnen nichts zum Wechseln anbieten, nickte Leo nur, so verwirrt war er über ihre Großzügigkeit. Alles, was er ihnen zu bieten hatte, war eine Geschichte. Als er das Brot und das Wasser vertilgt hatte, stand er auf.

Raisa beobachtete die Männer, Frauen und Kinder, wie sie Leo zuhörten. Er fing mit dem Mord an Arkadi an, dem kleinen Jungen aus Moskau, den zu vertuschen man ihn gezwungen hatte. Er erzählte, wie er sich schämte, dass er der Familie des Jungen erklärt hatte, es sei ein Unfall gewesen. Dann kam er darauf zu sprechen, warum er aus dem MGB geworfen und nach Wualsk geschickt worden war. Er schilderte seine Verblüffung, als er herausfand, dass noch ein Kind auf beinahe die gleiche Weise umgebracht worden war. Als seine Zuhörer erfuhren, dass landauf, landab solche Morde begangen wurden, verschlug es ihnen den Atem, als habe er ihnen einen Zaubertrick vorgeführt. Nachdem Leo sie vorgewarnt hatte, was er gleich erzählen würde, schickten einige Eltern ihre Kinder hinaus.

Noch bevor er mit seiner Geschichte fertig war, hatten seine Zuhörer angefangen, darüber zu spekulieren, wer wohl dafür verantwortlich sein könnte. Keiner von den Leuten konnte sich vorstellen, dass diese Morde das Werk eines Menschen waren, der Arbeit und eine Familie hatte. Die Männer in der Runde konnten kaum glauben, dass man den Mörder nicht sofort hatte identifizieren können. Sie waren sich allesamt sicher, dass sie das Monster auf den ersten Blick würden erkennen können. Leo sah sich um, und ihm wurde klar, dass die Weltsicht dieser Menschen gerade erschüttert worden war. Er entschuldigte sich dafür, ihnen überhaupt von der Existenz dieses Mörders erzählt zu haben. Dann skizzierte er anhand der Namen größerer Städte den Wirkungskreis des Mannes entlang der Eisenbahnlinien.

Das Töten war in sein normales Leben eingebettet, und ein solches normales Leben brachte ihn nicht in Dörfer wie dieses.

Trotz all dieser Beruhigungen fragte sich Raisa, ob die Menschen hier wohl auch weiterhin so vertrauensselig und gastfreundlich sein würden wie bisher. Würden sie noch einmal einem Fremden etwas zu essen geben? Oder würden sie von jetzt an denken, dass jeder Fremde ein dunkles Geheimnis hatte, das sie nicht sehen konnten? Der Preis für ihre Geschichte war die Unschuld ihrer Zuhörer gewesen. Nicht, dass sie nicht auch schon Grausamkeit und Tod miterlebt hätten. Aber dass der Mord an einem Kind jemandem Vergnügen bereiten konnte, hätten sie sich nie vorstellen können.

Draußen war es dunkel geworden. Leo sprach nun schon eine ganze Weile, länger als eine Stunde. Er kam gerade zum Ende seiner Geschichte, als ein Kind ins Haus gerannt kam. »In den Bergen im Norden habe ich Lichter gesehen. Das sind Laster. Sie kommen her.«

Alle sprangen auf. In den Gesichtern um ihn herum las Leo, dass diese Lastwagen nur von einem geschickt worden sein konnten, nämlich dem Staat. Er fragte: »Wie viel Zeit haben wir denn noch?«

Schon allein mit dieser Frage hatte er sich auf ihre Seite gestellt und ein Verhältnis zwischen ihnen vorausgesetzt, das es eigentlich gar nicht gab. Diese Leute konnten sie beide doch ganz einfach ausliefern und ihre Belohnung einfordern. Aber es schien, dass er der Einzige im Raum war, der auf so eine Idee kam. Selbst der Vorsitzende hatte sich der kollektiven Entscheidung unterworfen, ihnen zu helfen.

Einige der Erwachsenen eilten aus dem Haus, möglicherweise, um sich selbst einen Überblick zu verschaffen. Die anderen fragten den Jungen aus.

»Welcher Berg?«

»Wie viele Laster?«

»Wie lange her?«

Es waren drei Lastwagen, der Junge hatte drei Scheinwerferpaare gesehen, von der Ecke seines Zuhauses. Sie kamen von Norden und waren nur noch wenige Kilometer entfernt. In ein paar Minuten würden sie da sein.

In den Häusern konnte man sich nicht verstecken. Sie enthielten kaum Hausrat, die Möbel waren nicht der Rede wert. Und die Suche würde gründlich sein, sogar brutal gründlich. Wenn es irgendwo ein Versteck gab, dann würden sie es ausfindig machen. Leo wusste, dass der ganze Stolz der Wachmannschaft auf dem Spiel stand. Raisa umfasste seine Arme.

»Wir könnten doch weglaufen. Zuerst müssen sie doch das Dorf durchsuchen. Wenn wir so tun, als wären wir nie dagewesen, kommen wir vielleicht fort und können uns im Gelände verstecken. Es ist dunkel.«

Leo schüttelte den Kopf. Er spürte, wie sich ihm der Magen zusammenzog. Seine Gedanken wanderten zurück zu Anatoli Brodsky. So musste es für ihn gewesen sein, als er sich umgedreht und auf dem Hügel Leo gesehen hatte, als er erkannt hatte, dass das Netz sich um ihn zusammengezogen hatte. Leo sah es wieder vor sich, wie der Mann da stand und ihn einen Moment lang angestarrt hatte. Er war unfähig gewesen, etwas anderes zu tun als anzuerkennen, dass man ihn gefangen hatte. Damals war Leo schnell gewesen. Aber diesen Mannschaften davonzurennen, war unmöglich. Sie waren ausgeruht und für die Jagd ausgerüstet. Sie hatten Weitschussgewehre, Fernrohre, Leuchtraketen und Spürhunde.

Leo wandte sich an den kleinen Jungen, der die Laster gesehen hatte. »Ich brauche deine Hilfe.«

Am selben Tag

Nervös und mit zitternden Händen kauerte sich der Junge in der fast völligen Finsternis auf die Mitte der Straße und schüttete ein Säckchen Getreide vor sich aus. Er hörte, wie die Laster näher kamen, die Reifen schleuderten Staub auf. Sie waren nur noch ein paar hundert Meter weit weg und kamen schnell näher. Der Junge schloss die Augen und hoffte, dass sie ihn sehen würden. Fuhren sie am Ende vielleicht zu schnell, um überhaupt noch anhalten zu können? Er hörte das Kreischen von Bremsen. Als er die Augen öffnete und sich umwandte, war er von einem hellen Lichtkegel erfasst. Er hob die Arme. Der Laster kam schlingernd zum Stehen, als die Stoßstange fast schon das Gesicht des Jungen berührte. Die Tür der Fahrerkabine wurde geöffnet. Ein Soldat rief heraus: »Was zum Teufel machst du da?«

»Mein Sack ist geplatzt.«

»Verschwinde von der Straße!«

»Mein Vater bringt mich um, wenn ich nicht alles wieder einsammle.«

»Und ich bringe dich um, wenn du nicht sofort deinen Hintern bewegst.«

Der Junge war unschlüssig, was er tun sollte. Er las weiter Getreidekörner auf. Da hörte er ein metallisches Klicken. War das etwa ein Gewehr? Er hatte noch nie ein Gewehr gesehen. Er wusste nicht, wie die sich anhörten. Voller Panik hob er weiter Körner auf und tat sie in den Sack. Sie konnten ihn doch nicht erschießen. Er war doch nur ein Junge, der das Korn seines Vaters auflas. Dann fiel ihm die Geschichte wieder ein, die der Fremde erzählt hatte. Es wurden laufend Kinder umgebracht. Vielleicht waren das dieselben Männer. Er klaubte so viele Körner auf, wie er konnte, nahm das Säckchen und rannte auf das

Dorf zu. Die Laster folgten ihm, jagten ihn und ließen die Hupen ertönen, worauf er noch schneller lief. Er hörte, wie die Soldaten lachten. Noch nie in seinem Leben war er so schnell gelaufen.

Leo und Raisa verbargen sich an dem einzigen Ort, den die Soldaten nicht durchsuchen würden: unter deren eigenen Lastwagen. Während der Junge die Soldaten abgelenkt hatte, war Leo unter den zweiten Laster gekrochen, Raisa unter den dritten. Weil sie nicht wussten, wie lange sie sich würden festhalten müssen, vielleicht eine Stunde oder noch länger, hatte Leo sich und ihr die Hände mit Fetzen von seinem Hemd umwickelt, um den Schmerz zu lindern.

Als die Lastwagen anhielten, umklammerte Leo mit den Beinen die Achse.

Auf den Planken hörte er das Getrappel von Füßen, als die Soldaten darüberliefen und hinten absprangen. Er linste über seine Zehen und sah, wie einer der Männer sich bückte und die Schnürsenkel seiner Stiefel zuband. Er brauchte sich nur einmal umzudrehen, dann würde er Leo entdecken und ihn festnehmen. Doch der Soldat richtete sich auf und eilte im Laufschritt auf eines der Häuser zu. Er hatte Leo nicht gesehen. Leo änderte seine Position, damit er den dritten Laster ins Blickfeld bekam.

Raisa hatte Angst, aber vor allem war sie wütend. Zugegeben, der Plan war schlau, und ihr selbst war auch nichts Besseres eingefallen. Aber alles hing davon ab, wie gut man sich festhalten konnte. Sie war keine Elitesoldatin, hatte nicht Jahre damit verbracht, durch Gräben zu robben oder Wälle zu erklimmen. Ihr Oberkörper hatte nicht die Muskulatur, dass das hier funktionieren konnte. Ihr taten jetzt schon die Arme weh, und zwar heftig. Sie konnte sich nicht vorstellen, die Schmerzen noch eine Minute länger aushalten zu können, geschweige denn eine Stunde. Aber sie konnte auch nicht hinnehmen, dass sie beide nur wegen ihr geschnappt wurden. Nur weil sie nicht genug Kraft hatte. Sollte etwa alles daran scheitern, dass sie zu schwach war?

Sie kämpfte gegen die Schmerzen an und weinte still vor Enttäuschung, dass sie sich nicht mehr festhalten konnte, dass sie sich auf den Boden hinablassen und ihre Arme ausruhen musste. Aber selbst mit einer Pause würde sie nur ein oder zwei Minuten länger durchhalten. Und die Abstände, wie lange sie sich festhalten konnte, würden ganz schnell immer geringer werden, bis sie sich gar nicht mehr festhalten konnte. Sie musste sich etwas einfallen lassen. Gab es eine Lösung, für die man keine Kraft brauchte? Die Stoffstreifen! Wenn sie sich nicht mehr festhalten konnte, dann würde sie eben ihre Handgelenke an der Achse festbinden. Das würde funktionieren, solange der Wagen nur stehen blieb. Trotzdem musste sie sich erst einmal für einige Minuten auf den Boden ablassen, um sich festzubinden. Und dort, selbst unter dem Laster verborgen, stieg die Wahrscheinlichkeit dramatisch, dass man sie entdeckte. Raisa schaute prüfend nach links und nach rechts und versuchte zu erahnen, wo die Soldaten sich befanden. Der Fahrer war zurückgeblieben, um den Wagen zu bewachen. Sie konnte seine Stiefel sehen und seinen Zigarettenrauch riechen. Eigentlich war seine Anwesenheit ihr sogar recht, denn es bewies, dass sie nicht damit rechneten, dass jemand unter den Laster geklettert sein könnte. Langsam und vorsichtig ließ Raisa sich herab und versuchte, keinen Lärm zu machen. Der kleinste Fehler würde dem Mann ihre Gegenwart verraten. Sie wickelte die Stoffstreifen ab und band ihr rechtes Handgelenk an der Achse fest, dann fing sie mit dem linken an. Den Knoten musste sie mit der bereits festgebundenen Hand machen. Geschafft, die Hände waren fest. Raisa war sehr zufrieden mit sich und wollte gerade ihre Füße unter dem Laster einklemmen, als sie ein Knurren hörte. Sie wandte den Kopf und sah direkt in eine Hundeschnauze.

Leo konnte die Hundemeute sehen, die gerade hinter dem dritten Laster angeleint worden war. Der Milizionär bei ihnen hatte Raisa noch nicht bemerkt. Die Hunde aber sehr wohl, Leo hörte sie knurren – Raisa hing genau in Augenhöhe. Leo konnte nichts unternehmen. Er wandte den Kopf und entdeckte den Jungen, der ihnen auf der Straße geholfen hatte. Gebannt beobachtete er aus dem Innern des Hauses, was da vor sich ging. Leo ließ sich auf den Boden ab, um einen besseren Überblick zu bekommen. Der Hundeführer wollte sich schon wieder entfernen, aber insbesondere ein Hund zerrte an der Leine und in Raisas Richtung. Leo wandte sich zu dem Jungen um. Der würde ihm noch einmal helfen müssen. Er wies mit Blicken auf die Hunde. Der Junge lief aus dem Haus. Leo konnte nur staunen über den Mut des Kleinen, der sich jetzt der Meute näherte. Wie auf Kommando wendeten sich alle Hunde dem Jungen zu und verbellten ihn. Der Soldat brüllte. »Zurück ins Haus!«

Der Junge streckte die Hand aus, als wolle er einen der Hunde streicheln. Der Soldat lachte. »Der beißt dir den Arm ab.«

Der Junge zog die Hand zurück. Der Soldat führte die Hunde weg und befahl ihm noch einmal, wieder ins Haus zu gehen. Leo zog sich wieder hoch und presste sich flach an die Unterseite des Lasters. Sie verdankten dem Kleinen nun schon zum zweiten Mal ihr Leben.

Raisa wusste nicht, wie lange sie festgebunden unter dem Lastwagen gehangen hatte. Es kam ihr endlos vor. Sie hatte mitgehört, auf welche Art die Soldaten ihre Durchsuchung durchführten. Möbel wurden umgestoßen, Töpfe ausgeschüttet, Sachen zertrümmert. Sie hatte die Hunde bellen gehört und Lichtblitze gesehen, als Leuchtraketen abgefeuert wurden. Jetzt kehrten die Soldaten zu den Lastwagen zurück. Befehle wurden gebrüllt und die Hunde wieder auf die Ladefläche gebracht. Gleich würden sie abfahren.

Aufgeregt erkannte sie, dass der Plan funktioniert hatte. Der Motor wurde angelassen. Die Achse zitterte, in ein paar Sekunden würden sie sich drehen, und Raisa war noch an ihr festgebunden. Sie musste sich irgendwie befreien. Aber ihre Handgelenke waren gefesselt, und die Knoten waren mit den tauben Händen und den gefühllosen Fingern nur schwer zu lösen. Raisa rackerte sich ab. Jetzt stiegen die letzten Soldaten auf den Laster. Die Dorfbewohner hatten sich um die Fahrzeuge versammelt, und Raisa hatte sich immer noch nicht befreit. Gleich würden die Wagen abfahren. Sie krümmte sich und zog mit den Zähnen an dem Knoten. Er löste sich, und mit einem dumpfen Schlag fiel sie auf den Rücken, doch das Geräusch wurde vom Röhren der Motoren übertönt. Der Laster fuhr ab, und sie lag mitten auf der Straße. Im Licht des Dorfes würden die Soldaten auf der Ladefläche sie sehen. Sie konnte nichts dagegen unternehmen.

Da traten die Dorfbewohner vor, scharten sich zusammen und umringten sie direkt hinter dem abfahrenden Wagen. Den zurückblickenden Soldaten fiel nichts Ungewöhnliches auf, denn Raisa war zwischen den Beinen der Leute verschwunden.

Auf der Straße zusammengerollt wartete sie ab. Schließlich hielt ihr ein Mann die Hand hin. Sie war in Sicherheit. Aber Leo war noch nicht da. Er konnte nicht riskieren abzuspringen, bevor die Laster im Dunkeln waren. Der Fahrer des dritten Wagens würde ihn sonst entdecken. Vielleicht wartete er ab, bis sie an eine Kurve kamen. Raisa war unbesorgt, Leo würde schon auf sich aufpassen. Schweigend warteten sie. Raisa nahm die Hand des Jungen, der ihnen geholfen hatte. Und es dauerte nicht lange, da hörten sie die Schritte eines Mannes, der auf sie zugelaufen kam.

Moskau

Am selben Tag

Obwohl mittlerweile viele 100 Soldaten und Agenten nach den Flüchtigen suchten, war Wassili überzeugt, dass keiner von ihnen erfolgreich sein würde. Der Staat hatte zwar fast alle Vorteile auf seiner Seite, aber sie waren hinter einem Mann her, der gelernt hatte, seiner Entdeckung zu entgehen und sich in feindlichem Gebiet zu bewegen. In einigen Abteilungen war man der Überzeugung, dass Leo und Raisa Hilfe von Verrätern in der Wachmannschaft oder von anderen Leuten gehabt haben mussten, die an einem bestimmten Punkt der Bahnstrecke gewartet und den Ausbruch inszeniert hatten. Dem widersprachen allerdings die Geständnisse der Mitgefangenen aus Leos Waggon. Die hatten auch unter brutalen Verhörmethoden beteuert, die beiden seien allein geflohen. Das war nicht, was die Wachen hören wollten, es ließ sie schlecht aussehen. Bislang hatte man die Suche auf mögliche Fluchtrouten hin zur skandinavischen Grenze, der nördlichen Küstenlinie und der Ostsee konzentriert. Man setzte voraus, dass Leo versuchen würde, sich in ein anderes Land durchzuschlagen, vielleicht mit einem Fischerboot. Wenn er erst einmal im Westen war, würde er Kontakt zur dortigen Regierung suchen, die ihm im Austausch für Informationen Hilfe und Zuflucht gewähren würde. Deshalb wurde seiner Ergreifung allerhöchste Dringlichkeit beigemessen. Leo war in der Lage, der Sowjetunion erheblichen Schaden zuzufügen.

Wassili hielt nichts von der Idee, dass man Leo bei seiner Flucht geholfen hatte. Es war schlichtweg unmöglich, dass jemand hätte wissen können, in welchem Zug die Gefangenen sein würden. Ihre Verfrachtung in einen Gulag war in aller Eile, ohne vorherige Planung und auf den letzten Drücker erfolgt. Er selbst hatte sie ohne den notwendigen Papierkram oder ein ordentliches Verfahren durchgepaukt. Der Einzige, der ihnen bei ihrer Flucht hätte helfen können, war er. Und egal, wie verrückt die Idee war, damit bestand zumindest die Möglichkeit, dass man ihm die Schuld in die Schuhe schieben würde. Es sah ganz so aus, dass Leo in der Lage war, ihn am Ende doch noch fertigzumachen.

Bislang hatten die Suchmannschaften von den beiden nicht die geringste Spur gefunden. Weder Leo noch Raisa hatten in dieser Gegend Freunde oder Verwandte, eigentlich hätten sie also auf sich allein gestellt, zerlumpt und mittellos sein müssen. Als er das letzte Mal mit Leo gesprochen hatte, hatte der nicht einmal mehr den eigenen Namen gewusst, aber offenbar war er jetzt wieder bei Sinnen. Wassili musste herausfinden, wo Leo hinwollte. Das war der beste Weg, ihn zu stellen, viel besser, als willkürlich das ganze Land nach ihm abzugrasen. Wassili war es nicht gelungen, seinen Bruder, den er selbst denunziert hatte, wieder einzufangen. Das durfte ihm bei Leo nicht noch einmal passieren. Noch so eine Panne würde er nicht überleben.

Er glaubte nicht daran, dass Leo darauf aus war, in den Westen zu fliehen. Würde er nach Moskau zurückkehren? Immerhin lebten hier seine Eltern. Aber die konnten ihm nicht helfen, und sobald er sich auf ihrer Schwelle blicken ließ, würden sie es mit dem Leben bezahlen. Sie wurden mittlerweile von bewaffneten Beamten überwacht. Vielleicht wollte Leo Rache, vielleicht würde er kommen, um Wassili zu töten. Geschmeichelt verweilte Wassili kurz bei dieser Vorstellung, dann verwarf er sie wieder. Leos Abneigung ihm gegenüber war ihm nie persönlich vorgekommen. Niemals würde er das Leben seiner Frau für einen Racheakt riskieren. Nein, Leo hatte etwas Konkretes vor, und die Hinweise darauf verbargen sich in den Seiten seiner erbeuteten Notizen.

Wassili studierte den Stapel Dokumente, die Leo zusammen mit einem örtlichen Milizoffizier zusammengetragen hatte, den er überredet hatte, ihm zu helfen. Es gab Fotos von ermordeten Kindern und Zeugenaussagen. Es gab Gerichtsakten über verurteilte Verdächtige. Während seines Verhörs hatte Leo sich von seinen Nachforschungen distanziert, aber Wassili wusste, dass das eine Lüge war. Leo war ein Überzeugungstäter, und auch von seiner übergeschnappten Theorie war er überzeugt. Aber wovon eigentlich ganz genau? Dass ein einziger Mörder für all diese sinnlosen Verbrechen verantwortlich war? Morde, deren Tatorte sich über mehrere 100 Kilometer und über 30 Städte erstreckten? Abgesehen davon, dass diese Theorie schon an sich verrückt war, bedeutete sie, dass Leo überallhin unterwegs sein könnte. Wassili konnte sich kaum einen der Orte aussuchen und dann einfach abwarten. Frustriert nahm er sich noch einmal die Karte vor, auf der jeder der angeblichen Morde markiert und durchnummeriert war.

44. Wassili tippte mit dem Finger auf die Zahl. Er nahm den Telefonhörer.

»Holen Sie mir den Genossen Fjodor Andrejew.«

Seit Wassili befördert worden war, hatte man ihn auch mit einem eigenen Büro belohnt. Es war zugegeben nur ein kleiner Raum, auf den er aber trotzdem immens stolz war, so als hätte er sich jeden Quadratmeter im Kampf erobert. Es klopfte an der Tür. Fjodor Andrejew kam herein, nun einer von Wassilis Mitarbeitern. Ein jüngerer Mann, loyal, arbeitsam und nicht zu helle, mit einem Wort, der perfekte Untergebene. Er war nervös. Wassili lächelte und bot ihm einen Platz an. Fjodor setzte sich.

»Danke, dass Sie gekommen sind. Ich brauche Ihre Hilfe.«

»Natürlich, Genosse.«

»Ist Ihnen bekannt, dass Leo Demidow auf der Flucht ist?«

»Jawohl. Das habe ich gehört.«

»Was wissen Sie über die Hintergründe von Leos Verhaftung?«

»Nichts.«

»Wir haben geglaubt, dass er für westliche Regierungen arbeitet und Informationen sammelt – also spioniert. Aber es stellt sich heraus, dass das gar nicht stimmt. Wir haben uns geirrt. Leo hat uns im Verhör nichts verraten. Erst jetzt habe ich herausgefunden, an was für einer Sache er dran war.«

Fjodor stand auf und starrte die Unterlagen auf dem Tisch an. Er hatte sie schon einmal gesehen. Da hatten sie an Leos Brust geklebt. Fjodor fing an zu schwitzen. Er beugte sich vor, so als studiere er die Dokumente zum ersten Mal, und versuchte sein Zittern zu unterdrücken. Aus den Augenwinkeln konnte er sehen, dass Wassili aufgestanden war und jetzt neben ihm stand. Er starrte ebenfalls auf die Seiten, so als würden sie gemeinschaftlich an der Sache arbeiten. Wassili fuhr mit dem Finger langsam über die Karte und tippte schließlich auf Moskau. 44.

Fjodor wurde übel. Er wandte den Kopf, nur um festzustellen, dass Wassilis Gesicht ganz nah an seinem war.

»Fjodor, wir wissen, dass Leo kürzlich in Moskau war. Mittlerweile glaube ich, dass er gar nicht spionieren wollte, sondern dass die Reise Teil seiner Nachforschungen war. Verstehen Sie, er glaubt, dass einer der Morde hier passiert ist. Ihr Sohn wurde doch ermordet, oder?«

»Nein. Er kam bei einem Unfall um. Er wurde von einem Zug überfahren.«

»Und man hat damals doch Leo losgeschickt, um sich um die Angelegenheit zu kümmern, oder?«

»Ja, aber …«

»Und da haben Sie noch geglaubt, ihr Sohn sei ermordet worden, nicht wahr?«

»Ich war eben aufgewühlt. Es war alles sehr schwierig …«

»Und als Leo nun für seine Nachforschungen zurückkam, da ging es nicht um Ihr Kind?«

»Nein.«

»Woher wissen Sie das?«

»Ich verstehe nicht.«

»Woher wissen Sie, was Leo interessierte und was nicht?« Wassili setzte sich wieder hin und betrachtete in gespielter Enttäuschung seine Fingernägel. »Fjodor, Sie haben ganz offensichtlich eine sehr geringe Meinung über mich.«

»Das stimmt nicht, Genosse.«

»Sie müssen eines verstehen: Wenn Leo recht hat, wenn es wirklich einen Kindermörder gibt, dann muss er unbedingt gefasst werden. Ich will Leo helfen, Fjodor. Es ist meine Pflicht als Vater und Offizier, diesen schrecklichen Verbrechen Einhalt zu gebieten. Alle persönlichen Animositäten zwischen Leo und mir stehen dahinter zurück. Wenn ich wollte, dass Leo stirbt, würde ich einfach gar nichts sagen. Im Augenblick hält die ganze Welt ihn und seine Frau für Spione. Sobald man sie entdeckt, werden sie erschossen, und ich fürchte, dann sind ihre gesamten Erkenntnisse verloren. Noch mehr Kinder werden sterben. Wenn ich aber alle Fakten kennen würde, könnte ich vielleicht meine Vorgesetzten überzeugen, die Jagd nach diesem Mann abzublasen. Wenn nicht, was für eine Chance haben Leo und Raisa denn dann schon noch?«

»Keine.«

Wassili nickte, erfreut über diese Bestätigung. Dann stimmte es also. Leo glaubte, dass ein einziger Mann hinter all diesen Todesfällen steckte. Wassili fuhr fort. »Was ich genau meine, ist: Die haben kein Geld, und sie sind hunderte von Kilometern von ihrem Ziel entfernt.«

»Wo sind sie denn geflüchtet?«

Fjodors zweiter Fehler. Damit zeigte er, dass er ebenfalls glaubte, Leo wolle diesen Mörder fassen. Alles, was Wassili jetzt noch brauchte, war das eigentliche Ziel. Er tippte östlich von Moskau auf die Eisenbahnlinien und beobachtete, wie Fjodors Augen von dort über die Karte nach Süden wanderten. Leo wollte also nach Süden. Aber wohin genau? Er redete Fjodor gut zu. »Die meisten scheinen im Süden passiert zu sein.«

»Na ja, nach der Karte zu urteilen …«

Fjodor hielt inne. Vielleicht konnte er Wassili einen Hinweis geben, ohne sich selbst zu belasten. Dann könnten sie gemeinsam ihre Vorgesetzten darum bitten, ihre Ansichten über Leo und Raisa zu revidieren. Schon lange hatte Fjodor nach einer Möglichkeit gesucht, ihnen zu helfen. Und da war sie. Er würde sie von Bösewichten in Helden verwandeln. Als sie sich in Moskau getroffen hatten, hatte Leo erwähnt, dass ein Offizier der Miliz nach Rostow gefahren war, um die These zu erhärten, dass dort der Mörder höchstwahrscheinlich lebte. Fjodor tat so, als prüfe er noch einmal die Unterlagen. »Nach der Häufung der Morde zu urteilen, würde ich sagen, es ist Rostow am Don. Die ganzen ersten Morde sind im Süden passiert. Da irgendwo muss er wohnen.«

»In Rostow?«

»Was, glauben Sie, wäre die beste Methode, unsere Vorgesetzten zu überzeugen?«

»Erst muss ich alles verstehen. Wir würden ja ein großes Risiko eingehen, praktisch unseren Kopf in die Schlinge legen. Deshalb müssen wir ganz sichergehen. Erklären Sie mir noch mal, warum Sie glauben, dass dieser Mörder irgendwo im Süden lebt.«

Während Fjodor ganz in die Unterlagen vertieft war und über dies und das redete, stand Wassili auf, trat hinter seinen Schreibtisch, holte seine Pistole hervor und zielte auf Fjodors Herz.

Südöstliche Rostower Oblast

14. Juli

Leo und Raisa steckten in einer Kiste, die höchstens einen Meter breit und zwei Meter lang war. Menschliche Fracht. Schmuggelware auf dem Weg nach Süden. Nach dem Ende der Durchsuchung der Kolchose durch die Miliz hatten die Bewohner Leo und Raisa in einem Lastwagen in die nächstgelegene Stadt gebracht, nach Rjasan. Dort hatte man sie mit Freunden und Verwandten bekannt gemacht. In einer kleinen Wohnung hatten sich mehr als 30 Leute versammelt und die ohnehin schon stickige, heiße Luft mit dem Rauch ihrer billigen Zigaretten verpestet, und Leo hatte von seinen Nachforschungen berichtet. Da war niemand gewesen, den man von der Dringlichkeit des Vorhabens hätte überzeugen müssen oder der sich nicht hätte vorstellen können, dass sich die Miliz in der Verfolgung des Mörders als untauglich erwiesen hatte. Diese Leute hatten sich noch nie wegen Streitigkeiten an die Miliz oder an irgendeine andere Obrigkeit gewandt. Sie hatten sich immer auf sich selbst verlassen. Und hier war es genauso, außer dass es diesmal um das Leben vieler Kinder ging.

Gemeinsam hatten sie darüber beraten, wie man die beiden nach Süden schaffen könnte. Einer der Gäste war Lastwagenfahrer und transportierte Güter zwischen Moskau und Städten wie Samara und Charkow. Charkow lag ungefähr 300 Kilometer nördlich von Rostow, eine halbe Tagesreise mit dem Auto. Sie hatten entschieden, dass es zu riskant war, die beiden nach Rostow zu bringen, weil der Fahrer da offiziell nichts zu tun hatte. Aber in die Nähe von Schachty, das nur kurz vor Rostow lag, war er bereit, sie zu fahren. Da konnte er seinen Umweg leicht damit erklären, dass er Verwandte besuchte. Und ebendiese Verwandten würden, wenn sie erst die Geschichte gehört hatten, bestimmt gern bereit sein, Leo und Raisa zu helfen, in die Stadt zu kommen.

Sie würden mindestens anderthalb Tage in dieser Kiste eingesperrt sein, in völliger Finsternis. Der Fahrer hatte Bananen geladen, Luxusgüter für die *Speztorgi*. Die Kiste stand im hinteren Teil des Lasters, eingeklemmt zwischen anderen, die alle wertvolle Früchte enthielten. Es war heiß, und die Fahrt war unbequem. Alle zwei oder drei Stunden machte der Fahrer Halt, räumte die Kisten über ihnen beiseite und ließ seine menschliche Fracht die Glieder strecken und sich am Straßenrand erleichtern.

In der Kiste saßen sie sich in völliger Finsternis mit überkreuzten Beinen gegenüber, jeder in seiner Ecke. Raisa fragte: »Vertraust du ihm?«

»Wem?«

»Dem Fahrer.«

»Du etwa nicht?«

»Ich weiß nicht.«

»Du hast doch einen Grund, warum du das fragst.«

»Von all den Leuten, die sich die Geschichte angehört haben, war er der Einzige, der keine Fragen hatte. Es schien ihn gar nicht zu jucken. Die anderen waren ganz aufgewühlt, er nicht. Er kommt mir so glatt vor, so pragmatisch und gefühllos.«

»Er ist ja nicht gezwungen worden, uns zu helfen. Und ganz bestimmt kann er nicht zu seiner Familie und seinen Freunden zurück, wenn er uns verrät.«

»Er könnte doch eine Geschichte erfinden. Es gab eine Straßensperre. Wir sind geschnappt worden. Er hat noch versucht, uns zu helfen, aber da war nichts zu machen.«

»Was schlägst du also vor?«

»Beim nächsten Halt solltest du ihn überwältigen und fesseln und den Laster selbst fahren.«

»Ist das dein Ernst?«

»Die einzige Möglichkeit, wirklich absolut sicherzugehen, ist, dass wir den Wagen übernehmen. Dann hätten wir seine Papiere. Wir hätten unser Leben wieder selbst in der Hand. Wir wären wieder Herr der Lage. So sind wir doch hilflos. Wir wissen nicht mal, wo er uns hinbringt.«

»Du warst doch diejenige, die mir beigebracht hat, bei Fremden an das Gute zu glauben.«

»Dieser Mann ist nicht wie die anderen. Er kommt mir irgendwie ehrgeizig vor. Den ganzen Tag fährt er Luxusgüter durch die Gegend. Der muss sich doch denken, das will ich auch. Die schönen Kleider und die erlesenen Speisen. Dann wird ihm klar, dass wir *die* Gelegenheit sind. Er weiß, was wir wert sind. Und er weiß auch, welchen Preis er bezahlt, wenn er mit uns erwischt wird.«

»Ich bin der Letzte, der so etwas sagen sollte, Raisa, aber du redest über einen unschuldigen Mann. Einen, der offensichtlich sein Leben riskiert, nur um uns zu helfen.«

»Ich rede darüber, dass wir Rostow um jeden Preis erreichen müssen.«

»Aber genauso fängt es doch an! Du hast eine Sache, an die du glaubst. Eine Sache, für die es sich zu sterben lohnt. Und schon bald ist es auch eine Sache, für die es sich zu töten lohnt. Schon bald ist es eine Sache, für die man auch Unschuldige töten darf.«

»Wir müssen ihn ja nicht umbringen.«

»Doch, das müssen wir. Wir können ihn nicht einfach gefesselt am Straßenrand liegen lassen. Da wäre das Risiko doch noch viel größer. Entweder bringen wir ihn um oder wir vertrauen ihm. Raisa, genauso fängt es an. Diese Leute haben uns zu essen gegeben, uns Zuflucht geboten und uns durch die Gegend gefahren. Wenn wir uns jetzt gegen sie wenden und nur zur Sicherheit einen ihrer Freunde töten, dann wäre ich wieder genau derselbe Mensch, den du in Moskau so verachtet hast.«

Obwohl er sie nicht sehen konnte, spürte er, dass sie lächelte. »Hast du mir etwa auf den Zahn gefühlt?«

»Ich wollte nur ein bisschen plaudern.«

»Und, habe ich bestanden?«

»Das hängt davon ab, ob wir nach Schachty kommen oder nicht.«

Sie schwiegen eine Weile, dann sagte Raisa: »Und was geschieht, wenn das hier vorbei ist?«

»Keine Ahnung.«

»Im Westen würden sie dich mit Kusshand nehmen, Leo. Sie würden dich beschützen.«

»Ich werde dieses Land niemals verlassen.«

»Selbst, wenn dieses Land dich umbringen will?«

»Wenn du überlaufen willst, werde ich alles in meiner Macht Stehende tun, dich auf ein Schiff zu bekommen.«

»Und du? Willst du dich etwa in den Bergen verstecken?«

»Sobald dieser Mann tot ist und du sicher außer Landes bist, werde ich mich stellen. Ich will nicht im Exil leben, unter Leuten, die mich eigentlich hassen und nur an meinen Informationen interessiert sind. Ich will nicht als Ausländer leben. Das kann ich einfach nicht. Es würde bedeuten, dass alles, was diese Leute in Moskau über mich behauptet haben, wahr wäre.«

»Ist das denn so wichtig?« Raisa klang verletzt.

Leo berührte ihren Arm. »Ich verstehe nicht, Raisa.«

»Ist das denn so schwierig zu verstehen? Ich will, dass wir zusammenbleiben.«

Einen Moment lang verschlug es ihm die Sprache. Dann sagte er: »Ich kann nicht als Verräter leben. Ich kann es einfach nicht.«

»Dann bleiben uns wohl noch etwa vierundzwanzig Stunden.«

»Es tut mir leid.«

»Wir sollten für uns das Beste daraus machen.«

»Und wie?«

»Wir sollten einander die Wahrheit sagen.«

»Die Wahrheit?«

»Wir haben doch alle beide bestimmt Geheimnisse voreinander. Ich weiß, dass ich welche habe. Du etwa nicht? Sachen, die du mir nie erzählt hast?«

»Doch.«

»Na gut, ich fange an. Ich habe früher immer in deinen Tee gespuckt. Nachdem ich von Sojas Verhaftung erfahren hatte, war ich mir sicher, dass du sie verpfiffen hattest. Also habe ich ungefähr eine Woche lang in deinen Tee gespuckt.«

»Du hast in meinen Tee gespuckt?«

»Ungefähr eine Woche lang.«

»Und warum hast du damit aufgehört?«

»Es schien dir nichts auszumachen.«

»Ich habe es nicht mal bemerkt.«

»Eben. Jetzt bist du dran.«

»Ehrlich gesagt …«

»Das ist ja der Sinn der Sache.«

»Ehrlich gesagt, glaube ich nicht, dass du mich geheiratet hast, weil du Angst hattest. Ich glaube, du hast mich ganz bewusst ausgesucht. Du hast es nur so aussehen lassen, als hättest du Angst. Du hast mir einen falschen Namen genannt, und ich habe dich trotzdem nicht in Ruhe gelassen. Aber ich glaube, dass du mich eigentlich ganz bewusst angepeilt hast.«

»Du meinst, ich bin eine ausländische Agentin?«

»Nein, das glaube ich nicht. Aber ich habe immer damit gerechnet, dass du Leute kennst, die für westliche Geheimdienste arbeiteten. Vielleicht hast du ihnen ja geholfen. Vielleicht war das dein Hintergedanke, als du mich geheiratet hast.«

»Das ist kein Geheimnis, das ist pure Spekulation. Du sollst mir deine Geheimnisse verraten. Tatsachen bitte.«

»Ich habe zwischen deinen Sachen einen Rubel gefunden. Eine Münze, die man auseinandernehmen konnte. Die dient zum Schmuggeln von Mikrofilmen. Sonst hat keiner so etwas.«

»Warum hast du mich nicht denunziert?«

»Ich konnte es nicht.«

»Leo, ich habe dich nicht geheiratet, um in die Nähe des MGB zu kommen. Ich habe dir die Wahrheit schon gesagt. Ich hatte Angst.«

»Und die Münze?«

»Die gehörte mir.« Ihre Stimme verlor sich, so als würde sie abwägen, ob sie weitererzählen sollte. »Ich habe sie nicht verwendet, um Mikrofilme zu schmuggeln. Als Flüchtling hatte ich immer eine Zyanidpaste dabei.«

Raisa hatte ihm noch nie von der Zeit erzählt, nachdem ihre Heimatstadt zerstört worden war. Die Monate unterwegs, die dunkle Zeit ihres Lebens. Nervös wartete Leo darauf, was er zu hören bekommen würde.

»Du kannst dir sicher vorstellen, was man mit den weiblichen Flüchtlingen damals gemacht hat. Die Soldaten hatten so ihre Bedürfnisse. Sie riskierten schließlich ihr Leben, da waren wir ihnen schon was schuldig. Wir waren ihre Belohnung. Einmal – es ist nämlich mehrmals vorgekommen – da hat es so wehgetan, dass ich mir etwas geschworen habe: Wenn es noch einmal passieren würde, wenn es auch nur danach aussähe, dann würde ich dem Kerl das Zeug zwischen die Zähne schmieren. Sie konnten mich umbringen, mich von mir aus aufhängen, aber vielleicht würden sie es sich danach gründlich überlegen, bevor sie das noch einer Frau antaten. Na ja, irgendwie wurde das dann mein Glücksbringer, denn seit ich die Münze bei mir trug, hatte ich nie wieder irgendwelche Schwierigkeiten. Vielleicht spüren Männer, wenn eine Frau Zyanid dabei hat. Die Verletzungen, die ich davongetragen hatte, ließen sich dadurch natürlich nicht mehr heilen. Medizin gab es ja keine. Deshalb kann ich keine Kinder bekommen, Leo.«

Leo starrte in die Dunkelheit, in die Richtung, wo seine Frau sitzen musste. Im Krieg waren die Frauen zuerst von den Besatzern und danach noch einmal von ihren Befreiern vergewaltigt worden. Als Soldat wusste er, dass die Armeeführung solche Vorkommnisse sanktioniert hatte. Das gehörte nun mal zum Krieg, und ein tapferer Soldat hatte sich schließlich eine Belohnung verdient. Manche Frauen hatten Zyanid benutzt, um sich angesichts der bevorstehenden Gräuel das Leben zu nehmen. Leo vermutete, dass die meisten Männer die Frauen vielleicht nach einem Messer oder einer Pistole abgesucht hatten, aber eine Münze wäre ihnen nicht weiter aufgefallen. Er knetete seine Hände. Was sollte er sonst schon tun? Sich entschuldigen? Sagen, dass er sie verstand? Er hatte diesen Zeitungsausschnitt eingerahmt und aufgehängt, stolz und ohne einen blassen Schimmer, was der Krieg für sie bedeutet hatte.

»Leo? Ich habe noch ein Geheimnis. Ich habe mich in dich verliebt.«

»Ich habe dich immer schon geliebt.«

»Das ist kein Geheimnis. Du bist schon drei Geheimnisse im Rückstand.«

Leo küsste sie. »Ich habe einen Bruder.«

Rostow am Don

15. Juli

Nadja war allein zu Haus. Ihre Mutter und ihre Schwester waren die Großmutter besuchen gegangen. Zunächst hatte Nadja sie begleitet, aber als sie sich dem Wohnblock ihrer Großmutter näherten, hatte sie so getan, als hätte sie Bauchweh, und darum gebeten, umkehren zu dürfen. Ihre Mutter hatte es erlaubt, und Nadja war zurück nach Hause geeilt. Ihr Plan war einfach. Sie würde die Kellertür aufmachen und herausfinden, warum ihr Vater so viel Zeit da unten in diesem Raum verbrachte, der doch bestimmt dunkel und kalt war. Sie selbst war noch nie dort gewesen, nicht ein einziges Mal. Nadja umrundete das Haus, legte die Hände auf die feuchten Ziegelsteine und stellte sich vor, wie es da drinnen war. Es gab keine Fenster, nur ein Abzugsloch für den Ofen. Und der Zutritt war strengstens verboten, eine eiserne Hausregel.

Ihr Vater war im Moment für seine Arbeit unterwegs. Aber er würde bald wiederkommen, vielleicht schon morgen. Sie hatte ihn davon reden hören, dass er einige Reparaturen am Haus vornehmen wollte, unter anderem auch eine neue Kellertür einbauen. Die alte war natürlich wirklich nicht besonders solide, aber trotzdem, warum war das denn so wichtig? In ein paar Tagen würde er eine neue eingebaut haben, und die würde sie dann nicht mehr aufkriegen. Wenn sie einbrechen und Antworten auf ihre Fragen finden wollte, dann musste sie es jetzt machen. Das Schloss bestand nur aus einem einfachen Riegel. Sie schaute ihn sich genau an und versuchte, ein

Messer zwischen die Tür und den Rahmen zu zwängen. Das ging.

Der Riegel hob sich, und Nadja drückte die Tür auf. Aufgeregt und gleichzeitig ängstlich machte sie einen Schritt nach unten. Sie zog die Tür hinter sich zu. Ein Rest von Licht stahl sich hinter ihr durch die Ritzen an den Seiten und am Boden der Tür. Sonst kam die einzige Beleuchtung vom Abzug da unten. Nadja versuchte, ihre Augen an die Dunkelheit zu gewöhnen und erreichte den Fuß der Treppe. Sie sah sich in der geheimen Kammer ihres Vaters um.

Ein Bett, ein kleiner Tisch und eine Truhe – geheimnisvoll war das schon mal nicht. Enttäuscht schnüffelte sie herum. An der Wand hing eine alte Lampe, und daneben waren eine Reihe Zeitungsausschnitte aufgehängt. Sie ging darauf zu. Da war ja überall dasselbe drauf: ein Foto von einem russischen Soldaten, der neben einem brennenden Panzer stand. Ein paar von den Fotos waren so ausgeschnitten, dass man nur noch den Soldaten sah. Er sah gut aus, aber es war niemand, den sie kannte. Verblüfft über diese Collage hob sie einen Blechnapf auf, der bestimmt für die Katzen war. Dann fiel ihr Blick auf die Truhe. Sie griff den Deckel und hob ihn hoch, nur ein ganz kleines bisschen, um zu sehen, ob sie die Truhe aufbekam. Der Holzdeckel war schwer, aber abgeschlossen war sie nicht. Was war wohl da drin? Sie hob den Deckel noch ein Stückchen höher. Plötzlich hörte sie ein Geräusch. Es kam von der Haustür.

Schwere Schritte, zu schwer für ihre Mutter. Ihr Vater musste früher als geplant zurückgekehrt sein. Ein Lichtstrahl fiel herein, als oben die Tür zum Keller geöffnet wurde. Warum war er denn jetzt schon zurück? In Panik senkte Nadja den Deckel möglichst geräuschlos, während sie schon hörte, wie ihr Vater die Treppe herunterkam. Als der Deckel zu war, kniete sie sich hin und krabbelte unter das Bett. Nicht viel Platz, sie machte sich ganz klein und behielt die unterste Treppenstufe im Auge. Da waren sie. Die schweren, schwarzen Stiefel kamen direkt auf sie zu.

Nadja kniff die Augen zusammen und rechnete damit, sein wütendes Gesicht direkt vor sich zu sehen, wenn sie sie wieder aufmachte. Stattdessen quietschte das ganze Bett und gab nach. Er hatte sich daraufgesetzt. Sie machte die Augen auf und musste beiseitekriechen, denn die Lücke zwischen dem Bett und dem Boden war jetzt noch schmaler. Nadja sah, wie er anfing, sich die Stiefel aufzuschnüren. Er hatte nicht gemerkt, dass sie hier unten war. Das Schloss war wohl wieder zugefallen, als sie die Tür geschlossen hatte. Er hatte sie nicht erwischt, jedenfalls noch nicht. Und was sollte sie jetzt machen? Vielleicht blieb ihr Vater stundenlang hier unten. Ihre Mutter würde heimkehren und erschreckt feststellen, dass sie nicht zu Hause war. Vielleicht würden sie denken, dass sie verschwunden war, und sie suchen gehen. Dann könnte sie sich hinaufschleichen und sich eine Lüge ausdenken, wo sie gewesen war. Wenn alles glattlief. Bis dahin musste sie bleiben, wo sie war, und durfte keinen Mucks von sich geben.

Ihr Vater hatte sich die Socken ausgezogen und streckte seine Zehen. Er stand auf, wobei sich das Bett mit ihm hob, und entzündete die Lampe, die ein schwaches Licht warf. Dann ging er zur Truhe. Nadja konnte hören, wie er den Deckel aufmachte, aber sie sah nicht, was er herausnahm. Offenbar hatte er den Deckel aufgelassen, denn sie hörte nicht, dass er wieder zuging. Was machte ihr Vater bloß? Jetzt saß er auf einem der Stühle und band sich etwas um den Fuß. Ein Stück Gummi. Dazu noch eine Schnur und ein paar Lumpen, er schien sich eine Art Schuh zu basteln.

Nadja spürte etwas hinter sich und wandte den Kopf. Es war die Katze. Die hatte sie ihrerseits bemerkt, sie machte einen Buckel und sträubte das Fell. Sie schien zu wissen, dass Nadja hier unten nichts zu suchen hatte. Ängstlich wandte Nadja sich um und schaute, ob ihr Vater sie bemerkt hatte. Er ließ sich auf die Knie fallen, und sein Gesicht tauchte zwischen Bettkante und Boden auf. Nadja wusste nicht, was sie sagen sollte, und wagte nicht, sich zu rühren. Ohne ein Wort stand ihr Vater auf und klappte das ganze Bett nach oben, sodass sie offen dalag, zusammengerollt wie eine Kugel.

»Steh auf!«

Sie konnte weder Arme noch Beine bewegen, ihr ganzer Körper verweigerte den Dienst.

»Nadja!«

Sie hörte ihren Namen und stand auf.

»Komm von der Wand da weg!«

Sie gehorchte. Mit gesenktem Kopf ging sie auf ihren Vater zu und starrte dabei seine Füße an, der eine nackt und der andere in Lumpen gehüllt. Er klappte das Bett wieder herunter und rückte es zurecht.

»Warum bist du hier unten?«

»Ich wollte wissen, was du hier machst.«

»Warum?«

»Weil ich öfter mit dir zusammen sein will.«

Andrej verspürte wieder diesen Drang. Sie waren allein zu Hause. Sie hätte nicht herunterkommen sollen. Er hatte es ihr extra gesagt, zu ihrem eigenen Schutz. Hier war er ein anderer Mensch, nicht mehr ihr Vater. Er drückte sich rückwärts von seiner Tochter weg, bis er an der Wand stand, so weit, wie der Raum es nur zuließ.

»Vater?«

Andrej hob einen Finger an die Lippen und bedeutete ihr zu schweigen. *Reiß dich zusammen!*

Aber er schaffte es nicht. Er nahm die Brille ab, klappte sie zusammen und steckte sie sich in die Tasche. Als er jetzt wieder seine Tochter anschaute, war sie nur noch ein verschwommener Schemen, gar nicht mehr sein Mädchen. Eine vage, unbestimmte Gestalt, irgendein x-beliebiges Kind.

»Vater?« Nadja stand auf, ging zu ihrem Vater und nahm seine Hand. »Hast du denn gar keine Lust, mit mir zusammen zu sein?«

Jetzt war sie zu nah, selbst ohne Brille. Er konnte ihr Haar sehen, ihr Gesicht. Er wischte sich über die Augenbrauen und setzte seine Brille wieder auf.

»Nadja, du hast doch eine kleine Schwester. Warum spielst du denn nicht mit der? Als ich so alt war wie du, war ich immer mit meinem Bruder zusammen.«

»Du hast einen Bruder?«

»Ja.«

»Wo ist er?«

Andrej zeigte auf die Wand, wo die Fotos mit dem russischen Soldaten hingen.

»Wie heißt er?«

»Pavel.«

»Und warum kommt er uns nicht besuchen?«

»Das wird er schon noch.«

Rostower Oblast

8 Kilometer nördlich von Rostow am Don

16. Juli

Sie bestiegen eine *Elektritschka*, die die Außenbezirke der Stadt abklapperte und Leo und Raisa langsam ihrem Ziel näher brachte, dem Zentrum von Rostow am Don. Der Lastwagenfahrer hatte sie nicht verraten. Er hatte sie durch mehrere Straßensperren gebracht und sie in Schachty abgesetzt, wo sie die Nacht bei seiner Schwiegermutter und deren Familie verbracht hatten, einer Frau namens Sara Karlowna. Sara war Ende fünfzig und lebte mit einigen ihrer Kinder zusammen, darunter einer verheirateten Tochter, die selbst schon wieder drei Kinder hatte. Auch Saras Eltern lebten in der Wohnung, somit also insgesamt elf Personen in drei Schlafzimmern, pro Zimmer eine Generation. Leo hatte jetzt bereits zum dritten Mal die Geschichte über seine Ermittlungen erzählt, aber anders als in den Städten im Norden hatte man hier bereits von den Kindermorden gehört. Sara wusste zu berichten, dass es nur wenige Leute in der Oblast gab, die die Gerüchte noch nicht mitbekommen hatten. Aber etwas Genaueres wusste hier auch keiner. Als sie die geschätzte Zahl der Opfer hörten, wurde es still.

Die Frage, ob sie helfen würden, hatte nie zur Debatte gestanden. Stattdessen hatte die Großfamilie sofort Pläne geschmiedet. Leo und Raisa wollten bis zur Dämmerung warten, bevor sie ins Stadtzentrum fuhren, weil in der Fabrik abends weniger Leute sein würden. Außerdem bestand so eine größere Wahrscheinlichkeit, dass der Mörder zu Hause war. Überdies hatte man beschlossen, dass sie sich nicht allein auf den Weg machen sollten. Deshalb befanden sie sich jetzt in Begleitung von drei kleinen Kindern und zwei agilen Großeltern. Leo und Raisa gaben Mutter und Vater ab, die echte Mutter war dafür in Schachty geblieben. Dass sie sich als Familie ausgaben, war eine Vorsichtsmaßnahme. Falls die Jagd nach ihnen schon Rostow erreicht hätte, falls der Staat darauf gekommen wäre, dass sie nicht vorhatten, das Land zu verlassen, dann würden die Häscher nach einem Mann und einer Frau suchen, die zusammen unterwegs waren. Ihr äußeres Erscheinungsbild gravierend zu verändern, war ihnen nicht möglich gewesen. Sie hatten sich beide die Haare kurz geschnitten, und man hatte ihnen neue Kleider gegeben. Trotzdem wären sie ohne die Familie in ihrer Begleitung leicht zu identifizieren gewesen. Raisa hatte Bedenken geäußert, die Kinder mitzunehmen, weil sie Sorge hatte, sie in Gefahr zu bringen. Daraufhin hatte man beschlossen, dass, falls etwas schiefginge und sie geschnappt würden, die Großeltern behaupten sollten, Leo habe sie bedroht und sie hätten um ihr Leben gefürchtet, wenn sie ihm nicht halfen.

Der Zug hielt an. Leo schaute aus dem Fenster. Im Bahnhof herrschte reger Betrieb. Er sah mehrere uniformierte Polizisten auf dem Bahnhof patrouillieren. Zu siebent stiegen sie aus. Raisa trug das jüngste Kind, einen kleinen Jungen. Allen drei Kindern hatte man eingeschärft, sich möglichst ausgelassen zu benehmen. Die älteren beiden Jungen verstanden, worum es bei dem Schwindel ging, und machten ihre Sache gut, aber der Jüngste war verwirrt und glotzte Raisa nur mit herabhängenden Mundwinkeln an. Er spürte die Gefahr und wünschte sich bestimmt, er wäre zu Hause. Aber nur jemand, der ganz genau hinschaute, hätte Verdacht schöpfen können, dass dies gar keine richtige Familie war. Überall auf dem Bahnsteig und dem Querbahnsteig standen Wachen verstreut. Sie suchten jemanden. Leo hatte sich zwar mit dem Gedanken zu beruhigen versucht, dass jede Menge Menschen gesucht und verhaftet wurden, aber sein Bauch sagte ihm, dass sie nach ihnen Ausschau hielten. Der Ausgang war noch 50 Schritt entfernt. Darauf mussten sie sich konzentrieren. Sie waren fast da.

Zwei bewaffnete Beamte traten ihnen in den Weg. »Wo kommen Sie her und wo wollen Sie hin?«

Im ersten Moment blieb Raisa stumm, sie brachte einfach keinen Ton heraus. Um die Erstarrung zu überspielen, nahm sie den Jungen von einem Arm auf den anderen und lachte. »Irgendwann werden sie einem einfach zu schwer.«

Leo sprang ein. »Wir haben gerade unsere Schwester besucht. Sie wohnt in Schachty. Sie heiratet.«

Die Großmutter fügte hinzu: »Und zwar einen Trunkenbold. Ich habe ihr gesagt, sie soll die Finger von ihm lassen.«

Leo wandte sich lächelnd an die Großmutter: »Willst du vielleicht, dass sie einen heiratet, der nur Wasser trinkt?«

»Das wäre besser.«

Der Großvater nickte, dann setzte er hinzu: »Er kann ja trinken, aber warum muss er so hässlich sein?«

Die Großeltern lachten. Die Beamten nicht. Einer von ihnen wandte sich dem Kleinsten zu. »Wie heißt er?«

Die Frage war an Raisa gerichtet. Wieder hatte sie einen Aussetzer. Sie konnte sich nicht mehr erinnern, es fiel ihr einfach nicht ein. Aus ihrem Gedächtnis kramte sie irgendeinen Namen hervor. »Alexander.«

De Junge schüttelte den Kopf. »Ich heiße Iwan.«

Raisa lachte. »Ich ziehe ihn gern damit auf. Ich nenne immer den einen beim Namen des anderen, das bringt sie fürchterlich auf die Palme. Der junge Mann auf meinem Arm ist Iwan. Und das ist Michail.«

Das war der Name des mittleren Jungen. Jetzt fiel Raisa auch wieder ein, dass der Älteste Alexej hieß. Aber damit ihre Lüge funktionierte, musste sie jetzt so tun, als sei sein Name Alexander.

»Und mein ältester Sohn heißt Alexander.«

Der Junge wollte schon den Mund aufmachen und protestieren, aber sein Großvater sprang ihr bei und streichelte dem Jungen liebevoll den Kopf, der ärgerlich die Hand abschüttelte.

»Lass das, ich bin kein Kleinkind mehr.«

Raisa musste sich Mühe geben, dass man ihr die Erleichterung nicht anmerkte. Die Beamten ließen sie durch, und sie führte ihre falsche Familie aus dem Bahnhof.

Als das Bahnhofsgebäude außer Sichtweite war, verabschiedeten sie sich von ihren Helfern und trennten sich. Leo und Raisa nahmen ein Taxi. Sie hatten Saras Familie bereits bis in alle Einzelheiten in ihre Nachforschungen eingeweiht. Wenn Leo und Raisa es aus irgendeinem Grund nicht schafften und die Morde weitergingen, dann würde die Familie die Sache übernehmen. Sie würden andere in die Suche nach diesem Mann einbeziehen. Wenn eine Gruppe aufflog, würde eine andere an ihre Stelle treten. Man durfte den Kerl einfach nicht am Leben lassen. Leo war durchaus klar, dass es sich um Lynchjustiz handelte. Kein Gericht, keine Beweise, kein Verfahren. Die Hinrichtung würde nur auf Indizien beruhen. Um Gerechtigkeit walten zu lassen, mussten sie genauso handeln wie das System, gegen das sie ankämpften.

Leo und Raisa saßen im Fond des Taxis und schwiegen. Es gab nichts mehr zu bereden, der Plan war fertig. Leo würde sich Zugang zur Rostelmasch-Fabrik verschaffen und ins Personalbüro eindringen. Wie genau, wusste er noch nicht, er würde improvisieren müssen. Raisa würde derweil im Taxi sitzen bleiben und den Fahrer beschwichtigen, falls der misstrauisch würde. Sie hatten ihn schon im Voraus sehr großzügig entlohnt, damit er friedlich blieb und machte, was sie wollten.

Denn sobald Leo den Namen und die Adresse des Mörders erfahren hatte, würde er sie noch zu dessen Haus fahren müssen. Wenn der Mörder nicht zu Hause war, weil er sich auf Reisen befand, würden sie versuchen herauszufinden, wann er zurückkehrte. Dann würden sie nach Schachty zurückfahren und bei Saras Familie auf ihn warten.

Das Taxi hielt an. Raisa drückte Leos Hand. Er war nervös. Kaum hörbar flüsterte er: »Wenn ich in einer Stunde nicht zurück bin ...«

»Ich weiß.«

Leo stieg aus und schlug die Tür zu. Vor dem Haupttor standen Wachen, einen besonders aufmerksamen Eindruck machten sie allerdings nicht. Nach den Sicherheitsvorkehrungen zu urteilen, war Leo einigermaßen zuversichtlich, dass niemand im MGB bei der Suche nach ihm diese Traktorenfabrik auf der Rechnung hatte. Natürlich bestand auch die Möglichkeit, dass man die Wachen reduziert hatte, um ihn hineinzulocken, aber das bezweifelte er. Vielleicht waren sie darauf gekommen, dass er nach Rostow wollte, aber wohin genau, hatten sie bestimmt nicht herausgefunden. Leo ging zur Rückseite und fand eine Stelle, an der die Sicht auf den Maschendrahtzaun durch ein querstehendes Ziegelgebäude verdeckt wurde. Er kletterte hinauf, drückte die Krone aus Stacheldraht hoch und ließ sich auf der anderen Seite ab. Er war drin.

An den Fließbändern der Fabrik wurde rund um die Uhr gearbeitet. Es gab die Schichtarbeiter, aber sonst sah man nur wenige Leute. Das Gelände war riesig. Mehrere 1000 Menschen mussten hier beschäftigt sein. Leo schätzte die Belegschaft auf bis zu 10 000, die in der Buchhaltung, der Hausmeisterei, dem Versand und natürlich in der Produktion arbeiteten. Außerdem gab es ja noch eine Tages- und eine Nachtschicht, deshalb bezweifelte Leo, dass jemand in ihm einen Fremden erkennen würde. Ruhig und zielstrebig, so als gehöre er hierhin, näherte er sich dem größten Gebäude. Zwei Männer kamen heraus und strebten rauchend dem Haupttor zu. Vielleicht war ihre Schicht zu Ende. Sie sahen ihn und blieben stehen. Leo konnte sie nicht ignorieren, also winkte er und ging auf sie zu.

»Ich bin *Tolkatsch* und arbeite für die Automobil-Fabrik in Wualsk. Eigentlich hätte ich schon viel früher ankommen sollen, aber mein Zug hatte Verspätung. Wo ist das Verwaltungsgebäude?«

»Die Verwaltung hat kein eigenes Gebäude. Die Zentrale ist da drinnen, auf einem der oberen Stockwerke. Ich bringe Sie hin.«

»Ich finde es schon allein.«

»Ich habe keine Eile, nach Hause zu kommen. Ich bringe Sie hin.«

Leo lächelte. Ausschlagen konnte er das nicht. Die zwei Männer verabschiedeten sich voneinander, und Leo folgte seinem ungebetenen Führer in die Hauptmontagehalle.

Als er eintrat, vergaß er für einen Moment, warum er gekommen war. Die schiere Größe, die hohe Decke, der Lärm der Maschinen – all das kam einem wie ein Wunder vor, das man eigentlich in einer religiösen Stätte erwartet hätte. Aber dies war ja auch die neue Kirche, die Kathedrale des Volkes, und die Ehrfurcht, die man in ihr empfand, war fast so wichtig wie die Maschinen, die sie erschuf. Leo und der andere Mann gingen Seite an Seite und plauderten. Mittlerweile war Leo froh über seine Begleitung, denn so erregte er keinen Verdacht. Er fragte sich bloß, wie er den Mann wieder loswerden sollte.

Sie nahmen die Treppe von der Montagehalle hinauf in die Verwaltungsetage. Der Mann sagte:

»Ich weiß nicht, wie viele Leute noch da sind. Da oben haben sie normalerweise keine Nachtschicht.«

Leo wusste immer noch nicht genau, was er als Nächstes machen sollte. Würde er seine Täuschung bis zum Ende aufrechterhalten können? Unwahrscheinlich, wenn man bedachte, was für vertrauliche Informationen er brauchte. Die würden sie ihm nicht einfach so geben, egal, mit was für einer Ausrede er ihnen kam. Wenn er noch seinen Dienstausweis von der Staatssicherheit gehabt hätte, wäre das alles kein Problem gewesen.

Sie bogen um eine Ecke. Ein Korridor führte zu einem Büro, von dem aus man die Montagehalle überblicken konnte. Was auch immer er anstellte, die Arbeiter da unten würden ihn sehen können. Der Mann klopfte an die Tür. Jetzt hing alles davon ab, wie viele Leute sich dort drinnen befanden. Ein älterer Mann öffnete, vielleicht ein Buchhalter. Er trug einen Anzug, war blass und hatte einen verbitterten Gesichtsausdruck. »Was wollen Sie?«

Leo spähte über die Schulter des Buchhalters. Das Büro war leer.

Er wirbelte herum und schlug seinem Begleiter in den Magen, worauf dieser zusammenklappte. Noch bevor der Buchhalter Zeit hatte zu reagieren, umklammerte Leo schon mit einer Hand seinen Hals. »Tun Sie, was ich sage, dann passiert Ihnen nichts. Verstanden?«

Der Mann nickte. Vorsichtig ließ Leo seinen Hals los. »Ziehen Sie alle Vorhänge zu, und nehmen Sie ihren Schlips ab.«

Leo zog den jüngeren Mann, der immer noch röchelte, hinein. Er machte die Tür zu und verschloss sie hinter sich. Der Buchhalter nahm seinen Schlips ab und warf ihn Leo hin, dann zog er die Vorhänge zu, sodass die Montagehalle nicht mehr zu sehen war. Mit dem Schlips band Leo dem jungen Mann die Hände hinter dem Rücken zusammen und behielt dabei den Buchhalter im Auge. Er bezweifelte, dass es hier im Büro eine Waffe oder einen Alarmknopf gab, es war ja nichts da, was sich zu stehlen lohnte. Nachdem er die Gardinen zugezogen hatte, wandte sich der Mann wieder zu Leo um. »Was wollen Sie?«

»Die Personalakten.«

Verblüfft, aber gehorsam schloss der Mann den Aktenschrank auf. Leo trat vor und stellte sich neben ihn. »Bleiben Sie da, rühren Sie sich nicht von der Stelle und behalten Sie die Hände auf dem Schrank!«

Es gab abertausende von Akten, eine lückenlose Dokumentation nicht nur der gegenwärtigen Belegschaft, sondern auch aller Leute, die nicht mehr hier arbeiteten. *Tolkatschi* gab es offiziell gar nicht, da ihre bloße Existenz ja schon auf Fehler im Liefer- und Produktionsprozess hingewiesen hätte. Es war unwahrscheinlich, dass man sie unter diesem Begriff führte.

»Wo sind die Akten Ihrer *Tolkatschi*?«

Der ältere Mann zog einen Karteikasten hervor und holte eine dicke Akte heraus. Auf dem Deckel stand MARKTFORSCHER. Soweit Leo sehen konnte, beschäftigte die Firma gegenwärtig fünf *Tolkatschi*. Der Erfolg ihrer gesamten Ermittlungen hing jetzt von diesen Akten ab. Nervös überprüfte Leo die Arbeitseinsätze der Männer. Wo hatte man sie hingeschickt, und wann? Wenn diese Daten mit den Morden übereinstimmten, dann hatte er den Mörder gefunden, jedenfalls ging er davon aus. Wenn es genügend Übereinstimmungen gab, würde er den Mann aufsuchen und mit den Taten konfrontieren. Er war sich sicher, wenn man es ihm auf den Kopf zusagte, würde der Mann zusammenbrechen. Leo fuhr mit den Fingern über die Liste und verglich die Daten und Orte mit denen in seinem Gedächtnis. Die erste Liste passte nicht. Er hielt einen Moment inne und fragte sich, ob sein Erinnerungsvermögen überhaupt noch intakt war. Aber die drei Daten, die er niemals vergessen würde, waren die Morde in Wualsk und der in Moskau. Dieser *Tolkatsch* hier war nie irgendwo entlang der Transsibirischen Eisenbahn unterwegs gewesen. Leo öffnete die zweite Akte und sah sich die Geschäftsreisen an. Der Mann hatte erst im letzten Monat angefangen. Leo schob die Akte beiseite und öffnete die dritte. Passte nicht. Jetzt waren nur noch zwei übrig. Er blätterte die vierte durch.

Wualsk, Molotow, Wjatka, Gorki – all diese Städte säumten die Eisenbahnlinie nach Westen. Südlich von Moskau fand er Tula und Orel, in der Ukraine Karkow und Gorlowka, Saporoschje und Kramatorsk. In all diesen Städten waren Kinder ermordet worden. Er schloss die Akte. Bevor er sich die persönlichen Daten ansah, warf er noch einen Blick in die fünfte Akte. Er fuhr die Liste entlang und konnte dabei kaum seinen Finger ruhig halten. Es gab ein paar Übereinstimmungen, aber nicht genügend. Leo wandte sich wieder der vierten Akte zu. Er blätterte vor zur ersten Seite und starrte ein Schwarzweißfoto an: Er trug eine Brille. Er hieß Andrej.

Am selben Tag

Wassili saß rauchend auf seinem Hotelbett, ließ die Asche auf den Teppich fallen und trank direkt aus der Flasche. Er machte sich keine Illusionen. Wenn er seinen Vorgesetzten nicht die Flüchtigen lieferte, Leo und Raisa, dann würde man den Tod von Fjodor Andrejew mit Sicherheit sehr ungnädig aufnehmen. Das war die Vereinbarung gewesen, die er ihnen abgerungen hatte, bevor er aus Moskau aufgebrochen war. Sie würden seiner Geschichte Glauben schenken, dass Fjodor mit Leo zusammengearbeitet hatte, und auch, dass Fjodor Wassili hatte angreifen wollen, als der ihn mit der Wahrheit konfrontiert hatte. Aber nur dann, wenn er ihnen Leo brachte. Die Tatsache, dass sie nicht in der Lage waren, dieses unbewaffnete, mittellose

Pärchen zu fassen, das wie vom Erdboden verschluckt zu sein schien, ließ den MGB nicht gerade gut dastehen. Wenn Wassili die beiden schnappte, würden sie ihm all seine Sünden vergeben. Die Behörden bereiteten sich schon auf den Fall vor, dass Leo sich bereits außer Landes und in den Fängen westlicher Diplomaten befand. Die eigenen Auslandsagenten waren informiert und Fotos von Leo und seiner Frau an alle Botschaften rund um die Welt geschickt worden. Es wurden bereits Szenarien für seine Ermordung entwickelt. Wenn Wassili ihnen die Mühe ersparte, eine kostspielige und diplomatisch schwierige internationale Hatz in die Wege zu leiten, dann war die Belohnung dafür eine weiße Weste.

Er ließ den Zigarettenstummel auf den Teppich fallen und sah einen Moment lang zu, wie er schwelte, bevor er ihn austrat. Er hatte Kontakt mit der Staatssicherheit in Rostow aufgenommen, einem verlotterten Haufen. Er hatte ihnen Fotos gegeben. Er hatte den Beamten eingeschärft, daran zu denken, dass Leo sich vielleicht einen Bart stehen lassen oder sich die Haare abgeschnitten hatte. Vielleicht waren die beiden auch gar nicht mehr gemeinsam unterwegs, vielleicht hatten sich ihre Wege getrennt. Außerdem sollten sie sich nicht auf die Papiere der Leute verlassen, denn Leo wusste, wie man solche Sachen fälschte. Sie sollten jeden festhalten, der ihnen auch nur im Entferntesten verdächtig vorkam. Die letzte Entscheidung, ob man die Leute wieder laufen ließ oder nicht, würde Wassili selbst treffen. Mit ihren 30 Männern hatten sie eine Reihe von Straßensperren errichtet und einige willkürliche Durchsuchungen durchgeführt. Er hatte jeden Beamten angewiesen, sämtliche Vorkommnisse zu dokumentieren, egal wie unwichtig sie erscheinen mochten, damit er sie selbst noch einmal überprüfen konnte. Diese Berichte wurden ihm jetzt Tag und Nacht gebracht.

Bislang hatten sie gar nichts. Würde Leo noch einmal Gelegenheit haben, ihn zu demütigen? Vielleicht hatte dieser Idiot Fjodor sich geirrt. Vielleicht wollte Leo ganz woanders hin. Wenn das zutraf, dann war Wassili erledigt.

Es klopfte an der Tür. »Herein.«

Ein rotgesichtiger junger Beamter nahm Haltung an und hielt ein Blatt Papier in der Hand. Wassili winkte ihn mit dem Finger heran und las: *Rostelmasch-Fabrik. Verwaltungstrakt. Zwei Männer angegriffen. Personalakten entwendet.*

Wassili sprang auf. »Er ist hier.«

Am selben Tag

Sie standen nebeneinander, 50 Schritt von der Haustür entfernt. Leo warf seiner Frau einen flüchtigen Blick zu. Sie war völlig ahnungslos, welcher Wahnsinn über ihn hereingebrochen war. Leo fühlte sich leer im Kopf, so als hätte er Drogen genommen. Er rechnete immer noch damit, dass das Gefühl verschwinden würde und alles wieder normal war, dass es hierfür eine andere Erklärung gäbe und dieses Haus nicht das seines kleinen Bruders war. Andrej Trofimowitsch Sidorow.

Das war eindeutig der Name seines Bruders: Andrej Trofimowitsch Sidorow. Und das war auch einmal sein Nachname gewesen, bis er die Identität seiner Kindheit abgestreift hatte wie eine Schlange ihre Haut. Das kleine Foto in der Personalakte hatte ihm bestätigt, dass es Andrej war. Dieselben Züge, derselbe verlorene Blick. Die Brille war neu. Deshalb war er damals also immer so unbeholfen gewesen, er war kurzsichtig. Sein linkischer, schüchterner kleiner Bruder – der Mörder von mindestens 44 Kindern. Einerseits ergab das überhaupt keinen Sinn, andererseits wiederum war es vollkommen logisch. Die Schnur, die zermahlene Rinde, die Jagd. Gegen seinen Willen stiegen in Leo die verdrängten Erinnerungen wieder hoch. Er musste daran denken, wie er seinem Bruder gezeigt hatte, eine Schlinge zu knüpfen. Wie er ihm geraten hatte, Rinde zu kauen, weil dadurch das Hungergefühl wegging. War am Ende das, was Leo seinem Bruder beigebracht hatte, zum Muster für irgendeinen irrsinnigen Blutrausch geworden? Warum war er nicht früher darauf gekommen?

Nein, das war lächerlich, wie hätte er denn auf so etwas kommen sollen? Praktisch jedem Kind wurden solche Sachen beigebracht und gezeigt, wie man jagt. Als er die Opfer gesehen hatte, hatten diese Auffälligkeiten nichts in seinem Kopf ausgelöst. Oder vielleicht doch? Hatte er diesen Weg gewählt, oder hatte am Ende der Weg ihn gewählt? War das vielleicht der Grund, warum er sich in diese Ermittlungen verstiegen hatte, obwohl doch alle guten Gründe dafür sprachen, lieber nicht allzu genau hinzuschauen?

Als er schwarz auf weiß den Namen seines Bruders gelesen hatte, hatte er sich hinsetzen müssen. Er hatte die Akte angestarrt, die Daten überprüft und noch einmal überprüft. Es hatte ihm einen solchen Schock versetzt, dass er die Gefahren um sich herum überhaupt nicht mehr wahrnahm. Erst als er registrierte, wie der Buchhalter sich langsam zum Telefon schob, kam er wieder zu sich.

Er riss die Telefonschnur heraus, fesselte ihn an einen Stuhl, knebelte beide Männer mit ihren Taschentüchern und schloss sie in dem Büro ein. Er musste hier verschwinden. Und vor allem musste er sich zusammenreißen. Aber auch, als er wieder draußen war, konnte er noch nicht klar denken, seine ganze Welt stand kopf. Instinktiv näherte er sich dem Haupttor, viel zu spät fiel ihm ein, dass es erheblich sicherer gewesen wäre, wie zuvor über den Zaun zu klettern. Aber jetzt konnte er nicht mehr kehrtmachen, die Wachleute hatten ihn schon kommen sehen. Er würde einfach an ihnen vorbeimarschieren müssen. Der Schweiß brach ihm aus, aber sie ließen ihn unbehelligt durch.

Im Taxi nannte er dem Fahrer die Adresse und wies ihn an, Gas zu geben. Er zitterte am ganzen Leib, es wollte einfach nicht aufhören. Er beobachtete Raisa, wie sie die Akte studierte. Mittlerweile kannte sie die Geschichte von seinem Bruder, kannte auch seinen Vornamen, allerdings nicht den Familiennamen. Leo studierte ihre Reaktion beim Lesen der Seiten. Sie kam nicht drauf. Wie auch? Dafür hätte er es fertigbringen müssen, ihr zu sagen: *Dieser Mann ist mein Bruder.*

Es war unmöglich zu ahnen, wie viele Leute sich im Haus seines Bruders aufhielten. Die Mitbewohner stellten ein Problem dar. Sehr wahrscheinlich hatten sie keine Ahnung, was für einen Mann sie da um sich hatten. Einen Mörder. Aber sie wussten nichts von seinen Verbrechen, und bestimmt hatte er die meisten Morde deshalb ja auch woanders verübt. Sein Bruder hatte eine gespaltene Persönlichkeit entwickelt, einerseits seine bürgerliche Existenz und daneben das Leben eines Mörders. Aber auch Leo selbst hatte ja sein Leben in zwei Hälften geteilt. Da war einerseits der Junge, der er gewesen war, und andererseits der Junge, zu dem er geworden war. Leo schüttelte unwillig den Kopf. Er musste sich auf seine Aufgabe konzentrieren. Er war hier, weil er diesen Mann töten wollte. Die Frage war nur, wie er an den anderen Bewohnern vorbeikommen sollte. Weder er noch Raisa hatten eine Schusswaffe.

Raisa spürte sein Zögern und fragte: »Worüber machst du dir Kopfzerbrechen?«

»Über die anderen Leute im Haus.«

»Du hast doch das Gesicht dieses Mannes gesehen. Wir haben

uns das Foto angeschaut. Du kannst dich einfach da hineinschleichen und ihn im Schlaf töten.«

»Das bringe ich nicht über mich.«

»Leo, er verdient nichts Besseres.«

»Erst muss ich sicher sein. Ich muss mit ihm reden.«

»Er wird es doch nur abstreiten. Je länger du mit ihm redest, umso schwerer wird es.«

Sara hatte ihnen ein Messer gegeben. Leo hielt es Raisa hin. »Das werde ich nicht benutzen.«

Raisa schob es ihm wieder zu.

»Leo, der Mann hat über 40 Kinder auf dem Gewissen.«

»Dafür bringe ich ihn ja auch um.«

»Und wenn er sich verteidigt? Der hat doch bestimmt ein Messer, vielleicht sogar eine Pistole. Und vielleicht ist er kräftig.«

»Er ist kein Kämpfer. Er ist tapsig und schüchtern.«

»Leo, woher willst du das denn wissen? Nimm das Messer mit! Willst du ihn etwa mit bloßen Händen umbringen?«

Leo drückte ihr das Messer in die Hand und schloss ihre Finger darum. »Du vergisst, dass ich so was gelernt habe. Vertrau mir.«

Es gab keine Zukunft für sie. Keine Hoffnung auf Entrinnen, keine Hoffnung, dass sie nach den Ereignissen dieses Abends noch lange zusammen sein würden. Raisa stellte fest, dass sie tief in ihrem Innern gar nicht wollte, dass dieser Mann zu Hause war. Sie wollte, dass er unterwegs war, auf irgendeiner Reise. Dann hätten sie einen Grund, weiter zusammenzubleiben und ihrer Gefangennahme noch für ein paar Tage zu entgehen. Danach konnten sie ja zurückkehren und die Sache zu Ende bringen. Im nächsten Moment schämte sie sich für den Gedanken und schob ihn beiseite. Wie viele Menschen hatten ihr Leben riskiert, nur damit Leo bis hierhin gelangte. Sie küsste ihn und hoffte, dass er es schaffte.

Während Raisa in ihrem Versteck blieb, näherte Leo sich dem Haus. Vorher hatten sie sich auf einen Plan geeinigt. Wenn der Mann versuchen würde zu fliehen, würde sie ihn stellen. Falls etwas schiefging und Leo es aus irgendeinem Grund nicht schaffte, dann würde sie selbst versuchen, den Mann zu erledigen.

Leo erreichte die Haustür. Von drinnen fiel ein fahles Licht heraus. War da etwa noch jemand wach? Vorsichtig drückte er gegen die Tür, die sofort aufging. Er fand sich in einer Küche mit einem Herd wieder. Das Licht kam aus einer Öllampe, ein Flämmchen, das hinter einem rußigen Glasschirm flackerte. Er trat ein und schlich durch die Küche in ein Nebenzimmer. Zu seiner Überraschung gab es nur zwei Betten. In einem schliefen zwei kleine Mädchen, in dem zweiten ihre Mutter. Sie waren allein, von Andrej keine Spur. War das die Familie seines Bruders? Und wenn ja, war es dann auch Leos Familie? War das seine Schwägerin? Waren das seine Nichten? Aber vielleicht wohnte unten ja noch eine Familie? Leo wandte sich um. Eine Katze starrte ihn mit zwei kalten, grünen Augen an. Ihr Fell war schwarzweiß gefleckt. Sie war zwar besser im Futter als die aus dem Wald, die sie damals gejagt und getötet hatten, aber die Zeichnung stimmte. Leo kam sich vor wie in einem Traum. Überall Bruchstücke seiner Vergangenheit. Die Katze zwängte sich durch eine zweite Tür und lief nach unten. Leo ließ sich von ihr führen.

Die schmale Treppe in den Keller war nur schwach erleuchtet. Die Katze lief hinunter und war im nächsten Moment verschwunden. Von der obersten Treppenstufe war der Raum schlecht einzusehen. War Andrej vielleicht gar nicht zu Hause? Leo schlich möglichst geräuschlos die Treppe hinab.

Als er unten war, spähte er um die Ecke. An einem Tisch saß ein Mann. Er hatte eine dicke, eckige Brille auf und trug ein sauberes weißes Hemd. Er spielte Karten. Jetzt sah er hoch. Er schien nicht überrascht zu sein, er stand auf. Leo starrte auf die Wand hinter seinem Bruder. Es sah aus, als wachse aus Andrejs Kopf eine Collage aus Zeitungsausschnitten: immer und immer wieder dasselbe Foto. Sein Foto, wie er triumphierend neben dem rauchenden Wrack eines Panzers stand, ein Held der Sowjetunion, ein Sinnbild des Sieges.

»Pavel, wieso hast du so lange gebraucht?« Sein kleiner Bruder deutete auf den leeren Stuhl ihm gegenüber.

Leo fühlte sich außerstande, etwas anderes zu tun, als der Aufforderung nachzukommen. Er merkte, dass er nicht mehr Herr der Lage war. Sein Bruder war weit davon entfernt, erschrocken oder auf dem falschen Fuß erwischt worden zu sein, irgendwelche Worte zu stammeln oder gar Reißaus zu nehmen. Offenbar war er auf diese Begegnung vorbereitet. Leo dagegen war konsterniert und fand sich nicht zurecht.

Also setzte er sich. Andrej ebenfalls. Hier ein Bruder, da ein Bruder, nach über zwanzig Jahren wieder vereint. Andrej fragte: »Du hast doch von Anfang an gewusst, dass ich es war, oder?«

»Von Anfang an?«

»Nachdem du die erste Leiche gefunden hattest.«

»Nein.«

»Welche hast du zuerst gefunden?«

»Die von Larissa Petrowa. In Wualsk.«

»Ein junges Mädchen. Ich erinnere mich an sie.«

»Und auch an Arkadi? In Moskau?«

»In Moskau gab es mehrere.«

Mehrere. Er führte das Wort im Mund, als sei das gar nichts. Wenn es mehrere gegeben hatte, dann hatte man sie alle vertuscht.

»Er wurde dieses Jahr im Februar ermordet, auf den Gleisen.«

»Ein kleiner Junge?«

»Er war vier.«

»An den kann ich mich auch erinnern. Da hatte ich meine Methode schon verfeinert. Und trotzdem hast du immer noch nicht gewusst, dass ich es war? Die frühen Morde waren nicht so klar, da war ich noch nervös. Ich durfte ja auch nicht zu eindeutig sein, du verstehst schon. Ich musste etwas machen, das nur du wiedererkennen würdest. Ich konnte ja schlecht einfach meinen Namen hinterlassen. Ich habe sozusagen mit dir kommuniziert, und zwar ausschließlich mit dir.«

»Wovon redest du überhaupt?«

»Mein Bruder, ich habe nie geglaubt, dass du tot bist. Ich wusste immer, du bist am Leben. Und mein ganzes Leben lang hatte ich nur einen Wunsch, ein Ziel: dich zurückzubekommen.«

Lag da Wut in Andrejs Stimme? Oder Zuneigung? Vielleicht sogar beides zusammen? War es sein einziges Ziel gewesen, Leo zurückzubekommen, oder hatte er sich an ihm rächen wollen? Andrej lächelte. Es war ein warmherziges Lächeln, offen und ehrlich. So als hätte er gerade beim Kartenspiel gewonnen.

»In einer Sache hatte dein dummer, tollpatschiger Bruder dann doch recht. Nämlich was dich betraf. Ich habe versucht, Mutter klarzumachen, dass du noch lebst, aber sie wollte nicht auf mich hören. Sie war sich sicher, dass jemand dich geschnappt und umgebracht hatte. Ich habe ihr gesagt, dass das nicht stimmt, dass du weggerannt bist, mit deiner Beute. Ich versprach ihr, dass ich dich finden würde. Und wenn ich dich gefunden hätte, würde ich nicht wütend auf dich sein, ich würde dir vergeben. Sie hat nicht auf mich gehört. Sie ist verrückt geworden. Sie vergaß, wer ich war, und hielt mich für dich. Nannte mich Pavel und bat mich, ihr zu helfen, so wie du ihr immer geholfen hast. Ich habe so getan, als sei ich du, das war einfacher, weil es sie glücklich machte. Aber sobald ich einen Fehler machte, merkte sie, dass ich gar nicht du war. Dann wurde sie wütend und schlug mich, so lange, bis ihr Zorn verraucht war. Und dann trauerte sie wieder um dich. Sie hörte nie mehr auf, dich zu beweinen. Jeder Mensch braucht einen Grund zum Leben. Ihrer warst du. Aber meiner warst du auch. Der einzige Unterschied zwischen ihr und mir bestand darin, dass ich mir sicher war – du lebst noch.«

Leo hörte zu wie ein Kind, das vor einem Erwachsenen sitzt und sich von ihm hingerissen die Welt erklären lässt. Er konnte nicht einmal mehr die Hand heben, aufstehen oder irgendetwas anderes tun, um seinen Bruder zum Schweigen zu bringen. Andrej fuhr fort.

»Unsere Mutter gab sich auf, aber ich habe auf mich aufgepasst. Zum Glück für mich war der Winter schon fast vorbei, und das Leben wurde langsam wieder besser. Nur zehn Leute aus unserem Dorf haben überlebt, elf mit dir. In anderen Dörfern gab es überhaupt keine Überlebenden mehr. Als der Frühling kam und der Schnee taute, fing es an zu stinken. Ganze Dörfer verwesten und waren verseucht, man konnte sich ihnen gar nicht nähern. Aber im Winter waren sie noch ganz still und friedlich. Und die ganze Zeit über zog ich durch den Wald und jagte, jeden Abend, ganz allein. Ich verfolgte Spuren und suchte nach dir, rief deinen Namen in die Bäume hinauf. Aber du kamst nie zurück.«

So als ob sein Gehirn die Worte nur ganz langsam verarbeiten könne, eines nach dem anderen, fragte Leo mit zögernder Stimme: »Du hast diese Kinder getötet, weil du dachtest, dass ich dich verlassen habe?«

»Ich habe sie getötet, damit du mich findest. Ich habe sie getötet, damit du wieder nach Hause kommst. Dass ich sie umbrachte, war meine Art, mit dir Kontakt aufzunehmen. Wer sonst hätte denn die Hinweise aus unserer Kindheit verstehen sollen? Ich wusste, du würdest ihnen nachgehen, so wie du den Spuren im Schnee nachgegangen bist. Du bist ein Jäger, Pavel, der beste Jäger der Welt. Ich wusste nicht, ob du bei der Miliz bist oder nicht. Als ich dein Foto sah, habe ich mit den Leuten von der ›Prawda‹ gesprochen und nach deinem Namen gefragt. Ich erklärte ihnen, dass wir getrennt worden waren und ich glaubte, dein Name sei Pavel. Sie fertigten mich damit ab, dein Name sei nicht Pavel und deine Personaldaten seien vertraulich. Ich flehte sie an, mir wenigstens zu sagen, in welcher Division du kämpftest. Noch nicht einmal das wollten sie mir verraten. Ich war auch Soldat. Nicht so einer wie du, kein Held, keine Elite. Aber ich wusste genug, um zu begreifen, dass du in einer Spezialeinheit sein musstest. Nach der Geheimniskrämerei um deinen Namen zu urteilen war es gut möglich, dass du entweder beim Militär, bei der Staatssicherheit oder bei der Regierung warst. Ich wusste, dass du jemand Wichtiges sein musstest, alles andere war undenkbar. Du würdest Zugang zu Informationen über diese Morde haben. Andererseits spielte das gar keine so große Rolle. Wenn ich nur genügend Kinder an genügend verschiedenen Orten umbrachte, dann würdest du irgendwann bestimmt auf meine Taten aufmerksam werden, egal in welchem Beruf. Ich war mir sicher, du würdest merken, dass ich es war.«

Leo lehnte sich vor. Sein Bruder wirkte so sanft, seine Überlegungen so durchdacht. Er fragte ihn: »Was ist dir dann passiert, Bruder?«

»Du meinst, nach dem Dorf? Dasselbe wie allen: Ich wurde in die Armee eingezogen. In einer Schlacht habe ich meine Brille verloren und bin den Deutschen in die Hände gestolpert. Ich wurde gefangen genommen und ergab mich. Als ich wieder nach Russland zurückkam, wurde ich als ehemaliger Kriegsgefangener verhaftet, verhört und geschlagen. Sie drohten damit, mich ins Gefängnis zu stecken. Ich fragte sie, wie ich denn ein Verräter sein könne, wo ich doch kaum etwas sah. Sechs Monate lang hatte ich keine Brille. Jenseits von meiner Nasenspitze war die ganze Welt nur ein einziger Nebel. Und jedes Kind, das ich sah, warst du. Eigentlich sollte ich exekutiert werden, aber die Wachen mussten jedes Mal lachen, wenn ich wieder etwas umstieß. Am laufenden Band fiel ich hin, genau wie als Kind. Ich überlebte. Ich war viel zu dumm und tapsig, um ein Spion für die Deutschen zu sein. Sie beschimpften mich und verprügelten mich, dann ließen sie mich gehen. Aber das machte mir alles nichts aus. Ich hatte ja dich. Und so habe ich mein ganzes Leben dem Ziel gewidmet, dich wieder zu mir zurückzubringen.«

»Und deshalb hast du angefangen zu morden?«

»Zuerst habe ich es nur bei uns in der Gegend gemacht. Aber nach einem halben Jahr musste ich einsehen, dass du ja überall im Land sein konntest. Deshalb habe ich mir Arbeit als *Tolkatsch* gesucht, damit ich reisen konnte. Ich musste meine Zeichen im ganzen Land verteilen, damit du ihnen folgen konntest.«

»Zeichen? Das waren Kinder!«

»Am Anfang habe ich Tiere getötet. Ich habe sie genauso gefangen wie wir damals die Katze. Aber das funktionierte nicht. Das störte niemanden, fiel überhaupt keinem auf. Eines Tages kam mir zufällig im Wald ein Kind entgegen und fragte, was ich da machte. Ich erklärte ihm, dass ich einen Köder auslegte. Der Junge war ungefähr so alt wie du, als du mich verlassen hast. Und da kam ich auf den Gedanken, dass das Kind doch einen viel besseren Köder abgeben würde. Ein totes Kind würde den Leuten bestimmt auffallen. Und du würdest den Hinweis verstehen. Warum habe ich wohl so viele Kinder im Winter getötet? Damit du den Spuren durch den Schnee würdest folgen können. Bist du denn nicht meinen Fußspuren bis in den Wald hinein gefolgt, genauso wie damals bei der Katze?«

Leo hatte der leisen Stimme seines Bruders zugehört, als spräche der in einer fremden Sprache, die er kaum verstand. Jetzt unterbrach er ihn. »Andrej, du hast doch selbst eine Familie.

Da oben habe ich deine Kinder gesehen. Sie sind genauso wie die Kinder, die du umgebracht hast. Du hast zwei schöne kleine Mädchen. Kannst du denn nicht begreifen, dass das, was du gemacht hast, falsch war?«

»Es war notwendig.«

»Nein.«

Wütend schlug Andrej mit beiden Fäusten auf den Tisch. »Rede nicht in so einem Ton mit mir! Du hast kein Recht, dich aufzuregen. Du hast dir nie die Mühe gemacht, mich zu suchen. Du bist nie zurückgekommen. Ich wusste, dass du lebst und dich keinen Deut um mich scherst. Vergiss doch den dummen, tollpatschigen Andrej. Der bedeutete dir ja nichts. Du hast mich mit einer komplett wahnsinnigen Mutter in einem Dorf voller verwesender Leichen zurückgelassen. Du hast kein Recht, über mich zu urteilen!«

Leo starrte in das wutentstellte Gesicht seines Bruders, das plötzlich wie verwandelt war. War dies das Gesicht, das die Kinder gesehen hatten? Was hatte sein Bruder nur durchgemacht? Welche unvorstellbaren Qualen? Aber die Zeit für Mitleid und Verständnis war schon lange verstrichen. Andrej wischte sich den Schweiß von der Stirn.

»Es war die einzige Möglichkeit, wie ich dich dazu bringen konnte, nach mir zu suchen. Die einzige Möglichkeit, deine Aufmerksamkeit zu erlangen. Du hättest ja nach mir suchen können. Aber das hast du nicht gemacht. Du hast mich von deinem Leben abgekoppelt, mich aus deiner Erinnerung verbannt. Der glücklichste Moment in meinem Leben war der, als wir damals zusammen die Katze gefangen haben, du und ich. Wenn wir zusammen waren, hatte ich nie das Gefühl, dass die Welt ungerecht ist, auch wenn wir nichts zu beißen hatten und es bitterkalt war. Aber dann bist du weggegangen.«

»Andrej, ich habe dich nicht verlassen. Ich wurde entführt.

Ein Mann im Wald hat mir eins übergezogen. Ich wurde in einen Sack gesteckt und verschleppt. Ich hätte dich nie im Stich gelassen.«

Andrej schüttelte den Kopf. »Das hat unsere Mutter auch immer gesagt. Aber das ist gelogen. Du hast mich verraten.«

»Ich wäre fast umgekommen. Der Mann, der mich verschleppt hat, wollte mich töten. Sie wollten mich an ihren Sohn verfüttern. Aber als wir bei ihnen ankamen, war der Junge schon gestorben. Ich hatte eine Gehirnerschütterung, konnte mich nicht mal an meinen eigenen Namen erinnern. Es hat Wochen gedauert, bis ich mich davon erholt hatte. Und da war ich längst in Moskau. Wir waren in die Stadt gegangen, sie mussten ja etwas zu essen finden. Ich habe an dich gedacht und an unsere Mutter. Ich habe an unser gemeinsames Leben gedacht. Aber was hätte ich denn machen sollen? Ich hatte gar keine andere Wahl. Ich musste sehen, wie ich klarkam. Es tut mir leid.« Jetzt entschuldigte er sich auch noch.

Andrej nahm die Karten und mischte sie. »Du hättest nach mir suchen können, als du älter warst. Hättest dich ein bisschen bemühen können. Ich habe meinen Namen nicht geändert. Ich wäre leicht zu finden gewesen, vor allem für einen Mann mit deinen Verbindungen.«

Das stimmte. Leo hätte seinen Bruder ausfindig machen können, er hätte nach ihm forschen können. Aber er hatte versucht, die Vergangenheit zu begraben. Und jetzt hatte sich sein Bruder in sein Leben zurückgemordet.

»Andrej, mein ganzes Leben lang habe ich versucht, was geschehen war, zu vergessen. Ich bin in der Angst aufgewachsen, meine neuen Eltern damit zu konfrontieren. Ich traute mich nicht, sie an früher zu erinnern, weil ich die Zeit nicht wieder heraufbeschwören wollte, als sie mich hatten töten wollen. Jede Nacht bin ich schweißgebadet hochgeschreckt, weil ich befürchtete, sie hätten es sich vielleicht anders überlegt und würden mich nun doch lieber umbringen. Ich habe getan, was ich nur konnte, damit sie mich nur lieb gewannen. Es ging ums nackte Überleben.«

»Du wolltest doch immer schon deiner eigenen Wege gehen, ohne mich, Pavel. Du wolltest mich früher schon immer loswerden.«

»Weißt du denn, warum ich hergekommen bin?«

»Du bist gekommen, um mich zu töten. Warum sollte ein Jäger sonst kommen? Und wenn du mich erst umgebracht hast, wird man dich lieben und mich hassen. So wie immer.«

»Bruder, ich werde als Verräter gesucht, nur weil ich versucht habe, dich aufzuhalten.«

Andrej schien ehrlich überrascht. »Warum das denn?«

»Sie haben deine Morde anderen Leuten in die Schuhe geschoben. Viele Unschuldige sind direkt oder indirekt durch deine Verbrechen umgekommen. Begreifst du das? Wenn du jetzt der Täter bist, bringt das den Staat in eine peinliche Situation.«

In Andrejs Gesicht zeigte sich keine Regung. Schließlich sagte er: »Dann schreibe ich eben ein Geständnis.«

Noch ein Geständnis. Und wie würde es lauten? *Ich, Andrej Sidorow, bin ein Mörder.* Sein Bruder begriff es nicht. Niemand wollte sein Geständnis. Niemand wollte, dass er schuldig war.

»Andrej, ich bin nicht hier, um dein Geständnis zu bekommen. Ich bin hier, um dafür zu sorgen, dass du nicht noch mehr Kinder umbringst.«

»Ich halte dich nicht auf. Ich habe alles erreicht, was ich erreichen wollte. Ich habe bewiesen, dass ich recht hatte. Und ich habe dafür gesorgt, dass es dir jetzt leid tut, nicht früher nach mir gesucht zu haben. Stell dir mal vor, wie viele Menschenleben du damit hättest retten können.«

»Du bist wahnsinnig.«

»Bevor du mich umbringst, würde ich gern noch ein Spielchen machen. Bitte, Bruder, es ist das Letzte, was du noch für mich tun kannst.«

Andrej gab die Karten. Leo starrte sie an.

»Bitte, Bruder, nur ein Spiel. Wenn du mitspielst, darfst du mich hinterher töten.«

Leo nahm die Karten. Nicht wegen dem, was sein Bruder ihm versprochen hatte, sondern weil er Zeit brauchte, um einen klaren Kopf zu bekommen. Er musste sich Andrej als Fremden vorstellen. Sie fingen an zu spielen. Andrej war ganz bei der Sache und schien vollkommen zufrieden zu sein. Seitlich von ihnen gab es ein Geräusch. Erschrocken fuhr Leo herum. Am Fuß der Treppe stand ein niedliches kleines Mädchen mit zerzausten Haaren. Mit zaghafter Neugier blieb sie auf der untersten Treppenstufe stehen, man sah sie kaum.

Andrej stand auf. »Nadja, das ist mein Bruder Pavel.«

»Der Bruder, von dem du mir erzählt hast? Von dem du gesagt hast, dass er uns besuchen kommt?«

»Ja.«

Nadja drehte sich zu Leo um. »Hast du Hunger? Von wie weit kommst du her?«

Leo wusste nicht, was er sagen sollte. Andrej nahm ihm die Antwort ab. »Du solltest wieder ins Bett gehen.«

»Jetzt bin ich aber wach. Ich kann bestimmt nicht wieder einschlafen. Ich würde nur da oben liegen und euch reden hören. Kann ich mich nicht zu euch setzen? Ich will deinen Bruder doch auch kennenlernen. Ich habe noch nie Verwandte von dir getroffen. Ich möchte so gern. Bitte bitte, Vater.«

»Pavel ist weit gereist, um mich zu finden. Wir haben eine Menge zu besprechen.«

Leo musste das kleine Mädchen loswerden. Sonst lief er Gefahr, dass das hier zu einer Wiedersehensfeier ausartete. Ein paar

Gläschen Wodka, ein paar Scheiben kaltes Fleisch, Fragen nach seiner Vergangenheit … Er war zum Töten gekommen!

»Vielleicht könnten wir etwas Tee haben, wenn es welchen gibt?«

»Ja. Ich weiß, wie man den macht. Soll ich Mutter aufwecken?«

Andrej sagte: »Nein, lass sie schlafen.«

»Dann darf ich ihn alleine machen?«

»Ja, du darfst ihn alleine machen.«

Strahlend rannte sie wieder nach oben.

Begeistert stieg Nadja die Treppe hinauf. Bestimmt hatte der Bruder ihres Vaters interessante Geschichten zu erzählen. Schließlich war er Soldat und ein Held. Der konnte ihr garantiert sagen, wie man Kampfpilotin wurde. Vielleicht war er ja sogar mit einer Pilotin verheiratet. Nadja machte die Tür zum Wohnzimmer auf, und im nächsten Moment blieb ihr die Luft weg. In ihrer Küche stand eine wunderschöne Frau. Ganz still stand sie da, eine Hand hinter dem Rücken, so als würde die Hand eines Riesen durchs Fenster greifen und sie da festhalten. Wie eine Puppe in einem Puppenstübchen.

Raisa hielt das Messer hinter ihrem Rücken verborgen, die Klinge eng an ihr Kleid gedrückt. Sie hatte Ewigkeiten draußen gewartet. Etwas musste schiefgegangen sein. Hoffentlich war Leo nichts zugestoßen. Sie würde nachsehen und die Sache notfalls selbst zu Ende bringen müssen. Kaum war sie durch die Tür, erkannte sie zu ihrer Erleichterung, dass sich nur wenige Menschen im Haus befanden. Es gab zwei Betten, eins für die Tochter und eins für die Mutter. Aber wer war das Mädchen da vor ihr? Wo war sie hergekommen? Sie strahlte vor Begeisterung. Nichts in diesem Haus deutete auf Angst oder Panik hin. Hier war niemand gestorben.

»Ich heiße Raisa. Ist mein Mann hier?«

»Meinst du Pavel?«

Pavel. Warum nannte er sich Pavel? Warum benutzte er seinen alten Namen? »Ja.«

»Ich bin Nadja. Freut mich, Sie kennenzulernen. Ich habe noch nie Verwandte von meinem Vater getroffen.«

Raisa hielt das Messer weiter hinter ihrem Rücken verborgen. Familie? Wovon redete die Kleine? »Wo ist mein Mann?«

»Unten.«

»Ich will ihm nur schnell sagen, dass ich da bin.« Raisa ging zur Tür und hielt nun das Messer vor sich, damit Nadja die Klinge nicht sah. Sie drückte die Tür auf.

Langsam schlich Raisa die Treppe hinunter. Von unten hörte sie, wie sich Leute in ruhigem Ton unterhielten. Sie hielt das Messer ausgestreckt vor sich, es zitterte in ihrer Hand. Je länger sie wartete, bis sie den Mann tötete, desto schwieriger würde es werden. Vom Fuß der Treppe sah sie ihren Mann. Er spielte Karten.

* * *

Wassili befahl seinen Männern, das Haus zu umstellen. Hier würde keiner mehr rauskommen. Alles in allem hatte er fünfzehn Mann dabei, viele davon aus Rostow, und die konnte er nicht einschätzen. Nicht dass die am Ende alles nach Vorschrift machten und Leo und Raisa verhafteten. Wassili würde die Sache selbst in die Hand nehmen müssen. Er würde die Angelegenheit hier zu Ende bringen und sicherstellen, dass alle Hinweise auf irgendwelche mildernden Umstände vernichtet wurden. Mit gezückter Waffe ging er los. Zwei seiner Moskauer Leute setzten sich ebenfalls in Bewegung. Er gab ihnen Zeichen, auf ihrem Platz zu bleiben. »Gebt mir fünf Minuten. Und kommt erst rein, wenn ich euch rufe. Ist das klar? Wenn ich in fünf Minuten nicht zurück bin, stürmt ihr das Haus und bringt alle um.«

* * *

Raisa hielt das Messer ausgestreckt in ihrer zitternden Hand. Sie konnte es einfach nicht. Sie konnte diesen Menschen nicht töten. Er spielte mit ihrem Mann Karten.

Leo kam auf sie zu. »Ich erledige das.«

»Warum spielst du Karten mit ihm?«

»Weil er mein Bruder ist.«

Oben schrie ein Mädchen auf. Dann wurde gebrüllt, die Stimme eines Mannes. Bevor irgendjemand reagieren konnte, war Wassili schon mit gezückter Waffe am Fuß der Treppe. Er musterte die Szene. Auch er konnte sich auf das Kartenspiel auf dem Tisch offensichtlich keinen Reim machen.

»Für eine Partie Karten bist du aber ziemlich weit gereist. Und ich dachte, du wolltest den sogenannten Kindermörder fangen. Oder gehört das zu deinen modernen Verhörmethoden?«

Leo hatte zu lange gezögert. Jetzt gab es keine Möglichkeit mehr, Andrej zu töten. Wenn er eine plötzliche Bewegung machte, würde er erschossen, und Andrej bliebe ein freier Mann. Auch wenn das erklärte Ziel seines Bruders, ihr Wiedersehen, erreicht war, glaubte Leo nicht, dass Andrej mit dem Morden würde aufhören können. Leo hatte versagt. Er hatte geredet, statt zu handeln. Er hatte aus dem Auge verloren, dass viel mehr Leute ihn selbst tot sehen wollten als seinen Bruder.

»Wassili, du musst mir zuhören.«

»Auf die Knie!«

»Bitte.«

Wassili spannte den Abzug. Leo ging auf die Knie. Jetzt konnte er nur noch gehorchen, betteln, flehen. Nur leider war genau dieser Mann einer, der ihm nicht zuhören würde, der sich um nichts scherte außer um seinen persönlichen Rachefeldzug.

»Wassili, es ist wichtig.«

Wassili hielt ihm die Waffe an den Kopf.

»Raisa, knien Sie sich neben Ihren Mann! Sofort!«

Raisa kniete sich neben ihren Mann. Die Waffe wanderte hinter ihren Kopf. Raisa nahm Leos Hand und schloss die Augen. Leo schrie: »Nein!«

Als Antwort tippte Wassili mit dem Lauf gegen Raisas Kopf und feixte: »Leo ...«

Seine Stimme verlor sich. Raisas Griff um Leos Hand wurde fester. Sekunden vergingen. Kein Laut war zu hören. Ganz langsam wandte Leo den Kopf.

Die gezackte Klinge war in Wassilis Rücken eingedrungen und am Bauch wieder ausgetreten. Andrej stand mit dem Messer in der Hand da. Er hatte seinem Bruder das Leben gerettet. Ganz ruhig hatte er das Messer genommen und den Mann schnell und sauber abgestochen. Gekonnt. Andrej war glücklich, so wie damals, als sie zusammen die Katze gejagt hatten. So glücklich wie an diesem Tag war er sein ganzes Leben nicht mehr gewesen.

Leo stand auf und entwand Andrej die Waffe. Aus Wassilis Mundwinkeln lief Blut. Er lebte noch, aber jetzt sahen seine Augen nicht mehr berechnend aus. Dieser Mann würde nichts mehr aushecken. Wassili hob eine Hand und legte sie auf Leos Schulter, beinahe als wolle er sich von einem Freund verabschieden. Dann brach er zusammen. Der Mann, dessen ganze Existenz darauf ausgerichtet gewesen war, Leo nachzustellen, war tot. Aber Leo verspürte weder Erleichterung noch Befriedigung. Er konnte an nichts denken als an die Aufgabe, die ihm noch bevorstand.

Raisa stand auf und stellte sich neben Leo. Andrej blieb, wo er war. Keiner rührte sich. Langsam hob Leo die Waffe, er zielte auf den Punkt genau über der Brille seines Bruders. Der Raum war klein, und zwischen dem Pistolenlauf und der Stirn seines Bruders lagen kaum 30 Zentimeter.

Jemand schrie: »Was macht ihr da?«

Es war Nadja, sie stand am Fuß der Treppe. Raisa flüsterte: »Leo, wir haben nicht mehr viel Zeit.«

Aber Leo konnte nicht.

Andrej sagte: »Bruder, ich will, dass du es tust.«

Raisa streckte den Arm aus und legte ihre Hand um Leos. Gemeinsam zogen sie ab. Die Waffe ging los und schlug zurück. Andrejs Kopf wurde nach hinten geschleudert. Er fiel zu Boden.

Kaum hatten sie den Schuss gehört, stürmten bewaffnete Beamte das Haus und liefen die Treppe hinunter. Raisa und Leo ließen die Waffe fallen. Der Befehlshabende starrte auf Wassilis Leiche hinab. Leo ergriff das Wort, seine Hand zitterte. Er zeigte auf Andrej. Seinen kleinen Bruder.

»Dieser Mann war ein Mörder. Ihr Vorgesetzter ist bei dem Versuch gestorben, ihn festzunehmen.«

Leo nahm den Koffer hoch. Ohne zu wissen, ob sein Verdacht sich bestätigen würde, öffnete er ihn. Er fand einen in Papier gewickelten Glasbehälter. Er schraubte den Deckel ab und schüttete den Inhalt auf den Tisch, über die Karten. Es war der Magen vom letzten Opfer seines Bruders, eingeschlagen in eine ›Prawda‹. Kaum hörbar fügte Leo hinzu: »Wassili ist als Held gestorben.«

Er trat zurück, die Beamten scharten sich um den Tisch und nahmen die grauenvolle Entdeckung in Augenschein.

Nadja starrte ihn an. Sie hatte den Zorn ihres Vaters in den Augen.

Moskau

18. Juli

In genau demselben Büro, wo er sich geweigert hatte, seine Frau zu denunzieren, stand Leo nun Generalmajor Gratschew gegenüber. Er kannte ihn nicht und hatte auch noch nie von ihm gehört. Aber es überraschte ihn nicht, dass es an der Führungsspitze einen Wechsel gegeben hatte. Niemand hielt sich nach einem Machtwechsel lange in der Führungsriege der Staatssicherheit, und seit Leo das letzte Mal hier gestanden hatte, waren schon vier Monate vergangen. Diesmal würde man sie nicht nur ohne großes Aufsehen mit Exil bestrafen oder sie schlimmstenfalls in einen Gulag schicken. Die Hinrichtung würde gleich hier stattfinden, und zwar noch heute.

Generalmajor Gratschew ergriff das Wort. »Ihr früherer Vorgesetzter war Generalmajor Kuzmin, er wurde noch von Beria eingesetzt. Mittlerweile sind beide verhaftet. Ihr Fall ist damit mir übertragen worden.«

Vor ihm lag die zerfledderte Akte, die man in Wualsk konfisziert hatte. Gratschew blätterte die Seiten durch, studierte die Fotos, die Geständnisse, die Gerichtsakten.

»In diesem Keller haben wir die Überreste von drei Mägen gefunden, von denen zwei gebraten worden waren. Sie alle stammen von Kindern, allerdings wissen wir immer noch nicht, wer die Opfer gewesen sein könnten. Andrej Sidorow war ein Mörder. Ich habe mir seine Akte angesehen. Offenbar hat er mit den Nazis kollaboriert und wurde nach dem Krieg aus Versehen wieder in unsere Gesellschaft integriert, statt dass man ihm den

Prozess machte. Das war ein unverzeihlicher Fehler von uns. Er war ein Agent der Nazis. Die haben ihn dann wieder zurückgeschickt und ihm befohlen, für unseren Sieg gegen die Faschisten Rache zu üben. Und diese Rache äußerte sich in den schrecklichen Übergriffen auf unsere Kinder. Ihr eigentliches Ziel aber war die Zukunft des Kommunismus. Das ging einher mit einer Propagandakampagne. Sie wollen unser Volk glauben machen, dass unsere Gesellschaft ein solches Scheusal hervorbringen könne. Dabei ist der Mann im Westen umerzogen und korrumpiert worden. Die Zeit, die er nicht zu Hause verbrachte, hat ihn verändert, und dann ist er mit einem vergifteten, fremden Herzen zurückgekehrt. Mir ist aufgefallen, dass keiner dieser Morde vor dem Großen Vaterländischen Krieg stattgefunden hat.«

Gratschew hielt inne und musterte Leo. »War das nicht auch Ihr Eindruck?«

»Genau das ist mir in den Sinn gekommen.«

Gratschew reichte ihm die Hand. »Sie haben Ihrem Land einen außergewöhnlichen Dienst erwiesen. Ich bin angewiesen worden, Ihnen eine Beförderung anzubieten. Eine höhere Position in den Organen der Staatssicherheit, und die führt üblicherweise unweigerlich in die Politik, sollten Sie danach streben. Es sind neue Zeiten angebrochen, Leo. Unser Generalsekretär Chruschtschow sieht die Probleme, auf die Sie bei Ihren Ermittlungen gestoßen sind, als Teil der unverzeihlichen Exzesse während der stalinistischen Herrschaft an. Ihre Frau ist mittlerweile aus der Haft entlassen worden. Dadurch, dass sie Ihnen dabei geholfen hat, diese ausländische Kampagne aufzudecken, sind alle Fragen hinsichtlich ihrer Loyalität beantwortet. Ihre beiden Akten werden von jedem Makel befreit werden. Ihre Eltern werden ihre Wohnung zurückerhalten, und sollte die nicht zur Verfügung stehen, wird man ihnen eine bessere geben.«

Leo schwieg.

»Haben Sie gar nichts zu sagen?«

»Das ist ein sehr großzügiges Angebot. Ich fühle mich geehrt. Ich denke, Sie wissen, dass es mir bei dem, was ich getan habe, nicht um Beförderung oder Macht gegangen ist. Mir war einfach klar, dass dies ein Ende haben musste.«

»Das weiß ich.«

»Trotzdem bitte ich um Ihre Erlaubnis, Ihr Angebot auszuschlagen. Stattdessen möchte ich eine Bitte vorbringen.«

»Fahren Sie fort.«

»Ich möchte gern in Moskau ein Morddezernat leiten. Und wenn es so ein Dezernat noch nicht gibt, würde ich es gerne aufbauen.«

»Wofür braucht man ein solches Dezernat?«

»Wie Sie schon selbst gesagt haben, könnten Morde als Waffe gegen unsere Gesellschaft eingesetzt werden. Wenn der Feind seine Propaganda nicht mehr über die konventionellen Kanäle verbreiten kann, lässt er sich etwas Neues einfallen. Ich glaube, dass die Kriminalität sich zur neuen Front in unserer Auseinandersetzung mit dem Westen entwickeln wird. Durch so etwas werden sie versuchen, den harmonischen Charakter unserer Gesellschaft zu unterminieren. Und wenn das geschieht, würde ich gern dagegen vorgehen.«

»Fahren Sie fort.«

»Ich bitte darum, dass General Nesterow nach Moskau versetzt wird. Mir wäre es lieb, wenn er mit mir in dieser neuen Abteilung arbeitet.«

Gratschew dachte über Leos Ansinnen nach und nickte ernst.

* * *

Raisa wartete draußen und betrachtete die Dzerzhinsky-Statue. Leo verließ das Gebäude und nahm ihre Hand, eine unverfrorene Zuneigungsbekundung, die zweifellos von allen beobachtet wurde, die aus der Lubjanka hinausstarrten. Ihnen war es egal. Ihnen konnte nichts geschehen, jedenfalls im Moment nicht, und das reichte ihnen. Auf mehr konnte man ohnehin nicht hoffen. Leo warf einen Blick hinauf zur Dzerzhinsky-Statue, und ihm fiel auf, dass er sich nicht an einen einzigen Satz mehr erinnern konnte, den dieser Mann je von sich gegeben hatte.

Eine Woche danach

Moskau

25. Juli

Leo und Raisa saßen im Büro des Direktors von Waisenhaus Nr. 12, das nicht weit vom Zoo entfernt lag. Leo warf seiner Frau einen Seitenblick zu und fragte: »Warum dauert das so lange?«

»Ich weiß es nicht.«

»Da stimmt doch was nicht.«

Raisa schüttelte den Kopf. »Ich glaube, es ist alles in Ordnung.«

»Der Direktor mochte uns nicht gerade besonders.«

»Ich fand ihn ganz nett.«

»Aber was hat er von uns gehalten?«

»Keine Ahnung.«

»Glaubst du, wir haben ihm gefallen?«

»Es spielt doch gar keine Rolle, was er denkt. Entscheidend ist, was wir denken.«

Unruhig stand Leo auf. »Aber er muss es doch absegnen.«

»Er wird die Papiere schon unterschreiben. Das ist nicht das Problem.«

Leo setzte sich wieder hin. »Du hast recht. Ich bin nervös.«

»Ich auch.«

»Wie sehe ich aus?«

»Gut.«

»Nicht zu förmlich?«

»Entspann dich, Leo.«

Die Tür ging auf, und der Direktor, ein Mann in den Vierzigern, kam herein. »Ich habe sie gefunden.«

Leo fragte sich, ob das nur Geschwafel war, oder ob er tatsächlich das ganze Gebäude abgesucht hatte, ohne zu wissen, wo die beiden steckten. Der Direktor trat zur Seite. Hinter ihm standen zwei kleine Mädchen, Soja und Elena, die Töchter von Michail Zinowjew. Einige Monate waren vergangen, seit sie vor ihrem eigenen Haus die Hinrichtung ihrer Eltern miterlebt hatten. Seitdem hatte sich der körperliche Zustand der Mädchen dramatisch verändert. Sie hatten an Gewicht verloren, und ihre Haut war blass geworden. Elena, der Jüngeren, die erst vier Jahre alt war, hatte man den Kopf geschoren. Soja, die Ältere, die schon zehn war, hatte ganz kurz geschnittene Haare. Ganz offensichtlich hatten sie beide Läuse gehabt.

Leo stand auf, und Raisa folgte seinem Beispiel. Er wandte sich an den Direktor. »Könnten wir sie einen Moment allein sprechen?«

Dem Direktor behagte diese Bitte zwar nicht, aber er tat ihnen den Gefallen und zog sich zurück. Die beiden Mädchen standen mit dem Rücken zur Tür, so weit weg von ihnen wie möglich.

»Hallo, Soja und Elena. Ich heiße Leo. Wisst ihr, wer ich bin?«

Keine Antwort. Unbewegte Gesichter. Die Augen aber waren wachsam, sie rechneten mit Gefahr. Soja nahm die Hand ihrer kleinen Schwester.

»Das ist Raisa. Sie ist Lehrerin.«

»Guten Tag, Soja. Hallo, Elena. Setzt euch doch zu uns. Im Sitzen redet es sich viel bequemer.«

Leo nahm zwei Stühle und stellte sie neben die Mädchen. Sie zögerten zwar, sich von der Tür wegzubewegen, setzten sich dann aber doch. Dabei hielten sie sich immer noch an den Händen und sagten keinen Ton.

Leo und Raisa kauerten sich so tief hin, dass sie zu den beiden aufschauen mussten. Die Fingernägel der Mädchen waren pechschwarz, aber ansonsten waren ihre Hände sauber. Offensichtlich hatte man sie vor dem Zusammentreffen noch rasch aufpoliert.

Leo begann. »Meine Frau und ich möchten euch ein Zuhause anbieten. Euer Zuhause.«

»Mein Mann hat mir erzählt, warum ihr hier seid. Es tut mir leid, wenn es euch aufwühlt, darüber zu reden, aber wir müssen etwas Wichtiges mit euch besprechen.«

Leo war verstört. Er hatte zwar versucht, den Mord an den Eltern der Mädchen zu verhindern, aber er hatte es nicht geschafft. Vielleicht sahen sie keinen Unterschied zwischen ihm und Wassili! Er brauchte einen Moment, um sich zu sammeln.

»Vielleicht denkt ihr, dass es euren Eltern gegenüber treulos wäre, wenn ihr bei uns wohnt. Aber ich glaube, gerade eure Eltern würden das Beste für euch wollen. Und wie das Leben im Waisenhaus ist, wisst ihr ja nach den vier Monaten hier selbst am besten.«

Raisa sprach für ihn weiter. »Wir verlangen euch eine schwierige Entscheidung ab. Ihr seid beide noch klein. Leider müssen Kinder manchmal schon Entscheidungen treffen wie Erwachsene. Wenn ihr hierbleibt, dann wird euer Leben schwer, und später wird es wahrscheinlich auch nicht leichter.«

»Meine Frau und ich wollen eure Beschützer sein. Wir möchten uns um euch kümmern, euch zu essen und ein Zuhause geben!«, unterbrach Leo sie.

Lächelnd erklärte Raisa weiter: »Wir erwarten keine Gegenleistung. Ihr braucht uns nicht zu lieben. Ihr müsst uns noch nicht einmal unbedingt mögen, obwohl wir natürlich hoffen, dass ihr das irgendwann doch tut. Benutzt uns einfach, um hier herauszukommen.«

Leo nahm an, die Kinder würden ablehnen, deshalb fügte er hinzu: »Wenn ihr nein sagt, dann werden wir versuchen, eine Familie für euch zu finden, die nichts mit eurer Vergangenheit zu tun hat. Wenn euch das lieber wäre, könnt ihr uns das ruhig sagen. Soja, Elena, was passiert ist, kann ich leider nicht mehr rückgängig machen. Aber wir können euch eine bessere Zukunft bieten. So bleibt ihr zusammen und bekommt euer eigenes Zimmer. Trotzdem werde ich immer der Mann sein, der damals auf euren Hof gekommen ist. Vielleicht wird die Erinnerung mit der Zeit schwächer, aber vergessen werdet ihr es nie. Das macht unser Zusammenleben vielleicht schwieriger, aber aus eigener Erfahrung weiß ich, dass es trotzdem klappen kann.«

Die Mädchen saßen schweigend da und starrten abwechselnd Leo und Raisa an. Die ganze Zeit hatten sie keinerlei Regung gezeigt und sich nicht vom Fleck gerührt, waren nur still auf ihren Stühlen sitzen geblieben und hatten sich an den Händen gehalten.

Raisa fügte hinzu: »Ihr könnt ja oder nein sagen. Ihr könnt uns auch bitten, eine andere Familie für euch zu finden. Es liegt ganz bei euch.«

Leo stand auf. »Meine Frau und ich gehen jetzt ein bisschen spazieren. Dann könnt ihr die Sache mal unter euch besprechen, nur ihr beide. Keiner wird euch stören. Entscheidet, wie ihr mögt. Ihr braucht keine Angst zu haben.«

Leo ging um die Mädchen herum und öffnete die Tür. Raisa stand auf und trat auf den Flur hinaus, Leo folgte ihr und schloss die Tür. Gemeinsam gingen sie den Flur hinunter, so nervös wie noch nie in ihrem Leben.

* * *

Als sie allein waren, umarmte Soja ihre kleine Schwester.

Danksagung

Ich habe das Glück gehabt, von St John Donald, einem großartigen Agenten bei PFD, unterstützt worden zu sein. Er gab mir den Anstoß dazu, dieses Buch zu schreiben. Dafür und noch für vieles andere mehr bin ich ihm unendlich dankbar. Dank auch an Georgina Lewis und Alice Dunne für ihre stetige Unterstützung. Immer wieder hat Sarah Ballard die verschiedenen Versionen gelesen und mit einer perfekten Mischung aus Kritik und Ermutigung kommentiert. Und schließlich – ich verdanke PFD wirklich viel – möchte ich James Gill dafür danken, dass er sich meines Romans annahm, als ich ihn abgegeben hatte – nur um mir zu sagen, dass er noch nicht fertig sei und umgeschrieben werden müsse. Seine anhaltende Begeisterung in diesem Stadium war dringend notwendig, und ich weiß sie zu schätzen.

Meine Lektoren, Suzanne Babonneau bei Simon & Schuster und Mitch Hoffman bei Grand Central Publishing, waren unglaublich. Ich habe es genossen, mit den beiden zu arbeiten. Dank auch an Jessica Craig, Jim Rutman und Natalina Sanina. Natalina war so freundlich, mich auf Irrtümer bezüglich russischer Namen und des russischen Alltags ganz generell aufmerksam zu machen.

Besonders möchte ich Bob Bookman bei CAA nennen, wegen all seiner Ratschläge, und weil er mich Robert Towne vorgestellt hat. Robert, der eines meiner schriftstellerischen Vorbilder ist, hat sich die Zeit genommen, eine späte Version von ›Kind 44‹ kritisch zu beleuchten. Es ist unnötig zu erwähnen, dass seine Anregungen überaus inspirierend waren.

Auch außerhalb des professionellen Umfelds habe ich großartige Leser gehabt. Zoe Trodd hat mir sehr geholfen. Alexandra Arlango und ihre Mutter Elizabeth haben immer neue »Stufen« des Romans gelesen und mir zu jeder einzelnen unschätzbar wertvolle, ausführliche Anmerkungen geliefert. Ich kann ihnen gar nicht genug danken. Wie es sich fügt, hat mir Alexandra über Qwerty Films, wo sie mit Michael Kuhn, Emmeline Yang und Colleen Woodcock arbeitet, den ersten Schreibversuch überhaupt ermöglicht. Und es war bei der Recherche für ein Drehbuch für Qwerty, dass ich auf den tatsächlichen Fall von Andrej Tschikatilo und dessen Begleitumstände gestoßen bin.

Viele Menschen haben mir bei der Fertigstellung dieses Buches geholfen, aber niemand so sehr wie Ben Stephenson. Ich bin noch nie so glücklich gewesen wie in diesen letzten Jahren.

Weiterführende Lektüre

Ich hätte dieses Buch ohne die Lebensberichte, Tagebücher und Geschichten einer ganzen Reihe von Autoren nicht schreiben können. Die Recherche hat mir so viel Spaß gemacht wie das Schreiben selbst, und das Material für die Themen in meinem Roman ist von überwältigender Qualität. Was nun folgt, ist eine kleine Auswahl dieser Werke. Ich möchte betonen, dass alle Abweichungen und historischen Ungenauigkeiten in meinem Buch nur auf mich selbst zurückzuführen sind.

Janusz Barachs Erinnerungen ›Der Mensch ist des Menschen Wolf‹, die er mit Hilfe von Kathleen Gleeson verfasst hat, sind das eindrucksvolle Porträt eines Versuchs, die Gulags des stalinistischen Russlands zu überleben. Zu diesem Thema sind auch Anne Applebaums ›Gulag‹ und Alexander Solschenizins ›Archipel Gulag‹ Grundlagenwerke.

Für den allgemeinen historischen Hintergrund waren mir Robert

Conquests ›Ernte des Todes‹, Simon Sebag Montefiores ›Stalin‹ und Sheila Fitzpatricks ›Everyday Stalinism‹ eine besondere Hilfe.

Im Hinblick auf die Polizeiarbeit in der Sowjetunion gab mir Anthony Olcotts ›Russian Pulp‹ einen Einblick in das dortige Rechtswesen und Verweise zu literarischen Darstellungen der sowjetischen Justiz. Boris Levytskys ›The Uses of Terror‹ war unschätzbar wertvoll, um die Mechanismen des MGB wenigstens ansatzweise verstehen zu können. Und schlussendlich lieferte Robert Cullens ›The Killer Department‹ einen glasklaren Bericht über die tatsächlichen Ermittlungen zu den Verbrechen des Andrej Tschikatilo.

Jedes einzelne dieser Bücher kann ich nur wärmstens empfehlen.